生贄《いけにえ》の木

キャロル・オコンネル

JN136310

森の中で、袋に入れられ木から吊るされていた三人の人間が発見された。イカれたパーティー・ガール、狂気に冒された配給所の聖女、そして小児性愛者。ひとりは助かり、ひとりは手遅れ、ひとりは瀕死の状態だった。同じ頃、小児性愛者に誘拐されていたと見られる女の子がマロリーに保護される。ココと名乗るその少女は妖精のような顔立ち、音楽的才能などからウィリアムズ症候群と診断された。ココの心を思いやるチャールズと対立しながらも、マロリーはココに犯人を思い出させようとする。マロリーと少女の奇妙な絆を描く、好評シリーズ最新刊。

登場人物

キャシー・マロリー……ニューヨーク市警ソーホー署巡査部長
ルイ・マーコヴィッツ……マロリーの里親。故人
ヘレン……ルイの妻。故人
ライカー……ソーホー署巡査部長。マロリーの相棒
チャールズ・バトラー……マロリーの友人。コンサルタント
ミセス・オルテガ……チャールズの掃除婦
ジャック・コフィー……ソーホー署警部補
ジェイノス……同、刑事
ヘラー……同、鑑識課長
ジョン・ポラード……同、鑑識員
エドワード・スロープ……検視局長。ルイ・マーコヴィッツの旧友
ロビン・ダフィー……マーコヴィッツの旧友。元弁護士
デイヴィッド・カプラン……マーコヴィッツの旧友。ラビ
ローランド・マン（ロケットマン）……市警長官代行
アニー……ローランドの妻

ジョー・ゴダード……………………………刑事局長
セドリック・カーライル……………………地方検事補
アンソニー・クイーン………………………弁護士
ココ……………………………………………公園で見つかった少女
ウィルヘルミーナ（ウィリー）・ファロン………パーティー・ガール
アガサ（アギー）・サットン………………宗教団体の無料食堂で働いていた女
グレイス・ドリスコル-ブレッドソー………ドリスコル協会の理事長
ハンフリー・ブレッドソー
（レッドおじさん）…………………………グレイスの息子
フィービ………………………………………グレイスの娘
トビー・ワイルダー…………………………フィービの元上級生
アーネスト（アーニー）・ナドラー………フィービの親友

生《いけ》贄《にえ》の木

キャロル・オコンネル
務台夏子訳

創元推理文庫

THE CHALK GIRL

by

Carol O'Connell

This book is published in Japan
by TOKYO SOGENSHA Co., Ltd.
Japanese translation rights arranged with G. P. Putnam's Sons,
an imprint of Penguin Publishing Group,
a division of Penguin Random House LLC
through Tuttle-Mori Agency, Inc., Tokyo

生《いけ》贄《にえ》の木

謝辞

ヴェトナム戦争時代の古強者《ふるつわもの》、底のすり減ったブーツと六三年型のシェヴィと乾いたユーモアのセンスを持つ磊落《らいらく》な男、従兄のジョンに本書を捧げる。彼は球技とタバコが好きだった。独立独歩の労働者であり、つぎの土曜の夜より先のことなど何ひとつ望まなかった。

そして彼は謎の男だった。

わたしにとって彼の最高の思い出は、ある暖かな夏の日に、いとこたちと冷えたビールを満載した古い木のボートでマサチューセッツ州沿岸を下っていったときのことだ。わたしたちはある波止場で錨《いかり》を下ろした。まわりはもう少し大きめのボートでいっぱいだった。とそのとき、豪華な船舶が一隻、わたしたちの舷側《げんそく》に寄ってきた。それは巨大な船だった。身なりのいい笑顔の人々が——たくさんの真っ白な歯を見せ——手すりから身を乗り出して、わたしたちに手を振った。これはなんとも不可解なことだ。わたしたちはヨット遊びをする裕福な一族ではないし、彼らの誰とも知り合いではない。とすると……いったいどういう——

そのとき、ジョンが立ちあがった。彼はわたしたちの誰より身なりがだらしなく、ジーンズは破れていたし、歯も真っ白とは言えなかった。歓声があがった。ヨットの一行はジョンに手を振っていたのだ。彼はビールの缶を片手で握りつぶし、手を振り返した。それから、あっちへ行けと彼らに合図した。どうやらジョンはヨットで遊ぶ人々と知り合いだったらしい。ただ、彼のほうは、その人たちにはあまり用がなかったわけだ。そして、この出来事の裏にどんな物語があるのか、わたしたちいとこが知ることはなかった。それが謎の男、ジョン・ハーランドだ。亡くなったとき、きっと彼はいたるところでヨット愛好家たちに惜しまれたことだろう。けれども、わたしはそれ以上に彼を惜しんだ。

第一章

生まれてきた日、おまえはお腹のなかから悲鳴をあげて逃げてきたわけだ――これが、うちに帰ってドリスコル校の話をしたときの、父さんの言葉だ。

アーネスト・ナドラー

その朝の叫びの第一号は、遠いサイレンの音、犬たちの吠える声、公園の外をゆっくり通り過ぎていく車の大音響の音楽から成るマンハッタンのざわめきにかき消された。真夏の空は、観光客向けの絵葉書の濃いブルーだった。

雲はない。危険の兆《きざ》しもない。

子供たちの行列は草地に入った。彼らを率いるのは、ぺらぺらの麦わら帽子に紫色のドレスというういでたちの白髪の女性だ。青い静脈の浮き出たふくらはぎをあらわにしつつ、のろのろと、杖の助けを借りながら、彼女は草地を渡っていく。その連れの小さな日帰りキャンパーたちは、すばらしい自制心を見せ、彼女にペースを合わせていた。本当はみな、思い切り駆け回り、大声で叫び、腕立て側転でセントラル・パークじゅうを飛び歩きたいのだ。例外はただひとり。その子は、左右の脚をぎゅっとくっつけ、ぎこちなくよちよちと歩いている。膀胱《ぼうこう》破裂の初期の徴候。

ミセス・ラニヤードはガイドブックを読みあげた。「草をはむ羊たちの群れは一九三四年に《羊牧場》から移されました」これにつづいて、子供たちがいっせいに落胆のうめきを漏らし、さらにひとりがおずおずと訴えた。「おしっこがしたい」

「ああ、そうでしょうとも」いつだってひとりはいる。これは必然だ。例外はない。ミセス・ラニヤードは冷笑的に額に手をかざし、十五エーカーの原っぱの向こうに目を凝らした。大きく広がる草地は、来園者とその自転車やビーチタオル、ベビーカーや滑空するフリスビーに点々と彩られている。彼女がさがしているのは、公衆トイレを求めてその領域の偵察に出たアシスタントだ。「もうちょっとよ」逼迫《ひっぱく》した子供にそう言いながらも、彼女にはわかっていた。トイレが見つかるのは手遅れになってからだろう。遠足には、帰りのバスのおしっこのにおいがつきものなのだ。

幼児たちを一箇所に集めると、ミセス・ラニヤードは、この朝三度目の人数確認を行った。どの子もいなくなってはいない——でもひとり多すぎる。彼女は、列の後方に見慣れないくるくる渦巻く赤い髪を認めた。あの女の子は絶対に《英才児のためのラニヤード・デー・キャンプ》の会員ではない。いや、そもそもミセス・ラニヤードの見たところ、このチビどもは全員、凡才以外の何ものでもないのだが。とはいえ、彼らの親たちは六歳児の履歴書に権威ある一行を加えるためにかなりの金額を払ったのだ。余分な子供の参加は、他人の権利の侵害に当たる。

それにしても、なんておかしな顔だろう。美しいと同時にコミカルでもあり、肌は大部分がクリームみたいに白く、それ以外の部分は汚れている。そのほほえみは桁外れに大きくて、上を向いた鼻とふっくらした唇との間隔がまた思い切り離れている。仕上げは先が鋭く尖った顎で、これによってその子はまさにエルフそのものとなっていた。妖精か、人間か——それはともかく、彼女はここの者ではない。

「お嬢ちゃん、お名前は?」この問いかけは質問ではなく、難詰《なんきつ》だった。

「ココ」女の子は言った。「ホットココアとおんなじ発音なの」

なんて不合理な。そんな名前は、青い目と真っ白な肌を持つ赤毛の子供にはまるで似合わないのに。「あなたはどこから——」そう言いかけて、ミセス・ラニヤードはキャッと叫んだ。その靴のつま先のすぐそばを、ネズミが一匹、駆け抜けていった。ありえない。ほんとにびっくり。彼女の持つ公園のガイドブックには、ネズミのことなど載っていない。鳥とリスと追放された羊のことしか。ミセス・ラニヤードは発行元にただちに手紙を書くことにした。そして、その文面は手厳しいものとなるだろう。

「都市に棲息するネズミは夜行性である」もぐりのキャンパー、ココが独自のガイドブックを朗読するように言った。「日中はめったに姿を見せない」

うーん、これはこの年ごろの子供のふつうの語彙《ごい》ではない。この厄介なチビはこの一団で唯一の天才児なのではないだろうか。「それじゃ、あのネズミはどうなの?」ミセス・ラニヤードは草地をする走っていくネズミを指さした。「オツムが足りないのかしら?」

「あれはドブネズミ《ノルウェー・ラット》だよ」ココは言った。「別名、ブラウン・ラット。とっても頭がいいんだ。ドブネズミは百年前、ネズミの戦争に勝利したの……クマネズミを食い尽くして」豆知識のこの部分には、他の子供たちから「おお」と合いの手が入った。これに勇気を得て、女の子はつづけた。「ドブネズミはかつて船に住んでいたの。現在は、主に地上で生活している。でも、なかには空に住むのもいる。それで、空からはときどきネズミが降ってくるんだ」

ぴたりと動きをそろえ、日帰りキャンパーたちは空を見あげたが、そちらからはネズミはやって来なかった。しかしまた一匹、ネズミが彼らのほうへ走ってきた。二十三対の目が驚きに丸くなる。そして、ひとりの男の子がパンツを濡らした――ついに。そう、これは必然のことなのだ。

ああ、それに、あそこに――もう一匹――それに、あそこにも。汚らしい生き物。

草地の向こう側の一帯では、太陽崇拝者たちがタオルを捨ててぴょんぴょんと走り去ろうとしており、人間とその声が蟻《あり》のサイズとなる遠いところからつぎつぎ悲鳴が聞こえてくる。犬たちは吠え、親たちはベビーカーを必死で操縦して、ちりぢりに逃げていく。

ミセス・ラニヤードは自分のまわりに子供たちを呼び集めた。あの小さな赤毛のネズミ・マニアが他の子たちのうしろから進み出てきた。女の子は、ハグとなぐさめを無言で求め、か細い腕を差し伸べている。

まあ、この子ったら、なんて汚いの。

もとは白かった女の子のTシャツは、泥の汚れと草色のにじみと食べ物のしみだらけで、赤い血の痕もいくつか見られた。それにもちろん、風呂に入っていないとなると、恐るべきアタマジラミの寄生も予想すべきだろう。「来ないで!」ミセス・ラニヤードはうしろにさがり、両のてのひらを前に向けてこの鬼っ子の前進を阻んだ。

子供の大きな青い目には傷心の色が浮かんでいた。両手がのろのろと脇に垂れた。ココは他の子たちのほうを向いたが、彼らもまた老婦人に倣《なら》ってあとじさりした。女の子のほほえみはくずれ去り、その両手がお腹の上に重ねられた。まるでいまの拒絶がパンチの痛みを伴っていたかのように。

男の子のひとりが叫んだ。「見て! 見て!」彼は人差し指を突き出した。「またネズミが来た!」

ああ、なんてこと。何十匹もいるじゃないの。

ミセス・ラニヤードは杖を振りあげ、近づいてくるぴくぴく蠢《うごめ》く茶色い毛皮の絨毯《じゆうたん》から幼い者たちを守ろうとした。ところが子供たちは——全員、立派に生存本能をそなえており——即座にこの老婦人を見捨てて、逃げていった。あのおかしな子供もまた、あわてふためき、小さな白い翼さながら両手をぱたぱたさせながら、他の子たちのあとを追った。

それは、重度脳卒中を起こすのにはまずい時だった。だが幸いにも、その卒中はミセス・ラニヤードにとって致命的なものとなった。

ネズミどもが迫っている。

ミセス・ラニヤードは地面に膝をついた。風がその麦わら帽子をかっさらい、大きく遠くへと吹き飛ばす。いま、彼女のピンクの頭皮は、薄くなりつつある白髪の下に透けて見えている。ネズミどもがキーキー鳴きながら突進してくる。もうすぐそこだ。

ミセス・ラニヤードの目玉がひっくり返った。害獣たちに取り囲まれても、もう恐怖はなかった。連中はただそこを通過したい一心で、ひざまずいた彼女の体という障害物を迂回し、太い縦列に分かれていく。完全に息絶えて、彼女は草地にバタンと突っ伏した。割れたガラス瓶のぎざぎざの破片で顔が切れたが、傷から流れ出た血はほんの数滴だった。心臓の鼓動はすでに止まり、血液を送り出すのをやめていたのだ。

ネズミの軍団のぴくぴく蠢く兵士たち、彼女のいちばん近くにいた連中は、足を止めて見つめ——においを嗅ぎ——味見をした。

公園の遊び場にワイヤーカートを押していくとき、ミセス・オルテガには子供たちの甲高い叫び声が聞こえていた。丈の短いその体は痩せこけているが、これはまやかしで、実は彼女は力持ちだ。過酷な肉体労働の副産物。彼女の系譜は、ラテンの血に由来する真っ黒な髪と母方のアイルランド系の白い肌が宣伝している。ふつうの日は、この小道を行くとき、彼女はよく女たちから呼び止められる。女たちは、ミセス・オルテガの掃除用具のカートに惹きつけられるのだ。見ず知らずのその連中は決まって物欲しげな切羽詰まった表情で近づいてくる。よい掃除婦はなかなか見つからないものだから。そして彼女はこう言って連中を撃退する。「訊くだけ無駄だよ。わたしは手一杯だからね」

きょう、このパターンががらりと変わり、掃除婦は走ってきたどこかの女、前を見ずにうしろを振り返っているやつに体当たりされた。

生粋のニューヨーカーのミセス・オルテガには、こういう瞬間にうってつけの悪態、暴走族の心臓をも凍りつかせる粒よりの言葉のストックがある。プレリュードとして、掃除婦は拳《こぶし》を振りあげた。ところがここで、相手の目の恐怖の色に彼女は気づいた。見知らぬ女は足を止め、警告の声をあげた――「ネズミよ！」そしてそのまま走りつづけた。

明らかによそ者だ。

怒りは鎮まり、掃除婦は拳を下ろした。軟弱者の観光客ならば大目に見てやるしかない。ネズミを見て怯えるなんて腰抜けに決まっている。ニューヨーク・シティは世界のネズミたちのメッカだ。彼女の地元はかつて、マンハッタン全域より多くの害獣を有していた。しかし現在は、彼女の仕事の本拠地、アッパー・ウェストサイドがこのお国自慢の権利をめぐる強力な競争相手となりつつある。

ミセス・オルテガは、長い円形ベンチとフェンスと高い木々の同心円に囲まれた騒々しい遊び場に入った。鉄の門を閉め、水飲み器のそばのいつもの席にすわると、顔見知りの子守りや一部の子供らに目顔で挨拶しながら、デリカテッセンの袋を膝に載せた。まずはのんびり朝食を食べ、それから地下鉄でソーホーに向かうつもりだった。何年か前、彼女の顧客のひとりはダウンタウンに引っ越した。ふつうならそれで彼は切り捨てられるところだが、チャールズ・

バトラーはその仕事を余分な電車賃をかける価値があるものにしたのだった。彼女は腕時計に目をやった。

時間はたっぷりある。

だから、フェンスのすぐ外に立っている男に気づくだけの余裕もあった。なおかつ、掃除婦にはそれがどういうやつかがわかった。彼女には警官の知り合いがいるが、その警官はこの手の男をショートアイ（子供を狙う痴漢を指す俗語）と呼んでいる。男はジャングルジムを凝視していた。よじのぼる子供で満杯の段々と、ぶら下がるのが好きな連中のための格子枠がある、色鮮やかな構造物。一部の子らは、金属のすべり台をシューッとすべりおりている。金切り声で叫ぶ幸せな子供たちが、無鉄砲に、無分別に。しかし、なかには優れた直感を持つ子供もいる。そして、この子たちは生き延びて子孫を残すだろう。ニューヨーカーはダーウィン進化論の暗い面を理解している。ショートアイが小さな女の子の注意をとらえた。彼が笑いを――すごく気持ち悪いやつを浮かべると、子供は急いでそっぽを向いた。男の姿にいやなにおいがするかのように、その鼻には皺《しわ》が寄っていた。

すべてのしるしがそこにあり、子供の目にさえわかるというのに、保護者たちは何も気づかず、携帯電話でしゃべったり、井戸端会議に興じたりしている。きょう、この遊び場にママたちはひとりもいない。いるのは、雇われ者の子守りばかりだ。ママたちには捕食動物を嗅ぎ分ける力がある。ミセス・オルテガの力量はそれを超える。ショートアイが携帯電話のカメラで子供たちを盗み撮りしだすと、彼女の変質者探知レーダーの感度はさらに高まった。

子守りたち――オツムが空っぽのティーンエイジャーども――を脅かさないよう、掃除婦はさりげなく身を乗り出した。一方の手がそろそろとワイヤーカートに収められた野球のバットに伸びていく。これは、死ぬその日までヤンキース・ファンだった父親の遺産だ。彼女はどこへ行くにもそのバットを持ち歩いているが、これは感傷的な理由からではない。バットはよい武器になるのだ。彼女は男を見つめた。男は子供たちを見つめている。

とそのとき、くるくる渦巻く赤い髪と汚れきった小さな顔がミセス・オルテガの注意をとらえた。その子供は、遊び場のセメントの地面に植え込まれた一本の木のうしろからこちらをのぞいていた。ニューヨークの子供にしては、女の子のほほえみは大きすぎたし、人なつこすぎた。そう、この子はまちがいなくよその子だ――なのに、どことなく見覚えがある。

掃除婦はハッと息をのんだ。翼こそないが、それをのぞけば、その子はまるで彼女の自宅の炉棚に飾ってある小さな像の化身だった。ミセス・オルテガは妖精の小立像のコレクションを持っている。それは、アイルランドを出て一世代しか経ていない母親から譲り受けたものだ。母はあの小さな一族の明るい面と暗い面を知っていた。彼らは歌い踊り、いつも笑っている。そしてその全員が、災いをもたらす者でもある。生身の妖精を目にしても、いいことは何もない。

脳の常識的な領域では、彼女もその子供がきわめて人間的な、脆弱《ぜいじゃく》な存在であることがわかっていた。しかし魔物とのその類似は、不気味であり、心を騒がせた。ミセス・オルテガは頭をめぐらせ、ショートアイが同じ子供を見つめているのに気づいた。彼はいま、フェンスの外側をそろそろと移動している。あの赤毛の子供は、いいカモだ。連れはいないようだから。格好の獲物。男はゆっくりと周囲を回って、門に近づいてくる。こそこそと、にやつきながら。仮にゴキブリが笑えるものなら、あんなふうに笑うのだろう。

ミセス・オルテガの右手が野球のバットの柄を握った。女の子は子守りのひとり、ナンシーという名の馬鹿なティーンエイジャーに近づいていくところだ。ティーンエイジャーはぎくりとした。これは興味深いことだ。なにしろナンシーはラインバッカー並みの図体の持ち主なのだ。女の子がティーンエイジャーへと迫る。両手を差し伸べ、ハグを求めて。知らない人に? なるほど、これは確かに怖い。

小さな女の子というこの脅威から逃れたい一心で、ナンシーはベンチから飛び出していった。彼女は自分のあずかりもの、双子の男の子を回収すると、門の外へと彼らを追い立て、西六十八番ストリートの公園出口に大急ぎで向かった。こうして置き去りにされ、妖精の子はうなだれた。その両腕が自らの体を抱き締める。

あの子のTシャツについてるあれはなんだろう? ああ、くそ。

ミセス・オルテガにはしみを見分ける目と専門知識がある。警官ならケチャップにだまされることもあるだろうが、彼女の場合それはない。あれは血痕だ。

子供が突然笑顔になり、つま先立ちで踊るように遊び場の端へと向かった。門のそば——開いた門のそばで待つ変質者のほうへと。彼は笑みを浮かべ、女の子を抱き寄せようと両腕を差し出している。女の子は男のほうに駆けていった。大喜びで、愛を与え、受け取ろうと。

ミセス・オルテガはカートからバットを引っ張り出した。

制服の男三名がオークの古木の陰に立ち、かつてミセス・ラニヤードだった血だらけの小山を見つめている。

男のひとりが列を乱し、草地の狂宴のほうへと向かった。

「よせ、行くな」警察勤め二十年のベテラン、マッカロ巡査が若い相棒の腕をつかんで引き留めた。「おれを信じろ、坊や。あの人は死んでいる。完全にな」ああ、新米ども。彼らはよちよち歩きの幼児と同じだ。危なっかしくて一分だって目を離せない。「動物管理局がこっちに向かってる。ただ待っていよう」彼はもうひとりの若い男に顔を向けた。こちらは合衆国森林局の制服を着ている。「いやはや、ジミー、真っ昼間にこんなすごい数のネズミを見るのは初めてだよ」

「実はね、マック、ネズミの個体数は急増しているんだ」中西部の訛《なまり》さえなければ、この公園監視員は都会生まれの人間とみなされただろう。害獣どもが老婦人をランチにする光景にも、まるで動じないのだから。「毒餌はもう効いていない。ネズミどもはその味が好きになったんだろうよ。で、公園監督官がろくでもない害獣退治コンテストを催したわけさ。すると、最初の挑戦者がやって来た。ディジー・ホラレンって阿呆がね。そいつは、家族経営の小さな会社をやっている。扱ってるのは、主にシロアリとゴキブリだ。さて、ディジーはあそこのあの建物のなかに共用の巣があるのを突き止めた」公園監視員は草地の端の煉瓦《れんが》の建物を指さした。

「巣の穴をふさぎもせず、彼は燻蒸《くんじょう》用の高圧噴煙器を放りこんだ。ゴキブリにはこれが効くもんなあ？」

これ以上、皮肉な言いぐさがあるだろうか？　マッカロ巡査はありえないと思った。「ネズミどもには裏口があったわけだね？」

監視員はうなずいた。「裏口は必ずある――で、連中はうじゃうじゃ出てきたわけだ」彼はミセス・ラニヤードを食すネズミたちの図のほうに顔をもどした。「通常、ああいうものは見られない。ネズミどもは人を見るとちりぢりに逃げていく。こいつらはディジーの薬で酔っ払ってるんだろうな」監視員は肩をすくめた。「残念だね、おふたりさん。あの死体はほんの一部しか残らないだろうよ」

「大丈夫です」若いほうの警官が言った。「被害者の氏名は子供たちの何人かに訊いてわかっていますから」

「そうとも」マッカロ巡査が言った。「駆り集める子供はあと二十人だけだ」彼は《羊牧場》の彼方、警官や公園職員が横一列に並んでいるところに目を向けた。彼らは、隣の州、ニュージャージーの、逃げた日帰りキャンパーを追い求め、公園の周縁部を徹底捜索しているのだった。

公園監視員が空を指さした。草地の上空を大型の猛禽《もうきん》が旋回している。「あのタカをよく見てろよ。こういう開けた場所でネズミどもを見かけないのは、あいつがいるからなんだ」

翼を広げ、タカは急降下してきた。地上から数インチのところで、そいつはかぎ爪を開き、餌を貪《むさぼ》る連中の頭上をさっとかすめた。人間じみた叫びをあげ、身をくねらせながら、一匹のネズミがさらわれていった。残った害獣たちは平然と食事をつづけた。

公園監視員は考え深げにうなずいた。「まちがいない。連中は酔ってる」それからふたたび頭上を見あげたが、今回、彼が見つめているのは、太いオークの木の、密生する葉の奥だった。「子供のなかに木の上に隠れてるのがいなけりゃいいんだが」

マッカロ巡査も上に目を向け、いちばん低い枝の上を走っていくネズミに気づいた。「なんてこった。連中はいつあんな芸当を覚えたんだ？」

ミセス・オルテガは骨の折れるその音でいくらか溜飲《りゅういん》を下げた。変質者は悲鳴とともにくずれ落ち、その場に倒れた。ミセス・オルテガは野球のバットを肩に担いで、あたりを見回した。あの女の子はどこだろう？

訊ねる相手はいない。遊び場はいまは空っぽだった。

警官がふたり、こちらに走ってくる。ミセス・オルテガは彼らに手を振って、どなった。「女の子を見つけとくれ！」

若いほうの警官が先に鉄の門から入ってきた。警官は、地面に倒れている男を見おろした。男は胎児のように体を丸めており、もう叫ぶのはやめ、静かに泣いていた。警官は掃除婦に顔を向けた。「あなたがやったんですか？」

馬鹿な質問。見てのとおり、この手に野球のバットがあるだろうに。

ミセス・オルテガは泣いている変質者を足でつついた。「このゴミくずのことは気にしなくていい。死にゃあしないさ。とにかく大急ぎで子供をさがしとくれ。あの子はこういう変態どもを吸い寄せる磁石なんだから。すぐに見分けはつくよ。髪が赤くて、小さな妖精そっくりだからね」

「だよなあ」年配の警官がにやにやしながら門から入ってきた。「その子が公園の上空を飛んでいくのを見た気がするよ」

「馬鹿にするんじゃないよ」

「オーケー」警官は銃を抜いて、掃除婦の頭に狙いをつけた。「バットを捨てろ！　さあ！」

「こっちは本気なんだがね」

「ああ、そのようだな」警官はバットの先についた血を見つめていた。


ふうむ、こりゃあ斬新だ。

刑事は赤いプレハブの建物、セントラル・パーク署の仮宿の前に立っていた。その隣の古い署舎、修繕不可欠のやつは、部分的に防水シートに覆われており、屋根の上は作業員だらけだ。この町は常に崩壊の途上にある。

彼はソーホーの自分の署から遠く離れたところにいる。なおかつ、そのスーツは皺くちゃなうえ、一週間前のマスタードのしみが残っている。それでもこの男、ライカー巡査部長には、バッジを呈示する必要などなかった。彼には拳銃と金バッジを持つ者の風格がある。入口周辺には制服警官たちがかたまって立っていたが、彼らはすぐさまライカーの階級を見分け、さーっと左右に分かれた。一般市民の目に映る彼は、ただの猫背の中年男、愛嬌のあるのどかなほほえみと、まぶたの垂れた目の持ち主でしかないだろう。だが、その目は出会う相手すべてにこう言っている――あんた、嘘をついてるよな。まあ、別にいいけどさ。

ミセス・オルテガは、電話をかける権利を、貸しをひとつ回収するのに使ったのだった。ライカーはランチタイムを丸々つぶして、この署の責任者に彼女の釈放を嘆願する覚悟だった。ところが、数分のやりとりの後、署長は彼に留置場の鍵を手渡し、アッパー・ウェストサイド一危険な掃除婦を檻から解き放つ許しを与えた。

あの小女は鉄格子越しに刑事をにらみつけたが、刑事のほうは鍵を開けながらにやにやしていた。「いや、大したもんです」彼は扉を開け、深々とお辞儀をした。「その男の右腕とあばらを三本、折ってやったそうですね」

ライカーは掃除婦に付き添って下の階におり、そこで彼女は大切なワイヤーカートと再会した。ミセス・オルテガはカートの中身を入念にチェックした。たぶん、雑巾や、浴室の目地の掃除にうってつけの毛の強《こわ》いブラシを、警察に盗まれてはいないかと疑っているのだろう。

「わたしのバットは?」

「欲張りなさんな」ライカーは言った。「そのうち取り返してあげますからね。でもきょうってのは無理です」

「それにしても、保釈までずいぶん待たせてくれたもんだ」

「保釈はなし」ライカーは言った。「訴えは取りさげられました。自分の手柄にしたいとこですがね、実はこれは市長の判断なんです。彼の指示で、リムジンがあなたを迎えに来てますよ」

「あの女の子は？　まだ見つかってないんだろう？」

「目下、公園には五十名の警官がいます。彼らはニュージャージーから日帰りキャンプに来た子供たちをさがしているんです。その女の子は例の遊び場にいつもいる子じゃないんでしょう？　だったらたぶん、ジャージーの子供たちのひとりですよ」

「いいや、あの子は何日もお風呂に入っていなかった。迷子かホームレスだよ。警官どもにちゃんとそう言ったんだがね！」

「公園の警官でだめなら、わたしがその子を見つけますから」掃除婦がいくらか軟化したようなので、彼は訊ねた。「なんで市長がリムジンを寄越したのか、知りたくありませんか？」

掃除婦はハエを追いやるように手を振って、興味がないと伝えた。

紳士ぶって、ライカーがドアを押さえると、掃除婦はカートを押して外に出ていった。埃のにおい、空気ドリルの大音響、公園を通り抜ける往来の激しい道の騒音のなかへと。彼は、舗装路の幅広い一帯、VIP用の違法駐車スペースへと掃除婦を導いた。迎えのリムジンのそばには、市長付きの運転手が立っていた。警官風情にはとても買えない高級スーツを着たその男は、近づいてくる乗客を驚きの目で見つめている。ライカーは運転手にうなずいてみせた。そう、本当にこの小女が市長の新しい親友なのだ。「よう、相棒、トランクを開けてくれ。カートとこの人は離れられない仲なんでね」

運転手が掃除用具を積みこんでいるあいだに、この豪勢な乗り物が一介の掃除婦の日常的な移動手段であるかのように、ミセス・オルテガは平然と後部座席に収まった。運転手が車に乗りこみ、エンジンがかかると、彼女は身を乗り出して、長いリムジンの広大な空間の彼方に声をかけた。「ブルックリンで降ろしとくれよ！」

「市庁舎までだ！」ライカーはそう叫んで、彼女の命令を取り消した。それから彼は、取引を持ちかける口調で掃除婦に言った。「市長はただあなたと握手したいだけなんですから。あとは、何枚か写真を撮らせて、リポーターたちと話をすりゃあ、いいんです」

「はいはい」ミセス・オルテガは、明らかにうんざりしている様子で、助手席側の窓に顔を向けた。

「いいですか」ライカーは言った。「これはすごいことなんです。あなたがぶちのめしたあの野郎ね、あれはフロリダで保釈されて、そのままずらかったやつなんですよ。その後、マイアミ警察はそいつの自宅の床下で複数の遺体を発見しています」ここまで言っても、まだ刑事は相手がちゃんと聴いていない気がした。「ねえ、あなたは子供を狙う殺人鬼をひっとらえたんですよ。大手柄です」

「早くあの女の子を見つけなきゃ、ライカー。あの子にはどこかおかしなとこがあったよ。さもなきゃ、誰もきちんと育てる人間がいなかったかだね。なにしろ知らない人にまっすぐ近寄っていくんだから。それに、あの公園にいる変質者は、例の変態野郎ひとりじゃないし。マロリーはどこなんだい？　なんで来てくれないのかね？」

「コフィー警部補が彼女の可愛い手をデスクに釘付けにしたもんでね」観察期間中の現在、彼の若い相棒は勤務時間内にソーホー署を離れることを許されていない。縄張りの境界線、ハウストン・ストリート以北へは、食べ物の調達に行くことさえできないのだ。

疲れた子供は安全な低木林のなかに立ち、草地の狂騒を見守っていた。つなぎ姿の男が太いホースの片端を地面の穴に挿しこみ、重たいコイルをくるくると伸ばしながら原っぱへと入っていく。彼が別の男に手を振ったあと、ノズルの先端はネズミたちに向けられた。そしていま、強力な水の噴射が害獣たちを追い散らした。紺色の制服姿の警官たちが草のなかの血みどろの一箇所に歩み寄る。彼らはそのそばに膝をつき、さらに何人かの人がストレッチャーを持ってそちらへ走っていった。

大きく輪を描く迷子の旅の果てに、ココは偶然この場所にもどってきた。そして彼女はさらにさまよいつづけた。

数分、または、数時間後（時間の感覚はもうなくなっていた）ココはふたたび湖に出た。これは偶然にすぎない。彼女には地理という概念がぼんやりとしかつかめていないのだから。手すりのそばに立ち、密集する葉っぱの向こうをのぞきこむと、水辺には見覚えのあるオレンジ色の太いリボンみたいなフェンスがぐるりとめぐらされていた。さらに漫然と歩きつづけ、低い石垣にそって進むうちに、彼女はまた別の目印にたどり着いた。この公園には噴水式の水飲み器がたくさんあるし、どの水飲み器もよく似ている。でもココにはこれと他のを見分けられた。水盤のなかに鳥の死骸があるからだ。小さな茶色い亡骸はハエを引き寄せており、連中は騒々しく醜悪にブンブンいっていた。両手でぎゅっと耳をふさぐと——やめてやめてやめて——ココは舗装路を離れて小道を駆けていき、森のなかに逃げこんだ。か細い腕を大きく広げ、飛行機となり、宙を走って。そうして小道をずっと行くと、パニックから生まれた偶然により、赤い雨の降る場所への別の目印が見つかった。

泣くもんか泣くもんか泣くもんか。

ココは速度を落とし、呼吸を整えた。それから、金網フェンスの踏みつぶされた箇所をまたぎ越し、深い茂みに入っていった。低い枝々が手を差し伸べて、ブルージーンズの脚をガリガリと引っ掻いた。ココは一本の木の太い根っこの上に上がり、ざらざらの樹皮に覆われた幹を抱き締めた。愛となぐさめを求め、生い茂る葉の奥をじっと見あげて、彼女はその木の名前を呼んだ。

木は黙ったままだった。子供は地面にくずれ落ち、ボールのように丸くなった。

第二章

連中はモンスターみたいに大きくない。でも大人たちは連中を怖がっている。もちろん父さんは別だ。ぼくの父さんは、モンスターを信じていない。それに、ぼくのことも信じてないんだ。

アーネスト・ナドラー

刑事は警部補の執務室のドアを閉めた。おそらくボスの声が数オクターブ高くなるのを察知したのだろう――いい読みだ。

「マロリーを檻から出せだと？　頭がイカレたのか？」重大犯罪課の指揮官は、一方の手で薄茶色の髪をかきあげた。四十にまだ数年足りないコフィー警部補の後頭部には、一箇所、禿げた部分がある。それは彼の唯一の目立った特徴であり、ストレスが人間にどう作用しうるかを示すものでもあった。「彼女がこういうことをしたのは、これが初めてじゃないんだぞ」

「それに、さよならを言わず職場から消えた警官は、彼女が初めてじゃないしな」ライカー巡査部長は言った。

なおかつ、傷を負った警官たちの墓場、すなわち、デスクの任務から復活を遂げた警官は、この男の相棒ただひとりだ。

だが、それは前回のことだ。

「今回のはちがう!」どうどう。深呼吸しろ。ドアの下から漏れないよう声を落として、ジャック・コフィーはつづけた。「彼女は三月《みつき》も消えてたんだぞ。しかも、その理由をわたしはいまだにつかめていない」

ライカーはこれを受け流した。「いったいいつから警官は、消えた時間の説明をしなきゃならなくなったんだよ?」

消えた時間? たいていの刑事にとって、それは、仕事に行き詰まったとき、頭をすっきりさせるために近所をひとまわりしてくる時間のことだ。しかしマロリーは、この国の本土四十八州、六百万平方マイルをめぐる車の旅をしてきたのだ。とても同等には扱えない。

「市警の精神科医は現場への復帰を認めないだろうよ」コフィー警部補は屑籠から心理学者の報告書を拾いあげ、ライカーに手渡した。「三ページ目の頭を見てくれ――ドクター・ケインが、彼女は不安定で危険な状態だと述べている箇所だ。なぜそこが特に気になったのか教えよう。きみの相棒は、精神鑑定のテストを出し抜くのがすごく得意だろう?」

「だから当然、このテストでもAをとってるはずだ」ライカーは報告書をデスクの上に放り出した。「ドクター・ケインは女が怖いのさ。特に銃を持ってる女がな。あの藪医者は彼女を見るたびにパンツを濡らしてるんだろうよ」

「きみは彼女の鑑定書に何が書かれているか、わたしより先に知っていたんだろう。彼女に教わったんだよな？」ジャック・コフィーは片手を上げて、無意味な否定はするなと伝えた。マロリーはどんなデータバンクのロックでもこじ開けることができる。なおかつ、そのコンピューター・スキルは心から惜しまれていた。彼女の不在中、コフィーの部下の刑事たちは頭を下げて令状を恵んでもらうしかなかったのだ。

目下、コフィーの執務室の窓、壁の一面の上半分に当たる部分は、ベネチアン・ブラインドに覆われている。警部補はその長い金属の羽根板を一枚、持ちあげ、刑事部屋をのぞき見して、いちばん若い金バッジの部下の様子をチェックした。彼女を見ているのは、彼だけではなかった。他の刑事たちもちらちらと盗み見している。もう一度、彼女と組んでやれるかどうか、思案しているのだろうか？　このところ彼女は、行く先々で室内の不安を高めている。これはなんとかしなくてはならない。

見た目で判断するかぎり、彼女は少しも変わっていなかった。服装は相変わらず、シルクのTシャツにオーダーメードのブレザー。ブルージーンズまでもが特注品で、ランニングシューズの値段は、コフィーの車の月々の支払い額を超えている。できることならマロリーは金《かね》そのものを着て歩き、収賄《しゅうわい》の疑いを煽《あお》り立てたことだろう。もっともコフィーは、彼女はまあまあ正直なのではないか、と思っているが。彼女の金色の巻き毛はおなじみの形にスタイリングされ、猫のように頬骨の高い陶器の仮面を囲んでいた。実に美しい。実に不気味だ。それに、あの髪のカットにはいくらかかっているのだろう？

それに、彼女はなぜ反撃してこないのだろう？

復職の条件として、彼はマロリーをチームの小間使いにすることで辱《はずかし》めた。観察期間のこの一カ月、彼女は文句も言わず課の雑用をすべて引き受けてきた。みなの報告書を完成させ、それらをファイルし、あちこちに電話をかけ、他の刑事のために手がかりを追い、その間ずっとデスクトップのコンピューターに繋がれたままだった。非難の色は一切見せず、眉を上げてみせることさえせずに、彼女は日々この罰を受け入れている。

となると、頭のなかではどんな報復を企てているのだろうか？

そして、それはいつ実行されるのだろう？

警部補は書類の整理をする彼女を見守った。時間つぶしの無意味な作業。きれいに積まれたそれらの山がデスクの端からきっかり一インチのところに並んでいることを彼は知っていた。彼女の別名は、〈機械人間〉マロリーだ。そしてこの名は、彼女の目の不自然な色、まぶしいほどのグリーンによく合っている。書類の整理を終え、彼女はただそこにすわっていた。まったく動かずに。とても静かに。彼女はバネ仕掛けなのだ——警部補にはそんな考えを振り払うことができなかった。

ジャック・コフィーは絶えず緊張状態にあるのだった。

マロリーがこちらに顔を向け、彼がのぞき魔よろしく自分を見ている現場を押さえた。

金属の羽根板をピシリと閉じて、彼は窓から後退した。「ルールを作るのはわたしじゃないんだ」くるりと向きを変え、マロリーの相棒と向き合う。「現場の仕事はさせられない。精神科医からオーケーが出るまではな」

「それならもう手配ずみだよ」ライカー刑事はポケットに手を入れて、四つ折りにした紙の束を引っ張り出した。「チャールズ・バトラーがオーケーを出した。彼女は公式に正常と認定されたんだ」

まるで、バトラーが神よりたくさん博士号を持っているというだけで、当然そうなると言わんばかりだ。「チャールズはなぜ彼女が職場を放棄したか知ってるのか？」

「このどこかに書いてあるんじゃないか」ライカーは新たな鑑定書を広げ、文面に目を走らせた。その内容が彼にとって未知のものであるかのように。

だろうなあ。

ジャック・コフィーは書類をひったくったが、中身には目もくれなかった。すべて整っていることはわかっている。また、この新しい鑑定書がドクター・ケインの半端な診断を撃破することも。マロリーの心理学者は、市警のどの頭の医者よりも立派な資格を持っている。しかしあの哀れな男には、嘆かわしい弱点がある。キャシー・マロリーという弱点が。仮に彼女が月に向かって吠えていても、チャールズ・バトラーはただ、きょうは少し調子が悪いようだと見るばかりだろう。「これだけじゃな、ライカー。彼女がしれっともどってくるのを許すわけにはいかない」

馬鹿げた言葉。彼は、いまのせりふを取り消せたらと思った。というのも、それこそまさに彼女のしたことだからだ。四週間前、マロリーは刑事部屋に現れた。亡霊のように階段室のドアのそばにたたずんでいたのだ。そして全員の目が注がれると、彼女はいつもの窓辺のデスクに落ち着いた。彼女の留守中、誰も侵略しなかった垂涎《すいぜん》の的の席に。〝消えた時間〟のあの数カ月、他の刑事たちは、まるでそこに何かが憑いているかのように、彼女のデスクに近づくまいとしていた。なかには、そのあたりの空気はいつも冷たいと言う者さえいた。彼女がもどったあの朝、刑事部屋はしんと静まり返った。銃を持つ十五人の男たちが人質となり、なすすべもなくすわったまま、爆弾が爆発するのを待っていた。真っ先に口を開いたのは、彼女の向かいの席のライカーだった。彼は言った。「おまえさんがいないあいだ、コーヒーがまずくてかなわなかったよ」ポットを洗おうなどと思うのは、ここではマロリーだけなのだ。

そしてきょう、例によって楽天的に、ライカーはボスに言った。「彼女をやめさせたいのかい？」

「当面、彼女にはデスクワークをさせておく」警部補はブラインドの羽根板を持ちあげて、刑事部屋の見張りを再開した。そこにはミセス・オルテガが到着していた。掃除婦はマロリーのそばに椅子を寄せ、おしゃべりするためにすわった。これはまあ、ふつうのことだ。あのふたりは各種洗剤に対する熱い思いを共有しているのだから。ここでコフィーは、きちんとかたづいたマロリーのデスクに目をやった。彼女は与えられた仕事をすべて終えている。マロリーにさせる新たな仕事を考案するのに、自分は何時間費やしてきただろう？　彼は、箒《ほうき》と塵取りを彼女に手渡す一歩手前まで行ったのだ。もしかすると、向こうは喜んだかもしれないが。

ライカーが椅子にドスンとすわった。ここだけはボスの階級に配慮し、タバコは口からぶら下げたまま、火は点けていない。失意の刑事は、執務室の隅のテレビに目を向けて、ネズミたちと逃げまどう人々の無音のニュース映像を見つめた。「マロリーを一日、セントラル・パークに送りこんでみちゃあどうだ？　それなら害はないだろ。最悪でも――彼女は迷子を連れもどすだけだ」

　ジャック・コフィーの笑みははっきりとこう言っていた。絶対にだめだ。「ついさっきまで公園の警官たちと電話で話してたんだがね、子供たちはもう全員、見つかったそうだよ」

「ミセス・オルテガの届け出た子は？」

「その子は別だな」きょう唯一の失踪届は、チャールズ・バトラーの掃除婦が提出している。なんと、小妖精《ピクシー》が行方不明だと。「ミセス・オルテガは、例の変質者をぶちのめした件で、心神耗弱を申し立てる気だったんじゃないか」

「聞こえたよ！」開いたドアの前に、憤然とし、闘志満々で、あの掃除婦が立っていた。「わたしは、妖精そっくりだと言っただけなんだがね」彼女はドレスの深いポケットに手を突っこみ、小立像をひとつ引っ張り出した。「こういうのにね」そのセラミックの小さな像は、大きなほほえみと、くるくる渦巻く赤い髪と、巨大なイエバエの羽根をそなえていた。「あんたにこれを届けられるように、市長のリムジンの運転手がわたしをうちまで送ってくれたんだ」彼女は執務室に入ってきて、コフィーのデスクの端に妖精を載せた。「写真を撮っとくれ。これはあの女の子に瓜ふたつなんだから」

「すると、その子供には翼があったんですね？」コフィーは部下の刑事に顔を向けた。「ライカー、報告書にそのことは書いてなかったな。それに、その市長のリムジンというのは、なんの話なんだ?」

「翼はない」掃除婦が言った。「ただの小さな女の子だからね。迷子なんだよ。Tシャツには血がついていた。そのことは、ライカーの報告書に書いてあったろうね?」

「血?」警部補はほほえんだ。「たよりになるあなたの野球のバットからちょっと飛沫《しぶき》が飛んだのでは?」

「いいや!」ミセス・オルテガは息を止めて、十数えた。それから彼女は、しかめっ面とニューヨーク流の強い態度を引っこめた。彼女にとってこの件はそれほど重要だったのだ。こう言ったとき、その口調はほとんどなだめるようだった。「わたしが変質者をぶちのめす前から、あの子には血がついていたんだよ」

「だとすると、それはジャージーの子供たちのひとりでしょう」コフィーは言った。「勾留されているとき、公園の警官たちから聞きませんでしたか?《羊牧場》がネズミの大群に襲われたんですが?」

「ネズミは地面にいるもんだ。その血は、女の子のTシャツの肩についていたんだよ。それ以外のどこでもなく」ミセス・オルテガは腕組みした。「でも、なかなかの反論だね」

電話が鳴り、ライカーが身を乗り出して受話器を取った。まるで、警部補専用の回線に自分宛の電話が入るのを予期していたかのように。「もしもし?……ああ、そうですよ」刑事はしばらく耳を傾けてから、受話器を差し出した。「市長からだよ、ボス。あんたと話したいそうだ」

ネズミが一匹、キイキイ鳴きながら降ってきて、ココの足もとにボトンと落下した。この奇跡をココは前にも見たことがある。ネズミはそこに倒れたまま動かず、薄い黄色の下腹をさらしていた。光るその目が自分を降らせた空をじっと見あげている。赤い滴《しずく》がぽとぽとと落ちてきて、木の根元の土に浸みこんで消えた。ネズミがぴくりと動き、ココは背筋が冷たくなった。ドキドキ。

自分の心臓の鼓動が聞こえる。

ネズミの体が痙攣《けいれん》した。魔法みたいに生き返り、そいつは下生えのなかを大あわてで逃げていった。小枝を踏みしだき、キイキイピイピイ機械的な小さな声をあげながら。彫像ごっこをするように、ココはぴたりと静止した。心臓の音は——ドックン、ドックン、ドックン——前よりも大きく、速くなっていた。

コフィー警部補はデスクの前の椅子にすわった。彼はちょうど市庁舎との電話を終えたところだ。そしていま、そのとっておきの愛想笑いが掃除婦に向けられた。「あなたは市長の大のお気に入りですよ、ミセス・オルテガ」

あの市政のトップは、衆人環視（そのほとんどが六歳未満）のなか、警官ではなく民間人が小児性愛者をぶちのめしたことに大喜びで、本当に彼女の大ファンとなっていた。市長はまた、ミセス・オルテガの英雄的行為が、公園の来園者をネズミの一群が食ったという悪いニュースを帳消しにするだろうという幻想を抱いていた。

おめでたいやつ。

「市長の話だと、リムジンの運転手はあなたをブルックリンではなく市庁舎に連れていくはずだったそうですね。記念撮影と記者会見の時間はもうとっくに過ぎているんですよ」

「さっき言ったろう」掃除婦は言った。「うちにもどって妖精を取ってこなきゃならなかったんだよ」

「ええ、もちろん。そのことには感謝していますよ」ジャック・コフィーはデスクの隅に載った翼のある像を見つめ、慎重につぎの言葉を選んだ。行方不明の小妖精《ピクシー》が重大犯罪課の興味を引くには、三人以上、人を殺さなければならないのだとは言わないように。精一杯の外交術で、彼は両手を広げた。これは、敵意はないし、武器も持っていない、というニューヨーカーのジェスチャーだ。「リムジンが下であなたを待っています……それに市長も待っていますし……テレビカメラもです」

「いやだね」ミセス・オルテガは言った。「わたしはここを動かない――」

「公園署《パーク》に、まだひとり行方のわからない子供がいると伝えますよ」コフィーは妖精の像を手に取った。「それに、こいつの写真も送っておきますからね」

「ああ、あんたはそうするだろうさ」小女はゆったりと椅子にすわって、しばらくここにいるつもりであることを彼に知らしめた。市長がなんだ。

警部補がよそ見をしたのはほんの一瞬だったが、目をもどすとすぐ横には、別の星からふっと出現したかのように、マロリー刑事が立っていた。わかっている。彼女がこういうまねをするのは、彼の心臓を止めるためなのだ。コフィーは彼女のデスクを指さして、席にもどれと合図しようとした。とそのとき、彼女がほほえんだ——これが吉兆であったためしはない。

「ねえ」マロリーは、時刻でも告げるような軽い口調で言った。「市長はミセス・オルテガにものすごく会いたいんでしょうね」

つぎの展開がわかっていながら、ジャック・コフィーは心を奪われ、ただ彼女の顔を見つめるばかりだった。これは脅迫のゲームだ。若い刑事は檻から出たいのだ。そして彼女は、自らの第二の精神鑑定書に絶対的な自信を持っている。

「その女の子は障害者よ」マロリーは言った。「ウィリアムズ症候群なの」

「そうともさ」ミセス・オルテガが言った。「チャールズ・バトラーによると、あの子は絶対ひとりじゃうちに帰れないそうだよ。まさか、そんな子をあの公園にほったらかしに——」

「ちょっと待った」コフィーは言った。「チャールズもその子を見たんですか？」

「いや」ミセス・オルテガは言った。「ブルックリンに帰る途中で、電話をしたんだよ。チャールズは電話であの子を診断したんだ——市長の自動車電話越しに」

どうも共謀のにおいがする。

「その女の子を見つけたほうがいいんじゃない？」マロリーが言う。ああ、それはもうさりげなく。「小児性愛者はセントラル・パークが大好きだもの。その子がレイプされでもしたら、市長の一日は台なしになるだろうしね」それに、この刑事はいま、ミセス・オルテガ経由で、市長の耳になんでも入れられるわけだ。それは言われるまでもない。また、〝お返し〟という一語も口にはされなかった。

ジャック・コフィーの脳内のもっとも暗い領域で、小悪魔がぴょんぴょん飛びはね、叫んでいる。「マロリーを撃て！　いますぐ撃つんだ！」しかしそうはせず、警部補は掃除婦に視線をもどして、無理に笑顔を作った。「オーケー。これがわたしにできる精一杯です。公園署《パーク》に言ってその迷子さがしに警官十名を投入させますよ」

ミセス・オルテガは立ちあがって、デスクの上に身を乗り出した。一本の親指が背後の刑事たちを指し示す。「そのふたりも投入しとくれ。それで取引成立だ」

マロリーがライカーの隣の椅子にすわった。長い脚を前に投げ出し、彼女は懐中時計を開いた。偉大な刑事、故ルイ・マーコヴィッツから譲り受けたアンティークの品を。通常、彼女がこの小道具を取り出すのは、代々警察に勤めた養父の一族のことを相手に思い出させるため──そして、あの親父さんの貸しを回収するためだ。署にもどった日、彼女はデスクの上にその時計を置いた。それは、いま一度の受け入れを求める嘆願であり、要求でもあった。しかしきょう、彼女はそれを過ぎていく時間を表すものとして掲げた。市長が待っている。湯気を立てて、爆発寸前で。

ジャック・コフィーは肩をすくめた。これは降伏の白旗を振るのに似ていた。負けるが勝ちということもある。敗北は安らぎとなりうる。彼の緊張性の頭痛は早くも消えていた。ふたりの部下はアップタウンのセントラル・パークに、ミセス・オルテガはダウンタウンの市庁舎にないか。

向かい、問題は解決した。そして、勝ち負けという観点では、これは引き分けと言えるのでは

警部補は三十分待ってから、テレビの音声をオンにした。チャンネルは市内向けのケーブルテレビ局に合わせてあり、彼は掃除婦と市長の記者会見が見られるものと思っていた。ところがそこに映ったのは、コロンブス広場《サークル》の映像だった。大通りの支流から車がつぎつぎ流れこみ、円形広場のまわりを走っている。カメラが寄っていき、セントラル・パークの西の入口、マーチャンツ・ゲートの陽光あふれる広場へと移った。つづいて、記念塔のクローズアップ。そのてっぺんには、海馬三頭の引く戦車に乗ったコロンビア・トライアンファントの黄金像が立っている。それからカメラが下へとパンして、何本ものマイクに囲まれた小さな男の子の顔が大写しになった。

そして警部補は、きょう二度目の妖精の目撃情報を聞いた。

画面の男の子は、いまも園内をうろつくある子供を描写するのに、お話の世界の有名な妖精を持ち出していた。「でも、ティンカー・ベルとちがって、その子は金髪じゃなかった。赤毛だったんだ」男の子のほほえみがずるそうな笑いに変わった。嬉々として、若干の残忍さを交え、彼は最後までとっておいたいちばんいいネタを発表した。「それにその子は血だらけだったよ!」

ああ、すばらしい。実にすばらしい。

「どうしてわたしに嘘がばれたのか、不思議でしょうね」マロリーの言いかたは厳しくはなかったが、ライカーの考えでは、彼女は獲物を見つめる猫よろしく――相手の目に目を合わさずに――男の子を凝視していた。こいつはこの子を、小さな野球帽をかぶった厚切り肉一枚として見ているんじゃないだろうか。ライカーはそう思った。

幼い日帰りキャンパーは、自分がもう安全じゃないこと、にこやかな優しいリポーターたちに囲まれているわけじゃないことに、ようやく気づいた。この背の高いブロンドはまったく別種の生き物であり、これはひどくまずい状況なのだ。男の子は彼女を見あげた。すると、単に生身の人間より大きいというにすぎない黄金像よりもっと大きいものを見たかのように、その口がぽかんと開いた。

マロリーは男の子の手をつかんで、セントラル・パークの入口を示す記念塔のうしろ側へと彼を連れていった。この誘拐をカメラの目から隠すため、ライカーはふたりのすぐあとにつづいた。広場の反対側では、リポーターたちがジャージーの他の子らにインタビューを行っている。ストリート・ミュージシャンの一団が演奏を始めた。鳴り響くクラクションとの競演。コロンブス・サークルを取り巻く大渋滞のなか、車はまったく動いておらず、ドライバーたちは頭に来ている。制服警官らは歩道にそって駆け回り、二重駐車をする非常識なテレビ局のバンに、違反チケットを振っている。騒ぎを見物するため、野次馬どもが人垣を作っており、その一団に食べ物を売ろうとどこからともなく行商人も現れていた。

ふたりの刑事による子供の拉致《らち》には誰ひとり気づかなかった。

「あの女の子にはほんとに血がついてたんだよ」六歳児は泣き声になりながらも涙はこぼさず、ライカーはこの点を評価した。男の子は足もとを見つめた。有罪の証。

「これが最後のチャンスよ」マロリーは言った。まるでその子を地獄に送る権限は自分だけにあると言わんばかりに。「正直に話しなさい――」

「その子は嘘をついたの」ふたりめの小さなキャンパー、ポニーテールの女の子がライカーの影のなかから現れ、そろそろとマロリーに歩み寄った。「あの女の子は血だらけじゃなかった」子供は両手で口を囲って、内緒話をするように言った。「ちょっと血がついてただけ」彼女は自分のTシャツの肩と袖を指さして、消えた女の子についていた小さな血痕の箇所を示した。「ここ。それとここにも。そうそう、その子の名前はココっていうの」

ライカーは手帳を開いた。「ふうん、ココか」名前を書き留めると、彼はペンを宙に浮かせた。「それで……その血だけどね、どこかに傷はあったかな?」

「ううん、ぽつぽつがついてただけ。その子、こんな顔だったよ」女の子は左右の手の指を一本ずつ口に入れ、ぐいと横に引っ張って、抜けた乳歯の隙間があるハロウィーン風の大きな笑いを作ってみせた。

「まあ、話は合ってるな」ライカーはミセス・オルテガの妖精像の写真を掲げ、比較的信頼できるこの目撃者に見せた。「ココはこれに似てなかったかい――」

「それ、あの子だよ!」女の子は金切り声をあげ、興奮のあまりじっとしていられずにぴょんぴょんと飛びはねた。「羽根のこと、忘れてた!」

ライカーはため息をついた。

そして、虚言癖のある男の子のほうもうなずいた。「うん、確かに羽根があったね」小さな手をポケットに突っこむと、新たに身に着けた無頓着な態度で、彼は空を見あげた。「たぶんいまごろメキシコにいるんじゃない」

マロリーはしゃがみこみ、男の子にぐっと顔を近づけた。逃げ道はない、情けも期待できない。ライカーは身をすくめた。

「ひとつ教えて」彼女は言った。「ココのTシャツのそのしみ——あなたがそれを見たのは、ネズミたちがミセス・ラニヤードを食べる前だった？」

男の子はぎくりと背筋を伸ばした。風船がいきなり割れたときのように、その目が大きくなっている。どうやらこのキャンパーは、ネズミの襲撃を見ないまま、振り返らずに逃げたらしい。そして、リポーターたち——繊細《せんさい》なあのジャッカルどもは、老婦人の死を子供には伝えられなかったわけだ。これらのことは、この子の涙、ボロボロとこぼれる大粒のやつから明らかだった。

いちおうの答えは得られた。ふたりの刑事は先へと進み、セントラル・パークに入っていった。

もし誰かに訊かれたら、ココはきっと、町の四ブロック分しかない公園を横断するために、ここ一時間で二百八十三マイル歩いたと言うだろう。ココの認識では、時間と空間は感覚的なものなのだ。ただ、彼女は数字に関しては精確であろうと努力している。

まだ顔が見えない女の四歩うしろをココは歩いていた。この知らない人に、手をつないでくれませんか、とたのんでみるつもりだった。どうしても誰かに、誰でもいいから、抱きつかなくてはならない。きょうは、確固たる世界に錨《いかり》が下りていないふわふわした日で、涙がこぼれそうになることもしょっちゅうだった。とここで、彼女の注意は、レッドおじさんの服そっくりの青いシャツとグレイのズボンの男の人に吸い寄せられた。でもこの人がおじさんのはずはない。

レッドおじさんはこのあいだ、木になったのだから。

前を行く女が足を止め、頭上を見あげた。夜も昼も公園を旅するうちに、ココは自分以外の来園者が決して上を見ないことに気づいていた。この女の人だけだ。たぶんこの人には木が泣いているのが聞こえたんだろう。木たちはときどき泣く。でもこの木はちがう。ああ、いま赤い雨がここにも降ってきた。でもほんの数滴だけ。そしてそれは女の人のドレスの背中に落ちた。

「ぽつぽつがついたよ」ココは言った。「赤いぽつぽつ――あたしのみたいな」

女はくるりと振り返った。ネズミが木から落ちてきて、その頭にぶつかった。女は悲鳴をあげ、ネズミを払いのけたが、ネズミは長い髪にからまっていた。そしていま、そいつも悲鳴をあげている。震えながら、ココはつま先立ちになり、じっと身構え、それから飛び立った。その足が軽く地面に触れていく。音よりも速く、脳から音を追い出しながら、彼女は走った。いま背後では足音がしている。ネズミの足音にしては重たすぎる音。世界中のネズミが積み重なって走っても、そんな音はしない。でもココは振り返って何がいるのか見ようとはしなかった。そうして長い長い時間が過ぎ、気がつくと、ココはまたあのライオンたちに囲まれ、安全になっていた。

第三章

ぼくは飛び級で同じ年の子たちより二学年上にいる。だから、あの三人全員と授業でいっしょになってしまう。歴史のときは、〝嚙みつき魔のアギー〟がぼくの隣にいて、歯をカチカチ鳴らしている。ときどきあの子は通路の向こうから手を伸ばしてきて、ぼくをつねる。肉のチェックをしているのかな。

アーネスト・ナドラー

相棒の隣の助手席に乗るのは、本物の車の場合はもっとエキサイティングだ。マロリーはめったにサイレンを使わない。彼女は他のドライバーを、塗装やテールライトの脅威となる接近によって威嚇《いかく》するほうが好きなのだ。しかしきょうの彼女は、園内専用のこの小さな乗り物、豆粒サイズのエンジンを備えたゴルフカートもどきの最高速度しか出せない。

ライカーはナビゲーターぶって、ハイウェイや狭い道路や蛇行する小道が描かれた園内の地図を見ていた。北に向かう途中、彼はこの町の最新のランドマーク、ネズミどもが市外からのお客を食った地点に×印をつけた。ふたりは西六十八番ストリートからすぐの遊び場、ミセス・オルテガが行方不明の子供を見た場所に近づいていた。ライカーは腕時計に目をやった。

西大通り《ウエスト・ドライヴ》の向こう側の草地で起きたネズミどもの急襲からは、もう数時間が経っていた。「ここじゃその子は見つからんだろうよ。子供ってのは逃げ足が速いからな」彼はあきらめの境地だった。子供を隠す木々が百万本もある、長さ数マイル、幅二分の一マイルの公園で小さな女の子ひとりを見つけ出すのはとても無理だ。ところが彼の相棒は、自信を持って、迷うことなく、カートを進めている。「なあ、何かおれが知らなくて、おまえさんが知ってることでもあるのか？」

「ココは隠れてはいない」マロリーは言った。「人と接触しようとしているの。だからこの道から離れない」

彼の相棒には迷子の心がたどる道がわかるのだ。本人もかつてそのひとりだったから——もしマロリーが本当に子供だったことがあると言えるならば、だが。サバイバルのスキル一式をそなえ、彼女がマーコヴィッツ家に到着したのは、十か十一のときだ。彼女の養父母、ルイとヘレンは、彼女の年齢について、最後まで確信が持てなかった。子供サイズのキャシー・マロリーには、人をだます天分もあったからだ。しかしライカーの考えでは、幼少期のキャシーは他の何より盗みの技において偉才を発揮していた。

恐怖を呼び覚ます才能は、彼女が後に身に着けたものだ。

西七十七番ストリートへの出口を通過したところで、マロリーはアクセルを思い切り踏みこみ、歩道に乗りあげて、スケートボードを手に持ったふたりの少年のほうに向かった。少年たちは、膝当てにリストガードにヘルメットと、親たちがニューヨーク・シティで我が子を生かしておくために支給しうるすべてのクッションを身に着けていた。そう、確かにこの少年らはティーンエイジャーだが、彼らとて誰かしらに愛されているのだ。カートが急停止したとき、その前輪は少年たちの膝当てから数インチのところに迫っていた。そして少年たちは笑った。ショックも受けず、畏れも抱かず。これは玩具の車だから。だがここで、お楽しみは終わった。彼らはマロリーに目を据えていた。

ああ、くそ。

言葉は必要ない。彼女はただうなずくだけでよかった。そう、わたしは警官よ。それにそう、銃も持っている。大きいのをね。彼女は首をかしげてほほえみ、彼らのポケットに自分の興味を引くような草が少し入ってはいないかと無言のうちに問いかけた。

ティーンエイジャーってのは実に扱いやすい。

ライカーはバッジを掲げ、少年たちに、こっちへ来いと合図した。ポケットに手を入れ、彼はミセス・オルテガの妖精像の写真をさぐった。「オーケー、ルールを教えよう。ひとこと生意気な口をきいたら、おれの相棒がきみらを撃つ。おれたちは迷子をさがしてるんだ。その女の子はこんな顔をしている」彼はふたりに写真を見せ、一方の少年の薄笑いを見て、その心を読みとった。「翼を見たなんて言うんじゃないぞ」彼はマロリーを目顔で示した。「痛い目に遭うからな」

「うん、その子なら見たよ」背の高いほうの少年が言った。「方向は合ってる」彼は自分たちの来た方向を指さした。「最初の小道を右に行きな。その子、東に走ってったから」

「《ランブル》に行ったってのか？」ライカーは額に手をかざして、鬱蒼《うっそう》たる森のほうを眺めた。そこはかつて、薬物中毒者、ナイフと銃を持った強盗、標的を石で襲う強姦魔の巣窟《そうくつ》として悪名高かった場所だ。やがて時代が移り、その原生林はバードウォッチャーやジョギングする人やおばあちゃんたちに侵略された。「どれくらい前だ？」

「一時間かな——三十分かな」

「ちゃんと話すのよ」マロリーはもう一方の少年のうしろめたげな顔に照準を合わせた。「何かあったんでしょ？」

ティーンエイジャーは足もとの草を見おろし、おつぎは空を見あげた。「その子、おれにハグしてくれって言ったんだ」

「でもその子は汚かった」マロリーはカートを降りた。「たぶん浮浪児ね」単調な声だ。「あなたは何かうつされるかもと思った。ナンキンムシかシラミを」彼女は少年のまわりをぐるりと回り、彼のスケートボードをひったくって、カートのタイヤの下に放りこんだ。それでもまだ少年は彼女を見ようとしなかった。「女の子の服には血がついていた。それにその子は怯えていたんじゃない？　でもあなたにはきょうの予定、行きたいところがあった。警官を呼ぶ暇なんてなかったのよね」マロリーは一方の手を開いて、少年に彼自身の高価な携帯電話を見せた。

少年は驚いて目を瞠り、ジーンズの尻ポケットに手をやった。

「ここからあの水のところまで投げられるかしら」マロリーは湖の細長い部分、オレンジ色の工事用フェンスで仕切られたところに目をやると、少年の携帯の重さをてのひらで量る格好をした。「さあ、話して」

ティーンエイジャーは不安げな目をライカーに向けた。彼はただ肩をすくめてこう伝えた。彼女のこと、警告しといたよな。

先に口を開いたのは、もうひとりの少年のほうだった。たぶん、自分の携帯のことが心配になったのだろう。「その子はちょっと変だったよ……いまにも泣きだしそうになって――」

「あなたの友達に知らん顔されたから?」マロリーが腕組みしただけで、少年たちは同時にしゃべりだした。そしていま、彼らは――突然、都合よく――ココが別の来園者のほうに駆けていったことを思い出した。

「おれたち、きっとその人が警官を呼んでくれると思ったんだ」

「ああ、そうだろうとも」ライカーは言った。この嘘つき野郎。

ティーンエイジャーは、〝だから何よ〟とばかりにふてくされた笑いを見せた。敬意のかけらもなく。

粋がって警官に嘘をつく者は、それなりの報いを受けねばならない。しかしその真っ白な美しい歯が抜け落ちるまでそいつを揺さぶってやる代わりに、ライカーは向きを変え、カートに乗りこんだ。背後でザブンと音がし、少年が声をあげた。「ああくそっ! おれの携帯が!」そのあとマロリーが運転席にもどり、タイヤの下でスケートボードがバリバリつぶれる爽快な音とともに、カートは前に進みだした。

刑事たちは細い道をたどり、時速数マイルという無謀な最高速度で森のなかへと入っていった。《ランブル》は三十八エーカーのだだっ広いエリア、木々が密生し、草が深く生い茂る、美しくはあるものの意欲をそぐ場所だ。ライカーの地図によれば、この地帯は曲がりくねった小道だらけの手に負えない迷宮なのだった。「これじゃその子は見つかりっこないな」

「大丈夫。その子は怯えて逃げているの。選ぶのは楽な道だけよ」マロリーはすべての脇道を素通りして、いちばん広い小道を走りつづけ、華奢《きゃしゃ》な低い金網フェンスが見えてきたとき初めて速度を落とした。そしてここで、完全停止。フェンスの一箇所が地面に引き倒されている。故ルイ・マーコヴィッツの古い教え——異変があったら、必ず止まってチェックすること。それから彼女は先へと進んだ。

《ランブル》を出て、湖の東の《ボートハウス・カフェ》にほど近い開けたエリアに入っていくとき、ライカーは携帯に入った電話に応えた。「もしもし」彼は相棒に顔を向けた。「こっち方向でまちがいないぞ。《並木道》で妖精が目撃された」

手漕ぎボートとアヒルの湖を通過し、《ベセスダ・テラス》も通過して、刑事たちは公園の《並木道》に入った。古い野外音楽堂付近のサックスの甘い調べのなかへ。四人の人がこちらに向かってくる。みんな怯え、このカートには不可能なスピードで走っていた。刑事たちは彼らとすれちがい、大木とベンチとガス灯の時代の街灯が左右に並ぶ、歩行者専用の広い道を進んでいった。頭上には、葉の生い茂る枝の天蓋があり、前方にはディキシーランド・バンドのサウンドがある。バンドはまるで、公園の出口への民間人の緊急避難を指揮しているようだった。ライカーがさっとバッジを見せると、音楽はやんだ。

「まちがいの通報をしちまって」バンジョー弾きがそう言って、携帯電話を掲げた。「迷子だと思ったんですよ。でもそのあと、その子は観光客のグループに合流してましたから」

つづいてトランペット吹きが言った。「ぼくはその一行に動物園への行きかたを教えました」

アクセルが踏みこまれ、カートはふたたび進みだした。

「止まれ！」ライカーはどなった。カートが急停止すると同時に、彼らのすぐ前の敷石の上をネズミの一団が突っ切っていった。「なんだ、こりゃ？」ライカーの住むダウンタウン、ソーホーの界隈では、ネズミたちはみな、夜の十時まで現れないディレッタントだ。それに連中は人間を避けている。その姿はめったに見られない。街灯を反射し、路地の暗がりやゴミ缶から見つめる、光る目以外は。ときとして彼は、壁ぞいをするする走っていくやつを目撃する。しかし、背中を丸めては伸ばし、ギャロップするネズミたちなど断じて見たことはない。まちがいなくこいつらは《羊牧場》から逃げてきた人食いネズミだ。害獣どものほとんどが道を通過し終えたそのとき、厚かましい一匹が刑事たちの乗り物の真正面で足を止めた。そいつはうしろ足で立ちあがり、真っ向から彼らを見つめた。恐れげもなく――あっぱれとも言える態度で。

マロリーはそいつを轢《ひ》きつぶした。

徒歩で動物園に入ると、ふたりの刑事は妖精の写真はもう呈示しないことにした。情報を求めるときは、ただ簡単に、血のしみのついたTシャツを着た赤毛の小さな女の子という説明ですませた。ギャアギャア叫ぶ連中や襲いかかる害獣から護られたこの場所に、パニックの徴候はなかった。刑事たちの問いに、ひとりの来園者は落ち着いた様子で、ある広場の中央の展示物のほうを指し示した。一段高いセメントのプール。その平らな岩の上で、真昼の太陽のもと、アシカ《シー・ライオン》たちがまどろみ、肌を焼きながら、のらくらと過ごしている。そしてそこ、プールを囲むその段々に、件《くだん》の女の子が立っていた。公園の職員が充分距離を保ったまま、大きく手を伸ばし、迷子に与える習わしのコーン・アイスを子供に渡そうとしている。

マロリーが呼びかけた。「ココ!」

小さな女の子はコーン・アイスを取り落とし、こちらに向かって駆けてきた。泣きながら、笑いながら、痩せこけた腕を差し伸べ、抱き締めてもらおうと。汚れた小さなその顔の必死さを見て、ライカーは悲しみを覚えた。ハグはこの子にとって酸素も同然、命そのものなのだ。彼女にはそれが欠かせない。ミセス・オルテガの言ったとおり——ココには生存本能がまるでない。何も知らないこの子供は、ぬくもりとなぐさめを求める対象として彼の相棒を選んでしまった。

ココは背の高い金髪の刑事に抱きついた。そしてマロリーは、その抱擁に耐えたばかりか、血で汚れた哀れな子供にほほえみかけた。マロリーの街への切符。デスクワークとはもうお別れだ。迷子は見つかった。これは、マスコミ向け発表のすばらしいネタになる。血に飢えたネズミどもが観光業に与えたダメージを緩和するものに。市長は大いに感謝するだろう。

動物園の中庭は、赤煉瓦《れんが》の壁と樹木と花々に囲まれていた。ランチのお客らは、金切り声で叫ぶ子供の一団に脅かされている。よちよち歩きの幼児らとそれよりすばしこい小童《こわっぱ》どもを追い回すのは、疲れきった若い母親たち。もっと年のいったベテランのママたちは、静かにすわって、子供たちのバッテリーが切れるのを待っている。そして、あたりをうろつく鳩たちは、あらゆるテーブルで餌をねだっていた。

天性の語り部、ココは、ホットドッグをむしゃむしゃ食べながら、セントラル・パーク放浪の冒険談をさらに詳しく刑事たちに物語っていた。どんな質問にも、空想的な脚色抜きの答えは返ってこなかった。Tシャツのしみについては、彼女はこう言った。「この血は、ネズミが降ってきたのと同じとこから降ってきたの」ココは上を指さした。「空に住んでるネズミがいるんだよ」刑事たちの目の疑いの色を正しく読みとり、子供はライカーとマロリーの顔を見比べた。「ほんとだよ」威厳と権威を以て、ココは言った。「空からはときどきネズミが降ってくる。それにときどき血も降ってくるんだから」彼女は肩をすくめ、この天候の現象が起こるかどうかは賭けみたいなものなのだと伝えた。

マロリーの寛容の精神はすり減りつつあった。「あなた、例のネズミの群れを見たのよね。ほら、あの女性が――」

ライカーは一方の手を上げ、ミセス・ラニヤードの死に関するおぞましい説明を阻止した。「きみは草地であのネズミの群れを見た。そうだね？」

「うん。それでみんな逃げてったの。あたしもだけど」この子供の話では、数十匹のネズミは数千匹の大群となっており、全部のネズミが家並みに大きく、彼女の腕ほどの長さの歯をそなえていた。「ネズミは多産なんだよ」

ライカーは、六歳児で、その言葉の小さなストックに〝多産〟という語を持つ子供がいったい何人いるだろうか、と思った。

「それは誰の血なの?」マロリーは、空のネズミや血の雨の熱心な信者ではないらしい。

「神様の血」ココは言った。

ライカーは赤いしみを見つめた。縦長のその形状は、確かに上から落ちてきた滴《しずく》を示唆している。しかし世界には、この子供の頭上に位置するものが実にたくさんある。「その血がTシャツについたとき、きみはどこにいたのかな?」

「公園のなか。公園にはいっぱいネズミがいるんだよ。たいていの人は見られないけど。ネズミは通常、夜行性だから」

「夜行性? むずかしい言葉を知ってるんだね」ライカーは言った。「きみはいくつなの?」

「八歳」ココは誇らしげに言った。これは本当かもしれない。彼女はその年のふつうの子より小さいが、使う言葉は他の子たちより大きいから。

マロリーが自分の分のホットドッグをココのトレイに置いた。すると子供は、何日も食事をしていなかったかのように、がつがつ食べはじめた。「あなたは夜なかに公園にいたの? それで、ネズミが夜行性だって知ってるわけ?」

「本で読んだの」女の子はふたつめのホットドッグを平らげた。「おばあちゃんが毎日、本で勉強を教えてくれてたから。それは前のことだけど。そのあとあたし、レッドおじさんのうちに暮らしに行ったの。でも夜になると、おじさんは自分を公園に配達させちゃったんだ。それであたし、おじさんをさがしに行ったんだけど、おじさんは木になっちゃったの」

「じゃあ、きみは夜じゅうここにいたの？」ライカーにもこれは信じがたかった。「ひとりきりで？」

「うん。あたし、夜じゅうずっと木の声を聴いてたの——毎晩。木がどんなふうに泣くか、知ってるでしょ？　口はないから、こんな音なんだよ」ココは両手で口をふさいで、くぐもった哀しげな声を漏らした。

突然、背筋が冷たくなった。これは現実に起こっている何かを暗示しているのだ。ライカーは子供のTシャツの血を見つめた。

誰の血なんだ？

マロリーがココの顎のマスタードをナプキンでそっとぬぐった。こうして小さな親切を報酬として与え、ココを——子犬みたいに——訓練しているわけだ。「あなたのレッドおじさんをさがしに行きましょう」

きょうは、そのフリーの記者にとって、フルタイムの職に就けないという絶望にひと息入れる休日であり、彼の手もとには携帯電話のカメラしかなかった。その目で確かに見たのだが、どこの写真担当者もネズミが空から降ってきたという事実を信じてくれはしないだろう。シャッターを切るのが数秒遅すぎ、彼に撮影できたのは、女の背中に乗っているネズミの姿だけだった。悲鳴をあげる女を追いかけ、曲がりくねった小道をいくつも駆けめぐったすえに、記者は彼女を見失った。

《ランブル》に来たのは初めてであるうえ、この森には各小道の可愛い名称が記された親切な標識もなく、彼はすでに小一時間ぐるぐる歩き回っていた。歩きながら、携帯の画面の写真を見おろし、彼はネズミを乗せたあの女が必死の遁走《とんそう》を始めた地点の目印となるものをさがした。そしてついにまた、もとの小道に出た。そう、ここが空からネズミが降ってくるのを目撃した場所だ。頭上に広がる木の枝を見あげ、彼は一歩譲って、どうやらあのネズミは木から落ちてきたらしいと認めた。もっともそれだって、すごい図だが。

しかし、いつからネズミどもは木登りするようになったんだ？

彼は、携帯の小さな画面の、髪にネズミがからまった女の写真を見つめた。背景には小さな人の姿が見える。顔を上に向けた赤毛の子供。何を見あげているんだろう？　他にも木登りネズミがいるのか？　彼は、一時間前その不思議な子供が立っていた正確な位置に立ってみた。大上を向き、密集する葉の奥に目を凝らすと、そこに緑色だが葉っぱではない何かが見えた。大きくふくらんだ袋がひとつ、高い枝に吊るされている。そして（なんてこった！）それは動いていた。ネズミが一匹、袋の裂け目から現れた。いま、そいつは下に向かっている。葉群のなかをくぐり抜け、枝から落ちては、つぎの枝に着地しながら。アクロバットをするネズミ？　いちばん低い枝でちょっと止まって、そいつは写真を撮らせてくれた。カシャッ。太った醜いそのネズミは、害獣の小さな両手で枝につかまり、バランスをとるのに苦労していた。ネズミの酔っ払いか？　その体毛はぺったり皮膚に張りついており、ネズミは濡れた犬よろしくぶるぶるっと身を震わせた。フリーの記者の白いシャツに（ああ、くそっ）血の滴が飛び散った。

マロリーは乗り物の短い行列を率いていた。刑事たちのうしろには、パトロール警官二名がつづき、三台目のカートには公園監視員が乗っている。あの女の子はライカーの膝の上で、右に左に顔を向け、本人の言う死んだ鳥をさがしていた。一行は北を指し、ふたたび《ランブル》に向かっていた。ヒントは、子供の暗号めいた言葉のみ。オレンジ色の太いリボンで縛ってある水。それは、保守点検の作業班が湖の細長い部分にめぐらせたフェンスのことにちがいない。マロリーがティーンエイジャーの携帯電話を水没させたのと同じ場所だ。三台のカートが西大通り《ウエスト・ドライヴ》を進んでいくあいだに、刑事たちはココのおばあちゃんの正式名が〝お祖母さん〟であることを知った。レッドおじさんには他の名前はなかった。

そして、この子はひと晩以上、公園で生きながらえていた。

「止まって！」カートが歩道の脇で止まると、ココは新たな水飲み器、このルートの三つめのを調べに飛んでいった。「あったよ」そう言って、水盤のなかの、目のない死んだ鳥を指さす。小さな死骸にブンブンと群がるハエたちから飛びすさると、彼女は両手で耳をふさいで、カーブする石垣の端まで逃げていった。

マロリーがココをカートに呼びもどし、その後、捜索隊は《ランブル》に分け入って、カートより大きな乗り物は通れない狭い小道をたどった。ココにはもうそれ以上道案内ができなかったが、マロリーにはガイドなど必要ないようだった。ライカーもまた、彼女がどこをめざしているか見当がついていた。しばらく前に足を止め、ちょっとした狼藉《ろうぜき》の跡と思しきものを調べた場所で、マロリーはカートを止めた。そして彼女は、金網フェンスの引き倒された部分を指さした。「ココ、前にこれを見ていない?」

「あたしがやったんじゃないよ」ココは言った。ライカーは思わず笑みを浮かべた。これは彼の相棒のトレードマークのせりふなのだ。ココは彼の膝から下りると、小道に立った。「ここだよ」

公園監視員が自分のカートから降りてきた。「この子はカートに乗せておかないと。《ランブル》でネズミが大移動しているんですよ。ここにまったく人気《ひとけ》がないのは、だからなんです。人間のほうも大移動したわけです」

「《羊牧場》からは二分の一マイルも離れているのにね」マロリーが言った。「ネズミには縄張りがあるんじゃないの?」

「ええ、そうです。でもやつらはふつうのネズミじゃないんで」監視員は東を指さした。「うちの新しい駆除業者が、《ランブル》の向こうの建物から大群を追い出しましてね。業者はそいつらを殺すことになってたんですが、やつらはただクスリで酔っ払っただけだったんです」

「その業者、ネズミを燻したの?……公園のなかで?」

「ええ、そうです」監視員は無表情に、落ち着き払った声で言った。「それで目下、連中はみな自由を謳歌《おうか》しているわけです」

「なるほどな」ライカーは子供を監視員のカートの助手席に乗せた。「オーケー、お嬢ちゃん、きみはここで、このおもしろいおじさんとネズミの話をしておいで」

フェンスの倒れている箇所で彼が相棒に合流したとき、監視員がうしろから呼びかけた。「気をつけて！　ネズミどもはいま、通常より攻撃的になっています。やつら、噛みつくんですよ。もし一匹見かけても、逃げないでください。逃げると、襲ってきますからね。やつらには人が逃げるのが愉快なんでしょう」

マロリーが、地面の一箇所の、深い轍《わだち》に浅い轍が重なっているところを指さした。「一対の車輪のタイヤ痕よ。手押し車みたいな小さなやつに合うわね」

「配達屋の台車か。ココが、彼女のおじさんは公園に配達されたって言ってたな」乾いた土にライカーの靴の痕はついていない。「つまり台車は雨のあと、地面がやわらかいときに、ここを通ったってことだ」

「でも雨はもう何日も降っていない」マロリーは低く身をかがめ、露出した土と車輪に踏みつけられたまばらな草を調べた。「台車の荷物は入っていくときは重くて、出てくるときは軽かったのよ」

死体ひとつ分軽かったとか？　そして、その死体はココの行方不明のおじさんのものだったのでは？

宗旨替えして、空のネズミと血の雨の信者となり、マロリーは上を見あげながら、密生する木々のなかに入っていった。地上の葉群の隙間に切れ切れに見える人の体に気づいたのはライカーのほうだった。つづいて顔の側面が見えた。そしていま、シダの葉がかき分けられ、横向きに倒れた裸の男の姿があらわになった。手首と足首をロープで結《ゆわ》えられ、その死体は弓のように反り返らされていた。ライカーは手を伸ばして触れてみた。冷たくて硬い。死後硬直の最終段階か？　見えているほうの目は、眼窩《がんか》に深く沈みこんでおり、青みを帯びた肌には斑紋《はんもん》があった。

「教科書どおりの死だな」ライカーはベビーシッターの任務中の監視員に声をかけた。「その子をここから連れ出してくれ！」

監視員のカートがココを乗せて走り去ると、マロリーが制服警官ふたりに向かって叫んだ。「誰も通さないで！　いいわね？」

パトロール警官たちは倒れたフェンスのそばで見張りに立ち、刑事たちは裸の死体をもっと綿密に調べた。「髪は濃い茶色か」ライカーは言った。「これはあの子のレッドおじさんじゃないな。たぶん見つけるべき遺体はもう一体あるんだろう」

彼はネズミどもを見るより先に、その足音を耳にした。下生えのなかをカサコソ進んでくる音、つづいて、そいつらがうじゃうじゃと何十匹も目の前に現れた。死んだ男を飛び越えた最初の一匹は、もろくやわらかな死体の目玉をくんくんと嗅いだ。ライカーは怖気づいていた。フル装塡した銃を持つ男、怖がりでも引っこみ思案でもない彼が。しかし逃げる気はなかった。マロリーと同じく、彼もその場に踏みとどまった。ネズミどもは彼らの足を迂回して、死体へと駆け寄っていく。「こら！」ライカーはどなって、両手を振った。ふつうならそれでちりぢりに逃げるはずなのだが、そいつらは気にしていないようだった。ネズミどものルールはすべて、きょうは無効となっている。ただひとつ確かなのは、この害獣がダニとノミと中世の疫病を運んでいるという事実だけだ。なおかつ、こいつらの歯は恐ろしく鋭い。

相棒が石を拾いあげ、スター選手のピッチングで一匹の歯を刺した。ああ、我が子にアメリカ野球を教えたルイ・マーコヴィッツに祝福あれ。それに、その腕をこんなかたちで悪用するとは、いかにもマロリーらしい。彼女は落ち着き払って、ラテックスの手袋をピシリとはめると、血みどろのネズミを、尾をつまんで拾いあげた。残りのネズミたちが鼻づらをもたげ、くんくん空気のにおいを嗅ぐ。マロリーは弛緩したネズミの体を死体とはぜんぜんちがうほうへ放り投げた。そいつは滑空していき、ぎょっとしているパトロール警官たちの前を通過し、カートのそばの小道に落ちた。

他のネズミどもへの見せしめになっただろうか？　いや、だめらしい。

害獣の群れは流れ出る新鮮な血のにおいをめがけて押し寄せ、まだ死んでいない兄弟ネズミを齧《かじ》りはじめた。小道のその殺戮《さつりく》は、引き裂く歯、飛び散る血、ビュンビュン揺れる尾の修羅《しゅら》場《ば》だった。マロリーの浮浪児時代は、最高に醜悪な害獣駆除の早道を彼女に教えたのだった。

パトロール警官の一方が若々しい希望に満ちた声で呼びかけた。「こいつらを撃ってもいいですか？」

上官からの直接命令なしに、支給された弾丸を発射すれば、これらのパトロール警官たちはニューヨーク市警の地獄へと送られる。たとえ、現場の保存という正当な理由があってもだ。

ライカーが親指を立ててみせると、ふたりの警官は時間つぶしに一匹ずつネズミを狙撃しはじめた。バン！　銃が鳴る。バン！　バン！　四方八方で、鳥たちが甲高い叫びとともに飛び立っていく。まだ生きているネズミどもはその場から動かない。まだ腹が減っているから。

刑事たちは裸の被害者のかたわらに膝をついた。ライカーは死後硬直は数時間前に始まったものと見た。死体は四肢を結えられた格好で凍りついていた。

バン！　バン！　バン！

手首と足首の縛られた箇所には、自由になろうともがいたせいで、血の塊ができていた。おそらくそれがネズミどもを引き寄せたのだ。ただし、傷はすでに治癒しはじめている。この死体はいつからここにあったのだろう？　死んだ男の顎からは、配管用粘着テープが一枚垂れさがっている。さらにもう一枚が顔の側面に貼りついており、唇のあいだには麻布の粗い糸がはさまっていた。

バン！　バン！　バン！

マロリーが上を見あげ、ライカーは彼女の視線を追った。彼の目は若いとは言えない。高い枝からぶら下がる緑の布のたるんだ形を確認するには、目を細めなくてはならなかった。この空っぽの袋の底にはぽっかり穴があいていた。中年期の唯一の見栄を捨て、ライカーは眼鏡をかけた。すると、大枝や小枝が折れたり曲がったりしているのが見えた。落ちてきた死体がぶつかり、落下速度が緩和された箇所だ。

彼の相棒が足もとの硬直した死体の上に身を乗り出した。手袋をはめた手で、彼女は複数の帯状のべたべた、目と口を覆っていた粘着テープの痕にそっと触れた。その部分の肌は赤く剝けている。「この男はテープをはがそうとして麻布に顔をこすりつけたのよ」

そして、干からびた皮膚がところどころテープとともにはがれたわけだ。気の毒に、こいつはどれくらい、水なし、食べ物なしで過ごしたんだろう？

「オーケー、誰かがイカレたゲームをやってるってことだな」ライカーは言った。「これを見ろよ」彼は耳の穴に詰められた蠟《ろう》を指さした。「犯人の変態野郎は、感覚を奪うのが趣味なんだ。何も見えない、何も聞こえない、あるのはただ、飢えとじわじわ迫る死のみってわけさ」

ふたりの刑事は、虫どもを目にする前に、ブンブンというその羽音を耳にした。連中は肉が腐敗しかけていれば必ず卵を産みに来る。一匹目が着地し、死んだ男の眼球の上を這いだした。死体が瞬《まばた》きした——そして、そいつは悲鳴をあげた。

第四章

つかまりそうになると、ぼくは連中に警告する――こっちは超能力があるんだぞ。ぼくはウサギみたいに走れるし、ウィペットみたいに震えられるし、小さな女の子みたいに悲鳴をあげられるんだ。あの三人はぼくを見つめる。だからなんだよって言いたげに。これで数秒、時間を稼げる。そしてぼくは、通りかかった先生の後流に飛びこんでいく。お昼休み、先生たちはタクシーみたいに数分おきに現れるんだ。

アーネスト・ナドラー

〝吊るしの木〟の下に横たえられたまま、被害者はふたたび意識を失っていた。裸の男を輸液の袋につなぐチューブは、救急隊員によって高く掲げられている。隊員は空いたほうの手でハエを追っていた。彼の患者は、死体とも生きて運ばれる怪我人ともつかない中途半端な状態にあるのだった。「飢餓は問題じゃありません」彼はマロリー刑事に言った。「このネズミの嚙み痕も命にかかわりはしないでしょう。しかし脱水は厄介ですよ」

「推測して」マロリーは言った。「彼はどれくらい水なしで過ごしていたの？」

救急隊員は肩をすくめた。「長くて三日でしょうね。それ以上になれば、死ぬはずですから」

縛《いまし》めからはすでに解き放たれているのに、ストレッチャーに乗せられ、待機する救急車へと森のなかを運ばれていくとき、被害者の体は縛られていたときの格好のまま固まっていた。

ふたりのパトロール警官は、木から木へと雑な円の形に黄色いテープを渡している。彼らの一方が作業の手を止め、納税者に向かってどなった。「チケットは売ってないぞ！　失せろ！」

するとその民間人はどなり返した。「おれはタイムズ紙の者なんだ！」これはつまり、彼が記者だということであり、それゆえニューヨーク市警のコードブックでは合法的に仕留められる獲物だということになる。

マロリーは〝吊るしの木〟の上のほうに視線を向け、救急隊員らが気づかなかった空の袋の残骸を眺めた。新聞記者がどんな目に遭うかにはまるで関心がなかった。虐殺が黄色いテープの外側で行われるなら、何も文句はない。例の害獣パニックのおかげで、タイムズ紙の侵入者以外、《ランブル》には人っ子ひとりいなかった。そして彼女は、麻袋の存在についてはまだ秘密が保てるのではないかと希望を抱いていた。

するとそのとき、タイムズ紙の男が声をあげた。「いっしょに来てくれ！　木の枝のあいだに袋がぶら下がっているんだ――ネズミがそこを出入りしている――血まみれのネズミどもがな！」

「いまじゃネズミどもは木登りするのか？」パトロール警官たちが笑う。

刑事ふたりは笑わなかった。彼らはそろって小道へと向かった。ライカーが言った。「あいつのシャツの血痕を調べよう」

肩に点々と血をつけた男が叫ぶ。「おれはカメラマンなんだ！　写真を撮ったよ！」彼は近づいてくる刑事たちに携帯電話を差し出して、小さな画面の画像を示した。「ほら」一瞬後、彼の手から電話は消えていた。

民間人は何もないてのひらを見おろした。一方、超一流の泥棒、マロリーは彼の写真（なかのひとつはココが写っている）をつぎつぎクリックしていき、自分の携帯に送信した。強奪の被害者が自らの声と適切な憤慨の口調をまだ見つけられずにいるうちに、彼女は言った。「これは、馬鹿でも使えるカメラよね。どうしてこんなひどい写真になったわけ？」ああ！　そしていま、その写真が全部――消去され――失われた。そう、事故は避けられないものだ。彼女は男の口もとで言葉が形作られていくのを見た。

民間人が彼女を〝くそアマ〟と呼ぶより早く、彼女の相棒が進み出て言った。「気をつけろよ、あんた」ライカーは手を差し出した。「ようし、記者証を見せてもらおうか」

「持ってやしないわよ」マロリーは男に向き直った。「あなたはカメラマンじゃない。とにかくプロじゃないわね。それにわたしにはわかってる。あなたはタイムズの仕事もしていない」彼女が一歩近づくごとに、男は一歩ずつあとじさっていく。「あなたは記者志望の男、そうでしょ」マロリーは男を一本の木の前に追い詰めた。「固定給なしのしがない契約記者にすぎない」彼女はほほえみ、長く赤い爪で男の胸を軽くたたいた。「わたしがそれを変えてあげる」

男の笑みが大きくなった。そしてすべてが許された。

彼はふたりの刑事を連れて、木々のなかを進んでいき、小さな草地を横切った。その原っぱには、イーゼルがひとつ放り出されていた。ここは《トゥーペロ・メドウ》だろう。マロリーはそう思ったが、確信は持てなかった。彼女が子供のころ、《ランブル》は物騒な場所、あらゆるタイプのくずどもの憩いの場、汚物の堆積《たいせき》があり、ヘロインと血のついた注射針が散らばるところだった。アッパー・ウェストサイドの不動産高騰のあと、軽犯罪者どもの巣はコンドミニアムや共同住宅として売られ、麻薬中毒者たちは金の力で近隣から締め出された。近年は、ふつうの夏の日であれば、観光客や地元住民がここでひなたぼっこし、リスや小鳥に餌をやっていなければならない。しかしいま、残存するのは、逃走途上で彼らが落としていった物――ソーダの缶やサングラスやサンダルの片割れや子供の玩具ばかりだ。この無人の原っぱは、ここにもネズミがいるという契約記者の主張を裏付けていた。そう、連中はうじゃうじゃいるのだ。

野心あふれるその記者は、マロリーがジャーナリズムのルールを説き聞かせるあいだ、ずっとうなずいていた――真実には実はさほどの価値はない、情報は金である、彼はマロリーが与える情報をそっくりそのまま受け入れねばならない、そして、それ以上は何ももらえない。

一行は草地の先の森へと入って、記者のシャツに血を降らせたという木の下で足を止めた。するとここで、契約新聞記者はマロリーの下僕に昇格した。彼女は記者の両手がきれいかどうか確かめてから、自分のリネンのブレザーを彼が持つことを許したのだ。低い枝の一本に飛びつくと、彼女はその上に上がり、枝から枝へと移動して、麻袋の近くまで登っていった。宙吊りの袋は地面から少なくとも二十フィートは上にあり、そこより低い枝に引き結びで留められたロープに繋がれていた。ロープの余った部分はぐるぐる巻かれて枝と幹の叉に載っている。巻きを解いて、下に落とすと、その部分は地面の上でまたぐるぐるとコイルを形作った。

長さはたっぷりある。

袋からの異臭は、この第二の被害者が新鮮な死体ではないことを告げている。袋には嚙み破られた穴があり、その小さなぎざぎざの窓からは、齧《かじ》られた緑がかった肉が見えた。傷痕に血の痕跡はないので、これは死後に加えられた損傷にちがいない。ただし、皮膚の他の部分には鮮やかな赤い飛沫《しぶき》が散っている。ネズミどもが、まだ血が液状のまま残っているどこかの動脈に食いついたのだろう。

マロリーは、地上のパトロール警官たちに声をかけた。「ロープを引いて！」彼らは指示に従った。下からのひと引きで、低い枝の引き結びの結び目はほどけた。袋は数インチだけ落下し、警官たちの持つロープがぴんと張ったところで止まった。

「袋が動かないようにして！」マロリーはキーキーという音を耳にした。機械もどきの音。でも機械ではない。わずかに顔の向きを変えると、視線の先には齧歯《げっし》動物の光る目があった。恐怖の感覚が欠落したやつ。その鼻づらから彼女の顔までは、ほんの数インチしかない。**なんて長い歯なの。**そいつはシューッといい、それからバランスを失って地面に落下した。パトロール警官ふたりの足もとで、ネズミは体をぴくつかせ、キーキーと鳴いた。警官たちはそれを見て楽しんでいるようだ。

あれは病気のネズミなのか、それとも、ただ不器用なだけなんだろうか？

バン！

死んだネズミだ。

害獣よりもうまくバランスをとりつつ、マロリーはいまいる枝から飛び降りて猫のように優雅に低い枝に着地した。そうやってその高い木の下へ下へとおりていくと、いちばん低い枝からぶら下がり、ふたりの警官のあいだに飛び降りた。「あの男を追っ払うまで、袋を下ろさないでよ」彼女は契約新聞記者を目で示した。当の記者は目下、ライカーとともに原っぱに立ち、猛然と手帳にメモをとっている。内容は不明だが、相棒が記者に与えている情報がどうでもいいネタであることが彼女にはわかっていた。

マロリーが記者に近づいたとき、その日第二の救急車のサイレンが彼方から聞こえてきた。長く赤い爪――いや、かぎ爪のある手が記者の腕をつかみ、マロリーは自分の事件現場からさらに離れたところへと彼を連れていった。歩きながら、彼女は記者の書くべき原稿を口述した。

明朝、タイムズ紙がニューススタンドに並ぶとき、捜査主任という彼女の立場は公式のものとなるだろう。上司の警部補の判断はもう関係ない。市長には新聞で見たものをことごとく、その嘘の半分が市長室から生まれているときでさえ、信じる傾向がある。そして、あの阿呆の足にキスし、ニュース記事を現実にするのは市警長官の役目なのだ。

「他にこの情報をつかんでいる人間はいない。わたしは明日の朝まで秘密を維持できる」マロリーは記者の手からペンと手帳を取りあげて、その趣旨の短いメモをしたためた。それは社会部の編集主任、彼女の養父に借りのある男に宛てたもので、マロリーはそこに〝マーコヴィッツの娘〟と署名した。それから、契約記者の携帯電話で明日の版の第一面にする写真を撮った。〝吊るしの木〟と制服警官たちにぴたりと焦点を合わせて――カシャッ。「オーケー、もう行っていいから」彼女は記者に携帯を返した。「さあ！」彼は指示に従い、走り去った。

ライカーは草地で事態の収拾に当たっていた。まず、手を振って救急隊員たちを木から二十フィートの線の外へ追いやり、つづいて、電話で死体の搬送を要請する。パトロール警官に向き直ると、彼は言った。「死体を下ろしてくれ。袋から出して、死体運搬車が来る前にロープを始末しなきゃならない」

マロリーも同意してうなずいた。最悪の情報漏れの源は、検視局の最低賃金の職員たちなのだ。いま、連中には、病院へ送る人体が一体、死体保管所《モルグ》に送るのが一体（ミセス・ラニヤードを数に入れるなら二体）ある。これなら、ニューヨーク・シティの日常的な数字と言える。そして、木や麻袋やロープのことは、連中の耳には入らない。テレビの放送網に売れる特ダネはひとつもなしだ。

袋が地面に下ろされ、開かれたが、女の死体に残っていた肉は身元確認の役には立ちそうになかった。死体は虫やネズミに付き添われていたのだ。指紋が採れる見込みは皆無。四肢は骨まで齧られている。また、この顔にもやはり銀色の粘着テープが貼りついていた。そして、死んだ女には他にも、生存者との共通点があった――ロープで縛られ、蠟《ろう》で耳をふさがれ、裸である、という。

マロリーがもっとも好む動機は金だ。他の刑事たちに異常な残忍性の証拠しか見えないケーでも、彼女はそれをさがす。だからこの死体は、失望をもたらした。死体の金髪は維持費のかかるものだが、根元の茶色いところは放置されたままかなり伸びている。この人物は高級美容室のお得意様ではないのだ。

彼らは緊急治療室の大混乱、外国語のざわめき、通訳無用の悲鳴のただなかにいた。このBGMに加え、重なり合う異臭もある。吐瀉物《としゃぶつ》とかすかににおう臓物《ぞうもつ》、薬臭さ、掃除係のモップとバケツから漂ってくる猫のおしっこに似た消毒剤の香り。

鑑識班が病院に到着したとき、第一の〝吊るしの木〟の被害者は昏睡《こんすい》状態にあり、車輪付きの担架《たんか》に乗って集中治療室に向かおうとしていた。彼の手指の腹にすばやく黒いインクが塗られ、指紋を記録する白いカードが押しつけられた。ひとりの鑑識員がDNAサンプルを採取するため男の開いた口のなかに綿棒をこすりつけ、別のひとりが手指の爪からゴミを収集する。つづいて、カメラを持つ男がシーツをめくり、ネズミの噛み痕とロープですり切れた皮膚をさらにあらわにした。

緊急治療室の医師は、おとなしく脇に控えているよう命じられていた——これ以上の文句、泣き言、怒声は無用だと。医師はただ、驚きあきれて首を振りながら、その光景を見守るしかなかった。とここで、彼はハッと息をのんだ。マロリー刑事が患者の頭皮から毛髪を引っこ抜いたのだ。

そのとき、鑑識員たちが作業の手を止め、新たな到着者のほうにいっせいに顔を向けた。怒れる人間グマ、鑑識課の指揮官が担架の裾側に立っている。ゆっくりと動くヘラーの茶色の目は、何ひとつ見逃してはいなかった。患者に対する手荒な扱いも、なすすべもなく壁際に立つ不機嫌そうな医師の姿も。そしてまた、鑑識課員たちにボスである彼抜きで――それも明らかに医師のアドバイスに逆らって――作業開始を命じた刑事のことも。

マロリーは担架から退いた。わざとらしく、いかにも従順そうに。彼女は喧嘩のしかたを心得ている。明日、ヘラーは彼女の車のトランクに隠されたロープと麻袋のことを知るだろう。その闘いのために力は温存しておかねばならないのだ。

ヘラーはぐいと親指を突き出し、緊急治療室のドアを指し示した。彼の部下たちは道具一式をまとめ、何も言わずにぞろぞろと出ていった。ヘラーが医師にうなずくと、医師は患者のかたわらの持ち場にもどった。マロリーに顔を向け、ヘラーは言った。「いまのがひとつめだ」新規の事件ごとに彼女の違反行為を一からカウントしていくのが彼らの習慣なのだ。部下たちがいまだふたつの事件現場に招かれていないと知ったとき、ヘラーは爆発の段階に至るだろうが、マロリーにはそれまでぐずぐずしている気はなかった。

彼女は引き抜いた毛髪の入った袋をヘラーに手渡し、出ていけと命じられる前にその場をあとにした。ここに来た目的はもう果たしたのだ。髪の根元の観察結果は、二十代の男、ドラッグストアの安物のヘアカラー、という彼女の推理を裏付けていた。なおかつ、もともとの髪の色から判断すると、昏睡状態のあの患者は十中八九、ココの行方不明のレッドおじさんだろう。

本はすべて整然と書棚に並んでおり、書類はどれも自らの居場所を心得、INとOUTのしるしのついた浅い箱に積まれている。それは事務処理能力が非常に高い男のオフィスだった。散らかっているのは、奥の壁際の戸棚の上だけだ。そこには、ドクター・エドワード・スロープを讃える賞状やメダルや楯がごちゃごちゃと飾られている。また、彼の名は、歴代大統領にも勝る精鋭たちの名簿に載っている。なにしろ、過去百年にわたり、彼の前に検視局長を務めた者は七名しかいないのだ。ただし、白衣というヒントがなければ、彼は常に――すわっているときでさえ――直立不動のその姿勢から、むしろ軍人のように見えただろう。彼の表情は石のように硬く、笑顔はめったに見られず、そのユーモアは火薬並みに乾いている。病理学者の草分けとして、彼は国際的に有名だ。一方、本拠地では、何よりもまず、朝食におまわりを食う男として知られている。

ドクター・スロープはデスクの書類から目を上げた。「やあ、ライカー」そしていま、彼は自分の私的領域に入ってきたふたりめの刑事に注意を向けた。「キャシー」禁じられたファーストネームを使って、彼女をいらだたせるのが、彼には楽しくてならないのだ。

「マロリーよ」彼女はいつもどおり駄目出しをした。

姓の持つよそよそしさをマロリーは好む。そして、ドクターにその呼称を使わせる訓練は、彼女が警察学校を卒業すると同時に始まった。しかしマロリーはそのとき、ドクターを遠ざけるのに失敗している。そして、いまもだ。ルイ・マーコヴィッツのポーカーの集いの創立メンバーとして、彼が最初に知り合ったのは、子供のキャシーだ。だから彼女は、ふたりのどちらかが死ぬまで、キャシーなのである。

「あの女性の遺体はさっきここに着いたばかりなんだがな」ドクターは言った。「いったいわたしに何を寄越せというんだね？」いらだたしげなその口調は、ものすごく重要な用件でなければ承知しないぞ、と告げていた。

ライカー刑事の背後から小さな女の子が出てきた。その青い目はとても大きく、ほほえみは顔の横幅いっぱいに広がっていた。この子と会うのは初めてだが、ドクターは即座に、どこかで見た顔だと感じた。この種の子供たちは家族のようによく似ているものだ。もっとも、彼らはきわめて希少なので、同じ家族にふたり生まれてくることはまずないのだが。

「まずこの子を見てほしいの」マロリーは子供の髪を軽くなでた。「死体を見る前に」そして彼女には他にも要求があった。「オフレコでお願い。投薬が必要かどうか血液検査をして」

調停人、ライカーが進み出た。「ココは毎日、薬をのんでたのを覚えてるんだ。でもそれはビタミン剤だったのかもしれない。チャールズ・バトラーによると、この子は――」

「ウィリアムズ症候群だな」これをやると顔にひびが入るのだが、検視局長はほほえんだ。すっかり魅せられ、彼は椅子から立ちあがると、デスクをぐるりと回ってきて、床に膝をついた。これまでスライドでしか見たことがなかった星形の模様をもっとよく見たかったのだ。「きみの目は、なかに星があるんだね」ドクターは女の子に言った。「とてもすてきな美しい特徴だ」女の子はドクターの首に抱きつき、これで彼の診断は確定された。ウィリアムズ症候群は、人との接触に対する渇望を伴う病なのだ。また、ときには心疾患を伴い、腎臓や肝臓に障害が出ることもある。ドクターは刑事たちを見あげた。「この子の血液検査は、どこかの病院で小児科医に行わせるべき――」

「そうはいかないの」マロリーが言った。「きっと福祉局に連れていかれるから。あの制度のなかでこの子がうまくやっていけると思う?」

ドクター・スロープはうなずいて、これを認めた。ああいう官僚機構のなかでは、子供は元気に育たないし、この女の子は大半の子供より早く萎れてしまうだろう。マロリーがドクターに手書きのメモを渡し、彼はつぎの要求を読んだ。それは、機械が書いたかのようなくっきりした活字体で書かれていた。**レイプ検査を。**

そしてドクターの一部が死んだ。

この世に神はいない。

検視局長は女の子と出ていった。殺された子供の亡骸をいくつも切り開いてきた男が、それよりも配慮を要する侵害のためにプライバシーを求めて。診察室のひとつに鍵がかけられ、台の上にココがちょこんとすわったとき、この子供はドクターの顔に触れ――彼をなぐさめようとした。「ネズミも泣くんだよ」彼女は言った。「みんなそれを知らないけどね」

第五章

学校の伝統としては、これはなかなかクールなやつだ。毎年、立春の日の早朝に、誰かが庭に忍びこみ、敷石の上にチョークで女の子の輪郭《りんかく》を描く。それは誰にも踏まれず、ほぼ丸一日持って、最後には用務員さんがホースの水で洗い流すよう言われる。ぼくの友達のフィービは、そのチョークの女の子を〝かわいそうなアリスン〟と呼ぶ。アリスンは何年か前、校舎の屋上から飛び降りたらしい。それはぼくがこの学校に来る前のことだ。なぜ〝かわいそうなアリスン〟はそんなことをしたのか訊ねると、フィービは言った。「そうだよね、そんなことするわけないよね」だから、ぼくは聞き返した。「え？　どういう意味？」

アーネスト・ナドラー

ソーホーのアパートメント・ビルの静かな廊下を進んでいくとき、ココはライカーの手を握っていた。子供は解剖用の死体に掛けるような紙のシーツにくるまれていた。靴はそのまま履いていることを許されたが、その他の衣類は刑事が反対の手にぶら下げたビニール袋に入っている。

「ぼくの友達がこの建物を丸ごと持っているんだよ」ライカーは言った。

「そのお友達って男の人？　それとも女の人のほう？」四階にひとつだけある住居のドアの前まで来ると、ココは訊ねた。「なかからふたりの人の声がするよ」

「おや、そうかい？」ライカーには何も聞こえなかった。彼の耳で判断するなら、むしろ、その部屋は空っぽのように思えた。マロリーはまだ死体保管所《モルグ》だ。しかし掃除婦が市長の記者会見後、ここに来た可能性はある。バットを振《ふる》い、変質者をぶちのめすミセス・オルテガと再会したら、この女の子はどんな反応を見せるだろうか、と彼は思った。

ドアが開いた。ココは上を見あげ――さらに見あげて――身の丈六フィート四インチの、三つ揃いのスーツを着た偉丈夫にたどり着いた。彼のネクタイはゆるめられていた。チャールズ・バトラーにとっては、これがカジュアルな服装なのだ。マロリーが前もって電話を入れておいたので、この小さなお客が来ることは当然わかっていたわけだが、それでも彼は驚いているように見えた。これは彼の目によるトリックだ。まぶたが垂れ、半ば閉じられたその目の小さな青い虹彩は、鶏卵サイズの飛び出た白目のなかを漂っている。チャールズはどこに行くにも、大きな鼻と呆けた笑みを持つ仰天したカエルの相をまとっている。彼の顔の造作、この発生上のアクシデントは、巨大な頭脳や、心理学の学位を含む複数の博士号とは相反する印象を与える。

ココは玄関に駆けこみ、背の高い男の脚に抱きついて挨拶した。チャールズは彼女の前に膝をついて言った。「きょうは忙しい一日だったみたいだね」

「ネズミがいっぱいいたんだよ」ココはにっこりした。「ネズミって天国に行くの。知ってた？　それでときどきもどってくるの」子供はホワイエを通り抜け、正面の広い部屋とそこにある骨董品や現代美術作品のコレクションを見に行った。

ライカーはこのうちが大好きだった。その建築は、四〇年代の白黒のフィルム・ノワールに出てくるような、背の高いアーチ形の窓の時代にさかのぼる。また、彼がすわった椅子は、別の時代の映画、彼自身は無理強いされないかぎり観ないジェーン・オースティン原作の女向けのを想起させる凝った装飾のソファだ。数世紀前の調度類は、正面の壁に飾られた絵の具の飛沫《しぶき》のモダンな美術作品とは釣り合わないはずだが——なぜかそれらは調和していた。

掃除婦がいる気配はなかった。ただし、家具用のつや出し剤のにおいは空気中に残っていた。

「ミセス・オルテガから聞いたよ。きみはこの子を電話で診断したんだってな」

「いや」チャールズは言った。「ぼくはただ、ウィリアムズ症候群かもしれないと言っただけです。その根拠は、エルフみたいな顔立ちと特異な行動——見知らぬ人に物理的接触を求めることなんですが」彼は頭をめぐらせ、子供が隣の部屋に入っていくのを見守った。「あとはあの子の靴ですね」

靴だと？　ライカーが声に出してそう言うより早く、《マイ・メランコリー・ベイビー》の最初の数小節が聞こえてきた。ミスタッチはなし。どうやらココが小さなピアノを見つけたらしい。チャールズが戦前に製作されたその楽器を買ったのは、本人によれば、来歴に惹かれたから——一八〇〇年代の伝説的な川船《リバーボート》のギャンブラーたちとのつながりを証明する書類があったからだ。この男はそれほどポーカーが好きなのだ。もっとも彼のプレイはお粗末なものだが。チャールズは自分に来たあらゆる手を、いい手だろうが悪い手だろうが、ブラフ不可能なその赤面症により明かしてしまう。そもそも彼の真正直な顔には胸の内を隠すことなどできはしないのだ。

ピアノの演奏はつづいた。

「彼らには音楽の才能があるんです」チャールズが言った。「まちがいなくウィリアムズ症候群ですよ。すべてがそろっています。顔立ちの特徴、人を惹きつける笑顔。それに、あんなにきらきらした目を見たことがありますか？　瞳には放射状の模様が――」

「あの子の目のなかには星がある」ライカーは言った。「ドクター・スロープはそれが大好きらしいよ」

「彼女の評価には少し時間がかかるでしょう。心的外傷のことを考えると、ゆっくり進めなくてはいけませんから」チャールズはかつて革新的ヘッドハンターとして、特殊な才能を要するプロジェクトのために人材を査定するビジネスを営んでいた。そしていま、四十一歳で半引退し、彼は警察の顧問の仕事だけをしている。彼に依頼が来るのは、市警の精神科医が信頼できないときだ。しかしこれはほぼいつものことなのだった。「でも、現在、彼女が元気で、すばらしくよく機能していることは確かです」

「そりゃあよかった」ピアノ・リサイタルはすでに終わっている。ライカーの声がささやくように低くなった。「おれたちには、あの子が天才なのか足りないのかわからないんだよ」

子供が音楽室から駆け出てきて、刑事の前に立ち、指を一本、非難をこめて突き出した。

「失礼だよ！」

「ああ」チャールズが言った。「先に言っておくべきでしたね。ウィリアムズ症候群の患者のほとんどは驚異的に耳がいいんです」

木のてっぺんの麻袋からのくぐもった泣き声がなぜこの子だけに聞こえたのか、これで説明がつきそうだ。

女の子は傷ついて床を見つめている。これは、赤毛の娘に弱い男、ライカーを打ちのめした。彼は降参のしるしに両手を上げた。「ココ。きみの言うとおりだ。ほんとにごめんよ」彼は自分の胸に指を突きつけた。「この大馬鹿者め。ぼくもきみみたいにピアノが弾けたらと思うよ……きみの演奏はすばらしいもんな」

ココはにっこりした。その目が内側から輝き、顔が光とぬくもりに飢えた花のように彼の顔を見あげた——とここで、刑事の詩的比喩表現のレパートリーは底をついた。「きみはお話もすごく上手だよな。チャールズにレッドおじさんのことを話してくれないか」

「おじさんは木になったの」ココはこの話題には完全に興味を失っていた。彼女の心のドアが閉じるのが見えるようだった。ココが隣室のピアノのところにもどると、ふたりの男は演奏にまぎれて安全に話ができるようになるのを待った。今回の曲はクラシックの何かだ。ライカーは芸術的音楽のタイトルがわからないのを自慢にしている。

「標準的な知能テストは役に立ちませんよ」チャールズが言った。「マロリーの話から判断すると、ココは平均より優れた面と劣った面があるようです。言語能力はもっと年上の子供と同等ですが、集中力の持続時間ははるかに幼い子供のものです。それにお気づきですよね、あのマジックテープのストラップ。あれはふつうの靴を改造したんですよ。彼女は靴ひもを結べないわけです」刑事の椅子のそばに置かれたビニール袋を、彼は見おろした。「彼女の衣類を持ってきたんですね？」

ライカーはうなずいた。その衣類も鑑識班に提出されなかった証拠物件のひとつだ。彼は避けがたい最後の対決を楽しみにしてはいない。そのときヘラーは、壁に飾る狩りの記念品として、ふたりの刑事の首を要求するだろう。

チャールズはビニール袋を開けて、しみのついた小さなTシャツを引っ張り出した。それは一瞥しただけで、彼はつぎに小さなブルージーンズを調べた。「これもマジックテープだ。彼女はボタンも苦手なんですね。つまり……ココにとって細かな作業はむずかしいってことですよ」彼は音楽室のほうを目で示した。「それでもモーツァルトの複雑な曲を弾くことはできる――それも暗譜で。その一方、いまこのうちから外に出たら、帰り道を思い出すのは無理でしょうね。おわかりでしょう？　ウィリアムズ症候群の子供はパラドクスの化身なんです」

「目撃者として評価するとしたら？」

「そうだな、彼女には言葉を飾り立てる傾向があります。天性の嘘つきなんですよ。たとえば――おじさんが木になったんでしたっけ？」

「でも、あの子は本気でそう思っているんだ」ライカーは言った。「その男は袋に入れられ、木の高い枝に吊るされていた。あの子には彼が泣いているのが聞こえた。だからあの子は《ランブル》で彼を見つけられたんだ。何百人もの人間がその木の下を通ったが、声に気づいたのはあの子だけだったんだよ」

「聴覚過敏――音に対する過敏症ですね」

「あの子からはまともな返事がひとつも返ってこないんだよな」

「無理もありません。ウィリアムズ症候群にはもうひとつ、高い共感能力という特徴もあります。それに、被害者は親戚だったわけですよね。なおかつ、彼女は環境の変化になかなか適応できないはずです。たぶん一日じゅう非常に不安な心理状態にあったんじゃないでしょうか」

「一日どころじゃないね。本人は話す気がないか覚えてないかだが、ココはおじさんを拉致《らち》したやつをつけていったにちがいない。セントラル・パークは子供が偶然あの道、あの木にたどり着くにはでかすぎるからな。おじさんが吊るされたのは、たぶん三日前だ。つまりあの子は、それ以来ずっと公園をうろついていたわけだよ。ゴミ缶の残飯を食べ、ネズミどもから逃げ回りながらな」ライカーは頭のなかのこの映像をかき消そうとするように、一方の手で目を覆った。彼は子供好きの男なのだ。

「となると、精神的ダメージを克服するには少し時間がかかりそうだな」チャールズは音楽室のほうに目をやり、小さなピアニストを見つめた。「彼女は年齢の割にとても小柄ですね。エドワード・スロープはなんと言っていました？　身体的には健康なんでしょうか？」

「ドクの話じゃ薬は必要ないそうだよ。心臓の状態は良好。それに、性的虐待も受けていない。

ココの障害を評価してくれないか。判事宛の書類に何かひとこと添えてくれよ。ぜひ保護命令がほしいんだ」ライカーはチャールズに折りたたまれた紙を手渡した。「それと、こいつに署名してくれ」

ココがピアノを弾くのをやめて、居間にもどってきた。彼女は廊下を指さした。「あれ、《ユーリカ》だよ。箱型掃除機の最新モデル」

ライカーは耳をすぼめるようにして聴いた。するとようやく、広いアパートメントの向こう側の閉じたドアの奥で、かすかに掃除機の音がしているのがわかった。なるほど、あの掃除婦は実際ここにいたらしい。彼女の声こそ、ココが外の廊下で聞いた女の声だったわけだ。ライカーはほほえんだ。「《ユーリカ》だって？　きみは公園の遊び場でその掃除機を見たんだろ？　あのおばさんのワイヤーカートにそれが載っていたんだな？」

ココは、ハズレだよ、と言うように、くすくす笑った。

チャールズが首を振る。「ミセス・オルテガは掃除機を持ち歩いたりしません。あれはうちのですよ。それにブランド名もココの言うとおりです。すばらしい聴覚記憶だな」彼はココに顔を向けた。「きみはモーターの音が聞き分けられるんだね」

ココはうなずいた。「うちの上の階の人が一台持ってたの。おばあちゃんの掃除機はもっと古いのだった。もっとすごい音がする——おっそろしい《フーバー》のやつ」ココは小さく身震いしてみせ、それが自分好みの音でなかったことを彼らに伝えた。「その掃除機は全世界を吸いとれるの。あの家にはいっぱい、掃除機があってね、全部、音がちがっていて、名前もちがっていたよ」

「すると、おばあちゃんはアパートメントに住んでたわけだ」ライカーは言った。「まあ、それがわかったのもひとつの収穫だな」

「おばあちゃんはあたしの世話ができなくなっちゃったの。だからあたし、レッドおじさんとこに行ったんだよ。おばあちゃんにはそれっきり会ってないんだ」

「それは最近のことにちがいありませんよ」チャールズが言った。「おばあちゃんの上の階の人は、箱型掃除機の最新モデルを持っていたわけだし、その機種は発売されてまだ数週間ですからね」彼はライカーの書類を読み終えた。「ちょっと待って。この文書は、監護権をぼくに与えるよう求めていますね」

ふたりの男はそろって顔を上げた。ミセス・オルテガが鳥の羽根の塵払いを手に通りかかったのだ。掃除婦はハッとして目を瞠り、足を止めた。この女がどれほどタフか、もし知らなかったら、ライカーは彼女が怯えているものと思ったろう。女の子から顔をそむけ、掃除婦はすばやく十字を切った。ライカーの考えでは、これは信仰や安堵の表現ではない。掃除婦のこのしぐさなら前にも一度、見たことがある。そのときの彼女は、不吉なものを撃退しようとしていたのだ。それは、ソーホーの歩道で出くわした三本足の猫だったが。どうやら、川向こうのミセス・オルテガの母国、彼女の一族全員が住むブルックリンの一ブロックでは、ああいう猫たちは災いの元であり——ココもその点は同じらしい。

ライカーが立ち去ってから何時間かが過ぎた。あの刑事はいま、公園の捜索に加わり、さらなる被害者をさがしている。そのあいだにチャールズ・バトラーは、ノート一冊を子供っぽい空想的なエピソードで埋め尽くし、解読を試みた。ココの記憶の空白部に関し、彼はいくつかの暗い結論に達していた。心のその部分に彼女自身は行くことができない、または、行こうとしないのだが。

なんてすばらしい心の働き。

ミセス・オルテガは、ココの入浴時間に間に合うようにブルックリンからもどってきた。彼女は、小さな子供のいる親戚からかき集めた衣類を持参していた。ひどくぴりぴりしているようだが、女の子のほうは気にしていなかった。バスルームから出てきたとき、子供は彼女にくっついていた。ピンク色にきれいに洗われ、お古のパジャマに身を包み、ココはずっと笑顔のまま、ミセス・オルテガのために歌を歌い、つづいて、ちょっとダンスを踊った。やがて、長い一日の終わりの子供らしく疲れを見せ、彼女は掃除婦の足もとで丸くなり、目を閉じ――いびきをかきだした。

「これはふつうのことなんですか?」チャールズは、この子に取扱説明書が付いていたらと思わずにはいられなかった。「こうしていびきをかくのは?」

ミセス・オルテガはうなずいた。「風邪の治りかけだよ。だからわたしは、チキンスープを食べさせたんだ」彼女はチャールズに指を振ってみせた。「ドラッグストアで買ったものなんぞ、のませるんじゃないよ」

「もちろんです」身内に山ほど子供のいるこの女のやりかたにケチをつける気など、彼には毛頭なかった。

彼は眠っている子供を抱きあげ、客用寝室に運んでベッドに入れた。ミセス・オルテガは部屋の入口に控えていた。これ以上、この女の子と接触したくないらしい。ココを毛布で覆い、くるみこんだのは、チャールズだった。ドアをそっと閉めると、彼は友人のひとりとみなしているこの掃除婦にささやきかけた。「何が気になっているのか、話してくださいよ」

掃除婦はしばらく何も言わなかった。ふたりが居間に落ち着き、彼女が二杯目のシェリー酒を飲み終えるまでは。ミセス・オルテガは空いたグラスをテーブルに置き、百年前のクリスタルのエッチングに目を据えた。「わたしの母親は——もう亡くなってるんだけどね。ああ、あの人の物語ときたら」彼女はいらだって、さっと両手を上げると、もう一度、最初から始めた。「子供のころ、わたしは何度も眠れない夜を過ごしたんだよ。うちの母親が、子供をさらって取替えっ子を置いていく妖精たちのお話を聞かせるもんだから」もしかして——掃除婦の目には疑問が浮かんでいた。ただし、この考えを口に出すことはできない。常識があることが、彼女の自慢なのだから。

「大丈夫ですよ」チャールズは言った。「ウィリアムズ症候群の子供たちにはちゃんと両親との血のつながりがありますから。原因は、染色体二本の欠損で、魔法は関係ないんです。彼女はただの小さな女の子です。もしあなたがいなかったら、あの子はいつまでも見つけてもらえなかったでしょう。それにあなたは、ココを変質者から救ったんですよね」彼は身を乗り出して、彼女の手に手を重ねた。「きょう、あなたはすばらしいことをしたんですよ」

しかしミセス・オルテガの気持ちは少しも晴れないようだった。彼女はすわったまま向きを変え、子供がいる廊下の先の部屋のほうをじっと見つめた。それはまるで、壁やドア板の向こうにあるものが見えるかのような目つきだった。「妖精物語はああいう子供がもとになってできたのかもしれないね」

「おもしろい考えですね」そしていま、チャールズ・バトラーは妖精にまつわる事柄すべてに新たな興味をかきたてられていた――というより、気持ちが落ち着くまでここにいるようミセス・オルテガにすすめたとき、彼はそれを口実にした。この策略を彼女は見抜いただろうか？ああ、もちろんだ――ともあれ彼女は留まった。ミセス・オルテガがそのアイルランド側の家系に語り継がれてきた妖精譚の最後のひとつを彼に語りきかせたときには、夜はもう更けていた。そしてその後、ご婦人を家に送り届けるハイヤーが呼ばれた。


ドアが開いて閉じる音に、チャールズはまったく気づかなかった。深夜、彼が目覚めたのは、喉の渇きのせいだった。廊下の端まで行ったとき、彼は完全に覚醒した。ウィングバック・チェアが一脚、ホワイエに移されている。それはいま、彼のアパートメントのひとつしかない入口の前に置かれていた。廊下から射すほのかな光をたよりに彼は椅子に歩み寄り、そこにすわって眠っているマロリーを発見した。

知り合ってもう何年にもなるが、彼女を見るたびに彼の胸の内側には狂った蝶の一群が解き放たれる。そしてこのひとときの幸せは、痛みを——片思いにつきものの症状を伴う。彼はこの点に関してはリアリストなのだ。ミセス・オルテガの妖精夜話に触発され、彼も自分の幼年時代のお話をこの状況に当てはめた。そしてここで、若き美女を愛する野獣の役を務めるのは、ピエロの顔を持つ不運な男、彼自身なのだった。

彼は近くのフロアランプに手を伸ばし、チェーンを引いた。鮮やかに色付けされたティファニーのガラスのなかで、明かりが灯る。そしていま、マロリーの膝に置かれたリボルバーに彼は気づいた。ライカーによれば、同じ課の他の刑事はみなクリップ装塡のグロックを携帯しているとのことだ。マロリーが古い三五七口径のスミス&ウェッソンを好むのは、それがセミ・オートマチックには生み出せない恐ろしい印象を与えるからだと彼は見ている。あれは馬鹿でかい銃だからな、とライカーは言う。そしてチャールズも、確かに、と思った。

マロリーの手はいま、ゆるく銃を握っている。このままだと彼女は、ドアから入ってきた人間をいきなり撃ってしまいかねない。チャールズは、彼女の規則正しい息遣い、深い眠りの音に耳をすませた。いまのうちに——いちおう用心のために——そうっと銃を取り去ろうか。そう思ったとたん、彼女の手にぐっと力が加わり、彼はぎょっとして即座にこの考えを捨てた。彼の目は、自分の顔に向けられた銃口を見おろしていた。

ここでようやくマロリーの目が開いた。

彼女はリボルバーを下ろし、眠りにもどった。チャールズがふたたび呼吸することを思いついたのは、そのあとのことだった。

何マイルも彼方では、別の女が目覚めようとしていた。しかし彼女には目を開けることができなかった。その目は両方ともテープでふさがれている。それに口もだ。ウィルヘルミーナ・ファロンには何も聞こえなかった。空っぽの胃袋がゴロゴロ鳴る音も、この場所の手がかりとなるどんな物音も。それに自分はどれくらい眠っていたんだろう？ いまは昼なのか夜なのか？ 彼女は手足の縛《いまし》めに抗うのをやめた。その縄以外に感じられるのは、裸の皮膚に当たる粗布の感触だけだ。体を受け止めるしっかりした支えはない。そう思うと、自分は宙に浮いているのだ――いつなんどき、地上に落下するかしれないのだ、という考えがふくらんだ。そして、このイメージはさまざまな連想を経て、アーネスト・ナドラーの古い記憶をよみがえらせた。

ああ、やめて。お願い、やめて。

叫べるものなら、彼女は叫んだろう。

ここは《ランブル》だ！ 《ランブル》だ！ 《ランブル》だ！

第六章

学校からの帰り道、ぼくはフィービに漫画本のせりふを引用して聞かせる。「怖いものを克服できたら、ぼくは自分自身のヒーローになれる」

そして父さんはまたぼくを愛してくれるだろう。

フィービはこの漫画本の哲学はぼくにとって命取りになると考えている。彼女は言う。「〝かわいそうなアリスン〟を忘れないで」

「あの飛び降りた子のこと？」

フィービは言う。「たぶんあの子は自分は飛べると思っていたのよ」

アーネスト・ナドラー

ニューヨークの特権階級は、セントラル・パークに面した超高層住宅の上層階に窓を持っている。彼らのうち、まだ起きている者たちは、一本の線となって移動する木々のライトアップを見ることができた。《ランブル》をのろのろと這う、光り輝く蠕虫《ぜんちゅう》。密集隊形の警官たちは、懐中電灯で頭上の木の葉を照らしながら進んでいる。死体捜索犬が空中の死体の捜索に使えないことはすでにわかっていた。やがて、担当の巡査部長が部下たちに呼びかけ、夜明けまで待機させるべく彼らを署へと呼びもどした。

引きあげていく捜索隊の一班のはるか上で、まだ死体にはなっていないウィルヘルミーナ・ファロンはまったく何も見えない状態で目覚めていた。喉が渇いた――からからだ。それにお腹もすいている。死にもの狂いで、彼女は耳を凝らした。

静寂。

筋力が弱まり、彼女は縛《いまし》めとの闘いを放棄した。パニックが退いていく。それと同時に胃の痛みも。脱水症に陥《おち》り、見当識も失われ、幻覚が彼女の友となった。空想のなかで、彼女は大きなコップに何杯も冷たい水を飲んだ。現実の世界では、彼女の体は生き延びるための激闘のなか、消耗しつつあった。大事なのは命だけ。命こそすべてだ。

彼女の脳内ではいまは朝であり、架空のテーブルには食べ物、すばらしい食べ物がどっさり並んでいた。

淹れたてのコーヒーの香りが酔いを誘う。手前のコンロでは旧式のパーコレーターが泡を立てており、フライパンのなかではバターがジュージューいっている。

マロリーは一風変わった家庭的情景を生み出しつつ、大型拳銃の入ったショルダーホルスターをつけたまま、パンケーキを焼いていた。料理は養母、ヘレン・マーコヴィッツから教わったスキルであり、キッチンはマロリーのお気に入りの場所だ。いまいるこのキッチンは、広々しており、温かな黄土色の壁と高い天井を備えている。チャールズ・バトラーのキッチン設備は、百年前のものにしか見えない。それらは、かの機械化反対者《ラダイト》がリラックスできる時代に合わせ、特注で作られている。このキッチンは、ニューヨーカーでさえ警戒心を解く平和的な空間だ。マロリーが取調室としてキッチンを好むのは、だからなのだった。

玄関のドアが閉まった。チャールズ・バトラーはもういない。これで刑事たちは仕事にかかれる。

ココは朝食を食べ終え、空っぽの皿を一本の指でぐるぐるなでまわしていた。「ネズミは果物や野菜が好きだけど、パンケーキは——それほどでもないよ」彼女はさらに先をつづけ、なぜ腹をすかせたネズミが眠っている乳幼児の顔に惹きつけられるかを説明した。「赤ちゃんはミルクのにおいがするし、口のまわりはミルクの味がするでしょ。ベッドに入れる前に洗ってあげれば、食われないですむんだよ」

「覚えておこう」少しも食欲を削《そ》がれず、ライカーは言った。咀嚼《そしゃく》の合間に、彼は女の子にほほえみかけた。「レッドおじさんのこと、話してくれないかな」

子供は膝を引き寄せてかかえこみ、ぐらぐらと体を揺らした。「おじさんはあたしみたいに髪の毛が赤かったよ。赤毛の家系なんだって」彼女は立ちあがり、今朝はこれでもう三度目だが、テーブルのまわりを散歩しはじめた。

チャールズがその場にいたら、これを中止のシグナルとみなしただろう。彼がココを動揺させるような質問を許すわけはない。だからこそあの心理学者は、外に送り出されたのだ。新聞を買うために。そんなものはマロリーならいくらでもノートパソコンから入手できるというのに。

マロリーは子供をテーブルに呼びもどすため、彼女のグラスにオレンジジュースを注ぎ足した。ふたたび席にもどってくると、ココは椅子に浅く腰かけた。逃げ腰の訪問者だ。

「じゃあレッドおじさんの髪は赤から茶色に変わったのね」マロリーが言った。「髪の色が変わったのはいつ？」時間の感覚がおかしい子供のために、彼女は言い直した。「レッドおじさんの車に乗ったあと、おじさんの家に行く途中、あなたたちはどこかで止まった？」

「食事するとき止まったよ」ココはさらに先をつづけ、休憩所のジャンクフード店でお客たちを迎えていた巨大なピエロ像のことを話した。山みたいに大きいピエロなの。ココはそう言って、人と会話するその像のせりふを暗唱しだした。しかし途中で、彼女はふっと口をつぐんだ。マロリーの顔のいらだちの色を読みとったのだ。

「ひとつ教えて」子供に対しては無尽蔵の忍耐力を持つライカーは言った。「レッドおじさんはそのとき髪の毛を染めたの？　レストランで？　ひょっとして、トイレでやったのかな？」

「ううん、ドラッグストアに寄ったときも、まだ髪の毛は赤かったよ。あたし、車で寝ちゃったの。目が覚めたら、もうレッドおじさんのおうちだった。外は暗くて、おじさんの髪の毛は茶色になってた。そのあとおじさんは自分を公園に配達させたの」ココは手を洗ってくると言って席をはずした。これは彼女なりの婉曲表現。目的はトイレに逃げこむことだ。

廊下の奥でバスルームのドアが閉まった。そのとき、玄関のドアが開き、チャールズ・バトラーが新聞三紙を持って入ってきた。彼がキッチンに足を踏み入れたのは、ちょうどマロリーが相棒にこう言っているときだった。「あの子は誘拐されたのよ」

「なんでわかるんだよ?」ライカーはフォークを置いた。「変態どもが染めるのは、ふつうさらった子供の髪のほうだろ。そいつは自分のを染めたんだぞ。レッドおじさんは誰かから逃げてたんじゃないかね。それなら《ランブル》で吊るされたって事実とも嚙み合うしな」

マロリーはパンケーキを一枚、ライカーの皿に載せると、チャールズにコーヒーポットを手渡して、代わりに新聞を受け取り、そのあいだも彼にはかまわず、相棒と話しつづけた。「赤毛のふたり。これはまずい――そういう情報は、児童誘拐緊急警報に使われる。でも彼は、ココの髪を染める気にはどうしてもなれなかった。きっとその変態は、赤毛の幼女が好きなのね。そいつがココをさらったのは、だからよ」マロリーはジーンズのポケットから紙幣を一枚、出して、ライカーに見せた。「二十ドル賭ける。レッドおじさんはココの親戚じゃない」

「いいとも」ライカーは大きな笑みをこの家の主《あるじ》に向けた。「きみはどうする?」

「賭けませんよ。ぼくはもう答えを知っていますから」チャールズはパーコレーターから三つのカップにコーヒーを注いだ。クリスマスにマロリーからもらったマイコン内蔵のコーヒーメーカーより、彼はそちらを重んじている。あの贈り物もまた、この男を新世紀に導こうという彼女の努力の失敗例なのだった。

ライカーはコーヒーを口にし、最高の味だと判定を下した。それから、自分の皿の横にマロリーが置いた新聞各紙の見出しに目をやった。第一面の記事を、彼はひとつひとつ要約していった。ポスト紙は「肉を食らうネズミ」、デイリー紙は「これもネズミ」、そして、タイムズ紙

――第二の〝吊るしの木〟と制服警官二名の写真を掲載した記事は「ああ、くそっ!」だ。

「全部載っている」マロリーが言った。「遺体のことも、袋のことも、ロープのことも――ココのこと以外は何もかも」彼女は壁の時計に目をやった。いまごろ鑑識課の課長も新聞を読んでいるだろう。それに、彼らのボス、コフィー警部補もだ。

ライカーはパンケーキの残りにかぶりついた。これは出陣前の最後の食事だ。まもなく、あるべき場所にない証拠物件をめぐって戦争が始まる。咀嚼し、嚥下《えんか》しながら、彼はレッドおじさんは人さらいではなく血縁者なのだという自説の主張をつづけた。「ココを調べたとき、ドクター・スロープは性的虐待の痕跡を認めなかったろ」

「その変態とココはまだ出会ったばかりだったのよ」マロリーはコーヒーのカップの前にすわった。「レッドおじさんはウィリアムズ症候群のこともぜんぜん知らなかったでしょうね」

「でもその点はココ自身も同じなんだよ」チャールズが言った。「彼女はお祖母さんに家で勉強を教わっていたと言っている。つまりその老婦人は――ココによれば百九十一歳だそうだけど――孫娘にどこかおかしいところがあることに気づいていたわけだよ。でも診断は受けさせていない。どうしてわかったか教えようか」

普段ならこの時点で刑事のどちらかがチャールズに圧力をかけていただろう――それこそ銃を突きつけ、要点を言えと迫らんばかりに。しかしマロリーはいまコーヒーを飲んでいるところだし、ライカーのほうはまだパンケーキに溺れ、恍惚《こうこつ》としている。

「ココはその障害の話を聞いたことがないんだ」チャールズは言った。「もしお祖母さんが正確な診断を聞いていたら、家には特別な教材があったろうし、ココはそれに気づいていたはずだ。彼女には相当高い読解力がある。ディケンズを読むんだからね。すごいと思わない？　それにココは、家にはネズミに関するパンフレットや本がたくさんあったと言っている。きっと彼女のお祖母さんは、齧歯類《げっしるい》に強い興味を――」

「オーケー」ライカーのフォークがカチャリと皿に置かれた。最後のひと口を食べ終え、彼は一方の手をぐるぐる回して解説のスピードアップを促した。「あの子がレッドおじさんに出会う場面に飛んでくれ」

そのとき子供の声がした。「その日は、おばあちゃんが起きてくれなかったの」ココがキッチンの入口に立っていた。「おばあちゃん、体じゅう硬く冷たくなってたんだ」子供が穿いているのは、ミセス・オルテガのいちばん幼い姪のボタンで留めるズボンで、彼女は落ちてこないようにそれを両手で押さえていた。ボタンの扱いはむずかしいのだ。

マロリーが立ちあがって、手伝いに行った。「それからどうなったの？」

「あたし、外に行ったの。勝手に出かけちゃいけないんだけど、怖かったから……誰にも言わないでね」

「助けを呼びに行ったのね。それはとっても賢いことよ」承認を渇望する子供を操るのは、なんて簡単なのだろう。ほめ言葉ならなんだっていいのだ。「それからどうなったの？」

「あたし、階段を百万段、駆けおりて、外に出たの。そしたらレッドおじさんが車で来たんだ」

「おじさんを知っていたの？」

ココはちょっと考えた。「あたしと同じで髪の毛が赤かったよ。あたし、おじさんにおばあちゃんのことを話したの。そしたらおじさんが、おばあちゃんはもうあたしの面倒を見られないんだって言うから、あたし、おじさんのとこに行くことにしたの」

ズボンのボタンがきちんとかかると、マロリーは子供のTシャツをなかに入れた。「出かける前に、おじさんといっしょにおばあちゃんの家にもどって荷物をまとめた？」

「ううん、すぐ車に乗ったんだよ。それでずーっとずーっと走ってきたの」

子供好きのライカーは心を痛め、のろのろとコーヒーカップを置いた。

「どうしてココって名前になったか、ふたりに話してあげて」チャールズが言った。

「レッドおじさんに、名前を変えなきゃって言われたの。あたしが覚えられるのじゃなきゃいけないって。おじさんが、いちばん好きなものは何？って訊くから、あたし、フランネルのパジャマとホットココアって答えたの」

マロリーがライカーの手から二十ドル札をひったくった。「それで、その前は、あなたはなんて名前だったの？」

ココは唇をすぼめ、キッチンから駆け出ていった。しばらくすると、音楽室からピアノの音、ラグタイムのリフが聞こえてきた。

「お祖母さんはあの子を〝お人形さん〟と呼んでいたんですよ」チャールズが言った。「別の名前もあるはずですが、本人は教えようとしません。ぼくにはあの子を尋問する気はありませんしね。だから、あなたたちもココと呼ぶことにしたらどうでしょう。あの子はその名前が好きなんですよ」

マロリーは使った皿を集めはじめた。「彼女がいつさらわれたかわかった?」

「四日前。それ以前ってことはない」チャールズは、ライカーが昨夜、置いていった証拠袋が載っている調理台のほうを目で示した。「あの子の衣類の汚れ具合から、ミセス・オルテガはそう推測している。ぼくは、ココがお祖母さんのために助けを求めに行ったのは、朝だったんだと思う」

「もう死んでるお祖母さんのためにね」マロリーが言った。「レッドおじさんとの車の旅を一日と見ましょう。ふたりは暗くなってからニューヨーク・シティに着いたんだから。そしておじさんは途中で髪を染めている。つまり彼はあの子をつけまわしていたわけじゃない。これは計画的な誘拐じゃなかったのよ」

「機に乗じての犯行か」ライカーは言った。「その変態はあの子が道を歩いてくるのを見かけたんだな……子供がひとりでいるのを」椅子をぐいとうしろに押しやり、彼は立ちあがった。

「つまり……ここから車で一日のどこかに、おばあちゃんがいて、アパートメントの自室で腐りかけてるわけだ。ただし、まだにおいだしてはいない。ご近所さんが警察を呼ぶほどにはな」

「それに、誰もこの子がいなくなったのを知らないわけ」マロリーが言った。「これは幸運よ」

第七章

大食堂に行く途中、ぼくたちは同窓生の肖像画が飾られた気味の悪いギャラリーを通り抜けなければならない。そして絵の人物の目はぼくたちを追ってくる。額縁の下のプレートに記された名前のいくつかを、ぼくは知っている。彼らはウォール・ストリートの悪徳実業家——往年の誉れ高きサイコたちだ。連中のひとりはフィービの祖先に当たる。彼はその残忍そうな口でこう言う。「こっちにおいで、坊や」

アーネスト・ナドラー

ジャック・コフィーはその朝のタイムズ紙をくしゃくしゃに丸めて放り投げ、それは屑籠の縁に当たって跳ね返った。ニューヨーク新聞界のかのお局様は、あばずれ女のタブロイド紙さながらの振る舞いを見せている。他紙をすべて出し抜き、セントラル・パークの殺人事件を報じた結果、タイムズ紙は殺人犯にこの町では前例のない文学的なあだ名をつける権利を得た。カフカ風に、〝断食芸人〟と。

ライカーは警部補の執務室の奥の壁にだらんと寄りかかっていた。これがこの刑事の連続射撃の構えなのだ。マロリーはまだ出勤しておらず、なぜ新聞の第一面にボスの知らない情報が出ているのか、その理由を説明する役は、彼ひとりが背負わされている。

そして、新聞に載った情報を知らされていなかったのは、鑑識課の長もまた同じだ。ヘラーはいま、デスクの横の椅子にすわっている。その手には、やはりくしゃくしゃになった彼自身の新聞が握られていた。

「こっちはあんたの部下たちを訴えることもできるんだ——それがいやなら、なぜわたしの手もとにこの事件現場の証拠がないのか教えてほしいね」ヘラーはタイムズ紙の細かい活字を見おろした。「足りないのは、麻袋数枚とロープが何本かだな……ああ、それと、木が二本だ」

これに触発され、ジャック・コフィーは立ちあがって、自らも強い態度に出た。「鑑識の連中もきのう両方の現場に行ったんだろう？」

「ああ」ヘラーは言った。「最終的には。マロリーはまず彼らを病院に送りこんだ。そして二時間後、事件現場の場所を思い出したんだ。それで初めて、彼らは公園に行ったわけだが、誰も彼らに木のことや——」

「そのとき、彼らのひとりが麻袋とロープのことを耳にしたんだろうな……そしてその馬鹿野郎が記者に情報を漏らしたんだ」背中を丸めて立つ部下を、コフィーは見あげた。これは、おまえがしゃべる番だぞ、という合図だ。

ライカーは前に進み出た。「公園の警官たちが何も漏らしてないのは確かだよ。なんであれ、連中が記者にしゃべるわけはない。おれが一遍、脅しときゃ、制服どもはずっと怖がってるはずだ」彼は身をかがめて、ヘラーの新聞を軽くたたいた。「連中のボスの巡査部長だってこういう事実は聞いてないさ。でも連中も鑑識員の質問には答えたろうな」

「ありえない」ヘラーは少しも動じなかった。彼の言動はいつも非常に穏やかだ。だからこの男がゆっくりと立ちあがることは、精神的爆発に等しい。彼はくしゃくしゃの新聞を掲げた。「これはうちの課の者がしたことじゃない」

「へえ、そうかい」ライカーは言った。ちょっと演技過剰かもしれないが。「でも死体運搬車の連中じゃない。やつらは死体を見ただけだ――それ以外何も見ちゃいないもんな。あんたはマロリーがリークしたって言いたいんだろうがね。勘弁してくれよ。これは彼女の事件なんだぞ」この最後の部分にまちがいがないかどうか確認するように、彼はボスに顔を向けた。

「そのとおりだ」警部補は言った。「となると、残るは鑑識班だけだな、ヘラー。いいか、わたしの部下に対する脅しはもう二度と聞きたくないからな」若干の度量を見せ、重大犯罪課の指揮官はほほえんだ。「それとも、市警の聴聞会をやろうか――吊るし上げのパーティーを。なぜあんたの部下たちを信じて証拠をあずけないのか、マロリー刑事に説明させるよ」なおもほほえみながら、彼はデスクに両手をついて身を乗り出した。「誰かが理由を訊かないとな。それにあんた自身もなぜだろうと思ってるんじゃないかね？」

得点は取った。だが、勝負に勝ったわけではない。

鑑識課の長は無言のうちに、まだ終わったわけじゃないぞと伝えた。それから、警部補の執務室をあとにし、重い足音でみなを振り返らせながら、刑事部屋のデスクのあいだをゆっくりと歩み去った。階段室のドアが閉まり、ヘラーの姿が消えると、警部補は床から新聞を拾いあげた。彼は椅子にすわって、それを――ゆっくりと――読み、そのあいだライカー刑事は、きれいに脱出できるのか、ぎゅうぎゅうに絞られるのかわからない宙ぶらりんの状態で、そこにたたずんでいた。

ジャック・コフィーは新聞を脇に置いて、デスクの上に足を乗せ、頭のうしろで両手を組んだ。「ヘラーがセントラル・パーク署の内勤の巡査部長に電話しないよう祈ることだな」警部補のほほえみは心からのものだった。ライカーの顔の不安げな色を見ると、彼は楽しくなった。

「あの公園の警官たちは大のゴシップ好きなんだ。それでわたしは、両方の事件現場に同じ記者がいたのを知ったわけだよ。その男はマロリーのペットだそうだね」

ライカーは首を振った。「その男はただのフリー・カメラマンだったよ」

「そして、きょうの彼はタイムズ紙のいちばん新しい社員――記者ってわけだ」警部補はふたたび新聞を丸めた。今回、その玉はちゃんと屑籠に入った。彼は部下を見あげた。「他に何か言い忘れていることはないか?」

ライカーは適切な言葉をさがしているようだった。当然ながら真実ではない、うまく通りそうなせりふを。

「いや、何も言うな」コフィーは手振りでドアを指し示した。「聞きたくない」

ライカー刑事は角を曲がって、ソーホーの最初の姿である工場地区の名残りの狭い玉石舗装の通りに入った。時代が進むと、この一帯は絵の具まみれのジーンズで細々と暮らす若者たちの根城となった。やがて彼らは、ここを引き払い、より安い地区へと移っていった。ウォール・ストリートの証券マンや信託資金の申し子らとともに金が流入してきたのだ。しかしいま、その連中のアンティーク・ショップやトレンディーなブティックはドアを閉ざしている。ニューヨーク・シティは早変わりの達人であり、古きよき時代とは常に五、六分前なのだ。

そのブロックのなかほどに、チャールズ・バトラー所有のアパートメント・ビルはある。彼は鍵一式を手に愛車のメルセデスのそばに立っており、近づいてきた刑事に手を振った。

「よう」ライカーは言った。「お出かけかい？」

「ブルックリンまでロビンを送っていくんです」正面口のドアが開く音に、チャールズは振り返った。

マロリーと手をつないで、ココが歩道に出てきた。ふたりは灰色の髪のロビン・ダフィーをうしろに従えていた。ロビンは半引退した弁護士で、ルイ・マーコヴィッツのポーカーの集いのメンバーだ。ライカーは、短軀がに股のこの男が大好きだった。ダフィーはいつも明るい笑みをたたえている。その笑いは、ブルドッグ風の垂れ頬をぎゅっと寄せ集め、目のまわりを皺《しわ》くちゃにして、自分がその場にいられていかに幸せかを周囲に伝えるのだった。

どうも、ではまた、と挨拶が交わされたあと、ロビンはマロリーを、今生の別れとばかりに、しっかりと抱き締めた。これは、失われた三カ月間、彼女がこの地上から消えていたためではない。ロビンはいつもこうなのだ。

メルセデスが走り去ると、ココがミスター・ダフィーは自分の弁護士なのだと告知した。悪党どもから同じ告知をよく受けているライカーは、哀しげに子供にほほえみかけてから、相棒に顔を向けた。「ほんとに？　この子は弁護士を立てたのかい？」

「ロビンがこの子の監護権の問題を扱っているのよ」マロリーは子供を連れて、歩道際に駐めてある特徴のないクラウン・ビクトリアに向かった。

ココがシートベルトを締めて後部座席に収まると、ライカーは助手席に乗りこみ、身構えた。もっとも今朝はその必要はなかった。アップタウンに向かうに当たり、相棒の運転は、おそらく幼い乗客を思ってのことだろう、交通法規に妙に忠実だった。

マロリーはバックミラーを調節して、女の子の視線をとらえた。「ココ、おばあちゃんが何をして暮らしていたか、ライカーに教えてあげて」

「おばあちゃんはネズミを殺してたの！」

ライカーはほほえんだ。これで害獣雑学へのこだわりのわけがわかった。「すると、おばあちゃんは害獣駆除業者だったんだな。所在地はわかってるのかい？」

マロリーはうなずいた。「その会社、名前が最高なの——《シカゴ・キラーズ》よ」

アップタウンに着くまで、ココはずっとネズミをテーマとするひとり語りで刑事たちをもてなしつづけた。おかげで、刑事たちはネズミが神経質であること、くしゃみをすること、夢を見ることを知った。

メルセデスはブルックリン橋をめざして南へ向かっていた。チャールズの同乗者が言った。

「キャシーは元気そうだね」ロビン・ダフィーはいまもマロリーをキャシーと呼ぶことを許されており、彼女を親友から譲り受けた我が子とみなしている。彼はマロリーがマーコヴィッツ夫妻のもとで成長した長い年月を通じ、道を隔てた向かいの家に住んでいたのだ。

ロビンはしばらく友人を見つめていたが、ついに返事を促した。「キャシーはとっても元気そうだね」

「ええ、元気そうです」チャールズは、見た目に関するコメント以上のものを与える気はなかった。彼女の心の状態や消えた時間について余計な憶測を招きたくはない。ロビンのほうもダイレクトな質問は一切しないだろう。この老弁護士もまた、守るべき秘密と職業倫理とに束縛されている。彼は、職場復帰のことで、マロリーの代理人を務めたのだ。

以前、ニューヨーク市警を留守にしたとき、彼女の目的地は南部の奥地だった。また別の旅では、彼女はルート66をたどった。しかし今回はちがう。その行動はチャールズを心配させた。そして彼は道義上ひとりで心配しなければならないのだ。ニューヨーク・シティにもどったとき、彼女自身が語ったのは自分の向かった方角のみだ。もっとも、ラシュモア山は大きかったし、ミシシッピ河は本当に広大だったという発言はあったが。ひとつだけ確かなことがある。彼女はあてもなく非常に長い車の旅をしてきたのだ。何度も大きく輪を描き、絶えず針路が変わるその流浪のコースを思い出すたびに、彼はマロリーがぐるぐる回り、転がりながら——アメリカのなかを落ちていく図を頭に浮かべてしまう。

橋を渡りきると、車はブルックリンの一地区、庭に車寄せがあり犬がいる一世帯住宅のエリアをゆっくりと進みだした。沈黙は気づまりになっていた。

「ココは実に可愛らしいね」安全な方向に話題を変え、ロビンが言った。「話すことは小さな女の子らしくないが」

「ええ、彼女にはカクテルパーティー・パーソナリティーと呼ばれる特徴があるんです」チャールズは言った。「あの種のおしゃべりは、ウィリアムズ症候群の子供が周囲の人との関係を形成するために身に着けるスキルなんですよ」ココのいちばんの特技が表層的であることが、その悲しいアイロニーだ。まさにそれこそが、彼女が人との真の関係を形成する妨げとなっているのだ。

「引き取ってくれる親族が見つからなかったら、あの子はどうなるんだい?」

「里子に出されることになりますね」チャールズは言った。「それでも生き延びられたら、彼女は大人になり、仕事を持ち……ひとりで生きていくでしょう。なんだかぼくたちふたりの知っている誰かの話みたいですよね?」

彼の同乗者はふたたび黙りこんだ。おそらく、ひとりの毀れた子供ともうひとりの毀れた子供の共通点について考えているのだろう。ただ、ココとちがって、マロリーは人との触れ合いから愛やぬくもりを得ようとはしていない。彼女が好きなのは、人を狩ることだけであり、彼女の会話はすべて死を中心に回っている。

チャールズはダッシュボードの時計に目をやった。もう刑事たちは逃げた月を見つけただろう。ココによれば、その月は箱に住んでいるのだという。

第八章

ルールは明快だ。廊下は走っちゃいけない。でも、どの先生もぼくのことは絶対に叱らない。先生たちはみんな知っているんだ。殴られないように、噛まれないように、便器で溺れさせられないように……その日がもたらす諸々の災難から、ぼくが逃げていることを。

アーネスト・ナドラー

サマースクールの子供たちが黄色いバスからあふれ出し、その喚声と笑い声が、開館を待つ他の観光客らの会話のざわめきと混ざり合う。

ココの肩は丸まっていた。両手が耳をふさぎ、目はぎゅっと閉じられ、騒音と雑踏を閉め出している。ふたりの刑事と女の子は、喧噪の届かない高台へと退却した。上り坂の小道は、自然史博物館を取り囲む、花と木々の小公園のベンチへとつづいている。三人組はそこにすわって、太陽系を丸ごと収めたガラスと鋼《はがね》の巨大な箱と向き合った。堂々たるその構造物は、地上七階の高さを誇る博物館のプラネタリウムだ。

「昼間見ると、感じがちがうだろうけど」マロリーは言った。隣にすわる子供は、このランドマークをたった一度――ある恐ろしい夜に、ほんのちらっと見ただけであり、これに関する彼女の記憶には穴があった。「あなたがレッドおじさんのうちの窓から見たというのは、あれじゃない？」

女の子はうなずいた。朝日のなかでよく観察して、その巨大なガラス箱を満たしているものが月ではなく、太陽の青白いレプリカにすぎないと知り、ココはがっかりしていた。比率どおり正確に、もっと小さなボールで作られた惑星の一群はひどくちっぽけに見える。それらは、凍りついた軌道上にワイヤーで吊るされていた。そしてモンスター・サイズの太陽は、宙に浮いてさえいない。それはしっかり床に固定されているのだ。

ライカーがココの手の甲を軽くたたいた。「ひどいペテンだよな？」

マロリーは立ちあがって、くるりと向きを変え、西八十一番ストリートとそこに並ぶもっと規模の大きな箱、一連の巨大なビルを眺めた。灰色の石のもの、茶色の煉瓦《れんが》のもの、そしてもっと先には、赤い建物も見られ、そのいくつかは凝ったファサードを備えている。ここは〝マネー・カントリー〟、制服姿のドアマンがいる世界、歩道際の迎えのリムジンまで行く居住者を天幕が護る地だ。何百もの窓がプラネタリウムに面している。そしてそれらアパートメントのひとつが、《ランブル》で見つかった昏睡中の犯罪被害者の住まいなのだ。

どうやらチャールズ・バトラーはブルックリンからまだもどっていないらしい。ソーホーのパトロール警官が玄関のドアの下にすべりこませたメモ、頭の医者としてアップタウンに来てほしいという丁重な依頼を、彼が見ていないのは明らかだった。ライカーは相棒を振り返った。「彼に携帯電話を持たせるべきだな」

マロリーの口がへの字になった。「そうよねえ」

ライカーはテクノロジー音痴のあの心理学者がうらやましかった。チャールズは留守録装置――マロリーが贈ったやつ――を持ってはいるが、決してそのスイッチを入れない。そして平時は、うるさいメッセージや緊急の呼び出しに煩わされずに、ゆったり日々を過ごしている。そしてテレビ大国の異邦人である彼は、興奮したニュースキャスターの緊急空襲警報やテロ予報に心を乱されることもない。ニュースなら新聞で読むほうが好きだし、新聞は実際に起こったことしか伝えないのだから。なおかつ、彼はばたばた駆け回る数百万の人々による耳障りな街の音に悩まされることもない。騒音が彼のメルセデスの閉じた窓のなかまで入りこむことはまずないのだ。そんなわけでチャールズ・バトラーは、この地球上でもっとも神経に障る町をすいすい泳ぎ回っている。

「ほら来た」マロリーが西八十一番ストリートとセントラル・パーク西通りの角を指さした。パトカーが一台、その付近に二重駐車しようとしている。制服警官たちが車から降りてきた。

「たった三人なのね」

「ウエストサイド署としちゃそれ以上は割けないんだろ」ライカーは言った。「連中は公園署《パーク》の捜索に手を貸してるからな。合同で、他に被害者がいないか森じゅうさがしまわってるんだ」

そして、ここに集められた三人は、十六階建てのビル、長さ一ブロック分の捜索を行い、名も知れぬ男のアパートメントを見つけるよう指示された。「この写真は役に立たないから」マロリーはそう言いながら、警官ひとりひとりに昏睡状態の犯罪被害者の写真を手渡した。「彼が誰なのかは、どのドアマンにもわからない。髪の色が変わっているのよ」それに、飢餓と脱水症もレッドおじさんの変貌に関与している。「だから近所の人も彼がわからないかもしれない」

「冗談だろ」年かさのパトロール警官が腕組みした。「目的の部屋がどれなのかどうやってわかれっていうんだよ？　このへんのアパートメントの半数は空っぽなんだぞ――みんな昼飯を食いに出てるか、仕事に行ってるかだ」

「大丈夫」ライカーは言った。彼は、レッドおじさんのうちを最後に出たのはおそらくココだという点をたのみにしていた。「きみたちがさがすのは、ニューヨーク・シティ唯一の、鍵がかかってないうちなんだ」

猿以外、室内のものはすべて白だった。カウチも、敷物も、カーテンも。被害者の衣類は、入口近くの床に適当に積みあげられていた。ズボンのポケットから出てきた財布の身分証によれば、その部屋はハンフリー・ブレッドソー、別名レッドおじさんの住まいであり、ココもまた、家具の乏しいリビングにひとつだけあるランプによってその点を確認した。ランプの基部がセラミックの青い猿なのだ。「この明かりは点いてたの」ココは小さな手で猿の顔をなでた。「これを覚えてるよ」

マロリーは天井の差しこみ口を見あげた。そこには、むきだしのソケットしかない。なおかつ、卓上ランプの電球はワット数の小さなものだ。つまり、何者かが現れ、レッドおじさんを裸にし、縛りあげて連れ去ったとき、この部屋は薄暗かったわけだ。

子供はマロリーから数フィート以上離れようとせず、ずっと彼女にくっついて歩いていた。住居全体をひととおり調べるため、刑事はドアが七つある廊下に入った。ニューヨークの基準で言えば、その住まいは御殿だった。「どの部屋があなたのだったの？」

「暗い部屋」ココは詳しいことを言おうとせず、マロリーもそれ以上説明を求めなかった。

チャールズ・バトラーは彼女に、どんな答えにも疑いを呈してはならない、与えられたものをただそのまま受け取るように、と警告した。あの子はとても繊細《せんさい》なのだ――彼は三度もそう言った。それでも傷を負ったこの女の子は、セントラル・パークで何日も生き延びている。こんなに色白なのに日焼けの跡がないことから、チャールズは、おそらくココはバテてしまい、本人の知るかぎりいちばん安全な場所で丸くなっていたものと推測していた。マロリーも、自らの野生児としての数年――ココのこの数日に似たような過去の日々の経験から、そう思っている。

マロリーとその赤毛の影法師は、正面の部屋でライカーと合流した。

「改装中っぽいにおいがするな」彼は言った。

石膏《せっこう》とペンキとおが屑のにおいが室内にたちこめている。カウチや椅子は新品で、まだビニールのカバーと値札がついたままだ。硬材の床は最近、砂で磨いたばかりのように見える。広いスペースは、床の高さの異なるふたつのエリアに分割されていた。奥のほうの高い部分には、短い階段で上がるようになっている。

「その男は一週間前に家具を搬入したんです」そう言ったのは、このアパートメントを見つけた警官だ。彼はドアノブに片手をかけ、広々したホワイエに立っていた。「それまでは、何カ月にもわたり、工事業者が毎日、来ていたそうですよ。鋸《のこぎり》を使ったり、あちこちガンガンたたいたり、おが屑やゴミをそこらじゅうにまき散らしたりね。同じ階に、この部屋の新しい所有者と会った者はひとりもいません。でも彼らは全員、そいつを忌み嫌ってます」

警官が立ち去ると、マロリーは床の上の衣類の山を見おろした。「レッドおじさんともうひとりの男はここに立っていたわけね」ココによれば、おじさんを連れ去った人物はつなぎ服を着ていたという。彼女はその男を〝配達の人〟と呼ぶ。それはそいつが二輪台車を持ってきていたからだ。ちょうど彼女の祖母に重い荷物を届けていた男たちが使うようなやつを。「ココ、その配達の人がレッドおじさんを縛ったとき、あなたはどこにいたの？」

「前に言ったでしょ。ドアのうしろにいたんだよ。レッドおじさんは、出てきちゃだめって言ってた。音も立てちゃいけないって」

マロリーはアーチ形の出入口を指さした。その向こうには、廊下のむきだしの壁が見える。

「あなたはそこに立っていたの？　壁の向こう側に隠れて？」

子供はとまどって首を振った。なぜならこの質問にはもう答えたのだから。

ライカーはホワイエのほうを向いた。「ここから見えるドアは、玄関のドアだけだな。この子がその外側に隠れてたわけはないが」

マロリーはじっと子供を見つめた。「本当のことを言いなさい」

ココは両手をぐるぐる回し、右に左に体を揺らして、ストレスの小さなダンスを踊った。それから彼女は、刑事に細い腕を巻きつけ、ぎゅっとしがみついた。その顔が上を向き、無理に作った大きな笑いをマロリーに見せる。子供の目は必死の色をたたえ、無言のうちに哀願していた。愛して、愛して、愛して……お願い、ああ、お願い。

「作り話はもういい」マロリーは言った。「本当のことが知りたいの」

子供は理解できずに首を振った。その目は傷ついた色でいっぱいで、いまにも涙があふれ出そうだった。

「あなたがどこに隠れていたか教えて」マロリーは言った。「重要なことなのよ」

「そこまでだ!」ホワイエから権威に満ちた声がした。「それ以上ひとことも言うな!」

刑事たちはそろって玄関を振り返った。どちらもその口調に覚えはなかった。あの礼儀正しいチャールズ・バトラーから聞いた覚えは。いま、その男が部屋の向こうから大股で迫ってくる。とここで、世界一優しい巨人となり、彼は女の子を抱きあげて、腕のなかで揺すった。そのピエロの顔で、彼はほほえんだ。するとココもほほえんだ。万事解決。彼女はチャールズの肩に頭をあずけた。彼の目がマロリーを見て険しくなったことにはまったく気づかずに。

彼は子供をライカーに抱きとらせて言った。「下に連れていってください。ここがすんだら、迎えに行きますから」

そして、誰の命令も受けない男、ライカーは――自分の相棒の敵側につき――言われたとおりにした。マロリーはいつか彼にこの報いを受けさせるつもりだった。

チャールズは両手を深くポケットに突っこみ、そのなかで初めて拳《こぶし》を握り締めて、唯一の怒りのしるしを礼儀正しく隠した。また、その声のボリュームも、無頓着なコメントを述べるときの落ち着いたレベルにまで下がっていた。「で、つぎはココをどうする気？　水責めにするのか、それとも、親指を締めるのかな？」

第九章

学校からの帰り道、ぼくたちはピザの店に寄った。フィービのおごりだ。彼女は、きょうあいつらがぼくにしたことにはいい面もあると言う。ぼくは学校の歴史に自分の痕跡を刻んだんだ。フィービは言う。「あの血のしみは絶対に落ちないよ」

アーネスト・ナドラー

アッパー・ウェストサイド病院にひどい心気症の警官を配置したのは、内勤の巡査部長のちょっとしたジョークだった。その病院では目下、ある犯罪被害者が二十四時間態勢で警護されている。

病原菌恐怖症の若い警官、ワイコフ巡査は、集中治療室で金属製の椅子にすわっていた。それは、薄緑の壁に囲われた薬品臭の漂う大きな部屋だ。テクノロジーの中枢――点滅するライト、ピッピッというスクリーン――に就いているのは、緑の医務衣の医師たちや白衣の看護師たち。彼らは装置の監視に当たり、ときおり足早に行ったり来たりしている。周囲は一面、各ベッドを仕切るパステルカラーのカーテンだらけだ。警官の椅子のうしろのピンクのカーテンは、《ランブル》で見つかったあの昏睡《こんすい》状態の男を隠している。

ワイコフ巡査はちゃんと、時間をつぶすための読みもの、コンピューターのプリントアウトの分厚い束を持参していた。そして、警護の任務二日目のいま、彼は、昏睡と脱水症にまつわるあらゆるネット情報の生き字引となっている。この巡査はまた、極度に用心深かった。病院の怖い話を、彼は知り尽くしていた。病院職員が意図的に、または、馬鹿なミスにより、患者を殺してしまうあらゆるパターンを。何人も彼に見過ごされることはない。どんな医師も看護師も、まず、病院のバッジの名前が本物である証として身分証を呈示しないかぎり、仕切りのカーテンに触れることは許されなかった。なんとワイコフはメモまでとった。医師や看護師の住所氏名を、彼は全部把握していた。

介護者たちが審査をパスしたあとも、この警官はありとあらゆる処置、点滴パックやカテーテルの交換を逐一自ら監督した。彼は弱った心臓、衰えていく腎臓のバイタルを追うモニターから目を離さなかった。病院の職員たちは、銃を帯びた男に医療上の決断をいちいち質されることにいらだちを覚えた。しかし、この警官の名誉のために言うと、彼は、昏睡状態のこの被害者のカルテを再三チェックするなかで、一度、投薬のミスを発見している。

だから……もしも、いま彼の前に立っているこの私服の民間人が、ただカーテンをすいすい通過し、彼の患者に会いに行けると思っているなら、それは料簡《りょうけん》ちがいもいいところなのだった。

「お名前は？」

簡単な質問だ。にもかかわらず、どうやら女は困っているようだった。

レッドおじさんこと、ハンフリー・ブレッドソーの住居の居間を明るくすべく、マロリー刑事はすべてのカーテンを開け放った。「ここで何があったかあの子は知っている。なのに話そうとしないのよ。それに、わたしにはわかってる。あの子は足りないわけじゃない」

「そのとおりだよ」チャールズは言った。「ココはとっても頭がいいし……創造力に富んでいるんだ。彼女はレッドおじさんが木になったと本気で思っているわけじゃない。でもおもしろいお話は、自分には対処できない恐ろしい現実よりずっといいからね。彼女はまだ八つなんだよ」

ああ、大失敗。マロリーはわかりきったことを指摘されるのが大嫌いなのだ。

「捜査の邪魔はしないで！　こっちは情報が必要――」

「マロリー、口を閉じろ！　黙って聴くんだ」

すると、なんと彼女は本当に口を閉じた。それはただ、他ならぬチャールズからそんな言葉を聞かされて驚いたからにすぎないが。とにかくこれで冷静になるための時間は稼げた。チャールズは、道の向こうのプラネタリウムが見える窓に歩み寄った。彼にはあの子供の限界がわかっていた。それに、マロリーの限界も。「彼女と同じ年のころ、きみはもっとひどい経験をしているんだよね。でも、ココはきみとはちがうんだよ」彼はくるりと向きを変え、彼女の目に怒りの片鱗《へんりん》を認めた。たぶんマロリーは、これを――彼女に似ていないという評価を、あの女の子に対するほめ言葉と受け取ったのだろう。誤解を解くために、彼は言った。「あの子にはきみのような対応力はない。あればいいのに、と思うよ」

そしてここでチャールズは、マロリーに対する犯罪を敢えてもうひとつ犯した。すでに確認された事実を再度述べるというやつを。彼はもう彼女の怒りを買うことなど気にしてはいられなくなっていたのだ。「ココは誘拐され、自分の知る唯一の世界から強引に引き離された。そのうえ、男が裸にされ、縛られ、運び去られるという暴力を目撃した。それでも、彼女は暗いなか、勇敢にも外に出て、見知らぬ町に立ち向かったんだ。身を護るものは何もなく、味方はひとりもいなかったのに。そして彼女はサディストの殺人鬼を追って、《ランブル》に入っていった——靴ひもも結べず、ボタンもかけられない小さな女の子がね。彼女はほころび、崩壊しかけていた。シャットダウンしかけていたんだ。そこへきみが現れたんだよ、マロリー。そしてようやく、ココは誰かを与えられた。いまのあの子の生きがいはきみを喜ばせることなんだ」チャールズは一方の手を振って、窓の向こうに見えるプラネタリウムを指し示した。「彼女は箱に入った月をきみに贈った」それが実は太陽だというような細かいことはどうでもいい。「なんて贈り物だろう。きみはなんて恩知らずなんだ」

マロリーはちゃんと聴いているんだろうか？　いや、彼女は床を見おろしている。そこに放り出された衣類の山のほうがはるかに興味深いらしい。

「犯人はこの場所でハンフリー・ブレッドソーを襲い、袋に入れている」彼女は言った。「そのときココがどこに隠れていたのか、わたしには知る必要があるの。もしココが犯人を見ていたなら、たぶんその男もココを見ているから。どこかのサディストがあの子をさがしているか

だけ。まったく何を考えてたのかしらね。きっとわたしはソシオパスなのよ」

は、彼は完全にまちがっていると言っていた。「わたしはただ、あの子を死なせたくなかった

するあなたは正しいのよね、チャールズ。そうよ、あなたは完全に正しい」そして彼女の皮肉

とは言えないし、温かみのかけらもないのだから。「でも、わたしからあの子を引き離そうと

もしれないのよ」マロリーはほほえみ、チャールズはやめてくれと思った。その笑いは楽しげ

この最後の一語は、挑戦のように突き出され、ふたりのあいだの宙に浮かんだ。ニューヨーク市警に提出されたドクター・ケインの精神鑑定書で、彼女はそう評されている。しかしチャールズはずっと、この件で彼女のために闘ってきた。そしていまこの瞬間も、彼は彼女の擁護者だった。「ぼくはきみがソシオパスだなんて絶対に信じない」そう、彼は信じない——たとえそれが真実だとわかっていても。

マロリーが近づいてきて、彼の顔をじっと見つめた。頬に赤みが差すのを待っているのだろうか？　嘘の通る見込み、ポーカーで勝つチャンスをことごとくつぶしてしまうあの紅潮を？まあ、彼女には赤面する彼は見られまい。きょうにかぎっては絶対に。彼の言葉は真実なのだ。マロリーにも心があるという望みに、彼は自分の心臓さえ賭けるだろう。

耳を傾けるコフィー警部補に、アップタウンの内勤の巡査部長は電話の向こうからこう告げた。「例の昏睡男に面会者が来てますよ」その若い女は、病院で警護に当たっている警官により留め置かれているという。「それと、事件の情報がもうひとつ漏れてます」

胃粘膜に最新の傷を与えたその男に礼を言い、警部補は受話器をガチャンとたたきつけて通話を終わらせた。執務室のドアを開けもせず、刑事部屋じゅうに響き渡るほどの大声で彼はどなった。「誰かデイリー紙を持ってないか！」外の部屋に面した窓に顔を向けると、かなりの数の手が挙がった。この集団は、ウォール・ストリート・ジャーナルの読者層ではないのだ。

ジェイノスが新聞を手に席から立ちあがった。この男は、歩いてしゃべれる冷蔵庫といった体格の持ち主だ。彼の五時過ぎの髭《ファイヴ・オークロック・シャドウ》は毎朝九時に現れる。なおかつ、その顔の凶悪さは、神が刑事らに与えたもうたどんな顔にもひけをとらない。これらすべてによって、取り調べの際、ジェイノスは非常に貴重な人材となっている。彼は猫の足で執務室に入ってきて、ボスのデスクにデイリー紙をそうっと置いた。

ジャック・コフィーは、アッパー・ウェストサイドの巡査部長に教わったとおり、九ページめを開けた。そこには、セントラル・パークで見つかった、まだ生きている被害者の写真が載っていた。男は目を閉じ、病院のベッドに横たわっている。その上に掲げられた見出しの文言はこうだ――「この男性を知りませんか？」

「で、きみらの誰もこの記事に気づかなかったのか？」コフィーは部下を見あげた。「うちの課には、スポーツ欄以外の記事を読むやつはひとりもいないのかね？」

ジェイノスは常に礼儀正しく答えかたを考え、その答えをそっと述べる。「わたしは映画の評論が好きですが」

その日のトップ・ニュースをスクープしたのはタイムズ紙だが、デイリー紙のほうもやはりセントラル・パークの名を出していた。ただし、脱水症に陥《おちい》った裸の男が発見された場所として軽く触れているだけだが。何はともあれ、男の写真は、なかのページに埋められている。これは、身元不明の昏睡患者よりもミセス・ラニヤードのようなネズミに食われた老婦人のほうを好む編集者のおかげだった。

「いまや犯人もこの男が生きているのを知っているわけだな」コフィーは言った。

ああ、それに、記事はご親切にも病院の名前と住所まで伝えている。だから、まだ生きている証人というこのだらしない未処理事項を始末する気になった場合、殺人犯には行くべき場所がわかるわけだ。

「ココはドアのうしろに隠れていたんだよね」チャールズ・バトラーはこの宇宙における彼の正しい居場所にもどっていた。マロリーは支配する。彼女は必ず勝つのだ。

「いいえ」彼女は言った。「ドアのことでは、あの子は嘘をついている」

「それはどうかな。彼女がお話を作るのは、人を楽しませるためであって、だますためじゃないからね。ココにずるいところはないんだよ」チャールズは広々した部屋の奥の高くなった部分を見つめていた。「なるほどね」彼は短い階段のほうへと向かった。「どうもどこかがおかしいと思ってたんだ。ぼくの両親にはこのアパートメント・ビルに住んでいる友達がいたんだけどね、あれは煙突の通る壁だよ。だから考えないと……なぜ暖炉が取り払われているのか？」

マンハッタンでは、それは不動産に対する犯罪となるはずだ。彼は階段をのぼっていき、高い部分の床に立った。そしてマロリーも彼に加わった。

「彼女はここに隠れていたんだよ」チャールズは言った。敷物をどけたとき、彼は自信満々だった。果たして、そこに現れた床板には取っ手が取り付けられていた。「それに、確かにドアはあったわけだ。床についたドアだけどね」

マロリーは身をかがめて取っ手を引っ張り、四角い木の蓋を持ちあげて、暗い穴をのぞきこんだ。「あいつ、ここにあの子を入れていたのね」彼女は跳ね上げ戸のざらざらした裏側をなでまわした。「防音加工がしてある」

「小児性愛者の夢の家だね」チャールズは言った。子供を奪還される恐れはない。壊れたパイプの修理のため、勝手に入ってきた管理人による偶然の発見はありえないのだ。「この種の改造は、ここより狭い他の部屋ではできない。それに、窓の側でやるのも無理だよ。高くした床が桟より上に来てしまうからね。だから彼は暖炉を取りのぞくしかなかったんだ」

チャールズは短い梯子《はしご》をおりて、床下の隠し部屋に入った。彼はしゃがみこんで、あたりを見回した。「明かりのスイッチはない。ココの年齢だと、暗闇を怖がる子供は大勢いるし、恐怖は有効なコントロール装置になる。だから、彼女がこの恐ろしい部屋のことを木になった男のお話から省いたとしても、大目に見てあげないとな」頭上の開口部から射しこむ光で、ぬいぐるみの玩具や使われた形跡のないベッドが見えた。**感謝します、神様。**靴底の下で何かがガリッといったとき、跳ね上げ戸がゆっくりと閉まりはじめた。

「一分だけ待って」マロリーが言った。「それから戸を開けるのよ――ほんの少しだけね」

カウントダウンを終えると、チャールズは四角い木の蓋を数インチ持ちあげた。すると目の前には、秘密の入口の上にもとどおり置かれた敷物のふさべりがあった。刑事はカーテンを閉め、ひとつしかないランプを点けていた。部屋の彼のいる側は、深い闇に包まれていた。

マロリーは床に積まれた衣類のほうに歩いていき、サディストのいた位置に立つと、跳ね上げ戸に目を向けた。「暗すぎる。犯人にはココは見えなかったはずよ」

「ココのほうにも彼が見えなかったんじゃないかな。少なくとも細かい部分まではね」チャールズは穴から這いあがり、レンズが片方壊れた小さな眼鏡を持って窓のほうに向かった。「床にこれが落ちていたよ――うっかり踏みつけて気づいたんだ」つるの一方の小さな印字がよく見えるよう、彼はカーテンを少し開いて、幅数インチの光を入れた。「この眼鏡がココのものだとすると、彼女は近眼だよ」

カーテンの隙間から、彼は道の向こうのプラネタリウムを見つめた。視力が悪いとすれば、あの子がまがいものの太陽を月とまちがえたのも道理だ。彼女には各軌道上の惑星は見えなかった。それに、木々の葉のなかの緑の麻袋を見分けることもできなかった。これもまた幼女の負った傷のひとつとみなし、彼は手に持った眼鏡を見おろした。「ココがつなぎ服と二輪台車のことしか話せなかったのは、だからだよ。〝断食芸人〟がどんな顔なのか、あの子は知らないんだ」

「でもそのことを知っているのは、わたしたちだけよ」

そしていま、唯一の証拠がなくなった。壊れた眼鏡は、彼の手から消え、マロリーのブレザーのポケットに収められた。故ルイ・マーコヴィッツはかつて彼の養女を、世界で通用する泥棒、盗むべく生まれついていると評したものだ。しかも、あの刑事はやや得意げにそう言って、さらに付け加えた。「なんて子だろうな」

マロリーは部屋の暗い領域をざっと見て回った。床の戸のわずかな隙間はまちがいなく見過ごされたはずだ。「つまり犯人は、わたしが目撃者を押さえているのを知らないわけよ」

「実はね……きみは押さえてないんだよ」チャールズはほほえんだ。「ぼくが押さえてるんだ。保護後見のこと、覚えてるかな？　失踪課の刑事さんがぼくに連絡をくれたのは、だからなんだけどね、一時間前、シカゴ市警がお祖母さんの遺体を見つけたんだ。自然死だそうだよ。ココにはもう家族はいない。でも彼女にはぼくがいるわけだ」

チャールズはしばらく待って、この言葉の意味を浸透させた。そしていま、自分の使えそうな力を総動員し、彼は自身の幼い被保護者の扱いに関する新たなルールを制定した。

それらはマロリーの気に染まなかった。チャールズは気にも留めなかった。

重大犯罪課の指揮官は、昏睡患者のベッドを取り巻くピンクのカーテンの内側に立っていた。病院の事務長、ドクター・ケンパーと対峙し、彼はあの犯罪被害者の写真が見えるように新聞を掲げた。「誰かがこの写真を記者に売ったんです」

痩せっぽちのイタチ男、ケンパーは、傷ついたと言わんばかりに片手を胸に当てて言った。

「うちの人間じゃありませんよ」

警部補は患者を指さした。「写真のこの男は病院のガウンを着ています。つまり、救急隊員は除外できるわけです。連中は裸の彼しか見ていませんからね」

「調べてみますよ」

ジャック・コフィーが何より気に食わないのは、この男が笑顔ですらすら嘘をつくことだった。警部補は、女官よろしく事務長のすぐそばに控えていた看護師に顔を向けた。「廊下に出て、ワイコフ巡査にあの女性を連れてくるよう言ってください」

彼女が立ち去ると、ジャック・コフィーは、とにかく癇《かん》に障るきわめつけの最低野郎をちらりと見やった。「もう用はありません。出てってください」

事務長はさらに大きく笑みを広げ、大急ぎで退散した。引き開けられたカーテンの向こう側には、ワイコフ巡査が立っていた。隣には、彼が非常に疑わしいと見た例の面会客もいる。その女は年のころは二十代とまだ若く、背が高かった。結婚指輪はなし。顔には皺《しわ》ひとつなく、太った子供のような性別不詳の体つきをしているが、コフィーの頭に浮かんだのは〝オールドミス〟という古風な言葉だ。これはたぶん、ネズミの毛に似た茶色の髪が学校の先生風にひっつめにしてあるからだろう。そして、つぎに頭に浮かんだ言葉は、〝壁の花〟。彼女は、コンクリートの町に溶けこんで姿を隠すのによい、シンプルなグレイのワンピースを着ていた。目立った特徴はひとつだけ、作り物めいた豊かな睫毛だが、コフィーにはそれが本物であることがわかった。この女にはまったく化粧気がないのだ。

謎の患者をひと目見ようと、女は体をねじってコフィーの背後をのぞきこんだ。コフィーは一歩脇に寄り、女はベッドの男をじっと見つめた。その手がバッグのショルダーストラップをぎゅっと握り締める。女は首を振った。「知らない人です」

こっちがそれを信じるとでも？　冗談じゃない。

女は向きを変えようとしていた。立ち去るために、すばやく。コフィーが巡査にうなずくと、巡査は女の腕をつかみ、引き留めた。油断のない目をして、彼女は警部補に向き直った。「もう行かなくては」

ジャック・コフィーはワイコフ巡査の手帳に目を落とした。「あなたはメアリー・ハーパーと名乗っておられますね」開いたページが相手に見えるよう、彼は手帳を掲げた。「そして、住所はこちらなんですね？」

「ええ。住まいはロワー・イーストサイドです」

「いいや、そうじゃない。この住所だと、あなたのアパートメントはイーストリバーのまんなかにあることになります」コフィーは手を伸ばし、バッグのストラップを女の肩からはずした。「つまりあなたは警察に虚偽の供述をしたわけです。したがって、これからこのバッグを調べ、その後、あなたを署に連行します」

バッグの中身がベッドの上に空けられたとき、看護師がカーテンの内側に入ってきた。「そういうことは、どこかよそでやってもらえませんか？」

「ああ、この昏睡男なら気にはしませんよ」警部補は白いシーツの上に散らばった品々を見おろした。タバコはなし。でもライターがある。彼はそれを手に取った。金《きん》以外に本物の金のように輝くものはない。それに、そのライターはずっしり重い。めっきではなく、丸ごと金なのだ。この優美な光り物は、ここにいるご婦人の醜いウォーキングシューズにはそぐわない。この町では、リッチな女たちは危険なほどヒールの高いスティレットを履くのだ。ライターの金の表面には深い傷がいくつもあった。たぶんこれは、よかったころの思い出の品なのだろう。あるいは、そうではないか。そしていま、もうひとつ別の嘘をコフィーは発見した。

「ミス・ハーパー、確かあなたはワイコフ巡査に身分証は持っていないと言ったんでしたね？」

彼は蛇皮の財布を持ちあげた。美しい品だ。鼻に近づけると、金《かね》に似たにおいさえした。彼はその財布と結婚したかった。ご婦人の運転免許証は透明なビニールの窓のなかに収められていた。そして彼女はメアリー・ハーパーではなかった。なんて意外な。「うちの刑事たちがついさっき、ここにいる被害者の身元を突き止めたんですよ」コフィーは意識のない患者を手振りで示した。「フィービ・ブレッドソー、こちらハンフリー・ブレッドソーです」

第十章

連中がフィービに手を出すのは、ぼくといっしょにいるときだけだ。それに、彼女のほうはそれほどひどくは痛めつけない。ときおり彼女は突き飛ばされて廊下のロッカーに激突する。通りすがりのちょっとした暴力。ほとんど偶然みたいに見える。

連中には彼女が見えてもいないんだろう。

フィービは、人に見えないというこの超能力をありがたがらない。たぶんそれは、トビー・ワイルダーにも彼女が見えないからだ。ぼくらごときの存在に気づくには、トビーはあまりにもカッコよすぎる。

アーネスト・ナドラー

コフィー警部補はマジックミラーの暗い側にすわり、明かりの点いた取調室のピープショーを眺めていた。他の署では、のぞき見する者たちは殺風景な部屋と折りたたみ式の椅子一、二脚に甘んじなければならない。しかしこの部屋には、VIPの尻をお迎えするクッション入りの座席が小さな映画館よろしく雛段《ひなだん》式に設置してある。

目下、暗い部屋の見物人は警部補だけ、そして、明るい部屋にいるのはフィービ・ブレッドソーただひとりだ。その頭上の長い蛍光灯は、女の顔色を吸いとっている。足で床をトントンと打ちながら、女は唇を嚙んでいた。彼女はまた爪も嚙んでいた。一時間、ひとりでそこにすわりつづけた結果、その爪は深く嚙みちぎられている。

ドアが開いた。ふたりの刑事が取調室に入ってきてすわった。

ショータイムだ。

ライカーが愛想よく紹介をするあいだ、彼の相棒は両のてのひらをテーブルにつき、十本の長い爪という赤い矢をミス・ブレッドソーに向けていた。つぎにマロリーはぐっと身を乗り出して、女の顔を間近から凝視した。なんて貪欲な目つきだろう。なんて強烈な。ある者たちは、彼女は瞬《まばた》きせずに一時間そうしていられるのだと言う。だがそれは、署に伝わる〝〈機械人間〉マロリー伝説〟にすぎない。

ジャック・コフィーはほほえんだ。彼の部下たちは、あの古いゲーム、〝いい刑事と悪い刑事〟にひねりを加えたのをやっているわけだ。

正気の刑事と狂った刑事。

フィービ・ブレッドソーはマロリーを見つめている。その考えを読むのは簡単だった。この吸いこまれそうな緑の目。これは本物なの？

女はすばやく目をそらした。ニューヨーカーは全員、母親のお腹にいるうちに、頭のおかしい人間と目を合わせてはならないことを教わるのだ。彼女は正気の刑事に顔を向けた。「わたしは逮捕されたんでしょうか？」

「いいえ」ライカーは言った。「われわれはただ情報がほしいだけです」彼は一枚の紙を眺めてから、パッと温かな笑みを見せた。「あなたはドリスコル校で保健師をしてるんですね。すると、いまは夏休み中ですか？」

ミス・ブレッドソーは身を乗り出した。「コフィー警部補は、警察に虚偽の供述をした罪でわたしを告発すると言っていました。それと、司法妨害――これがもうひとつの罪状だと」

「そのことなら心配いりませんよ」ライカーは手を振ってその考えを退けた。「われわれにはあなたを困らせる気はありませんから」彼は相棒を振り返った。「そうだよな？」

マロリーはフィービ・ブレッドソーを凝視しつづけた。まるでこの女がランチであるかのように。そして彼女は舌なめずりした。

ガラスのこちら側で、ジャック・コフィーは皮肉っぽい笑いを浮かべた。やるね。彼の部下がきょう、狂った刑事を演《や》っている理由は、はっきりしている。彼女は彼がこう思いながら自分を見ているのを知っているのだ。おまえはどれだけイカレてるんだ？

ライカーが茶封筒から写真を一枚、取り出した。「《ランブル》でもうひとり殺人の被害者が見つかったんですよ。その女性も袋に入れられ、吊るされていました――あなたのお兄さんと同じですね。しかし、こちらのケースは手遅れでした。その女性は死んでいたんです。われわれは、ハンフリーとつながりがあるものと見ています。ちょっと写真を見てもらえませんか？もしこの女性が誰かわかったら、教えてください」彼は写真をテーブルに置いた。鼻と頬をネズミに食われ、目と口を粘着テープでふさがれ、指先はむきだしの骨しかない裸の女。その写真では身元の確認などできっこない。ただ、ショックを与える効果はある。

フィービ・ブレッドソーはぐるりと目玉を回して天井を仰いだ。「誰だかさっぱりわかりませんけど」

「病院でお兄さんを見たときも、あなたはそう言ったんですよね」ライカーは両手を上げた「――ああ、でも別にいいんだよ、と言うように。「それからあなたは、警官に偽名を――」

「母に人目を引かないよう言われていたんです」

「お母様があなたを病院に送りこんだわけですか？」

「新聞の写真はあまり映りがよくなかったので。それが確かに兄なのかどうか、母にはわからなかったんです。わたしたちが最後に会ったとき、ハンフリーはまだ十六歳でした。当時の兄は頬がぽっちゃりしていて――髪も黒髪じゃなく赤毛だったんです。あのベッドの男は――」彼女は目を伏せた。両手が固い拳《こぶし》になった。

ジャック・コフィーには彼女の言いたいことがわかった。新聞に載ったハンフリー・ブレッドソーの肖像は、粒子の粗い白黒写真だ。目と頬の深いくぼみはまぶしいフラッシュではっきり見えなくなっていた。もっと鮮明な、新しい運転免許証の写真は、あの昏睡《こんすい》患者にさらに似ていない。きょうの彼はいつもの彼とはちがうのだ。

「わたしはあなたが協力してくれたとボスに言いたいんです」ライカーが言った。「そうすりゃこっちは、あなたのしたことに目をつぶれるんですよ」彼はもう一度、女の死体の写真を差し出した。「この死体が実にひどい状態なのはわかってます。しかし被害者はあなたのお兄さんとだいたい同じ年ごろなんです。彼は二十八歳ですよね？　お兄さんの友達のリストをもらえれば――」

「兄の友達など知りません」フィービ・ブレッドソーは嚙んだ爪に目を落とし、指先をテーブルの下に隠した。「さっき言ったでしょう――ハンフリーとはもう何年も会っていなかったんです」

ライカーは封筒から透明のビニール袋を取り出した。そこには、根元の茶色い、金色の長い毛髪がひと房、入っていた。「これが参考になりませんかね。死んだ女の髪をちょっと見てくださいよ……ミス・ブレッドソー？　目を開けてもらえませんか？」

マロリーがぎゅっと拳を握り締め、ハンマーを振りおろす勢いでテーブルを殴りつけた。フィービ・ブレッドソーの目が大きくなった。彼女は数インチ、うしろに椅子をずらすと、前より協力的になって、毛髪のサンプルを見つめた。「やっぱり誰だかわかりません」

マロリーがまたテーブルを殴りつけた。ドラマーの、あるいは、銃を撃つ者のリズムで、バン、バン、バンと。そのあいだもずっと容疑者を凝視したまま。テーブルの下で、フィービ・ブレッドソーの手が祈りの形にぎゅっと組み合わされた。

そう、狂気を目にすると、誰もが不安になる。それは暗い部屋の傍聴人にとって、興味深い瞬間だった。先日、きわめて不安定と評価された部下の刑事が、不安定を装っているのだから。

ライカーがフィービ・ブレッドソーのほうに身を乗り出した。彼の顔は、心強い理性の顔だった。「ぜひ協力してもらわないとね。ここにいるわたしの相棒は、誘拐の共犯者としてあなたを告発したがっているんですから」

「わたしがハンフリーを誘拐したっていうんですか？　イカレてるわ！」女は口をつぐみ、マロリーの顔をちらりと盗み見した。たぶん、つい口にした〝イカレてる〟という言葉が狂った刑事の気に障らなかったか心配になったのだろう。

「いや」ライカーが言った。「お兄さんじゃないんです。わたしが言っているのは、彼がさらった小さな子供のことですよ」

女の口が開いた。声もなく〝ああ、そんな〟と。そのショックは本物だった。彼女は首を振った。「弁護士を呼ばせて！」

ライカーは椅子にぐたっと身を沈めた。「さっきも言いましたよね、ミス・ブレッドソー、あなたをここにお連れしたのは、質問に答えてもらうためなんです。われわれが何かの罪であなたを告発することになったら、そのときは弁護士を呼んでください」彼が封筒に写真をしまい、立ち去る準備をしていると、容疑者が立ちあがりかけた。

マロリーの手がさっと伸び、女の手首をつかんだ。そして彼女は言った。「すわりなさい」その声に抑揚はまったくなかった。人間らしさはみじんも。「あなたはここにいるのよ」

「相棒が何を言わんとしているか、わかる気がしますよ」ライカーは立ちあがった。「彼女はあなたと有意義なひとときを過ごしたいんでしょう」

怯えた女は頭をめぐらせ、テーブルの自分側にある空っぽの椅子を見つめた。まるでそこにいない誰かの声を一心に聴いているようだ。目に見えない連れからなぐさめを得て、ミス・ブレッドソーはほほえんだ。そしてコフィー警部補は、向こうの部屋にいる者たちの相対的狂気度を測らねばならなくなった。

ああ、勘弁してくれ。また、声が聞こえるやつだなんて。

統合失調症患者は法廷ではほぼ使えない。

ライカーがテーブルの前にすわった。ゆっくりと。急な動きで相手を刺激しないように。

「それで……フィービ、あなたの連れは誰なんです？」女の注意を完全に引きつけている何もない空間を、彼はさりげなく指し示した。

狂気は椅子取りゲームと化していた。今度は女が、イカレたやつを見るような目でライカーを見つめた。

長いリムジンを見かけるのは、ドリスコル校ではめずらしいことではない。もっとも、夏期休暇中となると話は別だ。このリムジンの後部座席では、弁護士が依頼人に注意を与えていた。「もしまた誰かがバッジを見せたら、ミス・ブレッドソー、ただそいつにわたしの名刺を渡してください」それは、ここ半時間で彼が彼女に渡した二枚目の名刺だった。たぶんこの若い男は、フィービがすでに自分の名を忘れているのを察知したのだ。何分かすれば、彼女には、法律事務所の他の使い走りの若造ども（全員、エール大学かハーヴァード大学出身）とこの男の区別などまったくつかなくなるだろう。

運転手が後部のドアを開けた。フィービは学校の正面の舗道に足を踏み出し、車はゆっくりと走り去った。石の装飾が流行っていた時代の大きな建物を、フィービは見あげた。そしてガーゴイルたちを。それら怪物のうち二匹は、大きな正面扉から入ってくる誰にでも飛びかかれるよう、まぐさ石にすわっている。ここまで荘厳ではない近隣の建物（どれも褐色砂岩）もまた、一八〇〇年代以来変わっていない。外観を変える話になると、ランドマーク協会は石頭だ。ガス灯から蛍光灯に変わった街灯を唯一の疵《きず》として、協会はアッパー・ウェストサイドのこの通りではどうにか時間を止めている。

学校の創設者は、自らの姓を町じゅうの石に刻みたがる男だった。ドリスコルの名を永遠に留めるためのこの狂った努力は、彼のモニュメントを破壊していく都市計画者たちにより、いたるところでくじかれてきた。しかしここ、この建物のファサードには、数世紀の雨風にも消すことのできない深く刻まれた文字として、その名が残っている。

ドリスコル校と隣の建物の狭い隙間は、高い錬鉄《れんてつ》の門により閉ざされている。フィービはバッグをかきまわして鍵を取り出し、門を開けた。鉄の格子の向こうに出ると、彼女は路地を進んでいき、広々した裏庭に入った。そこには、椅子やテーブルが数人ずつ話せるよう配置されていた。また、学期中、教師や学生がひとりですわれるような小さなベンチもあちこちにあった。奥の壁は繁茂する緑の蔦《つた》に覆われ、古木の根元の大きなくぼみは色とりどりの花に埋め尽くされていた。

石畳の小道は、馬と馬車の時代、馬車置き場だった小さなコテージへとつづいている。摩天《まてん》楼《ろう》の町では例外的なその建物は、学校に属さない隣の区画に立っていた。不動産バブル期以前、ここは信託財産を使い果たすか、別のなんらかの転落を遂げるかした一族の者の通過地点だった。

それは隠れ家なのだ。

母親の不承不承の同意のもと、フィービはこのコテージに住んでいる。その母親はドリスコルの家系の最後のひとりだ。一族の信託財産という観点から、フィービは数に入らない。彼女は父親の名を継いでいるのだから。フィービはただのブレッドソーだ。出生証明書にそう書いてある。

小道を行く彼女の横には、小さな男の子が歩いていた。脚の細長い金髪の少年。十一年の全生涯を通じて、彼はアーニーと呼ばれていた。その後、フィービは彼に新たな名前をつけた。〝死《デッド》んだアーネスト〟と。つまらないジョーク、下手な言葉遊びだ。すごくまじめ《デッド・アーネスト》だったがために、彼は死ぬことになった。フィービと並んで歩いているいまのこの子は、生前よりずっと痩せている。Tシャツとジーンズは汚れ、髪には枯れ葉がついている。彼は片方の靴と靴下をなくしていた。それに、命を。

敷石に触れても、男の子の足はまったく音を立てなかった。フィービはかつてのクラスメイトのために足音を作り出したことがなく――作り出そうとしたこともない。彼がそこにいないことを、彼女は他の誰よりもよく知っているのだ。だからあの警官のひとこと――「あなたの連れは誰なんです?」――には、ちょっとドキッとした。

「あのまんま、うちに帰してもらえないのかと思ったよ」〝死んだアーネスト〟が言った。彼が何を言っても、彼女は決して反応しない。ふたりのあいだに双方向の会話はない。死者に話しかけるのは狂った人間だけだ。

そこにいない男の子は、あの——一件のあと、児童精神科医のセラピーから生まれてきたのだった。対決療法の信奉者、ドクター・ファイフは、そのとき彼女にこう言った。「自分にとりついている不安を映像化してごらん。それを人間として思い描くんだ。そいつに話しかけ、そうしたければどなりつけてもいい。とにかく全部吐き出すんだよ」困った点——フィービは好戦的な子供ではなかった。だから、罪悪感の複製、〝死んだアーネスト〟をこしらえはしたものの、彼をののしることなどとてもできなかった。彼女はただ彼の言葉に耳を傾けていた。何時間も何時間も。沈黙の面談がしばらくつづいたあと、聴き役に徹する子供のセラピーは打ち切りとなった。

〝死んだアーネスト〟は生きつづけた。

フィービはコテージのドアを開けた。天井の高い、凹所に寝る場所のある、広い部屋が現れた。簡易キッチン以外、壁はどれも本の列に埋め尽くされている。その蔵書は、隠れ住んでいた代々のドリスコルにより蓄《たくわ》えられたものだ。それらはすべてフィクション——脱出用のハッチだった。

フィービはグレイのワンピース、〝死んだアーネスト〟の言う隠れ蓑《みの》を脱ぎ、椅子の背にかけた。衣装箪笥《だんす》の戸が開かれた。なかには、派手な色、大胆な柄のコットンのドレスがずらりと並んでいた。

「遅刻しそうだよ」靴が片方ない死んだ男の子が言った。

本当だ。あと二十分で、ブリーカー・ストリートのあのカフェに行かねばならない。フィービは髷《まげ》を解いて茶色の髪を下ろし、肩の上で波打たせた。それから、ドレスを着て、サンダルを履き、髪に櫛《くし》を入れた。おつぎは香水、そして、派手な口紅をさっとひと塗り。これでよし。

コテージを出て、路地を進み、通りに出ると、彼女は手を上げてタクシーを止めた。〝死んだアーネスト〟の脚は、彼女の脚より短い。彼は駆け足でついてきて、黄色い車の後部座席に彼女につづいて乗りこんだ。こうしてふたりは、〝おや、いまの赤信号でした?〟派のタクシー運転手が駆るワイルドな乗り物で出発した。第一の信号無視のあとには、搾取《さくしゅ》する町、ニューヨークに対する酷評がひとしきりつづいた。「黄色信号は短くなってるからね。お客さんも気づいてるでしょ? 歩いてるとき、青信号で交差点を渡りだしても、すぐ黄色になって赤になって、渡りきる前に死んじまいかねないんだから。ほんとにいいとこだよ、この町は」彼が違反チケットを撃破した裁判の話三つのあと、車はブリーカー・ストリートとマクドゥーガル横丁の角に停まった。

「間に合ったね」〝死んだアーネスト〟が言った。

ぎりぎりだったけれど。

フィービ・ブレッドソーはそのメキシコ料理の店にいつも一番乗りする。何年にもわたり、彼女はこの店が、所有者も装飾もメニューも異なる喫茶店やカフェに変貌するのを見てきた。変わらないのは所在地だけ——それと、彼女の待ち合わせの時刻だけだ。彼女は正面の窓の陽光から遠く離れた席に着いた。古い金《きん》のライターがバッグから取り出された。彼女は指でそれをこすった。すると魔法のように、ドアが開き、黒っぽい長髪の若い男が入ってきた。彼は昔からすらりとしていた。いまの彼は痩せているが、相変わらずハンサムで——たぶん酔っている。本当にそうなのか見極めるのはむずかしい。その動きの動物的な優雅さは、根の深い、生来のものなので、たとえうっかり薬物をとりすぎても、彼がつまずいたりふらついたり転んだりすることはありえないのだ。彼はフロアの向こう側のいつもの席に着いた。いまは一時にちがいない。彼は決して遅れないから。

「彼は二歳年上だからなあ」〝死んだアーネスト〟が言った。子供社会の外でもなお、それが問題であるかのように。「きみにはまったくチャンスがなかったよね」

そう、当時、トビー・ワイルダーは手の届かない存在だった。いまと同じように。それでも、別々のテーブルでトビーとランチをとるこのひとときは、毎日のハイライトなのだった。フィービは金のライターをしまった。これはいつか彼に返さなければならない。この記念品と別れるのはいやでたまらないけれども——それに、彼は大昔、《ランブル》でこれを落としたことを思い出すかもしれない。

「彼、夢遊病者みたいだね」死んだ男の子が言った。

フィービは実在する若い男を見つめた。トビー・ワイルダーの目は前ほど青くないし、前ほど明るくないのでは？　いや、大丈夫。でも、目の焦点は合っていない。窓に視線を向けたとき、トビーには右往左往して歩道をふさいでいる観光客たちが見えていなかった。メニューを手渡すウェイトレスさえ見えていなかったし、注文を訊ねるその女の声も聞こえていなかった。それにもうひとつ、子供のトビーと大人のトビーのあいだにはちがいがあった。彼はじっとしていられるようになっていた。その足は床の上で拍子をとってはいない。それに、指がテーブルを連打することもない。

彼は音楽を失ったのだ。

第十一章

フィービは、ウィリー・ファロンの体を蟻《あり》の外骨格みたいだと思っている。それにウィリーは虫みたいにすばやい。でもぼくは、ちがうよ、と言う。ぼくには彼女が〝蜘蛛《く　も》女〟に見える。ぼくはウィリーの夢を見る。小さな頭を載せた八本の脚が、夜の暗闇のなか、ぼくの寝室の床をタタタッと駆けていく夢だ。そして彼女のこの姿は、一日じゅう頭から離れない。毎日毎日。

アーネスト・ナドラー

鑑識課の捜査員たちは、《ランブル》の深い緑の陰のなかで働いていた。調べているのは、二本ある〝吊るしの木〟の一方の周辺だ。ガムの包装紙やタバコの吸い殻があったところには、小さな黄色い円錐形の目印が置かれた。警官に撃たれて死んだ夥《おびただ》しい数のネズミたちはすでにかたづけてあった。使われた弾丸には、そのひとつひとつにつき、弾道検査と書類が必要だった。

「警官どもめ」ひとりの鑑識員が言った。彼は木の幹の穴に着目していた。拳銃大好きのネズミ・キラーどもがあけたものではない、ふたつの穴に。

公園監視員の声に、全員が作業の手を止め、顔を上げた。「もう一本あったぞ！」鑑識班の男女は、彼のあとにつづき、《トゥーペロ・メドウ》を横切って森の奥へと分け入った。監視員は足を止めて、上を指さした。「風が吹くまで待っててください」そしていま、密生する葉が横に揺れ、緑の袋が姿を現した。それは、昨夜の捜索隊の懐中電灯からうまく隠れ、高い枝からぶら下がっていたのだ。必ず現場を荒らす警官たちや救急隊より先に彼らが到着するというのは、きわめてまれなケースだ。

班のメンバー全員の目が、筋肉質の小柄な若者、鑑識員ジョン・ポラードに注がれていた。彼は山登りをして余暇を過ごしている。木登りくらいたやすいはずだ。実際そのとおりだった。彼は葉の生い茂る大枝とブヨの雲霞のなかを登っていき、ものの数分で麻袋とその丸くふくれた荷のところにたどり着いた。地上では、他の鑑識課員が幹を取り巻き、被害者が自分たちの手のなかに投下されるのを待っている。だがまずは、大自然の撮影――カシャッ――刑事どもの不器用な手が触れる前の、きれいな枝の写真を一枚。それから彼は袋の表面をさぐった。中身は固く、動かなかった。

命の徴候はない。急ぐ必要はない。

彼はドライバーを使って、かろうじて一インチ、枝ぞいにロープをずらし、もう一枚、写真を撮った。カシャッ。樹皮に溝や擦過痕はない。袋のなかの被害者は、このロープで吊りあげられたわけではないのだ。彼はロープの片端がきれいに巻かれて枝と幹との叉に載っているのに気づいた。そのコイルを下で待つ手のなかに落とす前に――カシャッ――袋を宙に留めている引き結びの写真を一枚。

ロープが落ちていき、ふたりの鑑識課員がそれを引っ張った。結び目がほどけ、袋は枝々のなかを通り抜けて、すばやく地上に下ろされた。木から下りる途中、ジョン・ポラードは地面に目を向けた。そこでは班の仲間たちが、袋の口のロープの結び目を保存するため麻袋を切り裂いていた。真っ黒な髪と裸の体がちらりと見えた。女だ。

誰かの手が体をさぐるのを感じ、ウィルヘルミーナ・ファロンは身じろぎした。目が覚めると、全身の関節が痛んでいた。つづいて、下へ下へと降りていくエレベーターの感覚が訪れた。そしてついに、彼女は固い地面に横たえられた。ざらざらの布地がめくりとられると、裸の体をそよ風がなでていくのがわかった。何対もの手が手首と足首のロープをほどこうとしている。それから、耳の詰め物が抜きとられ、誰かの声が言った。「蠟《ろう》みたいだな」別の声が言う。「証拠袋に入れろ」

ああ、音が聞こえる——でもまだ何も見えないし、しゃべることもできない。

ひとつの手が喉に触れ、指を強く押しつけてきた。女が大声で言った。「脈があるよ！」

「だめだ、テープに触るな」男が言った。「他の被害者と同じように脱水症になっているなら、顔の皮膚がはがれてしまうぞ」

他の被害者？

「救急隊員を待て！」

「ほら、来たぞ！」

サイレンだ。サイレンの音、走ってくる足音が聞こえ、新たな声が言った。「ああ、よかった」

針がチクッと腕を刺した。

「この声が聞こえたら、うなずいてください」すぐそばで女が言った。

ウィリー・ファロンはうなずいた。

「これから口を覆っているテープに小さな切れ目を入れます。そうすれば水のチューブを挿しこめますから。いいですね？」

ウィリーはもう一度うなずいた。ああ、もちろん。もちろんよ！　細く流れる冷たい水が口のなかに押し寄せ、彼女は喉をつまらせながら、貪欲にそれを飲みこんだ。自分は生きている、のだ。

ヘラーは鑑識課の長に昇格させられたことをずっと恨みつづけており（いまいましいデスクワーク！）、それゆえ、彼が現場で部下たちを監督する姿は日常的に見られた。いまヘラーは、新たに発見された〝吊るしの木〟の下に立っている。彼は喜んでいたが、それは今度の被害者が生きていたからではない。〝断食芸人〟の犯行現場のうち、ここは荒らされていない唯一の場所なのだ。彼は隣に立つ男に顔を向けた。「マロリーとライカーに知らせましたか？」

「ええ」公園監視員は言った。「あのふたりは、その木がどこにあるのか訊きもしませんでしたよ。知りたがるのは病院の名ばかりでね」

「結構」あの邪魔な二人組がいなければ、彼の部下たちもたっぷり時間をかけて現場を調べられるだろう。もっともあの刑事たちが何をしようと、いまの彼の気分が損われるわけはない。反対に、彼は連中の気をくじいてやるつもりだった。彼から犯行の手順を説明されれば、ふたりともひどく悔しがるにちがいない。そう思うと、めったにないほど楽しい気分になり、ヘラーは危うく笑みを漏らしそうになった。

他の〝吊るしの木〟と同じく、この木も根元のすぐ上にねじ穴がふたつあけられていた。生い茂る葉を見あげ、彼はベテランの鑑識員に話しかけた。「枝の痕跡のほうはどうだ？」

「ロープによる擦過痕はありません」その女は言った。「ジョンが写真を撮りましたが」

「オーケー」ヘラーは言った。「ねじ穴の部分を切り取ろう」

公園監視員が啞然として見守る前で、鑑識班は木の幹の一部を丸くくり抜いた。「なぜそんなに大きく切り取るんです？　これはひどいダメージですよ」

検査し、法廷で証拠にするために、ふたつのねじ穴は同じひとつの木の塊になくてはならないのだと説明してやることもできる。しかしヘラーはそうはせず、ただ、羽虫を追うようなしぐさで顔の前を払った。監視員はその意味を理解した。鑑識班が枝の一本を切り落とすことにしたときも、樹木を愛するこの男からそれ以上の抗議はなかった。

つぎの一時間のあいだに、さらに道具が届いた。木の周辺を徹底的に調べている部下たちにうなずいてみせると、ヘラーは開けた場所を通り抜け、ある実験の現場に向かった。そこで彼は、鑑識課の新人ジョン・ポラード、科学の心得のあるオハイオ出身のごつい若者を見つけた。ポラードの履歴書の唯一の難点は、民間人というその身分だ。彼は警察社会の観光客にすぎない。ポラードは三回の実験の最後の一回を終え、手押し車に道具を積んでいるところだった。それは昨日その手押し車には、風変わりな空気を入れるタイプのタイヤがふたつ付いている。それは昨日見つかった轍《わだち》――タイムズ紙に載らなかった数少ない証拠のひとつに適合するものだった。

「どんな調子だ、ジョン？」

「順調に進んでますよ、課長。でも人を殺すなら、もっと楽なやりかたがあるはずなんですけどね」

一方のまぶたがめくりあげられ、ウィルヘルミーナ・ファロンはまぶしい白い光を見つめた。カタカタという小さな機械音が聞こえ、つづいて闇が訪れた。眠りに落ちたり目覚めたりを繰り返しているあいだ、最初、言葉は断片的に聞こえていた。そしていま、ベッドをはさみ、全センテンスがふわふわと行き来している。医者がこう言ったとき、彼女にはそれが誰の声なのかわかった。「鎮静剤が切れかけています。でもあまり期待しないでください。彼女は後頭部を打っています。脳震盪によって十分ないし十五分の記憶が消えていますからね」

「三人中三人ね」女の声が言う。

すると医者が言った。「どういう意味です？」

別の誰か――今度は男――が言った。「ガツン、バタンが三件。後頭部の強打のことですよ」

「もう行かないと。長居はしないでくださいよ」医者が出ていき、ドアが閉まった。

知らない男女の声は室内に留まった。ドアがふたたび開き、誰かが入ってきた。目を開けるまでもない。彼らのやりとりから、ウィリーにはその全員がおまわりであることがわかった。新しい声の主の、他のふたりに対する敬意から、彼らの階級まで区別できる。肩から足首までの諸々の痛みやひりひりを徐々に認識していきながら、彼女は彼らを無視していた。

それから、新しい声が誰のものかがわかった。これは、目と口のテープがはがされたあと、緊急治療室で彼女の供述をとった警官だ。彼は他のふたりのおまわりからの質問に答えていた。

「いや、大丈夫です。あの腕のチューブは薬を入れてるわけじゃないんで。ただのビタミン剤ですよ」

「いやはや」もうひとりの男が言った。「彼女、丸一週間、食ってないみたいだな」

こいつは刑事にちがいない。

「いいえ」階級の低いほうが言った。「せいぜい二十四時間ってとこでしょう。きのうのテレビ番組のことを覚えてましたからね。きっと《ランブル》で吊るされる前から、痩せぎみだったんですよ。飢えるおしゃれ。緊急治療室の医者はこれをそう呼んでいました。下ろされたとき、被害者は裸でした。身元はまだわかっていません」

女の刑事が言った。「意識があるあいだに、名前を訊かなかったの?」

「ええ。大声でわめきだしたものでね。鎮静剤が投与されるまで、ひとしきりその騒ぎがつづいたんです」

「つまり、ひどい痛みがあったってことか?」男の刑事が訊ねた。

「いいえ。医者は手に負えないアマだから彼女を眠らせたんでしょう。わめいたってのは、そういうことです」

ウィリーは笑いを噛み殺した。すぐ上で、服に染みこんだ古いタバコのにおいがした。男の刑事がベッドに向かってかがみこんでいるのだ。彼は言った。「おい、マロリー、この女、もとは有名人だったんじゃないか?」

くそ野郎。

「社交欄でね」マロリーと呼ばれた女がそう言って、近づいてきた。ベッドの反対側で、最高級の香水のほのかな香りが男のタバコのにおいと戦っている。「でも、ほとんどタブロイド紙ばかり」

「ああ、そうか」男の刑事が言った。「ウィリー・ファロンだ。パーティー・ガールにして、ヤク中治療施設の女王。いまは、あんまり見栄えがしないね」

あら、そう? ウィリーは薄目を開けた。一方の手がシーツの下から這い出ていき、男の股ぐらをつかんだ。しっかりと急所をとらえ、彼女は軽く、脅しをこめて、手に力を加えた。動くな——息もするな、という警告。こう訊ねたとき、彼女の声はしゃがれていた。「そっちはなんて名前なの?」

彼はぎょっとした顔をしていた。男どもは必ずそんな顔をする。この男は、タマを人質にとられたときの古典的な姿勢で凍りついていた。「おい、やめるんだ」

「彼は警官よ」女が言った。「手を離しなさい。さあ！」

枕の上で頭の向きを変えると、背の高い緑の瞳のブロンド女が目に映った。女のリネンのブレザーをウィリーはにらみつけた。

「これは、あたしのクロゼットからあんたがその服を盗んだか……あたしたちが同じ仕立て屋を使ってるかだね」ああ、くそ。このブレザーはおまわりが着ていたほうがよく見える。

そしてここで――また新たなサプライズ。

ブロンド女が空いているほうのウィリーの手をひっつかみ、指をうしろへ反り返らせたのだ。ショックと畏れとともに、まぶしい光点が飛び散るような痛みに襲われ、ウィリーは思わず「このくそアマ！」と苦痛の叫びをあげた。ブロンド女は拷問をやめる条件を無言で伝え、男の睾丸《こうがん》は解放された。しかし、傷めた手が解き放たれてもなお、ウィリーは口汚くわめきつづけた。

マロリーとかいうおまわりは、超高級なデザイナー・ジーンズの尻ポケットから手帳を取り出した。開いたページの上でペンをかまえ、こう言ったとき、その声は冷ややかだった。「では、ミス・ファロン、意識がもどったようですから――」

「このアマ！　あばずれ！」

「――誰かあなたの死を願っていそうな人物に心当たりはありませんか？」

「こっちはあんたを、生まれてきたのを後悔するほどの目に遭わせてやれるんだよ！」

男の刑事がマロリーのブレザーの前をめくって、ショルダーホルスターの拳銃を披露した。

「おれの相棒はあんたを撃てるんだ」彼は言った。「彼女の勝ちだな。さあ、さっさと質問に答えろ」

もう一度こう訊ねたとき、ブロンド女は退屈そうでさえあった。「あなたの死を願っている人間は？」

「むずかしい質問だよなあ？」男が笑いを浮かべる。「とりあえず上位十人を教えてくれ」

ウィリーは機械的にお決まりの文句を唱えた。飲酒運転や麻薬所持でつかまったとき、よく口にするフレーズを。全部言い終えても、刑事たちはただ彼女を見つめるばかりだった。そして制服警官が言った。「はあ？」あのせりふを聞いて、警官が驚きを表したのは、これが初めてだった。

ウィリーは片肘をついて身を起こした。「聞こえなかったの、この低能？　あたしは黙秘権を行使する。弁護士が来るまで、質問は受けつけない」

男の刑事が携帯電話に応答した。「はいよ」そう言ってから、彼は相棒に顔を向けた。「ヘラーが何かつかんだらしいぞ」

刑事たちは出ていき、制服警官もそのあとにつづいた。

ふむ、簡単にすんだ。

ベッド枠からぶら下がっている例の装置に、ウィリーは手をやった。ヤク中の治療施設ですっかりおなじみになったその小道具は、看護師どもをへたばるまで駆け回らせるためのリモコンだ。ああ、でもまずは、弁護士を呼ばねばならない。そう、それがルール１だ。子供のころ

——両親がまだ娘の生き死にを気にかけていたころ、彼女の頭に刻みつけられた大原則。あの馬鹿な地方検事補はなんて名前だったろう？　自分は彼を本当の名で呼んだことがあったろうか？　いや。十三歳のときの彼女は、〝蝶ネクタイ〟と〝このトンマ〟のふたつを交互に使っていた。

第十二章

　大食堂に一番乗りするのは、いつもフィービとぼくだ。ドアが開いたとたん、ぼくたちは猛ダッシュする。そうすれば、いちばん奥の角のテーブルを確保できるから。そこは、うしろに二面、壁がある安全な場所なんだ。ぼくたちはその席を〝巣穴〟と呼んでいる。他の子たちはみんな、〝くずどもの席〟と呼ぶけれど。この学校に来たばかりのくずどもまで、よくわかっていて、その席にやって来る。新入りたちがそこで目にするのは、眼鏡の子や歯の矯正具を着けてる子、デブデブ太ったやつ、鉛筆体形のダサイやつと決まっている。そして、どのくずもこう思うんだ――こいつらは仲間だ。

　トビー・ワイルダーが入ってくると、フィービの目は輝く。それに、目を輝かせている女の子は他にもいる。あっちにも、こっちにも。食堂じゅうのいたるところに。まちがいなく彼には女を支配する力がある――でも本人はなんとも思っていない。トビーは席に着き、彼の〝沈黙の要塞〟でランチをとる。誰も彼もがトビーとつるみたがっているけれど、彼の邪魔をする子はいない。フィービとぼくは〝巣穴〟から彼を見守る。ぼくらはみんな、自分の居場所をわきまえているんだ。

鑑識課を束ねるその男の執務室は、ガラス瓶に入った気味の悪いものと数々の秘密の知識の陳列所だった。ライカーとマロリーはずっと待たされており――自分たちはどれくらいまずい状況にあるのか――また、どうやってこの場を脱出したものか、ずっと考えつづけていた。

ヘラーがどかどかと入ってきて、刑事ふたりを交互ににらみつけた。輪縄を用意するために、両者の首のサイズを計っているのだろうか？　挨拶の言葉はなかった。彼はデスクの引き出しを開け、樹皮に穿《うが》たれたふたつの穴の写真を取り出した。「われわれはここから始めたんだ。木にあけられたねじ穴から……新聞で木のことを知ったあとでな」

どうやら、すべてを許す、というわけではないらしい。キイキイという車輪の音に、ライカーは頭をめぐらせた。新入りの鑑識員ジョン・ポラードが手押し車を押して入ってきた。その車は、配達の人の台車というココの大まかな説明に合っていた。ハンドルの長い柄は、金属の四角い板から上に伸び、板の両側には車輪が一個ずつついている。この低い荷台には、大きな段ボール箱がひとつ積まれ、バックル付きのストラップで留められていた。

「あの箱には例の殺人の道具と同種のものが入っている」ヘラーが言った。「この男の体重はいちばん重い被害者と同じだ。ジョン、箱の上に乗ってくれ」鑑識員が段ボール箱の上にあぐらをかいてすわると、ボスはストラップで彼を台車にくくりつけた。「これで二百ポンド弱の移動荷重の完成だ」

ライカーは箱と男を積んだ手押し車を見つめた。「女でもそいつを動かせるかな？」

「確かめる方法がひとつある」ヘラーはマロリーに顔を向けた。「やってみてくれ」そう言うと、彼は部屋から出ていった。彼女がヘルニアになる可能性など気にもかけずに。

マロリーは手押し車を傾けると、段ボール箱とその同乗者の鑑識員を部屋の外に運び出し、廊下を進んでいった。仮に重さに苦戦しているとしても、そんな様子はまったく見られなかった。一同は部屋のひとつに入った。むきだしの壁に、清潔なスチール製のテーブル。これは考える男の研究室だ。気を散らす余計なものは何もない――それに音も入ってこない。ここならヘラーは一日かけて刑事たちのはらわたを抜くことができる。誰にも悲鳴は聞こえないだろう。

ジョン・ポラードはストラップを解かれ、段ボール箱の荷ほどきにかかった。ライカーは首を振った。おい、おい、おい！　長いテーブルにいろいろな道具がごちゃごちゃと置かれていく。ねじの入った袋、コードレスのドリル、金属プレート、ソケットレンチ、滑車――それに、ウィンチ？　ウィンチのケーブルに取り付けてあるのは、車やトレーラーを牽引するのに使われる頑丈なフックだ。なおかつ、ウィンチの後部からはバッテリー用のリード線が二本、出ている。そしてここでテーブルに――なんとまあ――カー・バッテリーが置かれた。「なんなんだよ、これは？　ホシはロープで袋を吊るしたんだぞ。あんたらにロープを渡したろ？　結び目まで取っといてやったよな」

ポラード鑑識員は段ボール箱の上にかがみこみ、ロープ一巻の入った袋を取り出した。「これは犯行現場から回収したロープのひとつです。しかし、〝断食芸人〟が袋を吊るしあげるのに使ったのは、ウィンチのケーブルなんです」

ヘラーが写真を一枚、テーブルに載せた。それは一本の枝の大写しだった。「この痕跡が見えるか？　これはみんな、滑車を吊るすのに使われたチェーンの圧痕だよ」彼は滑車を持ちあげた。「ホシはこういうやつにウィンチのケーブルを引っかけたんだ」

ジョン・ポラードがウィンチに片手を置いた。「このモデルは五千ポンドの移動荷重を引っ張ることができます。車やボートですね。物を引き揚げるようには設計されていませんが、われわれは公園でこれをテストしてみました」彼は二本の赤いリード線に触れた。「これは十二ボルトの電源につなげるんです」そう言って、テーブルの向こう端のカー・バッテリーを目で示す。「おそらく〝断食芸人〟はいちばん軽いタイプのものを選んだでしょうね。あのバッテリーの重さは三十五ポンドです」

マロリーは腕組みをした。明らかにこんな話はみじんも信じていないのだ。「ホシにはこんな複雑なやりかたをする理由がないでしょう」

「理由はどうでもいい」ヘラーが言った。「われわれはそいつの取った方法を教えているんだ」彼は段ボール箱の上にかがみこみ、長さ六インチの大枝の入ったビニール袋を取り出した。

「ほら、これがその木だ、マロリー。よく見るといい。チェーンの環の圧痕がある――ちょうど、大きな重みがかかった場合にできるようなやつが。擦過痕、何かを引きずった痕跡はない。ロープはただ袋を吊るしていただけだ。この枝を支えにして物を引っ張ってはいない。滑車とウィンチがまっすぐ上に袋を引き揚げたんだよ。それが証拠が裏付けている唯一のシナリオだ」

「〝断食芸人〟は周到に計画を立てています」ポラード鑑識員が言った。「実際、何もかも――想定しうるあらゆる問題を考慮しているんです。三本の木すべてにおいて、袋は高い枝から下がっていますからね。自分の体重を重石にして、被害者をロープで引き揚げるなら、彼は木に登ることさえできず――」

「それで、ウィンチが出てくるわけだな」ライカーは言った。もう一本ロープがあればこの問題はきれいに解決するのだが、彼はとにかくこの長ったらしいレクチャーを――マロリーが止める前に――止めたかったのだ。

「そのとおり」ポラードは、小さな子供をほめるとき、または、殺人担当の刑事をむっとさせるとき専用の声音で言った。

「いいえ」マロリーが言った。「このやりかただと、ホシはひと晩じゅう森のなかにいるはめになる」

「そんなことはありません」笑みを浮かべ、得意げに、ポラードはコードレスのドリルを掲げ、ソケットレンチをはめこんだ。「わたしはウィンチの台座を十秒で木に留めました。それから、バッテリーをウィンチにつなぎ、重石を入れた袋を引き揚げ、木に登ってロープを枝に結びました」ポラードはリモコンを手に取った。「ケーブルはこれでゆるめました。それから、チェーンをはずして滑車を地面に落とし、ぴったり一分で木から下り――また十秒でウィンチの台座を取りはずしたんです。スタートから終了までのベストタイムは、七分でしたよ。確かに〝断食芸人〟は面倒なやりかたをしたように見えます。でも実は、これがいちばん速い、いちばん楽なやりかたなんです」

テーブルに並べられた雑多な道具の寄せ集めを、マロリーはじっと見つめた。「木の幹の穴からこれだけのことが全部わかったっていうの？　本物の証拠は穴だけなんでしょう？」

彼女の顔に顔を向けたとき、ヘラーは平静すぎるほど平静だった。

そしてポラード鑑識員はぺらぺらとしゃべりつづけた。「穴は標準的な台座に合うものです」

彼は、六角ヘッドの長いボルトがたくさん入った小さなビニール袋を持ちあげた。「また、このラグボルトは穴に合います。ボルト一本でも用をなしたでしょうが、犯人はどの木にも二本使っています。穴はとてもきれいで、手で回すドライバーであけられるようなものじゃありません。犯人がコードレス・ドリルに取り付けたソケットレンチを使ったことは、それでわかったんです」

殺人がこれほど退屈なものだとは誰も思うまい。ライカーはこの考えへの賛同を求めて相棒を見やったが、マロリーは眠たすぎてジョン・ポラードを銃で殴ることもできないようだった。

彼女は二輪台車をじっと見つめた。「少なくとも、これは理にかなってるわね」

ライカーもそう思った。パトロール警官は、消灯後の公園で人を見かければ必ず誰何《すいか》しただろう。カーチェイスより暗い森でのかけっこのほうが逃げ切れる見込みは高いし、捨てられた台車はナンバープレート付きの自動車より出所がつかみにくい。そのうえ台車は静かに動く。うるさいモーター音はしないのだ。実際、意識のない人間を乗せてセントラル・パークを移動するなら、それはもっとも安全な方法と言える。

ポラード鑑識員が台車の荷台から空の段ボール箱をどけた。「タイヤを見てください。この型のは、第一の犯行現場の轍《わだち》に合致します。空気でふくらませるゴム製のやつで――舗装のない場所で重い荷物を運べるように作られているんですよ」彼は言った。「さっき言いましたよね――犯人はあらゆる問題を考慮していたわけです」ポラードはひょいと伸びあがった――そうすればマロリーのレーダーに映る背丈になれるとでもいうように。

ああ、だがここで彼は、本当に彼女の目に留まってしまった。なんて不運な。

マロリーはポラードの頭越しにこちらを見て、心配そうなライカーの顔、彼の無言の訴えに気づいた。この小男をへこますのはやめてくれ。彼らにはもうこれ以上、ヘラーの部下たちとやり合う余裕はないのだ。彼女はうなずいた。そしてふたりはそろってジョン・ポラードに背を向け、彼のボスに従ってもといた執務室へと向かった。その部屋のデスクには、もうひとつ別の段ボール箱が残されていた。

「こいつは持ってっていいぞ」ヘラーは箱を開けて、電話帳十二冊分ほどの大量の紙を見せた。「データベースから引っ張ってきたんだ――今回の事件の殺人キットに該当する全製品のリストだよ。過去十年分の型番、製造元、販売店がこれでわかる。店のいくつかはつぶれているから、世界各地の清算人の名前を記入しておいた。インデックスはない。すまんね。きみらは一ページずつ見ていくしかないんだ。きっと数千時間、かかるだろうが」彼はほほえんだ。おそらくは何年ぶりかで。「ごきげんよう、刑事さんたち」

マロリーとライカーは目を見交わし、同じ思いを伝え合った。ヘラーは恨みの抱きかたを実によく心得ている——そして、彼らは完全にやられたのだ。

無用の長物の段ボール箱を重大犯罪課に放り出したあと、ふたりの刑事は北に向かった。〝断食芸人〟のいちばん新たな被害者の居住区、ミッドタウンに。

入室おことわりの札がドアノブに掛かっていたにもかかわらず、ホテルの支配人はウィリー・ファロンの部屋のドアの鍵を開けた。「ファロン様は六週間ちょっと当ホテルに滞在なさっています。その前にいらしたのは、ロサンジェルスのホテルです」このお客について支配人が話せることは、それ以上ほとんどなかった。要求の多いあばずれであるという点は、「あのかたはときおり気むずかしくなられます」と婉曲に表現された。電話の記録には、外線の発信は一件もなかった。「さほどめずらしいことではありません。近ごろはみなさま、携帯電話をお持ちですから」

あるいは、かつてのパーティー・ガールには友達がいないか、だ。

マロリーはドアを細く開いた。床に携帯電話が落ちており、その横には衣類の小山が見えた。支配人は追いやられ、ふたりの刑事は清潔で実用的な部屋に入った。御殿ではなく、部課長クラスが長期出張の際、宿泊する類の部屋——とても《ファロン工業》の女相続人が泊まるようなところではない。「家族はウィリーの予算を削減してるみたいね」

「ふむ」ライカーは言った。「不況は百万長者にとっても痛手なんだな」

「ファロン一族は億万長者よ」マロリーはバスルームを調べ、バスタブの縁にかけられたタオルと、包装紙から取り出された石鹸を確認した。それらは、ベッドのくしゃくしゃのシーツに整合する。誘拐の後、清掃は入っていないのだ。つぎに彼女はクロゼットの扉を開けた。そこに掛かっていた衣類は、非常に高価で——非常に流行遅れだった。彼女はバッグの中身を化粧台の上に空けた。水薬もマリファナも錠剤の瓶もない。しかし、バッグの底には白い粉が少量散らばっていた。マロリーは指を一本湿らせ、サテンの裏地をすーっとなでて、粉の味を見た。

「安物ね。ウィリーのコカインにはヤグルマソウが混ぜてある」

「それは予算削減説とうまく噛み合うな」ライカーは、放り出された衣類と靴の小さな山の前に立った。「ここが、ホシが彼女を気絶させ、服を脱がせた場所ってわけだな。ウィリーは安心してそいつに背を向けた。すると——」彼は一方の手で何かを振るしぐさをした。「ボカッ。彼女は倒れた。それで人は死ぬ場合もある。もうひとりの女、あの死んでたほう——あっちはだいぶ腐敗が進んでた。あれが最初の被害者にちがいない——試運転だな。たぶんあの名なしの女は、袋に入れられたときはもう死んでたんだろう」

「いいえ」マロリーは言った。「スロープによると、ホシはあの被害者に気絶するほどの力さえ振《ふる》っていないそうよ。ただショックを与え、よろめかせる程度。わたしはスロープに、病院の撮ったハンフリーのX線写真を見せた。そっちも同じ。ウィリー・ファロンのときは、ホシはただ、ついやりすぎただけだと思う。そいつは彼女を強く殴りすぎたのよ。彼女が何も思い出せないのは、そのせいね」

ライカーはドアに寄りかかって、壁の装飾品、プラスチックの額縁に入った複製画を眺めた。

「あの女、なんでこんなところにいたんだろうな。ここならおれだって泊まれるぞ」

マロリーは衣類の山のそばから携帯電話を拾いあげ、電話番号の一覧をフリックしていった。

「両親の番号が入っている。コネチカットの局番よ」

しかし、ファロン夫妻は現在不在で警察に会うことができなかった。今後についてはどうかと言えば、夫妻の社交上のスケジュールをすべて管理している秘書曰く、刑事らのチャンスは、よく晴れた日に三度雷に打たれるよりは大きいとのことだった。「ですが、希望は常にあるものですよ」彼は言った。そして電話は切れた。


ウィルヘルミーナ・ファロンは痛みから解き放たれ、薬の力で空高く舞い上がって、病院のベッドでマルチタスクを行っていた。テレビのチャンネルをつぎつぎと替えながら、新聞のページをすばやく繰っていき、ついに彼女は、セントラル・パークで裸で発見された昏睡《こんすい》患者の写真にたどり着いた。記事を書いた記者に電話がつながるまでには、長い時間がかかった。彼女は二度、下っ端による侮辱、「ウィリー誰ですって?」に耐えねばならなかった。彼女のパーティー・ガール時代は、すでに過去となっているのだ。

でも、これからはちがう。

昏睡患者がハンフリー・ブレッドソーである旨を伝えたあと、ウィリーはもう一本、今度はテレビのニュース専門局に電話をかけた。一刻も早く自分の名声をよみがえらせたくて、明日の新聞まで待つなんてとても無理だった。

三本目の電話では、ホテルのベルボーイがこう言って彼女を安心させた。ええ、ドラッグは警察が立ち寄る前にお部屋から回収しました。そして、ええ、現金のチップの代わりに、隠してあったドラッグの一部を喜んでいただきます、と。

ウィリーには現金がまったくないのだ。

最後の電話は、両親、別名〝ママパパ銀行〟にかけたが、ファロン夫妻は不在で娘からの電話に出られなかった。今回、あのそっけない秘書は、彼女の電話を下働きのメイド、バーディおばさんに押しつけた。

メイドに！

これは一種の降格だ。「バーディ、父と母にあたしがうちに帰りたがってるって伝えて」そしていま、彼女はファロン家の最下層の使用人から、現時点で一家の屋敷を訪れるのは賢明でないと教えられた。それはまるで、録音されたメッセージのようだった。ウィリーは、あらゆる事態を想定した応答文例集のせりふを読むあの女の姿を思い浮かべた。

「バーディ、あたしはいま病院にいるの。もう少しで死ぬとこだったのよ。うちの親は、誰かがあたしを殺そうとしたことを知ってるの？」

どうやらメイドの文例集にはその質問に適した答えがないようだった。彼女はつかえつかえ言った。「あの——もう切らなくては、ミス・ウィリー」

だろうねえ——家具の埃は払わなきゃならないし、床にはモップをかけなきゃならない。この最低賃金労働者は超多忙な人物なのだ。セレブ女性とだべっている暇などないだろう。

ウィリーは、あのババアを叱り飛ばして下々の作法を教えてやろうかと思った。四文字言葉をギャンギャン浴びせれば、電話口の軟弱女はしょげかえるに決まっている。受話器を握る手にウィリーは少し力を加えた。その声が低くなり、哀願のささやきに変わった。「バーディ、お願い、切らないで」

遅すぎた。家や家族と彼女をつなぐものは、ダイヤルトーンだけとなった。

電話機が壁からむしりとられ、枕がつぎつぎ病室の向こうに飛んでいったあと、看護師が入ってきて、泣きながら新聞を引き裂いているウィリーを見つけた。助けが呼ばれた。マミー、ダディー、マミー、ダディーという譫言《うわごと》と、それにつづく罵詈《ばり》雑言《ぞうごん》の絶叫は、発作とみなされた。とはいえ、ウィリーの腕に注射するとき、医師の顔に心配や同情の色はまったく見受けられなかった。

ウィリーは部屋の反対側からテレビが自分の名を呼ぶのを耳にした。つづいてそのキャスターは、〝断食芸人〟のもうひとりの被害者として、ハンフリー・ブレッドソーの名前を挙げた。「三人目の被害者の身元はまだわかっていません」

三人目の被害者？

「ああ」ウィリーは言った。「あたし、誰なのか知ってる――」

「これでよし」医師がそう言って、彼女の腕から針を抜いた。それは、部屋がぐるぐる回りはじめる前に、彼女が耳にした最後の言葉となった。やがて彼女のまぶたが下りて、壁と家具と新聞の紙吹雪の旋風を閉め出した。

第十三章

学校のトイレはもう使えない。ハンフリーとあの女の子たちが個室のどれかに隠れているかもしれないから。でもときどき、どうしても我慢できなくなって、ぼくは校舎の裏の植えこみでおしっこをする。たまに先生たちも、ぼくがチャックを上げたり下ろしたりしているのに気づくけど、どの先生もなんにも言わない。これこそ、先生たちが事情を知っている証拠だ。壁におしっこをしてるのをばらさないこと——それが先生たちの応援なんだ。あんなやつら、くたばっちまえ。

アーネスト・ナドラー

その解剖室は、まぶしい照明とステンレス・スチールと白いタイルから成る寒々した場所だった。室内の医療器具を言い表すのにもっとも適した言葉は〝残忍〟だろう。そして、〝遺体〟という語は、ここでは別の意味を持つ。きのう《ランブル》で回収されたネズミに齧《かじ》られた亡骸は、きょうは体の各部位のコレクション——計量され、ビニールに収められ、ラベルを貼られた臓器と、ラボの検査に回された組織サンプルになっている。死んだ女の顎の一部もやはりなくなっていた。それに脳も、削ぎ取られた頭頂部も。台の上に残っているのは、中身をくり抜かれた胴体と、腐敗した四肢と、顔だけだ。その顔も、かつて顎だった箇所の赤い穴に雑にかぶせられた外科用ガーゼでよくは見えない。

「クロロホルムのチェックをしてほしいなら、検査に最低でも五日はかかるな」検視局長は解剖台のそばに立って、室内の異臭の源である遺体を見おろした。

　ライカー刑事はシンクとキャビネットが並ぶところに退却した。彼は自分の仕事の血なまぐさい部分があまり得意ではないのだ。

　マロリーが台の足側に立ち、録音機のスイッチを入れて言った。「身元不明の女性。《ランプル》の第二の袋」

「発見されたのは二番目かもしれないが」ドクター・スロープが言った。「この女性は〝断食芸人〟の最初の被害者だよ。ただし、遺体にはまだ液状の血が残っていた。これはつまり、死後七日未満ということだ。この人はここに着く三日前、あるいは四日前に死んだわけだよ。ヘラーがもっと範囲を狭めてくれるだろう。彼はハエの幼虫ですごいことをやってのけるからな」

　マロリーがドクターに歩み寄った。「ヘラーがハエを孵化《ふか》させるのをぼやっと待ってはいられないの。そのささやかな情報はいま必要なのよ」

「常に急ぎなんだな」ドクターは縁枠付きの小テーブルからクリップボードを取って、手書きのメモを繰っていった。「試練の数日はこの人の臓器に多くの損傷を与えている。死ぬまでにはかなり時間がかかったんだよ」ドクターはメモにざっと目を通し、さらに数枚、紙を繰った。そうしながら、彼はマロリーのほうをちらちら眺め、彼女が充分いらだっているかどうか確かめていた。どうやらまだ不足らしい。彼はさらに紙を繰りつづけた。「ご想像どおり——胃袋は空っぽだった。何かあれば役に立ったんだろうがね」

ドクターはほほえんだ。マロリーは目を怒らせた。

ドクターはX線写真を掲げた。「頭蓋後部にはひびが入っている」ドクター・スロープは一拍待った。それから、マロリーがそのX線写真ならすでに見たと言うより早く、彼は言った。「そう、この人がそれで死んだのでないことはきみも知っている。非公式な見解だが、死因は脱水症だろうね。しかしわたしは、それよりはるかにおもしろいものを見つけたんだよ」

ライカーはやれやれと天を仰いだ。目下、彼が求めているのは、失踪者のファイルのどれかに結びつきそうな目立った特徴ひとつだけだ。そして、そのことはスロープも知っている。隣接三州から届く報告書の山は、膨大な労働時間という問題を引き起こす。それでもいま、自分たちはレクチャーを聴かねばならないらしい。そしてこれは彼の相棒のせいなのだ。マロリーとドクターにはやるべきゲームがある。それは何年もつづけられてきた。なおかつ、永遠に終わりそうにない。

「わかった、最初からやり直しましょう」マロリーが言った。「基本的なことを教えて。年齢、身長、体重——」

「二十代半ばから終わり。身長五フィート六インチ。体重百十ポンド。役に立ちそうかね？」

いいや。その特徴には、ニューヨーク、ニュージャージー、コネチカットの失踪女性のかなり多くが該当するだろう。しかしマロリーはわかりきった答えは決して口にしない。「タトゥーはない？」彼女は訊ねた。「注射痕は？　母斑はどう？　何かないの？」

「ひとつ、実にめずらしい特徴があったよ」そのあとの間《ま》は、長くいらだたしいものだったが、マロリーは冷静だった。少し失望して、ドクターはカウンターに歩み寄り、標本瓶の一本を手に取った。「これなんだが」

液のなかに、何か白いイモ虫のようなものが浮かんでいるのが見えた。「被害者はエイリアンの赤んぼを孕《はら》んでたのかい？」

「まさかね」スロープは言った。「この人のもっとも顕著《けんちょ》な特徴は、脳のなかにあったんだ」

それでもマロリーは彼を撃たなかった。

「この腫瘍《しゅよう》は下垂体にあったものだ。癌性はないが、いろいろと障害を引き起こしていただろう。できたのは数年前だな。徴候は主治医には明らかだったはずだ。手術のしにくい場所にあるが、やれないことはない。この人がそれを摘出しなかったのは、なんとも奇妙だよ」

「保険が効かないとか」ライカーは言った。

「それはなさそうだな。だが、その点についてはまたあとで話そう。この部位の腫瘍は、さまざまな症状をもたらす。そして、必ずではないが、ときとして人格の劇変も。この身元不明女性の場合は、それが起きたんだよ」

「ちょっと待って」マロリーが録音機のスイッチを切り、ドクターに向かって腕組みした。彼女はこの話を信じていないのだ。「あなたは人格の変化を診断したわけ？……死んだ女を対象に？」

「疑っているんだな？　顔を見りゃわかるよ」ドクター・スロープは意地の悪い笑みを浮かべて、遺体の髪をひと房、持ちあげた。その下半分は茶色、上半分は金色だ。「あの腫瘍の発生は、この人が美容院に行った最後の日までさかのぼれる。わたしの妻は金髪だ。妻のカラーリングにいくらかかるか、わたしは知っている。このハイライトには三色の色が入っているんだ——きみの髪みたいにナチュラルに見えるようにね、キャシー」

「マロリーよ」ナチュラル・ブロンドの女が彼に駄目出しをした——またしても。

「髪をこの状態に維持するには、かなり金がかかる。なおかつ、彼女には他にも金のかかる習慣があった——コカインだよ。鼻腔の損傷を治療する古い手術痕があったんだ」

ライカーの顎ががくんと胸まで落ちた。鼻の奥の傷なんてものは、失踪課の集める情報にはまず出てこない。

「つまり腫瘍ができる前、彼女にはあり余るほど金があったってことね」マロリーが言った。

「だから？」

「二年前、この人は髪を染めるのをやめただけじゃない——歯を磨くのもやめたんだ。このフッ素の時代に、虫歯があるんだよ。わたしはその進行度を法歯科医に調べてもらった。彼の意見は、腫瘍の発生時期に関するわたしの見立てと整合していた。また——注射痕に関するきみの質問にもどると——その痕跡はゼロだ。それに、鼻腔にも新たな損傷は見られない。標準的薬物検査の結果、麻薬濫用の形跡はないんだよ。つまり、これもまた、行動の変化のひとつというわけだ」

「オーケー」ライカーは言った。「ここまでで使えるのは、根元の茶色い金髪の、虫歯のある女っていう部分だな。ありがとう。でも、あんたはこの人の顔写真を持ってるでしょう？　遺体を切り刻む前に撮ったのを？」何か手がかりらしい手がかりがあれば、と彼は願っていた。目下、彼らには何もない。被害者の目の色さえも。刑事たちがこの前、見たとき、遺体の目と鼻は粘着テープで覆われていたのだ。

ドクター・スロープはカウンターを指さした。「あの封筒に写真が一式、入っている。しかし必要ないんじゃないかね。明日のいまごろまでに、わたしには被害者の名前がわかっているだろうし」

ライカーは頭をそらし、天井を見つめた。マロリーはドクターに銃を向けているだろうか？　別にそれでもいいんじゃないだろうか？

「ここで形成手術の話になるわけだ」スロープは言った。「この人は顎にインプラントを入れていたんだよ」

道理で、顎のあったところに大きな穴があいているわけだ。人工的補綴物《プロテーゼ》のシリアルナンバーは必ず、手術を行った外科医のもとへ彼らを導いてくれる。ライカーは腕時計に目をやった。この種のことなら一時間以内に調べがつくだろう。明日まで待つ必要がどこにある？

「それに、胸にも豊胸バッグを入れていた」ドクター・スロープはインプラント二個の入った袋を掲げた。それは小さな白い枕のように見えた。ライカーはそのやわらかな手触りを知っている。豊胸バッグの完璧な形は、十代のころ、父親の車の後部座席で初めて愛撫した女の子に関して、唯一、彼の記憶に残っていることなのだ。ああ、なつかしい。

ドクターは彼のほほえみを興味の表れと受け取り、レクチャーをつづけた。「このプロテーゼはヨーロッパの会社のものだった。あいにく時差があるので、折り返しの電話が入るのは明日の朝になる。その後、われわれはコードから外科医を見つけ――ほらな、万事解決だ」

被害者の身元がわからないまま、一日が過ぎようとしている。まあ、顔がネズミに齧られていても、たぶん写真付きの失踪届のいくつかは除外できるだろう。ライカーは検視局長の封筒を開け、被害者の顔写真の最初の一枚を見つめた。「なんなんだよ、こいつは！」それは質問ではなく糾弾《きゅうだん》だった。

「ああ、ほくろか」ドクター・スロープは言った。「そのことはまだ話してなかったかな？」

嫌味な野郎め。

その瞬間、解剖後の遺体を見ると吐き気を催すことも忘れ、ライカーは解剖台の頭側に歩み寄り、死んだ女の顔から――いや、その残骸から、ペンを使ってガーゼをどけた。粘着テープは剝がされており、いま、彼には女の口もとが見えた。それに、鼻の下のほくろも。そこには、猫のひげによく似た、信じられないほど長く太い毛が二本、生えていた。

ライカーはドアに向かった。マロリーもすぐうしろからついてくる。スロープがオチのせりふを投げつけたのはそのときだ。「すると……そのほくろは手がかりになるわけだね？」

ライカーはデスクに並べた検視の写真をじっと見つめた。それから彼は相棒を見あげた。

「ヘラーのあれは、おれたちの招いたことだよな。だが、おまえさん、スロープに何をしたんだよ？　ここ最近って意味だけどさ？」

刑事部屋を訪れた突然の来客により、彼のぼやきは中断された。チャールズ・バトラーがココを連れて階段室のドアから現れたのだ。そのうしろには、マロリーの大ファン、ロビン・ダフィーもいる。というわけで、彼女に会えて誰がいちばん喜んでいるのか、判定するのは容易ではなかった。結局、ココがいちばん大きな笑みによって勝利を収めた。彼女は両手を大きく広げ、デスクのあいだの通路を走ってきた。人気者の刑事をハグするためのこのかけっこで、彼女は老弁護士をわけなく負かした。つづいてダフィーの腕が本格抱擁モードで差し伸べられた。そして彼は、マロリーをぎゅっと抱き締めた。部屋の向こうでふたりの刑事が顔を上げ、このスペクタクル――こんな危険を冒すほどマロリーを愛する人々の図を見つめた。

チャールズがココの手を取り、十二段の巨大キャンディー自販機のある食堂に彼女を誘った。「きっと楽しいよ」彼はポケットの小銭をジャラジャラ鳴らした。「コインの投入口できみの運動神経のトレーニングをしよう」マロリーから離れるのをいやがって、子供が尻ごみすると、彼は言った。「ほんの数分だから」

ふたりが廊下に消えると、ロビン・ダフィーがデスクの上でブリーフケースを開いた。「きみの署名が必要な書類がいくつかあるんだよ、キャシー」彼は腕時計に目をやった。「これからシカゴ行きの飛行機に乗らなきゃならないんだ。例のお祖母さんの遺言執行人がココをイリノイ州にもどらせたがっていてね」

「そうだろうとも」ライカーは言った。「監護権を獲得すりゃ、あの子から盗むのが簡単になるもんな」

「ココはどこにも行かせない」マロリーが言った。

「チャールズもそう言ってるよ」ロビンはあの心理学者の署名の入った宣誓供述書を掲げた。「ここには、落ち着き先が見つかるまで、ココはよそへは移せないと書いてある。これからシカゴの判事の前で審問が行われる」老弁護士はマロリーにもう一枚、書類を渡した。「きみの供述書を勝手に作らせてもらったよ。内容は、要するに、ココはどこにも行かせないってことだ。これに署名して、重要証人保護令状のコピーをおくれ。それをもらったら、わたしは空港に向かう」

書類が整ったとき、チャールズ・バトラーがチョコレートまみれの子供を連れてもどってきた。マロリーはひざまずいて、女の子の顔と手をティッシュでぬぐった。これは純然たる反射運動だ。彼女はあらゆるものをきれいにするのだから。ココは刑事にキャンディー・バーをプレゼントした。それに、ハグももう一遍。マロリーのシルクのTシャツは、そのおかげで汚れた。通常ならこれは絞首刑に値する。しかしココは難なく罪を免《まぬが》れ、チャールズと手をつないで階段を下りていった。小妖精《ピクシー》と巨人とで。

ライカーは、最初のベルで電話に出て言った。「もしもし？」内勤の巡査部長の言葉にしばらく耳を傾けてから、彼は相棒に告げた。「ほくろ女の知り合いが下に来てるよ」

ソーホー署を訪れたその中年男は、優しい笑顔の持ち主で、髭はきれいに剃ってあるし、衣類も洗濯したてなのに、ホームレスのにおいがした。ミスター・アルパートは長年、貧民中の貧民に食事を出す無料食堂を運営しており、いまではにおいも彼らと同じになっているのだった。彼は信仰を持つ人であり、マロリー刑事に会うなり、彼女はまだ神を発見していないものと見て、宗教のパンフレットを手渡した。

刑事のあとにつづいて、階段をのぼっていきながら、彼は言った。「死体保管所《モルグ》で身元確認しなければならないものと思っていたんですが」

「その必要はないでしょう」マロリーは言った。猫のひげの生えたほくろというわかりやすい特徴に触れた失踪届はひとつしかなかったのだ。

ふたりは階段室を出て、刑事部屋に入った。高くそびえる窓、無人のデスク、そして、男がひとり立っている。「やあ、どうも」ライカー刑事が手を差し出した。「来てくださってありがとう。すぐにお帰ししますからね」

「それは助かります」ミスター・アルパートは言った。「伝道所が人手不足だもので」彼はマロリーのデスクのすぐ横の椅子にすわった。「アギーはなぜ死んだんです？　事故に遭ったんですか？」

「検視報告書は来週にならないと出てこないんです」マロリーは言った。この優しい人に長い苦しみの果ての死という事実を伏せておくためではなく、殺人とわかったあとに必ずつづく数数の質問を回避するために。

ライカーは手帳を開いた。「アギーの姓のほうはご存知ないですよね。彼女、親族の話をしたことはなかったんでしょう?」

「ええ、残念ですが。あの人はあまり話をしませんでした。何か精神的な病気があったのは確かですよ。気の毒に。ある種の強迫性障害ですね。いつも歯でおかしなことをしていたんです」ミスター・アルパートは首を左右に振りながら、歯をカチカチ鳴らし、ハエを追う犬よろしく空を噛んだ。「こんなふうに」

ライカーの鉛筆の先が折れた。「なるほど、精神障害者か。あなたは彼女の力になっていたわけですね」

「いえいえ。アギーのほうがわたしの力になってくれていたんです。あの人は伝道所の無料食堂で週六日働いていました。遅刻したこともありません。ほぼ二年のあいだ一度もですよ。ある日、彼女が現れなかったとき、わたしは心配になりました。それで翌日、警察に届を出したんです」

「彼女は一週間、行方不明だったんですよね」マロリーが言った。「彼女のうちには行ってみました? 届には彼女の住所が載っていませんが?」

「彼女がどこに住んでいるのか、わたしは知らなかったんです。ただ、ホームレスでないことはわかっていました。着ているものはいつも清潔でしたし、お金も持っていましたからね」ミスター・アルパートはスナップ写真を一枚、尻ポケットから取り出した。「これは、この前のクリスマス・パーティーのとき撮ったものです。まんなかにいるのがアギーです」

ライカーは写真のアギーを見つめた。ドクター・スロープが豊胸インプラントを取りのぞいてしぼませる前の彼女は、とても胸が大きかった。「彼女の友達を誰か知りませんか?」

「わたしが友達ですが」ミスター・アルパートは肩をすくめ、他にはひとりも挙げられないことを伝えた。「アギーは敬遠されがちだったんです——のべつまくなしに祈っていたし、歯をカチカチやるあの妙な癖もありましたしね。ですが、ホームレスの知り合いは大勢いましたよ。無料食堂で働いているとき以外は、バスケットを持って街を回って、物乞いにサンドウィッチを配っていたので。ホームレスのなかには、彼女を〝聖女アギー〟と呼ぶ人もいました」

ふたりの刑事は、捜査本部に集まった他の課員らに遅れて合流した。その部屋の壁は全面、上から下までコルクが貼られている。現在、正面の壁は、ライカーの手になる雑然たるモザイク画、検視の写真と犯行現場の写真に覆われていた。一方、床の上には例の段ボール箱が置いてある。そこには、殺人キットの各アイテムにつながるリストが入っているわけだが、鑑識課からのこの贈り物は封印されたままだ。そしていま、その箱は、重大犯罪課の怒れる指揮官により部屋の隅へと蹴りこまれた。彼はそれに向かって「ゴミ屑め!」と言い放った。

室内のエネルギーは高まりつつあった。折りたたみ式の椅子の半数は、すでに埋まっている。席に着いた刑事らは手帳を取り出し、鉛筆をかまえ、ボスがショーを始めるのを待っていた。残りの連中はぶらぶら歩き回っており、何人かは鋲《びょう》で留められた《ランブル》の地図や図の前に集まっている。コルクの壁のその部分は、マロリーの作品だ。どの紙も周囲の紙とぴったり等間隔で張ってある。彼女の鋲の留めかたは、機械のように精確なのだ。彼女はうしろのほうにひとりですわっていた。

ジャック・コフィーが演壇に立った。「注目！」

ほぼ全員が席に着いたが、何人かは立ったままでいた。マロリーは空いた椅子にはさまれ、相変わらずひとりですわっている——まるで、〝消えた時間〟のあいだに、路上で伝染病でも拾ってきたかのように。

「犯人は野放図に襲撃しているわけじゃなかった」警部補は言った。「《ランブル》での各犯行のあいだには空白がある——三日から四日の間隔だ」彼は奥の壁際の段ボール箱を指さした。「ヘラーのろくでもない手がかりを追って時間を無駄にするな。もし滑車やウィンチを家に置いてる容疑者が見つかったら——万々歳。見つからなけりゃ、それでかまわん。鑑識の線は行き止まりだ。われわれは被害者に集中しよう」

今度はライカーが課員らに話をする番だった。彼は相変わらず一同に背を向けて、〝断食芸人〟のまだ生きている被害者、ハンフリー・ブレッドソーとウィルヘルミーナ・ファロンの写真を壁に留めていた。最後に彼は、アギーという通称しかわからない死んだ女の奉仕活動の写真を留めた。「ようし、みんな」全員の顔が彼に向けられた。「これがここまでにつかめたことだ。昏睡《こんすい》状態の小児性愛者、セレブのあばずれ、人工オッパイの死んだ聖女。どう思う？　何か仮説はあるか？」

第十四章

週に二回、ハンフリーがセラピーを受ける日の放課後、ぼくはフィービの家に遊びに行く。フィービのお母さんがいなければ、ぼくたちはベッドやカウチに飛び乗って体を弾ませ、高く高く舞い上がる――まるでスーパーヒーローだよ。

フィービのお母さんがいるときは、ふたりともどこに行くにもつま先立ってこそこそ歩く。ぼくたちはネズミなんだ。

アーネスト・ナドラー

昏睡《こんすい》状態のハンフリー・ブレッドソーの臓器は、ひとつ、また、ひとつと衰えだしていた。

患者は現在、微妙な状態にあり、いくつものチューブにつながれ、機械によって呼吸している。きっとこの先二十四時間が山となるだろう。これは責任者である若い警官の医学的見解だ。

ワイコフ巡査は相変わらず、患者のベッドを囲うピンクのカーテンに近づいてくるすべての人間を審査していた。目下、彼の前には、拝謁を求め、三人の人物が立っている。

彼らは市長の承認を得てこの集中治療室に来たのだ。少なくとも、ここにいる市長補佐官はそう言っている。それは華奢《きゃしゃ》な体つきの神経質な男だった。そして彼は、警察の命令系統には組みこまれていない。したがって、若い巡査は別に恐れ入りもしなかった。三人組のひとりは、渋い顔をした女で、頑丈な醜い靴に簡素な黒のスーツという格好が短く刈った髪によく合っていた。

市長補佐官は、もうひとりの女、背の高い赤毛を手振りで示した。こちらは、パールとシルクとものすごく高いヒールとで、金のにおいをぷんぷんさせている。彼女はワイコフの患者より十歳ほど上にしか見えないが、市長室の男はこう言い張った。「こちらはミスター・ブレッドソーのお母様なんですよ」

腰に両手を当て、若い警官は女の行く手をふさいだ。「証明してください」

彼女はおもしろがっている様子で、楽しげに身分証を手渡した。どう見ても、病人を案じる家族の図ではない。ワイコフは目を細めた。この女ほど怪しいやつがいるだろうか？　運転免許証によると、彼女は五十二歳で、患者の姓と一致するのは姓の半分だけなのだ。

ミセス・グレイス・ドリスコル＝ブレッドソーは、限定旅券によりカーテンの通過を許された。ワイコフ巡査は面会を三十分だけに限るつもりだった。彼女は通り過ぎしなワイコフの腕を軽くたたいて言った。「大丈夫、一分もかからないわ」その言葉どおり、かかった時間はほんの数秒だった。彼女はベッドに向かって身をかがめ、昏睡状態の息子の耳もとでひとことだけ言った。

「死になさい」

そして、言われるままに、彼は死んだ。

ご婦人がカーテンの外にすーっと出ていくなり、モニターの警報がつぎつぎと鳴りだし、ワイコフ巡査は叫んだ。「コード・ブルー！」看護師の一団が緊急カートを押してベッドに駆け寄ってきた。毎回、「クリア！」の叫びとともに充電されたパドルが高く掲げられ、電気ショックが繰り返し施されたが、死んだ男を連れもどすことはかなわなかった。

しばらくの後、悪い母親は若い巡査によってエレベーター付近で逮捕され、手錠をかけられた。彼の患者に手出しは無用。それに、この女は何を笑っているんだ？　巡査はシャツのポケットに手をやり、担当刑事の携帯番号が書かれた名刺を取り出した。

「ワイコフはおれの新しいお気に入りの警官なんだ」ライカーは言った。

ふたりの刑事はエレベーターを降り、ぶらぶらと廊下を歩いていった。集中治療室のドアの前で、若い警官が拘束者とともに彼らを待っていた。パールと手錠をつけてほほえむその赤毛の女は、ワイコフの語った嘆き悲しむ母親の像に一致していた。それに市長補佐官を、スーツを着たキャンキャン吠える小型の愛玩犬と評したのも言い得て妙だった。しかしマロリーが注目したのは、黒髪の女のほうだ。どんな集団のなかにいても目立ちそうにない女——ただしそれは、小さな黒い革鞄が肩から下がっていなければ、だ。その鞄は医師の往診鞄のミニチュア版だった。

ワイコフがマロリーの心を読んで言った。「あの女性は、わたしの患者に近づいていません」彼は手帳に目をやり、運転免許証から書き取った情報を確認した。「アリス・ホフマン、四十五歳。住所は拘束者と同じです」彼は地味な黒髪女から赤毛女に目を移した。

「そしてこちらがグレイス・ドリスコル－ブレッドソー、五十二歳です」

死んだ被害者の母親は、ライカーとさして年が変わらない。しかし彼の肌は皺《しわ》が寄っており、彼女のは超一流の形成外科医により平らに均《なら》されている。それに、潤沢《じゅんたく》な資金を示すものは他にもあった。その眉はくっきりきれいなアーチを描き、こう訊ねているようだ。**あんたが誰だろうと、わたしが気にすると思う？** そしてライカーはパッと笑みをひらめかせ、こう応じた。**ああ、気にせんだろうねえ。**

「この人は容疑者じゃないんだぞ」市長補佐官がくしゃっと顔をゆがめて言った。「ああ、こんなのはあんまりだ！」彼はまず、慈善団体、ドリスコル協会の理事としての、このご婦人の功績を並べ立て、つづいて、彼女の手錠をはずすよう要求した。「いますぐに！」効果がないとわかると、彼はえらそうに、暗示によって人が死んでも殺人には当たらない、との裁定を下した。「とても今世紀の犯罪とは言えんね」

腹の立つ相手ではあるが、刑事はどちらもこの素人の法的見解に同意し、手錠ははずされた。グレイス・ドリスコル－ブレッドソーの手のひと振りで、市長の部下は壁際に引きさがり、もうひとりの子分、ミス・ホフマンの横に並んだ。

マロリーは代表者として母親の前に進み出た。今回、慣例の挨拶をするのは、彼女の番なのだ。「このたびはご愁傷《しゅうしょう》さまです」

ご婦人は笑った。そしてライカーにはそれが妙に痛快に思えた。

「あなたの息子さんは小さな女の子を誘拐していました」マロリーは一拍待ってから付け加えた。「でも、あなたにとっては別に意外ではありませんよね？」

「実はね……そのとおりなの」ミセス・ドリスコル－ブレッドソーはバッグを開けて、名刺を取り出した。「わたしの弁護士にお金の送り先を知らせて──その子が必要なだけいくらでも出すから」彼女の口調はそっけなかった。それに、その名刺の差し出しかたはこう言っているようだった。早く受け取って、とっとと消えて。

マロリーは名刺を受け取らず、それに目をやりさえしなかった。彼女は左手を腰にやった。ブレザーをうしろに引き、銃を見せるしぐさ──どちらが上なのか婉曲に伝える行動だ。「それが息子さんの被害者に対応するときのあなたのやりかたなんですか？　ただお金を払って追い払うというのが？」

「罪悪感はわたしとは無縁なのよ、刑事さん」集中治療室のドアが開き、女の死んだ息子のベッドを囲うピンクのカーテンがちらりと見えた。「怪物は怪物から生まれるの」マロリーに視線をもどしたとき、彼女の笑みは消えていた。「そのことを覚えておいたほうがいいわ」

市長補佐官が婦人の背後にそろそろと近づいてきた。彼は刑事らにこっそりうなずいてみせ、この言葉を信じるよう無言のうちにすすめた。

チャールズ・バトラーは頰をぷくりとふくらませ、芝居気たっぷりに息を凝らしていた。ココがゆっくりゆっくりとコットンのシャツのボタンをかけていく。この派手なピンクのお洋服は、お下がりではなく新品だ。それは、マジックテープの公然の敵、ミセス・オルテガからの贈り物であり餌なのだった。掃除婦はいま、子供のうしろに立って、まるで黒魔術であと押しするように、自らの手を虚空で動かし、見えないボタンを一心に操作している。

　ココのシャツの最後のボタンがきちんとかかると、さかんな拍手が起こった。そして子供はもの問いたげにボタンから顔を上げた。「毎日こんなに時間がかかるの?」

「ううん」チャールズは言った。「でも、細かな作業をするときは、これからもちょっと骨が折れるだろうな」

「あたし、ウィリアムズ症候群だもんね」ココは、チャールズが見つけてきたその障害に関する本をすでに残らず読んでいる。また、彼はココの質問にたくさん答えてきた。しかし子供の話はすぐに、他者との交流のよりどころ、ネズミのことにもどってしまうのだった。

「きみはボタンをかけるのがすごく上手になったよ」チャールズは彼一流の間の抜けた笑いを見せた。こうすれば必ず笑顔が返ってくる。子供はピエロが大好きなのだ。

「おつぎは」ミセス・オルテガが言った。「靴ひもだね」

　それとも、やめておくか。

　ココは音楽室に飛んでいった。どうやら靴ひも結びは、いまは登れない遠くの山みたいなものらしい。いろいろ忙しいの。あの曲もこの曲も弾かなきゃ。ごめんね。しばらくすると、優美なソナタの調べが流れてきた。

「あの子のちっちゃな指は鍵盤の上を飛び回ってるじゃないか」ミセス・オルテガが言った。

ってのにさ？」

「どうもわからないよ」うんざりし、がっくりして、掃除婦は肘掛椅子にドスンとすわり、隣の部屋に目を向けた。「どうしてあの子はあんなことができるのかねえ——靴ひもは結べないってのにさ？」

「彼女の脳は配線がふつうとちがうんですよ。それは謎なんです。神経科医はみんなそう言うでしょう。でもぼくは、ココがひもを結べないのはあの子のお祖母さんが原因なんじゃないかと思います。お祖母さんは自分が不治の病なのを知っていたんだそうです。だからボタンやひもの問題はマジックテープで解決して、残された時間をココの得意分野、音楽と読書に注ぎこんだわけですよ」チャールズの考えでは、それはとてもよい選択だった。

しかし掃除婦はさして感心もしなかった。

「ひもが結べることだって大事だろうに」彼女は言った。「八歳にもなればさ」

「おっしゃるとおりです。でも、それには作業療法士が必要なんです」ココの運動能力に対する彼自身の評価によれば、靴ひもの問題は何時間かがんばったところで解決するものではない。それを乗り越えるには、数週間、あるいは、数カ月間かかるだろう。あるいは、彼女はいつまでも学べないかもしれない。

チャールズは玄関のドアの開く音を聞き逃した。それに、廊下からのマロリーの挨拶の声も、ポロポロというピアノの音にまぎれ、ほとんど聞こえなかった。しかしココにはその声が聞こえた。砲弾よろしくその小さな体の照準を定め、彼女は音楽室から飛び出してきた。そしていま、小さな両腕にしっかりと抱えこまれ、若い女は子供の捕虜となっている。マロリーは犬をなでるように上の空で子供の頭をなでた。

マロリーの脳もまた配線がふつうとはちがっており、こちらもまた謎だった。そして彼女はいつも彼をとまどわせる。たとえば、ココを高々と持ちあげて、こう言っているいまのように。

「ボタンだ！　全部、自分でやったの？」

「うん！」満面に笑みをたたえ、子供はうれしさのあまり月の上空を飛翔していた。誰より愛する人に会えて、彼女は大喜びだった。

マロリーの優しげな声は、チャールズ・バトラーの頭のなかの警報を鳴り響かせた。それに、子供に向けられた彼女の笑顔。これもまた、彼の安眠を奪いそうだ。殺人担当のこの刑事の場合、ほほえみのレパートリーはごく限られている。ある笑いは、いまに見てなさい、と言う。しかし今回のはもっと悪い。それはこう告げている笑いだった——もうこっちのものよ。


フィービ・ブレッドソーは学校の裏手の庭を急ぎ足で横切り、石畳の小道をたどって、電話の最後のベルと同時にコテージに入った。買い物の袋をデスクに置いたとき、留守録装置がメッセージを受信した。

女の声が言う。「ウィリー・ファロンだけど。あんたのお母さん、あたしの電話を取らないんだよね。あの人に伝えといて。近いうちに会いに行くからって」

フィービは留守録装置に手を伸ばし、メッセージを消去した。血管を流れる血が突然、冷水に変わり、彼女の手は悪寒で震えていた。子供のころ、ウィリーはいつも彼女にこんな作用を及ぼしたものだ。ある部分では、学校時代はまだ終わっていない。〝死んだアーネスト〟が現れた――ストレスの片割れが。でも、彼は口をきけなかった。彼女がショック状態に陥《おちい》ると、彼もそうなるのだ。

両脚がくずおれないうちにと、フィービは庭を見晴らす窓の前の椅子にすわった。あの緑陰樹の一群は、以前より背が伸びてはいないだろうか？　いや。あのオークやエルムの巨木は、彼女が小さいころから年老いていた。花々でさえも昔と変わっていない。種まきの時期からつぎの種まきの時期まで、彩りもまったく同じだ。遊び回る子供の姿も、葉や花をそよがす風もなく、彼女の目に映る学校とその庭の風景は十五年前に撮ったスナップ写真さながらに凍りついていた。

もちろんきょうは、壁にアーネスト・ナドラーの血の痕はない。その点はちがっている。

第十五章

フィービは大きくなったら先生になりたいという。それを聞いたとき、ぼくは自分の耳が信じられなかった。先生たちには痣《あざ》も血も見えないんだよ。悲鳴も聞こえないんだよ。どうして、フィービ、どうしてなの？　そしたら、彼女がなんと言ったと思う？「だからよ」だって。

アーネスト・ナドラー

外は蒸し暑く、宵のこの時間帯、空はまだ明るかった。マロリー刑事は公園の小さな乗り物のエンジンを切って言った。「ここがいちばんいい場所よ。虫がいっぱいいるから」

ココはいま眼鏡をかけている。彼女は笑顔で頭上を見あげた。「木の葉っぱが見えるよ！」

これまで、近眼のこの子供には、緑はすべて溶け合ってべったりしたひとつの色に見えていたのだ。ココはチャールズ・バトラーの膝から下りて、小道に足を踏み出した。飛んでいる小さな光を目にすると、彼女はホタルを追って駆けていき、空をつかみ、とらえそこね、もう一度、手を伸ばした。

「彼女には一匹もつかまえられないんじゃないかな」チャールズはほほえみながら立ちあがり、

カートのそばにそそり立った。「これまでこういう経験はないわけだからね。でも、運動能力を磨くのには、これはすごくいいやりかただよ」もっとも彼には、マロリーの真の狙いがわかっていた。彼女がこんな提案をしたのは、《ランブル》ほどホタル狩りにいい場所はないと主張して、三つの醜悪な犯罪の現場に子供を連れもどすためにすぎない。ひとつ救いとなるのは、おそらくあの子にはこの森と他の森との区別はつくまいという点だ。

マロリーはカートのこちら側に来て、彼と並んで立ち、ココが空中からホタルをつかみとろうとしては失敗するのを見守った。「あの子はきっと一匹つかまえる。頑固な性格だもの」

「確かにね」その点は、彼の掃除婦、ボタンかけのコーチも同じだ。いつかココは靴ひもも結べるようになるだろう。ただしそれは明日やあさってのことではない。それにホタル狩りも、いまの彼女の能力ではちょっと無理だろう。

チャールズとマロリーは生い茂る緑の陰に包まれた小道を子供のあとから歩いていった。ガス灯の時代を偲《しの》ばせるランプがあちこちに設置してあるが、それらはまだ灯っていない。道を照らすものは、明滅する魔法のテールライトをつけたホタルたちだけだ。飛んでいくホタルの一匹をつかもうと、ココは両の手を伸ばし、ふたりの前を駆けていった。これに失敗すると、彼女はもっと地面の近くにいた別の一匹を追って進路を変えた。ゆっくりと飛ぶホタルは空中に浮いている。彼女は両手をパチンと合わせた。

ああ。死んじゃった。

少しもくじけず、彼女はてのひらをジーンズでぬぐって、つぎの一匹にかかった。

ココの鋭い聴覚を意識して、チャールズは小声で言った。「同業者のひとりに会ったんだ。特別なケアが必要な子供を専門に診ている精神科医なんだけどね、彼はココの地元の州にコネがあるんだよ。彼ならきっとぼくがココにいい家庭をさがすのを手伝ってくれる――」

「里親をさがすわけ？　絶対だめ」マロリーは言った。「あの子はその制度のなかじゃ生き延びられない」

チャールズは降参のしるしに両手を上げた。その点ではマロリーは完全に正しい。彼女自身の里親は輝ける例外だったが。大半の子供は、足がないため地上に下りられず永遠に飛びつづける伝説の極楽鳥さながらに、家から家へたらいまわしにされる。そしてそう、ココはそのなかでは生き延びられない。

「ぼくはもっと永続的なかたちを考えているんだ」チャールズは言った。「彼女の評価はもうすんでいる。ウィリアムズ症候群に由来する弱点はともかくとして、彼女は高い能力に恵まれている。知能の面だけでなく、音楽的にもね。養子をほしがっている人たちにとって、これは大きな魅力だよ。それに、すでに審査を通過して、特別な子供を引き取る資格を得た人たちの名簿もあるんだ。ああ、そうそう、もうひとつ彼女に有利な点がある――ココのお祖母さんは、非常にいい教育を受けられるだけの財産を彼女に遺しているんだよ」

「そして、もしココの身に何かあったら、養父母が財産を相続するわけね。どんな子供も、生きてるときより死んだほうが価値があることになってはいけない。その件はしばらく考えてみないとね」

「マロリー、これはきみが決めることじゃないんだ。彼女はぼくの被監護者だからね」

「あの子はわたしの重要証人なの。わたしの決定権を認める書類は全部そろっている。あの子はどこにも行かせない」

チャールズの目は、明滅するホタルにそろそろと忍び寄っていく子供に注がれていた。「ぼくは、小さな家で暮らすあの子の姿を想像している。木々が日陰を作る家の前の道。愛情深い両親……裏庭いっぱいの虫たち。ほらね、ぼくの要求水準はとても高いわけだよ。でも、ココはちがう。彼女はこう思ってる――がんばってきみの愛を獲得したら、きみは毎朝、朝食を作ってくれるだろう。そして、怖い夢を見て暗闇で目を覚ましたときは、そばにいてくれるだろう。それが彼女のささやかな夢なんだ。事件が解決すればきみの興味が消えるなんて、彼女は知らないんだよ」チャールズは口を閉じた。両手でカップを作って、ココが駆け寄ってくる。とてもうれしそうに――そしてそれ以上に――誇らしげに。

ココはマロリーに獲物を差し出した。「このホタル、持っててくれない？　もう一匹つかまえたいの」

「いいわよ」マロリーはココの手から虫を受け取った。そしていま、彼女の閉じた指の隙間からはその脈動する光がこぼれている。子供が声の届かないところまで行ってしまうと、マロリーは言った。「面通しする容疑者がそろうまで、ココにはニューヨークにいてもらうから」

「わかってるだろう？　彼女には〝断食芸人〟の顔の確認なんてできないんだよ」

「でも、犯人はそれを知らない。それに、ココはあなたが思っている以上のことを知ってるの。

こっちはただ、適切な質問さえすればいいのよ」

「尋問はさせないよ。ねえ、マロリー、きみもルールに同意したろう。きみは彼女が提供するものしか受け取れないんだ」

「ハンフリー・ブレッドソーが吊るされた夜、あの子が犯人を追って《ランブル》に来たことはわかってる」マロリーの目は子供に注がれていた。「あれを見て。あの子は知らない人に平気で近づいていく。相手が家族連れと話をしている。でも、〝断食芸人〟には接触しなかったわけよね。その男は視界に入っていた。でもあの子には、そいつが危険なのがわかったのよ」

「きっとすごく怖かったろうな」

「そういうことじゃないの、チャールズ。あの夜、何が起ころうとしているか、ココははっきり知っていたってことよ」

「そしてそれを見たあと、おとぎ話によってそこから暴力を取りのぞいたわけだ。それが、精神的トラウマに対して彼女がとりうる唯一の対処法だったから」チャールズはマロリーと向き合った。「ココに殺人犯の面通しをさせることはぼくが許さない。その点ははっきりさせておこう」

マロリーは、何事も隠せない彼の裸の顔を観察し、そこに隙がないかとさがした。その目に失望の色がよぎったところを見ると、隙はひとつも見つからなかったらしい。彼女は繊細《せんさい》なホタルを収めてある丸めた手を見おろした。「眼鏡なしだと、ココの視力でよく見えるのはどれくらいまで？　八フィート？　十フィート？　もしあの子が近くからそいつを見ていたとしたら？」

「でも、はっきり見えたかな……暗いなかで？」

「あの夜は満月だったのよ」

チャールズは頭上に手を振って、葉の生い茂る枝の天蓋を示した。それは空を閉め出していた。「月明かりなんてこんなもんだよ」

マロリーはランプの支柱に手を触れることで彼のジェスチャーに応酬した。するとまさにその瞬間、小道の照明がすべて点灯した――まるで彼女がタイミングを計っていたかのように。そしてここで、チャールズは気づいた。彼女のしたことはまさしくそれなのだ。彼女は会話を誘導し、彼の受け答えを残らず予測し、マジックの出し物で彼にショックを与えたわけだ。その脳の悪魔的な時計により秒刻みでタイミングを計り、ある子供の悪夢を再演することで。

これくらいですんでよかった。チャールズは単に虚を突かれ、しばらく声を失っただけなのだから。マロリーは、そうしたければいつでも彼を打ちのめすことができる。

「というわけで……あの子に犯人がよく見えたとしましょう」彼女は言った。「だとしたら、ココは似顔絵係にそいつの顔を教えられるわけよ」

「いや、無理だね」チャールズは言った。「似顔絵係はきっと誘導的な質問をしなきゃならないよ。ココの説明では、犯人は身長三フィートだったり家くらいの大きさだったりするかもしれない。その他の点だってまったくあてにならないよ。その男は目が三つあることになるかもしれない。彼女はすでに、赤い尻尾が二本生えていたって言っているんだからね」

マロリーはほほえんだ。「それはバッテリー用のリード線よ。たぶん犯人はナップザックにウィンチを入れていたんでしょう。きっとそのリード線がうしろに垂れさがっていたのね」

「それで——赤い尻尾が二本生えた怪物のできあがりか」

「ココはあの夜のことをもっといろいろ覚えているはずよ」

「実際、そうなんだ」チャールズはポケットから紙を一枚、取り出した。「きょうもこの絵を描いてくれた。彼女にとっては、これが配達の人の台車なんだよ」彼は、ばらばらの要素から成る不可解な絵を広げてみせた。四隅のひとつにあるのは、円のなかの円。これは容易に車輪と解釈できる。向かい側の縁にぽつんと描かれているのは、長く伸びたU字形だ。「それはハンドルだろうね」そしてその絵の中央には、黒い鉛筆で塗りつぶされた四角形が浮かんでいた。「たぶんそれは台車の荷台なんじゃないかな」このうえ、ココは空間把握能力が欠けているのだと付け加える必要があるだろうか？　「つまり、ここにはばらばらの台車の部品があるわけだけど、これがなんなのか最初からわかっていなければ——おやおや」

幼い女狩人がまた一匹、ホタルをとらえてもどってきた。今度のはチャールズが受け取って保管することになった。マロリーは、彼が反対の手に持った絵を指さした。「ココ、それをもらってもいい？」

「いいよ！　ほんとにその絵が好きなの？」

「とっても。いちばん好きなのはこの部分よ」マロリーは塗りつぶされた四角形を指さした。

「それ、あの黒い箱だからね」そして、ココはまた行ってしまった。駆け足で、一度だけ振り返って――じゃあね。悪いけど。ホタルをつかまえなきゃ。

帰る時間になると、チャールズとマロリーにはもう、獲れたホタルを収める拳《こぶし》がなくなっていた。手練の早業で、一匹も逃さず、チャールズはすべての虫たちを四隅を結んだハンカチに収容した。それはいま、リネンの電球のように輝いている。チャールズが、今夜、何匹のホタルをつかまえたのかココに訊ねると、ハンカチのなかの五匹のホタルは百六匹の軍団になった。ココはいつも、まちがった数を精確に言おうと努力するのだ。

カートのふたりの乗客は西八十一番ストリートの出口付近で降ろされた。そこでは、チャールズとココをソーホーのうちまで送り届けるべく、パトカーが待機していた。その後、マロリーは小さな乗り物をターンさせ、曲がりくねった舗装路を南へ、公園の保守整備基地、《ヤード》へと進んでいった。彼女はそこに自分の車を置いてきたのだ。基地の林の周辺を回っていくと、道からはあらゆる形のホースやパイプのストックが見えた。また、小さなトラクターと小型蒸気ローラーの横には、除雪機のショベルが並べられていた。これらの機器類は木々と灌木に部分的に隠れているだけで、四歳児でも登れそうな低いフェンス以外、防護するものは何もなかった。

セキュリティはゼロだ。

マロリーは門のなかへとカートを進め、メンテナンス・ビルの駐車場に入った。ここで彼女は、カートを貸してくれた作業員に気づいた。彼はさきほどのTシャツとジーンズから濃い茶色のつなぎ服に着替えていた。その格好は、ココの話の〝断食芸人〟の服装と一致しそうだった。満杯のゴミ袋を手に、男はマロリーのほうにぶらぶらとやって来た。

「遅くまでお仕事なのね」マロリーは言った。

「ボランティアだからね。自分で時間を決めるんだ」彼はゴミ袋をカートの横に置いた。「重労働には、涼しい夜のほうがいいしな」

「そのつなぎは公園の支給品じゃないようだけど」

「そうなんだ」彼は言った。「何年か前、配管業者からもらったんだよ。園内の動物園でひどい水漏れの修理を手伝ってやってさ。こいつは本格的な汚れ仕事のときに着るんだ。きょうみたいな」彼は手袋の一方を脱いで、マロリーの手からカートのキーを受け取った。

マロリーは機械の部品や重機を取り巻く木々のほうに目を向けた。「軽い荷物の運搬用に、どこかに台車もあるんでしょう？　夜、外に置きっぱなしにするようなのが？」

「そういう小さめの備品はきちんとしまってある——きのう訊かれてたら、そう答えてたろうな」男は彼女を従えて小道をのぼっていき、部品のいくつかがなくなったフォークリフトを通り過ぎた。一本の柱上灯が、機械たちの小さな墓場を照らしている。モーターや錆びた金属の部品が散らばる場所を。

見ると、台車が一台、樺の木に立てかけられていた。それはヘラーが説明に使ったモデルによく似ていた。バックル付きのストラップも、何もかも。しかし特徴はもうひとつあった。長いハンドルの金属の柄には棚が溶接されていたのだ。そしてそこにはカー・バッテリーが載っていた。ココの言う黒い箱だ。

「こいつはうちのじゃないんだよ」公園の作業員は言った。「いつからここにあったのか、さっぱりわからんがね。きょうかたづけをしているとき見つけたんだ」彼は草深い灌木のエリアを指さした。「あのシダの茂みのなかに置いてあったんだよ」彼は車輪の一方を蹴った。「このタイヤは多少すり減ってるが、まだまだ使えるよ」

「空気を入れるタイプね」マロリーは言った。

「そのとおり」

それはヘラーの見せた台車のタイヤによく似ていた。それに、その轍《わだち》が第一の犯行現場で見つかったタイヤ痕と一致することも、マロリーにはわかっていた。彼女は作業員の分厚い手袋を見つめた。「台車を移動させたときも、その手袋はしていました?」

「ああ、してたよ」作業員は足もとの捨てられた機械部品を見おろした。そのなかには、縁がぎざぎざで錆びているものもあった。「ここは破傷風菌の巣窟だからな。手袋をしなきゃ馬鹿だよ」

台車を回収しに来るよう鑑識課に電話すると、ヘラーのほうも今夜は遅くまで働いていたことがわかったが、これは意外ではなかった。「指紋は出ないと思う」マロリーは彼に言った。「金属部がきれいすぎるの」この区画にあるその他のものとちがって。それから彼女は、カー・バッテリーの製造元も——あのろくでもないリストの段ボール箱を開けるまでもなく——

特定できたと知らせて、ヘラーをいらだたせてやり、いくらか溜飲《りゅういん》を下げた。「お茶の子さいさいよ」彼女は言った。

「いいや、彼女は園内で偶然そいつを見つけたわけじゃない」ヘラーは彼の課の若き新星に言った。「とっととその台車を取ってこい」

ジョン・ポラード鑑識員がドアに向かっているとき、ヘラーはこの若者に警告を与えるべきだと気づいた。でも、それはひとことだけでいい。ヘラーは砲火による洗礼が好きなのだ。

「証拠はすべて掘り起こすんだぞ」

「わたし、何か見落としましたっけ？」ポラードはえらそうに言った。自分は何ひとつ見落としていないと確信し、自信たっぷりに。

しかし、この若者の仕事には欠陥がある。彼は自分の仮説に恋をして、科学を離れ、刑事ごっこをしていた。そして、そう、彼はあることを見落としている。「もしヘマをしたら、マロリーに生きたまま食われるぞ」

部屋から出ていきながら、ジョン・ポラードは笑った。どうやら、銃を帯びた脚の長いブロンドたちに関しては、彼にも彼なりの意見があるらしい。おそらくポラードの考えでは、マロリーは……可愛いのだ。

第十六章

アーネスト・ナドラー

今朝、うちの親たちは大パニックに陥《おちい》って、大声でぼくの名を呼びながら、部屋から部屋へと駆け回った。その後、父さんが、寝室のクロゼットで目を覚ましかけているぼくを見つけたわけだけど、自分がいつどうしてそこに入ったのか、ぼくは覚えていない。たぶん、〝嚙みつき魔のアギー〟か〝蜘蛛女《くも》〟の夢から隠れていたんだろう。ハンフリーはぼくの悪夢には絶対に出てこない。あの変態は、女の子みたいにくすくす笑って、女の子みたいにぶつだけだから。

とにかく、ぼくはそこにいた。パジャマ姿で寝ぼけて――クロゼットのなかに。父さんは首を振り振り訊ねた。「いったいどうしたっていうんだ?」

どうせ父さんはもうぼくに敬意を抱いていない。だからぼくは言った。「毎日が怖いんだ」

すると父さんは行ってしまった。

ココをベッドに入れたあと、チャールズ・バトラーは希少本の壊れた背表紙の修理をして夜の残りを過ごした。図書室に隣接する作業場の散らかった台の前に、彼はすわっていた。その小部屋には、糊《のり》の壺、糸巻きなど、愛書家が求める道具がすべてそろっている――それに、完璧な平和も。窓はひとつだけで、その三重のガラスは街の騒音を遮断している。壁もまたとても分厚い。ただ、小さな客人に配慮して、ドアは少しだけ開けてあった。

ここは彼が、人生の難問を解きに来る場所だ。たとえば、ココが、いずれ破綻して本人に深い傷を負わせる絆を形成しつつあるというような。彼自身は、どうにかプロとしての距離を保っている。医者と患者の関係を、あの子はよく理解していた。そういった結びつきなら、何も案じることはない。作業を始めて数時間後、本の修理はすんだが、ココとマロリーの絆をどう断ち切るかという問題にはなんの解決策も見出されていなかった。

そしてそのとき、彼は悲鳴を耳にした。

喉まで心臓を跳ねあがらせ、彼は走った。作業場を飛び出し、図書室を駆け抜け、廊下の先のお客用の部屋へと。一方の手がドアに伸び、彼より先になかに入った。壁のスイッチをカチリと入れると、ベッドサイドのランプが灯った。ナイトテーブルにはランプといっしょに大きな瓶が載っており、そこに《ランブル》でつかまえた五匹のホタルが囚われている。

子供は怯えていた。細い腕がハグを求め、彼に向かって差し伸べられた。

「怖い夢を見たんだね」チャールズはココを抱き寄せ、静かに揺すってやった。「何が怖かったか覚えている？」

「うん！」ココは身をよじって彼の腕を振りほどき、枕の下から小さな機器を取り出した。それは携帯電話によく似ていた。

だが、そんな携帯は見たことがない。

そこには、ココにとって難題となる小さな番号の列などなかった。代わりに、ひとつだけ大きなボタンがあり、それは子供が押すと光った。ボタンのプレートはまわりのプラスチックより色が薄いものの、総じてこの改造部は機械が製造したかのように他の部分と一体化している。マロリーはこの作品に署名したようなものだ。いや、実際、署名は入っていた。輝く大きなボタンには、あの刑事の赤いマニキュアとまったく同じ色で、大文字のMが描かれている。

ココが笑顔になった。最愛の人に電話がつながったのだ。「怖い夢を見たの」電話に向かってそう言うと、彼女はしばらく耳を傾けていた。「ネズミと車の夢だよ……両方ともキイキイいってた……うん、配達の人の車……うん、あの木までずうっと」

その言葉を横で聞きながら、チャールズはうなずいた。ウィリアムズ症候群の人々にとって、音は厄介なものだ。雷はときに恐怖を駆り立て、掃除機は不安を呼び覚ます。では、配達人と彼の立てる音――その悪夢の音はどうなのか？　マロリーが何を言っているにせよ、彼女の言葉には確かに鎮静効果があった。ココは緊張を解き、笑みを浮かべている。まぶたは重くなり、いまにもくっつきそうだ。

チャールズは手を差し出して言った。「ちょっといい？」ココはカスタマイズされた携帯電話を彼に手渡し、枕に頭を沈めた。彼は電話を耳に当てた。「マロリー？　約束がちがうよ」彼の定めたルールは、警官が監督なしでココに会うことを認めていない。どんな警官であってもだ。「こっそり電話で話すというのは――」

「電話をあの子の枕の下にもどして」マロリーが言った。それは命令だった。「そうしないと、あの子が泣く」そしてこの心理的脅迫のひとことを最後に、電話は切れた。

子供が両手を差し出し、チャールズはしかたなく電話を返した。マロリーにつながるこの新たな絆を断ち切れば、さらなるトラウマを、それに涙を、呼び起こすことになる。

ダメージはどんどん広がるばかりだ。

しかしいつ――どの時点で――ココはあのボタン一個の携帯電話を受け取ったのだろう？　マロリーが到着してから自分たちが《ランブル》を去るまで、彼は一度もあの刑事から目を離していない。そのあとで――夜も更けたころに――マロリーは下の通りで見張りを始めたのだろうか？　作業場の窓に明かりが灯るのを、彼女は見ていたのだろうか？　そう。このアパートメントに侵入し、ココを訪ねたのは、そのときにちがいない。

この世に彼女の侵入を阻止できる鍵はない。

チャールズはドアのほうに歩いていき、壁のスイッチでランプを消した。だが明かりは消えない。どういうことだ？　彼は、ナイトテーブルに載った羽根のある虫たちの瓶を見つめた。あの光は前より明るくなったのでは？　うん、まちがいない。子供をベッドに入れたとき、ほんのひと握りだったホタルの数は、十倍以上に増えていた。忍びの達人にしてホタル狩りの王者、マロリーのささやかな協力によって。

それは子供にとって最高の常夜灯だった。

刑事部屋は薄暗かったが、廊下の奥のオタク部屋、マロリーの領土には煌々《こうこう》と明かりが灯っていた。三カ月にわたる彼女の不在のあいだ、ノートパソコンを使える程度の他の刑事らは、電子機器で満杯のこの小スペース、絡み合うコードと不可解な配置で積まれたコンピューターの一群のなかで途方に暮れていた。そしていま、ライカーは、四週間前の相棒の帰還以来、さらに玩具が増えていることに気づいた。

昔、ここは彼女の放課後の遊び場だった。彼女がまだ十二か十三で、背がもっと低かったそのころ、重大犯罪課にあてがわれていたコンピューターは、他の部署で御祓箱《おはらいばこ》となった古めかしい品々で、ひっきりなしに故障しており、まるで使い物にならなかった。しかし、ルイ・マーコヴィッツの里子はこれらの機器と相性がよかった。そして、ある日の午後、ルイはこの電子のベビーサークルに彼女を解き放った。

ライカーの記憶では、あのチビがルイの執務室にそっと入っていき、こう言ったのは、ほんの一時間後のことだった。「あのコンピューター、ちゃんとした部品があれば、全部あたしが直して、新品同様にしてあげられるよ」

当時、課の指揮官だったルイは、ある殺人事件のことで頭がいっぱいだった。だから彼は、この新たな犯罪の波の予兆を見逃した。部品の入手に必要な申請用紙を彼女に与え、自らそれを煽っていたというのにだ。やがて刑事部屋につぎつぎ箱が届きはじめた。スペアの部品の小さな箱ではなく、とても大きな箱、新品のコンピューターが。最初の荷が届いたとき、ルイは目を白黒させていた。こりゃいったいどういうことだ？　申請までさかのぼれる書類はどこにもなかった。それに彼は、誰からも承認の署名を求められていない。そのあとルイは、小さなキャシーが戦利品を引きずってオタク部屋に向かっているのに気づいた。しかし彼は見て見ぬふりをし――何年もそうしつづけた。たぶんあの親父さんは、これを一種の進歩とみなしたのだろう。彼の小さな悪党は、よりよい目的のために盗むようになったのだ、と。

これを聞いたら、大人になったキャシー・マロリーはこう言うにちがいない――へええ、そう。

ある部分で、あの子供はずっとルイに仕返しすることばかり考えていた。彼は、彼女の子供時代、その野生の泥棒としてのキャリアに終止符を打った男なのだ。しかし充分に機器を盗み、ニーズが満たされると、彼女は情報スーパーハイウェイ上で盗みを働くというまったく新しい世界を発見した。あの子供はルイのデスクに盗品を並べたものだ。政府機関や民間企業のデータバンクから盗んだ何ページ分もの情報を。こうすることで彼女は何度、親父さんの心臓を停止させただろう？　ルイの執務室をこっそり訪れ、自分の贈り物をルイに手渡すとき、キャシーはいつも〝ざまあみろ〟の笑みを浮かべていた。

不可解なチビ。これが、その興味深い現象に対するライカーの感想だった。彼女のあの小さな笑いのせいで、彼はどうかなりそうだった。やがてある雨の夜、近所の警官たちのバーで三杯目が注がれたあと、ルイ・マーコヴィッツはこの小さなミステリの謎解きをした。「キャシーはわたしの魂を盗んでいるつもりなんだよ……それはほんとのことだしな」そう言って、親父さんはグラスを掲げた。「さすがうちのおチビさんだ」
今夜、ライカーはオタク部屋の小さなテーブルの上をかたづけ、そこにデリカテッセンのナプキンとサンドウィッチを並べた。熱いパストラミの香りが室内に広がった。「公園の作業員はクリーンだ。前科はない。例の鑑識員、ポラードは台車を引き取りに行ったとき、つなぎ服も回収してきた。彼によると、その種のつなぎはどこででも買えるらしい」マロリーは聞いてもいないのでは？　そう、彼女はモニターからモニターへ視線を移しながら、コンピューターたちと交信している。

彼は冷えた缶ビールをまず彼女に手渡してから（レディー・ファーストだ）、自分のビールのタブを起こした。「おまえさんがいないあいだ、コフィーは一度もテクニカル・サポートを呼ばなかったよ」ライカーは彼女の横の椅子にすわった。「ここの機器のどこまでが合法か確信が持てなかったんだ」

マロリーは、ＶｉＣＡＰのロゴが表示された画面に目を据え、キーボードを打った。何日か前には、ジェイノス刑事が暴力犯罪者逮捕《バイオレント・クリミナル・アプリヘンション》プログラムで、〝断食芸人〟の犯行に一致しそうな全国の古い犯罪をさがしている。ジェイノスはＦＢＩの定めた手順に忠実に従い、退屈な百十の質問に答え、備考を書き加え、各被害者の情報を個別に送信した。そしてそれだけ手間隙かけたあげく、彼は何もつかめなかった。

今夜、マロリーはそれと同じＦＢＩのプログラムを訪問している。ただし、パスワードで礼儀正しくドアをノックすることもなく、バッジの番号も入れず、追跡可能な痕跡は一切残さずに。〝裏口から入る〟というのが、FBIからこっそり情報を盗む際に彼女が決まって使う言葉だ。「人間を入れた袋を吊るすなら、もっといい場所があったはずよ」マロリーは言った。

「《ランブル》に象でも隠せた昔とはちがうんだから」

「だよな」ライカーは言った。「いまの《ランブル》じゃ、バードウォッチャーが袋を見つけちまいかねない」もっとも枝のあいだにぶら下がった袋など、警察の報告書には行き着きそうにないが。「たぶん犯人は危険を好むやつなんじゃないか」

「いいえ」マロリーは言った。「あの場所には何か因縁があるんだと思う」

相棒がFBIの長い質問表をきれいに迂回するのをライカーは見守った。彼女はFBIの犯罪分析者の余計なお節介など求めてはいないのだ。そしていま、挿入されたディスクが彼女のペット、〝グッドドッグ〟という名のウイルスを解き放った。そのコンピューター犬は自由に駆け回り、セキュリティのフェンスを飛び越えて、あらゆるファイルのなかをうろつき、見つけた骨をくわえてくることができる。マロリーは、ウィンチ、袋、滑車、バッテリー、ドリル等の要素にはまったく触れなかった。代わりに彼女が打ちこんだのは、犬がさがすべき骨を絞りこむキーワードだ。ニューヨーク・シティ、セントラル・パーク、誘拐、吊るす。

シンプルかつエレガント。ライカーはそれが気に入った。このワードならヒット数は限られる。吊るし首にせよ、袋詰めにせよ、吊るすというのはあまりない犯罪だ。

「一件ヒットした」マロリーが画面のページを印刷するためキーを打った。「一致する犯罪じゃない。以前に情報検索した誰かの質問表への記入」

「ジェイノスのじゃないな」ライカーは、プリンターから吐き出されてくるそれらのページに目を走らせた。「こいつはすごく古いやつだぞ——百八十四の質問だもんな」この過去の情報検索は、ＶｉＣＡＰのフォームが簡素化される以前のものだった。十五年前、ニューヨーク市警のひとりの刑事が、データバンクから似通った犯罪をさがし出すため、質問表に担当事件の情報を打ちこんだのだ。当時、ＦＢＩは一致するものを見つけられなかった。

一時間後、ふたりが遅い夕食と質問表の通読を終えたとき、マロリーが言った。「わかってるでしょう？　これにはどこかおかしなところがある」

ライカーはうなずいた。この古い事件は、即日トップ記事となっていたはずなのだ。「この種の事件は忘れられたりしない。絶対にな」なのに彼は、幼い子供が《ランブル》で吊るされ、放置されたという話を聞いたことがない。これはいったいどういうわけだろう？

マロリーが長く赤い爪で、この昔の記入者の氏名が入った欄を指し示した。

「嘘だろ」ライカーは言った。「その刑事ってのは、ロケットマンなのか」

このあだ名にいい意味合いはない。問題の元刑事、どこから見ても凡庸な警官、別名ローランド・マンは、いろいろな意味で〝汚い〟という以外、明快な理由は一切なしにスピード出世してきた。そして今日《こんにち》、彼は市警長官ビールのすぐ下の段まで来ている。

「まずいな」ライカーはポスト紙を手に取って、マロリーに見せるため、なかのページを開いた。「これを見てくれ」記事の上には韻を踏んだ太字のキャプションがあった。「市警トップの心臓、ストップ」ビール爺さんは目下、バイパス手術のために入院中なのだ。

「これによって、ロケットマンは長官代行となるわけね」マロリーはキーを打ちつづけ、ニューヨーク市警のアーカイブに侵入した。画面上の項目を彼女はゆっくりスクロールしていった。「マンはその男の子の事件ファイルを作っていない。他の誰もよ。その年、《ランブル》ではお決まりの暴行と殺人しかなかったの」

彼女の肩越しに、ライカーは地域を限定したその記録に目を走らせた。ヤク中の死亡者、アル中の死亡者、撃たれた観光客が一名、刺されたのが二名。

「子供はゼロよ」マロリーが言った。「ロケットマンの記入内容に合うものは一件もない。その事件は闇に葬られたわけ……となると、彼になぜなのか訊かなきゃね」

市警長官代行も法律上、事情聴取を拒否することはできない。しかし彼にはそれを要求する警官を地獄に突き落とすことができる。ルールに従い、上へ上へ話を上げてヒエラルキーをのぼっていくとすれば——火線上の先頭にいる男は彼らのボス、重大犯罪課の指揮官となる。

ライカーは相棒に向けてビールを掲げた。「なあ、おチビさん、こりゃあ一カ月、デスクワークをさせられたことへの究極の仕返しになるんじゃないか。コフィーのやつにロケットマンの事情聴取をしなきゃならんと言ってみな。警部補さんの頭はきっと爆発するだろうよ」

マロリーは彼の缶ビールに自分のをカチンとぶつけた。「楽しそうじゃない」

第十七章

今回は、皮膚が裂けて、靴下の外まで血が出てきた。お昼休み、ぼくの血だらけの足首を見て、フィービは言った。アギーの家の人たちが代々この学校の生徒だなんて残念。そうでなければ、アギーは人に噛みついたという理由で眠らされていたろうに。

アーネスト・ナドラー

ミセス・ビュフォードは、ふわふわのピンクのスリッパで行きつもどりつしながら、新聞が届くのを待っていた。この老婦人はきのう、タイムズ紙を盗まれている。容疑者は何人かいた。もっとも怪しいのは、向かいの部屋の男――彼女が朝刊をものすごく重視していることなど、まるで気にしそうにないやつだ。新聞のクロスワード・パズルは、アルツハイマーの侵攻を表す地図作りの手引きとなる。それは、埋められない空欄により、語句や名前の在庫縮小を示すのだから。年をとるというのは、実にいまいましいことだ。

彼女は壁の時計を見やった。配達の子はいったい何をしてるんだろう?

足の動きが止まった。彼女は息を殺した。ああ、やっと来た。タイムズ紙が外の廊下のカーペットにポトンと落ちる音。ミセス・ビュフォードはドアを開けた。新聞が他のうちのドアの前にポトンポトンと落ちていく。彼女は向かいの女性が自分の新聞を取りに出てくるのを待った。ご近所同士、朝の挨拶を交わすこともまた、一日のハイライトなのだ。

あら、やだ。今回、ドアを開けたのは、実に気持ちの悪い人、あの夫のほうだった。ローランド・マンを見ると、皮膚の下を無数の虫が這っているような感覚を覚える。彼女の記憶が正しければ、彼は公僕だ。ただ、そうだとすると、贅沢《ぜいたく》な高層ビルのアパートメントに住んでいるのは妙だけれど。まあ、市の政治家たちの梯子《はしご》をのぼりつめたということだろう。でも、彼が選挙で選ばれた公職者でないのは確かだ。あの細い顎、生白い肌で、それはない。それに髪だってところどころ薄くなっているし。そのありさまは彼女に、自分の髪を引っこ抜く神経質ないとこのことを思い出させた。向かいの男が身をかがめてタイムズ紙を拾いあげたとき、ミセス・ビュフォードはその長い蜘蛛《くも》みたいな指を注視した。それから彼は、比喩のなかで不快な変化を遂げ、爬虫類《はちゅうるい》の目でちらりとこちらを見あげた。

冷血のヘビ。

いいえ、待って――そんなご立派なもんじゃない。

冷血のイモ虫。

ミセス・ビュフォードは彼に声をかけた。「おはようございます！」常に優しい彼女は、もう奥さんは殺したのかと訊ねるのはやめておいた。かなり前から彼女は、あの気の毒な女性は脅迫されて夫といっしょにいるのだという印象を抱いている。そして、そういう結婚は必ず悲惨なかたちで終わるものだ。

彼はミセス・ビュフォードに目もくれなかった。

なんて無礼な。

ローランド・マンは新聞の縁をぎゅっとつかみ、第一面に目を据えて、何かの記事に読みふけっていた。その顔はいつもの死人じみた顔色よりもっと蒼かった。

老婦人は自分のタイムズ紙を見おろし、見出し用の太字で書かれた覚えのあるタイトルを目にした。近ごろは、いちばん古い記憶がいちばん鮮明になっている。そう、これはロシア人の誰かが書いた短編小説のタイトルだ。いや、ドイツ人かも。いずれにしろ、有名な作品だ。彼女は先を読み、その記事が盗まれたきのうの新聞の記事の続報であることを知った。警察は、〝断食芸人〟の被害者のひとりをハンフリー・ブレッドソーと特定したという。

廊下の向こうで、隣人がうちのなかへとじりじりあとじさっていき、そうっとドアを閉めた――まるで泥棒のように静かに。


きょうは、病理学者の供給は不足していないが、死体も不足していない。そのため、検視局長はプラスチックのバイザーをつけ、ラテックスの手袋をはめていた。

マロリー刑事は解剖台の死体を見おろした。死んだ男は裸にされ、洗浄され、その朝の最初の切開に向け準備万端整った状態にある。「この死体はあとでいいわ」

ドクター・スロープは、大いに納得してうなずいた。当然だろう。銃弾を受けたこの中年の被害者は、彼女の死体ではないのだから。そう、これはまったくちがう署の死体なのだ。「出ていってくれ、キャシー」

きょうの彼女は非常に行儀がよく、彼にファーストネームで呼ばれても異を唱えずに聞き流した。しかしここで、両手が腰に行った。これは、ナイフや銃が残らず持ち出される前触れだ。

「ハンフリー・ブレッドソーを先にやって」

「ここはわたしの仕事場だ。優先順位はわたしが——おいこら！」ドクターは、キャスター付きの器具台を彼女が脇に押しやる前に、どうにかメスを一本つかみとった。「ブレッドソーの検視を急ぐ必要はない。いま、遺族が身元確認しに来るのを待っているところだよ」

「それはもうすんでる」マロリーは言った。「ミセス・ドリスコル‐ブレッドソーが病院で息子を確認したの」

「それは、わたしがグレイスから聞いた話と少しちがうな。彼女は警察による身元確認を信頼して——」

「グレイス？　あの女と知り合いなの？」

「そうだよ」で、自分はどんな罪を新たに犯したのだろう？　「もちろんあの人は知り合いだ。わたしのリハビリ・クリニックの運営費の半分は、ドリスコル協会の資金で賄われている——グレイスのおかげでね」

　医師の多くは〝田舎の家〟を持っている。エドワード・スロープの〝田舎のクリニック〟は、薬物中毒者のための治療施設だ。キャシー・マロリーは、就業時間後に——それも無料で——

生きている患者を診るという彼の趣味をどうにも理解できずにいる。彼女の世界では、よいヤク中は死んだヤク中だけなのだ。

「今度、わたしのクリニックに来たときに、ロビーにある後援者の銘板を見てみなさい。グレイス・ドリスコル－ブレッドソーの名前はいちばん上に刻まれているはずだ。非常に気前のいい女性だよ。協会の理事長も務めて――」

「彼女、どれくらいのお金を動かしているの？」

「少なくとも十億ドル。おそらくはもっとだな」ドクターは解剖台にメスを置いた。持っているとつい使いたくなる。「後生だから、《ランブル》の殺人事件で、金《かね》の動機をさがしているなんて言わんでくれよ」

「あの女は病院で息子を見分けた――一瞬も迷わずに。これは事実よ。だから、なぜわざわざここまでまた身元確認に来たがるのか、そこを考えないと」マロリーは腕組みをし、深い疑いをこめて彼を見つめた。「それと、この町には彼女に借りのある公職者が他に何人いるのか」

「ずいぶんはっきり言うね、キャシー。いい考えがあるぞ。彼女に訊いてみたらどうだ？」

「警察は彼女の弁護士たちを突破できない――それに市長も」マロリーは、台の上の遺体、彼女の遺体より列の前にいるやつをにらみつけた。「つまりドクターは、お友達を特別扱いしているわけね」

自分がこの餌に食いつくとでも？　それはない。「グレイスは相応の待遇を受けているにすぎない。彼女はきょうのうちに、ここに顔を出すと言った。わたしは自ら彼女の息子さんの検視を行う。いいかね、明日に、だ」

「いますぐやってもらわないと」マロリーは、ドクターと器具台とのあいだにしっかり足を踏ん張っていた。「三時間後に葬儀社に遺体を引き取らせるよう手配したから。ドクターに与えられた時間はそれだけよ」

「手配した？　きみが？」エドワード・スロープはプラスチックのバイザーを脱いだ。この年では、こういう打ち合いはもう無理だろうか？　いいや、まさか。「検視など、きみにとってはどうでもいいんだろう？　どうせ、きみがもう知っていること以外、何も得られんだろうからな」いまの声はちゃんと憤慨しているように聞こえただろうか？　そうであるよう彼は願った。「大事なのは葬儀のほうだ。ちがうかね？　被害者の葬儀に興味があるというのは、わたしにも理解できる。だが、いつから警察は葬儀の日取りまで決めるようになったんだ？　きみはその件を遺族に知らせてもいないんじゃないかね？」

「そうよ、エドワード、彼女は知らせていない」グレイス・ドリスコル－ブレッドソーの声がタイルの壁の内側にこだました。死体保管所《モルグ》の職員に付き添われ、エレガントな赤毛の女がハイヒールでカツカツと広い部屋を歩いてきた。もうひとり、黒い服の地味な女が、数歩遅れてゴム底靴でついてくる。この女は紹介もされなかった。

　セレブ婦人は、ドクターの両手を取って引き寄せ、口紅がくずれないようふたりのあいだの虚空にキスした。「葬儀屋が二十分前にその件を知らせてきたの。彼の会社はずいぶん昔からうちの一族の葬儀を請け負っているのよ。息子の葬儀のことはあの子が生まれた日にたのんであるわ」彼女は肚黒い笑みをキャシー・マロリーに向けた。「でも、ふつう日を決めるのは家族よね。だから想像してちょうだい。葬儀屋から――まったく唐突に――電話がかかってきて、明日の葬儀の音楽と花の希望を訊かれ、どれほどわたしが驚いたか」

マロリーが近づいていくと、グレイス・ドリスコル-ブレッドソーはこう言って名刺を渡した。「弁護士に電話して」

翻訳するとこうなる。**消えて**。

検視局長は大いにこれを楽しんでいた。彼はレディーに腕を差し伸べ、自ら彼女をエスコートして、面会室へと向かった。ハンフリー・ブレッドソーの亡骸はそこで母親による正式な身元確認を待っている。そして若い刑事は、自分のしたことを反省するよう、ひとりその場に取り残された。

これでよし。

検視局長と最高に気前のいい彼の後援者が対面用の窓の前に立つと、ブラインドが開かれ、ガラスの向こうに横たえられた遺体を披露した。「わたしの息子です」グレイスは言った。少しも迷わずに。そのとき初めて、ドクターはかすかな違和感を覚えた――何かがおかしい。「娘にわからなかったのは無理もないわ。ねえ、エドワード、あの子の遺体はなるべくきれいなままにしてやってね。マロリー刑事は、お棺の蓋を開けて式を執り行うよう指示したらしいの」

彼女は自分の住所氏名が印刷された小さな四角い封筒を彼に手渡した。彼自身の名は優美な手書きの文字で記されている。まるでパーティーの招待状じゃないか。彼は封を開いた。そう――パーティー。純然たる社交的な集まりへの招待だ。彼の目が、笑顔の母親から殺された息子へと移った。どうやら金持ちは一般人とはちがうらしい。

捜査本部のコルクの壁は、さきほど検視局から届いた剖検の写真により、改めて血みどろにされていた。ドクター・スロープは、なぜか急に気を変えて、ハンフリー・ブレッドソーの解剖を急いだのだ。

観客席の形に設置された折りたたみ式の椅子には、刑事十六名がすわっている。きょうの会議に先立ち、長テーブルがひとつ部屋の正面へと動かされており、その上には鑑識員により、証拠物件と〝断食芸人〟の殺人キットを模した小道具が並べられていた。コフィー警部補はその長い列を見つめた。粘着テープにロープに袋、さらには、滑車にドリルに長いボルト、そして、金属プレート。やめさせろ。おつぎは、ウィンチとリモコンが来た――ここにないのは、あの三本の木くらいだ。ああ、くそっ。なんと鑑識員は木まで持ってきていた。樹皮のついた丸い塊が、大枝の一部と並べて置いてある。

レクチャーはまだ始まってもいないが、課の連中はすでに退屈しきっていた。ジャック・コフィーはドアに寄りかかって、彼らの唯一の脱出ルートをふさいだ。

「たぶんみなさんは、鑑識の提供した段ボール箱の中身に目を通さなかったでしょうね」ジョン・ポラード鑑識員は、あのろくでもない手がかりをネタにした自分の下手なジョークに笑みを浮かべた。

刑事たちは誰ひとり笑わなかったが、銃を抜く者もいなかった。彼らはみな、鑑識課との戦争を終結させたいのだ。

「今回の犯人は殺人の道具を長い時間をかけてそろえていったのです」ジョン・ポラードは、ロープ一巻の入った証拠袋を掲げた。「この製品は五年前に製造中止となっています。それ以前は、百二十フィート一巻で販売されていました。各犯行現場では、四十フィート分が見つかっています」ここで、刑事らには簡単な算数さえできないとでも思ったのか、ポラードは付け加えた。「犯人は一巻全部を使ったわけです」彼はテーブルの前を移動して、麻袋を手に取った。「この袋は一回だけ生産され、町のあちこちに――ドックや倉庫に、実地試験に出されました。それは四年前のことで、市販は一度もされていません。したがって、〝断食芸人〟はこの袋をどこかで見つけたか盗んだかです」ポラードは、テーブル一面に並ぶ、もっとありふれた道具を見おろした。「ここにある品はどれも数百ドル以上はしません。犯人は支払いを現金でしています。その点は確かですよ」彼は言った。この推理で、ひと部屋分のベテラン刑事らを助けてやらねばと考えたわけだ。

全員が彼を〝死ね〟という目で見つめた。

鑑識員は、マロリーが公園で発見した台車を前に押し出した。「指紋はなし。これはきれいに拭いてあったのです。しかし、わたしは製造番号を追跡しました。販売先はクイーンズ地区の造園業者でした。その男は数年前に死んでいます。わたしは彼の奥さんから話を聞きました。

それによると、空気でふくらますこのタイヤはご亭主が子供のゴーカートから取りはずしたものだそうです」

部屋じゅうの刑事が顔を上げた。ようやくポラードは、みなの注意を引くことができたわけだ。ポラードはその女性の事情聴取をしたときに一線を超えている。ヘラーのスタッフの一部とはちがい、この男は民間人であり——警官ではない。彼らの仲間ではないのだ。

台車の長いハンドルに取り付けられたカー・バッテリーを、ポラードはぴしゃりとたたいた。「これは、屋根やテラスに重い荷を揚げるために、巻き上げ機《ホイスト》に動力を供給していたものです。クレーンを借りるより安あがりですからね。その造園業者は帳簿をつけていませんでした。従業員名簿も顧客名簿もありません。この台車は七年前に仕事の現場から盗まれたのです。造園業者の奥さんはそれがどこなのかを知りません。彼女が覚えているのは、ご亭主がその日、マンハッタンで働いていたことだけです」

だが、もし本物の刑事が事情聴取をしていたら、その夫人は何を思い出していただろうか？ジャック・コフィーは悪態の一発目が口から出そうになるのをこらえた。

ポラードはテーブルにもどり、大きく手を振って、そこにある全製品を示した。「われわれはすべてを解明しました」それから彼は、一品目ごとに、退屈きわまる物語を語った。樹皮のねじ穴からすべての証拠を導き出した過程を。そしてようやく——ようやく——その小男は両手を掲げ、自分のマジック・ショーが終わったことを伝えた。たぶん彼は拍手を期待しているのだろう。

ありえない。

「あなたはいくつかの点を見落としている」後方の席からマロリーが言った。ポラード鑑識員は聞こえないふりをした。

ジャック・コフィーは首を振って、やめておけと警告した。もちろん、効き目はない。マロリーは席を離れ、部屋の正面へと向かった。くそっ！　せっかくうまくいっているというのに――みんなで鑑識課とのこの仲直りのセックスをやっているというのに――彼女はこの男をへこまさなければ気がすまないのだ。

マロリーはテーブルに小さな瓶を置いた。「クロロホルムよ。殺人キットにはこれも入っている」

「いや、そうは思いませんね」ジョン・ポラードは見下すような笑みを浮かべた。「検視官の撮った頭蓋骨のひびのX線写真をお見せしましょうか。被害者たちは殴られて気を失い――」

「ふたりはショックで動けなくなった」マロリーは言った。「気を失うほど強く殴られたのは、ウィリー・ファロンだけよ。ホシには被害者をおとなしくさせておく必要があった」マロリーは粘着テープを手に取った。「そしてこれは役に立たない」彼女はテープを破りとって、鑑識員の口をふさいだ。「騒ごうと思えば、その状態でも声を出すことはできる。やってみなさい」

確かに彼の声は聞こえた。彼の発する音は、驚いた蚊の唸りを増幅したものに似ていた。彼がテープをはがそうとすると、マロリーがその手首をつかんだ。「だめよ、ずるをしちゃ」彼女はさらにテープを破りとって、彼の両手をうしろで縛った。

いまこそ止めに入るべき時だ。警部補はそれを承知していたが、部屋をぐるりと見回すと、部下たち全員がマロリーの不届きな振る舞いを支持しているのがわかった。みんな大喜びだった。彼女はふたたび課の一員となっていた。それも、ひとりのトンマの尊厳というささやかな犠牲によって。

ジャック・コフィーは笑みを浮かべた。ここは大目に見るとしよう。

この場はマロリーの独擅場だった。「わたしたちには、ホシがつなぎを着て配達人を装っていたことを裏付ける目撃者がいる。ホシはその手でドアを開けさせたのよ。それから、そいつは後頭部への一撃で被害者を倒した」彼女はまず散らかったテーブルに目をやり、つづいて鑑識員のほうを見た。「あなたはちっぽけなねじ穴に気を取られるあまり、襲撃に何が使われたかを考えなかった」

いまやポラードはかなりの音を——テープで口をふさがれているにもかかわらず——立てていた。捜査会議の〝見せてお話〟（学校での発表。生徒がめずらしいものを持ってきて、それについて説明する）で、これほどよい見本が展示されたことは、いまだかつてなかったのではないだろうか。

「たとえ三人の被害者全員が気絶していたとしても——ホシは被害者が意識を取りもどさないことに望みをかけただろうか？　いいえ」マロリーは言った。「このホシはそういうやつじゃない。彼はあらゆる問題を考慮する——素人の証拠ね。被害者たちの体に注射痕はない。だからわかるの。ホシはこれで被害者を眠らせたのよ」彼女は一方の手で瓶を、もう一方の手で小さな布切れを持ちあげ、鑑識員の教育をつづけた。「クロロホルムはインターネットで買える。

自宅で作ることだってできる。これこそホシが使ったものよ。彼は台車を押して街と公園を移動するあいだ、これで被害者をおとなしくさせておいた。なぜなら、そこが危険な部分だから。そして、この瓶以外、テーブルの上の品物のなかで、捜査の突破口となりうるものはない」彼女は楽しげな観客に顔を向けた。「検視局のクロロホルム検出検査にはあと三日かかる。ポラードはその申請すらしていなかった。わたしがしたのよ。それに、彼は質量分析計で麻袋の残留薬物を調べることもしなかった。これでミスがふたつ。いえ、三つね……造園業者の奥さんに自分で事情聴取をしたことを数に入れれば」

部屋じゅうのいたるところに〝ざまあみろ〟の笑みがあった。

「それからホシはこうした」足を引っかけ、ポラード鑑識員を突き倒し、その四肢を縛りあげたとき、マロリーにはまちがいなく仕返しの意図があった。彼女はポラードに麻袋をかぶせ、彼をごろりと転がすと、袋の口をロープで閉じた。つぎに彼女は、台車の幅の広いステップを袋の下に差しこんだ。壁を押さえにすくいあげられ、身をもがく男はきれいに金属の荷台の上に収まって、いつでも運べる状態となった。

この時点で誰かが、女でもやれたな、と言ってもおかしくはなかった。しかし誰もそれは言わなかった。

第十八章

　奇天烈ドリスコルは、学校の裏の古い馬車置き場で暮らしている。フィービによると、彼女の大叔母に当たるこの人は脳卒中で脳細胞の大方を失ったのだそうだ。何年か前、このお婆さんは看護師の目を盗み、生徒が大勢いる庭に裸で駆け出ていった。女子はみんな、老いで垂れさがった胸やお腹を見てぞっとしていたとフィービは言う。でも、男子にしてみれば、裸の女は裸の女だ。

　これで、またひとつ学校の習わしの由来がわかった。

　庭の見える教室では必ず、授業の前後に、男子がずらりと窓辺に並ぶ。みんな、裸の奇天烈ドリスコルが見えないか、期待しているんだ。

アーネスト・ナドラー

「あの男を袋詰めにするというのは、ちょっとやり過ぎだったな」部下を戒《いまし》めるときは、プライバシーの保てる執務室で行うというのが、ジャック・コフィーの方針だ。

　マロリーは懐中時計の蓋を開け、自分にはもっと大事な用事があるのだと無言でほのめかした。

警部補は、鑑識課との良好な関係の重要性を説くせりふを省略した。この説教は脅しで始めるのがいちばんだろう。「停職処分には絶対にならないなんて思うなよ」

「《ランブル》で人が吊るされた古い事件を見つけたわ」マロリーはＶｉＣＡＰの質問表を彼のデスクに置いた。

コフィーはＦＢＩの定型の設問、何ページにもわたるその表に目を通した。記入された答えは、三日間、木の枝のなかに吊るされた小さな男の子の物語を著していた。「いつ起きたことなんだ？」彼はページを逆に繰っていき、日付の入った表紙にもどった。その出来事は十五年前、彼がまだ若い新米警官だったころに起きていた。「不思議だね。こんな事件、わたしは一度も聞いたことがない」

「事件にならなかったからよ――捜査は行われず、書類も残っていない」マロリーは手を伸ばして、申請者の氏名と階級の欄をたたいた。「この男が闇に葬ったの」

「くそ！」そこに名が記された元刑事は、現在、入院中のビール市警長官に代わってニューヨーク市警を統轄している。ローランド・マンは絶対的権力を握るまであと数時間かもしれないのだ。「それで、マロリー……他にポケットに隠している爆弾はないのか？」

「あの男がなぜロケットマンと呼ばれているのか、わたしは知っている。十五年前の彼なら、こういう事件を踏み台に出世しようとしたはずよ。なのに、そうはならなかった。いえ、そうはなったけど、その経緯はふつうとはちがった」長く赤い爪が日付を指し示す。「事件の十日後、マンは金バッジを手に入れている。彼の記録に出世の理由となるような手柄は一切載っていないのに。昇格する前、彼は新米の白バッジだったのよ」

「補助輪付きの赤んぼおまわりか」コフィーは古い質問表をじっと見つめた。「事件ファイルはあったはずだ。たぶん封印されたか抹消されたかだな。犯人が未成年者なら、それもありうる」彼はマロリーのほうを見やった。彼女がこの仮説に賛同し、うなずくのを期待して――いや、肩をすくめてくれれば、もっといい。それは彼女がまだ、問題の年の未成年者の全ファイルを違法にこじ開けていない証だから。

彼女は首を振った。「ロケットマンのV・i・CAP検索は、事件の存在を示す唯一の証拠なの」

日付からすると、この事件は、ニューヨーク市警がばらばらだった古き悪しき時代に起きている。当時、刑事たちは隣の管区の犯罪発生率を知ることを許されなかった。リポーターたちは、新しいより、よい犯罪統計を市長室から入手するようになっていた。センセーショナルな側面があるとはいえ、この事件をメディアから隠しておくのはむずかしくはなかっただろう。情報流出のリスクは低く、黙らせる警官は少ない。セントラル・パークはマンハッタンで唯一の居住者のいない管区なのだ。

マロリーが《ランブル》の地図をデスクに広げた。〝断食芸人〟の犯行現場には印がついており、その三箇所は狭い範囲に集中している。三箇所の中心、《トゥーペロ・メドウ》には、×印が記入されていた。「そこが、マンがV・i・CAPで言っている開けた場所にちがいない。だから吊るされた男の子が見つかったのは、そのあたりよ。ロケットマンの事情聴取をさせて」

これは緊張性の頭痛の予兆だろうか？　ジャック・コフィーは自分は死んだものとあきらめ、

ポリス・プラザ一番地に電話をかけた。マロリーの要請はまず、刑事局長、ジョー・ゴダードに上げられる。それから、局長がそのメッセージを命令系統の上へと持っていくか——あるいは、丸めて捨て去るか。それは彼の判断だ。だが報復は避けられない。ロケットマンは市警長官の座のひとつ手前にいる。そして、この古い事件に光を当てられるのを彼は望まないだろう。手間隙かけて葬ったなら当然のことだ。

彼の頭は、髪を短く刈りこんだ弾丸のような形をしていた。階段室のドアの枠から両肩がはみ出さんばかりのこの男を、刑事らはそろって見つめた。彼が刑事部屋を通り抜けていくと、刑事局長の伝説を信じる者はみな、ゴリラの拳《こぶし》が床を引きずる音を聴こうと耳をすませた。ジョー・ゴダード、別名〝神《ゴッド》〟が、署をじきじきに訪問するため、ポリス・プラザ一番地の天空の城から降りてきたのだ。そして、これが吉兆であるわけはなかった。シルクのスーツを着ているものの、この男は政治家にはほど遠い。彼はずけずけものを言う性分で、その口から出てくる言葉はどれも、彼が路上で教育を受けた人種であることを裏付けている。彼は決してほほえまない。また、自分が危険な男であることを隠そうともしない。マロリーとライカーのデスクを通り過ぎるとき、彼はふたりに言った。「いっしょに来い」

刑事たちは立ちあがり、彼に従ってフロアの奥へと向かった。ジャック・コフィーがボスたちのボスと握手すべく執務室から出てきた。

「話をするのにプライバシーが必要なんだが」局長は言った。さらに、こう付け加え、警部補の同席が不要であることをはっきりさせた。「ジャック、きみにはなんの文句もないよ」彼はマロリーとライカーに目を向けた。「それに、このふたりもまずいことにはなっていない……いまのところはな」

コフィー警部補はうなずいて脇に寄り、三人をなかに通した。それから彼はドアを閉め、執務室から歩み去った。

ゴダード局長はデスクの前にすわった。ふたりの刑事はこの男と接する際の不文律に従い、立ったままでいた。敬意を見せよ。いやなら、殴り倒されよ。

局長はファックスの紙を片手に持って、旗のように振った。「この要請は、本部長には回さず、わたしが直接、ローランド・マンに手渡した。それに、きみらが寄越した昔のViCAP検索のコピーもやつに見せておいた。やつはきょうの午後、きみらに会う。場所はビール長官の執務室だ。先日、やつは自分の荷物をすべてそっちに移したんだ——あの爺様が病院に搬送された五分後にな。ビールが手術中に死ねば、第一副長官は単なる長官代行ではなくなる。これが市庁舎からわたしが聞いている話だ。任命はもう決まったに等しい……だが、そんなことは許せない」

彼は刑事から刑事へと視線を移し、何が言いたいかわかったかと無言で訊ねた。

ああ、もちろん。ようくわかった。〝天上の迷宮〟では戦争が起きている。ライカーとマロリーはたったいま、歩兵として抜擢されたわけだ。

「きみらが面談を望んでいると聞き、やつは不安を見せていた。それにあの野郎、妙にすばやく同意していた。まるで、追及の手が迫ってるのを知ってたみたいにな。きみらの警部補はその面談に招かれていない。わたしもだ。それでわかったんだ。きみらはあのキザ野郎のことで何かつかんでいるんだろう。やつは破滅する——きみらの協力があろうとなかろうとだ。長官代行がきみらに約束できることはひとつもない。そのことをようく覚えておいてくれ」

つまり線が引かれつつあり、ロケットマン側の兵隊は全員、死体となるわけだ。

「あの野郎はきみらを弾から護ることはできない……だがわたしにはできる」それ以外に自分が彼らに何ができるか、刑事局長は言葉にしなかった。

ジョー・ゴダードはビール長官の後釜候補には入っていない。そこに至るには、彼はまず市警本部長を殺さねばならない。それにたぶん、ローランド・マンの一段下で働く十四人の副長官の何人かも。だから、刑事局長が椅子に深くもたれ、こう言ったとき、ライカーはその言葉を信じた。「わたしは清潔ないい家が好きなんだ」

ライカーは相棒にちらりと目をやった。もしもゴダードに、副長官の弱みを寄越せと言われたら、ふたりはおしまいだ。彼らには渡せるものなど何もない——いまのところはまだ。しかし、真実を言ったところで信じてはもらえまい。そう、彼らははらわたを抜かれるのだ。もはやこれまで。

第一級のポーカーフェイスをまとって、マロリーが言った。「わたしたちには事件を終結させるのにローランド・マンが必要なんです。彼はそのあとでお渡しします……彼についてつかんでいることを残らず」

これは試す価値があるいいブラフだが、彼女の言いかたには敬意が欠けていた。これではへつらいが足りない。ゴダードの顔を見ればすぐにそれはわかった。彼はひどくいらだっていた。ライカーの見たところ、これ以上ないくらいに。

「条件を決めるのはきみではない。わたしだ」局長は言った。「きみの親父さんのことは好きだったがね、マロリー、わたしはルイ・マーコヴィッツになんの借りもないんだ。だからきみの相棒は、なぜきみがまだ無事でいるのか不思議に思っているだろうな」彼は怒りの目をライカーに据えた。ふたたび口を開いたとき、その声はひどく不穏な脅しの響きを帯びていた。「今朝のわたしは非常に機嫌がいいんだよ。それでこの子も生意気を見逃してもらえるわけだ」無礼者のマロリーに顔をもどし、彼はつづけた。「きみはまだ若いからな。たぶんはっきり言ってやらねばわからんのだろう」強調のため、彼はバシンとデスクをたたいた。「このわたしをなめるんじゃない！　まず事件を終結させろ。そのあとで、ローランド・マンの首を持ってこい」

ライカーは、表向きは無表情のまま、内心でにやついていた。局長はこれを自分の考えとして表明した。いま、それは命令となったわけだ。以降、彼らはマロリーのやりかたで事を進められる。

ゴダードが胸ポケットから紙束を取り出した。「きみらにはこれが必要だろう」彼はそのひと握りの黄ばんだ小さな紙をライカーに手渡した。そこにはびっしり手書きの文字が書きこまれていた。「それはある退職警官の個人的なメモだ。十五年前、ケイヒル巡査は公園のパトロールを担当していた」

　ライカーはメモをざっと読んでいった。目を凝らし、眼鏡なしで。この男の前で眼鏡なんぞかけてたまるか！　二ページ読んだあと、彼はマロリーを振り返った。「例のＶｉＣＡＰへの記入と内容が一致してるよ。ケイヒルは木に吊るされた子供が見つかったとき、その場にいたんだ」

「そうとも」刑事局長が言った。「それに彼は、報告書も提出していたろう。しかしそれは消えてしまったようだ。もしローランド・マンに訊かれたら――そのメモは今朝、ケイヒルの介護施設で手に入れたと言え。その爺さんは耄碌《もうろく》している。きみらの言葉を裏づけるかどうかは気にする必要がない。彼のメモによれば、ロープを切って下ろされたとき、被害者はまだ生きていたらしい。しかしその子は口がきけず――身元がわかるものも一切なかったんだ」

　ライカーは相変わらず目を細めて手帳の紙を見ており、折しも、少年が口をきけなかった理由がわかる部分に差しかかったところだった。「それから、子供は救急車で運び出された」ライカーは視線を落とし、ゴダードがデスクマットに置いた陽刻の印章入りの文書を見おろした。そこには〝死亡証明書〟と大きく書かれていた。

「その証明書の少年は、いまの話にぴたりと合う」局長は言った。「アッパー・ウェストサイドの子で、両親は《ランブル》で少年が見つかる三日前に、子供がいなくなったと届を出していた。同じ子供にまちがいない」

　恐ろしい一瞬、ライカーは相棒がこの点についてゴダードに反論するのではないかと思った。

彼らは、その期間の失踪課の届をすべてチェックしたが、何も見つからなかったのだ。しかしマロリーはただ文書を手に取って言った。「この少年の死亡日は、公園で少年が見つかってから一カ月後よ」彼女は死亡証明書をライカーに渡した。「日付を見て」

彼は手をいっぱいに伸ばして証明書を持ち、うなずいた。「ローランド・マンがＶｉＣＡＰの検索をした日と同じだな」もしこの死が公園の事件の結果なら、市警長官代行は子供が殺害された事件を隠蔽《いんぺい》したことになる。

存在しない男の子は、両手を振って激しく抗議し、無言で口を動かした——だめだよ！　やめな！

〝死んだアーネスト〟のよきアドバイスに逆らい、フィービ・ブレッドソーは電話を取った。「ハンフリーの件、ご愁傷《しゅうしょう》さま」ウィリー・ファロンの声が言う。「たったいま、テレビでお葬式のことを知ったの。変だよねえ。ふつうの人は新聞に訃報を——」

「あなたの伝言はちゃんと母に伝えたから」フィービは〝死んだアーネスト〟を振り返った。彼は口を動かした——**切って、切って。**

「あの人、相変わらずあたしの電話をとらないんだよね」ウィリーは言った。「だからもう一遍、話してみてよ。もっとがんばって！　三番目の被害者はアギー・サットンだって伝えて。これはニュースになってない——新聞に出てないけどさ。でもあんたはもう気づいてんじゃないの？……お母さんに話すときは、つぎは自分だって言いなよね」

フィービは首を振った。

するとウィリーは笑った。まるで、回線を通じてフィービのこのしぐさが見えたかのように。

「あの日、あんたはあそこにいた。あんたのお母さんはそれを知ってるの、フィービ？　あの人、そうと知ったら警戒するんじゃない？　明日は警官たちもお葬式に来るのかな？　あたしから連中に話すって手もあるね」

第十九章

帰り道とは別方向に四ブロック行くことになるけれど、学校のあと、フィービとぼくはときどきトビー・ワイルダーをうちまでつけていく。トビーは歩く安全地帯だ。彼が近くにいるかぎり、悪いことは何も起きない。

フィービはトビーと結婚したいと思っている。ぼくは彼になりたいと思っている。トビーのカッコよさには伝染性がある。彼はいつも、頭のなかの音楽のリズムに乗って歩いている。首を揺らし、指を鳴らしながら。なんてカッコいいんだ。それにあの音楽。彼の脳内で音楽が盛りあがり、クレシェンドするとき——彼が自分を抑えきれなくなり、止まって歩道で踊りだすとき、その音はぼくにも聞こえるようだ。道行く人は、踊る少年にほほえみかける。その人たちの首もまた揺れている。まるで自分たちにも音楽が聞こえているみたいに。

アーネスト・ナドラー

マロリーとライカーはすでに三十分、控えの間で待たされていた。ふたりはその時間を利用して、ローランド・マンのボディガードからあれこれ話を聞き出した。彼はかつてソーホー署に勤めていた刑事で、ふたりのボスに借りがある。そんなわけで、彼らはモナハンというこの刑事が新しいボスを嫌っていることを知った。また、あの長官代行は、ビールの執務室に入った日に少なくとも一度はボディガードの目を盗んで外出したという。だがモナハンは抜け目ない警官だ。きょう、彼は白バッジをひとり一階に配置することで問題を解決した。長官代行が付き添いなしで建物を出たら、その白バッジがあとを追うことになっている。

マロリーは自分の携帯電話をモナハンに手渡した。「きょうはだめ。白バッジを送り返して」

「刑事さんたち」電話機の送話口を手で覆い、部屋の向こうから秘書が言った。「もうまもなくです。作業がほぼすみましたので」

ドアが開き、民間人二名が長官の部屋から出てきた。男たちは工具箱を手に受付エリアを通り抜けていった。彼らのシャツの胸には、テクニカル・サポートの身分証が留めてあった。

「長官代行がお会いになります」秘書のミス・スコットが言った。

彼女は電子錠を解除して、マロリーとライカーを奥の聖所に通した。その広いオフィスは、従来は常に質素な場所だった。市警長官ビールは原価会計士の精神を持つ男であり、倹約は彼の宗教なのだ。どうやら長官代行、ローランド・マンは、あの爺さんの心臓の状態に関して内部情報をつかんでいるらしい。デスクの端には、カーテンや椅子カバーの生地見本が――長官が手術台で死んだ場合に備え――積まれていた。テクニカル・サポートが来ていたわけも、大画面のプラズマ・テレビを見ればうなずける。ビールが生き延び、仕事に復帰した場合は、まさにこのテレビの経費が彼の首を絞めることになるだろう。それは、いかにもやっつけ仕事といった体で、壁に掛かっていた。だらりと垂れたコードは、下の棚の最新の機械を迂回して、時代遅れの機器、ビデオカセットデッキにつながっている。

デスクの向こうの男を見て、マロリーは違和感を覚えた。なぜなら彼はあまりにもふつうだから。長官が彼を副官に選んだわけがこれでわかった。ローランド・マンは、ビールを若くしたようなもの、どこにでもいる官僚、冷血のクローンなのだ。この男に一度でも警官だったことがあるとは信じがたかった。彼はあまりにも……軟弱だ。その顔は生白く、長く白い指は骨がないように見えた。マロリーは、この長官代行をえらそうなイモ虫とみなした。彼は下っ端の子分どもには気づいていないふりをして、のんびりと新聞を眺めつづけた。

キャリア上の自殺をする覚悟で、ライカーは相棒に倣《なら》い、勝手に椅子にすわった。マロリーは長い脚を前に投げ出して言った。「ちょっと」マン長官代行は腹を立てて顔を上げ——それから、わけがわからなくなった。彼女が懐中時計をぶら下げてみせ、彼のナンセンスに日がな一日つきあっている暇はないと伝えたのだ。警告の発砲まであと一歩の強い態度。薬室に弾丸が送られ——狙いが定められ——その後、彼女は膝の書類を見おろして、彼を待たせたまま、文面に目を通した。

これは一種の実験だ。ここで相手は発砲しなくてはならない——少なくとも厳しく叱責しなくては。このレベルの不敬は重罪なのだ。しかし、ローランド・マンはただ咳払いをしただけだった。そして、それはすべてを物語っている。彼は新聞をたたんでデスクに置いた。「《ランブル》の昔の事件をいろいろ調べているそうだね」

「いいえ」マロリーは言った。例のV・iCAPの質問表から顔も上げずに。「調べているのは、あなたの事件だけです」

ゲームが始まった。

「無駄足だったな」マンは新聞を掲げ、〝断食芸人〟の見出しを見せた。「今度の事件とあの一件のあいだには、なんの関連性も――」

「あれはあなたの事件よね」マロリーは必要不可欠な敬称を省いた。「あなたはあの事件にかかわった唯一の刑事だった。パートナーはいなかった」これは単なる憶測だったが、どうやら当たっていたようだ。マンはぎくりとした。いま、彼は、彼女がどうやってその情報を入手したのか考えているにちがいない。なぜなら、当たってみるべき事件ファイルは存在しないのだから。マロリーは、刑事局長から提供された黄ばんだ紙の束を掲げた。「これはケイヒル巡査の個人的なメモよ。彼のことを覚えてるでしょう？　《ランブル》で吊るされた子供を見つけた警官は彼だった」

この男はほっとしているのだろうか？　そのようだ。彼は笑みを浮かべた。「そしてそれが、新米刑事だったわたしの初逮捕に結びついたわけだ」

あの古いV・iCAP質問表には、被害者の氏名や年齢は書きこまれていない。ただ思春期前の男児とあるだけだ。マロリーは残りの書類をめくっていき、ゴダード局長から渡された死亡証明書のコピーを見つけた。ある子供の短い生涯の始まりと終わりの日付を彼女は確認した。

「《ランブル》で見つかった子供は、年はいくつだったの？」

「覚えていないね。痩せた小さな子供だった。そのことは覚えているよ。びしょぬれの状態で、体重は七十ポンドほどだったかな。そうそう、その子はちゃんと服を着ていたぞ」長官代行はタイムズ紙の第一面を見おろした。「きみたちの被害者三人は、裸の成人だ。それに、わたしのは袋に入れられてもいなかった。その子は手首を縛られて吊るされていたんだ。粘着テープもなかったしな」

「副長官のViCAPへの記入によると」ライカーは言った。「感覚の遮断はあったんですよね」

「そうよ」マロリーが助け船を出すように言った。「あなたのホシは、被害者の目と口を――それに耳もふさいでいた。ちょうど、わたしたちの事件みたいに。たぶんそれはマスコミには伏せておいた事実なのね」

相棒のまちがいを正すかのように、ライカーは彼女のほうに身を乗り出して、自分のせりふを言った。「記者どもはどんな事実も知っちゃいないよ。記事はひとつも出なかったんだ」

「冗談でしょ」わざとらしく驚いたふりをして、マロリーはローランド・マンに顔を向けた。「どうすればこんな事件をメディアから隠し通せるわけ？　そうそう、それともうひとつ。あなたのViCAPへの記入には、ホシが子供の目と口をふさぐのに何を使ったかが書いてなかった――」

「ちょっと待った」ライカーは彼女の手からパトロール警官のメモを取りあげた。「それについちゃ、ここに何か書いてあったと思うよ」彼女にとってこれが新情報であるかのように、彼は言った。「やっぱりな、ほら」紙の一枚を掲げて、今度は長官代行に語りかける。「あんたのホシは接着剤を使ったんだ」

　ローランド・マンはぎくりとした。だがここで彼は、そういう細かいことはどうでもいいと言わんばかりに一方の肩をすくめた。「そう、接着剤だったな。強力なやつ――金属をくっつけられるタイプのだ。だが、接着剤のことは記録されるに至らなかった。ホシが法廷で有罪を認めたとき、そのことは持ち出されもしなかったんだ」

　なぜ葬り去られた殺人事件に裁判があったのか。刑事たちはわけがわからなかった。

「接着剤のことは誰にも言うな」マンは言った。「ふたりともわかったな？」

「説明して」マロリーは彼に言った。いや、これは挑戦だ。「なぜ検察官はそういう事実をやり過ごしたわけ？」

「暴力のエスカレート。地方検事補はそれで手を打ったわけだよ」

「で、その地方検事補の名前は？」ライカーは笑みを浮かべた。彼の鉛筆が開かれた手帳の上で留まっている。静寂のなか十秒が経過すると、彼は眉を上げて返答を促した。

「セドリック・カーライル……彼と話しても無駄だぞ。どうせ何も教えられんからな。ホシは未成年だった――記録は封印されている」ローランド・マンはデスクの横の屑籠にタイムズ紙を捨てた。「したがって、わたしはあの事件のことを明日の新聞で読みたくはない」彼は、古めかしいビデオカセットをふたりのほうに押し出した。「それがその子供の事情聴取だ。テープはこのオフィスの外には出せない」彼はライカーに一枚の紙を渡した。「そしてそれが自供書だ。そっちも引き渡すことはできないがね」

「この自供書には署名がないな」ライカーはマロリーに書類を回した。

「署名入りのやつは封印された記録のなかだ」マンは言った。「公式には、わたし用のコピーは存在しないし、きみたちもそれを見てはいない。わかったな?」彼の手が電話機にかかった。ライトが点滅し、直通番号の名前のラベルがずらりと並ぶ、凝った代物だ。「わたしがこの短縮ダイヤルのボタンをひとつ押せば、きみたちはふたりとも終わりだ――あっという間だぞ」マロリーのほほえみは、彼を怒らせた。だが、ライカーが無言でメモをとっているのを見ると、その怒りは消え失せた。

刑事がいまの脅し、明白な妨害行為を記録しているのは明らかだった。それに、マンはもうひとつ、軽めの罪も犯している。彼は裁判所命令もなしに未成年者の記録を開示したのだ。しかし手帳へのメモは、単なる示威行為にすぎない。これは、ローランド・マンを揺さぶるための手だった。この男はライカーが録音している可能性を考えるだろう。そして実際、彼は録音をしていた。ジョー・ゴダードの庇護がなくても、ふたりの刑事はきょうは弾から護られている――いや、いつでもだ。

視線を落とし、マロリーは署名のない自供書を読んだ。被疑者は、トビー・ワイルダーという少年、年は十三歳だ。「これを子供が書いたわけはない。あなたが作文を手伝ったんでしょう?」

ローランド・マンの沈黙は非常に長かった。「その少年は《ランブル》に花束を持っていったんだ。わたしは彼に、その事実は判事の心証をよくすると教えた。それは後悔の気持ちの表れだ……同時に、それによってトビーはいかにも疑わしく見える。そう、確かに……わたしは彼を手伝ってやった」

マロリーは立ちあがって、奥の壁のプラズマ・テレビへと歩いていった。彼女は例のカセットテープをその下のカセットデッキに挿入した。画面が明るくなり、十五歳若く、髪もまだふさふさのローランド・マンが現れた。ワイシャツ姿で、ネクタイをゆるめ、彼はひとりの少年と向かい合ってすわっていた。トビー・ワイルダーの顔を涙が伝い落ちていく。マン刑事はほほえみ、静かな声で話し、この子供の容疑者との絆を作ろうとしていた。

マロリーはリモコンを手に取り、ビデオを一時停止にした。「トビーの両親は？　なぜ親が同席していないの？」

「父親は、この子が八つか九つのとき、息子を捨てている。母親のほうは保護者の権利を放棄したんだ。この尋問のあと、弁護士が呼ばれた」マンの椅子が右へ左へ回転する。彼は大画面の映像をじっと見つめていた。「その後、われわれは子供に答弁の取引をさせてやった。純然たる情けからだが」

マロリーはうなずいた。ただし、賛同して、ではない。彼女にはわかっていた。このビデオにはいいところが映っていない。子供の自供につながる、何時間もの尋問が。いま見ているところに威圧や強要のシーンはないだろう。おそらくこれは、録画しても問題なかった唯一の部分なのだ。

「トビーにとってはいい取引だった」長官代行が言った。「あの子は四年間、少年院で過ごすことになった。重罪に相当する暴行罪としては、悪くない。いいかね、彼はあの接着剤を公園で見つけたわけじゃない。自分で持っていったにちがいないんだ。暴行は計画的だった。きわめて冷酷な犯行だな」

マロリーは再生ボタンを押した。

画面上で、若いローランド・マンが少年に言っている。「ようし、トビー、きみとそのもうひとりの子が喧嘩をしたとしよう。向こうはホモだった。そうだろう? 彼はきみにちょっかいを出した。それできみは彼を殴ったわけだ」刑事は両手を広げた。「そりゃ誰だってそうするさ。でも、そのあときみは怖くなった。彼を殺してしまったと思ったんだ。人が死んでるか生きてるかを判断するのは、容易じゃない。死体保管所《モルグ》で蘇生《そせい》した人だっているっていうものな。だから、判事もそこはわかってくれるだろう。あの子を木に吊るしたのは――あれは暴行じゃなかった。きみはただ、死体を隠したかっただけだ。ここまではいいかな?」

少年はなんの反応も見せない。その虚《うつ》ろなまなざしから、マロリーにはわかった。トビー・ワイルダーは外界を遮断している。彼には何も見えていないし、何も聞こえていないのだ。少年はそこにいないも同然だった。彼女はふたたび映像を止めた。「被害者は地上からどれくらいのところに吊るされていたの?」

「少なくとも十五フィート、二十フィートかもしれんな」

署名のない供述書を読み終え、ライカーは眼鏡をはずした。「接着剤のことは何も書かれてませんね。トビーはそれについてなんと言ってました？　オフレコでは？」

　ローランド・マンはいらだって両手を振りあげた。いったい何度、説明しなけりゃならないんだ？　腹立たしげに、彼は言った。「接着剤のことはトビーには訊かなかった。それも慈悲心からだがね。証拠のなかに接着剤があれば、あの子は成人として裁かれていただろう。いいかね——われわれがロープを切って下ろしたとき、被害者は死んでいなかった。そしてそこをセールス・ポイントに、弁護士はトビーに有罪の答弁をさせたわけだ。地方検事局は、あとで被害者が死んでも殺人罪で起訴しないことに同意した」

「それじゃ、被害者は重体だったわけね」マロリーは言った。刑事局長から提供された死亡証明書のことも、これで説明がつくだろう。「そして彼が死ぬまでには、一カ月かかった」長官代行からは否定の言葉は出なかった。それで彼女は確信した。被害者の少年は、そのときの傷が原因で死んだのだ。

　画面上のまだ若いローランド・マンが少年に言っている。「つまりこういうことだな、トビー。きみはあの男の子が死んでしまったと思った……それに、後悔もしていた。だから《ランブル》に花束を持っていった。そしてそのあと、警察を呼び、われわれを遺体のところへ案内した。きみはうしろめたかった。あの子があそこに放置されている、ひとりぼっちで木に吊るされていると思うと耐えられなかった。あの花束——あれは、ごめんねと言うのと同じだった。そのことは判事の心証をよくするはずだよ」

　マロリーはまだ一度も子供の声を聞いていない。そしてここで事情聴取の録画は終わった。

「トビーは何も認めていないわね」彼女はテープを巻きもどした。「たぶんわたしが見落としたのかも」彼女はボタンを押し、ふたたびテープを再生した。「あの子、唇がひび割れている。水は与えたの？　何か食べさせた覚えはある？」

マンは平手でバシンとデスクをたたいた。「拷問はしていない！」彼はひと息入れて十まで数えた。それから、いくぶん冷静になって言った。「もし無実なら、彼は何しに《ランブル》へ行ったんだ？　これは十五年前、きみ以前の時代のことなんだぞ」マンは彼女の相棒に目を向けた。「ライカー、きみは当時のことを覚えているだろう――どんなくずどもがあそこにいたか。ヤク中どもは強奪しあい、殺し合っていた。そんな《ランブル》に、なぜ無垢な子供が行くんだね？　それも花束を持って？　しかもトビーは、公園の警官をまっすぐ犯行現場に案内したんだ」マン副長官は席を離れ、マロリーに歩み寄った。彼女の手からリモコンを取りあげると、彼は画面の映像を止めた。「わたしがこの面談に同意したのは、きみたちがトビー・ワイルダーにこだわって時間を無駄にしないようにとの配慮からだ。この件は解決ずみだ。わたしの事件ときみたちの事件のあいだにはなんの関連もない」

マロリーは画面に向き合った。十三歳の少年の凍りついた映像に。「どんな警官だって子供を泣かせることはできる。簡単すぎるくらいよね。これが根拠のある逮捕なら、もっと大きく報道されたはずよ。でも、事件が新聞紙面を飾ることはなかった」

「不思議だよなあ」ライカーは言った。「ひょっとして、あんたの証拠には何か怪しい点があったんじゃないですか。で、その手のことを伏せとくには、どうすりゃいいんですかね？　どれだけのコネを駆使すれば――」

「言葉に気をつけろ、ライカー刑事」

今度はマロリーの番だった。「弁護士が駆けつける前、彼はどれくらい持ちこたえたの？八時間？　十時間？　あの年ごろの子供ならみんな、無実であろうとなかろうと参ってしまったでしょうね。でも、この子はちがった。録画を始める前、彼はやってないと言ったんでしょう？　そして、あなたはそれを信じた。だからこそ、自分用に事情聴取のテープを取っておいたんじゃない？　この件がいつか問題になるかもしれないとわかっていたから」

「いい加減にしろ、マロリー刑事」

ライカーが立ちあがり、マンの背後に歩み寄った。「なぜテープに接着剤の話が出てこないか、おれにはわかってる。被害者は高さ二十フィートのところにぶら下がっていた――それも、日が沈んでから一時間後に。地上のトビーには、そういう細かいことは見えなかったんだ。彼に見えたのは、枝のなかにぶら下がっている子供の体だけだったんだよな」

マンはさっとライカーのほうを向いた。しかし今度は、マロリーがその背後に忍び寄って言った。「トビーは接着剤のことなんか知りもしなかったのよ。知りようがないものね」

マンはくるりと半回転し、驚愕の目で彼女を見つめたが、ライカーのつぎの言葉でふたたび向きを変えた。

「トビーは接着剤を見ていない……だからあんたはそこには触れなかったんだ。その手のことを伏せとくのは、ふつう、犯人を名乗る変人どもを除外するためだよな。だがあんたはトビー・ワイルダーを除外したかったわけじゃない」

「そのとおり」マロリーがふたたび相手の死角を襲った。「彼の話と証拠が――接着剤のことが嚙み合わなくなってはまずい。だからあなたはそのリスクを回避したのよ。なんて利口な出世術なの」

刑事たちは、スピンするバレリーナのようにマンを回転させていた。ついに彼は叫んだ。

「やめろ！」

音楽を止めろ！

ローランド・マンはデスクにもどってすわった。そして、深く息を吸いこんだ。

休憩時間は終わった。

「あの男の子はやっていない」マロリーが彼の椅子の片側に歩み寄った。

「そして、あんたはそれを知って<ruby>い<rt>、</rt></ruby>て<ruby>い<rt>、</rt></ruby>た」ライカーは反対側から言った。「いま、あんたは自分の事件とおれたちの事件のつながりを握りつぶしたがっている。自分が昔やったことを掘り返されたくないんだよな」

ローランド・マンの手が電話の受話器をつかんだ。「さっき話した短縮ダイヤルのことを覚えているだろう？　電話一本で、きみたちは――」

「あなたがその電話をかけるなら、こっちもそのお返しをしなきゃならない」マロリーは言った。「何かあれば接着剤の件が表に出る」彼女はパトロール警官のメモを振ってみせた。「それに、あなたのＶｉＣＡＰへの記入もあるし。十五年前、あなたは手口の似た殺人犯をさがすためにデータ検索をした。そのころには、トビーの自供から一カ月も経ってたでしょうに。あなたは彼が無実なのを知っていたのよ」

「ひとつ、どうにもわからんことがあるんだ」ライカーは言った。「捜査も行われてないのに、どうやってあんたは判事の前に子供を立たせたんだ？　おれたちは事件の報告書一枚、見つけられなかったんだが」

「まるで男の子への暴行なんてなかったみたい」マロリーは言った。「トビー・ワイルダーの名前でデータを調べたら、何が出てくるのかしらね」

「少年院での四年間の記録だよ」ローランド・マンは言った。「しかしそれを入手するには法を破らなきゃならんだろう。未成年者の記録は封印されるんだ」

「暴行事件に関する警察の報告書は封印されないけどね。で、あなたはどうやって審理予定表にその件を――存在しない事件を記入させたわけ？」そしてそのとき、マロリーは真相を悟った。彼女はデスクからあとじさった。「署名入りの自供書なんてないのね？《ランブル》の暴行に関するものは。そうよ、あなたがトビーに有罪の答弁をさせたのは、何か別の件だったんだ」まちがいない。ローランド・マンの目はいま、大きく見開かれている。

「そして」ライカーは言った。「一カ月後、あんたはあのViCAP検索をした」

マロリーは死亡証明書を掲げた。「それはアーネスト・ナドラーが死んだのと同じ日だった」

ローランド・マンは、電話から手を引っこめることにより、このすべてを認めた。被害者の子供の名前を出され、彼は怖気づいたのだ。

マロリーは供述書をポケットにしまいながら、旧式のカセットデッキの前まで歩いていき、イジェクト・ボタンを押してテープを取り出した。「これはもらっていくから。秘密はたぶん守れると思う」

ふたりの刑事は盗んだ品々を持って悠然とドアから出ていった。

第二十章

きょうぼくは、学年別の写真撮影の日まで生き延びるのがものすごく重要だってことを知った。

学校の年鑑は図書室の奥の棚に置いてある。ぼくは女の子が屋上から飛び降りた年の年鑑を下ろして、〝かわいそうなアリスン〟をさがしながら、生徒の顔写真のページを見ていった。その子の姓は誰も覚えていない。いまも残っている彼女のしるしは、毎年、庭の敷石に現れるチョークの輪郭《りんかく》だけなんだ。

フィービが、その部分にはチョークの子は載っていないと教えてくれた。「あの子はその年に来たばかりだったし、写真撮影の日まで生きてなかった――だから学校はあの子を消そうとしたの」フィービはその一年に撮影されたスポーツ大会やいろいろなグループ写真のページを前へ前へと繰っていき、最後のほうで手を止めた。「ほら、ここにいる。学校はこれを見落としたんだよ」彼女は、他の子たちといっしょに立っている小さな赤毛の女の子の写真を指さした。その子はチェス・クラブのいちばん小柄な部員だった。「人数を数えてみて」フィービは言った。「十人の子が写ってるけど、キャプションの名前は九つだけだから」

ライカーは、交通法規に反する相棒の煽《あお》り運転から目をそむけ、バックミラーを凝視して助手席にすわっていた。急激な車線変更は体感でわかったが、混んだ道をマロリーと共有する怯えたドライバーたちと目を合わせたくはなかった。前方の車はどれも追突の脅威にさらされていた。彼はシートベルトのバックルに手を触れて、ベルトが固定されているのを確かめた。いや、どうだっていい。エアバッグがなんとかしてくれるだろう。彼はもう一度、サイドミラーを確認した。「おまえさんの言ったとおりだ。ゴダードはおれたちに尾行をつけてないよ」

「最初から非公開のゲームだったのよ」マロリーは言った。「局長とロケットマン――それと、わたしたちの」

赤信号で車が止まり、ライカーは、ＶｉＣＡＰ質問表の丸めた紙を握っていた手の力をゆるめた。「つまり、あの男は子供の暴行の証拠を残らずぬぐい去った――それから、ＦＢＩのデータバンクに事件のことを全部ぶちこみ、永遠に消えない記録を残したわけだ」

「独創的よね」マロリーが言った。「そんじょそこらの脅迫者とはちがう。それに、ロケットマンは辛抱強かった。被害者が死ぬまで丸一カ月待ったのよ。殺人は暴行罪より価値があるものね」

「そうだな」ライカーは言った。マロリーがＶｉＣＡＰに踏みこまなかったら、質問表へのあの古い記入はシステムに埋もれたままだっただろう。マンはただ、脅迫の相手に、それがそこにあること、いつでも回収されうることを、知らせておきさえすればいい。銀行の貸金庫よりこのほうが安全だ。「つまり、あのかわいそうな子供、少年院に送られた子は生贄《いけにえ》にすぎなかったわけだ」

「彼には他の役割もあった」マロリーは言った。「もし死んだ男の子の遺族が肉一ポンドを求めたら、マンはただ、あの事情聴取のテープさえ見せればいい。トビー・ワイルダーの逮捕時の記録もあるだろうしね」

家庭裁判所の記録が封印されれば、トビーが別件で有罪となっていることがばれる恐れはない。アーネスト・ナドラーの両親は、我が子の殺人事件が隠蔽《いんぺい》されたことに永遠に気づかぬままだろう。それが利益目的、すなわち、さえない男、ロケットマンのスピード出世のためだったことにも。

〝断食芸人〟について述べたポラード鑑識員の言葉を思い出し、ライカーは言った。「あの男はあらゆる問題を考慮したわけだ」彼はネクタイピンそっくりの小型マイクをはずした。「惜しかったよな」胸ポケットに手を入れ、彼は録音機を取り出した。マンを地獄に突き落とす事情聴取の音声記録を。

「その録音のことは局長には黙っていましょう」相棒が言った。「事件が終結するまでは」

「彼に隠し事をしたら――」車がガクンと前に傾き、急停止した。渋滞で道がふさがっている。ライカーはシートベルトに感謝した。それがなければ、ダッシュボードに激突して歯を折るところだった。

「ジョー・ゴダードは大のチェス好きよ」マロリーは、自分が十一歳のとき、そのゲームを教えた男に言った。「彼はワシントン・スクエア・パークでいつもチェスをしているの。それに腕も悪くない」

「教えてもらってよかったよ。つまり局長は五、六手先まで読むわけだ。それで?」ああ、くそっ！　彼女がなぜ局長に隠し事をしたがるのか、なぜ切り札をほしがるのか、いまわかった。ジョー・ゴダードはすでに、刑事ふたりに支配力を握られるような一手を打っている。彼は謀反の計画をざっくばらんに語ったのだ。もしもどこかでつまずけば、彼のキャリアは終わりだというのに。

　マロリーがライカーの考えを締めくくった。「ゴダードがわたしたちをどうやって従わせる気なのか――どうやって黙らせておく気なのか、そこを考えないとね」車は前進しだしたが、彼女は横を向いたまま、フロントガラスではなく相棒を見ていた。彼女一流の恐怖の芸だ。

「ひとつ問題があるの。もしこっちの弱みを握っているなら、局長はわたしたちがロケットマンに会う前にそのことを持ち出したはずよ。彼としては、わたしたちを寝返らせるわけにはいかないから。でも、わたしは何も言われていない。となると、彼が握っているのはあなたの弱みだと考えざるをえないわね」

「いいや、そりゃあない」ライカーはニューヨーク市警一クリーンな警官だし、このチビもそれは知っているはずだ。

　相変わらず前を見ずに運転しながら、マロリーは角を曲がり、そこでやっとライカーを信じる気になった。彼女は道路に視線をもどした。前方にあるもの——横断歩道を渡る歩行者二名に。

人と車の行き交う街をめぐる危険な旅は終わった。丸一周したところで、彼らは歩道に車を寄せた。それから徒歩で、センター・ストリートのビルを貫く巨大なアーチ路を通り抜け、つぎの通りに出て、街路樹と街灯とベンチが並ぶ煉瓦《れんが》の遊歩道の前で足を止めた。遊歩道の突き当たり、ポリス・プラザ一番地のいちばん奥には、小さな守衛所があり、それが、存在しない敵の包囲攻撃に耐えられるよう建設された十四階建ての要塞、ニューヨーク市警の中庭を護っている。ライカーがこの場所につけたあだ名は、〝究極の妄想症〟だ。だから彼には、自分たちがそう長く待たされないことがわかっていた。

マロリーが携帯電話をチェックし、メールを読んだ。「守衛所の警官からよ」その警官は彼らのスパイ、回転ドアの見張り役なのだった。

ふたりの刑事は大きなオブジェ、斜めにぶつかり合う巨大な赤い円盤のうしろに身を隠した。数分後、ボディガードなしのローランド・マンがふたりの前を通り過ぎ、アーチに向かって歩いていった。

「いいタイミングだな、おチビさん」ライカーはオブジェのうしろに——やめたほうがいいと思いつつ——そのまま留まり、高級官僚がもうひとり現れるのを待った。

「やっぱり来た」マロリーが言った。「賭け金を払って」

弾丸形の頭の男、ジョー・ゴダード刑事局長が、急ぎ足で遊歩道を歩いてくる。それから彼は、市警長官代行との距離を保つべく歩調をゆるめた。

ライカーは賭けに負けた支払いとして二十ドル、相棒に渡した。彼はゴダードが危険を冒して尾行をするとは思っていなかったのだ。そしていま、彼らは警察の腐敗に対する公式な捜査が行われていないという確証をつかんだ。刑事局長は秘密裏にゲームをしているのだ。

ふたりの刑事はゆるゆるとアーチをくぐり抜け、センター・ストリートの歩道を進んでいった。ライカーは相棒に、自分のうしろにつくよう強く求めた。マロリーは、サングラスをかけるだけで自分は透明になれるのだという奇妙な考えを抱いている。男たちが自分を見つめることはないと思いこんでいるのだ。

自分は尾行が得意だと彼女は本気で信じている。

しかし、きょうは相棒に従った。尾行にかけては、ライカーの右に出る者はいない。ただし、ゴダードもなかなかだということは、その彼も認めただろう。幸い、局長はつけられることを想定しておらず、一度もうしろを振り返らなかった。彼は自分の獲物に集中しきっていた。そんなわけで彼らは、縦一列で進む四羽のアヒルよろしく、角を曲がったり脇道に入ったりしながら移動をつづけた。

行列が停止したのは、ローランド・マンが歩道の行商人の広げた毛布の前で足を止めたときだった。彼は現金払いで、少し使い古された、盗品にちがいない携帯電話を買った。持ち主の特定できないテレホンカードや使い捨て携帯が出回っている時代にしては、ずいぶん用心深いやりかただ。

彼の妄想症はどれくらい重症なのだろう？

売買の手続きがすむと、彼らはふたたび進みだした。ライカーは、ローランド・マンが携帯に番号を打ちこむのを目にした。つづいてマンはそれを耳に当て、呼び出し音を聞いた。このコールからつぎのコールまでの時間は、電話がつながらなかったことを示唆していたが、三番目の番号の入力後は、数分間の会話があった。

通話を終えたマンは、屋台の前で足を止め、白い紙袋に入ったベーグルをひとつ買った。彼はぐるりとあたりを見回した。三人の尾行者はすでに商店の入口に引っこみ、姿を消していた。マンがベーグルを取り出したとき、ライカーは脇に目をやり、マロリーが携帯電話のカメラ機能を使っているのに気づいた。カシャッ――マンがハンカチを広げ、携帯の指紋をぬぐい落としている写真。カシャッ――電話を紙袋に入れるところ。カシャッ――袋を丸め、道のゴミ缶にそれを放りこむところ。そして、ベーグルを手に、彼はポリス・プラザ一番地へと引き返していった。

一瞬後、ゴダード局長が歩道に出てきて、捨てられた携帯電話をゴミ缶から回収した。ライカーはマロリーに倣《なら》って、ゴミのなかを掻きまわす刑事局長の写真を携帯電話で撮った。撮るのが当然。このスナップ写真は、捨てられた電話がいつどうなったかを示す証拠となるだけでなく、すばらしいクリスマスカードにもなる。

ふたりの刑事が連れ立って歩み去るのを、ゴダードは見ていなかった。彼らは歩行者のなかにまぎれこみ、角を曲がって姿を消した。

入室前のノックという伝統を部下の上級刑事に破られ、コフィーは顔を上げた。「相棒はどうした?」

「また別のテレビ局を責め立てて、ハンフリー・ブレッドソーの葬式を宣伝させようとしてるよ」ライカーはデスクの前の椅子にドスンとすわった。「こっちはダメージ・コントロールに当たる必要がありそうだ」

「何か〝神《ゴッド》〟に関係あることか?」警部補が言っているのは、あらゆる課の上に立つジョー・ゴダードのことでしかありえない。コフィーは両手を振りあげた。「もう手遅れだよ。たったいま彼と電話で話したところだ。彼はわたしに、マロリーが精神鑑定に合格しなかったことをちゃんと本人に話したかと訊ねた。あんたらと話をしたとき、彼女がまだ知らないんじゃないかという印象を受けたんだそうだ。これは何かのメッセージだろう……たぶん脅しだな」

「でもチャールズ・バトラーの反論書はもう提出ずみなんだろ?」

「いいや、ライカー、あんたもそうしてほしくはないはずだよ」

「彼女にはドクター・ケインの鑑定に反論する権利があるんだ。彼女の弁護士から受け取ったろう――」

「これのことか?」警部補は丸められた法律文書を掲げてみせ、うしろに放り捨てた。「すべて水の泡。マロリーはいまも宙ぶらりん状態だ」

「いったいどういう――」警部補が片手を上げると、ライカーは黙った。

「きょう、チャールズ・バトラーに会ってきた」ジャック・コフィーはデスクのいちばん上の引き出しの鍵を開けた。「彼の反論書にひとつ問題点があってね。些細なことで——タイプミスだろうとわたしは思った。で、彼はマロリーとの面談の日付が入ったカレンダーと報告書の草稿を見せてくれた。なんとタイプライターのカーボン・コピーをだ。誰かあの男にコンピュータを買ってやってくれないかね」警部補は引き出しから書類をふた束、取り出し、デスクマットに並べて置いた。「これがドクター・ケインの鑑定書、彼女を不合格としたやつだ。そしてこれがチャールズ・バトラーの反論書だよ。日付を比べてみるといい」彼は椅子の背にもたれ、頭のうしろで両手を組み合わせた。

日付を見たライカーが顔を上げて「くそっ」と言うと、警部補はほほえんだ。

マロリーは正常だと主張するチャールズ・バトラーの四ページにわたる弁論は、市警の精神科医の評価に言及している。しかしチャールズの反論書は、ドクター・ケインの意見書がニューヨーク市警に提出される丸一週間前に書かれており——その日付もきちんと入っていた。ライカーはわけがわからず、両方の文書を見比べた。「いったいこれは——」

「どういうことかは、わかってるだろう。マロリーは正式な精神鑑定書を待てなかったんだ。かなり時間を食っていたからな。そこで彼女は精神科医のパソコンに侵入した。だから、ドクター・ケインの鑑定書の内容を、その鑑定書が局長のデスクに——そして、わたしのデスクに——到達するよりずっと前に知っていたわけだ」

ライカーは首を振った。「マロリーがそんなミスを犯すわけはない」

「ケインの鑑定書には別の日付が入っていたんだろうよ——マロリーが彼のパソコンに侵入したときにはな。彼の鑑定書は何週間も前に提出されていたはずなんだ。あんたの相棒はおそらく、わたしがそのあいだずっと——さらにデスクワークをさせて彼女をいじめるために——書類を留めてたものと思ったんだろう。コンピューター・ハッキングでは、ドクター・ケインがインフルエンザにかかったことまではわからない。わたしは彼の秘書からそのことを聞いたんだ。そしてそれが、彼の鑑定書が遅れた理由なんだよ」警部補はふたつの鑑定書をもとの場所にもどし——引き出しをバシンと閉めた。「これじゃまるでマロリーが大型掲示板に広告を出し、わたしは法を犯しています、と宣伝したようなもんだな」

「それでどうするつもりなんだよ?」

「わたしか? 何もしないさ。彼女が墜落し炎上するのに、わたしが手を貸すことはない。だが、彼女が新たな精神科医を見つけ……合法的に異議を申し立てるまでには、少々時間がかかるだろうな」この言葉の意味ははっきりしている。チャールズ・バトラーは正式にこの件からはずされたわけだ。これはただ反論書の日付を変えればすむという話ではないらしい。「ところで、ライカー……もうひとつ問題があるんだよ。ゴダード局長はドクター・ケインの鑑定書を気に入ってるようでね。わたしがイカレた警官を街に出していることを咎めすらしなかった。マロリーにこの事件をやらせたがっているんだよ。局長は、あの厄介な鑑定書を何年も手もとに留め置くかもしれないし——マロリーが勝手なまねをすれば、明日、彼女のバッジを取りあげるかもしれない。それが局長の流儀なんだ」

ライカーはその〝流儀〟を理解し、うなずいた。ジョー・ゴダードの動機は純粋であり――妄想症的だ。あの刑事局長は、ニューヨーク市警を自分のイメージどおりに作り替えたいのだ。その目的のために、彼は上下を問わずあらゆる階級の人間の弱みを収集している。もし自分の好みどおりに改造できないなら、彼はその者たちを排除する。ローランド・マンに関するネタを届けることができなければ、マロリーにはあとがない。それが、ゴダードから警部補への電話にこめられたメッセージだ。

「局長にほしがるものをくれてやれ」コフィーは言った。「それと、後生だから――マロリーには警告を与えるな。それをやったら収拾がつかなくなる」

放っておけば、彼女は襲いかかるゴダードに手遅れになるまで気づかないだろう。だがジャック・コフィーの言うとおりだ。相棒はきっと事を荒立てる。もし彼女に前もって警告を与えたら？　彼は、聖書の青ざめた騎手《ペール・ライダー》の一節を思い浮かべた。死の馬にまたがったマロリーと――そのあとから来る地獄を。「あいつには何も言わないよ」

ココは枕の下に手をやって、マロリーにおやすみを言うために、ワンボタンの携帯電話を取り出した。電話がつながった。そしてここで、彼女は送話口を手で覆い、チャールズ・バトラーを見あげた。「荷物は受け取ったかって」

「うん、いま届いたと伝えて」

彼の言葉が電話の向こうの刑事に伝えられた。それから、何かマロリーに訊かれたことに答えて、ココは言った。「覚えてないよ」彼女はぎゅっと目を閉じ、パジャマの襟のなかへ頭を引っこめた。「おじさんは何も言ってなかったと思う――」

そして、このストレスの徴候を以て、尋問は打ち切られた。チャールズは電話を取りあげて言った。「おやすみ、マロリー」

彼はしばらくそこにいて、女の子の心を不安からそらすべく、ディケンズの『骨董屋』の一章を読んできかせた。それが幼い子供にとってスリリングな物語でないのは明らかだった。ほんの数ページで、ココは眠りに落ちた。

廊下を歩いていきながら、チャールズはマロリーとのつぎの会話の稽古をした。繊細《せんさい》な子供を扱う際のルールに関する厳しい説教。玄関のテーブルのそばで足を止め、彼はニューヨーク市警から届いた箱を持ちあげた。開けてみると、なかにはビデオカセットが一本、入っていた。これで、先に古い型のテレビが配達されたわけがわかった。あのテレビの画面下のスロットには、このテープがきれいに収まりそうだ。ごく簡単な仕組みなので、この贈り物にはマロリーがいつも寄越す機械化反対者《ラダイト》のためのマニュアルは入っていなかった。

チャールズは赤ワインのグラスとともにすわり、トビー・ワイルダー少年と元刑事ローランド・マンが映る十五年前のビデオを再生した。消耗しきった子供は、トラウマの徴候をすべて表していた。彼はゆっくりと頭を左右に振っている。これは反抗ではなく、混乱を表すしぐさだ。少年はずっと無言のままで、自身の唯一の疑問を言葉にしない。だが、虚ろな目はこう問いかけている。どうしてこんなことに？

高い共感能力は、チャールズ・バトラーが開業し、一対一で患者を診る妨げとなってきた。他者の痛みに対する彼の耐性には限界がある。そしていま、彼は子供の苦悩のなかを漂流し、無力感と絶望感に襲われていた。読唇術により、彼には難なく、声にならないトビーの言葉を読みとることができた。それは、テープの最後の数分間、刑事が何か言うたびに繰り返された。何度も何度も、チャールズは少年とともに、完璧なユニゾンで静かに口を動かした——母さん。

そしてテープは終わった。あまりにもあっけなく。

電話が鳴った。マロリーにちがいない。彼は受話器を取った。挨拶は交わされなかった。彼女が言葉を発し、そのみごとなタイミングで彼を驚嘆させるより早く、彼は言った。「きみの考えは正しい。そして、きみの考えはまちがっている。テープは編集されていない。でも、事情聴取は確かに唐突に……非常におかしな瞬間に終わっているね。ローランド・マンはカメラに映っていない誰かの合図でしゃべっている。これは、彼の顔の上げかた、急に男の子の目から視線をはずすことから、明らかだ。それに、時間というファクターに関しても、きみの考えは正しい。彼らが録画を始める前に、尋問はおそらく何時間もつづいていたんだろう。男の子は疲労の限界の徴候を見せている。でも、おかしいのはそこなんだ」あの子供が心でも頭でもあきらめ、屈服する段階に来ていたことに疑いの余地はない。「トビーは参っていた。彼はもう少しで自白するところだったんだよ」

第二十一章

学校のあと、トビーはいつもまっすぐうちに帰るわけじゃない。ときどき、ぼくたちはセントラル・パークのなかまでトビーのあとをつけていく。フィービとぼくはいつも《ランブル》の入口で止まる。あそこは危険だ。言われなくても、ぼくたちにはわかっている。昼間でも、岩や木は全部、災いと苦しみの巣窟《そうくつ》、落ちぶれた人たちや失うものが何もない恐ろしい酔っ払いどもの隠れ場所なんだ。「連中はひと目見るなりきみらを切り裂いちまうぞ」ぼくたちを追い払うとき、ある警官はそう言った。でもぼくは、トビー・ワイルダーが踊るように《ランブル》に入っていくのを見たことがある。

アーネスト・ナドラー

仮にニューヨーク・シティに心があるとしても（ライカーにはそうは思えないが）、それがあるのは、川の眺めと遊歩道を誇るこの界隈ではないだろう。ここでは犬たちの散歩はハンドラーが行う。そうすれば、裕福な住人たちはペントハウス・ランドの雲のなかで全生活を営めるから。

ライカーは、彼の好きなただひとりの金持ち、チャールズ・バトラーと並んでぶらぶらと歩道を歩いていった。うしろからは、ココと手をつないでマロリーがついてくる。さらにそのうしろには、重要証人の護衛係に任命された制服警官が従っていた。ココは、赤いフレームがおしゃれな、特注の真新しい眼鏡を得意げにかけている。これはマロリーからの贈り物――チャールズが買ったパッとしない眼鏡に代わるものだ。長い行列に並ぶ人々の顔を、ココはひとつひとつ念入りに確認していた。葬儀会場に向かってゆっくり進んでいくその一列縦隊のなかには、政治にまるで興味のないライカーでさえ知っている政治家たちがいた。

チャールズのほうはその他の重要人物、ニューヨークの名士録に名を連ねる人々の顔も見分けられた。「この人たちはグレイスがドリスコル一族の人間だから来たんですよ。彼女の亡くなったご主人、ジョン・ブレッドソーはよく思われていませんでした。彼は家族を置いて出ていき、その後、飲んだくれて死んだと聞いています」

ライカーは笑みを浮かべ、背後の長い列を振り返った。この高潔な人々のなかに、自分が子供を狙う変質者の死を悼みに来たことを知る者は何人いるのだろう？「きみがレッドおじさんは死んだって教えたとき、ココはどう受け止めたんだ？」

「大丈夫でしたよ。たぶんほっとしたんでしょうね」

「おばあちゃんのことはまだ話してないんだよな？」

「ええ」チャールズは言った。「そのことは明日、話すつもりです。マロリーの言うとおり。この葬儀はいい練習になりますよ。ココは葬儀に出たことがないんです。ぼくたちはうしろのほうにすわっています。ココに開いたお棺を見せたくはないので。彼女はまだ死というものを本当に経験したことがないわけですからね」

「よく言うよ」ライカーは親指でうしろを指し示した。「あの子はネズミの殺しかたを五十通りも知ってるんだぞ」

一世紀前の銀行を思わせる建物、ハロウ&サンズ葬儀会館の正面で、一行は止まった。ココが首を振って、見たことがある人はひとりもいなかったとマロリーに告げた。チャールズは曖《あい》昧《まい》な笑みを浮かべた。なんだって？　どういうことだ？

「ああ、くそ！」いまようやく彼は悟った。上流の参列者たちのこの行列は、実は殺人容疑者の面通しの列だったのだ。子供の手を取ると、怒れる心理学者はそれ以上ひとことも言わずに大股で歩み去った。ココは振り返って刑事たちに手を振り、やがて彼女とその保護者は角を曲がって姿を消した。

マロリーは建物に入り、ライカーはそのまま歩道に残って、警察のカメラマンが早くから撮っていた写真をチェックした。弔問客《ちょうもんきゃく》が残らず記録されているのを確認すると、彼は階段をのぼっていき、黒い喪服姿の若い男に迎えられた。男は先に立って、黒っぽい鏡板の廊下を進んでいった。廊下に並ぶベルベットのカウチのひとつには、ミセス・ドリスコル－ブレッドソーの付添人、ホフマンがすわっていた。そして女の隣には、高級スーツを着た男ふたりが控えている。ライカーはスーツのひとりを覚えていた。あれはフィービ・ブレッドソーを署に迎えにきた弁護士だ。

刑事は案内係のあとから部屋に入った。収容人数百名の広いスペース。しかし椅子は二脚しか出ていない。一脚はハンフリー・ブレッドソーの母親の椅子、もう一脚は彼の妹の椅子だ。きょうのフィービは行儀がよく、爪を嚙んでもいなければ、見えない人と話してもいない。

案内係はライカーに、残りの椅子はお客が長居しないよう撤去されたのだと打ち明けた。「故人のお母様は宗教的な儀式をおことわりになったのですよ」ミスター・ハロウはまだ若い割にこのことに憤慨しているようだったが、ライカーは納得がいった。小児性愛者のために祈りを捧げるのは、七つの禍を我が家にもたらしたまえと祈願するようなものだ。

供えられた花の香りで空気は重苦しかった。花々は目一杯派手に盛られており、まるでそれぞれの籠や花輪の送り主が別の送り主に負けるのを恐れているかのようだった。セントラル・パークにもここまでたくさんの花はない。そしてその中央には、凝った彫刻の立派な木箱、棺桶があった。ハンフリー・ブレッドソーの髪の色は、本来の赤にもどされていた。解剖の傷はどこにも見当たらない。その顔は不気味なまでに生き生きしており——笑みまで浮かべていた。ライカーはココのために一発弾丸を撃ちこんでその笑顔をぐちゃぐちゃにしてやりたくなった。しかし彼はそうはせず、ミセス・ドリスコル－ブレッドソーとその娘の椅子のうしろの持ち場に着いた。そしていま、相棒が花から花へそのひとつひとつを観賞しながら移動するのを、彼は見守っている。マロリーはそうしながらお悔やみのカードを盗みとっていた。これで、あの小児性愛者の母親に気に入られたくてたまらない連中のリストが手に入る。

つぎの一時間、弔問客は縦一列で入場し、つぎつぎ柩《ひつぎ》に歩み寄っては、死んだ変質者との対面の義務を果たした。そのあとは、遺族へのお悔やみの挨拶だった。上流社会の慇懃な強制立ち退きにより、ひとり、またひとりと、彼らは送り出されていった。ライカーは、目の前の人から手を引っこめ、列のつぎの人に手を差し伸べて、群れを動かしつづける女家長の力量に感嘆した。市長でさえさっさとかたづけられた。そしておつぎは、ローランド・マンの番だった。彼は不安げにあたりを見回した。それから、ハンフリーの母親に向かって身を乗り出したが、退けられる前に三言《みこと》ささやくのがやっとだった。

　最後の弔問客は、平民の服を着た三人のはぐれ者だった。男と女、そして、ココと同じ色合いの赤い髪を持つティーンエイジャーの少女だ。

　フィービが母親に身を寄せた。そのささやきはライカーの耳にも届いた。「あの人たちは誰?」

「コール一家だと思うわ」ミセス・ドリスコル－ブレッドソーは答えた。「一、二度、会っただけだし、当時、あの女の子はずっと小さかったけれどね」

　コール家の三人は柩の前で列を作り、順繰りに遺体に唾を吐きかけた。

「独創的だな」ライカーは言った。

　目を丸くしている式の責任者は、やはりハロウ＆サンズ葬儀社のハロウのひとりと見え、ライカーを案内した男を老けさせたような人物だった。気品あるこの紳士はハッと息をのみ、ほどなく我に返って冒瀆者たちのほうへと向かった。するとマロリーが彼の腕をつかみ、柩のほうへ引きもどして、犬に命じるようにこう命じた。「待て」そして彼女は、野蛮な三人家族のすぐうしろにつづいた。故人の母親に歩み寄ったとき、一家のリーダーは怒気を発していた。「ミスター・コール、ご会葬ありがとうございます」グレイス・ドリスコル－ブレッドソーは言った。驚いたことに、ほとんど皮肉もこめずに。男は大きな痰の塊を放出し、それはレディーの絹のブラウスの胸を流れ落ちていった。間髪を容れず、彼女は言った。「いつでもどうぞ」

マロリーとライカーはコール一家を追って会場を出た。外の歩道で三人と話し、ふたりはこの人たちがコネチカット州の小さな町の住人であることを知った。ハンフリーはかつて、その町の大学進学予備校《プレップスクール》に通っていたのだという。父親はそこで口をつぐみ、妻と娘がタクシーの車内に無事、逃げこむと、また口を開いた。「あの男は、まだ六つだったうちの娘をレイプしたんです。なのに、彼は起訴されなかったんですよ。警察は逮捕すらしませんでした。彼の両親と政治家ども――連中が汚い裏取引をし、あのチビ野郎は精神病院に送られたわけです。病院と言ったって、金持ちの保養施設みたいなものですがね。そこでわたしたちはあの両親を訴えたんです」

ライカーは手帳から顔を上げて訊ねた。「どういう根拠で？」

「過失責任。当局に、息子はモンスターだと警告するのを怠ったわけですから」ミスター・コールの怒りと苦しみは新品のよう――まるで暴行が何年も前ではなく今朝起きたことであるかのようだった。「連中は自分たちの子供が何者かを知っていた。昔から知っていたんです。示談でけりをつけたのはだからですよ」男は待っていたタクシーに乗りこみ、傷を負った小家族はゆっくりと離れていった。

「その示談は、夫の資産に小さな穴をあけるところだったのよ」

刑事たちが振り返ると、葬儀会館の階段のてっぺんにグレイス・ドリスコル＝ブレッドソーが立っていた。

「もちろん、そんな訴えは馬鹿げていた。実体の欠如により退けられたでしょうね。でも、亡くなった夫はコール一家に彼らが求めた以上のものを与えた」彼女は階段を下りてきて、最後の段の手前で止まった。刑事たちを見おろし、優位に立とうというわけだ。「夫は小さな女の子を裁判に引っ張り出して苦しませたくなかったのよ。わたしのジョンは、センチメンタルな人だったの」

「つまり、旦那は我が子がゴキブリなのを知ってたってことですね」ライカーは言った。「で、ハンフリーはどうやってあれだけの金を手に入れたんです？」

「ジョンが会社を売却したとき、その収益を息子の心の治療のための信託財産にしたの。条件のひとつは――あの子が完治するまで病院から出てこないことよ」グレイスはライカーに優しげな笑みを賜った。「あなたが何を考えているかわかるわ、刑事さん。小児性愛者が治るのは、セラピストに払うお金が尽きたときだけ。そして、わたしたちはそういう事態が生じないよう、精一杯努力した。でも夫の死後、ハンフリーは弁護士を雇ったの。信託を解除し、病院を出るためよ。裁判はずるずると何年もつづいたわ。そして息子は大金を手に入れた。税金と裁判の費用を差し引いても、一億ドル以上……でも、それを使って楽しめたのは、三カ月だけだったわけ」

「で、そのお金は全部、あなたにもどってくるんですよね」マロリーが言った。

「どうもそのようね」

「わたしの相棒の好みの動機は金《かね》なんです」ライカーは言った。「でも、ここは精神障害の申し立てが出てくるとこなんでしょうね？　たぶんおたくはそういう家系なんじゃないですか？」

「いえいえ、息子は精神異常ではなかった。ただの陳腐な変質者よ」

「彼が言っているのは、フィービのことです」マロリーが言った。「あなたのイカレた娘さんは、最有力容疑者なんです」

「娘はどこも悪くないわ」

「えっ？」ライカーは首をかしげた。「娘さんはいもしない人と話をするんですよ」

「それはちがうわね。あの子はただ聴いているだけよ」ミセス・ドリスコル-ブレッドソーの口調は、これは至極まともな言い分だと言っているようだった。

「オーケー」ライカーは言った。「フィービはただ、見えない人の声が聞こえるだけってわけですね。しかしそれだって――」

「あれは不適切なセラピーによって引き起こされた症状なの。精神疾患ではないわ。それにわたしは、墓地に行って墓石と会話する人を五、六人挙げられる」

「つまり、フィービは精神科にかかったことがあるわけですね」マロリーが言った。「そして、彼女の見えない友達は死んでいる」

「死んでいるし、とても小柄だ」ライカーは言った。「子供のサイズだな。彼の言葉を聴くとき、娘さんはずっと下を向いてますからね」そしてここで大博打。「あの目に見えない、死んだ子供——彼はなんて名前でしたっけ？——アーネスト？」

大当たり！

ライカーは女の目に驚きの色が浮かぶのを見た。それがちらりとよぎり、一秒後には消えるのを。それから彼は、彼女の背後に目を向けた。葬儀会館の階段をスーツ姿の男三人が下りてくる。なんと美しいスーツ。彼らに取り囲まれ、ミセス・ドリスコル－ブレッドソーは歩道に降り立った。一方、マロリーは道の少し先の動きに注目していた。そこでは、もうひとり別のスーツがリムジンのドアを開けている。フィービ・ブレッドソーが頭をかがめてなかに乗りこみ、車は走り去った。

ライカーは笑みを浮かべた。「おみごと」つまり、このご婦人が彼らに話しかけてきたのは、敵を引きつけ、娘を逃がすためだったのだ。「でもこうなると、こっちは、フィービになぜあなたの庇護が必要なのか、考えなきゃなりませんね」

マロリーはセレブ婦人に近づいた。そしてさらに近くに——脅威になる距離にまで。「あなたはたったいま、自分の娘をわたしたちの容疑者リストのトップに押しあげたわけです」

ふたりの女はどちらも長身で、目と目が合っていた。それにここには、決闘の材料がすべてそろっている。三人の雇われガンマン、マロリーに対峙するプリマドンナ。弁護士のひとりがグレイス・ドリスコル－ブレッドソーに耳打ちした。どうやら彼女は、法律顧問に耳を貸す稀有な依頼人らしい。弁護士たちは、彼女とともに密集隊形で歩み去った。また別のリムジンのドアが開かれ、ご婦人は姿を消した。

《ランブル》の殺人のもうひとりの被害者は、葬式もしてもらえなかった。これは故人の両親の無関心ゆえだ。アガサ・サットンの弟は、姉のアパートメントの前で刑事たちに会ったとき、そう言った。その若者はまだ二十代初めと見られた。また、彼の歯並びは完璧だった。きっと子供時代、高い金をかけて歯列矯正をしたのだろう。これで三人中三人。〝断食芸人〟の被害者は全員、金持ちの家の出なのだ。

バリー・サットンはこの暑い夏の日に長袖シャツを着ていた。これは麻薬の注射の痕を隠している確かな証拠だ。

「このたびはご愁《しゅうしょう》傷さまでした」ライカーは言った。

「それは誰か悲しんでいる人に言ってください。姉はケダモノでしたよ」若者はキーホルダーの鍵をジャラジャラ鳴らした。「うちの親たちは夏のあいだイタリアに行っているんです」彼はまず鍵のひとつを試し、それから別の一本を試した。「ふたりは飛んで帰ってきはしないでしょう。アギーのためにはね」

「オーケー」ライカーは言った。「あなたとお姉さんの関係はどうだったんです？」

「関係などありませんでした」彼は三本目の鍵を試した。これもはずれだ。「すみません。これは父の鍵だもので。ぼくは一度、不動産屋と見に来たきり、ここへは来たことがないんですよ。このコンドミニアムは、うちの親たちがアギーに買ってやったものなんです」

「ご両親がお姉さんの手術代を出さなかったのは奇妙ですね」マロリーが言った。「検視官によると、あなたのお姉さんには手術可能な腫瘍《しゅよう》があったそうですよ……それに、その症状を見落とすことはまずないそうです」

「うちの家族の主治医は、父と母に腫瘍を切除すればアギーはよくなるだろうと伝えたんですが。ふたりには、頭のおかしい娘のほうが好ましかったんです。狂気なら彼らも対処できたわけです」

四本目の鍵でドアが開き、バリー・サットンは刑事たちをなかに通した。見ると、質素なワンピースが、サンダルや下着とともに床に小山を作っていた。ハンフリーやウィリーのときとまったく同じだ。犯人はここでもまた、ドアを入ってすぐのところで被害者を殴り倒したわけだ。

居間には家具というものが一切なかった。「当然、予想すべきだったな」被害者の弟は言った。「うちの親は家具の完備した部屋を買ったんですが、アギーは何もかも人にやってしまうんです。お金まで全部、人にやってしまわないように、信託財産の分配金は弁護士が管理していました」

室内は広々としていた。それでも、体臭と閉め切った部屋のにおいのせいで、頭に浮かんでくるのは、〝みすぼらしい〟という一語だった。生ゴミの悪臭に導かれ、三人はキッチンに足を踏み入れた。そこには、蓋の開いたピーナツバターの瓶があり、ゴキブリたちがガラスの側面を這いのぼっていた。パンの塊が、ビニール包装のなかで食事する虫たちの活動により、蠢《うごめ》き、呼吸している。バリー・サットンは怖気をふるって、寝室へと逃げていった。その床には、むきだしのマットレスが置いてあった。開けっぱなしのクロゼットには、質素なワンピースが四着。それらはどれも、リビングの哀れっぽい小山のなかの一着とまったく同じものだった。これはマザー・テレサの必要最小限の衣装だ。予備の靴すら一足もない。

「なるほど、彼女はイカレてたわけだ」ライカーは言った。「それはわかった。でも、この状態はどれくらいつづいてたんです?」

「二、三年。ぼくに言わせれば、天の賜物《たまもの》の脳腫瘍ですよ。腫瘍ができる前の姉はとにかく性悪でしたから。その後、彼女はおかしくなったんですが」彼はマロリーに向き直った。「狂気はいいものです」

彼女は小さくうなずいて、わずかに同意を表した。「アギーはあなたに何をしたんです?」

「〝嚙みつき魔のアギー〟が?」バリー・サットンは一方の袖をまくりあげた。彼が隠していたのは注射痕ではなく、ただの醜い傷痕だった。傷は治ってはいるが、腕の肉の失われた箇所には凹みができていた。「これをやられたのは、ぼくが十歳、姉が十七歳のときです。その年、うちの親は姉をヨーロッパにやりました。形成手術の費用と生活費が、帰国を阻止するための賄賂《わいろ》でした。こっちを発ったとき、アギーはひどいご面相で、胸はぺちゃんこだったんです。もどってきたとき、姉には顎と胸がありましたが――すでに正気は失われていました。うちの親は、姉の医療上の決定をすべて自分たちができるよう、意思能力の審理を行わせました」

「そして、親御さんたちは脳腫瘍をとっとくことにしたわけだ」ライカーは言った。

「冷酷だと思いますか? ぼくに言わせれば、あれは自己防衛ですよ」アギーの弟は袖を巻きおろし、キーホルダーをライカーに渡した。「帰るときは、ちゃんと鍵をかけてくださいよ。鍵はぼく宛に郵送してください。ぼくはもうこれ以上、姉の話をしたくありません」

第二十二章

体育の先生が、バスケットボールのコートにぼくたちを整列させる。ずらりと並ぶ男子と女子。全員、制服のネクタイにブレザーという格好だ。きょうはクラスの写真撮影の日。生徒たちが順番に、凝固した空みたいに見える背景幕をバックに椅子にすわっていく。

ぼくの番が来た。カメラのうしろの男の人がちょっとためらう。その人はぼくの首をじっと見ていた。ぼくは水飲み器のなかに櫛《くし》を浸して、髪をぴったりとかしつけておいた。だから、噛まれた痕が半分、襟からのぞいていたんだ。カメラマンが、全部見せてくれない？ とたのんだ。そこでぼくはネクタイをゆるめ、シャツのボタンをはずした。カメラマンは仰天して、ヒューッと口笛を吹いた。いまや彼には他の痣《あざ》も見えていた。体育の授業のときしか見えないやつが。体育の先生がカメラマンに言った。「エアブラシで消せますよね？」

「そりゃもちろん」カメラマンは言った。「それに、ちょっと追加料金をもらえれば、週に一度ここに寄って、この子自体を消すこともできますよ。そうすりゃ、誰がこの子をぶちのめしてるかは問題じゃなくなる。そうでしょ？」

体育の先生は大急ぎで歩み去った。カメラマンのことを校長先生に言いつけに行ったんだ。でもカメラマンは平気だった。彼はウィンクして言った。「なあ、坊や、十字架にかけられたキリストがローマ人について言ったように――冗談がわからんやつらはほっときな」

ぼくは笑った。カメラマンはシャッターを切った。

アーネスト・ナドラー

市長室で結ばれた協定により、アッパー・ウエストサイドのドリスコル-ブレッドソー家での事情聴取には弁護士たちが立ち会うことになっていた。ドアを開けてふたりの刑事を迎え入れたとき、あの地味な雇い人、ホフマンは相変わらず小さな往診鞄を肩から下げていた。こう訊ねたライカーを女は無視した。「その鞄には何が入ってるんだ？　あんたのボスはそいつを注射してるのか、それとも吸引してるのかね？」

玄関ホールにふたりを残して、ホフマンは立ち去った。そのホールはニューヨークの平均的なアパートメント丸一室より広かった。床は白と黒の大理石を敷き詰めた円形のチェスボード。その中央の光沢のあるテーブルには、大きな花が飾られている。刑事たちはぶらぶらと大階段の前を通過し、アーチ路を通り抜けて、舞踏室並みに広い丸天井の部屋に入った。それはマロリーにこう告げていた。ここには金《かね》が住んでいる。

ある意味、その環境はおなじみのものだった。これはチャールズ・バトラーの好み――壁にはモダンアート、床にはアンティーク――を壮大にしたようなものだ。バーナード校の教育のおかげで、マロリーにはその曲線と原色から、壁に掛かる巨大な彫刻がフランク・ステラの作品であることがわかった。教室の壁に映されるスライドでこのサイズの芸術作品を見てきたため、そういうものには慣れている。キャンバスの大きな絵画がマザーウェルの作品であることも、彼女にはわかった。また、調度は、遠い昔に死んだ王や女王の治世にちなんで名付けられた品々の優雅なミックスだった。

このすべてを、マロリーは原価会計士の目で見ていた。

これはショールーム、カクテル・パーティーの会場だ。お客たちの談笑の場として、ここにはラブシートが、あそこにはカウチが、ずっと奥には肘掛け椅子の輪がある。ただし、彼らがここに来るのは、もてなしを受けるためではなく、究極の富によって威圧されるため、金で買える最大級のクリスタル・シャンデリアの下で恐れ入って立ち尽くすためだ。

マロリーはゆっくりと体を回転させていき、最後に、グレイス・ドリスコル-ブレッドソーに視線を向けた。邸の女主人は、暖炉のそばの背もたれの高い椅子――部屋のこの一角にある唯一の椅子に――女王としてすわっていた。彼女は儀仗兵の弁護士三名に取り囲まれており、彼らは緊張し、油断なく立っている。彼らの雇い主は待たされていらだち、片足でトントン床を打っていた。

おやおや。

刑事たちは広いフロアを横切っていった。マロリーは軽蔑的に手をひと振りし、室内の小道具の権威を失墜させた。「これは全部、ドリスコル協会のものですよね？　骨董品も、美術品も。あなたはこの家の持ち主でさえないんでしょう？」

グレイス・ドリスコル－ブレッドソーは、〝参った〟の笑みを抑えもせず、そのとおりだとうなずいた。

彼女に近づいていきながら、マロリーは敷物を見おろし、その小さな凹《くぼ》みに気づいた。少し前に複数の椅子がどけられた痕跡。おかげで刑事たちは、事情聴取を行っているというより王族に謁見しているかのように、立ったままでいなければならない。消えた椅子は彼らに、用件を申し述べよ、さっさとすませて出ていけ、と告げているのだった。

マロリーは分厚い封筒を掲げた。「あなたの財政状況を調べさせてもらいました」

弁護士のひとりがコーラス隊のなかから前に進み出た。「行き過ぎですね、刑事さん」

「そうは思わんね」ライカーが言った。「この人の一家の信託財産は、ドリスコル協会によって管理されてるんだ。慈善団体の帳簿は公文書だろ。しかし、なんでこんなことを法律家に説明しなきゃならんのかね」

「税金を差し引くと」マロリーは言った。「あなたはせいぜい中流階級ですね」そしていま、彼女はこのレディーを、どちらが先に瞬《まばた》きするかの競争に引きこんだ。「その一方、数十億ドル規模の慈善団体をコントロールすることで、あなたにはリベートを得られる見込みがある」

「そのとおり」ライカーが言った。「だから、われわれはぜひ知りたいわけですよ――」

弁護士たちが全員同時にしゃべっている。いちばん憤慨し、いちばん怒っている者の座をめぐり、彼らは競い合っていた。ライカーが両手を振って、声を張りあげた。「ちょっと待った！　ひとつ簡単な質問があるんだ。いいかな、みんな？」彼は王座の女に顔を向けた。「ハンフリーの写真を持ってませんか？　子供のころのが必要なんですが？」

「少なくとも十五年前に撮った写真がね」マロリーは言った。

グレイス・ドリスコル－ブレッドソーはここで第一のミスを犯した。いや、これは侮辱なのか？　おそらく彼女は警察をひどく軽く見ているため、驚きを装う気にもならないのだろう。つい先日の犯罪被害者のそんなに古い写真がなぜ必要なのか、訊ねる気にさえも。「残念だわ」彼女はただ、遠い昔の殺人に通じるこの失われた糸口を思い、ほほえんだだけだった。「あの子の写真は捨ててしまったの。でも、ハンフリーと父親の肖像画ならお見せできます」彼女は刑事と弁護士の一群を引き連れて廊下を進んでいき、キッチンの外の小さなバスルームのドアを開いた。便器の上の狭い壁には、金箔の額縁に入った油絵が掛かっていた。彼女の夫、故ジョン・ブレッドソーが、息子の肩に手をかけ、所有意識を発散しつつ、ポーズをとっている。

「この絵が描かれたとき、ハンフリーは十歳だった」

マロリーは携帯電話を取り出して、絵の写真を撮った。

「あら、あなた。もっといい方法があるわよ」女はキッチンへと消え、しばらくすると、ふたたびマロリーのかたわらに現れた。その手にはナイフが握られていた。長いナイフ――なおかつ、とても鋭いのが。驚いたガールスカウトの一団よろしく、ぴたりと動きをそろえ、弁護士たちは一歩うしろにさがった。刑事たちのほうは、弁護士団より刃物の脅威に慣れていた。

グレイス・ドリスコル－ブレッドソーはほほえんだ。「わたしを無害とお思いかしら？　請け合うわ……わたしは危険よ」彼女はスティレット・ヒールを脱ぎ捨て、トイレの便座に上がって、ハンフリーの顔の部分を切り抜いた。ライカーにそれを渡すと、今度は夫の顔を切り抜いて、その部分も彼に渡した。「このコンビを別々にするのはもったいないわ」

　マロリーの目は破壊されたキャンバスに注がれたままだった。頭部のない父と息子の肖像。

「すると、ハンフリーはご主人のお気に入りだったわけですね？」

「そうですとも。ジョンには王朝を築くという夢があった。そして、ハンフリーは彼の法定推定相続人だったの」彼女は便器から下りて、向きを変え、ナイフによる自らの製作物を観賞した。「このほうがいいわね。息子を産んだとき、わたしは夫からダイヤのネックレスをもらった。フィービのときは何ももらえなかったわ。それに、あのろくでなしときたら、死んだとき、娘には一セントも遺さなかったのよ」

　広い部屋にもどり、クリスタル・シャンデリアの下に全員が再集結すると、マロリーは自分好みのテーマに移った。「お金の話をしましょう。ドリスコル家の信託財産からの収入では生活費は賄えない。それだけじゃあなたは靴箱サイズのアパートメントにも住めないはずです」

「うちの一族は昔から公共の福祉に身を捧げてきたの。わたしたちにとっては、お金は重要じゃないのよ」

「あとは、おしるし程度の給料ですね」マロリーは言った。「協会の理事の仕事では、あなたの服を買えるほどには稼げない」彼女は携帯電話をクリックし、画像を見ていった。小さな画面に、社交欄のアーカイブが現れた。どの記事も、ニューヨークのチャリティー・シーンでのこのプリマドンナを取りあげたものだ。「衣装はどれもデザイナーのオリジナル作品ですね。吊るしの服なんて一着もない。それに、あなたがいま履いているその靴は、千ドルもする……片方で」

「わたしは服にお金を払ったことがないのよ、刑事さん。なぜかはわかっているでしょう？商品を着てあげることで、わたしはデザイナーに宣伝費を請求できる。でも、現物を受け取って、それでよしとしているの。服やバッグや……靴だけで」

「国税庁が贈与税のことを問題にするかもな」ライカーが言った。

弁護士のひとりが進み出た。「衣装はドリスコル協会への寄付とみなされているんだ。それらはチャリティー・イベントで着られ、その後、価値ある目的に資するためオークションでリサイクルされている」

これで、スーツの一団のうち、この男が税務担当弁護士であることがわかった。マロリーは男から男へと視線を移した。「この人が何人の政治家を抱きこんでいるか、わたしに教えられるのは誰？　彼らには平均いくらかかるの？　それとその連中はどうやってリサイクルするわけ？　別のオークションで？　いちばん高値をつけた人間に便宜を図ってやるとか？」弁護士たちの驚きの表情から、そして、彼らが吠え立てないことから、マロリーは確信した。この群れに刑事専門の弁護士はいない。

彼女はグレイス・ドリスコル－ブレッドソーに注意をもどした。「あなたは協会に指示して、市議会議員の名を冠した慈善事業に資金提供させていますね。議員たちは大喜びでしょう? 善い行いは票につながりますから。彼らのうち五人は、契約委員会に所属。これによってあなたは多数決で過半数を獲得できる。あなたの友達の何人が市との契約で利益を得ているんです?」弁護士たちが異議を申し立てるより早く、彼女は携帯電話の画面を見おろした。「ああ、ここに一件あった」彼女は携帯を掲げて、社交欄の写真を見せた。「あなたの肩を抱いているこの男ですけど」

「うん、確かに」ライカーが小さな画面に向かって目を細めた。「そいつは橋のメンテナンスの契約をもらったんだ。そりゃ儲かるよな。見るからにうれしそうだろ?」

「仮に金の線を追っても」マロリーは言った。「わたしは実際そうするけれど——あなたはリベートを自分の口座に振りこませたことはない。大金が動けば、政府機関の警報が鳴りだす……だからそれは、現金による支払いだったにちがいない」

ライカーは身を乗り出して会話に割りこみ、オチのせりふを言った。「お宅の金庫を調べさせてもらってもいいですか?」

三人の弁護士が全員同時にしゃべっている。そして今度は、他の誰よりも大きく自分の脅し文句を聞かせようと叫んでいる。どのせりふにも〝令状〟〝名誉棄損〟という言葉が出てきた。やがて、彼らの依頼人が片手を上げて一同を黙らせた。彼女はマロリーに向かって言った。

「ドリスコル協会の監査報告書はこれまで常に完璧だった。この世で大事なのは、何を知っているかじゃないのよ、刑事さん。何を証明できるかなの」

マロリーは、入口近くに控えている付添人を横目で眺めた。「掃除婦ならあなた個人の収入で雇うことができる。でも、ホフマンみたいなフルタイムの雇い人となると、そうはいかない。毎食きちんと食べたいなら、ですが」彼女は身をかがめ、レディーの胸に下がっている銀のペンダントをわざとらしく観察した。その彫刻は精巧だが、さすがの細工師も中央の凝ったボタンの用途までは隠せてはいなかった。女の手がすばやくペンダントを覆った。

これが弱点なのか。

「それは救急用のメダリオンですよね？　そのボタンを押すと、救急車が来るわけですか？」答えを待たず、マロリーは部屋の向こう側に立つ付添人を見やった。彼女は相変わらずあの小さな往診鞄を持っていた。「ホフマンは看護師なんですね？　となると、非常に金のかかる雇い人ということになりますね」

ライカーが咳払いした。「要点はおわかりですよね、奥さん。あなたはわれわれに何も証明してほしくない。それこそ何より避けたいことなんでしょう？」彼はスーツの面々に顔を向けた。「そうだろ、みんな？」今回、スーツたちは黙っていた。それに彼らはやや緊張しているようだ。「リラックスしな」ライカーは笑顔で言った。「こっちはフィービに会いたいだけなんだから」

「それは論外よ」グレイス・ドリスコル－ブレッドソーが言った。

「彼女が罪を犯したからですか？」ライカーは言った。「それとも、自分の身が危なくなるからかな？」

「ハンフリーが死んだところで、フィービには一セントも入らない」マロリーは言った。「動機はゼロ。それはあなただけにある」

呼び鈴が鳴った。ホフマンは消えていたので、弁護士のひとりが執事役を買って出、ドアへと向かった。ほどなく彼はもどってきた。「ミス・ウィルヘルミーナ・ファロンがいらしていますよ。お通ししますか?」

「むしろ戸口で彼女のはらわたを抜いてほしいけど」ミセス・ドリスコル－ブレッドソーは言った。「それはあなたの職責に含まれていないわよね?」彼女はマロリーのほうに身を乗り出した。「ねえ、あなた、その銃を貸してもらえないかしら?」

「ハンフリーとウィリー・ファロンにはどんなつながりがあるんです?」

「それと、アガサ・サットンだな」ライカーが付け加えた。「彼女はどう関係してるんだ?」

「それに、まだ例の疑問も残っている」マロリーは言った。「頭のおかしいフィービがどうかかわっているのか?」

「もう一度だけ言うわよ、刑事さん──うちの娘は正気です──妄想にとりつかれてもいません。あの子が子供のころ、あるセラピストがあの子に自分の不安を人格化──擬人化させたの。あの子は内なる批判者に耳を傾けていると言ってもいいわね」

「なるほど」マロリーは言った。「そのことを証明できますか?」

「あたしはできる」見ると、アーチの下に車椅子姿のウィリー・ファロンがいた。その手には、浮浪者の財布よろしく茶色い紙袋が握られている。彼女のうしろには、ナースキャップと白い制服を身に着けた女が立っていた。看護師は椅子を押して、暖炉の前の集まりに向かってきた。ゆっくり近づいてきながら、ウィリーが言った。「あたしたちは子供のころ、同じ精神科医にかかっていたの。フィービときたらトンマなんだから。あんなやつのアホな指示に従うなんてね」彼女は片手を上げて看護師を止めると、車椅子をくるりと回転させて、マロリーに向き合った。「あたしにあんなことをして、こっちはあんたを訴えることもできるんだからね」

グレイス・ドリスコル－ブレッドソーは、目に見える唯一の怪我の証拠、車椅子をしげしげと見つめ、その後、マロリーに顔を向けた。「あなた、彼女の脚を折ったのね？　なんとまあ。心からの敬意と称賛をあなたに捧げるわ」

ウィリーは頭をめぐらせ、付き添いの看護師に嚙みついた。「いま笑ったよね、このぼんくら牝牛」

看護師は椅子から両手を離すと、この室内の権力の中枢を正確に見定め、マロリーに話しかけた。「外に介護用のバンが駐まっていますから。用がすんだら、ミス・ファロンは歩道に蹴り出してください。介護士が彼女を連れていきます」ウィリーの付添人は部屋から出ていった。しばらくすると、玄関のドアがバタンと閉まるかすかな音が聞こえてきた。

生きているランチを見て猫が喜ぶように、車椅子に乗ったこの餌を見て喜び、マロリーは笑みを浮かべた。ウィリー・ファロンに歩み寄ると、彼女は背をかがめ、車椅子のハンドルをつかんで、前にうしろにゆっくりと椅子を揺すった。「で、あなたとフィービのつながりはなんなの？　精神科医を別にすれば？　彼女はあなたと仲よしだったわけ？」

「あのノロマと？　まさかね。あたしたちは同じ学校に通っていた。それだけよ」
「ドリスコル校に？　それはどれくらい前のこと？　もしかして十五年前とか？」
ホフマンがふたたび現れ、ミセス・ドリスコル－ブレッドソーのかたわらに立った。雇い主の小声の指示に従い、彼女はウィリーの椅子を押して玄関ホールへと向かった。

ライカーとホフマンが石の階段の下まで車椅子を運びおろしているあいだに、マロリーは介護用のバンの運転手にその善意と愛に報いて二十ドル手渡した。

ステーションワゴンよりやや大きめの車両に患者が積みこまれると、ホフマンは声の届かないところへ退却し、運転手は刑事の質問に答えた。「いいえ、あの人に車椅子は必要ありません。ちゃんと歩けるんですよ」彼のボス、この福祉サービス会社のオーナーによれば、ミス・ファロンは単にパパラッチを避けたかっただけらしい。

「いつからそうなったのかね」ライカーが会話の終盤に割りこんできた。「パーティー・ガールだったころ、彼女はあのくずどもが大好きだったろうに」

ここでふたりは、運転手の話から、ミス・ファロンのクレジットカードが引き出し限度額に達していることを知った。彼は金がいっぱい入った茶色の紙袋から現金で代金をもらったのだという。

介護用バンが歩道から離れていくと、ライカーは、ミス・ファロンの病院での警護を手配した内勤の巡査部長に電話を入れた。短いやりとりのあと、彼は電話をたたんでポケットに収めた。「警護役の警官は、ウィリーの病室に紙袋を持って入った人間など見てないそうだよ。もっとも、その警護役は何時間か前に――ウィリーが警察の保護をことわったとき――引きあげてるわけだがな」彼は相棒に、ある法律事務所の名刺を渡した。「彼女、質問はすべて一家の弁護士を通せって言ってるよ」

マロリーは名刺の番号に電話をかけ、当事務所はもうミス・ファロンの代理は務めてはおりません、と告げられた。はい、ご家族の他のみなさんでしたら、もちろん――しかしあのかたは別です。刑事さんは、なぜか、とお訊きになるでしょうね。マロリーが実際にその質問をするまでもなく、弁護士はつづけた。「あなたもあの女に会ったことはあるんでしょう?」電話口の重々しい声は自らの立場を再度、明確にした。「わたしとしては、彼女にかかわるくらいなら、はらわたを抜かれ、それを犬が食うのを見せられたほうがましですね。しかし、わたしは口が堅いんです。何があったかは言えません。それより悲惨なすべてのことをご自由にご想像ください」

その言葉を最後に電話は切れ、マロリーは相棒を振り返った。「きっとウィリーは弁護士の誰かを去勢したんでしょうね」

病院の紙スリッパで、ウィリー・ファロンは長期滞在型ホテルのロビーをシュッシュと歩いていった。支配人がエレベーターへと向かう彼女の前に立ちふさがった。相手が支払いの遅れの件を切り出すより早く、彼女は茶色の紙袋から札束をふた束、取り出し、彼の手に押しこんだ。「それで足りるでしょ」

クレジットカードやトラベラーズチェックに慣れきっているホテルマンは、驚いて現金を見つめ——次いで、疑いを抱いた。彼は目を上げて、もの問いたげに彼女を見た。これはなんです?

ウィリーはエレベーターで自分の部屋に上がった。ドアの封鎖には黄色いテープが使われていたようだが、そのテープはいま、ドア枠からよれたひもとなってだらりと垂れさがっている。これは警察の捜索後に何者かが部屋を訪れた証拠だ。彼女は用心深くドアを開けたが、室内に人気《ひとけ》はなかった。壁面や家具は黒い埃でうっすら覆われ、引き出しはどれもみな床の上に出しっぱなしになっていた。くそおまわりどもは、何ひとつもとの場所にもどしていない。ホテルの客室係はきっと悲鳴をあげて逃げ出したんだろう。ウィリーはバスルームに行き、ドラッグの乏しい蓄《たくわ》えがビニール袋に収まったままトイレのタンクにもどされているのを確認した。ホテルのベルボーイに大感謝だ。

病院のガウンを脱いでちゃんとした服に着替えたあと、彼女は自分の携帯電話を見つけた。警察がそれを置いていったのがおかしいとは、一瞬たりとも思わなかった。とんまなおまわりども。彼女は電話帳に載っているワイルダーに片っ端から電話をかけ、ついに〝スーザン・ワイルダー〟にたどり着いた。これはトビーの母親の名前だろうか?

ウィリーはその番号にかけたが、応答はなかった。

コロンブス・アベニューのその店のウィンドウは、花嫁たちの全身像とほんの少し名の知れた俳優たちの顔写真で飾られていた。店のなかでは、ウェディング・アルバムの見本一式が陳列テーブルの片側にどけられ、ふたりの刑事のために椅子が出されていた。刑事たちは、人工の青い背景を背にポーズをとる子供たちの写真をぱらぱらとめくっている。

店の主《あるじ》は静かに話し、静かに歩く人だった。その青い目は、皺《しわ》に囲まれており、優しかった。「このガキどものひとりが死んだってなら、自分の手柄にしたいとこですがね。わたしは暴力的な人間じゃないんですよ」彼は年鑑の山のてっぺんに革表紙の本を一冊、載せた。「これがご希望の年のやつです。うちにあるのは一部だけですんで、できれば持ってかないでほしいんですが」彼はライカーにポストイットを渡した。「必要な写真に印をつけてください。引き伸ばしたのをかき集めてきますから」

マロリーは、写真の顔を眺め、それぞれの名前を見ながら、年鑑のページを手早く繰っていった。「みんなそろってる――あのナドラーって子まで。ここが始まりなのよ」彼女は前のほうにもどっていき、十一歳のフィービ・ブレッドソーの肖像にポストイットで印をつけた。この写真が撮られたとき、アーネスト・ナドラーも同じく十一歳だったのだが、殺人事件のあの被害少年はこの一群のなかにはいなかった。マロリーは二学年上のグループのなかで彼を見つけた。十三歳の子供たちに囲まれ、ポーズをとる少年を。

「利口な子だったわけだな」ライカーが言った。

アーネスト・ナドラーは、たったいまおもしろいジョークを聞かされたかのように、刑事たちに笑いかけている。彼の写真に印をつけたあと、マロリーは、もっと前に載っていたハンフリー・ブレッドソーの顔写真にもどった。この顔は締まりがなく、たるみきっていた。

ライカーが言った。「気色悪い笑いだよな?」

そう、その写真はハンフリーが将来、変質者になることを予告している。つぎのページの十三歳のウィリー・ファロンは、いまより痩せていて、まるで昆虫だった。同学年の最後のほうに現れるアギー・サットンに意外性はなかった。彼女は歯をむきだしているが、笑ってはいない。トビー・ワイルダーの肖像は、十三歳のグループの最後の写真だった。マロリーはしばらくそれを眺めていた。

「ああ、その顔なら覚えてますよ」写真家が言った。「超ハンサムな子で――なかなかいいやつでしたがね。ちっともじっとしていられないんです。四六時中、足で拍子をとって、指を鳴らしていましたよ。うちにはまだ他にもその子の写真があるはずです。なんて名前でしたっけね?」男は身を乗り出して、そこに書かれた名前を見た。「そうか」彼は奥の部屋にいったん引っこみ、写真の束を手にもどってきた。「自分用に取っといたお宝です。こっちのほうがわたしは好きですね」彼はテーブルに写真を並べた。「この子のドリスコル校での三年間がここに網羅《もうら》されています」

これは、ローランド・マンの事情聴取のテープに登場した、じっと動かない打ち沈んだ少年ではない。写真はどれもぼやけていた。これは、動いているトビー、子供時代のバッテリーで異常なまでに覚醒し、興奮しているトビー――命にあふれているあの子だ。

店主が、印のついた各生徒につき一枚ずつ、写真をそろえて持ってくると、マロリーはアーネスト・ナドラーの引き伸ばされた写真を見つめた。子供のシャツの襟のラインが微妙に――ほんの少しだけ――ゆがんでいる。「あなた、この写真を修正したでしょう」それが重罪であるかのように、彼女は写真家をにらみつけた。「ネガから新しいプリントを作って。待っていますから」

「ああ、もうそのネガはないんですよ。その子の親御さん用にプリントを作っているとき、暗室で薬品をこぼしてしまったもので」

「そしてあんたは、ネガがだめになったことを覚えてたわけだ」ライカーが言った。「十五年経っているのに。さぞひどい写真だったんだろうな……あんたがきれいに処理する前は」

「記憶に残る一枚」マロリーは言った。「だからあなたは修正前のプリントを取っておいた……自分用のお宝として。あなたが何を消したのか、ぜひ見たいわね」

「おれの相棒は大の子供好きでね」ライカーが彼としては想像力に富む嘘をついた。「いいか、彼女を怒らせないほうがいいぞ」

そしてこの部分は本当だ。

マロリーが立ちあがると、男はあとじさりし、うしろ向きのままファイル・キャビネットの並ぶ隣の部屋に入っていった。修正前のプリントはそこで見つかった。それも、あっという間に。

そしていま、刑事たちは年鑑の写真から何が消去されたかを知った。

「歯形だ」ライカーが言った。「なんてこった。こりゃ〝嚙みつき魔のアギー〟がこの子の首に署名したようなもんじゃないか」

ブリーカー・ストリートのメキシコ料理店では、ささやかな同窓会が開かれていた。フロアの片側にいるのはフィービ・ブレッドソーと死んだ子供、反対側にいるのはトビー・ワイルダーだ。

「あんな彼を見るのはいやだな」〝死んだアーネスト〟が言った。彼は連れに目を向けた。「それに、どうしちゃったの、フィービ？　きみは古典の先生になりたかったんだよね。なのに、一年じゅう保健室に閉じこめられてるなんてさ」

そして、この気味の悪い保健師を誰かが訪ねてくることはない。ドリスコル校の生徒たちが膝の擦り傷や腹痛を押してがんばり抜くことは驚くばかりだ。アメリカの他の学校はすべて、そういった災いに悩まされているというのに。

「きみは英文学の学位を持ってる。なのに、連中がオファーしたのはなんだった？」

バンドエイドひと箱の管理。彼女は母親に感謝すべきなのだ。学歴の最後に保健師の資格を加えるよう母は主張した。それなしでは、彼女は職に就けないだろう、と。

「きみはチャンスを奪われたんだよ」〝死んだアーネスト〟は言った。

たぶんそのとおりだ。彼女は職場での孤独な日々を文学の名作を読んで過ごしている。夜は、償《つぐな》いとして漫画本を朗読する……アーネストのために。すてきな生活とは言えない。彼女が思い描いていたものとはちがう。

　トビーの食事が終わった。彼が立ちあがり、ドアへと向かう。フィービの指が金《きん》のライターをなでまわした。彼女が唯一手もとに置けるトビーの一部を。

〝死んだアーネスト〟もまた行ってしまった。フィービに彼を制止したり拘束したりするエネルギーはなかった。昔の遊び友達がドアに歩み寄るのを彼女は見守った。つぎのお客が入ってくると、彼はするりと出ていった。あの子は毎回、生身の人間にドアを開けてもらわねばならない。でも、仮に幽霊に現世のドアの開閉ができるとしても、彼がポケットから両手を出すのを許す気などフィービにはなかった。

　彼女はひとりで家に帰った。

　ドリスコル校の前でタクシーを降りたとき、彼女の手には路地の入口の鍵があった。ところが、鉄の門は少し開いていた。自分が閉め忘れたのだろうか？　いや、それは考えられない。

　ドリスコル校と隣の建物にはさまれた狭い通路を進み、裏庭の半ばまで来たとき、彼女はコテージの入口に彼が立っているのに気づいた。ローランド・マンの髪は薄くなりだしていた。それは、卵から孵ったばかりのヒナか羽根をむしられた鶏の産毛と化している。母が慈善パーティーを催す際、この市警副長官の名は常に招待者リストのいちばん上に載る。また、彼は邸宅で毎週開かれる集まりの常連でもあった。しかし、フィービが初めて彼を知ったのはまだ子供のころで、当時の彼はマン刑事だった。

「門が大きく開いていたよ」彼は言った。「不用心だな、フィービ。特に、いまは危ない」折りたたまれたきょうのタイムズ紙を彼は掲げた。「《ランブル》の第三の被害者のことはまだ新聞には出ていない。だが被害者はすでに全員、身元を特定されている。どうやら誰かが古い事件のあと始末をしているらしい」彼はここで間《ま》をとった。反応を待っているのだろうか？「きみには警察の保護が必要だ。わたしが護衛を手配――」

「いいえ！……警察はもう結構」爪の嚙みちぎられた手の一方が口もとへと上がる。どぎまぎして、彼女は傷物の両手を背後に隠した。

何はともあれ、彼女はこの招かれざる客にひとりで立ち向かわずにすんだ。ストレスが〝死んだアーネスト〟を呼び出したのだ。少年はローランド・マンの背後に立ち、舌を突き出した。市警副長官はフィービの視線を追って振り返り、そこに誰もいないのを知った。それから彼はドアに目を向けた。「おや、電話が鳴っているぞ。出たほうがいいんじゃないか？」

いや。彼がいるあいだは、ドアの鍵を開ける気はない。

「きみには保護が必要だよ」ここで男は非常に慎重に言葉を選び、各音節に同じ重みを加えながら言った。「何が問題かはわかるだろう、フィービ？」

なぜこの男は自分と話すとき、頭の足りない人間と話すような口調になるのだろう？フィービは小首をかしげ、死んだ少年の声に耳を傾けた。彼はこの謎を解明してくれた。「こいつは、きみがイッちゃってると思ってるんだよ」

聞こえるわけのない声に同意するように、ローランド・マンがほほえんだ。「例の事件のとき、《ランブル》には五人の子供がいた」こいつにはそんな大きな数はわかるまいと思ったのか、彼は五本の指を見せた。さらに無礼を重ね、彼はその長い指を一本ずつ折って数を数えていった。「アーニーは死んだ。ハンフリーも――アギーも。そして、ウィリー・ファロンは死にかけた」

残ったのは、イモ虫みたいな白い親指――彼女自身だ。

「簡単な算数だよ、フィービ」ローランド・マンは彼女に背を向けた。石畳の小道を歩み去っていきながら、彼は言った。「保護の件、気が変わったら電話をくれ」

第二十三章

生徒指導の先生は、学生時代は人生でいちばんいい時なのだから、一秒一秒を楽しまなくちゃと言う。先生にそう言われ、ぼくは叫びたくなった。「この耄碌《もうろく》ババア！　こっちは週五日、毎日が地獄なんだ！　これは戦争なんだよ！」

アーネスト・ナドラー

どうやらチャールズ・バトラーは、幼い女の子に殺人容疑者の面通しをさせるというマロリーの葬式詐欺のショックからもう立ち直ったようだった。刑事たちを歓迎し、彼は満面に笑みをたたえていた。そして彼は、ふたりをアパートメントに招き入れた。

ベビーシッターの務めがこれだけ長期にわたれば、誰だって疲れてくるだろう。たぶんチャールズは大人の相手に飢えているのだ。ライカーはそう考えながら、身をかがめてココのハグを受けた。「やあ、おチビさん。何か弾いてくれない？　いいロック・グループを知らないかな？」

ココは目を輝かせ、大きな笑みを浮かべて、パチンと手をたたいた。「エコー&ザ・バニーメン！」

チャールズはにっこりした。「すごくよさそうだね」

「最高のチョイスだ」ライカーは言った。「ポストパンクだよ」

これで魅力が若干薄れ、チャールズの笑顔は消えた。

ココはマロリーの手を取って、隣の部屋に向かった。しばらくの後、居間の男ふたりはピアノの連弾に耳を傾けていた。

ライカーは、気をもんでいる家の主《あるじ》の背中をぴしゃりとたたいた。「大丈夫さ。音楽が聞こえてるかぎり、マロリーは子供を殴ってないわけだからな」ここで刑事は、ブレイク寸前まで行ったあるガレージ・バンドの古い歌のイントロを耳にした。「おっと、これは名曲だよ。《クレイジータウン・ブレイクダウン》って曲――九〇年代初めのヒット・シングルなんだ」

クラシック好きの男はとまどいの表情を浮かべていた。チャールズ・バトラーのゴールデン・オールディーズはロック・ミュージックより何世紀も前のものなのだ。

隣の部屋では、ふたつの声が歌いながら高まり、澄んだ音色がメロディーの音階を駆けのぼっては駆けくだっている。リフレインに至ると、ふたりはガンガンとピアノをたたき、大きな声で力強く歌った。すごく楽しい――鍵盤の静かなさざめきを伴奏に、くすくす笑う子供の声がそう告げている。

チャールズは魅了されていた。「マロリーの歌を聴くのは初めてですよ」

ライカーは遠い昔に一度だけ聞いたことがある。あれは、重大犯罪課で彼女がささやかなロックンロール暴動を起こした日のことだ。子供サイズのキャシー・マロリーは遊び場で何か規則違反を犯したため、学校が終わる前に家に帰され、ルイ・マーコヴィッツは、妻が養女を迎えに来るまでのあいだ、子守りの任務に当たることになった。彼はキャシーの椅子と向き合う格好で、デスクに着いていた。キャシーの脚は当時はもっと短く、そのスニーカーは床の上にぶら下がっていた。あの子がルイとにらめっこを始めたのは、たぶんただ退屈だったからだろう。しかし彼女はふたりの小さな神経戦を音楽に結びつけ、歌詞によってエキサイトしていった。子供は親父さんにこれと同じリフレインを歌ってきかせた――狂気《クレイジー》はおなじみの場所。わたしは行ったり来たりする。行ったり来たりする――何度も何度も、そのあいだずっとあの異様な緑の目を親父さんに据えたまま。そしてルイは、彼一流のポーカーフェイスで、一本、また一本と、六本の鉛筆をへし折ったすえ、こう言った。「負けたよ」

きょう、この古い歌は、チャールズ・バトラーにあれと同じ作用を及ぼし、彼の神経を参らせている――そしてそれは偶然ではない。気の毒に、この男はマロリーに何をしたんだろう？

つぎの「――クレーイエーイエーイジー――」の調べに乗せて、ライカーは、フィービ・ブレッドソーと話をする、目に見えない死んだ少年のことを語った。「彼女の母親はそれを児童精神科医のせいにしてるんだ」刑事は手帳に書き留めた名前を見た。「ドクター・マーティン・ファイフって医者だがね。この男がフィービに不安を人格化させたんだとさ」彼は目を細めて自分の速記を眺めた。文章の、ときには、その丸一段落分の代わりとなっている、ばらばらの単語を。メモのほとんどは、ドアへと案内されていくとき、歩きながら書いたものなのだ。
「で、それが裏目に出たわけだ。子供は自らの悩みと向き合い――それと話し合うことになっていたんだが、彼女はただ聴くばかりだった」ライカーは顔を上げた。「イカレてるよなあ？その後、頭の医者は母親に、フィービは妄想を抱いている、何年ものセラピーが必要だと言った」彼は手帳を閉じた。「で、母親はその頭の医者をクビにしたんだ」

「母親の直感ですね」音楽はやんでおり、チャールズは、ふたりのピアノ奏者を監視するため、音楽室に目を向けた。「ドクター・ファイフは食わせ者です――実は精神科医じゃないんですよ」マロリーがココを脅しつけていないとわかると、彼はライカーに視線をもどした。「心理学の博士号は確かに持っていますけどね。患者にとって不幸なことに、彼の受けた教育は、漫画の通信講座以下なんです。でも心理劇（ドラマ形式で行う心理療法。患者が自らの問題を演じる）を行うのには別に資格はいりませんし、あなたがいま話してくれたことはまさにそれなんですよ」

チャールズは立ちあがった。彼に従って、ライカーは廊下を進んでいき、図書室に入った。その壁は全面、本に埋め尽くされており、書棚は高い天井までそびえている。ここまで来ると、ピアノの音は小さくかすかに聞こえるばかりだった。ココの保護者は開いたままのドアのほうに耳を傾け、ピアノの連弾をモニターしながら、雑誌がぎっしり並ぶ棚へと向かった。雑誌の木製ホルダーには、日付とタイトル――精神医学なんとか、心理学かんとか、など――のラベルが貼ってあった。

「フィービ・ブレッドソーは約十五年前にセラピーを受けはじめたわけですね？」

「だいたいな」チャールズが九〇年代のホルダーを引っ張り出すのを、ライカーは見守った。

「彼女みたいなケースならファイフは大急ぎで発表したでしょう。請け合ってもいい、きっとフィービ・ブレッドソーの件は出版されていますよ。実名は出ていないでしょうが、患者の性別や年齢は変えていないはずです。調べるのにはちょっと時間がかかりますが」

「おいおい、きみには直感記憶があるだろうに」

「すみません。あの阿呆の論文は一本しか読んだことがないもので」

ライカーは腕時計を見おろした。「おれとマロリーは、某地方検事補を急襲する予定なんだ。五時前にあのイタチをつかまえなきゃならないんだが」刑事は、テーブルにどんどん積みあげられていく専門誌の山を見つめた。「これには丸一日かかるのかな？」

「そこまではかかりませんよ」ココとマロリーを監督なしで放っておく気になれず、チャールズは大きな山をひとつ、いとも軽々と持ちあげて、居間へと運んでいった。コーヒーテーブルに雑誌を置くと、彼はピアノがまっすぐ見通せる席にすわった。

ライカーの荷の重さは半分だったが、高いほうの山の横にその山を置くとき、彼は日ごろ使わない筋肉に強い負荷がかかるのを感じた。

チャールズは、ただページを繰っていくように、速読と呼ぶには速すぎるスピードで活字を追っていった。その顔はきまり悪さで真っ赤になっている。それもそのはず。この男は、自らの怪物的な部分を一切見せたがらないのだ――その巨大な脳も、背の高ささえも。ごくふつうの身長の人間を見おろすとき、彼はいつも申し訳なさそうな顔をする。光の速さで読んでいるところを間近で観察されるとなると――これは屈辱《くつじょく》にちがいない。

ライカーは紳士的に目をそむけ、ピアノの前で歌うふたりを見つめた。彼の足がトントンと拍子をとる。そちらに目を向けたまま、彼は言った。「じゃあきみは、そのドクター・ファイフってやつをかなりよく知ってるわけだ」

「いや、名前と悪評を知っているだけですよ」チャールズは刊行物の一冊を掲げた。「昔、この雑誌がファイフの論文を査読に出したんです。それは八歳の少年のケーススタディだったんですが。あの馬鹿は子供に無認可の薬物を与えていました。それで査読者が——本物の精神科医が——ファイフの経歴を調べ、彼にはアスピリンを処方する資格さえないことがわかったわけです。その論文は薬物の違法な取引の証拠でした——ファイフは路上でその薬物を買っていたんです。でも、彼を最初の業務停止処分に追いこんだのは、児童を危険にさらした罪のほうです」

「最初の？　それじゃ何回——？」

「同処分三回です」

「医者の免許ってのは、いったい何をすりゃ剝奪《はくだつ》されるんだよ？」

「それには、倫理委員会の誰かを殺さないとね。復職の条件により、ファイフは児童を診ることができなくなりました。ですが、それもフィービ・ブレッドソーを救うには遅すぎたんでしょうね。心理劇とは何か、レクチャーしてあげましょうか？」

ライカーはぐるりと目玉を回した。

チャールズはほほえんだ。「ほんの一分ですみますよ。それくらい単純なんです」彼はライカーの隣の空っぽの肘掛椅子を指さした。「あなたの不安の原因がそこにすわっているんだと想像してみてください。そうしたら今度はそれに話しかけて。思いのたけを、あなたの不安や恐れをすべて吐き出すんです。こんなのは誰にでもできるゲームですよ。ロワー・イーストサイドには、授業にこれを取り入れている演劇学校があります」チャールズは別の雑誌を手に取ると、またページを繰りはじめ、途中で急に手を止めた。「ありましたよ」彼は読む速さを人間に近い速度に落とした。

ライカーは別室から流れてくる音楽に耳を傾けた。果てしない狂気の歌。マロリーの狙いはなんなのだろう？

チャールズが論文を読み終え、雑誌を閉じた。「ここに出てくる子供は、十一歳です。彼女のセラピーはクラスメイトの死の一カ月後に始まっています」

「その子にまちがいないよ」ライカーは言った。

ふたたび始まった歌に気を取られ、チャールズは音楽室に目を向けた。「ファイフの患者は悪夢に悩まされ、わずかな時間でもひとりにされることを恐れていました。彼女には一般的な談話療法は効きませんでした。そこでファイフは心理劇を取り入れ、それと同時に週に二回、向精神薬を服用させたわけです。そんなことをすれば、子供の頭は本当におかしくなりますよ。その結果、ただでさえいろいろ問題があったのに、彼女は妄想まで抱くようになったわけです。ファイフが馬鹿だってことはもう言いましたっけ？　彼なら、妄想を対処機制や空想に満ちた生活と混同したかもしれませんね」

「きみが言ってるのは、目に見えない遊び友達のことだよな？」

チャールズはうなずいた。一本の指が開いたページの一行をなぞっていく。「そう、ファイフはこう言っています。彼女の妄想は死んだクラスメイトという形をとっている。しかし少女はそれ以上何も言おうとしない。フィードバックは皆無。彼女はただ空っぽの椅子に耳を傾けている」

「母親は、フィービは内なる批判者に耳を傾けているんだと言ってるよ」

「それは通俗心理学ですね。でも、核心を突いているかもしれないな……もしこの少女が、少年の死になんらかの責任を感じているとすれば。これは、セラピー中の彼女の沈黙にも整合しますし。自分を蝕む秘密を守ることにかけては、子供は天才ですからね」

「彼女は頭がおかしいのかな？　フィービがその目に見えない子供を殺した可能性はあるかい？」

それが単純すぎる発想だったとしても、礼儀正しいチャールズはそうは言わなかった。

「わかりません」彼は雑誌を置いた。「これがフィービのことだとして……その妄想が持続しているとしても、ぼくに言えるのは、ドクター・ファイフが彼女を地獄に送りこみ、死んだ子供といっしょに閉じこめたということだけです。そして彼女は、いまもそこにいるわけです」

隣の部屋でクレイジーの歌が終わった。

第二十四章

フィービの兄さんは、きょうは学校に来ていない。フィービによると、ミスター・カーライルが彼の起こした新たな問題を処理し終えるまで、もどってこられないそうだ。小さな女の子に関係あるトラブルよ、と彼女は言う。ハンフリーは小さな女の子が大好きらしい。

なのにぼくはずっと、フィービの兄さんは女になりたがってると思ってたわけだ。でも、ミスター・カーライルって誰なの？　ハンフリーのセラピスト？

「ううん、彼はただのヒキガエル」フィービは言う。週に一夜、フィービの家は、お母さんのペットのヒキガエルでいっぱいになるんだそうだ。

これはもちろん、作り話じゃない。

アーネスト・ナドラー

何年か前、マロリーが仕立て屋でカシミアのブレザーの試着をしているところに、ライカーがふらりと入ってきたことがある。すると仕立て屋は、たぶんそれが正解なのだろうが、あの刑事の汚いスーツのしみがマロリーの新品の高級服に伝染《うつ》るのではないかと案じ、出ていくよう彼に求めた。

マロリーの相棒はおしゃれな男ではない。

しかし彼女は知っていた。ライカーは、蝶ネクタイについては確固たる意見を持っている。たとえば、いま、セドリック・カーライルの細首に巻かれている、この派手な黄色いやつみたいなのに対しては。カーライルは、大勢いる地方検事補のひとりであり、おそらくは、いちばん小さなオフィスをあてがわれている男だ。前回の改装まで、この狭苦しいスペースは倉庫だったのではないだろうか。現在、デスクがある場所には、きっとコピーマシンでも置かれていたのだろう。そのデスクの向こうの小男は、毎度、選挙の年に出てくるお笑い種《ぐさ》の候補者で、他の何よりもトレードマークの黄色い蝶ネクタイで世間に記憶されている。ライカーのファッション哲学では、蝶々結びは小さな女の子のお下げ髪か、ピーナツの殻から生まれてくる超小型犬の首輪専用のものなのだが。

カーライル地方検事補は口をすぼめ、ノートパソコンのキーボードに目を据えていた。刑事たちの存在を認めるふうはいまだなし。ひとりの来客にも狭すぎるこの部屋にふたりも来ているというのにだ。これまでの言いかたが控えめすぎたと悟ったのだろう、ライカーは、十五年前の《ランブル》の事件に関する尋問の言葉を変えた。「おれたちはあんたがトビー・ワイルダーに濡れ衣を着せて牢にぶちこんだ件でここに来たんだ」

地方検事補は当惑し、キーボードを打つ手をしばらく止めていた。たぶん、吠えるべきか、転がって腹を見せるべきか、決めかねているのだろう。しかし、小男はふたたび二本指でキーをたたきはじめた。

　これはマロリーが期待していた反応ではなかった。彼女は地方検事補のうるんだ目がきょろきょろ動くのを見たかったのだ。

　カーライルはパソコンの画面から目も上げずに言った。「出直してくれ」この狭い物置きの出口がわかりにくいとでも思っているのか、彼は手振りでドアを示した。「次回は、アポイントをとることだな」司法組織のヒエラルキーにおいて、地方検事補は警官より上なのだ。

　でもきょうはちがう。

「これは殺人事件の捜査なの」マロリーはデスクに身を乗り出し、地方検事補のノートパソコンをバシンと閉じた。「いまは誰よりもわたしたちが上よ」余分な椅子は一脚しかなく、そこには書類が積まれていた。彼女はそれを床に払い落として、腰を下ろした。

　同じく片手のひと振りで、本やペンを床に墜落させ、ライカーもデスクの一角に自分用の席を作った。適切なムードを設定するためのちょっとした暴力だ。「おれたちはトビー・ワイルダーの事件の扱いかたが気に入らないんだ」

　これで小男はすっかり引きこまれた。マロリーは満足を覚えた。それも大いに。相手は抗議もせず、義憤も表さない。おそらくカーライルはこれまでの生涯、対決を避けて生きてきたのだろう。でも、もうそうはいかない。マロリーは彼に嘘をつくために身を乗り出した。「ローランド・マンが言ってたけど、インチキの自供はあなたのアイデアなんだってね」

　地方検事補は両のてのひらを袖でぬぐった。罪悪感で汗をかいているのか？　ここで彼は泣き声をあげた。「わたしのせいじゃない。アル中殺しであの子に有罪の答弁をさせたのは、あの子自身の弁護士だからな」

　ふたりの刑事は目を見交わした。アル中殺し？　どのアル中だ？

「こっちはあの子を裁判にかけることもできたんだ」カーライルは言った。「そうすりゃ有罪を勝ち取れたろう――なんの問題なく」

「いや、そうは思えんね」ライカーは無頓着を装い、アル中殺しが初耳でないかのように言った。「あんたは裁判で勝ったことなんかないだろ」

「あなたの事件はどれもそこまでは行かない」マロリーは言った。「どの被告にも、答弁の取引をさせてるものね。それがあなたの得意技なんでしょう？」

　カーライルは検察官の笑みを浮かべた。連中が愚かな警官を説得するとき使うやつだ。「答弁の取引においては、犯罪者が軽い刑ですむ一方、納税者も裁判の費用を節約できる。誰もが得をするわけだよ」

「細かい部分を伏せておきやすいしな」ライカーが身を乗り出した。

　小男は身を引いた。

「そのとおり」マロリーは言った。「あなたがトビーを家庭裁判所に送ったのは、だからよね。記録は封印されるもの。それで……被害者を取り換えるというのは、あなたのアイデアだったの？　ナドラー少年と死んだアル中との交換というのは？　幼い少年への暴行事件を隠蔽《いんぺい》することに、あなたはどれだけ必死だったわけ？」

小男は勇気を取りもどし、椅子のなかで背筋を伸ばした。「ある一点に関しては、きみの言うとおりだ。記録は封印されている。わたしはその件についてきみたちと話すことができないわけだよ。あれが公正な取引だったということは言えるがね。トビー・ワイルダーは軽い刑ですんだんだ」

「小さな子供に対する虐待の代わりに、アル中殺しを認めたから？」

「より軽い罪を認め、刑を軽くする取引は始終、行われている」カーライルは言った。まるで、飲んだくれの浮浪者の殺害が軽犯罪の範疇《はんちゅう》に入るかのように。「わたしは常によい結果を得ているよ」

「へえ、そうかい？」ライカーは子供の死亡証明書のコピーをデスクに置いた。「あんたは殺人事件を隠蔽した。カーライルはこの確固たる証拠を見おろした。その肩ががくりと落ちた。これは重罪だぞ」

ああ……またしてもくじけたのか？

マロリーは手帳を開き、メモを見るふりをした。「十五年前――選挙に初めて出たとき、あなたは対立候補の二倍の金を使った……それでも負けたわけだけど」彼女は顔を上げ、男がびくりとするのを目にした。「あなたみたいな人間がどうしてそれだけの資金を集められたの？」

ライカーが、金の動機に対する彼女の愛の果実、財政の記録を広げた。「あんたんとこには選挙資金として現金の寄付がたくさん入ってるな」

「たいていの人は、クレジットカードか小切手を使うのに」カーライルの首が刑事から刑事へくるくる回るのを楽しみながら、マロリーは言った。彼女は椅子を離れ、デスクのうしろに回って、地方検事補の耳もとに顔を寄せた。「あんな額の現金が一枚の預金入金票に載っていれば、当然、怪しまれるわよね」

ライカーが身を乗り出して、小男の個人空間に侵入した。「現金だって足跡は残すもんだぜ、検事補さん。もしもおれたちが、寄付した連中の名前からあちこちの会社の従業員名簿に――その会社のオーナーたちにたどり着いたら？　そして、なかのひとりでも、答弁の取引のどれかでいい思いをしていたら？」彼はにやりとした。そのつづきは言う必要もなかった。

マロリーはカーライルの肩に手を置いた――ただ、彼をびくりと飛びあがらせるために。

「トビー・ワイルダーをアル中殺しに仕立てるよう、あなたに命じたのは誰なの？」

地方検事補は立ち往生し、選択肢を秤にかけていたが、どちらの刑事もこの質問への答えは期待していなかった。出訴期限法も、殺人事件における共謀罪から彼を救うことはできない。殺人の罪は決して消えない。

ここでタイミングよく、ライカーが比較的簡単な要求を出した。「トビー・ワイルダーの自宅の捜索令状をとってくれ」

カーライルは頭を垂れた。「それには相当の根拠が必要だよ」

「何か見つけるんだな」ライカーは言った。「判事がごちゃごちゃ言うようなら、市警長官代行に電話しな。あんたと彼は長いつきあいなんだろう？　ローランド・マンはあの昔の殺人事件の担当刑事だったんだから――いいか、おれが言ってるのはアル中殺しのことじゃないぞ」

マロリーは死亡証明書の上にぴしゃりと平手を乗せた。「彼が言ってるのは、この男の子のことよ！」彼女はカーライルの椅子を右へ左へ回転させた。まだ彼との遊びは終わっていない。「その令状はアパートメント・ビルの共有部分の捜索も含むものでなきゃならない——それに、地下室も。わたしたちは殺人の道具をさがしているの。あなたは十五年前、トビーに濡れ衣を着せている——だったら、《ランブル》の殺人、もう数件で彼を締めあげるのも、そうむずかしくはないはずよ」

そのアパートメントの管理人はちらりとしか令状を見なかった。彼はベルト通しにつけた無数の鍵を不機嫌そうにのろのろ選り分け、正しい鍵をさがした。そしてようやくドアが開き、ふたりの刑事はトビー・ワイルダーの部屋の暗い居間に足を踏み入れた。

ライカーは、地方検事補の魂を手に入れたことに大満足していた。これからは、令状はもらい放題だ。相当の根拠がないことは障害にならない。

カーテンを開けると、十年も拭いていない窓ガラスが現れた。ダクトから拡散する陽光がカウチと椅子を照らし出す。その肘掛けは汚れ、擦り切れ、カバーには焼け焦げの穴があいていた。古い型のテレビは画面が砕けている。たぶん例の若者が癇癪《かんしゃく》を起こしたのだろう。そう、まちがいない。テレビの壊れたガラスの向こう側に、ワインの空き瓶が見える。

この部屋には敗残者のにおいがする。二日酔いの朝の嘔吐《おうと》のかすかなにおいが。

マロリーのスコアブックにおいて、ライカーは超ぐうたら者として上位にランキングされている。だから彼はトビー・ワイルダーの部屋をライバルの目で見回した。床に脱ぎ捨てられた衣類——よし。何日も前のテイクアウトの容器——よし。窓の桟のハエの死骸——まるで我が家のようだ。だが、さらによく観察して、彼は気づいた。自分とこの部屋の若者のあいだには他にも共通点がある。ビールの空き瓶や空き缶。単に酒をたしなむ人というには数があまりに多すぎる。

それに、厄介な常習癖はもうひとつあった。ふたりに共通しないやつが。ただし、トビーが嗅ぐなり吸うなり飲むなりしているものがなんなのかは、すぐにはわからなかった。ドラッグの使用を示唆するものは、ズボンやジーンズの裏返されたポケットだけだ。それと、カウチの前の床の埃が最近、掻き払われた痕跡。これは、よく晴れた新しい一日の、生《き》のままの醜さを取りのぞくため、こぼれたコカインの粉や転がり落ちた錠剤を朝方さがし求めた証だ。ライカーなら目覚めたとき、完全に空ではないボトルをさがすだろう。しかしこの若者は、なんでもいい、心臓を始動させるものを求めて、床を漁ったわけだ。そして向こうの隅では、マロリーがかがみこみ、薬の空き瓶を二本回収している。

「どっちも路上での価格は安くない」彼女はライカーに瓶を手渡した。彼はラベルを眺めた。オクシコドンのバリエーション。ヘロインより常習性は高く、どちらもトビー・ワイルダーに処方されたものではない。

「彼は痛み止めが好きなんだ」開いたままの戸口からローランド・マンの声がし、刑事たちはそろってそちらに目を向けた。「ヴィコディン、オクシコンティン。睡眠薬も必要としている。

捜索令状を麻薬所持容疑でとったのはだからなのさ」

「あんたはこの若者が依存症だと知ってたわけだ」ライカーは言った。「つまり、ずっと彼を監視してたんだな」

「彼が現在も関心の対象であることは認めるよ」ローランド・マンは室内に入ってきて、ふたりに背を向け、色あせた壁紙に語りかけた。「ここは家賃統制されている部屋でね、トビーは母親から賃貸契約を引き継いだんだ。彼女は、息子がスポッフォードに送られたあと、自宅のコンドミニアムを売って、ここに移ってきたんだよ」

スポッフォード。子供用のあの刑務所が閉鎖される前、それは、ニューヨークの親たちが反抗的な我が子に、いまに地獄に堕ちるぞと言うとき、引き合いに出す名前だった。トビーの薬物常習癖は驚くには当たらない——彼がどこに収監されていたかを思えば。

ふたりの刑事は短い廊下を進んでいき、キッチンとその悪臭を通り過ぎた。マロリーがドアのひとつを開けると、チンツのカーテンが掛かり、乱れたままのベッドが置かれた部屋が現れた。それは、死んだ母親の部屋にちがいなかった。ラベンダー色のスリッパが小さな敷物の上にそろえられ、いまも主《あるじ》を待っている。掛け布団の上には、本が一冊、伏せてあった。たぶん開かれているのは、亡くなる前、その婦人が最後に読んだページなのだろう。埃の層は、何年も払われないまま、いたるところに積っていた。聖堂として保存された部屋？　そうとも。

この麻薬常習者は、母親を愛していたのだ。

ライカーはつぎのドアを開けた。なんてこった。彼はもっとよく見ようとなかに足を踏み入れた。やはり壁紙じゃない。「おい、これを見ろよ！」

ローランド・マンとマロリーが彼につづき、第二の寝室に入ってきた。小さな箪笥《たんす》と狭いベッドがあるだけの、修道僧の独房。床はきれいに掃き清められている。トビーは混沌のなかに整然たる一角を切り開いたわけだ。四方の壁は、音楽に埋め尽くされている——床から天井までの全スペースが、音階、拍子記号、何千もの音符に。ライカーの楽器はギターだ。彼も譜面を読むことはできる。しかし、これには歯が立たなかった。「こいつは恐ろしくむずかしい和音だな」

マロリーが狭いベッドを壁面から引き離した。すると音楽はそこにもあった。それに箪笥のうしろにも——さらに音楽が。

ローランド・マンだけはまったく驚くふうがなかった。「あの坊主はジュリアード音楽院への直通コースに乗っていた。しかし彼ならこの国のどこででも、全額給付の奨学金をもらえたろうよ」市警長官代行は、着信音が鳴っている自分の携帯の画面を眺めた。「まだ十三のトビーに、いくつもの大学が求愛していたんだ。あれは音楽の天才だな」

センター・ストリートの最高裁判所に入るとき、ローランド・マンは、高い地位の政治家やその他の犯罪者が使用する地上一階の入口を使うこともできた。しかし彼はそうはせず、この壮麗なギリシャ神殿に至る長い階段をのぼることを選んだ。建物に入ると、彼は押し合いへし合いする平民の群れに混じって検問所のチェックを受けた。周囲の者は誰ひとり彼に気づくふうはなかった。また、彼が市警長官代行に出世したのはつい先日のことなので、その顔は金属探知機の担当係員たちの記憶にも刻まれていなかった。彼らはただ先へ進めと合図し、マンは晴れて、高い柱の取り巻く円形建築物《ロタンダ》に入場できる身となった。なかの広大なスペースは、鉄製の巨大シャンデリアと丸天井の中央から射しこむ陽光に明るく照らされていた。この芸術的建築物は、巨人にふさわしい規模に作られており、なかにいる生き物はみな虫けらサイズになっている。夥《おびただ》しい数の虫たち——弁護士、制服警官、判事、陪審員。ここは、昇りゆくスターが負け犬といっしょにいても、怪しまれずにすむ場所だ。

彼は、その負け犬の黄色い蝶ネクタイが、エレベーターへと誘導される陪審員の一団のなかで上下に弾んでいるのを認めた。

十五年間、選挙のたびに出馬してきたというのに、有権者のなかにあの小男の名前を覚えている者はひとりもいない。しかし彼の珍妙なネクタイに言及すれば、誰もが「ああ、あいつね」と言う。政治コンサルタントの故ジョン・ブレッドソーは、それが人目を惹くことから派手な黄色の蝶ネクタイを彼にすすめた。そしてセドリック・カーライルは（なんて馬鹿なやつ）自分のアドバイザーの通り名が〝皮肉屋野郎〟であることをまったく知らなかったのだ。

地方検事補が急ぎ足でやって来たとき、ローランド・マンは手を振り返さなかった。彼の心はよそにあった。妻はきょう、うちを出ていく勇気を奮い起こせるだろうか？　円形のロビーをぶらぶらと横切っていくあいだも、彼はほとんど相手の話を聞いていなかった。

セドリック・カーライルは彼の隣をバタバタと歩きながら、泣き声をあげている。「アル中殺しの証人の供述書を提出させられるかもしれないんだ。たのむから、コピーをとってあると言ってくれ」

「未成年者の記録の？　封印された記録のか？」ローランド・マンの目は、小男の頭の向こうの遠い一点に注がれていた。「なぜコピーが必要なんだ？　きみはその証人たちについて、マロリーやライカーと話すことさえできないんだぞ――いまの仕事と弁護士の資格を失いたくなければな」

カーライル地方検事補は、歯を食いしばり、両手を握り締めた。それに、尻もすぼめているにちがいない。どうしよう？　どうしよう？「やつらが帰った直後に、ウィリー・ファロンが電話を寄越したんだ。彼女は、あの刑事たちがアーネスト・ナドラーの古い事件のことをどこまで知っているのか訊いてきた」

「新しい事件だ。ナドラー少年の古い事件など存在しない。あれはきみのアイデアだったろう？　きみとトビー・ワイルダーの弁護士とでしたことじゃないか」よし、やっと黙ったか。これで用事はすんだ。市警長官代行は歩み去った。タクシーをつかまえ、家に帰るために。

うちのなかは空っぽだろうか？　それとも、アニーはまだ留まっているだろうか？　〝断食芸人〟の殺人が明るみに出て以来、彼は毎日それを占っている。

第二十五章

ぼくたちは、《ランブル》のなかまでトビー・ワイルダーをつけていくようになった。やろうと言い出したのはフィービだ。でも、遠くまで見失わずに追跡できたことは一度もない。ときどき、あの森のなかで道に迷うこともある。そんなとき、ぼくたちは心臓をバクバクさせ、悲鳴をあげながら、小道を駆け回って出口をさがす。見かける人間は全員、イカレた殺人鬼かもしれない。少なくとも、ドリスコル校の廊下をうろつくやつらよりは危険だろう。フィービは、これはいい訓練になると言う。ここは〝モンスター・スクール〟なんだよ、と。

アーネスト・ナドラー

その介護用バンは、ウィルヘルミーナ・ファロンのイメージする贅沢《ぜいたく》な乗り物にはほど遠い。そのうえ、運転手は不機嫌になりだしていた。グリニッチ・ヴィレッジのいかがわしい通りに入ると、彼女はある赤煉瓦《れんが》の建物の前で車を停めるよう彼に命じた。そのアパートメント・ビルこそ、トビー・ワイルダーの住まいかもしれないのだ。電話帳のスーザン・ワイルダーの情報は、ウィリーに残された唯一の手がかりなのだが、その電話には何度かけても誰も出なかった。

運転手が後部のドアを開け、車椅子の乗客のために油圧式の乗降段を下ろそうとした。「必要ない」そう言って、ウィリーは車椅子を放棄した。怪我人の偽装すべてを。彼女は歩道に降り立つと、サングラスをかけ、バッグに手を入れて茶色い金《かね》の袋をさがした。チップはたっぷり払った。高額の金を見て、男の目が輝く。彼女にどれほどひどい扱いを受けたか、あのふたりのおまわりと話をしたことで、どれほど叱られたか、この男はもう忘れただろう。

「ここで待ってて」ウィリーはアパートメント・ビルのほうを向いた。背後で、タイヤがゴムを焦がし、歩道から離れていく。猛スピードで走り去っていきながら運転手が笑っているのが、聞こえたような気がした。

最低。

空いた駐車スペースはその直後、警察の車によって埋まった。バッグのなかの錠剤は病院でもらった合法的な処方薬なのだが、ウィリーは束の間それを忘れ、道の向かい側へと退却した。振り返ってみると、制服警官が車両の後部ドアを開けるところだった。男がひとり、後部座席から現れた。車を離れるとき、彼は自らの大きな鼻に先導されていた。背の高い男。リッチな男。いいスーツ。それに、いい体だ。小さな赤毛の女の子が彼のあとからもぞもぞと出てきた。奇妙なペア――カエルの目をした巨人と漫画の笑みを浮かべた子供。

ウィリーはバッグをかきまわし、携帯電話を取り出すと、観光客を装ってそのコンビの写真を撮った。警察の車が走り去った。彼女はトビーのアパートメントのほうへゆっくりともどっていった。そして、道のまんなかで足を止めた。

安物のスーツを着た図体のでかい凶悪そうなやつが建物から出てきて、仲間の化け物ふたりに挨拶した。そいつは恐ろしい顔をしていた。笑顔でかがみこみ、女の子の小さな手を取ってそっと握手したときでさえ。彼は、ギャングの殺し屋のイメージそのもので、ニューヨークの基準に照らしても典型的なベビーシッターとは言えない。にもかかわらず、女の子はその男にあずけられ、長身のカエル男はひとりで建物に入っていった。ウィリーは歩道に上がり、女の子が新しい守り役を名前で呼ぶのを耳にした。ジェイノス刑事。

またおまわりか。

アパートメントに入るのをあきらめ、彼女は上を見あげた。すると、三階の窓枠のなかに制服警官数名の姿が見えた。いったい何が起こっているんだろう？　トビー・ワイルダーは逮捕されたんだろうか？　それに、なぜ小さな女の子が――

ああ、まずい。

歩道の刑事がこちらをじっと見ている。もっと秘かに観察すべく、ウィリーは携帯の小さな画面に視線を落とした。謎の子供が男の袖を引っ張る。男の目が女の子の目を見おろすと、女の子は彼に、ネズミを溺れ死なせるには三度トイレを流さねばならないことを教えた。「四度まで行ったら奇跡だよ」

黒いサングラスを下ろすと、ウィリーは歩道のなかほどまで進み、かがみこんで目の高さを子供に合わせた。「あたしはネズミが好きだけどね」

たぶん、ネズミが正気のニューヨーカー全員の敵だからだろう、いまや凶悪そうなおまわりは疑いをたぎらせていた。子供の背後で、彼はバッジを掲げ、口の動きでこう命じた。行け。

ウィリーは道を渡って、向かい側の建物の階段にすわった。お粗末な決闘だが、彼女は携帯電話のカメラでもう一枚、写真を撮り、ジェイノス刑事も彼の携帯で彼女の写真を撮った。

ジェイノスとココがうまくいっているようなので、チャールズ・バトラーは三階まで階段をのぼっていき、制服警官によってその部屋に通された。なかに入ると、短い廊下の突き当たりの一室にふたりの刑事が立っているのが見えた。

「やあ、チャールズ」ライカーが彼に気づいて手招きした。

チャールズは言い合いのまっただなかに足を踏み入れるはめになった。

マロリーが汚いなりの男をにらみおろしている。鍵の束をジャラジャラ下げていることから、男はアパートメントの管理人にちがいなかった。そして、彼女にこう言ったとき、彼は怒りをあらわにしていた。「あんたんとこの連中は、おれの車からウィンチを持ってった。おれの車からだぞ。トビーは運転しないんだ。おれにはあのウィンチが必要なんだよ。ジャージーまで家具を積んだトレーラーを引っ張ってくんでな。それがおれの副業なんだ。短距離輸送がさ。いつ返してもらえるんだ？」

チャールズがあんぐり口を開けて、壁面を隙間なく埋め尽くす音符や記号を見つめていると、警官がひとり部屋に入ってきて、コードレスのドリルを掲げた。「地下でこれを見つけましたよ」

するど、怒れる管理人が叫んだ。「それは個人の持ち物だぞ！　おれにはそのドリルが必要なんだ！」

「預かり証を渡すから」マロリーは体を半回転させ、壁一面を覆うこの衝撃的な音楽の展示を手振りで示した。「で、これはどういうこと？」

「ずっと前からそうなってるんだよ。あの坊主が少年院から出てきたときにやったんだ――そう、十年前だったかな」

マロリーがうなずくと、管理人は出ていった。つぎに、巨大なカメラを持った小柄な女が入ってきた。ライカーは女に音楽の壁を残る隈《くま》なく撮影するよう指示した。そしていま、ふたりの刑事が天才に関する専門家にそろって顔を向けた。

「これはジャズですね」チャールズは言った。「そのことは、背の高い和音からわかります」垂直に積み重なった音符のひとつに、彼は手を触れた。「三和音《トライアド》より背が高い……あまり参考になりませんか？」

うん、どうやらそうらしい。ライカーはただ肩をすくめた。そしてマロリーは、もちろん、いらだっていた。

「あれは、Gサーティーンス、イクステンド・コードです」チャールズは言った。「イクステンド・インターバルもヒントになりますね」

ライカーが笑みを浮かべた。「何小節かきみがハミングするってのは無理なんだろうな」

「そうですね。底に流れている旋律はあるんですが、これは複雑な管弦楽曲なんですよ」

「昔のビッグバンドの曲みたいなやつか？」

「もっと大規模な――フル・オーケストラの交響曲です」チャールズは楽器の名前をつぎつぎと挙げながら、別のエリアを指し示した。「木管楽器、金管楽器、弦楽器。それに、ほら、あそこ――パーカッションのパートもある。ここには、サキソフォンの補足パートも。どこかに紙の楽譜はありましたか？――こんなふうに表記されたのが？」

「そんなものひとつもない」マロリーが言った。「音楽は皆無。この男はステレオすら持ってないの。たぶんドラッグを買うために質に入れたんでしょうね」

「それに、唯一のラジオもぶっ壊れてるしな」ライカーが言った。「ツイてない日に壁に投げつけられたらしい」

その若者のなかに一曲の音楽しかないとは、信じがたいことだった。「五線紙に書き写せば、他の作品の影響について、専門家に意見を聞くことができますが。ジャズはぼくの得意分野じゃないんです」

「実のところ」ライカーが言った。「おれたちはただ、その若いのがイカレてるのかどうか、知りたいだけなんだがね」

「ああ……そうですね、ぼくならこれを精神障害の証拠とは見ませんよ」チャールズは、あちこちに見られる、音符が白く塗りつぶされ、書き直されている箇所を指さした。重ね塗り、つまり、アーティストの心変わりは、メロディーの核心にまで及んでいる。なおかつ、これらの変更は注意深く書きこまれ――いちばん最後に行われていた。「この若者は、最初、大急ぎで譜面起こしを始めたんです。旗や速度記号の傾きから急いで書いたことがわかりますよね。ピリオドはほとんど線になっている――まるで、一刻も早く全部書き留めなきゃいられないという感じです。ほとんどの部分に、継ぎ目のない、ひとつづきの作業らしい特徴が見られます。ですが……やはり彼は非常に長い時間これに取り組んできたんだと思いますね。壁に向かう前には、すでにいくつもの楽器とオクターブの変化を統合し、それらをブレンドさせていたんですよ。たいていの人は、異なる楽器には同じピッチが使えないことを理解していませんが――」

彼は自分の聴衆、退屈したふたりの刑事を振り返った。「すみません」そして、ふたたび壁に目を向ける。「この若者には、これを書きはじめる前に、すでに自分の管弦楽曲が完成された作品として聞こえていたんです。この部屋に音楽がないこと――歌の聴けるラジオさえないこと――これは実に意味深長です。まるで、何年も前に、彼は自らの音楽をすべて、ひとつの狂気じみた行為によって放出してしまった、という感じです。そしてそのあとは……沈黙があるのみ、というわけです」

「彼はヤク中なの」マロリーが言った。「たぶん、スポッフォードでやるようになったのね。それ収監先をさがし当てた警官によると、彼は他の受刑者たちから暴行を受けていたそうよ。それでも彼は身を護ろうとしなかった。だから一般の収監者から隔離されていたらしいの」

「隔離は断続的に行われていた」ライカーが言った。「彼が十三歳のときからだ」

「子供を独房に入れたんですか？　それはひどいな」だがそれで、この四方の壁、音楽の流れのなかにあるものがすべて明らかになった。そしてチャールズは、最後の音を一種の死とみなした。若者のもっとも優れた部分はすっかり流れ出てしまったのだ。

トビー・ワイルダーは夢見心地で、火星の小さな重力のなか、ふわふわと日々を送っている。空気はない。街の喧騒は、鎮痛剤で痺れた脳の詰め綿を通して聞こえてくる。故郷の星のウェイトレスは、彼に二度、同じことを訊かねばならなかった。「いつものでｒ？」

「うん」空腹であろうとなかろうと、彼は決まってレタスとトマトの入ったチーズバーガーを注文する。完璧な食品グループ。彼の母はそう言っていた。

母に連れられ、初めてこの店に来たときのことを、彼は思い起こした。あれは釈放の日の翌日だった。彼が収監されているあいだに、母はアップタウンのコンドミニアムを売って、このエリアに越してきていた。職場に近いから。それが当時、母から聞かされた理由だ。後に彼は真実を知った。母は、自分が逝ったあとも我が子が暮らしていけるよう、コンドミニアムを売って年金を購入したのだ。母は彼に、観光客をひどく混乱させる迷路、ウェスト・ヴィレッジの街の歩きかたを教えた。そして、ともに過ごしたあの一年、彼は毎日、このテーブルに母と向き合ってすわった。ふたりは、まだ十七歳の彼の将来を話し合った――彼の可能性はすべて少年院で死んでしまったというのに。そこで、彼は二本の歯と、純潔と、自尊心を失ったのだ。

だが彼は、苦痛とそれよりもっと悪い諸々のことへの耐性を身につけていた。十三のとき、彼は母親を求めて泣いた。十四になると、暴行による怪我を理由に医師たちに薬をせびることを覚え、充分な数の骨が折れたときは、孤独に浸れるひとり部屋を勝ち取った。そして面会日のたびに、彼は母の手を握り、ここもそんなに悪くないと言った。

いまの彼は、薬による軽い酔い以外、何も感じない。そして、母は死んでいる。彼に残された形見は、この古いランチタイムの習慣だけだ。これこそ、彼が腕時計をしている唯一の理由だった。しきたりのチーズバーガーがなければ、彼の一日の骨組みもなくなるだろう。

フィービは、トビー・ワイルダーがバーガーを食べ終えるのを見守っていた。

〝死んだアーネスト〟が、金のライターを無意識にさすっている彼女の手を見つめる。「そんなことしてると」彼は言った。「いまに日付が消えちゃうよ。もうほとんど読めないもんね。ただの傷みたいに見えるじゃない」

彼女は黄金のお守りをバッグにしまった。

トビーがカフェをあとにすると、フィービは償《つぐな》いを行うためにうちに帰った——死んだ少年に漫画本を読んできかせるために。彼はポケットから両手を出すことができないのだから。

生身の子供、本物のアーニー・ナドラーは、大の漫画好きだった。それは彼の宗教であり哲学だった。ある日の放課後、アーニーは父親の書斎に彼女を連れていき、まるで金庫室を見せるように本棚のひとつを開いた。そこには、彼女が過去に目にしたことがないほどたくさんの漫画本があった。何段もの漫画、壁一面の漫画。それはアーニーの父のコレクションだった。なかには一九三〇年代に出版された本もあり、それらはアーニーの祖父が所有していたものだった。

あの日、アーニーは自分のいちばん大事な思い出を彼女に話してくれた。幼稚園のころ、寝る前のお話の時間に、お父さんがその貴重な蔵書のページを繰って、ひと粒種の彼に漫画を読んできかせたことを。

「漫画のヒーローが好きなのはうちの一族の遺伝なんだよ」アーニーはそのときそう言った。だからもちろん彼女には、なぜ彼が死なねばならなかったかがわかる。

第二十六章

〝蜘蛛女《くも》〟は変異している。今朝、代数の授業のとき、ウィリー・ファロンは新たに整えた爪、鋭く尖らせたやつをぼくに見せた。彼女は指を曲げて、その爪をぼくの目に近づけた。あのかぎ爪は、自分をもっと獣っぽく見せるためだったんだろう。たぶん猫っぽく？　まあ、ウィリーみたいな昆虫は、かなり出世しなきゃそうはなれない。でも、彼女の言いたいことはよくわかり、授業が終わるなり、ぼくは逃げた。

アーネスト・ナドラー

チャールズが鍵を開けているあいだに、ココは護衛のパトロール警官にさよならのハグを、玄関の警備の警官にはこんにちはのハグをした。

うちに入ると、チャールズはトビー・ワイルダーの部屋の壁の写真が入った封筒を下に置いた。それから、紙袋を開け、さきほど文房具店で買ったもの、音符を書きこむ剝ぎ取り式のノートを子供に見せた。「五線紙だよ」

一時間後、彼らはキッチンテーブルに向き合ってすわっていた。ふたりのあいだには、ポップコーンのボウルとジャズ・シンフォニーの楽譜がある。警察の写真の順番は難なくわかった。

音楽はロジックに従って進行する。チャールズは写真の音符を手早く五線紙に書き写していた。子供のほうはまだ、彼が放り出した一枚目の写真と格闘している。書き取りに対するココの興味は薄れつつあるようだ。彼女の注意を引くため、チャールズは手を振った。いまや疲れ果て、彼女は手を振り返して、のろのろと笑みを浮かべた。

「ねえ、ココ、お昼寝をしたら遅くまで起きていられるよ。今夜はお出かけする予定なんだ」

ミセス・オルテガには夜の子守りをたのみたくない。あの女性はこの子にからむことでは一切、報酬を受け取ろうとしないから。「ジャズは好き？」

ココはうなずき、うつむいて、楽譜の書き取り作業にもどった。その表情は真剣そのもの。この課題に対する彼女の集中力は、予想より長く持続している。そしていま、彼は気づいた。これは、マロリーのためにしていることだからなのだ。おそらくあの関係にもいい面はあるのだろう。たいていの場合、一方的にしゃべるだけのこの子も、愛するあの刑事とは本物の会話をする。

チャールズは、ココの奇妙な書き取り作業を見つめた。音符のない旗、棒のない音符、数字や記号が魔訶不思議な順番で配置され、それらの一部がたまたま五線に触れている。これはまったくなじみのない絵文字だ。もう一度、孤独なふたりは手を振り合った。同じキッチンテーブルに着いていて、それぞれの惑星から。

ひとつだけ明白なことがあった。ココは小さな夢を抱いている。その夢は決してかなわないだろう。

ココは鉛筆を置いてドアを見つめた。耳をすませ――マロリーを待ちながら。

「ウィリー・ファロンがトビーの住まいを見に来ていました」ジェイノス刑事は、ファックスされてきた携帯電話の記録をデスクに置いた。「彼女は、彼を見つけるために電話帳のワイルダー全員に当たったったんです」

コフィー警部補は、自分のデスクトップ・コンピューターの画面を見つめ、ジェイノスの携帯電話からダウンロードしたあのセレブ女の画像をつぎつぎクリックしていった。「病室の警備担当はどうした？　いったい彼はどこに行っていたんだ？」

「彼のボスの巡査部長と話したんですが」ジェイノスは言った。「ウィリーは警察の保護をことわったんだそうです。だから警備の警官は呼びもどしたとのことでした」

「で、あの阿呆は、うちの犯罪被害者が街を勝手にうろついていることをいつおれたちに教える気だったんだ？」ジャック・コフィーは片手を上げて、もういい、と伝えた。彼は刑事部屋に面した窓に目を向けた。

階段室のドアに近い席に、アーサー・チュウがすわっている。制服組の銀バッジと刑事の金バッジのあわいを漂う、白バッジの私服警官だ。重大犯罪課は、マロリー不在のあいだ、よその署からチュウを借りていた。彼は尾行で活躍した――大活躍だ。そしてコフィーは、あの若者を所属部署に返すのを怠っていたのだ。

「アーティ・チュウを尾行につけろ。事件終結までウィリーを追いつづけるように言え。あの女はいまどこなんだ？　わかってるのか？」

「見つけましたよ」ジェイノスが、携帯電話のアンテナ塔が送り出す位置特定の信号のデータを掲げた。「ウィリーはまた病院に向かっているようです」

最後の鎮痛剤の効果はすでに失われていた。痛みと疲労を覚え、ウィリー・ファロンは病院のベッドに横になるのを楽しみにしていた。それに、いつまでも消えない筋肉と腱の痛みを和らげるために、鎮痛剤を追加注文しなくては。病室に向かう途中、彼女は廊下の時計を通り過ぎた。ちょうどいい。もうすぐ理学療法士によるつぎのマッサージの時間だ。ああ、それに、看護師たちの神経をずたずたにする、あの特別なボタンも使いたい。

ドアを開けると、清掃員がベッドからシーツをはがしているところだった。へえ、いつもいるホテルより行き届いているじゃない。別の職員、〝ちょっと、あんた〟という名の看護師が、ベッド脇のテーブルの前に立ち、薬瓶をかき集めて箱に入れている。

「ちょっと！　その薬、まだ使うかもしれないんだけど！」

「もういいんです」看護師は言った。「あなたは退院したんですからね、ミス・ファロン」

「ありえない。チェックアウトしてないもの。あたし、用事があって出かけてただけなの」つけまわすべき相手に、脅すべき相手――実に忙しい一日だった。でもいまの彼女は、ベッドと薬とメイドのサービスを切望している。それにあのマッサージ――ああ、ぜひともあれをたのみたい。「もうもどったから。医者をここに寄越して。もっと薬がいるって伝えてよ。さあ、早く！」

留守のあいだに何かが変わっていた。看護師はもう殴られた犬みたいな顔はしていない。それどころか、何やら楽しげにさえ見える。ウィリーはそれを正してやるつもりだった。「あんた、ちゃんと聴いてるの？」

看護師は回収箱に最後の薬瓶を入れた。「お支払いはもうすんでいます。あなたは退院したんですよ。このベッドは空けてもらわなくてはなりません」

「うちの親が支払いをしたのね？」

「ご両親の弁護士が」

「でも、電話はあったんでしょう？　あたしに替われって言ってた？」いまのはひどくものほしげに聞こえたろうか？

彼女を嫌っていながらも、看護師は笑いを引っこめた。その目には憐れみに近いものが現れていた。

「うちの親たち、あたしに伝言を残してない？」

この質問の答えはものすごく重要だ。看護師もそれを察したにちがいない。こう言ったとき、彼女の声は和らいでいた。「そうですね……記者たちは一日じゅう電話してきていましたよ」

この女はいい気味だなどとはみじんも思っておらず、ただウィリーが明らかな結論を導き出すに任せていた。マミーとダディーは電話をかけてきていない。この先、かけてくることもないだろう。

ウィリーはむきだしのマットレスにへたりこんだ。痛みと疲労と空腹をかかえて。彼女のホテルが提供するのはベッドだけ、それ以外のサービスはない。今後は、誰が面倒を見てくれるっていうんだろう？　気落ちして、彼女はバッグを開け、魔法の紙袋を取り出すと、現金をひとつかみ貢物《みつぎもの》として掲げた。「泊まらせてくれない？」

「ベッドを空けなくてはならないんです」

みんながあたしを愛している。みんながあたしを崇めている。

カメラ、カメラ、まわりじゅうにカメラ、フラッシュ、ストロボの光がある。

生き返ったウィリー・ファロンは、四服のコカインで活気づき、ホテルに寄せられた長いリムジンの前に立っていた。パパラッチに配慮し、彼女はサングラスをはずして、彼らの指示（「ねえ、ウィリー、笑って」「ウィリーちゃん、こっちを向いて」）に従った。この記者の一団がマイクを突き出し、訊ねているのは、彼女がどこに行っていたのか、町にもどってどれくらいになるのか、ではなく、彼女が〝断食芸人〟の被害者、ハンフリー・ブレッドソーと知り合いなのかどうか、だ。それに、もうひとりの被害者は？　「ミス・ファロン、《ランブル》の第三の被害者は誰なんです？」

ウィリーはそれらの質問を無視した。彼女にはもっとよいネタがある。それを語り終えると、彼女は身をかがめてリムジンに乗りこみ、運転手にマロリー刑事の名刺を渡した。「それが行き先よ」車が走りだすと、彼女はうしろの窓を振り返った。よしよし。記者たちは追ってきていた。

「いや、事実無根だ！……そう、そのとおり。嘘っぱちだよ！」

ジャック・コフィーは一方的に電話を切った。相手は、ネットワーク放送の某情報番組の調査係。病床のウィリー・ファロンに暴行した刑事とは誰なのか——そう訊ねてきた調査係は、これで三人目だ。ああ、くそ。なぜよりによっていま、暴行なんて話が出るんだ？　マロリーのバッジは、仮に刑事局長が取りあげなくても、市長がきょう取りあげるだろう。でっちあげの暴行罪のためではなく、まずい報道が出たがために。

　警部補は通りに面した窓の前に立ち、神がいるであろう空を見あげた。そして彼は両手を広げ、こう訊ねた。「で、マロリーはあなたに何をしたんです？」

　下に目をやると、署の前の歩道に記者たちが集まりだしていた。いまいましいリンチ集団。彼は刑事部屋に面した窓のブラインドを上げた。彼は手をひと振りし、さきほど取り次がれた来客、〝西洋最強のビッチ〟を通すよう、ゴンザレス刑事に合図した。ミス・ファロンはここ三十分、待たされつづけて、ぷんぷん怒り、文句を並べ立てていた。

　相手が口を開くより早く、警部補は言った。「申し訳ない、例の件はすでにわたしの手を離れているんです。いまでは、あれは民事ですので——いや、あなたが記者連中の前であの刑事の名を出せば、そうなるということですが。彼女の弁護士があなたを訴える手続きをとるでしょう」

「いったいなんの――」

「彼女の弁護士の氏名と電話番号をお教えしますよ」警部補はローロデックスをぱらぱらと繰っていった。「ロビン・ダフィーだったかな? うん、そうだ」彼はゴンザレス刑事を見あげた。「きみも知ってるよな、あの男――しばらく前にFBIの捜査官たちを訴えて――さんざん痛めつけた?」

こんなおとぎ話には少しも感心せず、ウィリー・ファロンは笑いを浮かべた。「あたしがここに来たのは、マロリー刑事に対する訴えを提出するためなんだけど」

「警察の蛮行」コフィーは言った。「記者連中はそう言っていますね。その種の訴えは、内務監察部に提出されるべきものです。しかしそれは、あなたが保釈されてからでもいいでしょう。ゴンザレス刑事があなたの記録を取ります」

これまで彼女の罵詈雑言《ばりぞうごん》のほとんどは、ゴンザレスが受け止めてきた。そしていま、この男は満面に笑みを浮かべ、数分前にタイプして嘘の日付を入れた、ライカーに対する暴行の報告書のコピーをボスに手渡した。

「ご自身の弁護士にこれを読ませたほうがいい」コフィーは言った。「あなたが刑事被告人として召喚される前にね」彼は無頓着を装って椅子の背にもたれた。「聞きましたよ。あなたは、マロリー刑事のパートナーのタマをつかんだんだとか――まあ、ものの喩《たと》えでしょうが」彼は報告書を読むふりをした。「おやおや。文字どおりやったのか。あなたは気の毒なあの男のタマをつかんだ。となると、これは性犯罪ですよ。ライカー刑事は、あなたが恐ろしい経験をしたあとだったことを踏まえ、この件は不問にするつもりでいました。しかし警察としては、やはりあなたをぶちこむべきじゃありませんかね、お嬢さん」

「あたしが記者たちを引きあげさせたら？」

「まあ、それもありでしょうかね――もしあなたが連中に、すべて自分の勘ちがいだったと言うなら。たとえば、鎮痛剤の影響で頭が朦朧《もうろう》としていた、幻覚を見たのかもしれない、とかですね」ジャック・コフィーは剝ぎ取り式の黄色いノートをデスクの向こうに押しやった。「そう書いてもらえますか？」

ウィリーはそう書いた。彼女が執務室を出ていくと、警部補は通りに面した窓のほうを向き、下の歩道を行き交う歩行者たちを見おろした。チュウ巡査は地元の人々にまぎれこんでおり、どこにいるのかすぐにはわからなかった。尾行役のあの若い刑事は、それほど溶けこむのがうまいのだ。警部補はウィリー・ファロンが建物から出てくるまで見張りをつづけた。そしてチュウは、彼女をつけて通りを遠ざかっていった。


黄色い蝶ネクタイの地方検事補には、自分の秘書もいなければ、クスリに酔ったセレブ女を追い返す門番もいなかった。しかし彼は少しも恐れていなかった。ファロン工業の権力者、ファロン夫妻は、すでに引退して公の場を去り、コネチカットの屋敷の塀のなかに隠れている。そしてそこでは、彼らの娘は〝好ましからざる人物〟なのだ。

ウィリー・ファロンはデスクに身を乗り出して、自分の携帯電話の画像をつぎつぎとクリックし、赤毛の子供との比率において巨人サイズとなっている男の写真を彼に見せた。「この男、何者よ?」

「チャールズ・バトラー。心理学者です。ときどきわれわれは、彼を専門家として証言台に立たせています」カーライル地方検事補はウィリーを見あげた。彼女の目は昂ぶり、怒気《どき》をはらんでいた。**イカレアマめ。**「彼とはもめないほうがいいですよ、ミス・ファロン。ドクター・バトラーは由緒ある富豪の家の出ですからね。あなたの家より格上なんですよ。それに、親しい友人の何人かは銃を携帯していますし」

でも、画面上のこの子供は誰なんだ? バトラーに子供はいない。

携帯の画面に出てきたつぎの写真では、女の子は凶悪そうな野獣と手をつないでいた。ジェイノス? そう、それが重大犯罪課のこの刑事の名だった。そしてここで、カーライルは、建物の正面口に記された装飾数字の大きな番号に気づいた。彼は首を振った。まさかそんな! これはあの捜索令状に書かれていた住所じゃないか。セレブの馬鹿女どもは、ときとして危険なほど愚かなまねをする。この女はいったいトビー・ワイルダーのうちで何をしていたんだ? 初めて彼は怖くなった。写真をもっとよく見るために、女の手から携帯をひったくる。この子供は誰だ? なぜ刑事がこの子のお守りをしているんだ? すると、おのずと答えが浮かんできた。**ああ、ちくしょう。**また赤毛の幼女か。

ウィリーが声を張りあげ、彼の思考に割りこんできた。「ちょっと!」彼の注意をとらえると、彼女はデスクをバシンとたたいた。「あんた、あたしたちのことをおまわりにしゃべったんでしょ？」

「しゃべってませんよ」

「全部もみ消して！　それがあんたの仕事だもの。そうでしょ？」

来客がギャアギャアわめいている隙に、カーライルは彼女の携帯から自分の携帯へ子供の写真を転送した。


地方検事局と五百余名の法律家を収容する巨大な灰色のビルから、ウィリー・ファロンが出てきた。ふたりの刑事は、ホーガン・プレイスに駐車した車からその姿を見ていた。

ライカーが着メロに応え、しばらく耳を傾けたあと、相棒に言った。「ジェイノスからだ。カーライルがいまロケットマンに電話したそうだ」

「あそこにうちの課員がいる」マロリーは、ブルージーンズにサングラスという格好の若者を指さした。

アーサー・チュウは多民族の町にうってつけの尾行係だ。彼は母親ゆずりの茶色い巻き毛と父親ゆずりのアジア系の目、それに、ブロンクス訛《なまり》をそなえている。ほんの数点の装身具、キャップやサングラスの着脱だけで、彼はどこにでも溶けこめる。なおかつ、そのベビーフェイスは天の賜物《たまもの》だ。誰も彼を刑事だとは思わない。マロリーと同じ二十六歳だが、チュウははるかに若く見え、むしろ高校生のようだった。

ライカーは、チュウがウィリーのあとを追い、角を曲がって消えるのをバックミラーで見守っていた。四週間前、仕事に復帰したときから、マロリーは一度としてこの若者に注意を向けたことがなかった。そして、彼女がその存在に気づいたいま、ライカーは若者がヘマをしないよう祈るばかりだった。

「チュウは使える？」

「ああ」ライカーは言った。「アーティは、おまえさんの留守中、おれの事件のひとつを引き受けた。あの坊主、三日間、寝なかったんじゃないかな。気に入られたくて一生懸命だよ」おっと、まずい言葉の選択。マロリー語では、これは弱さと翻訳される。

彼女の携帯が鳴った。ライカーは十ドル札を掲げた。「こりゃきっと彼だよ」

「そのとおり」マロリーは、画面に表示されたチュウの名前を彼に見せると、ワンクリックで電話をつなぎ、若い刑事を質した。「どうしたの？」彼女はライカーに顔を向け、首を振って、なんでもないと伝えた。彼女はご機嫌ではなかった。電話の相手にこう言ったとき、その声はいらだたしげだった。「数秒ごとに位置を知らせる必要はないから」

ライカーは彼女の手から携帯を取りあげた。チュウ巡査に話しかける彼の声は温かかった。「アーティか？　もしウィリーが誰か殺したら、そのことは知らせてきていいぞ。それ以外のことは——ただメモしときな」

ローランド・マンはエレベーターを降り、自宅の部屋へと向かった。勤務時間が終わるのはまだずっと先だが、彼はどうしても確かめねばならないのだ——アニーはいまもうちにいるだろうか？　かけた電話はすべて留守録につながった。妻がベルを鳴らしっぱなしにするのはめずらしいことではない。それでもきょう一日、彼の不安はじわじわと高まりつづけた。彼は玄関のドアを開け、荷物の詰まったスーツケースのそばにうずくまる妻を見つけた。彼女はまた泣いており――また怯えていた。

そのかたわらに膝をつき、彼は妻に、それはもう優しく言った。「大丈夫だよ、アニー。わたしは怒っていない」

アニーはのろのろと立ちあがった。とそのとき、彼女がふらついた。彼は妻を抱きあげ、寝室へと運んでいった。彼女をベッドに横たわらせ、掛け布団を掛けてやると、ナイトテーブルの引き出しを漁って、妻の薬のストックから瓶をひとつ選び出した。与えられた薬を彼女が口に入れ、水で流しこんだあと、彼はベッドにすわって、睡眠薬が効いてくるまで彼女を見守っていた。やがてその目が閉じた。

彼は妻を必要とし――恐れてもいた。彼に対し、自分がどれほど大きな力を持っているか、彼女は知っているのだろうか？

ローランドは居間からスーツケースを持ってきて、なかの荷物を取り出した。妻の衣類をたたんでドレッサーの引き出しにしまいながら、彼は彼女を起こさないよう小声で言った。「次回はうまくいくといいな、アニー」

携帯電話の電源を入れ、彼は留守録に送られた電話をチェックした。カーライル地方検事補からの一件のみのメッセージは、「電話をくれ」という短いものだった。しかし、録音された声の哀れっぽい調子は、もっと多くを語っていた。それに、携帯の画面に出てきた複数の写真も。そのひとつめは、幼女のスナップ写真だった。子供はトビー・ワイルダーの住むアパートメント・ビルの前に、警察の顧問、チャールズ・バトラーとともに立っている。つぎの画像では、同じ子供が重大犯罪課のジェイノス刑事と手をつないでいた。

変わった子供――それに見覚えがある。そのとき、どこでその子を見たかがわかった。あの葬儀の日、彼が弔問客《ちょうもん》の列に並んでいたとき、この女の子はマロリー刑事と手をつないで前を通り過ぎたのだった。

この子もハンフリー・ブレッドソーの被害者なのだろうか？　あの変態は昔から赤毛の幼女が好みだった。携帯をポケットに入れ、鍵をつかみとり、玄関へと走っていくとき、彼の頭にもうひとつ別の考えが浮かんだ。

あの子供は目撃者なんだ。

第二十七章

学校に行く前、着替えをしているときに、父さんがたまたま部屋に入ってきた。体じゅうの嚙み痕や痣《あざ》を、父さんは目にした。母さんだったら悲鳴をあげたにちがいない。でも父さんは、ただゆっくりとうなずいただけだ。きっとぼくをほめていたんだろう。ぼくが自分を毎日ぶちのめす子たちのことを言いつけないから。そのあと、父さんはひとことも言わずに部屋から出ていった。助けてはもらえない。ぼくはひとりぼっちだ。殴られても泣かずに我慢することはできる。でも父さんは――一度もぼくに手をあげたことがない人なのに――ぼくを泣かせた。

アーネスト・ナドラー

そのお客は取り次ぎなしで現れた。そのうえ、玄関の警備の警官はいなくなっていた。

「彼はすぐもどってきますよ、ドクター・バトラー」ローランド・マンはそう言って、市警長官代行の名刺を差し出した。「なかに入ってもいいですか？」

実のところ、よくはない。「ビール長官は入院中だそうですね。容体はいかがです？」

「長官はまた手術を受けているんです」並みの背丈しかない長官代行は、首をそらせて長身の心理学者を見あげた。「合併症が出たもので」

「それは残念です」チャールズとしては、二重に残念だった。つぎに長官の座に就くであろうこの男は、どうも印象がよくないのだ。彼は、トビー・ワイルダー少年へのあの尋問の録画に反感を抱いていた。それにいまは、この訪問者のこそこそした態度や、ちらちら室内をのぞきこむ視線にも、嫌悪感を覚えている。「それで、ご用件は?」

「わたしは、警察の輝ける目撃者に会いに来たんです」その目の動きとすぼめた口により、ローランド・マンは胸の内を暴露していた。明らかに、彼はさぐりを入れ、様子をうかがっている。

自分がこの男に――いや、相手が誰であれ――嘘をつけないことが、チャールズにはわかっていた。すぐ赤くなる頬を持つ彼は、正直者であるように遺伝的にプログラムされているのだ。しかし、もうひとつの発生上のアクシデントにより、彼はその気がなくても馬鹿を演じることができる。彼は笑みを浮かべた。このちょっと間の抜けた表情がいつも自分をピエロに仕立てるのを承知のうえで。首をかしげた彼は、まさに何もわかっていないぼんくらそのもの。こんな言葉は添えるまでもなかった。目撃者って? なんの目撃者です?

ローランド・マンは、パッと気のいい笑みを浮かべた。「例の赤毛の女の子。彼女はどこです?」

「わたしの被保護者ですか? いまお昼寝をしていますが」

「ドクター・バトラー、これは警察の捜査の一環なんです。少しその子と話をさせてください。

ふたりだけで、です」

「いえ、それはちょっと無理だと思います」

ローランド・マンは室内に押し入ろうとして足を踏み出した。この男が地位を笠に着て邪魔者を排除するのに慣れているのは、明らかだ。だがここで彼は、ココの保護者という動かざる障害物と対峙することになった。チャールズは身をかがめ、非常に礼儀正しく言った。「それは無理だと思います」


「わたしはトビー・ワイルダーを、彼が生まれたときからほぼずっと知っています。それだけははっきり言えますよ」その白髪の男は、ふたりの刑事に交互に視線を向けたが、どちらとも目は合わせなかった。これはニューヨーカーにはよく見られる癖だし、彼の同族全員に共通するのらりくらりとした態度は、さらにありふれている。「これであの若者に弁護士がいることがわかったわけですから、質問はすべてわたしを通していただかねばなりませんよ」

いまいましい弁護士どもめ。

アンソニー・クイーンの執務室は整然としているとは言えないが、怪しいことに少し前にかたづけをした形跡が見られた。部屋の壁の空白部には、カレンダーをはずしたときに特有の輪《りん》郭《かく》が残っている。デスクにはまったく書類がない。スケジュール帳もローロデックスも見当たらず、ペンや鉛筆の入ったペン立てがひとつ置いてあるばかりだ。このちょっとした部屋の整理は、おそらく、戸口に警官が来ているという知らせが入ったとき、大急ぎで行われたのだろう。

マロリーは秘書にちらりと目をくれた。ドアの陰に身を潜めている母性的な太った女。そして、〝あらあら〟というその表情から見て、この女はゲームが始まったことを正しく見抜いたらしい。

たぶん、この弁護士にとってはこれがジョークというものなのだ。なおかつ、彼はいい腕をしていた。その演技は長期間の稽古を経たと見え、ほぼ完璧だった。ほぼ完璧。だがここで――警察による評。マロリーは鋭く尖った鉛筆を手に取ると、先端を前に向け、老弁護士の頭の向こうへ飛ばした。鳥類めいたすばやいターンにより、アンソニー・クイーンはまず、その小型ミサイルが背後の壁に当たる音に反応した――そしてつぎには、秘書のハッと息をのむ音に。

「つまり、こういうことだな」ライカーが言った。「あのブライユの変てこな点々入りの書類は全部、われわれが入ってくる前に引き出しに押しこまれた。そうでしょ？」

「全盲とはねえ」マロリーは言った。「彼の依頼人が刑務所に行くはめになったのも無理ないわ」

「少年院です」盲目の男はそう訂正を入れつつも、笑顔によって気を悪くしていないことを伝えた。マロリーが彼を値踏みしているあいだに、彼のほうも彼女を値踏みしており、どうやらこの相手は敬意に値すると判断したらしい。ここで彼は、白髪頭を少し下げてうやうやしく一礼し、デスクの前の椅子を手振りでふたりにすすめた。「どうぞおかけください」

刑事たちは立ったままでいた。椅子の脚の床板をこする音がしないことから、それを察したにちがいない。クイーンはふたりを見あげつづけ、視力のない目をまずライカーに、つづいてマロリーがいるはずの位置に向けた。しかし彼女はデスクを回って、いまは弁護士の横にいた。音もなく移動したため、彼女が身をかがめて話しかけると、彼はぎくりとした。「トビー・ワイルダーは無職ですよね。それに、釈放後の犯歴はない」

「軽窃盗も」ライカーが言う。「住居侵入も。となると、不思議ですね。あの若者は麻薬を買う金をどこから得ているのか」

老弁護士は首を振って、薬物使用の話は初耳だと伝えた。秘書もまた驚いている。彼らの反応は芝居ではないのだろう。常用物に注ぎこむ金が常にあり、離脱症状を食い止めることができれば、ヤク中も週七日間、やっていないし、酔っていないで押し通せる。外科医の依存症者でさえ、手の震えなしにこの悪癖に対処できる。

つまり、トビー・ワイルダーは、体調維持目的の常用者なのだ。

この盲目の男をつまずかせるために、こっちは他に何ができるだろうか？　「彼の使う薬物の資金源があなたであることは、わかっています。彼の金は全部、あなたから出ているわけですから」

弁護士はふたたび首を振った。「彼の経済状況についてお話しすることは――」

マロリーは折りたたまれた紙を彼の手に押しこんだ。「それはあなたの依頼人の銀行の記録です。彼が口座に入れた小切手は、すべてあなたが署名したものですね」しかし彼女はそれ以上のことはほとんど知らない。この弁護士はコンピューターを持っていないため、そこからの略奪はかなわないのだ。紙の記録が収められているであろうファイル・キャビネットに、彼女は目を向けた。機械化反対者《ラダイト》は常に障害をもたらす。

「もちろん、わたしは小切手に署名しています。彼の母親の遺産を管理しているのは、わたしですからね。それにトビーの納税の手続きも、わたしの公認会計士が行っています。すべてきちんと処理されていますよ」

「あなたは刑事弁護士じゃない」ライカーが言った。「法廷弁護士じゃないでしょう。あなたはただ遺言だの信託財産だのを取り扱っているだけだ。なのに、十五年前、あなたはトビー・ワイルダーの罪状認否手続きに立ち会ってますね」

まわりくどい。

　マロリーはぐっと身を乗り出した。「目の見えない弁護士であの子の足を引っ張るというのは、誰のアイデアだったんです？」

　老弁護士の眉が上がった。彼のほほえみは挑戦的だった。また、こう言ったとき、その声は頭に来るほど感じがよかった。「あの日、わたしはトビーの母親への好意として法廷に行ったんです。判事はすでに刑事弁護士を指名していたんですが、わたしは――そのときはまだ――それを知らなかった。ミセス・ワイルダーもです」彼は見えない目を刑事から刑事へと移した。

「あなたがたはその点に興味を引かれるでしょうね」

「無罪を申し立てたのは、あなたですよね」マロリーは言った。

「いかにも」弁護士は言った。「そのときですよ。あの検察官――確か名前はカーライルでしたかな――彼がわたしを脇に引っ張っていき、答弁の取引のことを知らせたんです……それに、自供のことも。警察が尋問のためにあの子を連行したとき、どうやら刑事の誰かがスーザン・ワイルダーに保護者の権利を放棄する書類に署名させたようです。そして、これもサプライズでした。彼女は自分が何に署名したか、わかっていなかったんです。トビーの母親の目が不自由だったことは、もうお話ししましたかね？　それがわたしたちの出会いのきっかけだったんです。スーザンは教師でした。わたしが失明したとき、点字の読みかたを教えてくれたのが彼女なんですよ」

マロリーと相棒は目を見交わした。ロケットマンは盲目の女性をだましたのだ。

ローランド・マンは、てのひらでドア板を押さえた。それでドアが閉まるのを阻止できると思いこんでいるのだった。「ドクター・バトラー、これは法に則った警察の命令なんです。そこをどいてください。女の子と話をしますから」

「いや、いけません。あなたがどんなふうに子供と話すか、わたしはこの目で見たんです。ほら、あのトビー・ワイルダー尋問の古いテープ。あれはひどかった」

マンはチャールズの背後に目を向けている。焦りを募らせ、彼はなんとかなかに入ろうと新たな力を注ぎはじめた。「入れてください！」

チャールズが振り返ると、背後にはココが立っていた。外から聞こえる怒りの声に動揺しているのは明らかで、その両手はくるくる回り、体は左右に揺れていた。

ローランド・マンはドアに全体重をかけ、叫んだ。「このままだと、あの警官を呼びもどすことになりますよ！」

そしていま、うるさいハエでも追い出すように、チャールズはただふつうにドアを閉めることで、自分より小柄なこの男を難なく外に押し出した。ローランド・マンがドア板をたたく。その音が次第に大きくなるなか、三つのデッドボルト・ロックがつぎつぎとかけられた。

ココは両手で耳をふさいで、廊下を駆けていった。

チャールズは客用寝室でココに追いついた。彼女はベッドにあぐらをかいてすわり――ぐらぐらと揺れていた。彼女の小さな世界は傾き、万物が海を漂っている。ココはあのワンボタンの携帯電話を両手で持ち、ぎゅっとつかんでいた。まるでそれが救命ボートであるかのように。そして、それは実際、救命ボートなのだ。

チャールズは彼女の手からそっと電話を引き取った。「いい考えだね。マロリーに電話しよう」

「アーネスト・ナドラーという名は聞いたことがありませんね」弁護士は言った。「トビーは身元不明のアル中を死なせた件で起訴されたんです」

ライカーは盲目の男のデスクに歩み寄った。「そのあいだ、トビーの親父さんはどこにいたんです？」

「とうの昔にいなくなっていましたよ」アンソニー・クイーンは言った。「ミスター・ワイルダーは、トビーが十歳のとき、家族を捨てたんです。これは確かなことですよ。彼の死亡を法的に認定させたのはわたしですから。スーザンは住まいのコンドミニアムを売却したかったんですが、夫の不在が権利関係を不透明にしていましたのでね」

「インチキの権利放棄書の件にもどりましょう」マロリーが言った。「母親が保護者の権利を放棄したという同意書ですが。あなたは異議を申し立てたんですか？」

「もちろんです。判事はいまにも検察官を小槌で殴りそうでしたよ。トビーは未成年者、子供です。だからわたしは、彼の自供は無視すべきだと主張しました。ところがそのとき、法廷指名の弁護人が現れたんです。彼はドリスコル校に雇われていました。高い金をとる敏腕弁護士ですよ。わたしなどとてもかないません。判事室での話し合いの内容を明かすことはできませんが、ふたたび開廷となったとき、トビーは故殺の罪を認めました。答弁の取引により、あの少年の上訴の権利はつぶされたわけです。しかし彼の母親とわたしは、マン刑事に対する苦情を提出しました。ふたりの怒れる盲人ですね。いつも思うんですが、あの連中——内務監察部の警官たちは、わたしたちを笑っていたんじゃないでしょうか。彼らがスーザンの供述書で紙飛行機を作っている姿が目に浮かぶようですよ。早期釈放によってトビーを解放させるのには、四年もかかりました。彼の母親は死期が迫っていました。わたしはふたりにさよならを言うための一年を贈ったわけです」

ライカーは背後でマロリーの携帯が鳴るのを耳にした。一瞬後、彼が振り返ると、彼女の姿はもうなかった。

秘書のミス・スコットは、コンピューターの画面から顔を上げなかった。彼女は秘かに楽しげな小さな笑みを浮かべており、ローランド・マンはこれを別の仕事が見つかったためとみなした。きっと自分のデスクには彼女の辞表が載っているだろう。しかし執務室のドアを開けたとき、彼を待っていたサプライズはそれではなかった。

彼のデスクの前には——彼の椅子にゆったりともたれ——刑事がすわっていた。これは、重大な不敬行為によりクビにしてくれ、と懇願しているようなものだ。「マロリー、きみは頭がおかしいのか？」

「ええ、そうよ。誰にでも訊いてみて」彼女はデスクマットから新聞を持ちあげ、その下にあった銃を見せた。警察支給のセミ・オートマチックではない。それはリボルバー——そのでかいやつだった。

ローランドはイカレた警官に接する際の身体言語の伝統を遵守し、不規則な鼓動、全身の筋肉の緊張、ぽっかり開いた乾いた口、などの反応を示した。

刑事の顔はまるで仮面だった。また、その声にも表情はなかった。「チャールズ・バトラーから聞いたけど、あなたは幼女に興味があるんだってね……彼はそれを不健全な興味と言っていた」マロリーはリボルバーを手に取って、その銃口をしげしげと見つめた。ここで初めて感情が表れた——彼女は銃が大好きらしい。

ローランドは冷たい湿り気が股間に広がるのを感じた。それが脚を伝い落ちていくのを。あたりには尿のにおいがしていた。

これでよし。

マロリーは銃をホルスターに収め、部屋をあとにした。

第二十八章

ぼくたち、フィービとぼくは、前より尾行がうまくなった。きょうは《ランブル》に入ってから、かなり長いことトビーのあとをつけた。結局、見失ったけれど。それから、ぼくたちは叫び声を耳にした。大人の声。すごく怒った声だ。どこから聞こえてくるのかは、わからなかった。そんな気はなかったのに、ぼくたちはそっちへ走っていき、灌木《かんぼく》やシダの茂みを駆け抜けて、開けたところに出た。その場所は屋外便所のにおいがした。それに他の悪臭、ビールとげろのにおいも。ブヨがブンブンいっていた。羽虫たちが何千匹も。

そして、前方の小道にトビーが立っていた。彼の隣には、興奮した男がいた。髪はくしゃくしゃでよれよれで、服は汚れ、歯は抜けていて——拳《こぶし》を振《ふる》っている。トビーは、顔の真っ赤になったところを片手で押さえていた。それを見て、ぼくたちは気づいた。そのイカレた浮浪者が彼を殴ったんだ。それから男はトビーの手から何か吹っ飛ばし、それは地面に落ちた。金色のもの。きらきらしたものだ。トビーはそれを拾いもせずに、くるりと向きを変え、行ってしまった。イカレた男はよろよろと開けた場所に入ってきた。すすり泣きながら、そいつは草地に膝をついた。

フィービはあのきらきらするもの、金のライターを拾いあげた。ぼくは言った。「トビーはタバコを吸うのかな? すごくカッコよくない?」フィービは、ちがうよ、と言った。これはきっと記念品だよ。トビーはタバコのにおいなんかしないもの。彼は石鹸のにおいがするの。彼のにおいを知ってるのなんて、フィービだけだろう。もしできたら、彼女はトビーの味見をするにちがいない。

そのとき、上のほうから笑い声が聞こえてきた。見あげると、丸い岩の上にやつらがいた。ハンフリーとウィリーとアギー。トビーをつけているぼくたちを、三人はつけていたんだ。

連中は岩から飛びおりてきた。モンスターの雨だ。

アーネスト・ナドラー

その目的地は署から歩いてすぐなのだが、コフィー警部補は、途中、寄り道をしてきた。私有の車を駐めたあと、彼はソーホーの警官たちのバーを前に、そのすぐ上のアパートメントの窓を見あげた。それから彼は、バーに入った。現実となったアルコール中毒者の夢。階段をほんの少しよろよろのぼれば、そこはもうライカーの部屋だ。

ジャック・コフィーはその階段をのぼっていき、刑事の部屋のドアをたたいた。

ボスを迎えたとき、ライカーは六本パックの笑みを顔に貼りつけていた。「やあ、警部補」コフィーは居間に入った。テイクアウトの容器や、つぶれたビールの空き缶や、灰皿兼務の汚れたグラスでいっぱいのゴミ捨て場に。汚ないソックスとダイレクト・メールと新聞から成る塔がひとつ、背もたれのまっすぐな椅子の座面に不安定に立っている。その山が動いた。彼は目をそらすことができなかった。いつなんどき――

サプライズ。玄関からキッチンまでは道が一本できていた。キッチンのシンクと調理台には汚れた皿が積みあげられていたが、小さなテーブルからは堆積物が一掃されている。その狭いスペースの奥に進むと、リノリウムにこぼれた得体の知れない液体が、警部補の靴の底に貼りつき、ベチャッと音を立てた。「いやあ、胸を打たれるね。わたしのために掃除をしてくれたとはな」

行き届いた主《あるじ》、ライカーは冷えたビールを警部補に手渡した。「まあ、すわってくれ」

テーブルに着いたコフィーは、ぐうっとビールをあおり、暑い夏の夜の冷たいひと口を味わった。「相棒は？」

「たぶん金《かね》を追ってるんだろ」

「撒かれたんだな？」隣の部屋ではエアコンがカタカタいっているが、このうちはほとんど涼しくなっていない。警部補は思った――ライカーはフィルターの掃除をしたことがあるのだろうか？　いや、愚問だな。「実はいったんうちに帰って、不在だった期間のマロリーのクレジットカードの支払いを見直してきたんだ」

「自宅のコンピューターで、彼女のカードの利用記録を調べたのか？」

「ああ。彼女の行動を市警内で公開するわけにはいかないからな。だがすべて、規則どおりにやったよ。たぶん彼女は、わたしのバッジ番号であの調査の履歴をたどったんだろうな。こっちは別に何も隠しちゃいなかったんだが。彼女がこの一カ月、わたしをいらいらさせつづけたのは、そのせいじゃないかね」

「いいや」ライカーは言った。「あれは、あのデスクワーク攻めへの仕返しさ」

「そうかもしれない――よくわからないが」警部補は椅子をうしろに傾け、天井を見あげた。蜘蛛《くも》の巣と囚われたハエたちの港を。

「確かに彼女はまともじゃない」ライカーが言った。「しかし殺人課の刑事で、情緒的にすごく安定してるやつなんて、ひとりもいないだろ」彼はタバコを一本掲げて、吸ってもかまわないか、とボスに訊ねた。誰の言うこともきかないあのライカーが。これは、彼が不安を感じている証拠だ。

「刑事局長がまた電話してきたよ。彼も自分でマロリーのカードの利用記録を調べたんだ――路上で消えた時間のな」

「で、何もつかめなかったわけだ」ライカーは言った。「要するに、あのチビは車の旅が好きってことさ。それがどうした？　この前に見た死体の数を忘れるために酒や薬をやるよりはよっぽどいい。彼女の車を知ってるかい？」

「見たことはあるよ」コフィーは言った。「フォルクスワーゲンのコンバーティブルだろう？」

「いいや、あれは見せかけでね。幌をたたむと、その下に何があると思う？　ロールバー付きのポルシェだよ」

「フォルクスワーゲンに偽装したポルシェか……なるほど、確かにまともだな」しかし、あてもなくさまよっているあいだ、彼女がなぜあんなにも速く——危険なまでのスピードで——ひとつの場所から別の場所へと移動できたのかは、それで説明がつく。「彼女は三カ月もいなかったんだぞ、ライカー」

「おれなんぞ、トラ箱でもっと長い時間を失ってるよ。警官はみんな趣味を持たないとな。おれは飲む——あいつは運転するってわけだ」

ジャック・コフィーは、足もとの床にデリカテッセンのきれいなナプキンが落ちているのに気づいた。彼はそのナプキンに合衆国本土四十八州の簡単な地図を描いた。「彼女の支払い先のほとんどは、ガソリンスタンドか食堂かホテルだった」彼はニューヨークを出発する一本の破線を書きこんでいった。「最初の数百マイル、彼女には行くあてがあったように見える」やがて、その西に向かう線はくずれだした。警部補のペンが紙ナプキンの国を進むのにつれ、蛇行したり、ガクガク跳ねたり、渦を巻いたり、と。「でも実際には、計画も目的地もなかったんだ。彼女には何もなかった」矛盾に満ちたマロリー。ガソリンを満タンにし、空っぽになるまで走りつづけ、行くあてもなく多くの地表を走破する女。警部補のペンが西海岸をぎゅっと押さえた。「走るべき土地が尽きたのがこの地点だ」ペンはアメリカの境の大洋にそって、凸《でこ》凹《ぼこ》した紙の沿岸線を北上していき、ふたたび止まった。「彼女がうちに帰ろうと決めたのが、ここだ」ペンがぐるぐると大きな螺旋《らせん》を描いた。漫画のゼンマイバネ、沿岸から沿岸までの数カ月分の距離を。「ふつうの観光ルートじゃない。ぐるぐるぐるぐる……人が道に迷ったときの進みかただな」

「でも、あいつはもう大丈夫だよ」ライカーは言った。

警部補は相手が目を合わせるのを待ち、それから慎重に言葉を選びながら言った。「彼女が大丈夫だったことはない」


それに、今後も大丈夫にはならないだろう。この世界には、小さな子供を何度も半殺しの目に遭わせ、その子供が正常に育つのを期待することしかできない。しかしマロリーはきわめて有能な警官、コフィーの知るかぎり最高の逸材であり、親父さんを超えると言っても過言ではない。ただし、これは本人には与えられない賛辞だ。なぜなら——彼女は大丈夫ではないから。彼にはせいぜい、彼女はもとにもどった、としか言えない。いまの彼女は、頭が切れ、鋭く、実に——

「あいつはイカレちゃいないよ」ライカーが言った。

ジャック・コフィーは、そのとおりとうなずいた。「狂気は、彼女がやっているゲームでしかない」それはまるで、彼女が旅の途中で見つけた新しい玩具だった。「そしてマロリーは、わたしで遊び——狂気を演じている——課の全員が見ている前で」

なんと傲慢な。彼女は自分が精神鑑定でつまずくとは思ってもみなかったのだ。そしておつぎは、チャールズ・バトラーの反論書の威力に期待しすぎたわけだ。

「ゴダード局長からの電話は」コフィーは言った。「どれも、彼女のバッジを取りあげるという脅しみたいなもんだ。たとえ新しい鑑定書が手に入っても、局長はいつでも好きなときに彼女を正式な審問に引きずりこめる。仮に、課員全員が彼女の行動について——たとえば、鑑識課員を縛りあげたことについて、証言しなきゃならんとしよう。連中は嘘をつきまくらなきゃならない。それも、宣誓のもとで。誰かひとりでもそのことを忘れたら、彼女は終わりだ」

ライカーはナプキンを見つめるばかりだった。この男も重々知っているはずだが、課員たちのなかには自分のキャリアを危険にさらしたがらない者もいるだろう——彼女などのためには。

ジャック・コフィーはビールを飲み終え、椅子をうしろへずらした。「マロリーは自分で自分の首を絞めたわけだよ。そう言ってやりたいのはやまやまだが、それを教えれば事態は悪化するだけだ。その図が見えるようじゃないか、ライカー? ジョー・ゴダードにマロリーが戦争をしかけるところが」

ライカーはうなずいた。「彼女には何も言わんよ」

今回、ジャック・コフィーは彼を信じた。話は終わりだ。

警部補は車の鍵をつかみとった。「詳細は教えてくれなくていい。ゴダードが何をほしがっているか知らないが——大至急、届けてやれよ」

レストラン《サーディ》の前まで来ると、ルイ・マーコヴィッツが好きだったナイトクラブのネオンの光が遠くに見えてきた。ライカーは携帯電話を耳に当て、ウィリー・ファロンの尾行の刑事と話しながら歩いていた。「彼女がホテルにもどるまで追っていけ。そのあとは帰っていいからな、アーティ。明日は寝坊できるぞ。パーティー・ガールは昼まで起きないんだ」

彼は携帯をたたんでポケットにしまい、あちこちの劇場から流れ出てくるお客たちの群れに混じって、歩道をぶらぶら歩いていった。しばらくすると、その歩調が速まった。ほのかな照明と酒とライブの店、《バードランド》の席を確保するためには、観劇帰りの連中との競争に勝たなくてはならないのだ。

バーのスツールに着くと、彼はチャールズ・バトラーに遅れたことを詫びた。ココは、サクランボが三つ入ったピンクの飲み物に手が届くよう電話帳二冊をクッションにして、ふたりのあいだにすわっていた。ライカーはバーテンにほほえみかけ、さっとバッジを見せた。「この女の子の身分証は確認したんだろうな?」

「その子はいてもいいんですよ。出演者ですからね。そうだよな、ココ?」バーテンがこの小さなピアノ奏者に惚《ほ》れこんでいるのは明らかだった。ライカーに視線をもどすと、彼は言った。「彼女、セッションの合間にソロ演奏したんです」

「そして、スタンディング・オベーションを受けたわけです」チャールズ・バトラーが口を添える。「でも、もう寝る時間はとっくに過ぎているし、ちょっと疲れも出ているようです」

ココは人生に飽きたジャズマンみたいにほほえみ、長くずるずるとストローを吸ってピンクの飲み物を飲み干した。

ここでバーテンがライカーの顔を思い出し、「ルイの友達」と名前で呼んだ。ウイスキー一杯とチェイサーの水を注文すると、ライカーは、飢えたネズミの共食いに対するココの酷評に耳を傾けた。伴奏は、サックスと弦楽器による《サマータイム》だ。やがてそのコンボは最後のナンバーを終えた。そしていま、ライカーは顔なじみのピアノマンに気づいた。その男、チック・ドーランの昼の仕事は、クラシックの曲やブロードウェイのミュージカル・ナンバーをオーケストラ用に編曲することだ。しかし、彼の夜はジャズに捧げられている。もう七十近いはずだが、チックは不自然なまでに優美に年を重ねていた。なめらかに軽やかに、彼がバーに向かってくる。

ああ、実にクールだ。

そしていま、真珠《しんじゅ》のような歯がひらめいた。「やあ、ライカー。いつ以来だろうな?」

「数年ぶりだよ」ビーバップからリズム&ブルースまですべてを愛するルイ・マーコヴィッツにつきあい、ライカーもかつては《バードランド》によく来ていた。初めて愛したのがロックンロールであることはいつまでも変わらないが、ジャズも確かにロックする。彼はそう認めざるをえなかった。

「どこでこいつを見つけたのか、ぜひ知りたいもんだね」チック・ドーランはカウンターに楽譜の束を置いた。「ここにいるあんたの友達は教えてくれないんだよ」彼はチャールズのほうにうなずいてみせた。「要は、警察が突如ジャズに興味を持ったってことだな?」

「うん。ルイの娘とおれがな。おれたちはある事件を捜査している。で、その楽譜が事件にからんでるんだ」トビー・ワイルダーの部屋の壁から書き写された例の譜面に、彼は目をやった。

「そこから何が読みとれる?」

「いい曲だよ」チックは言った。「それに、実におもしろい。サックスのリフとピアノのアルペッジョが独特なんだが、誰のスタイルなのかどうも思い出せなくてなあ。いや、そいつの顔は浮かぶんだ。ただ名前が出てこないんだよ」彼は、白髪の最後の一本が五年前ついに抜け落ちた自分の頭を指さした。「毎年、何か新しいことを覚えるたびに、古い何かが脳から抜け落ちちまうみたいでな」

「弾いてくれないかな?」

チックは笑みを浮かべた。「こっちは三人だけのコンボだからな。演奏するなら——そうだな、あと五十人くらい連れてきてもらわんと」

「メロディーだけちょろっとやれないもんかね?」

チックの顔ははっきりとこう言っていた——無理だよ、この馬鹿め。翻訳が必要なのは明らかであり、幸いチックはライカーの第一言語を知っていた。「ミック・ジャガーは世界一のロックバンドを率いてたろう? あの連中がいきなりステージに出てきて、口笛で数小節やったらどうだろうね?」

認めざるをえない。確かにそれでは、ライカーの若き日の、あの熱気に満ちたコンサートと同じとは言えないだろう。

「あんたの友達から聞いたが、この曲は十年前、ある少年が書いたものだそうだね」チックが言った。「メロディーはまちがいなくオリジナルだよ。おれが聞いたことがなけりゃ、誰も聞いたことはないさ。でも、ここには独特のスタイルがある——少年の作ったメロディーより古い何かが。このリフがまさにそれ——指紋みたいなもんだ」チックはくるくると楽譜を丸めた。

「おれにあずからせてくれ。また連絡するよ」彼は、明日、公園の無料コンサートのリハーサルがあるのだと説明した。「交響楽団だが、団員には、クラシックとジャズの両刀使いが大勢いるし、何人かはおれみたいな年寄りなんだ」そして、そのミュージシャンたちの誰かが、楽譜の曲のスタイルを思い出すかもしれないという。

ミッドタウンのあるホテルの向かい側で、ブルージーンズ姿の警官がひとり、車の後部座席にすわっていた。これは、近くのレストランで遅い夕食をとっているパトロール警官二名の好意だった。アーサー・チュウは、ウィリー・ファロンがホテルの部屋にもどったら、うちに帰るよう指示されている。そして現在、十階のその部屋の窓には明かりが灯っているが、あのセレブ女がそのままそこに留まるとは彼には思えなかった。パーティー・ガールは昼まで寝ているものだというライカー刑事の説が正しいとしても、それは連中がこんなに早くベッドに入ることがないからだ。

まだ刑事ではない白バッジのアーティは、重大犯罪課における自分の立場が脆いものであることを知っていた。あの課のメンバーは全員、エリートの金バッジだ。彼は一瞬一瞬、なんとか席にしがみついているにすぎない。一度でもヘマをすれば、連中は彼をもといた署へと送り返すだろう。だから今夜、彼は残業をしている。睡眠はあきらめよう。それに――もし、いまの席にこのままいさせてもらえるなら――手足の指だって犠牲にするつもりだ。

女の部屋の明かりが消えた。だが、アーティはだまされなかった。彼女に眠る気などあるわけがない。彼女の乗ったエレベーターがロビーに着くまでの時間を、彼はカウントした。ディナーからもどった制服警官たちが前部座席に乗りこんできたちょうどそのとき、ウィリー・ファロンが歩道に現れ、一方の手を大きく伸ばして、車の流れのなかからタクシーを一台、釣りあげた。

「目標の女が動きだした」アーティ・チュウは言った。「あのタクシーをつけてくれ！」

パトロール警官たちの今夜の任務に尾行は含まれていない。それでも彼らはアーティの指示に従い、車二台分うしろから黄色いタクシーのあとを追って、アップタウン方面に向かった。コロンブス・サークルのモニュメントをぐるりと回り、セントラル・パーク西通りを直進し、自然史博物館を通り過ぎると、その数ブロック先でウィリーは車を降り、アーティも彼の車を降りた。

彼は女を追って横断歩道を渡り、褐色砂岩の家の立ち並ぶ脇道に入った。しかし、ガーゴイルで飾られた大きな建物の正面で彼女が足を止めると、それ以上進むのはやめた。建物の扉の上には、大きな文字でドリスコル校と名前が刻まれていた。

アーサー・チュウは道の反対側に渡り、浮浪者を演じつつ、歩道の下のコンクリートのくぼみまで三段の階段を下りていった。そのゴミ置き場で、プラスチック容器やビニール袋を漁りながら、彼は女が高い鉄の門に向かうのを見守った。門は、学校と隣の建物のあいだの路地の入口をふさいでいる。ウィリー・ファロンがバッグに手を入れて、何か取り出した。鍵だろうか？　きっとそうだ。一瞬後、門がさっと開いた。

第二十九章

《ランブル》で連中を撒くのは簡単だ。ぼくたちは、誰にもわからないところに身を隠すことができる。なにしろ、ぼくたち自身、自分たちがどこにいるのか、わからないんだから。ぼくたちは――フィービとぼくは息を殺す。連中は通り過ぎ、また引き返してくる。両手をぎゅっと握り締め、逃げた獲物をさがしながら。連中はぼくたちの名前を呼ぶ。ものすごく怒って。なぜってぼくたちを見つけられないから、痛めつけられないからだ。それから、ハンフリーと女の子たちは別の標的に襲いかかった。悲鳴がつづいているあいだ、ぼくたちは動けなかった。かわいそうな、あのイカレた浮浪者に連中がしていることを、ただ聴いているしかなかった。連中は延々とやりつづけ、苦しみを長引かせた。アル中は絶叫した。フィービは泣いた。ぼくは怖くてどうかなりそうだった――これを書いているいまも、まだ怖くてしょうがない。

アーネスト・ナドラー

フィービ・ブレッドソーは路地を駆け抜け、コテージに向かって庭を走っていった。もう着替えの時間しかない。それがすんだら急がなくては。必要ならずっと走っていこう。母の邸の集まりに遅れる度胸など、彼女にはなかった。

玄関のドアを開けると、その隙間から庭のランタンの光が室内に流れこんだ。床の上には、ドアの下から挿しこまれたメモがあった。

また脅迫？

「明かりを点けちゃだめだよ！」〝死んだアーネスト〟が窓辺に立って、カーテンの割れ目から外をのぞいている。「明かりはウィリーみたいな昆虫を引き寄せるからね」

フィービの手が壁のスイッチの上でためらい、その後、脇にだらんと垂れた。椅子やカウチやテーブルを手でさぐりながら、彼女は暗い部屋を横切っていき、懐中電灯の引き出しにたどり着いた。カチリとそれを点け、黄色い光でメモ用紙を照らす。ウィリー・ファロンの手書きの文字はほとんど判読できなかった。フィービはその罵言を一語一語、骨を折って読みとらねばならなかった。

「殺人は人を狂わせるんだね」〝死んだアーネスト〟が言った。

ううん、連中は狂ってなんかいない――ただ残忍なだけだ。

影がひとつ、表側の窓のカーテンを通り過ぎた。それからノックの音がし、ウィリー・ファロンがどなった。「そこにいるんでしょ！」関節による軽いノックが次第に激しさを増し、ガンガンという拳《こぶし》の連打になった。「あんたのお母さんに、あたしと話すように言って！」

ウィリーはドアに体当たりした。その金切り声とドア板を蹴る音が、ついに夜番の注意を引いた。庭の向こう側で、おなじみのミスター・ポランスキが校舎の裏口のドアを開けた。懐中電灯で武装した彼は、その光を侵入者に向けた。

ウィリーは逃げ去った。


ミッドタウンの往来のなか、彼らは《バードランド》から車で家に向かった。ライカーは昔から、夜、すべての窓を開けた車内から見るこの町がいちばん好きだった。彼はじっと窓の景色を見つめた。色とりどりのネオンとまぶしく輝くヘッドライトのパノラマ。前方の車線からは、ラテン音楽とラップによる決闘の大音響が聞こえてくるが、刑事はほとんど気づいてもいない。彼には気がかりなことがあるのだ。

腕のなかで眠っている子供は、軽くいびきをかいている。ライカーはハンドルを握る男に目を向けた。相手は、たったいまローランド・マンの突然の訪問の話を終えたところだ。「マロリーは、自分が手を打つと言ったとき、どんな手を打つか言ったかい？」

チャールズ・バトラーは首を振った。「彼女はただ、あの男はもう来ない――絶対だ、と言っただけです」

「まあ、やつを殺してないのは確かだがね。警察のトップが撃たれりゃ、当然、噂が広まるもんな」ライカーは助手席にぐったりと身を沈めた。彼女はあの男に何をしたんだろう？　これ以上、事態は悪化しうるんだろうか？　摩天楼《まてんろう》の一群はすでに背後となり、車は、もっと人間的な規模に作られた街、グリニッチ・ヴィレッジを南へと向かっていた。彼は眠っている子供を見おろした。「ところで、おばあちゃんが死んだことは、いつこの子に話す気だったんだ？」

「トラウマは一度にひとつずつ扱おうと思っているんです」チャールズは言った。「おばあちゃんのことはたぶん明日、話しますよ」

「もうきのう、マロリーが話したよ」

チャールズの両手がハンドルをぎゅっと握り締めた。それが唯一の、彼の怒りの表れだった。彼は東にハンドルを切り、ハウストン・ストリートに入った。その声は穏やかだった。「ココは冷静に受け止めたんじゃありませんか？　泣きもせずに？　そうでしょう？」

「ああ。どうしてわかるんだ？」

「おばあちゃんが死んだことを、彼女はずっと知っていたんですよ。ココは、おばあちゃんのことは一度も、何ひとつ、ぼくに訊かなかった。うちに帰るという話は一度もしたことがありません。彼女には、もう帰るうちがないことがわかっていたんです。だからこそ、すべての望みをマロリーに託したわけですよ。ふたりが会った瞬間から、ココは新しい家庭と自分を愛してくれる人を獲得しようとしていたんです」沈黙のなか、車は道幅の広いハウストン・ストリートの反対側の車線に移った。その後、ソーホーへと向かいながら、チャールズが言った。「そろそろマロリーは身を引いたほうがいいでしょう。ただ歩み去るんです。本当の親が入りこめる隙がないとね。その時はまもなく来るはずですから」

「たぶんきみの言うとおりなんだろうな。でもマロリーは、この子がいま話している以上のことを知ってるものと見ているんだ。おとぎ話の暗号を解くのにはもうしばらくかかりそうだよ」

「いや、もう終わりです。ココに関していちばん大きな権限を持っているのは、ぼくですからね。ロビン・ダフィーのおかげで、ぼくはニューヨーク州とイリノイ州の両方で監護者と認められているんです。法によれば――」

「マロリーが法なんだよ」メルセデスが、ライカーが我が家と呼ぶバーの前に止まった。「きみにチャンスはない。いつもそうだったろ」

チャールズはエンジンを切った。「もうちょっとでココに家庭を見つけてあげられそうなんです。それこそ、彼女にいま必要なものですよ。彼女は危機にあるんです。こんな状態にしておくわけにはいきません。なのにマロリーは、ココを手放す書類に署名しようとしないんです……これは冷酷ってものですよ」

ライカーはこんなかたちで夜を終わらせたくなかった。「冷酷？　そうとも、それがおれの相棒なんだ。でも、わかってるよな？　マロリーにはココをかばって銃弾を受ける覚悟がある……いや、もう受けたのかもしれないぞ。ローランド・マンの問題をどう解決するのか、きみは彼女に訊かなかった。彼女はきみにただ、この子はもう安全だと言い、きみはそれを信じた。絶対的な信頼だよな？　彼女が戦いを始め――すべてを失う可能性なんて、きみの頭には浮かばなかったろう？　チャールズ、きみは知っている――彼女があの野郎に襲いかかり、死ぬほど怖がらせたことを知ってるだろ。それが彼女の流儀なんだ……それが彼女のロマンチックな一面なんだよ」ライカーは気の毒なこの男、マロリーを――心があろうがなかろうが――愛する男にそう言った。

フィービ・ブレッドソーが着いたとき、邸宅の大広間は宴たけなわだった。湿っぽいこの夜に二ブロック走ってきたせいで、彼女の腋の下には汗のしみができていた。

ケータリング屋の給仕たちは、全員、フィービよりフォーマルな装いで、赤や白のワインのグラスがいっぱい載った盆を手に歩き回っていた。会話の低いざわめきが、広いその部屋のいたるところから流れてくる。フィービの母のお客らの大半は、陰謀をめぐらす二人組、または、四人以上の一味ごとにかたまって立っていた。他の者たちは、談話用にあちこちに置かれた椅子や長椅子やソファにすわっている。この座席のヒエラルキーにおいて、王座はひとつしかありえない。母の愛用の椅子のはるか上では、あのシャンデリアが、電気のキャンドルと光を拡散する千個ものクリスタルによって煌々と輝いていた。母の椅子の隣には、もう一脚、小さな椅子が置かれ、一度にひとりだけがご機嫌とりに励めるようになっている。それは垂涎《すいぜん》の的の席であり、お客らはそのまわりに大きな輪を作って、地位と財を生み出し破壊する者、グレイス・ドリスコル－ブレッドソーの耳に近づくチャンスを待っていた。

フィービの死んだ父は、この毎週の行事を〝ヒキガエルのゆうべ〟と呼んでいた。子供のころ、彼女はこの名称を、グシャッとつぶれた人間性、ぬるぬるするやつら、そして、いやなにおいを意味するものと解釈した。「そうだよ」と、そのとき父は言った。「まさにそのとおりだ」

母の不肖の弟子として、なじみのCEOや政治屋からキスを受け、新人とは握手だけしながら、彼女は広間を歩き回った。十五分ごとに、あの地味な付添人、ホフマンが入ってきて、雇い主の状態を確認し、しばらくの後に出ていった。壊れた鳩時計の、四分の一時間を告げる鳩。

そしてやっと、やっと、夜の終わりが来て、ヒキガエルが一匹残らず消え、コーヒーがふたつ出てきたとき、フィービは母の隣の嘆願者の椅子にすわった。

「ほんとに？　これにそう書いてあるの？」グレイス・ドリスコル＝ブレッドソーは殴り書きのメモをじっと見つめた。「ウィリーはわたしの郵便受けにもいくつかメモを入れてきたのよ。でも、わたしはどれも読む気がしなかったの」これも同じだ――彼女はメモをくしゃくしゃに丸め、自分のコーヒーカップの載った小さなテーブルの上に置いた。

「ウィリーをここから放り出したって本当？」

「ホフマンがね――あなたを尋問したすてきな刑事さんたちも、手を貸してくれたわ。いっそ彼女を撃ってくれればよかったのに。でも、あの人たちはただ、彼女を介護用のバンに乗せただけだった」

「お母さんがウィリーと話をしてくれれば、彼女もわたしをほっといてくれるんじゃないかしら」

「ほんとに恐ろしい女よねえ？　あなた、このうちに帰ってきたら？　ここはとっても安全よ。昔のあなたの部屋はずっとあのままにしてあるし」

もちろんそうだろう。このやりとりはおなじみのものだ。それはもう何年もつづいている。母にとって、彼女はいまも家出した子供なのだ。そして、彼女を連れもどすために賄賂《わいろ》が差し出されるのは、これが初めてではない。ただ、今回のはもっとも無情というだけのことだ。

「つまり、ウィリーを追い払ってもらう代償がそれというわけね？」引きあげることにして、フィービは立ちあがった。これで自分の真の立場がわかったから。それは少しショックだった。彼女もまたヒキガエルの一員なのだ。

「上に寄越して」マロリーはインターコムを通してドアマンに言った。数分後、静かなノックの音がしたときは、ワインのボトルを脇にはさみ、グラス二脚を手に持ってすでに用意ができていた。ドアを開けると、そこにはラビ・デイヴィッド・カプランがいた。きれいに刈りこんだ頬髯《ほおひげ》と優しい笑みを持つ、すらりとした中年男性――ポーカーが大好きな人物だ。

「キャシー」このラビは、マロリーの養父を愛した男たちの親密なグループの一員であり、彼女のファーストネームを恐れ気もなく使う。折り返しの電話がなかったことはもう許し、彼は彼女の頬にキスした。「ひさしぶりだね――本当にひさしぶりだ」彼は両手を広げ、ゆっくりと首を振った。この娘を自分はどうしたものだろう？「今週は、ポーカーの集いに来るのかな？」

答える代わりに、マロリーはワインのボトルをラビに手渡し、ラビはそのラベルを眺めた。彼のお気に入りの醸造者。これで疑念が湧くだろう。ラビはきっとこう考える。自分が今夜、予告なしで訪問することを、彼女は知っていたのだろうか？

マロリーはほほえんだ。もちろんよ。

チャールズ・バトラーは、警察の手の届かないところにココを移したがっている。ライカーを落とせなかったとなれば、別の使節を送りこんでくるのは、当然のことだ。それに彼女は、ラビが下の歩道に立ち、この部屋の暗い窓を見あげているのに気づいていた。訪問をことわる口実を与えないよう、彼はそこで彼女の不意を突くチャンスをうかがっていた。彼女はただ、部屋の明かりを点けるだけでよかった。その後、十まで数えたところで、ドアマンが彼の来訪を知らせてきたのだった。

「それで」マロリーはブルックリン橋の向こう側に住むこの男に言った。「あなたはたまたまここを通りかかったわけ？」

ふたりはエレベーターに乗りこんだ。扉が閉まると、マロリーは言った。「わたしの留守中、あなたはうちのボスに電話をしたのよね――かなりの回数」

「きみはずいぶん長いこと出かけたきりだったからね、キャシー。何カ月もだ」優しい叱責として、ラビは眉を上げた。「なんの挨拶もなく、絵葉書も寄越さず」

エレベーター内の作法に従い、ふたりはそろって、階の上昇を示す光る数字に目を向けた。

「じゃあ、あなたは警部補を責め立てたわけね？」

「責め立てた？　いいや」ラビは肩をすくめた。「まあ、あれくらいですんでよかったのではないかな。わたしとしては失踪届を出したかったんだ。でも、エドワードに止められたんだよ。きみは自分の記録にその種のことを残したがらないだろう、とね。そこでわたしは、コフィー警部補に相談したわけだ。彼はいい人だね。とても思いやりがあって。きみの身に何かあれば、自分にはきっとわかるから、と言ってくれたよ。自分が知るのはいつもいちばんあとだが、最終的には……何かあれば……きっとわかるから、と」

「あなたのポーカー仲間たちのほうは？　あの人たちは何回、ジャック・コフィーに電話をしたの？」

「告げ口はしないよ」デイヴィッド・カプランは友に忠実なのだ。カードゲームの際は、チャンスがあればいつでも彼らの金を奪うけれども。あのケチなポーカー・ゲームにおいて、それは十ドルほどの儲けだろう。なんという勝負師。世界一優しい男であるラビは、自分も非情になりうるという、このささやかなおとぎ話が大好きなのだ。

　エレベーターの扉が狭い階段室に向かって開いた。ふたりは階段をのぼっていき、明るく照らされた屋上に出た。木造のデッキの上に、金属製のテーブルが並べられ、そのまわりを椅子が取り囲んでいる。夏の風は暖かかった。頭上の月も、星たちのお粗末なショーも、百万の町の灯のこの眺めとは比べものにならない。マロリーはラビ・カプランとともにすわって、グラスにワインを注いだ。「あなたはコフィー警部補を毎日、せっついたのよね」

「何度か、だよ。彼は何も話してくれなかった。いや、便りがないのはよい便り、とは言っていたな」

「きっとポーカーの夜は、みんなであれこれわたしの話をしてたんでしょうね」

「ああ、エドワードとロビンはいつだって陰できみの話をしているからね。きみが小さいころからずっとそうだった。彼らはきみを愛しているんだ」ラビは悲しげに首を振った。「あの野郎ども」ここで彼は、とっておきの無邪気な笑みを彼女に見せた。ポーカーの最強の手が来たとき、決まって使うやつを。なのに、おそらくこの男は、子供時代の彼女がカードゲームでいつも彼を丸裸にできたのはなぜなのか、いまだに不思議がっている。

彼は、折りたたまれた紙をひと束、テーブルに置いた。「これもココのための法的手続きなんだがね」

「ロビン・ダフィーから？」

この質問に答えるのが、なぜむずかしいのだろう？

第一の文書は、ココのイリノイ州への旅を指示する裁判所命令だった。それは、養父母候補にその資格があれば、ということだ。法律用語の細かな活字に埋もれて、第二の条件もあった。重要証人としての子供の保護が終了されること。つぎの一枚は、この取り決めを確定するために、マロリーの署名を求める添付書類だった。ロビン・ダフィーはすでに、これらの書類を各一部、彼女に渡している。ただし、彼女が事件を終結させてからということで、そこに日付は入っていない。彼女はページを繰って、裁判所命令にもどった。その日付はきょうのものだ。それに、判事の署名もすでに入っている。「これはロビン・ダフィーの考えじゃないのね」

証拠はないが、いい読みだろう。

デイヴィッド・カプランはその優しい笑みを大きくし、心ならずも、これがチャールズ・バトラーの企みであることを裏付けてしまった。彼はワイングラスを手に取って、またひと口、味わった。時間稼ぎだ。そしてここで、いつものはぐらかしの手を使い、彼は言った。「きみは、あの子にとっていちばんいいことを望んでいるはずだよ。ルイとヘレンがきみに与えたよいものがすべて、あの子にも与えられることを」

口のきける機械のような冷たい調子で、彼女は言った。「わたしのことがよくわかっているのね」

ラビのほほえみが揺らいだ。これはおそらく、自分にはまるで彼女がわかっていないのではないかという疑いが浮かんだためだ。

マロリーはテーブルに書類を置いた。「なぜあなたがこれをいい案だと思ったのか、不思議でならない。これはいい案じゃないもの――もしあの子に生きててほしいならね」

ほんの少し前まで、この男にとってはすべてが明瞭だった。しかし再度、文書に目を落としたとき、彼はやや混乱してそれを見つめた。

ようし。今度はマロリーがほほえむ番だった。彼女には確信があった。この裁判所命令の署名を入手したのは、ロビン・ダフィーではない。あの老弁護士は、署名者の判事と懇意だが――ラビもその点は同じだ。カートランド判事はときどき、ルイ・マーコヴィッツのポーカーの集いにゲストとして参加している。マロリーはグラスを手に取り、ぐうっとワインを飲んだ。「チャールズがあなたを寄越したのよね。それを言うのをあなたは忘れている」彼女は文書の署名欄を軽くたたいた。「判事はいつこれに署名したの？　一時間前？」

たぶんチャールズ・バトラーが《バードランド》から帰宅した直後なのでは？

デイヴィッド・カプランは両手を上げた――降参だよ。

「あの女の子は、トラウマにトラウマが重なって、それはひどい状態なんだよ。チャールズはイリノイ州の養父母候補のリストを持っている。それに彼は、あの子のためにシカゴのセラピストも手配した。とてもいい医者だよ。かわいそうに、あの繊細《せんさい》な子供には――」

「あの子はどこにも行かせない。殺人事件の重要な証人なんだから」

「チャールズは、あの子はいい証人にはなれないと言っているよ。判事と話したとき、わたしも――」

「あなた、判事にそう言ったの？」マロリーは、ラビの顔から答えを読みとった。否定の影もなく、ただ自分がどんなミスを犯したのか不思議がっている、そのいぶかしげなまなざしから。

「そうなのね！」マロリーはテーブルに手をたたきつけた。「わたしに隠れて！」

過去に彼女がラビの前でどなったことがあったろうか？　いや、一度もない。どちらも同じくらい驚いて、ふたりは見つめ合った。

まだ怒りが収まらないまま、マロリーは言った。「あなたはわたしの判断よりチャールズ・バトラーの判断を信じるわけね？」彼女は身を乗り出した。「殺人事件の捜査に関して？」

その逆ということがあるだろうか？　これは、この男の完璧な律法学的ロジックとどう整合するのだろう？　整合などしない。単に彼が彼女を信じていないというだけのことだ。それ以外、この夜に至る道はない。

「ラビ、わたしの捜査の邪魔をするのはまちがいよ」彼女は裁判所命令をくしゃくしゃに丸めた。「あなたはどっちにつくか選んだ」こちらではない側を。「そして、判事にわたしを締めつける理由を与えたのよ」マロリーは丸めた紙を両手のあいだで転がして、さらに小さく固くした。彼女はそれを指ではじき飛ばし、玉はラビのワイングラスのそばで止まった。「取っておいて……わたしを忘れないように」

ラビの目は悲しげだった。これはある種の死であり、ひとつの終わりだから。彼女は彼を言葉で刺した。そして、勝ったのは明らかに彼女だ。

それともちがうのか。

「キャシー、きみがただ比喩的な意味で人の心臓をえぐっても——それで問題が消えるとはかぎらないよ……わたしはいつまでもきみを愛するからね」デイヴィッド・カプランは椅子の背にもたれ、ワインを飲み干した。「きみには常にわたしがついている」ラビは立ちあがり、彼女の頬にさよならのキスをした。「でもきみは、今週のポーカーゲームには来ないんだろうね」

彼は肩をすくめ、微笑した。「ではまあ、来週にでも」

彼が立ち去り、屋上にひとりになると、マロリーは煉瓦《れんが》の手すりにワイングラスをたたきつけた。無条件の愛はときとして、ひどく腹立たしいものとなる。

マロリーのコンドミニアムの仕事部屋には、一面だけコルクに覆われた壁がある。彼女はそのコルクを、ルイ・マーコヴィッツの死後、彼の執務室から盗んできたのだ。ライカーの知るかぎり、それは彼女が感傷から盗んだ唯一のものだった。

電子機器に配慮して、この奥の部屋の室温は常時低めに保たれているが、その見た目は——金属製の机や椅子、コードやケーブル、マニュアルや付属機器の並ぶスチールの棚で設えられ——氷の冷たさだ。なんとカーペットの色までガンメタルの灰色なのだから。

そして、赤ちゃんには真新しい玩具があった。

作業台のコンピューター・モニター四台は、もはやトップスターの座にはない。巨大な平たいスクリーンが連中を霞ませていた。ライカーはぽかんとそれを見つめた。スーパーボウル・サンデーには、このサイズのテレビがあらゆる男の劣情をそそる。だがライカーは涎《よだれ》を垂らさなかった。これは、また新たに現れたひとつのコンピューターにすぎない。キーボードやマウスは不要――マロリーがファイルのアイコンをポイントすると、そのページが動画となってあふれ出てきた。二本の指で、彼女は各ページを空中でとらえ、電子のブルーの広いエリアに配置していった。彼の相棒が機械としか安定した関係を結べないのは悲しいことだ。なのにそれではまだ足りず、彼女は新たに、手を触れれば反応する機械を見つけてしまった。彼女の体温を感知するやつを。このことに彼は薄気味悪さを覚えた。たぶん酔っているせいだろうが。

ライカーはすでに上物に移行していた。マロリーのシングルモルト・ウィスキーに。輝く文書のボックスのなかで、彼の中年の目のために活字が拡大された。アルコールの許すかぎりまっすぐに立ち、彼はなんとか彼女のレクチャーを聴いているふりをした。そのテーマは古臭い退屈なもの――政治家の買収法、だ。

マロリー曰く、選挙で選ばれる公職者は自分の名前をチャリティーに貼りつけたがる。そして、彼女のスクリーン上にリストアップされた価値ある事業はすべて、ドリスコル協会から資金を得ており、その協会は、同衾相手の淫売政治家をさがし求める大物たちから資金を得ている。「善い行いは票につながるのよ」

相棒がちゃんと聴いているかどうか確認するため、彼女が振り返ると、ライカーは全ニューヨーカーに母乳とともに届けられる警句を暗唱した。「政治家は有権者に感銘を与え、選挙がすむと食い物にする」彼はこれを、〝はいはい、他に目新しいことは？〟という口調で言った。マロリーはご褒美として彼のグラスを満たした。これで何回目だろう？　今夜、何杯飲んだのか、彼はわからなくなっていた。

マロリーはボトルのキャップを締めた。「この町は市長が動かしているんじゃない。グレイス・ドリスコル‐ブレッドソーが動かしてるの」彼女は巨大スクリーンのほうを向き、リストのひとつを指さした。「この市議会議員たちは、小さいチャリティーで買収された。彼らの名前は、奨学基金や学校の課外プログラムにつけられているの」彼女の指が、つぎの欄のもっと目を引くチャリティーへと動く。「ドリスコル協会はある市民センターの建設に資金を提供し、その石には市長の名前が刻まれた。これによって、彼は自分を忌み嫌っている選挙区で票を獲得できた。偶然にも同じころ、市長はウェストサイドのある高層ビルの建築に反対するのをやめている。建築現場の土地の所有者は、某不動産業者。グレイス一族の慈善事業への主要な寄付者よ。そして彼は、一夜にして千五百万ドルの利益を得た。グレイスの分け前は、十パーセントといったところでしょうね」

ライカーもいまは身を入れて聴いていた。「なんでＦＢＩは気づかなかったんだ？　確か連中はこの件を追ってるんだよな？」

「そうよ。企業はチャリティーへの寄付をすべて申告しなきゃならないしね。でもそれは、こういうマネーロンダリング・システムに対してはなんの効果もない。チャリティーへの寄付と政治家を結びつける書類は一切ないんだから。ドリスコル協会の理事たちがパイプ役というわけ」

「金のクリーニング屋か。で、グレイスがその親玉なんだな」ライカーは視線を落とした。マロリーが彼のグラスを縁まで満たしている。眠らずにいることへのささやかな報酬だ。そこで、すっかり酔ってはいないことを証明すべく、彼は訊ねた。「グレイスはどうやって自分の分け前を回収してるんだ？　そういうことは監査でばれるんじゃないか？」

「それがばれないの。彼女は寄付者から支払いを受けている」スクリーンに手を触れ、マロリーは別のファイルを開いた。「これがその連中」それは、故ジョン・ブレッドソーのコンサルタント会社のかつての顧客リストだった。「以前、グレイスはその金を夫の会社に流していた。書類上、それは問題がないように見える。ロビイストの合法的な収益のように。それに税金も支払われている。国税庁の目を引くものは何もない」

「すると、彼女の旦那がハンフリーに遺したあの金――あれは全部、ほんとはグレイスのものだってことか？　なるほど、パパさんと坊やの絵が便器の上に掛けてあったのも道理だな」いま彼の目には、怒ったグレイス・ドリスコル‐ブレッドソーが森に出かけ、息子のを含め、意識のない人間の体を吊るしあげている姿がはっきりと見えた。「だが、あのご婦人に木登りができるかね？」彼はグラスを持ちあげ、ひと口ぐうっと飲んだ。「まあ、一億ドルのためなら、できるんだろうな。あの女はおれより健康そうだし」

彼の相棒はほほえんだ――空になった彼のグラスを見つめて。それから彼女はスクリーンに視線をもどした。「夫が会社を売却してしまうと、グレイスにはもう、つぎに入ったマネーロンダリングの手数料をしまっておく場所がなかった。彼女個人の財政は合法的な収入と合っていなくてはならないしね」マロリーは別のファイルに手を触れた。すると、青いスクリーン一面に小切手のコピーがあふれ出てきた。それらはすべて、あの付添人に振り出されたものだった。「これが急所。馬鹿なミスよね。ホフマンの給料は安すぎる。たぶんグレイスは毎週、現金でボーナスを渡しているんでしょう」

「きっと彼女はいろんな買い物を現金でしてるんだろうな」ライカーは言った。「もう二度と自分の金の洗濯を人にさせる気はしないだろう――旦那にあんなことをされちゃあな」

「そのとおり。それに、ＦＢＩはここ何年も大きな現金の流れを追っているし。彼女は大金を溜めこんでいるはずよ――その一方、彼女はつぎつぎと貴金属を売っている」一本の指で、マロリーはスクリーン上に一連の写真を整列させた。「これは全部、彼女の夫が会社を売却して家を出ていったあとに撮られたものよ。装身具を数えてみて」

ライカーはスクリーンに歩み寄り、一枚目の写真を見た。あの社交界のプリマドンナは、輝く宝石で全身を飾っていた。数年後の最後の写真では、彼女は地味と言ってもいいほどだった。

「なるほど、しまいには真珠のネックレスだけになったわけだな――それと、あの銀のメダリオンか」

「グレイスはハンフリーの遺産を本当に必要としてるのよ」マロリーは言った。「それ以外、彼女がおおっぴらに使えるお金はないから。現金の取引はすべて危険を伴うでしょ」

「この情報、課で共有するのか？」

「もしそうすれば、それはジョー・ゴダードにも渡る」彼女は手を振って、チャリティーの回路上のトップ政治家たち――汚職政治家たちのリストを示した。「ゴダードにこの町を牛耳らせたい？」

「冗談じゃない」あのイカレた刑事局長は歪な任務を遂行中。市警の利益のために、汚い秘密を収集している。あの男は、天使たちとニューヨーク市警の側に立つゆすり屋なのだ。彼に市を丸ごと与えるなど、正気の沙汰ではない。それでも、ライカーの頭につぎに浮かんだのは、こんな考えだった。いつか必要が生じたら、このネタを使い、あの狂った男に町を丸ごと差し出して相棒のバッジを救おう――そして、彼女が勝ち目のない戦争をせずにすむようにしよう。

「ゴダードの場合、権力がすべてだけど」マロリーが言った。「彼もグレイスの同類よ――同じくらい危険だしね」

確か《アーメン》に。

「つまり……悪党どもにやられなきゃ、正義の味方にやられるってことか？」

「そういうこと」マロリーはウィスキーのボトルを傾けた。彼のグラスを縁まで満たすと、彼女は魂を吸い取ろうとしているかのように、彼の目をのぞきこんだ。「あの日――ロケットマンをつぶすつもりだとわたしたちに言ったとき――ゴダードは自分の職を危険にさらしていた。つまり彼は、自分がわたしたちを制御できることをすでに知っていたわけよね……でも、どうやって？　ゆすり屋は自分がどんな力を握っているかをはっきり示すものよ。そうしなければ、ほしいものは手に入らない」

アルコールの霞《かすみ》のなかの澄んだ一点の先に、今夜の公民の授業の真の目的が見えた。何が公民だ。マロリーの妄想が始終、正解となることに、ライカーは不安を覚えた。彼女は、力がすでに示されたことを——相棒に対して示されたことを知っているのだ。

ライカーは首を振って、さっぱりわからないと伝えた。それから、隠し事に対する非難を待ったが、報いは胸の痛みだけだった。彼女はただ静かにそこに立ち——真実を待っていた。膠着《こうちゃく》状態。

彼はグラスを置き、見送りなしで出ていった。

グレイス・ドリスコル－ブレッドソーは、ベッドサイドのモニターのアラーム音で目を覚ました。その大音響だけですでにひどく怯えているところへ、今度はドアが開き、幽霊が部屋に飛びこんできた。ベッドサイドのランプの乏しい光に照らされ、宙に浮いた首が見える。その目のあるべき部分には燃える火の玉がついていた。ああ——黒いローブを着た看護師か。ホフマンの眼鏡のレンズには、ナイトテーブルのランプのくすんだ球体が映っていた。雇い主の上に身をかがめ、彼女はもつれたシーツを整えている。

「フィンガーカフが抜け落ちたんですよ、奥様。ほら、これです」ホフマンはすでに、コードでモニターにつながれたその小さな装具を見つけており、グレイスの人差し指にもとどおりそれをはめた。

　すると、これは卒中ではなく――リハーサルみたいなものだったのだ。

　看護師が自室に引き取ったあと、グレイスは枕に頭をあずけた。しかし眠りは訪れなかった。まず、モニターのスイッチを切り、フィンガーカフをはずしてから、彼女は起きあがった。身を護るものは緊急通報用のメダリオンのみ。その中央のボタンを押せば、ボックスからブーンと音が鳴りだし、どこにいようと彼女をさがし出す。その音量と音に対する感度を次第に増しながら、彼女を見つけ、何が必要かを判定するだろう。起きているあいだは、この程度の対策でよい。恐ろしいのは夜だった。眠っているときの彼女はもっとも無防備だ。

　父が死んだ部屋に向かって、彼女は裸足でパタパタと廊下を歩いていった。その室内の様子は、はるか昔にパパが卒中で倒れたときから、ほとんど変わっていない。

　子供のころ、グレイスはこの病室をめったに訪れなかった。涎を垂らすあの男が目玉をぐるぐる回し、言葉を紡ごうとあがく姿に、嫌悪感を覚えたから。父の顔の半分は弛緩し、もう半分は泣いていた。近年、グレイスは始終ここに来ている。クロゼットにはかつてのように備品がストックされていた。そしていま、彼女はそこにある薬の瓶を数えた。どれもみな、パパの長引いた死の当時には発明されていなかったものばかり。そのなかでもっとも尊ばれているのは、病院外では合法的に入手できない薬物だ。この貴重な密売品はホフマンの黒鞄にも入っており――昼夜を問わず常時、手近に用意してある。

　月の光が電動ベッドの手すりに反射し、クロムめっきをきらめかせた。ベッドは彼女の相続財産だ。それはいまでも使える。ただし、マットレスは新しいものに買い替えてあった。グレイスがふたたび卒中を、前の二回よりひどい発作を起こし、衰弱する日に備えて。それは遺伝なのだ——亡き父のこのもうひとつの遺産は。パパ、ほんとにありがとう。

グレイスは、ベッドサイドに整列する機器類の赤いライトを点検した。これで、すべての機器がきちんと機能することが保証された。最後に彼女は、リネンの戸棚の扉を開け、重ねて置かれたシーツが、彼女の人生最悪の日を待っているあいだに、カビ臭くなっていないかどうかを確かめた。

そして全項目のチェックが終わった。

この国には、ここまで設備が整っていないクリニックがいくらでもある。この部屋さえあれば、彼女はどんなに衰弱しようと、介護施設で人生を終えずにすむはずだ。うまくすれば、ひとり暮らしが不可能になるころには、ホフマンはもうひとりの看護師、彼女を生かしておく大きな理由があるほうと交代しているだろう。そしてフィービは、忠実なよい犬のようにベッドの足もとで眠るだろう。

フィービ・ブレッドソーの友人、ミスター・ポランスキは、サンタクロースの痩せた双子の兄弟であり、フィービの同類でもある。彼もまた、死者を連れて歩いているのだ。この夜警は、死んだ妻と別れることができず、ひとりぼっちの巡回に彼女を同行させている。でも今夜はちがった。「年をとるにつれて、かみさんに話しかけることがますます多くなるよ」フィービの手からアイスティーのサーモスを受け取りながら、彼は言った。

「でも、奥さんはしゃべらないんでしょう?」

「そうとも」彼は言った。「あんたの〝死んだアーネスト〟とはちがってな。あの子が逝っちまったときは、わたしも淋しかったよ」

その昔、ミスター・ポランスキはドリスコル校の雑用係だった。彼は、水漏れを止め、漆喰《しっくい》のひびを修理し、ときには屋根も直した。やがて人生終盤に入ると、肉体労働もつらくなったため、貴重な家具や美術品の番人へと転身した。用務員から警備員への肩書の変更により、彼は伝統あるこの施設にずっと留め置かれている。理事会にとっては、彼もまたひとつの骨董品なのだ。

そして、元生徒であるフィービのほうは、学校の保健師としてリサイクルされたわけだ。

彼女は老人の巡回に同行し、ふたりはぶらぶらと同窓生の肖像画のギャラリーを歩いていった。それらの作品は一八〇〇年代から始まっている。描かれている人物の大半は、政財界の荒海で名の知れた連中だ。嘘つきのその壁は、非の打ちどころのない高潔さをPRしていた。

ギャラリーを通り抜けると、その先は大食堂、背の高い窓の列から街灯の光が斜めに差しこむ広大なスペースだった。マホガニーの長テーブルとそれを囲む椅子はみな、うっすら埃に覆われている。奥の隅のテーブルは、フィービがかつてアーニーとすわった場所だ。ランチタイムの暴力ゼロ・ゾーンで、息をひそめ、傷をなめている、ふたりの子供。

ミスター・ポランスキとフィービは大階段まで引き返し、つぎの階にのぼった。各教室のド

ロッカーが立ち並んでいる。それらのロッカは開け放たれていた。廊下には鏡板が張られ、ロッカーが立ち並んでいる。それらのロッカーは、子供のやわらかな体がぶつかるとカーンと音を立てる。かつてアーニーはフィービにこう訊ねた。虐待のバリエーションを無数に提供している学校において、なぜ自分ひとりが物理的暴力の対象として選ばれたんだろう？　フィービはそのとき、それは彼が二歳年下で、暴行する連中より十歳分利口だからだと説明した。

ミスター・ポランスキがすべての階の巡回を終えると、ふたりは奥の階段を下り、裏庭に通じるドアから花々の香る暖かな夜へと足を踏み出した。警備員は懐中電灯で低木の茂みを照らした。校舎裏の壁の一部は、その茂みによって屋上の防犯灯から隠されている。

フィービは漆黒《しっこく》の闇の一箇所をじっと見つめた。古い記憶では、日が射しているところを。これはハンフリーと女の子たちが、アーニーを壁に押しつけ、釘付けにした場所だ。そしてここで、彼は連中を失望させた。あの日、アーニーの恐怖心はすでに枯渇していた。少年は死を受け入れ、静かな覚悟を以て連中と対峙した。

誤った対応。

あれ以上に連中を怒らせることはなかっただろう。暴行に飽きる前、連中のひとりは――あれはフィービの兄だっただろうか？　いや、あのときはウィリー・ファロンだった。彼女はアーニーの両耳をつかんで、灰色の石壁に彼の頭をたたきつけた。少年は地面にくずれ落ち、その箇所にぬるぬるする血の跡を残した。それは翌日もまだそこにあった。その日は一日じゅう、生徒たちがつぎつぎ庭に流れこみ、ひとりの子供の血をまじまじと見つめていた。十一歳のフイービは、先生たちもそれに気づいたことを知っていた。しかし彼らはそこを素通りしていった。

ミスター・ポランスキは彼女の視線の動きを追い、その心をのぞきこんで言った。「あのしみを落とすのには、ずいぶん時間がかかったもんだよ」

ううん。フィービは首を振った。しみはまだそこにある。そして、彼女の両手にも。いたるところに、それはあるのだ。

第三十章

フィービはかかわりたがらない。ぼくはそれでオーケーだ。でも彼女は学校にも来ようとしない。ぼくが家に電話しても、電話口にさえ出ないんだ。

ぼくには誰か話す相手が必要なのに。

あの死んだアル中のことが頭から離れない。一日に二十回、ぼくには彼の悲鳴が聞こえる。かわいそうに、イカレたあの男が死ぬまでには長い時間がかかった。《ランブル》の隠れ場所で、時間をカウントしたことをぼくは覚えている。ぼくは警察にそう言った。でも、マン刑事は信じてくれない。

アーネスト・ナドラー

早朝の光をたよりに、マロリー刑事は、ドリスコル校の路地の門を子細に観察した。「この鍵なら十歳児でもこじ開けられる。これは時代物よ」

「ミス・ファロンはまちがいなく鍵を使っていましたよ」白バッジのアーサー・チュウが言った。「バッグから何か出していましたからね」

ライカーは、夜警のミスター・ポランスキの提出した空き巣狙いの被害届を読み終えた。

「ウィリーの名前も、犯人の特徴もない」彼は眼鏡をポケットにしまい、相棒に顔を向けた。

「でも時刻は、アーティが逃げていくウィリー・ファロンを見た時刻と一致してるよ。ミスター・ポランスキは、フィービが門を開けっぱなしにしたものと見ている。ウィリーがすぐなかに入れたのは、だからなんじゃないか」

　チュウ巡査は首を振った。「彼女はバッグから何か取り出し――」

「でも、あなたは鍵を見てはいない」マロリーが言った。「そのときは、通りの向こう側にいたわけだし、あたりは暗かった」彼女はジーンズの尻ポケットに手を入れて、ベルベットのポーチを取り出した。そこには、彼女のピッキング道具一式が入っている。ルイ・マーコヴィッツ警視は、十歳の――もうすぐ十歳の彼女を逮捕した夜に、その小道具を没収した。彼女はそのとき年齢を十二歳と偽った。それは通らず、彼らは後に、たぶん十一だろうということで合意した。彼の死後、マロリーは他の貴重品といっしょに養父の金庫に入っていたそのポーチを見つけた。センチメンタルな老いぼれ。彼は赤ちゃんの最初のピッキング道具を捨てられなかったのだ。彼女はアーサー・チュウにそれを見せた。「ウィリーがバッグから取り出したのは、たぶんこれよ」ポーチを尻ポケットにしまうと、今度はボビーピンを二個掲げた。「または、これか」彼女は白バッジに背を向けてしばらく作業を行い――ほどなく門がさっと開いた。

「子供でもできる」

　やや気落ちしたチュウ巡査は、引きつづき尾行を行うためウィリー・ファロンのホテルへと送り出された。若者の姿が見えなくなると、ライカーは言った。「かわいそうにな。鍵のことは、彼が正しかったのかも――」
「そうだと思う」マロリーは狭い路地のほうを向いた。ここから先へは行けない。警察は、校舎裏のフィービ・ブレッドソーの住居から二百フィート以内に近づくことを禁止されている。
「門の錠前は少なくとも二百年前のものよ。何本の鍵が人手に渡っているかわかったもんじゃない」彼女は学校の玄関上部の横木を見つめた。そこにはドリスコルの名が刻まれている。
「きっとフィービの母親もこの門の鍵を持っている――とにかく以前は持ってたはずよ」

検視局長、エドワード・スロープは、姿勢のよい男だ――しかし今朝はちがった。彼はデスクの前の椅子にだらんとすわり、疲れた目を一方の手で覆っていた。昨夜は切れ切れにしか眠れなかったし、コーヒーのカフェインはまだ効きはじめていない。秘書が部屋の外に刑事がふたり来ていると知らせたのは、そんなときだった。キャシーは敗者の顔を見てほくそえむ気なのだろうか？

彼がグレイス・ドリスコル－ブレッドソーの邸宅を訪問したのは、昨夜が初めてだった。そして彼は、もう二度とあの家へは行かないだろう。パーティーの招待状は、彼女が死んだ息子の身元確認に来たときに渡された。そう、その時点でちゃんと考えてみるべきだった。

彼は到着後十分であの邸をあとにした。監獄にいるべき政治家やその他のならず者たちの一群に気づくには、それだけあれば充分だった。公の場でもプライベートでも、彼が絶対、握手を交わさない男や女。あの連中といっしょにいるのを見られれば、法王だって評判を落とすだろう。そして、検視局長というものは、シーザーの妻（「疑惑を招くような行為があってはならない人」の意）と同じで、法王以上に世間の目を気にせねばならないのだ。そうでなければ、彼の名声、彼の言葉は、法廷の内外において無意味なものとなってしまう。

先に入ってきたのは、キャシー・マロリーだった。つづいてライカーが現れた。

「さっさとすませよう」エドワード・スロープには、彼女とまた一ラウンド、戦争ごっこをやる気などなかった。「わたしは忙しいのでね。市長の前回の記者会見に相反し、ニューヨーク・シティでは相変わらず変死の事例が絶えないようだ。こうして話しているあいだにも、死体はどんどん積みあげられているんだよ」

刑事たちはそろってデスクの正面の椅子にすわり、この面談は少々時間を食いそうだということを暗に彼に知らせた。ドクターはもう一回分、コーヒーを服用した。

「実は一体があなたを素通りしているんですよ、ドク」ライカーが死亡証明書を一枚、デスクの上にぴしゃりと載せた。「あなたは死体を盗まれたわけです。この子供の検視は病院がやってるんです」

エドワード・スロープは、病院が発行したその古い証明書に目を通した。アーネスト・ナドラー、十一歳。「心停止？　先天性欠損はなかったわけだね？　きみたちふたりがここに来たということは」彼は椅子の背にもたれた。「それで……この男の子の病歴や病院の記録は？　何か不正の証拠はあるのかな？」

「いや」ライカーが言った。「そのことでドクに手を貸してもらえないかと思ってね」

ドクター・スロープはもうひとりの刑事、コンピューターの魔女に視線を向けた。当然、彼女は病院のファイルに侵入したはずだ。そこで彼は、皮肉っぽく訊ねた。「本気かね、キャシー？　きみも何も知らないのか？」

あてこすりを歓迎せず、彼をにらみつけながらも、彼女はファーストネームの使用に駄目出しをしなかった。そしてこれはまちがいなく、彼女が何かをほしがっているということだ。

「仮にこの少年が入院中、心臓障害の治療は一度も受けていないとしたら？」

ドクターはほほえんだ。「なるほど」彼は死亡証明書を掲げた。「だとしたら、これは病院の大失策――」

「隠蔽《いんぺい》よ」彼女は言った。「この少年は犯罪被害者なの。彼は暴行を受けた一カ月後に死んでいる。つまり、遺体はここに送られてこなければおかしい。そうでしょ？」

ドクターはうなずいた。「どんなケースでもな。最終的な死因は問題じゃない。とにかくそれは不審死となるんだ」

「つまり、病院は意図的に殺しを闇に葬ったわけだな」ライカーが言った。

「そうとはかぎらんよ」ドクター・スロープは証明書をたたんで胸ポケットに収めた。「病院がからんでいる場合、何が起きても、わたしはまず、ひどい無能が原因じゃないかと考える。しかしまあ、いまにわかるだろう」

刑事たちのバッジは胸ポケットに飾られて、きらきら光を放っていた。

「その男なら知っているよ」エドワード・スロープは病院の廊下で足を止め、彼の配下の二人組を検閲した。「彼を怖がらせたいということなら、それはわたしのやりかたでやる。一切しゃべるな。きみたちは体裁を整えるためにここにいるだけだ」彼は部隊を率いて待合室に入っていき、止めようとする秘書には耳を貸さず、その前を通過した。

彼らは病院事務長の執務室に入った。ものすごく大きなデスクと小さな口髭を持つ男、骨もないのに直立歩行することで万人を驚愕させる男――それがドクター・ケンパーだ。彼は度肝を抜かれ、大あわてで立ちあがった。「驚きましたよ、ドクター・スロープ」不安げな目が護衛の警官たちのバッジへと飛ぶ。声を失い、ドクター・ケンパーはより重要な訪問者、医学界の名士に握手の手を差し出した。

エドワード・スロープはその手を無視し、部屋の反対側へと歩いていった。そこには、椅子に取り囲まれた小さなテーブルがあった。彼が椅子のひとつにすわると、事務長は安全なデスクから離れることを余儀なくされ――無防備になった。刑事たちも配置に就き、検視局長のうしろに立った。彼らは無言だが、不信の念を露骨に表し、小股で近づいてくるドクター・ケンパーに油断なく目を光らせていた。

ドクター・スロープは例の死亡証明書をテーブルに置いた。「アーネスト・ナドラー。ずっと昔のことだが、きみはこの少年を覚えているだろう。暴行を受けたあと、彼は一カ月持ちこたえ、この病院で死んだ。それだけでも、わたしなら殺人と判断するところだ。しかるに、運びこまれたときこの少年は脱水症を起こしていたそうじゃないか――それに、飢餓状態だった

——三日間にわたってだ。そうそう、そのうえ、両手首には縛られてできた傷があったらしいね。それこそ大ヒントだよ。だから想像がつくだろう？　警察から、検視がここで行われたと聞いて、どれほどわたしが驚いたか。犯罪被害者の遺体はすべて、わたしのもとに運ばれることになっている。それが法律なんだ」

「おっしゃるとおりです」ドクター・ケンパーは揉み手した。ディケンズのユライア・ヒープのかなり上手な物まねだ。「うちの者に不手際があったのなら、お詫び申し上げますよ」

「死因にも疑問を感じるんだがね」

ドクター・ケンパーは証明書を手に取った。それを読み終えると、彼はとまどって眉を上げた。「心停止。何が問題なのでしょう？　担当医の署名もありますが」

「都合よくすでに老死している人物の署名がな」スロープは言った。「少年の遺体は発掘させてもらうよ」

「ああ、申し訳ありません、局長。遺体は火葬されたのです」

「きみの口からその事実が即座に出てくるとは興味深いね。この病院にはいまも同じ病理学者が勤めているだろう。彼女と話をさせてくれ。それと、少年の記録が見たい。その全部をだ。コンピューターが吐き出すやつじゃないぞ」それを見るのは、時間の無駄だろう。キャシー・マロリーのハッキングの腕を、彼はそれほど信頼しているのだ。彼女が電子のファイルを不充分で価値なしとみなしたことは確かだ。「ほしいのは、当時のカルテ、患者の医療記録、検視所見と検視時の写真……何もかもだ」

「ですが、局長、少年は十五年前に死んでおりますので」ここで、事務長は弱々しい笑みを刑事たちに――法の執行者に――向け、彼らに法を説明した。「記録の原本の保存は、五年間しか求められていないのですよ」

「しかし、きみはその記録を取っておいたはずだ」ドクター・スロープは腕組みをして、ケンパーの罪の意識による反応、汗ばんだ両手をズボンでぬぐうしぐさにほほえんだ。「原本は永久保存用の倉庫にしまったんだろう？　病院の法律顧問はきみに選択の余地を与えなかったんじゃないかね？　あの弁護士が、証拠隠滅を許して自分の資格を危険にさらすわけはない……万が一、わたしが現れるとまずいからな。さて、全部の書類をもらおうか。大至急たのむよ」

ミーティングの場は、病院の会議室に移されていた。アーネスト・ナドラーの短い生涯と長い死の記録を広げるには、それだけのスペースが必要だったのだ。検視局長がテーブルから後退すると、ライカーとマロリーが茶封筒やファイルの中身を調べにかかった。まずは、少年が運びこまれた日の緊急治療室での処置からだ。刑事たちはいまだ誰にもひとことも言葉をかけていない。

尋問は、エドワード・スロープが行った。対象者のドクター・エミリー・ウッズは、白髪交じりの痩せた女、五十代終わり――病院の病理学者として新たに仕事を見つけるには、もう年をとりすぎていた。なんとか保証を得ようと、彼女は長テーブルの向こう端に目を向け、病院事務長の視線を求めた。

「彼を見るんじゃない」検視局長は言った。「きみの今後はわたしが決める」彼は十一歳の少年の死亡証明書を掲げた。「心停止？ それはないだろう。この子に先天性欠損はなかったんだ」彼は、卓上に広げられた記録すべてを包みこむジェスチャーをした。「先在する心臓疾患のことなど、どこにも書かれていない。にもかかわらず、きみはこの診断——心臓麻痺《まひ》というこのナンセンスに同調した」彼はテーブルの端に尻を乗せ、彼女に向かってかがみこんだ。「つまり、こういうことではないかね。少年の心臓は単に、いちばん最後に機能を停止した臓器にすぎない。最終的には、われわれはみんなそれで死ぬんだ。そうだろう？ 心臓が……停止して」

「検視などやりたくありませんでした」ドクター・ウッズは彼に目を合わせようとしなかった。「わたしはことわったんですよ。でも警察も了承していると言われたものですから」

「そう言ったのは誰なんだね？ ああ——ひょっとすると——ボスのドクター・ケンパーかな？」エドワード・スロープは死んだ子供の写真の束を手に取り、一枚ずつ見ていった。「どの写真でも少年の目は閉じられているが。まぶたはめくってみたのかね——？」

「なんてこった！」長テーブルのなかほどで、ライカーが読んでいたものから顔を上げた。「あんたら、この子の両手を切断したのか？ これは医者どもがしたことなのか？」

「そのことなら説明できます」事務長が言った。

「でしょうね」マロリーはドクター・ケンパーを卓上にかがませて手錠をかけた。一方、彼女の相棒は、ドクター・ウッズに同じことをした。「ダウンタウンに行きましょう」

傍聴室の雛段式《ひなだん》の座席には、五人の刑事とその指揮官がすわっていた。コフィー警部補は、検視局長と黄色い蝶ネクタイの地方検事補とにはさまれている。マジックミラーの向こうの照明の点いた部屋では、マロリーとライカーがドクター・エミリー・ウッズとともにテーブルに着いていた。ふたりの刑事は最新のゲームをしている。〝悪い刑事と悪い刑事〟――〝望みはすべて捨てよ〟というやつを。

「医師免許にさよならのキスをなさい」マロリーが病院の病理学者に言った。「あなたにできるのは、共犯証言をすることくらいよ。それで刑務所行きは免《まぬが》れるかもしれない」

ジャック・コフィーはガラスに目を向けたまま、地方検事補、セドリック・カーライルに話しかけた。「ドクター・ウッズは、あなたが病院での検視にオーケーを出したと言っていますよ」

「いや、それはない」カーライルは蝶ネクタイを整え、つぎに、スーツについている架空の糸くずを取りのぞきにかかった。「わたしは一度も――」

「へえ、そうですか？」全員がゴンザレス刑事に顔を向けた。部屋の奥の闇から発せられたその疑わしげな声に。「おれはドクター・ケンパーの事情聴取に立ち会いましたがね。彼の供述はこの女先生の話を裏付けてますよ。彼はあなたから指示があったと言ってるんです」

「明らかな誤解だな」後列の下っ端は無視し、カーライル検事補は隣の席の警部補に向かって言った。「まあ、実質的な害はなかったわけだが。わたしはあの病院の事務長にアーネスト・

ナドラーに関しては殺人事件の捜査は行われないと言ったんだ。事件は解決し――終結していた。きみも知ってのとおり、第一容疑者が自供したからね」

「アル中殺しをね」コフィーは言った。「子供を殺したことじゃない」

「トビー・ワイルダーを刑務所に入れるには、一件の罪状で充分だった。彼との司法取引の合意書には、あの子供に対する暴行の告発は取りさげる、ナドラー少年が死亡しても第二の殺人に基づく起訴は行わない、と明記された。判事も納得していたよ」

「わたしは納得できませんね」コフィーは言った。「両手のない子供の検視写真が十枚、存在する――ところが、犯行現場の写真は一枚もない。これは誰の指示なんです？」

「警察が発見したとき、少年の手足はそろっていた。例の暴行は当初は一種のいたずらとして報告されていたんだ」

「いたずら？」ジェイノス刑事は懐疑的だった。彼は地方検事補のまうしろにすわっていたのだが、ここで身を乗り出して、その耳もとにささやきかけた。「その子供は三日間も木の枝のなかに吊るされていたんですよ――食べ物も水もなしで」

後列で、別の刑事が言った。「アーニーは手首に針金を巻かれ、その針金で吊るされていた。血液循環はゼロ。警察が下におろしたとき、彼の両手はすでに黒くなっていたでしょうね」

「壊死組織」ドクター・スロープが言った。「少年の両手は病院で切断された。したがって、ドクター・ウッズは、仮に泥酔状態で勤務していたとしても――おそらく実際にそうだったんだろうが――アーニー・ナドラーが犯罪被害者であることに気づいたはずだ。彼女の阿呆なボスにしても、それを見逃すわけはない。病院で検視を行うというのは、明らかにあなたの思いつきだな」

「いま振り返ると」カーライル検事補は言った。「どの時点で彼らが勘ちがいをしたのかわかるよ。もちろん、少年の遺体は検視局に送られてしかるべきだったんだ。疑問の余地はない。あれは病院による大へマだ。だが、ドクター・ケンパーとドクター・ウッズは共同謀議を行った犯罪者とはとても言えない。あれは単に、恐ろしく愚かな行為であったまでだ」

「なるほど。明快なご説明をどうも」ジャック・コフィーは言った。

検視局長エドワード・スロープは、最前列の座席の背にもたれた。「それでも、ウッズとケンパーは責任を免れんぞ。少年は死ぬ前の週、快復の兆しを見せていたんだ。彼は治りかけていた。予後は良好だった……それに、心臓の状態は安定していたし。血液検査によると、壊死組織からの感染症もなんとか克服していたようだ。したがって、死因はそれでもないわけだよ」

警部補は手を伸ばしてコツコツとガラスをたたき、さっさといいところに入れ、と部下たちを促した。まさにそのとき、蛍光灯がまぶしく照らす向こうの部屋で、マロリーがぐるぐると片手を回し、さきほど稽古した事情聴取のハイライトを再現するようドクター・エミリー・ウッズに合図した。

「検視報告書はもうひとつあったのです」病理学者は言った。「あなたたちが読んだもの――あれは修正版です。わたしは少年の目に出血を認めたのですが、担当医は投薬が原因だと言いました。ドクター・ケンパーはそれに賛同し、その部分をわたしに編集させたのです。何も事を面倒にすることはない。彼はそう言いました」

「それで、あなたはただ同調したわけですか？」

「いいえ。わたしは投薬であういう出血が起きないことを知っていました。ときどきあのピエロたちは、わたしが医師であることを忘れてしまうのです。医師であって——法律家ではない。あの地方検事補——名前は忘れましたが——黄色いネクタイの小男です。彼は事件は解決ずみだと言いました」彼女は両手を広げた。「解決ずみ？　そんなわけはありませんよね。あれは交通違反とかそんなものじゃないんですから」

「あなたは、あれを殺人だと思った——でも外傷からそう思ったわけじゃない」ライカーが言った。「少年の目は充血していた」

「目の出血」マロリーが言った。「窒息死の徴候。どんな枕でもそれはやれる。そうでしょう？　つまり、あなたは殺人を隠蔽するよう命じられたわけね。で、それが気にならなかったんですか？」

ここは劇場だ。現実の世界では、この病理学者は、テレビで学べる法医学的知識すらない酔いどれの老いぼれなのだ。ジャック・コフィーが立ち会った先刻のコーチなしの事情聴取では、事務長に〝点状出血〟という語の編集をたのまれたとき、ドクター・ウッズはただ奇妙に思っただけだった。あいにく彼女は、もとの報告書を取っておくほどには、その変更の要望を奇妙に思わなかった。

「よかったですよ。彼女がもとの報告書を取っておいてくれて」コフィー警部補は言った。他の日なら、地方検事補をだますとなれば職を犠牲にしなければならない。しかし相手が容疑者なら、彼はいくらでも嘘をついていいことになっている。「ケンパーとウッズは共謀罪を問われるでしょうね。少年はまちがいなく病院で殺されたんです」彼は一枚の文書を広げた。「われわれは遺体を発掘するつもりです」

巧妙なペテン。少年の遺体は、実は火葬されたのだから。

カーライルの両手が座席の肘掛けをぎゅっと握り締めた。どうやら彼は火葬のことを知らされていないらしい。そして、それは想定内だった。被害者の遺体の処理のことなど、検察官の記録上では脚注にすらならないだろう。傍聴室の薄暗い照明のもと、検事補は目を凝らし、検視局長が署名したその発掘命令書を読んだ。そこには何もかもはっきりと書かれている――だからそれは本当にちがいない。

コフィーは笑みを浮かべた。ああ、そうとも。こいつは信じている。検事補は、〝ああ、くそっ〟という顔をしていた。おそらく、いまようやく、この尋問の真の対象者が自分であることに気づきかけているのだろう。しかしコフィーはこれを運任せにする気はなかった。彼は相手にぐっと身を寄せると、声を低めて言った。「カーライル。何かわたしに話したいことはありませんか?」

検事補は顔を上げた。ガラスの向こうの取調室は空になっていた。ショーは終わったのだ。警部補に腕を取られ、その部屋の椅子へと連れていかれても、彼は抗議しなかった。四人の刑事がそれぞれ壁に寄りかかる。つづいて、残りの課員らもそこに加わった。最後に入ってきたのは、ライカーとマロリーだ。刑事らがいっせいに動きだし、警部補と検事補を取り囲んだ。床をこする靴の音が不意にやむ。聞こえるのは、チクタクという音ばかりだ。マロリーからの借り物の古めかしい懐中時計が時を刻む。

十秒。十二、十三、十四。

尋問者と容疑者はテーブルをはさんで、にらみあっていた。ジャック・コフィーに先に口を開く気はなかった。

「手に負えなくなってきたな」検事補は言った。

「誰かがアーネスト・ナドラーを殺し、逃げおおせたわけです」コフィーは言った。「そしてあなたは、その犯罪の隠蔽に手を貸した」

「誰も逃げおおせてなどいない。犯人はスポッフォードに収監されたんだ」

「アル中殺しでね。少年を殺した罪じゃない」

「きっかけはアル中なんだよ！　わからないのか？　あれは最初からアル中の事件だった。ロケットマンと話してみるといい——」カーライルは首を振り、さっと手を動かしてそのあだ名を空中から消し去った。「ローランド・マンがわたしの話を裏付けてくれるだろう。ナドラー少年は吊るされ、そのまま死ぬよう放置された。なぜなら、トビー・ワイルダーがアル中を殺すのを見てしまったからだ。ナドラー少年が犯人をまちがえる見込みはなかった。ふたりは同じ学校に通っていたんだからな。それに目撃者は他に三人いた。彼らは全員、トビーをアル中殺しの犯人として名指ししたんだ。そして十五年後、その三人全員が《ランブル》で吊るされたわけだ。〝断食芸人〟はトビーだよ。彼が復讐のために――」

「〝断食芸人〟なんぞどうでもいい」ジャック・コフィーは言った。「きょうはあの事件を調べてるんじゃないんです。ナドラー少年が病院のベッドで殺されたとき、トビーは牢のなかだった。こっちの話を作ってもらえませんか、先生？」

「わかった」カーライルは、これが理にかなった要求であるかのように言った。「もし、他の目撃者たちがトビーとアル中のことで嘘をついていたとしたら？　そう考えると、わたしの仮説はもっとすじが通る。彼らが嘘をついていることをアーネスト・ナドラーが知っていたとしたらどうだ？　たぶん彼には、その三人の子供を告発する恐れがあったんだ。たとえば、アーニーのクラスメイトたちが病院に見舞いに行ったとしたら？」

コフィーは椅子をうしろへずらした。「それじゃ、三人の子供がアーニー・ナドラーを殺したって言うんですか？」

「警備の警官も子供なら怪しいとは思わない」検事補は言った。「たぶんそれが隠蔽工作だったんだ」

「だが、あんたが請け負った隠蔽工作じゃない」コフィーは言った。

「あんたが金をもらってやったのじゃない」マロリーが部屋の奥から言った。

大当たり。カーライルは一瞬、凍りついた。それから、こわばった手が例のネクタイを引っ張った。まるできょうにかぎってそれがきつすぎるかのように。

マロリーは彼女の第一の嘘とともにテーブルに歩み寄った。「あんたが少年の両親になんと言ったか、わたしたちは知っている」彼女は身をかがめ、検事補の耳にこのブラフを浸透させた。「あんたはナドラー夫妻に、ドリスコル校の生徒のひとりがアーニーに対する暴行で逮捕されたと言った。でも、それがトビー・ワイルダーだとは言わなかったのよね。彼らにとってそれはすじの通らない話だから。トビーがアル中殺しの犯人だなんて息子は一度も言っていない。彼らはそれを知っていた……そして、あんたもそれを知っていた」

カーライルの口もとがぴくぴくと引き攣《つ》る。その痙攣《けいれん》のひとつひとつが告白だった。「ナドラー夫妻に詳細を話すわけにはいかなかった」カーライルは言った。「未成年者の記録は封印されるから」

「で、夫妻はそれを信じたわけか」ジャック・コフィーは笑みを浮かべた。マロリーの出まかせが本当になったことに、彼はまだ驚いていた。「まあ、そのころ、アーニーの両親は別のことに気を取られていたんだろうな。たぶん思案に暮れていたんじゃないか。幼い息子が目を覚ましたらどうするか――切断された両手のことをどう説明するか」

「ところが」マロリーが言った。「アーニーは病院で殺され――それによって、あんたの問題はすべて解決した。トビー・ワイルダーに対するでっちあげの一件はきれいにかたがついたのよね」

「弁護士を呼びたい」検事補は言った。

第三十一章

まちがいない。校長はぼくを信じている。校長室でぼくがあの話をするあいだ、あの人は少し青ざめていた。ぼくは両親にはさまれてすわっていた。母さんは殺人の話などされて、居心地悪そうだった。それに、アル中殺しの犯人を密告するぼくに、父さんが失望していたのは確かだ。薄笑いを浮かべたあの刑事は、ほとんど話を聞きもせず、窓辺に立っていた。

ぼくが真実を話していることが校長にはわかっている。でもあの人も昔は先生だったんだ。目が見えず、耳が聞こえない人たちの一員。あの人がぼくの話を聞くまいとしたのは、だからじゃないかと思う。校長は首を振り、ぼくの言葉をふるい落としていた。ぼくが逝ったあとは、たぶん、生前のぼくに会ったことさえ、忘れてしまうんだろう。

アーネスト・ナドラー

「やあ、相棒、早かったな」チック・ドーランは笑みを浮かべ、チェルシーのロフトの自宅へ刑事を招き入れた。

「いいうちだね」音楽の編曲がそこまで金になるとは、ライカーは知らなかった。ニューヨークの住居の価格は、明るさで測れるのだが、このうちの通りの側はほぼ全面ガラス張りだった。部屋を仕切る壁はない——家具だけが、眠る場所、くつろぐ場所、ビリヤードをする場所——そして、仕事場を示している。ライカーはグランドピアノをほれぼれと眺めた。それから、トビー・ワイルダーのジャズ・シンフォニーの楽譜はどうなったか、訊ねようとした。

「これがそれだよ」チックは彼に一枚のCDを渡した。「大したもんじゃない。スタジオで録音したようなのとはちがう。例のリハのときポケット・レコーダーで録《と》ったひどいやつだがな。でも、そいつがご所望の曲だ。それに、あのリフが誰のものかもわかったよ。ほんとなら、こないだの晩、《バードランド》で思い出せたはずなんだ。おれも年だね。ほら、聴きな」彼はピアノの鍵盤をさざめかせた。「あの小僧——いや、もう小僧じゃない、いまじゃ五十代だろうな。おれは彼をよく知らない。長いこと知ってたわけじゃないし。知ってるのはあのスタイルだけさ。彼はスタジオ・ミュージシャンだった。クラブでも演奏していたよ。そこにあるアルバムの少なくとも十枚には、名前が出てるよ」彼は背後の大きな本棚を指さした。

ライカーはヒューッと口笛を吹いた。そこには、CDや、時代物のカセットや、古いビニール盤のレコードが、小さな音楽ライブラリーを開設できるほどあった。

「いちばんいい作品の楽譜は見つからんだろうよ」チックは言った。「あの男は楽譜を読むことさえできなかった。彼は自由落下する音楽そのもの、ひとつのテーマを即興でやるんだ。そういうのが最高なのさ。彼のスタイルはどの演奏にもずっときらきらと流れてた。二十年前、ジェスは音楽シーンから消えた。当時の彼は、地球一のサックス奏者だったよ。ピアノに関しちゃ、ただ単に恐ろしくうまいだけだったがね」

ライカーは片手でCDの重みを測った。「すると彼は消えちまったわけだな」

「逃亡中ってことか？　ならいいんだが、そうじゃない。燃え尽きたとき、ジェスはまだ若かった。それから、飲んだくれるようになってな。おれが最後に聞いたときは、路上で物乞いしてるって話だったよ。でもそれは、何年も前のことだ。気の毒にな、相棒。おまえさん、万事休すってな目をしてるよ」


チャールズ・バトラーはアパートメントのドアを開け、その日のふたりめのお客、自分に反感を抱いていないほうの刑事を迎え入れた。

ライカーが居間に入っていくと、マロリーはちらりといらだちの色を見せた。**いつも遅れるんだから。**彼女の相棒は、お詫びのしるしとしてCDを掲げた。「チック・ドーランの仲間たちが例の曲を録音してくれたんだ。まったくの無駄足じゃなかったわけだよ」彼はほほえんだ。

おそらく、彼女がいくらかでも興味を示すのを待っているのだろう。やがてそんな期待は捨て、彼はチャールズに、トビー・ワイルダーの壁の音楽の楽譜を手渡した。「チックが特徴の出ている部分に下線を引いてくれたよ。そのうえ――」

「あたしの話が途中なんだけど」ココが言った。

「ごめんよ、チビちゃん」ライカーはチャールズにCDを手渡すと、カウチの相棒の隣にすわった。猫サイズのネズミがその四分の一のサイズの穴を通り抜けられるのはなぜなのか。ココがその説明をするあいだ、彼は辛抱《しんぼう》強く耳を傾けていた。

チャールズは十八世紀の大型簞笥《だんす》の扉を開けた。その内部には、二十一世紀のステレオ、最新式のコンポが隠されている。機器のひとつは、彼のコレクションの古風なビニール盤のレコードまで再生できた。これはマロリーからの電子機器の贈り物のうち、唯一、彼が気に入って使っているものだ。彼を音で包みこみ、ソナタやシンフォニーのなかを歩き回れるようにするために、彼女はこのアパートメント全体にコードをめぐらせたのだった。彼はライカーのCDをプレイヤーにすべりこませた。しかしすぐには再生ボタンを押さずに、ココがネズミの骨の圧縮性についてのレクチャーを終えるのを待った。

「遅れてごめんよ」ライカーが言った。「記録所に寄ってきたもんでね」彼はココの向こうへ身を乗り出して、相棒に紙を一枚、手渡した。「トビーの出生証明書だ。父親は偉大なサックス奏者、ジェス・ワイルダーだよ」彼はチャールズに顔を向けた。「チックの話じゃ、スタイルはまさにジェスのものらしい。でも、その男は楽譜の読み書きはできない。それに、演奏するのは他人の曲だけだったんだ」

チャールズは再生ボタンを押した。「じゃあこの曲はトビーの作品なんですね」彼は楽譜のページを繰って、しるしのついた箇所を残らず見ていった。「でも、父親の影響はいたるところに見られるわけだ」文字どおり。全ページにわたり、いたるところにそれは見られた。

そしていま、それは聞こえてもいた。まわりじゅうからだ。

サキソフォンによるさざめきの一節で序奏が始まり、他の楽器がつぎつぎと加わってくる。すべての壁のスピーカーから流れてくる音のバランスは完璧だ。ドラムスは右、弦楽器は左で鳴っている。ピアノの調べが影のように静かに、部屋じゅうをうねって進むサキソフォンを追いかける。

「父親にどれだけ才能があったかなんて、問題じゃありませんね」チャールズはちょっと間《ま》をとり、音の暴動、風に吹かれた弦楽器と管楽器の聴覚的風景に耳を傾けた。「楽譜を書けない男には、五十の楽器のための楽曲を作ることはできません。これは息子の創造物ですよ」

チャールズは自らの思考の流れを見失った。他のみなも同じだった。そして彼らは曲の残りを最後まで聴いた。いつか来るクレシェンドを待ちながら。その緊張感は極上だった――もう始まる――もうすぐ、もうすぐだ。墜落してくる高い音をとらえようとして、全員が頭をもたげ、待ちかまえる。ところがそのとき、音楽はさまよいはじめ、サックスによるソロへと衰退していった。それは楽節の途中で終わり、そのあとピアノがサキソフォンの歌を締めくくった。音楽のロジカルな進行からのこの逸脱は、重力への反抗にも似ていた。「美しい――それに、独創的だ」

チャールズは引き出しをかきまわして、壁の音楽を写した警察の写真一式をさがし出した。彼はそれを刑事たちの前のコーヒーテーブルに並べ、どの写真にもある、音符が修正液で消され、書き直されている箇所を指し示した。「トビーは曲の骨格そのものを変えたんです。基調となるメロディーを。これを見れば、曲作りのプロセスがわかりますよ」

ああ、だがここで、彼のほうにもわかったことがある。マロリーがほしいのは短い説明なのだ。何年も彼を調教してきたおかげで、彼女は片手を上げるだけでよかった。それが肝心な部分、実になることをさっさと話せ、という合図なのだった。

「これは模倣的な作品じゃない」チャールズは言った。「父親と息子の融合のようなものだよ。トビーがスポッフォードに収監されていたとき、ジェス・ワイルダーはまだトビーの生活のなかにいたんだろうな」

「あのサキソフォンがお父さんだとしたら」ココが言った。「そのお父さんは死んじゃったんだよ」全員がそろって女の子に目を向けた。彼女はこれを出番の合図ととらえた。「あれは物語になってるの」そう言ってステレオを指さす。「もう一度、かけて」

マロリーはステレオに歩み寄り、CDの最後の数チャプターの頭を出した。シンフォニーがふたたび流れだし、ココは部屋のまんなかの舞台中央に立った。その目は閉じられ、顔は上を向き、両手は雨を受け止めるかのようにカップを形作っていた。チャールズは、音楽が彼女に押し寄せるのが本当に見えるような気がした。

「聞こえる?」ココは目を開いた。「このサキソフォン、なんだか変でしょ」

「そういうスタイルなんだよ」チャールズは言った。

否定と警告の両方の意味をこめ、子供は首を振った。「ちがうよ。サキソフォンは病気なの」

チャールズは気づいた。これは会話ではない。自分はココのパフォーマンスの邪魔をしてしまったのだ。「ごめんよ」彼は他二名の聴衆と並んでカウチにすわった。

「これはサキソフォンの物語なの」シンフォニーは終わりに近づいていた。ココは虚空を指さした。「ほら、ここがサキソフォンが死んだところ」それから、楽器は最後のひとつだけとなり、やわらかなピアノのソロがつづいた。「これは淋しさ。ピアノはサキソフォンが大好きだったの。だからほら、泣いている」

「花束」マロリーが言った。「トビーの花束」

「なんだって?」振り返ったチャールズは、ホワイエからドアへと向かう彼女の背中を目にした。ココが駆けていって、さよならのハグをし、マロリーの脱出を遅らせたが、それもほんの束の間だった。そしてライカーも相棒のすぐあとにつづいた。

ふたりの刑事は向かい合わせたデスクに着いて、カーライル検事補の自宅および事務所の捜索令状がもたらした新たな果実を精査していた。彼らがさがしているのは、花束だ。

ライカーは、トビー・ワイルダー、十三歳の身柄登録書の原本を見つけた。「〝タトゥーおよび体の特徴〟の欄にメモがあるぞ。『左腕。数字』その下は全部、棒線で消してある」彼は殴り書きのメモを見つめた。「こいつが消されたのは、記録をとった刑事が、この番号がペンで書かれてるのに気づいたからじゃないか? つまりさ、トビーにはペンはあったが、紙はなかった、だから、彼は腕にあれこれ書き留めたわけだよ。誰もがすることだろ」

「わたしはしない」マロリーは言った。

ライカーは、タトゥーと誤解され、その後、抹消された番号を見つめた。活字体の数字のいくつかはまだ部分的に見えている。「おい、最後は文字で終わってるぞ」彼は登録書をマロリーに手渡した。「読みとれないか？」

彼女はデスクのランプの裸電球に用紙を近づけた。「死体の足指《トゥ》タグの古い番号みたいね。全部の日付は読みとれないけど、この文字――これはポッターズ霊園のコードよ」

「例のアル中はそこに埋葬されたんだろうな」ライカーは言った。「つまりトビーは、死体保管所《モルグ》を訪問したわけだ。そして彼は、アル中の死体のすぐそばまで行った――トゥタグが読めるほど近くまで」

マロリーは、押収したカーライルのファイルを手早く繰っていった。「仮にアル中の遺体を見たとしても、あの子は正式な身元確認はしていない。もししていれば、モルグから担当の検事補にその書類が送られたはずだけど、ここにはそれがないもの」

「オーケー」ライカーは言った。「しかし、あの子がモルグに行ったことは確かだ。じゃなきゃ、トゥタグの番号を見られるわけはないからな。その番号は暗記するには長すぎた――だからトビーは隙を見て腕に書き留めたんだ」彼は、相棒がこちらの話を聴いている可能性に賭けて、しゃべっているのだった。「トビーがそうしたのは、ナドラー少年の暴行で尋問される前のことだ。その後、彼は拘置されてい――」

「すべては花束につながっている」マロリーはファイルの文書をじっと見つめた。「ほら、ここにも出てくる。トビーは《ランブル》に花束を持っていった。ここに書かれているように、アル中の死体が発見された場所にそれを置いたの。これが本当だとすると、トビーは殺人を目撃していたように思える。だから、花束を置くべき場所がわかったのよ」

「あるいは、トビー自身がやったか」ライカーは言った。「ナドラー少年を吊るしたのも、たぶん彼なんだろうよ。アーネスト・ナドラーがアル中殺しの目撃者だっていうカーライルのあの話、おまえさんはほんとだと思うか?」

「わかりっこないでしょ。目撃者の供述書があったとしても、それは十五年前に細断されてるわけだし」

「だよな」ライカーはデスクに肘をつき、両手で頭を支えた。「ロケットマンについちゃまだ何ひとつ確かなことがつかめてないし。あの野郎が真っ白だなんてことになったら、ゴダード局長は荒れまくるだろうよ。おれたちはひどい目に遭うぞ」

「そうはならないかも」マロリーは自分のノートパソコンの向きを変え、ニューヨーク市警のアーカイブの画面を見せた。「アーネスト・ナドラーは少なくとも三日間、吊るされていた……ところが、失踪課のファイルには届がないの――他のどの部署のファイルにもよ」彼女はほほえんだ。「ある日、学校に行ったきり、その子はうちに帰らない。数時間後、両親は心配になる。夕飯の時間が来て、過ぎていく。やがて外が暗くなる。親たちが警察に電話をした記録はない。でも、たいていの親は自分の子供が大好きよね。だからわたしにはわかる。彼らは最寄りの警察署まで走っていったのよ――アッパー・ウェストサイドの署まで」

「刑事だったころ、ロケットマンがいた署だな。あの野郎――たぶん書類作りをさぼりやがったんだ」

「それでも両親は彼を訪ねるのをやめなかった」マロリーは言った。「何日かが過ぎる。たぶんマンは制服警官を送り出して近所の聞き込みをさせたかもね。ナドラー夫妻は半狂乱よ。とうとう、彼らを黙らせるために、マン刑事は少しばかり仕事をする。子供のよく行く場所を調べたり、友達に話を聞いたりね。そのうち誰かが《ランブル》のことを彼に教える」

「オーケー、なぜやつがアーニーの吊るされてた場所にいたのか、それで説明がつくよな」ライカーは、〝だから？〟と言うようにてのひらを上に向けた。

「ちょっと前にもどりましょう」マロリーは言った。「マンがいなくなった子供の両親とかかわるに至ったことに何か理由があるとしたら？　ナドラー夫妻があの署に行ったのは、単なる偶然じゃなかったのかも。もし夫妻がすでにマン刑事を知っていたとしたら、どう？」

「子供がいなくなる前に？　おまえさん、ロケットマンがアル中殺しに関するアーニーの供述を取った刑事だったっていうのか？」

「実際そうだったの」マロリーは画面上のハイライト表示のテキストを指さした。その古い記録には、名なしの浮浪者の殺人事件の担当者としてローランド・マンの名が入っていた。「もしアーニーが情報提供しに行ったなら、彼は事件の担当刑事の前で供述をしたはずよ。親たちも息子といっしょにその場にいたでしょうね……ふたりが初めてロケットマンに会ったのは、そのときなのよ」

「そしてその後、子供が行方不明になると、ナドラー夫妻は自分たちの知っているただひとりの警官に助けを求めたわけだ」

妻が暗闇で身を起こした。夫婦のベッドから起きあがり、彼女は部屋から出ていった。最近、アニーには体内時計が具わっているようだ。恐怖の時間を告げる時計。その時間帯、彼女は眠りを恐れ――夫を恐れる。朝が来たら、ローランドはカウチに横たわる妻を見つけるだろう。そこは彼女が安心を――多少なりとも――得られる場所なのだ。このパターンは、非常に古いパズルの新しいピースを届ける朝刊の第一号とともに始まった。たぶんアニーには彼が何をしたか、すでにわかっているのだろう。

しかし十五年が過ぎ、彼女はいまでも生きている。これ以上、アニーはどんな愛の証がほしいというのか？

今夜は一睡もできまい。

ローランドはナイトテーブルから携帯電話を取り、電源を入れて、メッセージをチェックした。そのうち十件はカーライル検事補からだった。そして、ベル音とともに新たな一件が入ってきた。彼は電話を耳に当てた。「もしもし？……目撃者の供述書？……このまぬけ。おまえはひっかけられたんだ。連中にどこまでしゃべった？」彼は目覚まし時計の明かりの点いた文字盤を見つめた。いまごろ、重大犯罪課の刑事たちは、この最後の電話の記録を取り寄せているだろう。彼に助けを求める怯えた地方検事補の恐怖の時間を示すものを。

フィービ・ブレッドソーはベッドに横たわり――耳をすませ――窓から窓へ目を動かしてい

た。

カタッ、カタッ。あの音はなんだろう？　身を起こすと、ベッドカバーがずり落ちた。誰かがドアの鍵をこじ開けようとしているのか？　いや、ちがう。冷蔵庫の自動製氷機の唸りが聞こえる。さらに氷がカタカタとプラスチック容器に注ぎこまれた。フィービは枕に寄りかかった。すると――ただの気のせいか。自分は想像力がありすぎるのだ。それでも、すぐ外に誰かがいるという恐怖はぬぐえなかった。

そして、この室内には〝死んだアーネスト〟がいる。暗闇のなか、小さな死体が彼女と並んで横たわっている。

「ぼくはきみをあてにしてたんだよ」彼は言った。「きっと来てくれるって思ってた。だからがんばったんだ。きみがいたから」〝死んだアーネスト〟は身を寄せてきて、彼女の耳にささやきかけた。「きみだって目撃者なんだよ。そして、この外のどこかにウィリーがいる」彼は窓のほうを目で示した。「足音が聞こえる。彼女が襲ってくるよ。これできみにもあの気持ちがわかるね」

彼女の自家製幽霊の最大の欠陥は、心がないことだ。この小さなドッペルゲンガーは、彼女の昔の友に外見が似ているにすぎない。その笑いかたまでもが、アーニーらしさに欠けている。でも本物のあの少年、生身のあの子はどうだったんだろう？　もしも彼が本当にフィービが助けに行くのを――彼を救い出すのをあてにしていたとしたら？

アーニーの一カ月にわたる昏睡《こんすい》のあいだ、フィービは彼を見舞うことを許されなかった。ハンフリーは彼女にその理由をこう教えた。「ママとパパは、あいつの両手が切り落とされちゃったのをおまえに知らせたくないんだよ」そのとき彼女は、これを兄のいつもの意地悪とみなし、信じなかった。そう、そのときは。でも彼女は、みんなに無視される見えない子供だったから、病院のアーニーの部屋に忍びこむことができた。

きょうに至るまで、〝死んだアーネスト〟がその幻の両手をポケットから出すことを彼女は一度も許していない。長い眠りのあいだに自分が何をされたか、彼に気づかせてはならないから。

窓ガラスをコツコツたたく音がした。脳のなかのまだ理性のある小さな領域では、彼女にもわかっていた。これは木の枝が風に揺れ、窓にぶつかっているだけのことだ。彼女はベッドから起きあがった。そしてちょっとためらった後、隙間からのぞくだけのつもりで、カーテンを細く開いた。

とたんにハッと息をのみ、バランスをくずして床に倒れた。カーテンが引っ張られ、ロッドごと落ちてきた。ガラスには、ウィリー・ファロンの顔が押しつけられていた。化け物のようにゆがんだ、べちゃっとつぶれた顔が。

フィービは悲鳴をあげた。

ウィリーは哄笑《こうしょう》した。

第三十二章

〝噛みつき魔のアギー〟がぼくのシャツの襟をめくる。たぶん自分の作品が見たいんだろう。でも、この前の噛み痕、写真撮影の日のやつは、もう薄れてしまっている。

今回、連中に殺すと脅されたとき、ぼくは、きみたちは年じゅうそうしようとしてるじゃないかと言ってやった。それでよけいひどく殴られるのがわかっていながら、どうしても言わずにいられなくて——皮肉はぼくの最強の超能力なんだ。でもハンフリーはただくすくす笑っただけで、女の子たちと行ってしまった。

一日じゅう、ぼくは連中が襲ってくるのを待っている。びくびく待つのって最悪だ。

アーネスト・ナドラー

フィービ・ブレッドソーはコテージの前にひざまずき、その入口のドアからマーカーペンの文字をこすり落としていた。たったの二語——それでもウィリーは文法をまちがえていた。殴り書きのメッセージ、**つぎにあんた**、はもう薄くなっているが、これを完全に消し去るには上にペンキを塗るしかない。

びくっとして、フィービはスポンジを取り落とした。背後に足音が近づいてくる。

「わたしだよ」ミスター・ポランスキが石畳の小道の端まで来て止まった。ベルト通しにつけた鍵束をジャラジャラさせながら、彼はフィービのかたわらにしゃがみこんだ。「校長の夏の別荘に電話をしたよ。彼は門の錠前を換えさせようとしないんだ。あれはアンティークだからと言うのさ。この学校が古いものをどれほど大事にするか、あんたも知っているだろう。だから、門にチェーンと南京錠をつけていいかどうか、校長に訊くのはやめておいた……だめだと言うかもしれないと思ってね」老警備員はほほえんで、小さな鍵を一本、掲げた。「これがあんたの新しい南京錠の鍵だよ、フィービさん」そして彼はもう一本、彼女に渡した。「そっちはスペア。鍵を持ってるのはあんただけだ。これで安心かね？」

どうだろう？　安心などありうるだろうか？

ドクター・スロープは手がふさがっているとのことで、今朝、応対したのは、もっと感じのよい病理学者だった。マロリーは両手を腰に当てて、その男の前に立った。これは彼女流にこう伝えているのだ――〝観念なさい〟。そしてこの相手には脅しがよく効き――刑事たちの手間は省けた。

「ここにはありませんね」若いドクターはいま、コンピューターのモニターに向かっている。

「ファイルに死亡証明書はない。その名前では」

「オーケー、相棒」ライカーは言った。「こう思ってくれ。おれたちはとにかく、死んだアル中をさがしてる。その日、店にあったやつならどれでもいいよ」彼らが指定した日付は、《ランブル》である身元不明の男が死んだ日、トビー・ワイルダーの司法取引に使われたホームレス殺しの日だ。

実験衣の男は画面をスクロールし、やがてその手を止めた。「ありましたよ。合致する遺体は一体しかない。名前はなし。番号だけですね。発見された場所は、セントラル・パークです」彼はキーを打ち、検視の写真を画面に出した。「ふたつ、おかしな点がありますね。この名なしの男が搬入されてから書類が完成されるまでに、時間的に大きな開きがあるんですよ。それにほら、わかります？　これらの写真には、殴打による損傷が見られるでしょう？　ところが遺体は解剖されていないんです」

「冗談だろ」ライカーは身をかがめ、ひどい暴行の痕跡のある遺体の画像をのぞきこんだ。「この男はボコボコじゃないか。どう見ても殺人の被害者だぞ」

「おっしゃるとおりです。ここにもそう書いてあります」

マロリーは病理学者に、どけ、と合図した。彼の椅子にするりとすわると、彼女は一枚ずつ写真をクリックしていった。「まともな顔写真はゼロ。暴行で顔はぐちゃぐちゃよ。この写真じゃ身元の確認は無理ね。ちょっと待って。これを見てよ」

ライカーは傷のひとつのクローズアップ写真を見つめた。メスが一本、遺体の横に置かれており、これが唯一のものさしだった。「噛み傷だな」

マロリーはうなずいた。「小さな歯。アル中を殺したのは、子供よ」

ライカーは病理学者を振り返った。「なんだってC級の検視ですませたんだ？　飲んだくれ

の宿なしなんぞに時間はかけられんってことか?」彼は画面を指さした。「こりゃあ妙だから
もっとよく調べようとは、誰も思わなかったのかね?」

「遺体を発掘してもらわないと」マロリーが言った。「いますぐよ」

「きみたちはこの検視局の評判を傷つけようとしているそうだね」検視局長は言った。彼は突然、手が空いて、刑事らに会えることになったのだ。

キャシー・マロリーは、彼の執務室のコンピューターのかたわらに立っていた。「その検視の写真を出すのに、ドクターのパスワードが必要なんだけど」

「ああ、そうだろうとも」ドクターは、思い切り冷笑的に言った。

彼の若い助手は、この刑事に手伝いが必要であるかのように、キーボードの前にすわっている。

ファイルが取り出され、コピーされ、スロープのデスクに置かれると、彼はいちばん上のページに目を通した。「検視を行ったのは、ドクター・コステロだな。この報告書は短かった。彼はうちの最高の病理学者とは言えなかった。長つづきしなかったよ」それに、彼はうちの最高の病理学者とは言えなかった。数分後、彼は顔を上げた。「血液検査の所見には問題はない。アルコール中毒という診断は、被害者にビール臭があるという記述に整合する。血中アルコール濃度は直立している男として可能な最高レベルだ」つぎに彼は、遺体の写真に目を向けた。「死因は明らかに殴打による損傷だな。ここにかなり詳しく根拠が記されている」

彼はデスクの前を離れ、コンピューターに向かっている若い病理学者の背後に立った。「レイモンド、同じ日付のわれわれのソーシャル・カレンダーを出してくれ」スロープは身をかがめて画面上のテキストをじっくりと見た。「この遺体が検査されたとき、うちにはナイトクラブの銃撃戦で出た死体が四体届いていた。そう、この被害者たちには解剖まで行われている。一方、われわれは、交通事故で亡くなった高潔な市民も三名かかえていた。頭部を失ったそのひとりは、BMWのコンバーティブルを運転していたという。これ以上、明らかな死因があるだろうか？　いいや、あるとは思えんね。そして、その金持ちの首なし男も、きみたちの大事なアル中と同程度の心遣いしか得られていない」エドワード・スロープはほほえんだ。これでまたひとつ、陰謀説が灰になったわけだ。

マロリーは彼のデスクに身を乗り出し、検視の写真をその上に広げて、いちばん気に入っている一枚を見つけ出した。「じゃあ……もしドクターがこれを担当していたら……この小さな歯型を見ていたら？」彼女は最後まで言わずに、その質問を宙に浮かせた。

スロープは写真をひったくって、じっと見つめた。「とても小さな歯型——子供の歯型だな」それから彼は、前より時間をかけ、もっとじっくりと、各写真を見ていった。「さっき言っただろう？　ドクター・コステロはこの局の輝ける星ではなかったんだよ」彼は写真を下に置いた。「きみの質問に答えると——そう、わたしなら解剖を行った。全力を注いだろうね」どうやら彼は、かつての部下の無能さを過小評価していたようだ。きわめて異常な殺人のこの尋常ならざる証拠を、あの男はどうして見落とせたのだろう？　その答えは？　それは、〝ビール臭〟

という記述と、名なしの男に与えられた〝浮浪者〟という呼称にある。まるで、もっと立派な遺体が山積みになっている多忙な日には、こういう検視は三分ですませてよいのだと言いたげではないか。「しかし事実は変わらんよ。きみらのアル中は殴り殺されたんだ。歯型の特定まではは必要ないだろう」

キャシー・マロリーは、ブレザーとネクタイを身に着けた笑顔の少年の写真を彼の前に置いた。少年の首には嚙み痕の一部が見られた。「たぶんこの歯型は一致する。あなたの部下がアル中の遺体に残っていた子供の歯型のことをちゃんと書いていたら、あの事件もマンみたいな新米刑事に押しつけられたりは——」

エドワード・スロープは片手を上げて、みなまで言うなと合図した。笑みを浮かべ、彼は学校の写真を手に取った。「それにもちろん、ナドラー少年が殺されたのも、このわたしのせいだ」

賛同するように、彼女は言った。「いまからでもまだ、アル中の検視をやり直すことはできるのよ」

「いや、手遅れです」コンピューターの前の若いドクターが、画面上のテキストを読みながら言った。「アル中の遺体は十年前、密葬のために引き取られていますが、この二度目の引き取りに関する記述はそれだけなんです。詳細はなし。遺体の二度目の埋葬場所もまったくわかりません」

ライカーが手帳を取り出した。「発掘命令書に載ってる名前は?」

「名前は載ってないですね」助手は言った。「市が彼を掘り出す費用を支払ったという記録もありませんし。それに、死因に疑問がないかぎり、遺体がここにもどってくるわけはないんです。つまり——警察がかかわっていないなら——われわれが署名する必要はないわけです。発掘の承認はどの判事でもできたでしょうね」

「誰かが遺体を見て、何者なのか知ったわけね」マロリーが言った。「それがまだ新しいとき——まだ死体保管所《モルグ》にあるときに」

「面会者の詳しい記録なら残っているがね」スロープは言った。「あいにく、コンピューターで見られるのは、遺体の身元を特定した人のリストだけなんだ。そして、この件では、身元の特定をした人間はいなかった。われわれはいまも、きみたちのアル中の名前を知らないんだ」

「面会者が名前を記入する用紙はどうかな?」ライカーが言った。

「幸い、われわれはどんなものも捨てない」エドワード・スロープは言った。「一年待っていてくれれば、区外のどこかの倉庫にあるその用紙を見つけられるかもしれんな——紙がすっかり腐っていたり——カビだらけになっていたり——ネズミに食われたりしていなければ、だが」この最後の部分は、助手を楽しませるためのせりふだった。

刑事たちは立ち去った。

マロリーが、名前と日付の並ぶファックスの紙を盲目の弁護士の耳もとに近づけた。アンソニー・クイーンには、彼女がそれを丸めて硬い玉にする音が聞こえた。「葬儀屋があなたの名前をばらしたわよ、お爺さん」彼女は紙の玉をデスクに投げつけ、彼をびくりとさせた。

「墓所登録局によれば」ライカーは言った。「トビーのお袋さんは州北部の家族の墓に埋葬されたらしい。その日は二件、埋葬が行われた――スーザン・ワイルダーのとトビーが殺したあのアル中のだ」

「トビーは誰も殺していません。彼は無実です」

「本物の法廷弁護士みたいなせりふね」マロリーが言った。「釈放された一年後、少年は遺体を引き取って埋葬するために、あなたに棺《かん》の番号を伝えた。トビーはその番号を、アル中の遺体がまだモルグにあったとき、足指《トウ》タグを見て知ったのよ。そうでなければ、彼にポッターズ霊園の松の木箱から正しいものを選び出せるわけはない。それに彼は、《ランブル》に花束を持っていっている。あの男の遺体が発見された正確な場所によ。もしアル中を殺した犯人でないなら、どうして彼には花束を置くべき場所がわかったわけ？」

老人は何ひとつ否定しない。ライカーには別の説を編み出せるのに、この弁護士にはできないのだ。ふむ、これはおもしろい。「あんたはずっと知ってたわけだ」

「いや。知りませんでした」アンソニー・クイーンは言った。「わたしは棺の番号を葬儀社に知らせただけです。遺体を引き取ったのは、彼らであって、わたしではないのです」

「さっきのはおれのまちがいだな」ライカーは言った。「あんたは知りたくなかったんだ」

「トビーは母親が死ぬまで待った」マロリーが言った。「アル中の遺体を引き取ったのはそのあとよ。母親には、殺された男がジェス・ワイルダーだってことを知らせたくなかったのね。

それこそ、トビーがアル中の墓石に彫らせた名前なの。あなたは司法取引のために少年に自分の父親を殺した罪を認めさせたのよ」

アンソニー・クイーンは――その虚ろな凝視を信じることができるとすれば――ショックを受けているようだった。ふたりの刑事が部屋から出ていったことにも、気づくふうはなかった。受付エリアで足を止めたとき、ライカーは振り返った。弁護士はデスクに突っ伏していた。あれは悲しみの所作なのか――それとも、ただの演技なのだろうか？　ネズミどもも後悔を覚えることがあるのかどうか、あとで忘れずにココに訊こう。彼はそう思った。

マロリーとライカーは捜査本部のコルクの壁の前に立ち、トビー・ワイルダーの花束から流れ出てきた諸々の証拠を鋲《びょう》で留めていた。

他の刑事たちが、アーネスト・ナドラーがかつて暮らした地域での実りなき聞き込みを終え、ひとり、またひとり、と入ってくる。彼らは、少年の両親の死に関し、不明な点を追っているのだ。ナドラー夫妻は息子を失った直後に亡くなった。十五年が経ち、アパートメントの管理人はすでに替わっている。居住者の多くもだ。だが、部屋に入ってきた最後の刑事、ジェイノスは金鉱を掘り当てていた。そしていま、彼が罫線入りの黄色い紙を壁に留めた。

ライカーはその細かい几帳面な手書きの文字を読むために眼鏡をかけた。それは殺害された少年と同じアパートメントの住人が記述し、署名した供述書だった。「聴いてくれ、マロリー。アーニーの両親の件だよ。ご近所のアイリーン・ウォルターズの話だ。『わたしはアーニーが行方不明になっていたのを知りませんでした。あの子が重い病気だということは知っていましたが、詳しいことはわかりませんでした。あの子のご両親はいつもお留守でした。ずっと病院でアーニーに付き添っていましたから。夜も昼も、ずっと。わたしも一度、お見舞いに行きましたが、病室の前には見張りの警官がいて、身内以外の面会は許されませんでした。そう、確かそのまま一カ月ほど過ぎたと思います。

ある朝、外に出ると、道の向こう側に人だかりができていたんです。みんな、うちのアパートメントを見あげていました。道を渡っていくとき、サイレンの音が聞こえたのを覚えていますよ。わたしは振り返りました。すると、あの人たちが見えたんです。アーニーのご両親が自宅の窓の外の張り出しに立っていたんです。ふたりは手をつないでいました。外でお見かけすると、あのご夫妻はいつも手をつないで歩いていたものです。そして、張り出しから足を踏み出したとき、おふたりには恐れている様子などみじんもありませんでした。まるでただ空に散歩に出かけるみたいでしたよ。歩道にふたりが落ちるまでが永遠のように思えました。ご夫妻の坊やが亡くなったのをわたしが知ったのは、そのときです』」

ジェイノス刑事の大きな膝にすわったココは人形のサイズと化し、害獣を殺すのにおすすめの毒薬を列挙している。チャールズ・バトラーは、自分が求められている捜査本部へと向かった。廊下の途中で、一度、振り返ってみると、あの最高の遊び友達、ジェイノスは両手を広げ、何かの寸法を表していた。まちがいない。あれは自分が見たことのあるいちばん大きなネズミの話をしているのだ。

　長身の心理学者はコルクの張られたあの部屋に入った。壁の一面は、検視途中の死体とトビー・ワイルダーの楽譜の写真――血と歌に飾られていた。残りのスペースは、文書や地図や図表に捧げられている。そんななか、ワイシャツ姿の刑事たちがあちこちにかたまって立ち、壁の資料を精査していた。

　チャールズはその場にいる唯一の女性のほうに向かった。彼とマロリーの仲はこのところ非常に険悪だ。そしていま、彼は、自分とダンスするか、それとも唾を吐きかけるか、可愛い女の子に二者択一を迫ろうとしている不器用なティーンエイジャーのように、彼女に近づいていった。挨拶の代わりに、マロリーはコルクに留められた一枚の紙を軽くたたいた。彼は頭をめぐらせ、張り出しから死へと踏み出したふたりの人に関する目撃証言を読んだ。

「誰かがこの報いを受けなきゃいけない」マロリーは言った。「わたしたちには、心理学的検視が必要なの」

「法廷証拠として？　でも、エドワードのスタッフがその種のことはやってくれるし、たぶんぼくよりもずっと――」

「いいや」ライカーが背後にやって来て言った。「スロープのとこの連中から最終的な報告書が上がってくるまでには、何週間もかかるだろうよ。きみならもっと速くやれるだろ」

　マロリーが彼を病院の記録が張ってある箇所に連れていった。そして彼には、これが彼女の作品であることがわかった。他の人間なら、定規と大工の水準器がないかぎりここまで精確にはできない。このセクションは、ある十一歳児の診療記録とその手当てに対する請求書や計算書に充てられていた。「わたしたちはこの少年の遺灰すら見つけられずにいる」マロリーは言った。「ナドラー夫妻の息子のもので残っているのは、これだけよ」

チャールズは壁の前をゆっくりと歩いていった。大勢の目が注がれるなか、光の速さで読んでいるのが目立ちすぎないように。一見したところ、ただ流し読みしているように見えるだろうが、実は、彼は一字一句余さずに、まず両手を、つぎに命を失った男の子の残酷な記録をすべて取りこんでいるのだった。書類の最後、少年の最期にたどり着くと、チャールズはふたりの刑事に向き直った。

「ここに載っていないことをお教えしましょう。隣人の供述によれば、少年の両親は昼も夜もずっと病院で過ごしていたということです。だとすると彼らは、集中治療室の近くに寝る部屋を与えられていたはずですよ。これは通常の手続きです。おそらくナドラー夫妻は、常時どちらかが息子に付き添っていられるように、交代で睡眠をとっていたでしょうね」

彼は、アーネスト・ナドラーを集中治療室から個室に移す許可書のところへあともどりした。

「最後の週、少年は危機を脱していました。それでも、両親はまだ昼も夜も息子に付き添っていたんです。この個室はスイートルーム、非常に高額なやつで、父母のための部屋とベッドもついています。彼らはアーネストをひとりにしたくなかったんです。息子が意識を取りもどす――その万一のときのために。これは確かなことですよ。あの切断された両手――どんな親も自分たちなしで我が子をその恐怖に向き合わせたくはないはずですから」

彼は壁の端まで歩いていって、三枚の紙を軽くたたいた。「これらの明細書は病院が発行したものではありません。フリーの看護師――自営業者が発行したものです」

「ほう?」ライカーはその証拠物件番号を、手にしたクリップボードのリストと照らし合わせた。「本当だ。その書類は、ナドラー夫妻の私物と未開封の郵便物が入っていた保管用ロッカーにあったものだよ」

「ここからがこの話のいちばん悲しいところなんですが」チャールズは言った。「少年の容態が安定し、快復に向かうころには、少年の両親はすでに疲労困憊《ひろうこんぱい》していたんですね。そこで彼らは、ちょこちょこと、ほんの数時間ずつ、子供を見ていてもらうために、フリーの看護師を雇ったわけです。そのころには、ふたりとも、なんとしても休みが――新鮮な空気とか、病院の外での静かな食事とか――何かノーマルなものが必要になっていたんですよ。そして、ほんのときたまのそうした折りに――看護師の勤務中に――彼らの坊やは死んだんです」

ライカーが壁に近づき、その看護師の最後の勤務のタイムシートを見た。「うちの課員はまだ誰もここまでたどり着いてないんだ。おれたちは目下、この大量の資料を読み進んでる最中なんだよ」

チャールズはツアーの出発点に引き返し、例の心中の目撃証言の前に立った。「このふたりは感情の乱高下によって、消耗しきっていたでしょう。カルテによれば、彼らの子供はよくなりかけていた。ふたりは我が子を家に連れ帰るのを楽しみにしていたんです。なのに、なんの前触れもなく、息子は死んでしまった。彼らは自分たちを責めたにちがいありません。身内の死には罪悪感がつきものですから。でもこの場合はそれだけじゃないんです。いいですか、彼らは派遣会社の寄越すふつうの看護人に息子を任せたわけじゃない。登録正看護師、お金で買える最高の付添人を雇ったんですよ。どうしてか？　それは丸一カ月、あの場所で過ごしていたからです。彼らはいろんな話を耳にしたにちがいない。病院職員の気まぐれに任された無力な子供にどんな災いが降りかかるかを。なのに彼らは息子のそばを離れた――一時間だけ寝ずの番を中断した――そして、息子は死んでしまった。疲労、悲しみ……自責の念。彼らは苦しみを終わらせるために張り出しから踏み出したんです」チャールズは刑事たちに顔を向けた。「ここにはなんの謎もありません」

「つまり、彼らの息子を殺害した人間は――そいつはその両親も殺したことになるわけね」マロリーが言った。「それを書面にできる？」

「自殺への関与か。いいよ。きょうじゅうにぼくの所見を提出しよう」チャールズは壁に視線をもどした。「犯罪被害者の部屋には警護の警官がつくはずだよね？」

「一日二十四時間、週七日な」ライカーが言った。「だが、警官はただ警護のためにいるだけだからな。この子の部屋に出入りした人間の記録はないんだよ。十五年前には、誰もアーニー・ナドラーがベッドで殺害されたとは知らなかった。だから誰も、唯一の目撃者――事が起きたときの見張りの警官に話を聞かなかったんだ」

「でも、あなたは聞いたんですね？」

「そいつは酔いどれでね」ライカーは言った。「脳みそがぐちゃぐちゃなんだ。何ひとつ思い出せないんだよ」

「看護師はどうでしょう?」

「さがしてみる」マロリーは看護師のタイムシートを壁から引きはがした。「でも、自分の患者が殺されてるとき、部屋の外に出ていたことを彼女が認めたりすると思う?」

「ナドラー夫妻がその看護師を使ったのは三回だけだよ」チャールズは言った。「となると、犯行の機会はごくまれだったわけだね」

「きみの言いたいことはわかるよ」ライカーが言った。「病室の警護役だった警官はまだつかまえてある。取調室にいるよ。だが、彼が殺人犯にチャンスを知らせたことを思い出すとは思えんな」

マロリーは看護師のタイムシートに新たな興味を見せていた。「三回のディナータイムにはパターンがある。三晩つづけて同じ時間よ」彼女はほほえんだ。「ローランド・マンはそれを知っていたでしょうね。子供が快復に向かっていたなら、あの男は自分の大事な証人がいつ目覚めるのか、知りたかったはずだもの。きっとあらゆる動きをしっかり監視していたでしょうよ――もちろん、この看護師のことも。だから彼には、警護の警官からの知らせなんて必要なかったはずよ」

眠りに目を閉じ、ビール市警長官は集中治療室のベッドに横たわっていた。老人の護衛班は縮小され、警官ひとりだけになっている。その男は忙しい治療室の向こう側のドアのそば――

視界に入らず、声も届かないところにすわっており、ほとんどいないも同然だ。ビールはひどく弱々しく、見たところすでに半分死んでいた。もう長くはないだろう。早けりゃ早いほどいい。

本来、ローランド・マンには、この老人の地位など必要なかったのだ。しかしいま、絶対的権力は、この混沌、崩壊しつつある彼の人生を収拾するために欠かせないものとなっている。患者の体のあらゆる開口部につなげられている管を、彼はじっと見つめた。色つきライトの輝くモニターが、ピッピッと鳴りながら、ひどい損傷を負った心臓の鼓動と毎回の呼吸を記録していく。

ひどく弱々しい——それに、無防備だ。

第三十三章

ぼくには自分の葬式の日のあの牧師が見える。それに、牧師の声も聞こえる。「アーニー君はいい少年、立派な少年でした。この世に敵などひとりもいませんでした」それからあの老いぼれは、下校途中の小さな子供を殺害するという神の御業の謎について、べちゃくちゃとしゃべる。それを聴いて、ぼくの幽霊は叫ぶんだ。「このぼんくら！　謎なんてどこにもないよ！　ぼくはみんなに話したんだぞ！」

アーネスト・ナドラー

第二シフトに入って何時間も経つのに、その看護師はまだ、心臓病患者、ビール市警長官のベッドサイドを離れない。夜から昼の長い勤務の疲れを見せつつも、彼女は相変わらず老人が身じろぎするたびにシーツを均《なら》している。

「少し休んでもいいよ」ローランド・マンは言った。「コーヒーでも飲んでおいで。もどってくるまで、わたしがここに――」看護師が首を振ったので、彼は途中で口をつぐんだ。

自分はどこへも行かない。床を踏みしめる白い靴とボクサーの構えにより、その意思ははっきり示されていた。この女は彼の人物を見ていたのだろうか？　なんらかの直感が、こいつは信用ならないと彼女に告げたのだろうか？　いや、それだけではない。看護師は腕時計をちらりと見てから、目隠しのカーテンの隙間に目を向けた。

増援部隊を待っているとか？

カーテンの彼方には、この護衛の任務のために彼が自ら選んだ警官の姿が見えた。そっち方面は異状なし。そのとき、ドアがさっと開いて、制服姿の別の男が集中治療室に入ってきた。通常の護衛は持ち場を離れ、ドアから出ていった。

誰の許可で？

看護師が手を上げて、新参者に呼びかけた。「ワイコフ巡査？」

「ええ、そうです」若い警官は目隠しのカーテンの囲いのなかに入ってきて、ローランド・マンをにらみつけた。「身分証を見せてください」

「なんだと？　わたしはきみのボスだぞ」

「いいえ、ちがいます、ボスはうちの巡査部長ですから。そして、その巡査部長に指示を出すのは――」

「もういい」ローランドは手を振って、指揮系統がどうこうという例の御託を退けた。市警長官代行の命令を取り消したのが何者なのか、この阿呆が知っているとは、彼には思えなかった。市警本部長は自分に逆らいはすまい。その点については確信がある。彼の頭に、市長という考えが浮かんだ。不安がぐんぐん高まっていく。きょう、あの小男と話せたのは誰だろう？　ローランドはドアを押し開け、廊下を進んでいった。胸には圧迫感があった。これは恐怖から来るやつだ。この考えは、例のイカレた刑事、マロリーへと結びついた。そして、その指揮系統をさかのぼり、彼はいちばんそれらしい敵、ジョー・ゴダード刑事局長にたどり着いた。

ローランドはエレベーターを呼ぶボタンを押した。その扉がまだ開きもしないうちに、彼の頭にはゴダードを異動させるという計画ができていた。その行き先は、排斥されたボスたちが生き埋めにされる場所、刑事司法局だ。

ローランド・マンに対する非公式の調査を進めるには、事前に中立地帯で打ち合わせをしておく必要があった。ライカーは刑事局長がくつろげる場所を選んでおり、目下、ワシントン・スクエア・パークのその南西の一隅であの男を待っているところだ。

ライカーは若いころ、夏場のこの場所が大好きだった。当時、ここは二十四時間、開放されており、昼夜を問わず一日じゅう、にぎわっていた。曲芸師、火を食う男、多種多様な奇人変人、ギターや大音響のラジカセや甘い音色《ねいろ》の管楽器を持つ少年少女。ああ、それにあのにおい——パストラミにホットドッグ、通り過ぎていく女の香水、タバコの煙にマリファナ。ところが、もう何年も前のことだが、ある市長によって戒厳令が発令された。市長の友人たちが、〝うちの子〟が公園で薬物を買っていると訴えたせいだ。クスリをやるティーンエイジャー——まあ、ありうる。フェンスが立てられ、グリニッチ・ヴィレッジの夜から人生の魅力がまたひとつ失われた。現在、暑い夏の日には、露天商がどれも似たような白と緑の傘つきのカートでにおいのしないアイスクリームやソーダを売り歩いている。とっても清潔で、すごく味気ない。

この町は衰退しつつある。

カーブする石のブロックと、そびえ立つ木々、そして、コンクリートに固定された小テーブルの輪が境を成す、小さな広場の中央には、太陽ががんがん照りつけていた。アスファルトにはベンチがボルトで留めてあるが、これらの席は疲れた人のためにあるのではない。公園のこの一隅は、チェスの勝負師の聖地なのだ。ライカーは、一局行われているところへぶらぶらと近づいていき、ちらりとバッジを見せた。「すまないな、このテーブルを使いたいんだ」

男たちはどちらもひどく熱心に彼の要望に応え、大きな笑みを浮かべて立ちあがった。どうやら麻薬を持っているらしい。たぶん売買もしているだろう。

「まあ、あわてるなよ」ライカーは言った。

そう簡単に逃げられるわけはないと悟って、彼らは笑うのをやめた。だが、ライカーはただ話がしたいだけだった。携帯電話のゴダードの写真をふたりに見せると、彼らは刑事局長が公園のこの一隅の常連であることを明かした。

「うん、彼は毎週日曜にプレイしてるよ」年かさの男が言った。

さらにその若い友人が言う。「あの野郎はべらぼうにたちの悪いプレイヤーだよ」

ニューヨーク語では、これ以上の賛辞はありえない。

「そうか、きょう初めてこの男と勝負するんだがね」ライカーは言った。「何かいい作戦はないかな？」

「なあ、あんた、銃を持ってるんだろ？　それで充分なんじゃないか？」

話は終わった。

ライカーは彼らを解放し、小テーブルの前にすわった。周囲のテーブルの勝負師や売人はすでにこっそり逃げ去っていた。彼は広場の入口から公園に入ってくる人々を見守った。ヴィレッジの住人と観光客やニューヨーク大学の学生とを見分けるのは、いまや容易ではない。彼らはみな、同じ夏のカタログの服を着ており、どの頭の髪も自然界で見られる色をしている。蛍光色のハイライトや虹色のモヒカン刈りはもはやどこにもない。変人たちの奇行は遠い過去のものとなり――彼はそれを惜しんでいる。

ライカーは紙袋を開けて、さきほど玩具屋で買った品を取り出した。このチェス・セットは安物、プラスチックのコマと固い紙のボードから成る思い切りお粗末なやつだ。キャシー・マロリーの幼少期以来、彼は一度もチェスをしていない。教えるだけ教えたすえ、ついに彼女に負かされたとき、あの小さな泥棒は彼のコマのひとつを記念品として盗んだ。そして彼は、そのコマを取りもどそうとは思わなかったのだ。

彼はベンチの背にもたれた。きょうは雲ひとつない。太陽は――

大きな影が光をさえぎった。視線を上げると、刑事局長が不審な人物はいないかと広場を見回していた。かつての優秀な刑事の――この男がよい意味で危険だったころの古い癖だ。

ジョー・ゴダードは、ライカーの貧相なプラスチックのコマたちを軽蔑の眼で見おろした。

「何かいい話を持ってきたんだろうな」

「持ってきました」ライカーは言った。「ある警察高官が殺人事件を闇に葬った確たる証拠をつかみましたよ。実を言えば、彼はただ証拠を伏せていただけですが。でもそれは解雇に値しますよね？　それに、司法妨害で何年か食らうんじゃないかな」

「ずいぶん手間取ったもんだ」局長は小テーブルの反対側にすわった。「見てみようじゃないか」

ライカーは少しも急がず、あちこちのポケットをさぐって、マッチをさがした。つぎに、タバコに火を点けると、紫煙をふわりと吐き出して、さらに数秒、時間をつぶした。それから彼は、ボードを軽くたたいて、ゲームをしようと誘った。「白と黒、どっちにします？」

「なんだと？」別のゲームが進行中であることを理解し、局長の目が細くなった。「わたしをなめないほうがいいぞ、ライカー」それに、白先攻のルールなんぞ知ったことか。局長は黒のポーンを取って、ひとつ先の升目にバシッとたたきつけた。他のコマたちがカタカタと揺れた。「きみときみのパートナーにはもうあまり時間が残されていないぞ。特にきみのパートナーにはな」

ライカーは白のポーンをふた升進めた。つぎに、〝マロリー版おまわりの国サバイバル・マニュアル〟のある助言を取り入れた——**ボスとトラブったら、先に撃つこと**。「あんた、わたしらに嘘をつきましたよね」そう言って、紙の束を膝の上からするりと引き出し、テーブルの端に置いた。それはゴダード自身が提供した証拠、十五年前、子供が木から下ろされた夜に書かれた、パトロール警官ケイヒルの古いメモだった。

沈黙。それから、黒のポーンがまたひとつ、バシッとたたきつけられた。「ちゃんとわかるように話せ。バッジにさよならのキスをしたくなけりゃな」

ライカーの番だ。「そんなことはちっとも怖くありませんが」彼はもうひとつ白のポーンを前に進めた。「でも、わたしはこの仕事にかけちゃすごく優秀でね、ときどき自分で自分が怖くなることがありますよ」彼はチェスボードに目を据えていた。もしかすると、局長はいま、彼の頭に銃を突きつけているかもしれない。「ケイヒル巡査のことは、あんたの言うとおりでした。アルツハイマーでオツムはやられちまってた」彼は視線を上げて、局長の顔に驚きが――ほんの一瞬――よぎるのを認めた。「介護施設によると、ケイヒルのかみさんはしばらく前に死んだそうです。最近、ケイヒルを訪ねてきた人は、ひとりだけだとか――そして、それはあんたじゃなかった。そこでわたしは考えたわけです。あの爺さんの個人的なメモを、あんたはどうやって手に入れたのか？　わたしはケイヒルの娘さんを訪ねました。親切なご婦人ですよ。スタテン島に住んでるんです。《ランブル》でナドラー少年が吊るされてるのを発見した翌日、ケイヒルが転勤させられたのが、そこだったものでね」

矢継ぎ早にポーンが進められ、強いコマのために後方のフィールドが空けられた。ライカーの捕らわれたコマのひとつは、ボードから吹っ飛ばされ、カタカタとアスファルトの上に落ちた。「ケイヒルの娘さんは、あんたが親父さんに会いに島に来たことを覚えてましたよ。当時、あんたは警部でしたからね――まあ、王様の来訪みたいなもんです。それがいつのことだったか、正確なとこは娘さんにもわからないんだが、彼女が言うには、ケイヒル家じゃまだ引っ越しの荷物を開梱してる最中だったそうです。《ランブル》暴行事件のケイヒルのメモを、あんたが回収したのは、そのときだったんじゃないかな。きっと日付は、ロケットマンの初の大昇進の日に特定していいんでしょうね。それがあんたの注意を引いたわけですか？　やつが新米警官から金バッジに昇格したことが？」

ゴダードのビショップが一発勝負を仕掛け、ボード上を疾走してくる。ライカーは言った。

「ケイヒル巡査は公園の被害者が誰なのか知らなかった。だから……十五年も経ってから、あんたがどう飛躍してアーネスト・ナドラーにたどり着いたのか、その謎を解くのには、ちょっと時間を食いましたよ」

局長は捕らえたポーンを低い石の壁に投げつけた。その勢いは、プラスチックのコマが割れるほどのものだった。「前に話したろう……きみのパートナーにも。ナドラー少年は見つかる前、三日間――」

「坊やの死亡証明書は事件の一カ月後に発行されている」ライカーは言った。「暴行の怪我がもとで死んだなら、それは殺人だ。他に解釈のしようはない。でも、捜査の報告書はどこにもなかった。だからあんたは、ロケットマンが事件を隠蔽《いんぺい》したのを知っていた。十五年間ずっと知ってたわけですね。そうそう、ナドラー少年の死亡証明書のあの古いコピー、いただけて助かりましたよ。あれにはおかしな点があったんです。つまり日付なんですが――坊やの死亡日は問題ないんですよ。あんたはその翌日にコピーをもらいに行ってるんですよね。それが記録保管所にファイルされたとたんに」

今回、白のポーンは静かに落下した――十ヤード先の草のなかに。局長はライカーに視線をもどした。「わたしがあの証明書をいつ取りに行ったかなど、きみにわかるわけは――」

「それがね、わかるんですよ」ライカーはポーンをひと升押し進め、ボードの危険地帯にひとつだけぽつんと立たせた。「それで気づいたんです。あんたは丸一カ月、アーネスト・ナドラーを監視してたんだとね。まるで……あの坊やが死ぬのを待ってたみたいですね」

黒のビショップの進撃と局長の手の動きにより、白のポーンはテーブルから消えた。このポーンは二回バウンドした。「きみはクビだ」

「わたしはこの仕事にかけちゃ、めちゃめちゃ優秀ですからね。クビになることなんて絶対ないと思いますよ」刑事は白のルークで反撃し、局長のビショップが退却するのを見守った。そのコマは危険な状態でもないのに。危ないのは、ライカーのクイーンのほうだ。ゴダードにはそれを取ることができた。しかしいま、彼は殺しを先延ばしにしている。これは、こう言っているプレイだ――ダンスしようか？　オーケー、そうしよう……ほんのしばらく。局長は両手を組み合わせ、刑事のつぎの一手を待った。

「あんたのくれた死亡証明書のコピーには、発行日が入ってるんです」ライカーは言った。「日付印が押してあるんですよ――ほんとにうっすらと。ふつうなら何かの汚れで通ったでしょうね。あんたが見逃したのも無理はありません」彼は同じ文書を再度複写したものをテーブルに置いた。「ほらね？　このコピーだともっとよく見える。わたしがコピー機のトナー濃度をうんと上げたもんでね。インクを濃くすると、字が浮かびあがるんですよ。文書課の顔なじみに教わった技です。十五年前、あんたは、ロケットマンがあの坊やの殺人を隠蔽したことを示す確たる証拠を持っていた――そしてそれを伏せておいたんだ――なぜなら、いつかそのネタを使えるとわかっていたから。そしていま、あんたは考えている。他には誰が知ってるのか？……誰もだ。わたしはあんたのコピーを証拠袋に入れた。それから記録保管所に行って、新しいコピーをもらってきたんです」

手のひと振りで、局長はボードのコマをすべて払い落とした。プラスチックのコマがカチャカチャと地面に降り注ぐのを聴いているあいだ、刑事は相手の目から一度も目をそらさなかった。

「何が望みだ、ライカー？」

自分の望みはなんなんだ？　そう、相棒の仕事の保証だ。しかし彼はこう言った。「名前と番号。あんたがマンの電話からつかんだやつ。覚えてますよね――ゴミ缶のなかであんたが見つけたあの使い捨ての携帯？」ライカーは自分の携帯を取り出して、画像をつぎつぎクリックしていき、ローランド・マンが電話を捨てている写真にたどり着いた。「マンの事情聴取をした日に撮った写真ですよ。あんたは彼を狩り出せと言い、わたしらはそうした。それから、彼を尾行したんです。わたしらがロケットマンを――それと、あんたをつけているあいだに、彼は三回、電話をかけていた」ライカーはもうひとつ別の画像を出した。

ゴダード局長は小さな画面を見おろし、町のゴミ缶をかきまわしてローランド・マンの使い捨て携帯電話をさがす自分自身の写真を目にした。

「最初の二回には、通話の時間はなかった」ライカーは言った。「でも三回目にかけたとき、あの男は誰かと話していた」局長がためらうと、ライカーは腕組みした。「どうしてわたしらに隠し事をしたがるんです？　あんたはあのイタチ野郎をペットにする気なんですか？　やつをつぶしたいんじゃないんですか？」刑事は手帳の新しいページを開き、ペンを取り出した。「あの日、ロケットマンは誰に電話をしたんです？」

「かけたのは三回だが」局長は言った。「そのうち二回は同じ番号だった」

刑事はゴダードのつぎの言葉をすばやく書き留め、最後にクエスチョン・マークをつけた。それから手帳を閉じて、ベンチから立ちあがった。「そうそう、記録保管所で気づいたんですがね、あんたの名前はまだ申請者のファイルに残ってましたよ。それに、あんたがアーネスト・ナドラーの死亡証明書のコピーをもらった日付も……でも、そんな古い記録、誰も調べやしないでしょうよ」彼は肩をすくめた。「調べる理由がありませんからね」ああ、でもここで――ふと思いついて。「まあ、マロリーは調べるかもしれませんが――もし、このことを知ればね」彼は、局長自身の証明書のコピーの入った証拠袋を掲げてみせ、チェスボードの上にそれを置いた。親善のしるし――チェックメイトのしるしとして。

ライカーは警官を逮捕したこともある。しかし、警官をゆするのは初めてだった。ただマロリーの近くにいるだけで、人の心に住む善い天使たちは死んだイエバエよろしくつぎつぎ落下していくのだ。

ローランド・マンは真昼に帰宅した。妻は震える手からグラスを取り落とし、それはキッチンの床の上で粉々に砕け散った。彼女は怯えていた。こういうとき、彼が妻を叱るだろうか？いや、決して叱ったりはしない。妻のパニックの発作には、とうの昔に慣れている。だがかつて、それを引き起こすのは、公の場に対する恐怖と決まっていた。夫婦になって最初の数年、彼女は人に気づかれるのをひどく恐れ、うちにいることを好んだ。そしていまは、どこにも行けなくなっている。うちにいれば、彼女はいつも安心だった――これまでは。

彼は妻をリビングに連れていき、ふたりはカウチに並んですわった。妻が荷物を詰めたスーツケースに、彼はちらりと目をやった。それはドアのそばに置いてあった。まるで、彼女に出ていくことができるかのように。コーヒーテーブルの上には、新聞が載っていた。開かれているのは、〝断食芸人〟と《ランブル》で吊るされた三人の被害者に関する続報のページだ。ふたりはその件について話したことがない。たぶん話すべきなのだろう。アニーは明らかに断片を組み立てている。明日の新聞は、事件の新たな展開を示唆するかもしれない。遠い昔に死んだ少年とのつながり――そして、ナドラー夫妻の心中とのつながりを。神経過敏な彼の妻は、それで限界を超え、悲鳴をあげだすだろう。

少年の両親がどのように死んだか、彼は妻に話したことがない。

マロリーはふたり分の昼食を袋から取り出し、くっつけたふたつのデスクにヌードルや豚肉炒飯の容器を並べていった。疑わしげに相棒を見あげ、彼女は言った。「ほんとのところ――どうやってゴダード局長からあの番号を聞き出したわけ？」

「さっき言ったろう。携帯で撮った、ゴミ缶に頭を突っこんでる彼の写真とトレードしたんだ」厄介なチビ。彼女は彼のお話に満足したためしがない。ライカーはぱらぱらと手帳を繰った。「ロケットマンが最初に電話した相手は、グレイス・ドリスコル－ブレッドソーだ。かけてた時間は、ちょうど留守録サービスにつながるくらい、メッセージの吹きこみはないな。二本目の電話は、自宅の番号にかけている。これは三秒。それからもう一度、自宅にかけた。今度のは三分つづいている。いったい誰と話してたのかね――留守電か？　やつには子供もかみさんもいないのにな」

第三十四章

混み合った廊下で、誰かの手が肩の上から伸びてきて、シャツの胸ポケットにもぐりこむ。それから、ズボンの尻ポケットに別の手が――そして、また別の手が、入ってくる。そのあと、学校の庭の木のうしろで、ぼくは三枚のメモを引っ張り出す。どれも同じことが書かれている。『もうすぐだ！』

アーネスト・ナドラー

もし犬だったら、こいつらはぴんと耳を立てていただろう。カツカツというハイヒールの音に刑事部屋の全員が振り向いたとき、ジャック・コフィーはそう思った。しかし、彼らのほうにやって来たのは、愛らしい若い女などではなく、刑事たちはふたたび仕事にもどった。ただし、ライカーは別だ。スローモーションで進行する列車事故を野次馬が見守るように、刑事の目はデスクの通路を歩いてくるあのセレブ婦人を追っていた。そのうしろには、貨物車両の長い列よろしく、弁護士たちと付添人のホフマンが連なっている。

ハンフリー・ブレッドソーの遺産凍結の要請から一時間以内にこうなることは、当然、予想すべきだった。かすかな会釈とともに、グレイス・ドリスコル－ブレッドソーはコフィーの前をすうっと通り過ぎ、彼の執務室に入っていった。そのスペースを、立見席のみを残して、彼女のお付きの者たちが満杯にする。コフィーは、パーティーに参加するようライカーに合図した。

刑事は少しも急がず、デスクの書類をまとめていた。それから彼は、マロリーに電話をかけ、弁護士全員が集結したことを知らせた。ライカーが入ってくるまで、コフィーの執務室は静寂が支配していた。「相棒の好みの動機は、金《かね》なんだ」そう宣言すると、彼はレディーに、彼女の息子の学績簿の写しを手渡した。「あなたのお子さんはあまり利口じゃなかったようですね。マロリーは、信託の解除ってのはハンフリー本人の考えじゃなかろうと見ています。あなたが彼に手を貸したんですか？」

「すでにご存知のように、刑事さん、わたしは息子が嫌いだったんです。彼に手を貸すわけがないでしょう？」

鋭い指摘だ。母親の素材として、この女はメーディアに匹敵する。

ライカーは笑みを浮かべた。「ハンフリーの一億ドル。それが動機じゃないかな。あなたにはその金に手を出すすべがなかった。お子さんが精神病院に閉じこめられているかぎりはね。それに、不思議ですね。あれだけの大金をどこから持ってきたのか」

「前にお話ししたでしょう。死んだ夫がハンフリーのために――」

「はいはい。ご亭主は政治コンサルタントだった。ロビイストですよね？　コネを売り歩きゃ、たっぷり金が入る。わたしらは、ご亭主のしのぎはドリスコル協会とつながってるものと見ています。そこで、奥さん、あなたが登場するわけです」

弁護士たちが口々に脅し文句を並べだし、とうとうコフィーはこうどなった。「おい！　ここはわたしの署だぞ。口を閉じろ！」彼はミセス・ドリスコル-ブレッドソーに笑顔を向け、前より礼儀正しい口調で訊ねた。「それで……ご主人の金はどれくらい汚れていたんです？」

これをおもしろがって、レディーはほほえんだ。「それは息子の殺人に関係あることなのかしら？」

「もちろん」ライカーが言った。「もしご亭主が監査が迫ってるのに気づいたとすりゃ、子供の信託は全財産の格好のしまい場所になる。ただ、ご亭主は自分が早死にするとは思ってなかった――それに、息子が信託を解除するってのも想定外だったわけです。その後、ハンフリーは殺害され、件《くだん》の一億ドルは全部あなたの手もとにもどる。それもきれいに洗濯されて、です。我が子を殺すってのは、マネーロンダリングの手法としちゃ独創的だな。わたしらもそんなのを見るのは初めてですよ」

なおもほほえみながら、ミセス・ドリスコル-ブレッドソーは言った。「それであなたは、わたしにそういうことができるとお思いなの？」

「ああ、思いますよ」ライカーは言った。「でも、あなたにおべっかを言うのは、わたしの仕事じゃないんで。要するにあなたは、警察がこの事件を終結させるのに協力したくないわけですね？　ハンフリー殺害で誰も裁判を受けないなら、こっちは息子さんの遺産をこの先百年でも凍結しておけるんですよ。まあ、やめといてもいいし。どっちにするかは、わたしらの判断次第ですね」

ジャック・コフィーは弁護士たちの顔色を見ていた。彼らは不安になり、一様に黙りこんでいる。それでブラフが効いていることがわかった。レディーの顔のほうは、そこまで簡単には読めなかった。

ところがそのとき、彼女がこう訊ねた。「何をしてさしあげればいいの？」


きょうの〝死んだアーネスト〟は、漂流するばらばらのイメージでしかなかった。フィービ・ブレッドソーはいつもの席にひとりすわっていた。ひどく喉を渇かして――ウェイトレスが気づいてくれるのを待ちながら――でも、ウェイトレスたちはつぎつぎと素通りしていくばかりだ。お昼の混雑のピーク時なのだから、しかたない。もっとも彼女は、どの時間帯にどんな集団のなかにいても、気づいてもらえないのだが。

トビー・ワイルダーが店に入ってきたが、彼にもやはりフィービの姿は見えなかった。その目に映るのは、単なるテーブルの付属物。彼女がここにいなくても、彼はただ家具のひとつがなくなったと思うだけだろう。しかしいま、窓辺の席にすわりながら、若者は新たに到着したお客に見入っており、目をそらせなくなっていた。

フィービは振り返り、例の刑事、頭のおかしいほうが開いたドアのすぐ内側に立っているのに気づいた。他のお客たちも頭をめぐらせ、その長身のブロンド美人を見ている。透明人間、フィービは息を止めた。店内を見回すマロリーの目がトビー・ワイルダーに留まったのだ。そして女は、一瞬、あっという顔をした。

ああ、やめて、彼だけは。

とそのとき、マロリー刑事の緑の瞳がまた動きはじめた――ゆっくりと――銃の照準器のように、こちらを向き、あちらを向き。つかまえた。

フィービはびくりとした。

刑事はテーブルにやって来て、椅子を引いた。「ほんの二、三分、お邪魔してもいいでしょうか?」彼女の声はきょうは正常で、話す言葉には人間らしい抑揚があった。

「あなたとは話してはいけないことになっているんです、刑事さん――弁護士の立ち会いがないかぎり」

「目下、弁護士たちは全員、お母様のことで手一杯です。どうかマロリーと呼んでください」

彼女は立ったまま、店内を見回していた。それから通りかかったウェイトレスに照準を合わせ、疲れ切っているその女を進路の途中で止めた。どうやらマロリーには超能力があるらしい。ウェイトレスは笑顔でやって来て、熱心にメニューを差し出した。メニューをひとつだけ――なぜならフィービは見えていないからだ。

マロリーが腰に片手を当てた。何が気に入らないのかわからず、ウェイトレスはとまどっている。刑事はフィービを指さして言った。「この人はわたしの連れなの」

見えない女はただちにVIPへと昇格した。フィービは本日のスペシャルの説明を受け、サラダのドレッシングの好みを訊かれた。配膳係が呼び寄せられ、そのトレイから、スティックパンとバンズのバスケット、銀器類、それに、冷たい水のグラスが奪い取られた。

ああ、喉がからからだ。ありがとう、ありがとう。

注文を取り終えてウェイトレスが立ち去ると、マロリーはテーブルの向かい側にすわった。彼女の顔は冷たくなかった。それに、きょうはその目に異常さなどまったく見られない。それはただ心をかき乱すだけだった。「ご家族の財政について知りたいんです。お父様はハンフリーの信託を設定したわけですが、それは彼が精神病院から出ないようにするための賄賂《わいろ》だったんでしょうか?」

「賄賂? いいえ、あの信託は取り消しが効かないんです。だから、父さんにはお金を引きあげると言って脅しをかけることはできなかったはずです。それに、信託からの収入は、ハンフリーに支払われていたわけじゃありません。受け取っていたのは、彼の後見者である精神病院だったんです」

「すると、あなたのお兄さんは金蔓だったわけですね……そして、医者たちには彼を手放す気はなかった」

「皮肉なことに、それこそが信託を解除し、彼を解放させるために兄の弁護士たちが持ち出した主張だったんです」

「それであなたは、フィービ? お父様が死んだとき、何ももらっていませんよね。お父様はあなたのことをまるで気にかけていなかったわけです。腹が立ちませんでした?」

「父さんはわたしを愛していました」フィービの口調に弁解がましさはなかった。それはむしろ、女子学生が動かしがたい事実を述べているようだった。地球は太陽のまわりを回っている。父さんはわたしを愛していた。

刑事はうなずいた。異議はないらしい。こう言ったとき、その声にうかがえるのは好奇心だけだった。「でも一セントも遺さなかったんですよ」

「一セントも持っていませんでしたから。父さんは文なしで死んだんです」フィービはさらに擬似事実を提供した。「母のもとを去ったあと、父さんは十年間、ホテル暮らしをしました。それにはずいぶんお金がかかります。しかもそのあいだ、飲みまくって死のうとしていましたし。その方法で死ぬのにすごく時間がかかることに、父さんは驚いていました。ほんとに一生懸命がんばっていましたから」そしてここで、いかにも誇らしげに、彼女は付け加えた。「父さんの最後の飲み代は、わたしが支払ったんですよ」

その子供のほほえみは、本人の計測法では六フィートというところだろう。そしてチャールズ・バトラーもまた、つい釣りこまれて笑みを浮かべた。

「その男の人、女の人だったかもしれない」ココはあやふやに言った。彼女はワンボタンの携帯電話でマロリーと話しているのだ。「あたし、眼鏡をかけてなかったから」

女の子はもうひとつ、思い出した事実を明かした。「野球帽のひさしをうんと下ろしてたよ……ううん、なんにも言わなかった……えーとね、言ったけど、手でお話ししたの」空いているほうの手が丸まって架空の鉛筆をつかんだ。そして彼女は、宙に走り書きするようなしぐさをした。「何か書くものちょうだいって言ってるみたいに……それから？……レッドおじさんが振り向いて……わかんない」ココは身をかばうように一方の手を上げた。電話の向こうで、マロリーがまたルール違反の誘導尋問をしたようだ。

「わかんないよ！」

チャールズはココの手から電話を取りあげると、さよならも言わずに電話を切った。

ライカーが入っていったとき、オタク部屋は電子機器の唸りでブンブンいっており、モニターはどれもみな煌々と輝いていた。

マロリーが携帯電話を下に置いた。「ココがいろいろ思い出しはじめている。ホシはサングラスをかけていたの——夜によ」

「なるほど、それで穴の説明がつくな」以前のあの子の話によれば、レッドおじさん殺害犯のぼやけた顔には大きな黒い穴があったようなのだ。

「それだけじゃない」マロリーは言った。「ハンフリーの頭蓋骨《ずがいこつ》をかち割る前、犯人は彼が背を向けるよう、ペンを貸してくれとたのんだの——それも、手まねで。〝断食芸人〟は声がわからないように、口がきけないふりをしたわけ」

ライカーはうなずいた。偽装というこの要素により、請負殺人の可能性は除外できる。「で、ナドラー夫妻の看護師さがしはどうなってる？」

「もう死んでるのかも。ここ十五年、所得税を払ってないのよ」

「おれたちにお客が来てるよ」ライカーは言った。「ドクター・スロープが寄越したんだ」

ふたりの刑事はいちばん小さな取調室に向かって廊下を歩いていった。それは、内密の話に使われる部屋で、録音は行われず、のぞき見されることもない。三脚ある椅子のひとつには、ジェイノス刑事がすわっていた。彼は、灰色の髪の女性とともにカップにティーバッグを浸しており、その女性を「こちらはドクター・シルズ、引退した病理学者の先生だよ」と紹介した。それから彼は立ちあがった。「先生は以前、検視局にお勤めだったんだ」そして、ドアに向かいながら言った。「死んだアル中のことを覚えておいでなんだよ」

ライカーは大きな笑みをたたえ、女の隣に椅子を寄せた。「ご足労に感謝しますよ」

「エドワード・スロープのためですものね。彼が言っていました。あなたがたは浮浪者の遺体を見に来た人たちに興味があるんでしょう?」

マロリーはドクターの向かい側にすわった。「アル中の身元に関する書類は持ってきました?」

「書類はないのよ、お嬢さん。わたしが持ってきたのは、自分の記憶です。エドワードにちょっとつついてもらわなきゃならなかったけれどね。エドワードは、その遺体の検視が行われたのは、交通事故の死亡者が切断された首といっしょに運びこまれたのと同じ日だと言ったの。忘れがたい日よ。わたしたちが浮浪者の遺体を見つけたのはそのときだった。誰かがそれを空いてるはずのロッカーにしまいこんでいてね。いったいいつからそこにあったのやら。でも、そのことはきっとエドワードからもう聞いているわね」

「いや」ライカーは言った。「きっと頭からすっぽ抜けちまったんでしょうね」賭けてもいいが、死体保管所《モルグ》の職員の誰かが袖の下をもらって遺体の置き場所をまちがえたにちがいない。これもまた検視局の失点だ。

「ほんとに不思議だった」ドクター・シルズは言った。「書類もなくなっていたし。マンハッタンじゅうの警察署に電話で問い合わせたから、覚えているのよ」

例のアル中はいまや、非常に興味深い存在となっていた。

「でも、エドワードが書類紛失の件を忘れてしまったとしても、驚くには当たりませんよ。あの日ならね」

ライカーはうなずいた。もちろん驚くには当たらない。ドクター・スロープがつぎの戦争に使える追加の弾薬をマロリーに提供するわけはない。ドクター・シルズを送りこんだのは、おそらく、口をつぐんでいたことに対する検視局長なりの償《つぐな》いなのだ。不作為の嘘によってさえ、あの真正直な男の夜の眠りは妨げられるのだろう。

「ほんとに大混乱でしたからね」引退した病理学者は言った。「ギャングの撃ち合いやら、十台の車の玉突き事故やらで、モルグは満杯——すごい数の遺体と、身元確認に来たお気の毒なご遺族たち。でも子供はひとりだけだった。たぶん十二、三歳。美少年よ。お父さんをさがして、たったひとりで来たの。かわいそうでたまらなかった」

「その子の名前を覚えていますか?」

「いいえ、ごめんなさい。すごく昔のことだから」

「トビー・ワイルダーという名に聞き覚えは？」

ドクター・シルズは首を振った。「学生証は見せてもらったけれど。私立の学校だったわ。それだけは覚えています。その学校に電話して、男の子の自宅の電話番号を訊かなきゃならなかったから。そのあとわたしは、母親が来るまで間を持たせるために、彼に書類の記入をさせた。母親が入ってきたとき、あの子は動揺していたわ。きっとお母さんにつらい思いをさせたくなかったのね。それからわたしは、白い杖に気づいたの」

「その子のお袋さんは目が見えなかったんですね」ライカーは言った。

「ええ。だからこそ、わたしは彼女の息子が遺体を見ることを許したの。わたしがシーツをめくると、男の子は泣きだした――とても静かに、声も立てず、涙だけ流してね。これはこの子のお父さんなんだ。わたしはそう思った。でも男の子はちがうと言うの。それから、盲目の女性が自分も遺体を見たいと言った。彼女は指先で死んだ男の顔をさぐり、目や鼻をなぞっていったわ。それから彼女も泣きだした――男の子と同じように静かに。彼女は服の袖で涙を拭いた――息子に涙を見せないために。それがわたしの印象よ。そのあと母親は、これは自分の夫じゃないと言った」

「検視報告書を読みましたが」マロリーが言った。「アル中の遺体は骨と皮ばかりだったんですよね。栄養不良。それに、昔の骨折で鼻はつぶれていた。歯の多くはなくなっていたし」

「あなたの言いたいことはわかりますよ、刑事さん。ええ、そういうことは確かに容貌を激変させます。でもわたしは、少し前に家族間でなんらかの接触があったんだろうと思った。そうでなければ、あの子がモルグにお父さんをさがしに行こうと思うわけがないでしょう?」

「ふたりの反応はあなたをとまどわせた」マロリーが言った。「何かがおかしいことがあなたにはわかった。赤の他人のために泣く人間はいないから」

「ええ、あれはとっても気になったわ」

第三十五章

公民の授業のとき、ぼくは殺人事件の捜査中の行動規範に関する小論文を読みあげた。公民は、ぼくがあの三人――ハンフリー、ウィリー、〝噛みつき魔のアギー〟の全員といっしょになる唯一の授業だ。ぼくが話しているあいだ、三人はじっと固まって動かず、息をすることさえ忘れていた。ぼくはやつらを死ぬほど怖がらせてやったんだ。

最高の日だった。

アーネスト・ナドラー

ライカーは、ウォール・ストリートの連中向けのそのしゃれたレストランのドアをくぐった。店内は、ベルベットのカーテンと鏡板で設えられていた。テーブルには本物の銀の銀器があり、お客たちは〝歩く金《かね》〟だ。ライカーの見たところ、給仕長は前科者だった。刑務所で入れたトゥーこそ見当たらないものの、この男は別のかたちで自らの正体を暴露した。刑事をひと目見たとき、彼は、その安物のスーツとすり減った靴を冷笑しなかったのだ。通常はこれが、招かれざる客を店外に追い出す前戯となる。しかしこの給仕長は、ライカーのまぶたの垂れた目に刑事を見たのだった。
子供のころから、ライカーは常に、出会う相手を誰彼かまわず逮捕しそうに見えたものだ。

「市警長官代行と会う約束なんだ」

いいスーツを着たほうの男は大いに安堵し、刑事は、お客がひとりで食事をしているテーブルへと案内された。

ローランド・マンは自分の優位を確立する新たな手法を編み出していた。すなわち、切り離しと辱《はずかし》めだ。ライカーはひとりで来るよう指示されていた。そしていま、彼はそこにすわって上司がうまいステーキを食べるのを眺めるよう、無造作な手振りで命じられた。

市警長官代行は、近くの食事客の動きに気づいた。ひとりの男が別の男を肘でつつき、ふたりは楽しげな笑顔で、頭をめぐらせている。彼は目を上げ、ライカーの相棒がすぐそばの窓の外に立っているのに気づいた。幸い、今夜のマロリーの任務は尾行ではない。ガラスの向こうから、彼女はローランド・マンを凝視していた。その目つきは、マンが自分のステーキを見る目つきとそっくりだ。ナイフとフォークを下に置くと、彼は無言ですわっていたもう一方の刑事にもったいなくもお言葉を賜った。「ひとりで来るように言ったはずだが」

これを無視して、ライカーはポケットをさぐり、手帳を取り出した。「おれたちは新たにアーニー・ナドラー殺人事件の捜査を開始した。彼が病院のベッドで殺害されたことが判明したんでね。あの子の病室の外に詰めていた警官から話を聞いたよ。彼はあんたがそのへんをうろちょろしてたのを覚えていた」

「当時、わたしは刑事だったからな――」

「つまり容疑者は、両親、医者、看護師」ライカーは手帳のページを繰った。「それにあんただ。その最後の週、あんたは子供の病室に足しげく通ってたそうだな。警護の警官がそう言ってたよ」

　これは嘘だ。話を聞いたとき、その警護の警官はそういったことは一切、思い出さなかった。彼の病院でのひと月は、溶け合って退屈というひとつの記憶になっており、それを破ったものと言えば、息子が死んでいるのに気づいたときのミセス・ナドラーの泣き声だけなのだった。しかし、ローランド・マンからはなんの反論も出なかった。

「この件はもう終わっているんだ、ライカー。きみもあのテープを見たろう。わたしがなぜあの少年に興味を持っていたかは知っているはずだ」

　刑事は手帳を閉じた。外の歩道にいる相棒への合図だ。「あの子供の殺害に関して何か有益な情報を持っているなら、いまこそそれを話す時だよ。あの夜、あんたはいつ病院に着いたんだ？　それは子供が殺害される前だったのか、それとも、あとだったのかな？」

「その日の午前、わたしが病室を出たとき、アーニー・ナドラーはまだ生きていた」

　ライカーは短くメモを取った。つまりマンは、少年の死んだ日、そこにいたわけだ。「警護の警官はあんたがその晩、現れたのを覚えてる」彼は嘘をついた。「夕食のころだそうだな」

「それはまちがいだ！　あるいは、その男が――」

　会話が唐突に打ち切られた。給仕長が歩み寄ってきて、テーブルに罫線入りの黄色いノートを置いたのだ。証人の供述書によく使われるタイプのを。「あちらのレディーからです」給仕長は言った。

ローランド・マンは窓に目を向けたが、そのレディーはもういなかった。

ライカーは食べかけのステーキを指さした。「それはテイクアウトにしてくれ」給仕長は敬礼せんばかりだった。それから彼は、大急ぎで皿を下げた——勘定を払うえらい政治家には会釈ひとつせずに。

刑事は黄色いノートを市警長官代行のほうに押しやった。「手順は知っているよな。洗いざらい書くんだ。あの子の最期の日に関して覚えていることを何もかも」ライカーはペンを差し出し、ローランド・マンはそれを受け取った。反射的反応。うまくやれば、そして、タイミングが完璧なら、尋問の対象者は必ずペンを受け取る。するとあとは、それを使う以外やることはないのだ。

ページの半分がふたつの短い段落で埋まったところで、市警長官代行はペンを置き、自分の文章を読み返した。マロリーが椅子のうしろに静かに立っていることに、彼はまだ気づいていなかった。これは彼女の天賦《てんぷ》の才だ。マロリーが近づいてくる音は、誰にも聞こえない。ここで彼女は低く身をかがめ、彼の耳もとで言った。「署名なさい！」

ロケットマンはぎくりとした。その手がグラスを払い落とし、ワインが宙を飛んでいった。しかし、彼は背後の女に気づいたふうを見せなかった。一瞬、ぎゅっと拳《こぶし》を握り、平静を取りもどすと、彼はペンを——それが自分の意思であるかのように——手に取って署名をした。

刑事たちは別れも告げずに立ち去った。彼らの襲撃&退却《ヒット・エンド・ラン》の犠牲者は、そのまま席にすわりつづけ、ステーキのあった場所を見おろしていた。それから彼は、もうそこにないグラスを取ろうと手を伸ばし、虚空をつかんだ。

検視局長、エドワード・スロープは、贈り物を携えて刑事部屋に入っていった。こんな遅い時間に、デスクのランプがひとつだけ灯っている。キャシー・マロリーはノートパソコンに向かっていた。本人に気づかれずに彼女を見る、めったにない機会を得て、彼は足を止めた。最近の数々の言い争いを思うと、彼の胸は後悔に疼《うず》いた。悪いのはいつも明らかに彼女なのだが。しかし彼女には、罪を転嫁する――または、罪を一から創造する――天賦の才がある。椅子をくるりと回し、彼女はドクターが仲直りの品、リボンも包装もないプレゼントを手に、そこに立っているところを見つけた。

ドクターはフロアを進んでいき、重たい茶封筒を彼女のデスクに置いた。「局の連中がきみのためにこれをまとめた。あの病院事務長と病理学者を逮捕するのに必要なすべてがそろっているよ。それに、きみも知ってのとおり、わたしは法廷で非常にいい証人になるしな」

彼のプレゼントを一顧だにせず、彼女はパソコンに目をもどした。「彼らは放してやるしかない」

「なぜだね？　あのふたりは共謀して子供の殺害を隠蔽《いんぺい》したんだぞ」スロープは封筒をぴしゃりとたたいた。「何もかもここにある。わたしが証明したんだ。彼らが怠慢や無知であの検視をしくじったということは絶対にありえない。自分たちが何をしているか、彼らにはわかっていたはずだよ」

「事務長はあの地方検事補の指示を受けていたのよ。そして、カーライルはもっと悪いこともしている。それでも、わたしは彼を放してやらなきゃならない」

スロープは腕組みした。「承服できんね」

「するしかない」これは命令ではなかった。彼女は静かにあきらめをこめてそう言ったのだ。「あなたはお友達のグレイスにはめられたのよ。病院がナドラー少年のインチキな検視をやった日、ドリスコル協会はあなたのリハビリ・クリニックに最初の寄付をしているの。それも、莫大な額のをね。そして、それ以降、毎年――」

「グレイスは友達なんかじゃない。それに、わたしが彼女と知り合ったのは、クリニックが寄付を受けたあとのことだ」

「わたしはドクターを信じる。でも書類上、それは怪しく見えてしまうのよ。仮に、グレイスに少年の殺害を隠蔽する理由があり、わたしにそれを証明することができるとしましょう。その場合、この寄付のせいで、あなたは彼女が検視結果を葬るのに協力したみたいに見える――まるで彼女からお金をもらって見て見ぬふりをしたみたいに。もしこのことでグレイスと彼女のペットの検事補が転落するなら――あなたも道連れよ」マロリーはドクターに画面が見えるよう、パソコンの向きを変えた。「ドクターだけじゃないの。わたしはいまも金《かね》の線を追っているけど、ここまでですでに重要な地位にある政治家が山ほど出てきている。彼らにはそれぞれお気に入りのプロジェクトがあり、そのどれもがドリスコル協会から資金提供を受けているのよ。そして、なかの何人かは、グレイスの友達のために便宜を図っている——減税措置、市からの発注、政治任用。彼らも、あなたがはまったのと同じ罠にはまっているわけ。これは永遠に終わらないゆすりみたいなものね。すべては公文書に記録されている——誰にでも見られるところに。ドクターが面倒を起こしたら、きっとグレイスは喜んでその仕組みを説明するでしょうよ」

「彼女を見逃しちゃいかん。わたしのことは気にするな。わたしはこの件を明るみに出したいんだ。汚物をすべて引きずり出して、公判に持ちこもう。ぜひとも！　きみが汚い裏取引をしていては、わたしもこういった浸潤《しんじゅん》と戦うことができない」

マロリーの声は彼の声より平静だった。「ニューヨーク・シティのルールよ。ここでは殺人を犯して罪を免《まぬが》れることもある。あるいは、一歩も道を踏みはずさずに全生涯を生き……何もかも失うことも。だから、汚物はそのまま埋もれさせておく。あの女は別の方法でやっつけるから。期待していて」

一分後には、思慮に欠けた自分の発言を悔いることになるのだが、怒りに駆られ、彼はこう言った。「で、わたしは、きみがこの件を隠蔽してくれたことに感謝すべきなんだろうな？　きみはわたしに貸しを作ったと思っているんだろう？」

めったに驚かないキャシーがびくりとした。

彼女は自分の庇護という純粋な贈り物をドクターに与えた。それを彼は踏みつけたのだ。もちろん彼女は正しい。検視局に不正などあってはならない。たとえそれが単なる噂にすぎなくても、彼は辞任することになる。曲がったことなど何ひとつしていないにもかかわらず、彼はすべてを失うだろう。彼女は勝ち目のない闘いから彼を救ったのだ――そんな彼女に、彼はどういう感謝のしかたをしたのか。

マロリーはドクターの証拠の封筒をデスクの深い引き出しにしまった。彼は引き出しがたたきつけられるものと思ったが、彼女はただふつうにそれを閉め、鍵をかけた。パソコンとランプを消したあと、彼女は闇に顔を包みこませ、じっと静かにすわっていた。もう行ってほしいと、無言のうちにドクターに告げているのだ。

彼女に撃たれたほうが、まだよかった。ドクターは椅子から立ちあがった。「キャシー?」彼の声はかすれていた。これ以上、何が言えるだろう? ドクターは身をかがめ、彼女の髪にキスした。それから彼は、その場をあとにした。

今夜、チュウ巡査は双眼鏡を首にかけていた。鍵なのか、鍵でないのか? この大問題の答えがいま出ようとしている。尾行の対象者、ウィリー・ファロンは目下、ドリスコル校のあの鉄の門をめざし、歩道に連なるゴミ袋や古新聞の山々を通り過ぎていくところだ。そこにはひとつソファも出ており、彼はそれに双眼鏡を向けてみた――摩耗は見られない。ニューヨーク・シティのゴミの夜は、すごい掘り出し物が見つかる無料のフリー・マーケットだ。金属資源ゴミの山のなかには、どこも傷んでいないブラインドひと巻きが突っこまれていた。金持ち連中は鎧板が汚れるとブラインドを捨ててしまうのだろうか？

ウィリー・ファロンは路地の入口の高い門の前で足を止めた。アーサー・チュウの高倍率の双眼鏡を通すと、口の開いた彼女のバッグの留め金から革の縫い目までくっきりと見える。彼女が取り出すのは、鍵なのか、それとも、ピッキングの道具だろうか？　ああ、そんな。彼女が門からあとじさった。何かに怖気づいたらしい。女は建物の外壁にぴたりと背中を押しつけた。

尾行の刑事はふたたび門に双眼鏡を向けた。とここで、彼は南京錠とチェーンに気づいた。あれは新しいやつだ。ふっくらした色白の手がふたつ、格子の隙間から現れる。南京錠がはずされ、門がさっと開き、女が路地に出てきた。捜査本部で見た壁の写真から、彼には、それがフィービ・ブレッドソーであることがわかった。彼女はビニールのゴミ袋を持ってゴミ置き場に向かった。

壁を離れたウィリー・ファロンが、両手を突き出し、かぎ爪よろしく指を丸めて、もう一方の女の背後に忍び寄っていく。

アーサー・チュウは警告の叫びをあげたかった。しかし尾行がばれれば、まちがいなくマロリー刑事に殺される。だから、母から教わった人としてすべきことは、どれひとつ実行できなかった。

フィービ・ブレッドソーがゴミ袋を置こうと身をかがめたそのとき、ウィリー・ファロンが彼女を突き飛ばした。よろめいた女はゴミ缶に突っこみ、ゴミ缶はドミノのようにぶつかり合って、ひとつ、またひとつと倒れていった。女はあっと叫んで、路面に激突した。そしていま、彼女はゴミのなかにべったり横たわっている。

倒れた最後の缶には、金属製のブラインドが入っていた。ガチャンというその衝撃音は、学校のロッカーにガーンとたたきつけられたときのあの音にそっくりだった。フィービは痩せた女の背中を目にし、襲撃者が声を発するより早く、それがウィリーであることを知った。「あんたもあそこにいたんだからね。つぎはあんただよ」その語尾は鋭いささやきとなっていた。同窓生は歩み去った。街灯の光の輪のなかに現れては消え、漫画本によくあるかたちで変身しながら。アーニーのミュータントの世界は、フィービが思っていたよりリアルだった。そしていま、彼女は心の目で、ウィリーが蜘蛛《くも》の八本の脚で歩道を駆けていくのを見ていた。

痛む足首をかばいつつ、フィービは内側から門を閉め、南京錠をかけた。路地の端まで進んだちょうどそのとき、庭の奥の彼女のコテージで電話が鳴りだした。この前ウィリーからメッセージが入って以来、留守録装置は切ってあり、ベルは鳴りつづけた。コテージに入ると、彼女は爆発するのを待つように電話をじっと見つめた。ベルは鳴りやまない。相手は彼女がうちにいるのを知っているのだろうか？　ただその場に立ち尽くし——恐れているのを？　フィービは受話器を取った。でも、口はからからに乾いている。彼女は何も言わなかった。

ややあって、男の声がした。「フィービ？」

それはローランド・マンだった。

「なんの用？」

「やはりきみの安全が気がかりでね」彼は言った。「それにきみの……関与のことも。あの刑事たちは、アーニー・ナドラーの死についてきみに質問したのか？　彼らはもう知っているんだろうか？」

「知っているって何を？」

「覚えてないのか？」彼は頭の足りない人間を諭《さと》す口調で訊ねた。「あの少年が吊るされ、森のなかで死ぬよう放置されたとき、どこをさがすべきかわたしに教えるまで、きみは三日もぐずぐずしていたろう」

第三十六章

今夜、うちの親がマン刑事とキッチンテーブルで話しているとき、ぼくは廊下で立ち聞きをした。刑事はふたりに、あれは全部ぼくの作り話だ、そのことは検視で証明されている、と言った。あのアル中は子供に殺されたわけじゃない。彼によれば、ぼくはただ、クラスメイトに学校でのいじめの仕返しをするためにあんな話をしたんだそうだ。

父さんはうなずいた。いじめの証拠を——連中がぼくの体に残した痕を見たことがあるから。父さんは刑事を信じた。母さんは泣いた。母さんも刑事を信じた。

ぼくにはもう何もない。

アーネスト・ナドラー

ミセス・ビュフォードは身をかがめ、タイムズ紙の朝刊を拾いあげた。《ランブル》殺人事件のつぎのエピソードを早く読みたくてたまらない。〝断食芸人〟の長編物語は、この老婦人にとって新しい連続メロドラマとなっていた。

向かい側のドアが開き、ミセス・ビュフォードは身構えた。ここ数日、そのうちでは、旦那のほうが朝刊を取りこんでいる。ほんとに気持ちの悪い男。彼は、ミセス・ビュフォードの朝食の消化を妨げてきた。でも今回は——ああ、よかった——入口に立っているのは、アニーだった。

なんてありがたい。結局、ローランド・マンは妻を始末したわけじゃなかったのだ。

さあ、これでふたりの古きよき朝の儀式を再開できる。挨拶と天気の話のなごやかなやりとりを。いや、そうはいかないのか。ミセス・ビュフォードはスーツケースに気づいた。「どこかにお出かけ?」

逃げ出すとか?

アニーはうなずいた。

「楽しんでいらしてね」老婦人はドアを閉めたが、一瞬後、すすり泣く声を耳にし、そのドアをまた開けた。アニー・マンは自宅のドアから何歩か進んだところでへたりこみ、スーツケースをかたわらに壁際にうずくまっていた。

ミセス・ビュフォードは急いでローブのベルトを結び、ふわふわのピンクのスリッパでシュッシュと廊下を歩いていった。きしむ膝を折り曲げ、倒れた隣人のそばにひざまずくと、彼女は女の両手を取ってさすりだした。やがて、その汗ばんだ冷たい皮膚は温まり、苦しげな呼吸もいくぶん鎮まり、目のなかに転がりこむ額の汗も止まった。アニーはバッグの留め金をいじくった。すると薬瓶が十いくつかこぼれ出て、カーペットの上に散らばった。

「お水を持ってきてあげるわ。お薬がのめるように」自宅に入るやいなや、ミセス・ビュフォードはエレベーターの到着を告げるポーンという音を耳にした。ドアの外をのぞいてみると、驚いたことに、廊下には制服警官が二名いた。アニー・マンのほうはもっと驚いたと見え、気を失ってぐったりと頭を垂れた。たぶんそれでよかったのかも。かわいそうに。意識がはっきりしているかぎり、彼女は絶対にこの建物を離れられなかっただろう。警官の一方が、こぼれ出たバッグの中身のなかからアニーの財布を拾いあげた。彼がうなずくと、もう一方の警官は、スーツケースをそのままにして、ぐったりしたアニーの体をエレベーター内へと運びこんだ。若いブロンド女がカーペットに膝をつき、薬瓶をかき集めて、落ちたバッグのなかにもどした。なんて奇妙な。

　まあ、何はともあれ、アニーは脱出を果たしたわけだ。

もちろん、ミセス・ビュフォードはこの場面を百回も想像してきた。でも彼女がいつも思い描いていたのは、夫人のほうではなく、あの旦那が警察につかまる姿だった。彼女はドアを閉めようとした。するとそのとき、声が響いた。「待って!」もう一度、廊下に顔を出すと、あの脚の長いブロンド女がこちらに向かってくるところだった。近くへ、さらに近くへ。ああ、あの緑の目の異様なこと。

若い女は金バッジと警察の身分証を呈示した。女は刑事だった。刑事! なんて刺激的なの。女がジーンズの尻ポケットにバッジをしまうと、ブレザーの片側がはらりとめくれた。そしていま、すごく大きな拳銃が一挺、ショルダーホルスターに収まって披露されている。

まあ、なんてすてきなの。ミセス・ビュフォードは有頂天になって言った。「殺人事件ですよね？」

「ええ、そうです」

老婦人はわくわくして、つま先立ちになっていた。すると、若い女が訊ねた。「ゲームに参加します？」ミセス・ビュフォードは答えた。「いいんですか？」

階段室のドアに近いデスクの上にちょこんと乗って、ココは便座の蓋をロックすることの重要性についてゴンザレス刑事にレクチャーしていた。「ネズミはそこから入ってこられるんだよ。便器の水のなかを泳いでのぼってくるの。でも蓋が閉まっていたら、ただぐるぐる泳ぎつづけて、そのうち溺れちゃうんだ」

警部補はマロリーとライカーとともに執務室の窓の外に立ち、ブラインド越しになかの様子を見守っていた。通話状態のインターコムを介し、三人はプライバシーが万全とは言いがたい部屋のなかの会話を盗み聴きしていた。室内の民間人ふたりは、いまや、〝アニー〟〝チャールズ〟とファーストネームで呼び合う仲だった。

そのレディーは、ジャック・コフィーが思い描いていたもの――やり手政治家のステータス・シンボルとなる美人妻ではなかった。彼女はまるでふつうだった――ひどく怯えているという点を差し引けば、だが。

アニー・マンは、宇宙へと離昇してしまうのを恐れ、椅子の肘掛けをぎゅっと握り締めていた。そんな状態にもかかわらず、チャールズ・バトラーがほほえむと、彼女も笑顔になった。

この新たな表情は、彼女を変貌させた。もはや平凡ではなく、彼女は温かさと愛らしさの化身となっていた。魅力的な女。これはほとんど奇術だ。しかし、そのイリュージョンは長持ちせず、アニーはふたたびパニック・モードになって、どこかに危険はないかと室内のあちこちに目を走らせはじめた。そしていま、彼女は犬のようにハアハアと呼吸している。

チャールズは、女のバッグから回収された薬のストックを調べると、瓶をひとつ選び出し、一錠だけ彼女に渡した。アニーはそれを口に入れ、キャンディーのように嚙み砕いた。パニックが収まると、チャールズは彼女をひとりそこに残して、窓の外でのぞき見していた三人に合流した。

マロリーはブラインドを透かして女をじっと見つめながら、チャールズに話しかけた。「彼女、頭がおかしいの？」

「いや」チャールズは言った。「ちっともおかしくないよ」

「じゃあ、おかしいふりをしてるわけだ」ライカーが言った。

「とんでもない。ぼくの診断もミセス・ビュフォードと同じです。アニーは本当に恐怖症なんですよ。本人が言っていますが、彼女は昔から社交の場でよくパニックの発作を起こしたそうです」

警部補とふたりの部下は、この話に興味があるふりをした。すでに何もかも聞いていることはおくびにも出さずに。すると、彼らが本当に興味を持っているものと思いこみ、チャールズは先をつづけた。「広場恐怖症はそんなかたちで始まるんです。初期の段階では、アニーは完壁に機能していました。病院が彼女の主要な安全地帯――自信を持って自由に動けるエリアでした」

「彼女はもう十五年、仕事をしてないんだがな」ジャック・コフィーは果敢にも話のテンポアップを図った。

「そしてそのあいだに」簡潔な答えなど持ち合わせていない男はそうつづけた。「彼女の他の安全地帯も減少していったんです。彼女は公共の場でパニックの発作を起こすことを恐れています。長年のあいだに、その種の場所をどんどん避けるようになっていき、ついにどこへも行けなくなってしまったわけです。それから、長期にわたる引きこもりがその状態を強化しました。彼女は入居以来、いまのアパートメントから一歩も外に出ていないんですよ」

「あなたは彼女に薬を与えていたわね」マロリーの口調は、薬物の不正取引を非難しているようだった。

「ごく穏やかな鎮静剤をね」チャールズは言った。「彼女はひどく怯えていた――崩壊寸前だったんだよ。きみは彼女に話ができる状態でいてほしいんだよね？」

「法的に見て話ができる状態に、だ」コフィーは言った。「あの女はいま、薬に酔っているのかな？」

「いいえ、さっきより頭が冴えているでしょうね」

「それだけわかれば充分だ」警部補はジェイノス刑事に合図した。刑事は執務室に入っていき、アニー・マンを外に連れ出すと、もっとざっくばらんに話をするための場所に向かった。

「ネズミも広場恐怖症なんだよ」下のほうで小さな声がした。

四人の大人は視線を落とし、ココが子守りの刑事の手をすり抜けてきたことを知った。それに彼女はもう笑ってはいなかった。

「ネズミは開けた場所だと安心できないんだよ」ココの厳かな目が連れ去られていく女を追う。「ネズミが壁際を離れないのはだからなの」

そして一同は、壁をかすめながら廊下を遠ざかっていくアニー・マンを見つめた。


彼女の肩は落ち、目は大きくなっていた。

ゲロ緑の壁に囲われ、血の気を濾《こ》しとる蛍光灯に照らされたその取調室は、広場恐怖症のこの女にとって、きわめて異質な場所ではあるが――いまひとつ恐ろしさに欠ける。ライカーはあのくそ鎮静剤さえなければ、彼女はどんなにビビッていたことかと思った。

「あなたは名前を変えたんですね」マロリーが言った。

「結婚したので」アニー・マンは答えた。

「わたしの相棒が言ってるのはファーストネームのことですよ」ライカーは言った。「以前、あなたはマーガレットだった。でも、いまはアニーですよね」

女がこう答えたとき、そこにはなんの迷いもなかった。「昔から友達にはアニーと呼ばれていたんです」

「あなたはわたしたちに、嘘の社会保障番号を教えましたね」マロリーが言った。

「番号を変えたんです。なりすましが心配だったもので」

これが第一のつまずき。ここまでミセス・マンの受け答えは速すぎるほど速かったし、その口調は暗記した台本どおりにしゃべっているようだった。しかしいま、刑事たちは待っていたものを手に入れた。これはとっかかり、まずい嘘の第一号だ。

「十五年前には」ライカーは言った。「誰もなりすましの心配なんかしなかったでしょう。その名称すらなかったんじゃないかな」

「財布を盗まれたんです――免許証や、クレジットカードや――」

「あなたは盗難届を出していないし、カードの利用記録も確認していない」マロリーはノートパソコンのキーをたたいた。「それに、運転免許の書き換えもしていないし。ほら、ここ。免許証は失効していますよ。カードも全部。過去十五年のあなたに関する書類はひとつも見つからなかった」アニー・マンに画面の文書が見えるよう、彼女はパソコンをぐるりと回した。「これを見て。あなたの名前は、あのコンドミニアムの譲渡証書にさえ載っていない」

アニーは画面に向かって身を乗り出した。まるでそうすれば、夫が単独所有者であることを明記したその一行が鮮明になるかのように。「そんなはずない」

「知らなかったんですか？　お向かいのミセス・ビュフォードは、あなたたちを夫婦だと思っている。でもあのアパートメント・ビルには、彼女以外、あなたを見たことのある人はひとりもいないんですよ」

「わたしたちは夫婦です！」

ライカーは身を乗り出した。「電話の記録を全部、調べましたよ。あなたは旦那の勤務先に電話をかけたことがない――ただの一度も、です。旦那の秘書はわれわれに、彼は独身だと言っています」

マロリーは画面上にさらに文書をアップした。「あなたは彼の年金の受益者にもなっていない。健康保険の被扶養者でさえない」

「でもまあ」ライカーは言った。「健康保険なんぞ、あなたには必要ないか。リスクが低いからね。お向かいさんによると、あなたはうちから一歩も外に出ないってことだし」

「ローランド・マンは独身の納税者になっている」マロリーが言った。「扶養家族はなし。だから、あなたの話は嘘――」

「わたしたちは夫婦です！　カナダで結婚したんです」

ライカーは笑みを浮かべた。「わたしとしちゃあなたを信じたいんですよ。でもこの国で登録された結婚の記録がないもんでね。あなたの痕跡はどこにもないんです、アニー。まるで旦那が十五年前、あなたという存在を消しちまったみたいです。わたしらがどうやってあなたを見つけたと思います？　ローランドはなぜ誰もいない自宅に三分間の電話をかけたのか？　それを知ろうとして相棒がお宅に寄ってみたわけですよ」

「仮にきょう、彼があなたを殺しても」マロリーが言った。「あなたがいないのに気づくのは、お向かいのあのお婆さんだけなのよ」

「わたしらはあなたを助けようとしてるんですよ、アニー」ライカーはテーブルの向こうに手を伸ばして、彼女の冷たい両手を包みこんだ。「つまり……あなたとローランドは病院で――あなたがナドラー少年を見ているときに――出会ったわけだ。看護師と刑事。これはごく自然な組み合わせです」

「いいえ。わたしはその前からローランドとつきあっていたんです。あの病院での仕事をわたしに紹介したのは、彼――」アニー・マンは両手を引っこめ、口を覆った。そしていま、その肩ががっくり落ち、頭が垂れた。〝降参〟のポーズだ。「ひと晩にほんの何時間かでした。でも、ナドラーさんご夫妻はシフト一回分のお金を払ってくださったんです。ほんとにいいかたたちだった。おふたりは丸一カ月、あの病院にこもりきりだったんです。だから、ちょっと外に出て、ふたりで食事がしたかったんですよ……ごくふつうの人のように……ほんの数時間だけ。お子さんは安定しているということだったし」

「アーニー・ナドラーは、あなたの勤務中に死んだ」マロリーが言った。「生きている彼を最後に見たのは、あなただった。これは、あなたにとってまずいことですよね、アニー。ナドラー夫妻は、アーニーの安全を守るためにあらゆる手を尽くした。なのに、彼らの幼い息子はあなたが番をしていたときに殺害された」

「いいえ。あの子は暴行の傷がもとで死んだんです――あるいは、感染症になったのかも――」

「あれが殺人だということを、あなたは知っ
ている」マロリーが言った。「子供が殺されたとき――枕で窒息させられたとき、病室にいたんだから」

「ああ、そんな。わたしは何もしていない。あの子が死んだときは、そこにいもしなかったわ

けだし。わたしは非常階段にタバコを吸いに行ったんです。誓ってもいい、席をはずしたのはほんの数分よ。もどってみると、坊やは死んでいた。ローランドは――そのころは刑事だったの――病室には彼がいたわ。彼に話を聞いて」

「あなたが気にすべきなのは、彼がすでに何を話したかよ」マロリーはテーブルの向こうに一枚の紙を押しやった。「彼の供述書。その筆跡、わかるでしょ？　それによると、彼はその日の午前、病院にいた。でも晩にはいなかったの――子供が殺害されたときには」

「わたしはあなたを助けたいんですよ、アニー」ライカーは言った。「でも、それにはあなた側の話を聞かせてもらわないとね」

「彼はいたわ！　あの子の部屋にわたしがもどったとき、ローランドはベッドのそばに立っていたのよ。彼はわたしに、どこに行っていたのか訊ねた。そのあと、わたしは大パニックに陥《おちい》ったの。『心配いらないよ』彼は言った。子供が死んだとき、わたしがいなかったことは誰にも言わないからって。そして、十五分待ってからドクターを呼ぶようにわたしに言った。彼は、注意義務違反を問われないようわたしを救ってくれたの。それから、わたしを救うために結婚してくれたのよ。夫は妻に不利な証言はできないからって」

「それは嘘よ」マロリーは言った。「夫は夫婦間の会話については証言できないけれど、起きたことについては証言できる。彼が十五年間あなたを離さなかったのはだからよ。あなたは、まずい状況になったとき、彼が警察に放り投げてやれる骨なの。担当医が来て少年の死亡宣告をしたとき、あなたはその医者に自分はずっとそこにいたと言ったんでしょう？　ローランドがそう言えと指示したんじゃない？」

「ローランドはわたしを愛しているのよ」

「あの男は用意周到なの」マロリーは言った。「つまり、彼は生きているその子供を見た最後の人間ってことよね。でも、アニー、生贄《いけにえ》にされるのは誰だと思う？　いま、あなたはすべてを背負わされている。自宅を出ることすらできない頭のおかしい女性として。バッグに薬屋一軒分のドラッグを詰めこんでるイカレた女として。そして――」

「ちがう！　わたしは――」

「患者を殺す看護師として」マロリーは言った。「法廷ではそういうことになる。あなたは両手を切断された小さな子供がかわいそうでならなかった。アーニーをその恐怖から救ってあげたかった。あの子を昏睡《こんすい》から目覚めさせるわけにはいかない。そこで枕を取り――」

「ちがう！　ナドラー夫妻の息子が死んだとき、わたしはその場にいもしなかったのよ！」

「大丈夫ですよ、アニー」ライカーはテーブルの向こうへ黄色いノートを押しやった。「わたしが助けてあげます。その夜、何があったのか、そこに書いてください。あなたの側の話を」

彼はアニーにペンを渡した。

彼女はそれを受け取った。


ガラスの反対側の暗闇には、傍聴者はふたりしかいなかった。そして彼らは、取調室の女が供述書を書くあいだも、そのままそこにいた。コフィーはドアに鍵をかけた。人の目も耳も完全に遮断したところで、彼は刑事局長に顔を向けた。「まだ証拠固めの段階ですからね。性急に事を進めたくはありません」

「動機としては何があるんだ、ジャック？」

「われわれは、ナドラー少年がアル中殺しを目撃したものと見ています。もし昏睡から目覚めていたら、少年はマンの固めたトビー・ワイルダー有罪の証拠を吹っ飛ばすことができたでしょう。マンは、目撃者に対する工作、証拠隠匿《いんとく》、司法妨害で刑務所に送られていたはずです」

コフィーは、マロリーの第二の仮説は伏せておいた。誰も彼もが彼女と同じに利益という動機を愛しているわけではないのだ。それに、彼女はその説を裏付ける確たる証拠を提示していない。凡庸な刑事をニューヨーク市警の食物連鎖のトップへと押しあげた一連の昇格以外は何も。

「オーケー」ゴダード局長が言った。「ここまでは上々だ。ロケットマンは保険として看護師と結婚する。まずい状況になったら、彼女がぶちこまれる。これは長期計画と言えるだろう――〝断食芸人〟のやり口だよ。だがまずは、ナドラー少年殺しでやつを押さえんとな」

「ええ」ジャック・コフィーは言った。「ただ、ひとつ問題があるんです。なぜ窒息させたのか？　法医学が殺人を示唆することは、彼にもわかっていたはずですよね。病院の酔いどれ病理学者でも子供の目の出血には気づいたわけですし」

「点状出血という言葉は、当時のロケットマンの語彙《ごい》にはなかったんだ。あのころのマンを覚えているがね。やつは法医学のほの字も知らなかったし、何ひとつ学ぼうとしなかった。検視には立ち会わず、本も開かずだ。それに、同じパートナーとは一週間以上つづかなかったしな。

ドへマ刑事と組みたがるやつはいない。あいつが、まだ見習いでありながら、ひとりでやってたのはだからなのさ。実は、あいつをアル中殺しの担当にした警部は、わたしなんだよ」

「知っています」コフィーは言った。「うちの刑事たちの調査は徹底してますからね。彼らの話だと、あなたはそれと同じ日に休暇に入っているそうですね……局長」

「そしてきみは、なぜわたしがその情報を進んで提供しなかったのか、不審に思っているんだな」ジョー・ゴダードは隣室に面した窓を手振りで示した。その向こうでは、アニー・マンがまだ供述書を書いている。「つまりこれは、わたしのために設けられた場というわけだ。聞いてるよ。きみらは容疑者の尋問をガラス窓の両サイドでやるそうだな」彼は笑った。冷笑ではない——大笑いだ。

ジャック・コフィーにとって、この反応はまったく予想外だった。「なぜあなたは、パートナーも監督もいない白バッジに殺人事件を担当させたんですか?」

「アル中殺しはどうでもいい仕事、誰も気にしていない事件だった。仮にマンがヘマをしても——わたしにはするとわかっていたんだが——なんの害もない。こっちはそれを理由に、やつをパトロール警官にもどしてやれるしな。やつがワイルダー少年にあの殺人の罪を負わせたとき、わたしはオレゴン州で釣りをしていた。それでも、そのにおいは国を横断して西海岸まで漂ってきたもんだよ。わたしが帰ったときには、すでに裏で手が回され、マンはわたしの署から異動させられていた。そして、あのドヘマ野郎は金バッジをひけらかしていたんだ。やつの汚職をわたしが確信したのは、そのときだよ」

「アーネスト・ナドラーについて、あなたはどの程度、知っていました？　少年の行方がわからなくなったとき、両親は――」

「休暇からもどって、わたしが知ったのは、子供がひとり行方不明になったということだけだった。マンのくそ野郎は暴行の件を記録から除外したんだ。書類は皆無。昔からやつに刑事の素質がないことはわかっていた。そして、その点ではわたしは正しかったんだが……やつに脳みそがあったとはな。見込みちがいだったよ。わたしはその少年の身に何があったかまったく知らなかった。きみの部下たちが、ＶｉＣＡＰへの古い記入を掘り出すまではな。納得したかね、ジャック？」

「ええ、局長」いいえ、局長。コフィー警部補には、これが嘘であることがわかっていた。しかし証拠は、疑義を質されなかったとき局長の見せた安堵だけだ。

「部下たちにしっかり証拠を固めさせるんだぞ、ジャック。一般人がテレビの刑事ものを山ほど見ているせいで、ロケットマンが罪を免《まぬが》れるなんてことになってほしくはない。科学的証拠に怪しい点があれば、陪審の連中は納得せんだろう。それに、配偶者特権がらみで、証拠が吹っ飛ぶようなこともあってはならない。やつがあの看護師と法的に婚姻関係にあるのかどうか確認しろよ」

「それは確かです。カナダのトロントで婚姻届が提出されていますから。うちの部下たちは、取調室に入る前からそのことを知っていたんです。それに、配偶者特権については、マロリーの言っていたとおりです。アニー・マンが見たことに関しては、それは適用されません。そして彼女は、ローランド・マンが死んだ少年といっしょに病室にいるのを見たわけです」

「では、やつの証言対彼女の証言、ということか。少年の殺害でマンを告発するにはもっと証拠が必要だな。それに、ハンフリー・ブレッドソーとアギー・サットンの殺害に関しても、何か証拠を見たいもんだ」

「これまでのところ、マンと〝断食芸人〟のつながりはつかめていません」

「何かでっちあげろ。マンのかみさんは、証人保護プログラムに放りこめ。彼女がここに来たことは外に漏らしたくない。荷造りのためにうちに帰したりするな。まっすぐ隠れ家に連れていくんだ」

コフィーは、なるほどとうなずいた。「つまり、ロケットマンが今夜、家に帰ると、妻はいない、スーツケースはちゃんとある、彼女の服は全部、クロゼットに残っている、というわけですね」

ゴダードはにやにやした。「あいつ、どうするだろうな？　みんなに独身だと思われているわけだし。つまりやつは、このゲームを長引かせすぎたのさ。いまとなっては、妻の失踪届を出すこともできない。その場合は、自分が女房を書類から消し去ったわけを説明しなきゃならんからな。きっとやつは考えるだろう。彼女はどこにいるのか――それに、誰と話をしているのか？　きっと半狂乱になるぞ」

ジャック・コフィーの部下たちは、すでにローランド・マンを揺さぶるために動いている。それに、彼らにはジョー・ゴダードの助けなど必要ない。しかし局長本人に、彼のプランはすでに始動していると告げるのは、得策ではないだろう。マロリーとライカーは、アニー・マンのスーツケースから荷物を出し、その後、向かいの住人の協力をとりつけた。ミセス・ビュフォードは警察のスパイになるという考えに胸を躍らせており、ローランド・マンが彼女を訪ねるとしても、その沈黙は保証されている。

過去にジョー・ゴダードが殺人事件の捜査をこまごまと監督したがったことはない。ならばなぜ彼はやりかたを変えたのか？　一介の刑事の仕事がなつかしくなったとか？　いや、それは考えにくい。ジャック・コフィーはこう結論を下した。刑事局長には何か隠したいこと――隠し通したいことがあるのだろう。

ふたりの刑事は向かい合わせたデスクに着いて、さきほどの取り調べに関する書類を作成していた。ライカーは、ローランドとアニーの相反する供述書を脇へ押しやった。「おれたちは何か見落としてるのかね？　アニーをカナダに連れてったとき――ロケットマンは彼女を殺して遺体を向こうに捨ててくる気だったんじゃないか？　それで、結局、怖気づいたとかさ？　殺しはやつの得意技じゃないもんな。アーニー殺害に関しちゃ、法医学的に見てヘマをしてるし」

「きっとアニーの言ってたとおりなのよ」マロリーは言った。「ロケットマンは彼女を救いたかったの」

「じゃあ……アーニーを窒息させたのはやつじゃないってのか？」

「まさか。彼がやったの。まちがいない。あいつは冷酷な殺人鬼よ。ただ、腕が悪いってだけ。そのせいであなたはもやもやするわけ」

「頭痛がしてきたよ」ライカーは言った。

第三十七章

ベッドに入るとき、ぼくが最後に考えるのは、《ランブル》で死んだ男のことだ。そのあとも眠るわけじゃない。目を覚ましたまま横たわり、ぼくは思う――埋葬する前、誰かあのアル中の目を閉じてあげたんだろうか？　それとも、虫どもが棺桶に入りこみ、彼の目玉の上を這いまわっているんだろうか？　ぼくはうちの親たちを起こして、そのことを訊ねた。

アーネスト・ナドラー

ホフマンはその訪問者の顔つきが気に入らず、客間でぐずぐずしていた。しかし、これを責められる者がいるだろうか？

グレイス・ドリスコル＝ブレッドソーは椅子から立ちあがり、お客の前にそそり立った。息子のかつての――学友？　共犯者？――ああ、あれはなんという言葉だったろう？　まあ、どうでもいい。「心配しないで、ホフマン。ミス・ファロンが相手なら、三回に一回はフォールを奪えるから」

去っていく看護師の背後でドアが閉まると、現金の詰まった茶色の紙袋がまたひとつ、グレイスの手からお客の手に渡った。「それで当面やっていけるはずよ」

「どうも」ウィリー・ファロンは金にはまるで興味を見せず、紙袋を椅子の上に放った。通りに面した窓の前に立ち、彼女は白い紗《しゃ》のカーテンを開けた。「つけられてる気がするの。なんとなくいやな感じがするだけだけど」

「別に驚くには当たらないわ。警察はあなたのしたことを知っているのかしらね？　あなたとあなたのお友達が何をしでかしたか？」

「あんた、いまでもあのことが心配なんだ」ウィリーはグレイスに向き直った。やや大きすぎるその笑いは、彼女がさらに何かを要求するためにここに来たことを告げていた。

老兵グレイスは、最初の連続射撃を始めた。「誰かが知っているのは確かよ。木の枝のなかに吊るされていたとき——当然あなたは、自分が死んで得するのは誰なのか考えたわよね。たぶん、あなたがた三人を未処理事項とみなした人間がいるんじゃないかしら？　誰かあの不愉快な一件をすんだことにしたい人間が？」

そう言えば、ウィリー・ファロンはドリスコル校一利口な生徒にはほど遠かった。年上の女は、理解しろと念じつつ、若いほうに向かって身を乗り出した。頭を使いなさい！　この低能サイコ女！　ああ、ウィリーの目に光が生まれた。ちっぽけなやつではあるが、脳が働いている証拠だ。「何か考えがあるんでしょう？」グレイスは皮肉などみじんもこめずに言った。

「子供のころ、ハンフリーから聞いたんだけど、あんたは口止め料を払ってたんだってね——あのことが漏れないように」

これは驚きでもなんでもなかった。子供というのは、どこの家庭においても、いちばん優秀なスパイなのだ。彼女はよく思う――あの古き悪しき時代、自分の娘は見聞きしたことからどこまで組み立てていたのだろうか。ああ、そしていま、彼女には、ウィリーがもうひとつ別の考えを抱いていることがわかった。一日にふたつとは――大変な重労働だ。

「あたしたち、助け合えるんじゃないかな、グレイス。相手の名前を教えてよ。あたしがなんとかするから。あんたのためにそいつを消してあげるよ」笑みを浮かべ、彼女は身をかがめて、現金の袋を拾いあげた。「たとえば、この額を倍にして……月一度とかどう？」

「ショックだわ」ウィリーはこれを信じるだろうか？　そう、もちろん信じる。この娘は馬鹿なんだから。あとはただ、ゆったり椅子にすわって、不安げな顔をしてみせればいい。それと、一般人が心をしまっている場所で、急に動悸がしだしたふりもしようか。そして最後に、低能女にさんざん催促《さいそく》されたあとで、グレイスの口からある名前がこぼれ出た。

ローランド・マンは外で使い捨ての携帯電話を入手してきたのだが、今度のやつを捨てる気はなかった。いたるところにリポーターがいて、ポリス・プラザ一番地からパン屑が撒かれるのを待っている。たぶん待ち伏せしているのもいるだろう。どのみち、自宅への電話はまだすんでいない。アニーが電話に出てくれればいいのだが。彼はプライバシーがほしかった。自分の執務室ならば、〝断食芸人〟の最新情報を求めるマスコミの連中に悩まされる恐れはない。ポケットに隠し持った携帯電話を、彼はぎゅっと握り締めた。妻につながるこの命綱は絶対に手放せない。

中庭の守衛所まであと数ヤードとなったとき、彼の行く手に若い女が現れた。なんて残忍そうな笑い。先日の新聞の第一面に載った写真は、その特徴をとらえてはいなかった。そこに見られたのは、何年も前にスキャンダル誌から消えたプロのパーティー・ガールの熟練の笑顔だけだった。しかしきょう、その女が彼の前に突っ立ち、腕組みをして、こう告知した。ウィリー・ファロンが帰ってきた。前以上に悪辣《あくらつ》になり、もっと大きなネタとなって。

嘘じゃない。

歩道の先で、いくつもの鼻づらが上がり、空気中のにおいをとらえようとしている。ひとりめのパパラッチがこちらに向かって走ってきた。そして、もうひとり、さらにもうひとり。カメラマンたちは、彼がウィリーから逃げていく現場を押さえた。

かのセレブ女がポーズを決めて写真を撮らせているあいだ、チュウ巡査は優秀な尾行者のとるべき距離を保っていた。そして彼は、手帳にすばやくメモをした。ほんの数行、ミス・ファロンの市警長官代行への不可解な接近と、彼の突然の逃走について。走りながら、ローランド・マンは両手を振り回していた。

女みたいな走りかただ。

カメラマンたちに別れの手を振り、ウィリー・ファロンがまた動きだした。ああ、この集団の彼女への愛の深さといったら！　なかのひとりが彼女に投げキスをした。そして、アーサー・チュウは彼女のあとを追った。

西に向かって歩きながら、女は携帯電話で話していた。若い刑事は、三件の電話の正確な時刻を律儀《りちぎ》にメモした。電話をバッグにしまうと、ウィリーは上の空で腕時計を見た。そして今度は、差し迫った様子で、通りの左右に目を配る。

タクシーをさがしているのか？　この時間帯だとなかなかつかまらないだろう。仮に一台見つかっても、この渋滞ではのろのろとしか進めない。

尾行の刑事は女を追ってウォレン・ストリートの地下鉄の駅まで行き、彼女が階段を下りていくのを見守った。この金持ちのあばずれが回転改札の通りかたを知っていたことに、彼は感銘を受けた。でも考えてみると、彼女だってリポーターどもをかわすのにバスや電車を使ったことが一度ならずあるだろう。そう、思ったとおりだ。窓口で足を止め、切符を買うということもない。彼女は黄色い地下鉄のカードをバッグから取り出した。

あのバッグは前よりふくれてはいないだろうか？　自分は何か見落としているのだろうか？


仏頂面の秘書が入ってくると、ローランド・マンは顔を上げた。この女は、ローランドがビール長官の執務室に自分の持ち物を運びこんだ瞬間から、彼に敵意を抱いている。おそらく彼女は、あの老人が遠からず死ぬことへの彼の強い確信を醜悪だと思っているのだろう。「電話はなかったかね、ミス・スコット？」

「ありました。今回も名前は言いませんでしたが、同じ女性です」

誰よりも連絡してほしい女ではない。アニーとはちがうやつだ。彼女には勤務先に電話を寄越さないだけの分別がある。あの妻に部屋を出て通りまで行くことができたとは、彼にはまだ思えなかった。ごくまれに夕食に連れ出したときなど、彼女はぴりぴりびくびくしていて、帰宅するまで落ち着かなかった。それももう何年も前のことだ。彼女がきょう、うちを出る気になるわけはない。出られるわけはないのだ。しかし、薬をのみすぎた可能性はある。そう。彼女はおそらくバルビツール剤の深い霞《かすみ》のなかにいて、電話のベルが聞こえないのだろう。

ミス・スコットが彼のもの思いを破った。「その女性は、電話を寄越したほうがいい、さもないと、と言っていましたよ」

「さもないと、なんなんだ?」

「その先は言いませんでした。わたしには人の心は読めませんし」秘書はデスクにメモをぴしゃりと置いた。書かれているのは、電話番号と短い脅し文句だけだった。

これはウィリー・ファロンでしかありえない。

「それにわたしは、あなたのお友達の悪態を聴くために雇われているわけじゃありませんから」出ていくとき、ミス・スコットはドアをたたきつけた。

これでわかった。彼の秘書はついに別の仕事を見つけたのだ。逃げ出す女がもうひとり。

ローランドは使い捨ての携帯をポケットから取り出して、自分のうちに電話した。ベルが鳴っている。一回、二回——三回。アニー、愛しいアニー、出ておくれ。

ウィリー・ファロンはグリニッチ・ヴィレッジの映画館の近くで地上に上がった。彼女は角を曲がって西に向かい、碁盤の目のロジックが崩壊するニューヨーク・シティのあの一画、四番ストリートが西十番ストリートの南北に走る区画に入った。トビー・ワイルダーが歩道に出てくるのを目にしたのは、彼のアパートメントまであと半ブロックのところに来たときだった。

ランチタイムか。

彼が習慣の奴隷であることを彼女は知っていた。これも、近所の店の店員に渡したチップのおかげだ。その男はトビー・ワイルダーで時計を合わせられるとうそぶいていた。ウィリーは昔のクラスメイトをつけていった。ヴィレッジを横切って、ブリーカー・ストリートのメキシコ料理店へ。彼は店内へと消え、ほどなく窓辺の席に現れた。彼女がすぐ外の歩道に立って見ていることには、まったく気づいていない。通りに目を向けたときも、彼女には消火栓程度にしか注意を払わなかった。

彼は相変わらず美しかった。

これだけの年月を経てもなお、自分が何をしてやったか彼が知ることはないのだと思うと、腹立たしかった。そうして窓の前に立っていると、またひとり、お客が店内に駆けこんでいき、ずっと奥の厨房《ちゅうぼう》に近いところへと向かった。なぜハンフリーの妹は、店でいちばん悪い席を確保したがるんだろう？　もっとよい席がいくらでも余っているのに。

フィービ・ブレッドソーは背丈こそ昔よりあるものの、まだ子供時代の赤んぼじみた丸っこさを引きずっている。それに、窓辺の若者への片思いからまだ卒業していないのも明らかだ。

彼女は、トビー・ワイルダーを遠くからこっそり見つめるために、照明が最悪な席に着いた。情けない。

ウィリーは店内に入って、その僻地の席へと向かい、大好物の表情——生々しい恐怖がフィービの顔に浮かぶのを目にした。相手の女に対するこの支配力を楽しみつつ、彼女は椅子にすわった。いや、こんなの女とも言えない。いつまでも成長しない鈍重な女子児童だ。「なんなのよ、それ？」

フィービが手で覆い隠すより早く、ウィリーはその金《きん》のライターをつかみとった。「タバコなんて、あんた、吸ったことないよね。そんな度胸ないでしょ。きっとあたしだって吸わなかったよ。グレイスが母親だったらさ」

「返して！」ハンフリーの妹は必死でライターに手を伸ばした。彼女にとって、これは大事なものらしい。

ウィリーは校庭のいじめっ子のゲームを始め、それを高く掲げて、手から手へと放った。それから、もっとじっくりその戦利品を眺めた。それは重たく——なかまで金でできていた。表面の細いすじは、最初は傷に見えた。二度目にそこに目をやって、彼女はそのライターを以前どこで見たかを思い出した。表面の彫刻は、当時はもっと深かったし、その日付はもっとはっきり読みとれた。彼女の生まれた年——ただし、月と日はちがっている。

笑みを浮かべ、ウィリーはトビー・ワイルダーにちらりと目をやった。金属に刻まれているのは、彼の誕生日にちがいない。フィービに視線をもどすと、彼女は相手の手が届きそうで届かないところに金のライターを掲げた。「これをどこで拾ったか、あたし知ってるよ。《ランブル》で見つけたんだよね。あんた、これを取りに引き返したんだ」

それは――トビー・ワイルダーが小道に落とした、彼の指紋の残るそのライターは、例のアル中の死体のそばで見つかることになっていた。ライターを仕込むというのは、ハンフリー・ブレッドソーの思いつきだ。あの馬鹿め。彼は警察にはあらゆる人間の指紋が――小中学生のも含め――ファイルされているものと考えたのだ。

「これが誰のライターか、あたし知ってるよ」ああ、この激しい恐怖の表情は、すごくいい――ほとんどオルガズムだ。そしてウィリーは、もっとほしかった。席から立ちあがり、くるりと向きを変えると、彼女はフロアの反対側の昔のクラスメイトに顔を向けた。「ちょっと、トビー！」彼がこちらを見た。背後でギギッと椅子をずらす音がした。つづいて、ドタドタと出口に駆けていくフィービの足音が。

でも、トビー・ワイルダーの注意をとらえているのは、ウィリーのほうだ。ついにやった――もっとも、彼は軽い好奇心を抱いているにすぎないようだが。彼女はトビーに向かってライターを放り投げた。彼はそれを空中でつかみとって見つめた。そしていま、もっとじっくり観察し、自分の目を信じられずに、首を振っている。金に刻まれたかすかな日付がよく見えるよう、彼はライターを窓の光にかざした。そして、席から立ちあがりつつ、こちらを振り返ったが、ウィリーはすでにドアに到達し、外に出ようとしていた。大笑いしながら。追いかけっこが始まった。

チュウ巡査はジレンマに陥《おちい》っていた。ウィリー・ファロンを保護することにさしたる興味はない。しかし、それは確かに警官の職務だ。その一方、彼女はどう見ても危険にさらされた女性には見えない。あの女は何歩か走ってはうしろを振り返り、長髪の若い男に笑いかけていた。男は彼女を追いかけ、マクドゥーガル横丁を走っていく。すばしこいヴィレッジの住人たちは煉瓦《れんが》の壁や商店のウィンドウに貼りついたが、観光客のなかにはボウリングのピンよろしく転倒する者もいた。アーサー・チュウは走るふたりを追ってワシントン・スクエア・パークに駆けこんだ。そして、そこで高速鬼ごっこが始まった。

狂気じみた笑みをたたえ、ウィリーは噴水の縁を回って向こう側へと走った。一方、追跡者はその大きな池を突っ切って、水のなかをザブザブと進みだした。その体が池の内壁や中央の泡立つ塔から噴き出す水のアーチでずぶ濡れになっていく。反対側にたどり着いたとき、彼はウィリーに手が届くところに迫っていた。ところがここで、勘ちがいした親切な来園者が走る男に足を引っかけ、追跡を阻止した。哀れな男は片膝をつき、コンクリートに骨をぶつけて身をすくめた。明らかな勝者、ウィリー、および、チュウ巡査は、レースの敗者がどうにか立ちあがったときには、すでに姿を消していた。

ローランド・マンは——彼自身の顔はそこまでこの町で知れているわけではないのだが——セレブたちをさがすパパラッチがまず現れそうにないエリア、コロンブス・アベニューと西八十六番ストリートの角の歩道に立っていた。彼が到着してから、南行きのバスがすでに四台、この待ち合わせ場所を通過している。

ウィリー・ファロンはそんなにも遅れているのだ。

人がふたり彼の隣に立った。両者とも観光客だ。合法的に交差点を渡るべく歩道で待つという行動により、彼らは自らの正体を明かしていた。その羊の目は手を象った赤信号に釘づけだ。それは彼らに、動くな、と命じている。

真のニューヨーカーたちは車道に立ち入り（信号なんぞ糞くらえだ）、車の流れが途切れるのを待っている。彼ら地元住民は、歩道から三歩のところで身構え、縁石にへばりついた意気地なしのよそ者どもより有利な位置にいることに満足していた。そして、歩行者対ドライバーのこの進行中の戦争では、ニアミスで相手を脅かすことができた場合、得点が入るのだ。

ティーンエイジャーの女の子がひとり、角に近づいてきた。イヤホンによって音楽に接続され、周囲の状況にはまるで気づかず、彼女は歩道から足を踏み出した。奇麗な子だ。そうでなければ、ローランドは目を留めなかっただろう。そしていま、彼の視線の先には、南行きのバスも見えた。それは交差点の車線を突っ切り、コロンブス・アベニューを猛スピードで走ってくる。ウィリー・ファロンを待つ長い時間のあいだ、ほぼ十分ごとにそうしてきたように。

ティーンエイジャーはイヤホンの音楽に合わせて歩いており、バスにはまったく気づいていない。その進路に、少女はまっすぐ入っていく。恐怖の一瞬。少女が死ぬことが彼にはわかっていた。バスが彼女に迫る。あと千分の一秒。フロントガラスの虫のどろどろのように、彼女は轢《ひ》きつぶされるだろう。

バスは巨大だった。それはぐんぐん近づいてきて、彼の視界をいっぱいにした。

油染みたつなぎ服の中年男が手を伸ばし、少女の襟首をつかんで一歩うしろへ引きもどした。金属の巨獣は、ブレーキをきしらせ、少女から数インチ——ほんの数インチのところを通過した。そしてそれは、彼女が死んだはずの地点からさらに六ヤード進んでようやく止まった。空気中にはゴムの焼ける異臭が漂っていた。運転手はバックミラーにすばやく目をやり、安堵のため息をついた。それから、バスはゆっくり進みだした。三人の歩行者が足を止め、拍手喝采した。これは、臨死体験を目にしたときの習い。ここは劇場の町なのだ。

ショーは終わり、観客は四方に散った。ティーンエイジャーの女の子はただその場に立ち尽くし、去っていくバスを見つめるばかりだった。ショックが襲ってくるのとともに、その目がぼうっと霞んでいく。とここで、あのつなぎの男、彼女の救い主が、つかんでいたブラウスを放して言った。「ああくそっ、悪かったな、お嬢ちゃん。いったいおれは何を考えてたんだ?」

少女は振り返って、命の恩人を見つめた。え?

ヒーローは〝この馬鹿め〟というように、自分の頭をたたいた。「あのバスにぶつかってりゃ、あんたは一生安泰だったのにな」少女は意味がわからず、首を振っている。彼女はまだ自分がそこに立っていること、生きていることに驚いているのだった。男は道を渡りはじめ、彼女に別れの手を振って言った。「ごめんよ、お嬢ちゃん」

その善きサマリア人の自責の念は理解できる。市バスがらみの訴訟は、数百万ドルの利益をもたらしただろうから。しかし重量数トンの転がる鋼鉄に直撃されたなら、あの少女に生き延びるチャンスはなかったはずだ。

　角で待つよう指示されたにもかかわらず、ローランドは歩道から足を踏み出し、三歩、車道に進入した。そして彼は、そこでウィリー・ファロンを待った。

第三十八章

校長先生は、ポッターズ霊園の浮浪者たちが防腐処置をされるのかどうか知らなかった。ぼくは校長に、これは重要なことなんです、と言った。担任の先生にはもう訊いてみたけど、あの先生もやっぱり知りませんでした。だからぼくは校長先生のところへ寄越されたんです。それから、こうも言った。防腐処理されてなければ、あの死んだアル中はどろどろに溶けてしまいます。それでぼくは困っているんです。どれくらいの速さで腐敗が進むのかわからなかったら、毎日毎日、あの人の姿を目に浮かべることができないから。

校長先生は立ちあがって、校長室から出ていった。何時間もしてから、学校の終了時に、校長先生の秘書がまだそこにいたぼくを見つけた。秘書はぼくに、うちにお帰り、と言った。ぼくは、あそこまではたどり着けないと思います、と言った。すると秘書は、母さんに電話して、ぼくを迎えに来させた。

うちに帰る途中、ぼくは六つのときしていたように母さんと手をつないだ。

アーネスト・ナドラー

ウィリー・ファロンが指定の場所に到着したとき、ローランド・マンはすでに彼女に見切りをつけたかに見えた。道を渡ろうとしているのか、タクシーを止めようとしているのか、彼は車道に立っていた。彼女は歩道から声をかけた。「ねえ!」彼はちらりと振り返ってから、つぎつぎ流れてくる車のほうに顔をもどした。

「どこに行く気?」ウィリーは歩道から足を踏み出し、車道の彼に合流した。マンはほほえみ、優しい叔父のように彼女の肩に手をかけた。これによって、第一の警報が作動した。

気味の悪いやつ。

ウィリーはマンの手を振り払うと、肩をそびやかし、彼をにらみつけた。しかし彼の目は、近づいてくるバスに注がれていた。市バスではない。馬鹿でかい二階建ての観光バスだ。ふたりそろってぺしゃんこにならないよう、彼女は咄嗟《とっさ》に一歩さがろうとした。とそのとき、マンの手が腰のくぼみをそっと押さえた。

ああ、くそっ! このくず野郎! 嘘だろ!

自主自衛の精神で、彼女は相手の睾丸《こうがん》をぎゅっとつかんだ。もっとも、どのみちこうするつもりではあったのだが。あまりの痛さに、マンは体を折り曲げた。男どもはみんなそうするのだ。そしていま、なんの苦もなく、ズボンの尻へのひと蹴りで、彼女は丸くなった男の体をバス専用車線へと送りこんだ。

キキーッ、ドスン、そして彼はあの世に行った。

ウィリー・ファロンが事故現場から姿を消す前、目撃者のひとりは、「ド素人が」という彼女のつぶやきを耳にしていた。

しかし、その観光客の第一言語はデンマーク語なのだ。チュウ巡査は、これは聞きちがいだろうと思った。それでも、私服警官たちはその言葉を手帳に書き留めた。制服警官二名は、観光バスの他の乗客からカメラを集めた。そして目下、殺人セレブの逮捕に向けて、市の全域で捜索が行われている。

こうして、アーサー・チュウの尾行の任務は終わり、ニューヨーク市警における彼の出世の最高のチャンスも潰えた。この大失策のあととなると、市警は重大犯罪課の刑事たちの靴磨きさえ彼には任せないだろう。

チュウはすでに地元の警察に目撃証言を提供しており、目下、携帯電話でマロリー刑事のために再度、同じ話をしているところだった。バスの前面の血の汚れに目をやって、彼は言った。「ええ、そうですよ。本当に死んだんです」彼は、市警長官代行はミス・ファロンに言い寄ろうとしたのだと説明した。それであの女性は腹を立て、仕返しをしたんです――ニューヨーク流に――相手のタマを使って。ああ、それにもちろん……バスも使いましたけど。

トビー・ワイルダーがドアを開けると、そこには彼女がいた。あの痩せっぽちの黒髪女、彼に金のライターを放ったやつが。その目は異様にきらきらしており、肌は上気していた。興奮した様子で、彼女は言った。「入れて」

いいとも。

彼が脇に寄ると、女は居間に入っていきながら訊ねた。「お酒はどこなの？」

彼はグラスをふたつゆすぎ、ワインを注いだ。キャップでなくコルクの栓のボトルのやつだ。グラスを持ってキッチンからもどると、お客は勝手にカウチにすわっていた。背もたれのクッションに両腕を伸ばし、両足はコーヒーテーブルに乗せている。

彼は女にグラスを手渡した。「あんた、いったい誰なんだ？　あのライターをどこで手に入れた？」

「あたしを覚えてないの？」女の口調は、あたしがわからないなんてどういうこと？と訊ねていた。

トビーは首を振って、さっぱりわからないと伝えた。女がそれを信じていないのを彼は見てとった。彼女はバッグに隠し持っていた錠剤を差し出した。彼はことわった。「いらないよ」

これもまた、彼女を驚かせた。

最後に飲んだオクシコドンで、彼はまだ高揚している。いまは、快感に飢えてもいなければ、酔ってもいないのだった。彼が大量に薬を飲むのは夜の時間帯だ。そのあとは、夢のない眠りを保証する錠剤のみ。そして朝は、他のどのドラッグより好きな痛み止め。これは発汗を伴う震えと吐き気を撃退する。ランチは一時。そのあとには、また、飲むべき錠剤がある。彼は彼なりのルーティンでやっている。それは決して変わらない。毎日は同じ日の再現——これまではそうだった。

女はぐうっと一気にワインを飲み干し、空になったグラスを彼に手渡した。「もう一杯お願い」

いいとも。

彼はボトルを持ってきて、女のグラスを再度満たした。向き合ってすわると、女はいろいろな名前を会話に放りこんできた。ドリスコル校、ハンフリー、アギー――思い出すよう促しているのか、あるいは、嘘を見抜こうとしているのか、どの名前も最後は質問風に尻上がりになる。

ようやく、話がライターにもどった。彼はワインをちびちび飲みながら、女の質問に答えた。ただ、女のほうは彼が何を訊いても答えなかったが。「うん」彼は言った。「家宝と言ってもいいだろうな」彼はシャツのポケットからライターを取り出して、そのエッチングを見おろした。それはすでにすっかり薄くなっており、数字はほとんど読みとれない。「この日付は、ぼくの生まれた日に父が彫りこんだんだ。父さんはこのライターが大好きだった」これをジェス・ワイルダーに遺したのは、その父親――家族を捨てたもうひとりの酔いどれだった。「父は母にこれをあずけた」

父さんは自分がライターを質に入れてしまうのを恐れたのだ。彼は飲み代を払うために、自分の持つあらゆるものを質に入れていた。だが、このライターだけは別だ。これだけは。トビーの母は、彼が一族の習わしを理解できる年齢になると、息子にこれを与えた。我が子を捨てて逃げ出す前に、その子に金のライターを遺すように、と。

訪問者がこう言ったとき、その声は遠くから聞こえてくるようだった。「あんたがそのライターをなくしたときのこと、あたし覚えてるよ。《ランブル》のあのイカレた浮浪者、あんたを殴った男――あいつがあんたからそれを取ろうとしたんだよね？」

「いや。ぼくは彼にライターを返そうとしていたんだ」呂律が回らない。変だ。彼はグラスを凝視した。「それじゃ、きみはあの日あそこにいたんだね」この新事実はもっと興奮をもたらすはずだ。だが、彼は朦朧としていた。ワインに酔ったのではない――彼は一日じゅう飲んでも、酔いなど感じない。呼吸は遅く浅くなっており、やがて――完全に止まった。恐怖の十秒間、彼は空気を求めてあがいた。ふたたび呼吸ができたときは、心臓発作のさなかのように鼓動が激しくなっていた。

「このあばずれ、クスリを盛ったな！」

コーヒーテーブルの上に、蓋の開いたオクシコドンの瓶が載っている。彼はそれをつかみとり、残っていた二錠をてのひらに出した。ワインには何錠、入っていたんだ？　女に手を伸ばすと、彼女はひょいと立ちあがり、笑いながら踊るようにカウチから離れていった。ひっくり返ったグラスの残り滓が、血飛沫《しぶき》さながらにカーペットに飛び散った。


廊下の先の刑事部屋は騒然としていた。いくつもの電話が鳴り響き、刑事たちは大声でどなりながら、ウィリー・ファロンの手がかりを追っている。しかしここ、捜査本部の室内は、ひっそりしていた。「ニュースでは、例の件を交通事故として扱っています」ジャック・コフィーは言った。

「いいぞ」刑事局長は言った。「警官たちが民間人のカメラを残らず集めたことを願うとしよう」ジョー・ゴダードは警部補と並んで歩きながら、コルクの壁の最新の展示物を眺めた。これら観光客の写真の多くは、事故死の可能性を完全に打ち消していた。その隣には、ローランド・マンの秘書からファックスで送られてきた一連の電話のメモが留めてあった。

「ここが始まりよ」マロリーは、尾行役の警官が携帯で撮った写真のひとつをたたいた。それは、その日、ウィリーがグレイス・ドリスコル - ブレッドソーを訪ねたときのもので、あの女がふくれあがったバッグを手に邸から出てくる場面が写っていた。「グレイスはウィリー・ファロンを見るのもいやだと公言している」

「そこでおれはあのご婦人に電話した」ライカーが言った。「あんたたちはキスしあって仲直りしたのかって訊いてみたんだ」彼は鋲《びょう》を口に含み、コルクに写真を留めながら、しゃべっていた。「ミセス・ドリスコル - ブレッドソーによると、ウィリーはただ、あのご婦人の愛しい変態息子のことでお悔やみを言いに寄っただけだそうだ。だがおれたちは、グレイスが彼女をロケットマンにけしかけたものを見ている」つぎの展示物も、チュウ巡査の写真だった。「タクシーでひとっ飛びしたあと、このとおり、ウィリーはポリス・プラザの正面に立っている。アーティ・チュウの話だと、リポーターどもがふたりに迫ると、ロケットマンは逃げ出したそうだ。そして、この写真。ウィリーは携帯電話を持っている」

「彼女はロケットマンの事務所に三回電話した」マロリーは壁の前をぶらぶらと歩いていき、

マンの秘書、ミス・スコットからのファックスの前で足を止めた。「ウィリーは名前を言う必要を感じなかった。彼女の最後の伝言は、〝電話を寄越せ、さもないと〟よ」

「秘書の話じゃ、マンはその伝言に動揺してたそうだ」ライカーが言った。「そのあとウィリーは、盗難届の出ている携帯電話から連絡を受けている。マンの使い捨て携帯のひとつにちがいない。そうしてふたりはアッパー・ウェストサイドで落ち合った」

マロリーはチュウ巡査の最後の写真をたたいた。それは、車道に立つローランド・マンとウィリー・ファロンをうしろからとらえていた。「このとおり、マンは彼女の腰に手を当てている」つぎの写真は、ネブラスカの観光客が撮った前から見た図だ。その人物は、おもしろくもないそのエリアを写真を撮《と》る価値のある名所と勘ちがいしたのだ。「この写真では、ロケットマンは向かってくるバスを見て、タイミングを計っている」つぎの一枚は、たたきつぶされた遺体を写した地元の署の写真だ。「でもウィリーのほうが早かった」

「そして、彼女は正当防衛で罪を免《まぬが》れるわけだ」ジョー・ゴダードが言った。

「殺人です」マロリーが言った。「グレイス・ドリスコル‐ブレッドソーがマンをはめたんですよ。彼女はウィリーを銃のように彼に向けたんです」

「だが、立証はできん」刑事局長は、アッパー・ウェストサイド署から転送されてきたチュウ巡査の目撃証言を読んでいた。「きみらの尾行の刑事は、ロケットマンがウィリーに言い寄り、それであのあばずれが逆上したものと考えている。彼女の弁護士もその線で進めるだろうよ」

「ウィリーは人を殺したんですよ」ライカーが言った。「われわれは、これが最初だとは思ってませんしね」

「ウェストサイド署はこれをバスの事故として扱う」ライカーを黙らせたところで、ゴダード局長は突然、命令系統を思い出し、警部補に顔を向けた。「ジャック、きみの部下たちには一点に集中してもらいたい。ミセス・ドリスコル－ブレッドソーにはかかわるな。現時点におけるわたしの関心事は、《ランブル》の殺しだけだ。トビー・ワイルダーには復讐といういい動機がある。彼を〝断食芸人〟事件で逮捕しろ――それで、われわれの仕事は完了だ」

われわれ？

これはライカーには受け入れられなかった。彼は対決姿勢で足を踏ん張り、刑事局長とにらみあった。

コフィー警部補は部下の目をとらえた。用心してくれ――彼にはそう念じることしかできなかった。

マロリーが相棒とゴダードのあいだに割りこんで言った。「それでいいと思いますよ、局長。最有力容疑者を放置するという点――それと、トビー・ワイルダーに罪を着せるという点をのぞけば」

警部補は凍りつき、局長が彼女を階級の奈落に突き落とすのを、または、クビにするのを待った。まるで、マロリーに弾丸が撃ちこまれるのをスローモーションで見ているようだった。ジャック・コフィーにはずっと前から、いつかこの瞬間が来ることがわかっていた。彼女はイカレているのか？　そう、まちがいない。なおかつ、彼女は正しい。コフィーは恩給にさよならのキスをし、前に進み出た。

しかし、この快いアドレナリンの噴出は、まったくの無駄だった。ジョー・ゴダードにマロリーは見えていなかった。彼女は存在しないのだ。彼は、マロリーの背後の男に目を据えていた。「きみたちが決めることだ。きみたちの事件だからな」それからごく穏やかに、ポケットに手を入れて、局長はぶらぶらとドアに向かった。

ジャック・コフィーは奇妙な失望を覚えた。そしてつぎに、疑いが湧いた。

マロリーも思いは同じらしい。退却していく局長の背中を見つめながら、彼女は相棒に言った。「あなた、あいつのどんな弱みを握っているの？」


ウィリー・ファロンは、自分がお尋ね者になっている可能性、自分の残した痕跡が警察に見つかった可能性など、考えてもみなかった。トンマなおまわりども。だから彼女は少しもあわてずに、トビー・ワイルダーを眺めていた。彼は酔った目をしてよろめき歩いている。その瞳《どう》孔《こう》は、不気味な青い虹彩《こうさい》の広がりのなかの小さな点と化していた。彼は肘掛け椅子にドスンと不時着した。

室内の引き出しや戸棚をすべて、彼女は気長に調べたが、闇のドラッグはそれ以上見つからなかった。出てきたのは、空の瓶ばかりだ。トビーはまちがいなく常習者だが、彼の薬はどれも痛み止めや睡眠薬で、快楽目的のもの、楽しいものは一切見当たらなかった。ウィリーはふたたびカウチにすわり、壊れたテレビ画面に目をやった。電源を入れてみる。音はまだ出た。

「じゃあこれが、一日じゅうあんたのしてることなの？　テレビを聴いて、酔っ払ってるだけ？」

トビーはハイになり、空を飛んでいた。でも、耳はちゃんと聞こえている。その一方、テーブルのまわりでもう一度、追いかけっこをやれる状態ではない。彼にはただ、椅子から身を乗り出し、糾弾するように手を突き出すことしかできなかった。「あの日、きみは《ランブル》で何をしてたんだ？」

ウィリーは満足の笑みを浮かべた。彼はいくらかおとなしくなっている。ただし、ぜんぜん死にそうにないが。どうやら自分は彼の致死量を見誤ったらしい。ああ、そりゃそうだ。彼女はぴしゃりと額をたたいた。馬鹿。馬鹿。常習者の耐性を考えるのを忘れていた。

彼女はもう一度、ゆっくりとうちのなかをめぐり歩き、殺傷力のありそうなものを確認していった。キッチンにはナイフが複数あった。これはだめ――まわりじゅうぐちゃぐちゃになる。ああ、でも外の廊下には急な階段があったっけ。首の骨を折らせるとか？　そう、それならきっとうまくいく。ローランド・マンに大きな感謝を。彼のおかげで、事故を装って殺すコツはもうつかめている。ウィリーは玄関のドアを開けた。階段まではすぐだった。残る問題は、ここからあそこまで、どうやってトビーを移動させるかだ。

「つまり、あのアル中があんたの父親だったのね？　それじゃあたしたち、ほぼおあいこってことじゃない？」

グレイスは完全にまちがっていた。ローランド・マンが〝断食芸人〟だったはずはない。彼女を殺す企てとして、バスを使うあのやりかたはすごく下手くそで、場当たり的だった。《ランブル》でのハンフリーとアギーの殺害——あれは明らかにちがう種類の殺しだ。「わかってるよ。あれはあんたがやったんだよね」

トビー・ワイルダーは首を振った。理解できずに——朦朧として。

ウィリーは手を伸ばし、金のライターを彼の手から奪い取った。楽勝だ。彼の反射神経は鈍っている。ウィリーは餌として、光り輝くルアーとして、それを差し出した。開いたドアのほうに彼女があとじさっていくと、トビーはのろのろと立ちあがった。

「いい子ね」ウィリーは外の廊下にするりと出て、彼に呼びかけた。「あんたの父親を殴り倒すとき、ハンフリー・ブレッドソーは石を使ったんだよ。それから、同じ石で膝の皿を打ち砕いて、それっきり立ちあがれないようにしたんだ」トビーは彼女に向かってきたが、その動きはあまりにものろかった。これじゃ丸一日かかってしまう。「ハンフリーったら骨の折れる音を気に入っちゃってさ……それであんたのパパの両腕を折ったの。あの浮浪者の歯に蹴りを入れたのは、あたしだけどね」

トビーはドアの外に出てきて、廊下の、階段に近いところに立っていた。ウィリーは何段か下におりた。彼のうしろに回りこみ、軽く背中を押すのは、すごく簡単だろう——ところがトビーは勝手に倒れた。ウィリーは壁に貼りつき、転げ落ちていく彼をやり過ごした。すぐ下の踊り場で、彼はあおむけの状態で止まり、うめき声をあげた。

まだ死なないの？　まあ、いいか。階段は余分にある。

トビーは呆然としている。ウィリーはその脇を踊るように通り過ぎ、下の階までおりていくと、立ち止まって、彼に呼びかけた。「あんたを見てると、ハンフリーに骨を折られたあとのあんたの父親を思い出すよ。あいつ、もうぜんぜん動けなくてさ、ただ倒れて……悲鳴をあげてるだけだった」

トビーはつぎの階段まで踊り場を這っていくと、どうにか立ちあがって中腰の姿勢になった。そしていまは、彫像のように動かない――まだすべてをのみこめずにいるとか？　今度は、いい方向に押してやらなきゃ――ちゃんと首の骨が折れるようにしなきゃならない。ウィリーは階段をのぼっていき、彼の背後に回った。それは優しい突きではなく、彼女はトビーの頭蓋骨が木の段々にぶつかる音に大いに満足を覚えた。

あら、やだ。

まだ生きているばかりか、今回、彼は痛みさえ感じていないようだった。まったくヤク中ときたら――連中の骨はゴムでできているのだ。たぶん彼は一日じゅう階段でバウンドさせても、深刻なダメージを受けないんじゃなかろうか。

ウィリーは下の階までおりて、トビーの体をまたぎ越した。彼の手が伸びてきて、彼女の脚をつかむ。のろすぎたし、遅すぎた。彼女はひょいと彼をよけ、建物の出口まで進んだ。そしてここで、ある考えがひらめいた。ド素人からの死の教え。でもトビー・ワイルダーにバスは使えない。ゴムの骨を持つこの若者は、バウンドするだけかもしれない。

おつぎはどうつついて、奮い立たせてやろうか？　「ああ、あのアル中の悲鳴ときたら、ほんと、すさまじかったな。あたし、あいつの歯を蹴って、口から吹っ飛ばしてやったの。両膝の皿を割られ、腕も両方折られ――あいつはただ、そこに倒れてこらえているしかなかった。あたしの靴なんかもう血だらけだったよ」

トビーは泣いているんだろうか？　そう、それに動いている。そして、ついに立ちあがった。えらいぞ。ウィリーはうしろ向きのままドアを通り抜け、外の道に出た。「まあ、聴いてよ。アギー・サットンがあいつに何をしたか。〝噛みつき魔のアギー〟がさ」

第三十九章

いま、それはささやきによる戦いとなっている。痣《あざ》や噛み痕はもうない。夕食のとき、殺害予告のことを話すと、ぼくの言うことは、頭のおかしいやつの言葉みたいに聞こえる。母さんは今夜、ワインをぐっと一気に飲み干した。そんな飲みかたをする母さんを見たのは初めてだ。父さんは言う。「子供のおふざけだろう。言葉は無害だよ」

「あいつらは《ランブル》であのアル中を殺してる」ぼくは言った。「きっとぼくも殺されるよ」

父さんはうんざりし、ナプキンをたたんでテーブルに放った。そしてそのまま部屋から出ていき——ぼくを見捨てた。

アーネスト・ナドラー

全課員が電話に向かい、情報をさばいていた。ウィリー・ファロンらしき人物が目撃された各管区からつぎつぎと連絡が入ってくる。

「その女はきみを去勢しようとしたかい？」ライカーが電話の相手の警官に訊ねた。「しなかった？　それじゃたぶん別人だな」別の警官がある事件の報告書を読みあげたときは、彼はもっとじっくり耳を傾けた。それは、女のバッグに手を入れたのを見咎められたティーンエイジャーに関するもので、その少年が悲鳴をあげたことにも触れていた。複数の目撃者によると、地下鉄の構内を逃げていきながら、少年は股間を押さえていたという。

この話で唯一ひっかかるのは地下鉄という点だ。ライカーはウィリーをタクシーやリムジンを使うタイプと見ていた。だが、タマをつぶすという手口は無視できない。

ジェイノス刑事は、携帯電話会社から取り寄せた最新の通話先に目を通していた。それから彼はかがみこんで、マロリーが携帯電話のアンテナ塔が送り出す位置特定の信号を追跡するのを見守った。「だめかい？　彼女、地下にもぐったんじゃないかな——たとえば、地下鉄の構内に？」

「それだ！」ライカーはそう叫ぶと、地下鉄構内で行われた去勢、すなわち、ウィリーのトレードマークに関するやりとりにもどった。

マロリーがコンピューターから顔を上げた。「電話がまた地上に出てきた。ブロンクスの地下鉄の路線の近くを移動している」

ジェイノスは画面上のその位置にいちばん近い警察署に連絡し、内勤の巡査部長に座標を教えた。彼は送話口を手で覆って言った。「そこは学校の校庭らしい。三十秒のところにパトカーが一台いる」

マロリーは首を振った。「ウィリーはブロンクスへの行きかたすら知らないんじゃない？

たぶん、携帯はなくしたか捨てたかね」

ライカーがどなった。「いや、それは彼女だ！　痩せた黒髪女が地下鉄構内で掏摸《すり》に遭っているんだ！」ライカーはまだつながっている電話を掲げた。「そしてこの警官は、犯人は一生、子供を作れんだろうと言っている。その女はウィリーだよ」

「しくじったな」ジェイノスがブロンクス署との通話を切った。「連中がいま、問題の校庭でティーンエイジャーをつかまえた。ウィリーの携帯は彼が持ってたよ。盗んだんだそうだ」

トビー・ワイルダーは地下鉄の階段のてっぺんで、また人の気を引いている。でも、親切なひと押しで早めに下までおろしてやるには、ここは人目が多すぎる。

ウィリーは踊るように彼に歩み寄った。手が届きそうで届かないところまで。そうして、大きく手を伸ばし、ライターを差し出した。「アギーはあいつの体じゅうに嚙みついたんだよ。顔から肉をひと塊、食いちぎって、吐き出してた。あんなことをするなんて、ほんとびっくり。あんたのパパったら、ひどいにおいだったもの。酒とおしっことうんこみたいな。アギーにあちこち食いちぎられて、あいつ、すごい悲鳴をあげてたよ」

トビーは前にのめり、石の階段を転がり落ちそうになったところで、どうにか手すりをつかんだ。彼にはもっと励ましが必要らしい。

ウィリーはそれを与えた。「あいつが死ぬまでには、ずいぶん時間がかかったよ。ハンフリーのパンチなんて、女の子並みだしね。彼の拳骨《げんこつ》じゃ大したダメージは与えられない。だから彼はもう一遍、石を使ったの――それから、もう、もう一遍。あんたのパパはただ、すごい悲鳴をあげてた。口のなかは血でいっぱい。アギーの噛んだところからも、血が出てたよ。それがいつまでもいつまでもつづいたの」

トビーの動きが速くなった。彼は階段を下りていく。その心の均衡はくずれ、目は涙で見えなくなっていた。

ゴンザレスがどなった。「アーティ・チュウが名誉挽回したぞ!」刑事はすばやくブレザーをはおり、他の連中もただちにこれに倣《なら》った。彼は叫んだ。「ドライブだ!」

男たちがデスクの引き出しから銃を取り出し、ホルスターに収めているあいだに、ゴンザレスは刑事部屋の奥の警部補に向け、報告のつづきを行った。「アーティはグリニッチ・ヴィレッジのレストランまで引き返したんです。ウェイトレスのひとりが、ウィリーを追って店を出た男がトビー・ワイルダーであることを確認したそうです。そこで彼は、トビーのアパートメントを訪ねてみました。すると、ドアは開けっぱなし、うちはもぬけの殻だったわけです。そのあと彼は、ご近所さんに話を聞き、携帯の写真を見せました。ウィリーはそこに行っていました。あのふたり――彼女とトビーはいっしょに出ていき、東へ向かったそうです。うちのアーティもいまそっちに向かっています」

他の課員たちは縦一列でドアを通り抜け、バタバタと階段を下りていった。ライカーはアーサー・チュウと電話で話しながら、署の一階に着いた。「ふたりがいい仲に見えたか、近所の人たちに訊いたか？……そう、カップルみたいだったかどうかだ」彼は送話口を手で覆って、かたわらを走るマロリーに言った。「ご近所さんのひとりによると、ウィリーは先導してたらしい。トビーのほうはよろけながらのろのろ歩いてたそうだ。その人は、あの若者が酒かクスリでぐでんぐでんに酔ってたものと思ってる」

彼がどうやってバランスを保っているのか、ウィリー・ファロンは不思議に思った。プラットホームの縁はまだまだ先だ。彼女はトビーに顔を向け、うしろ向きに歩きながら、彼が勢いを失わないよう、ごくふつうの会話口調で、醜悪なことを言っていた。「あたしたち、見てたんだ。あんた、自分のパパを《ランブル》に置いてったよね。パパはなんであんたが助けにもどってこないのかって思ったんじゃない？　あたしたちがパパを襲ったのは、あんたが行っちゃってだいぶしてからだけど――パパにそれがわかったかな？　パパの脳みそは相当、混乱してたもんね。パパは、歯を折られ、血まみれになりながら、助けを求めて叫んでたよ。そのあいだもアギーは、嚙みつきつづけたし。あいつ、生きたまま喰われちゃうって思ったんじゃないかな」

ライカーは車の隊列の先頭にいた。これも、スピード狂の車に同乗する者の役得。マロリーは西八番ストリートでエンジンを切った。チュウ巡査はそこで、道行く人々に携帯電話の写真を見せながら聞き込みをしていた。そしていま、彼らは手がかりを得た。歩行者のひとりが、地下鉄の入口のほうを指さしたのだ。

マロリーは急いでチュウに命令を下した。「四番ストリートに走っていって、あの入口を見張るのよ。他の課員もいまこっちに向かってる」

ライカーは走り去る尾行係の背中に向かってどなった。「みんなに電話しろ、アーティ！　全員、スピードを上げろってな！」そして彼は、相棒とともに地下に入った。彼が上の階を引き受け、彼女は下の階をめざし階段を駆けおりていった。

ウィリーは地下鉄のこの駅を候補として考えていた。ここでは、一部の列車が単線を走っている。転落したお客には逃げ場がない——列車とホームのあいだにまったく隙間がないのだ。向こう側のタイルの壁に貼りつけば、第三軌条で感電死する。このほうがバスを使うより確実だ。タイミングさえ合えばだが。

トビーはホームの際《きわ》をよろよろと歩いていた。乗客はこの時間帯はまばらで、長いホーム全体に散らばり、緑に塗られた太い鋼鉄の支柱のあいだに点々と立っている。そこここで、お客たちがつつきあい、暗いトンネルの奥を指さしはじめた。そこには、近づいてくる列車の小さく燃える光があった。広い間隔で立つ鋼鉄の柱のあいだに見え隠れし、ホーム際をよろめき進む若者を見ている者はいない。だが、トビーの手が届きそうで届かないところをうしろ向きに歩いていくウィリーのほうは、人目を引きそうだ。だから何？　うしろ向きに歩くのは別に犯罪じゃない。

「落っこちないでよ」彼女はトビーに言った。それは心からの言葉だった。「さあ、しっかり」

いまはだめ——あともう少し。

トンネル内の光はまだあまりにも小さく、あまりにも遠い。もし、いますぐ線路に転落したら、どこかのお節介焼きが彼を引っ張りあげてしまうだろう。

トビーが足を止め、柱にぐったりもたれかかった。その目がぐるりと上に向き、低い天井を凝視する。彼は死ぬほど酔ってはいないが、生き延びられるほど覚醒してもいない。ウィリーは反撃を恐れてはいなかった。彼にやられるわけはない。ここまで来ればもう。彼はそれほどへたばっていた。ウィリーは彼に歩み寄り、その腕をつかんだ。それから、ホームの縁から身を乗り出してトンネルの奥をのぞいた。光は前より明るくなっていた。彼女には列車の形が見えた。巨大なそれが突進してくるのが。トビーはあと二歩で線路に落ちる。

彼女は彼の背を押して、うしろにさがった。「電車を逃さないで」

彼が前に倒れていく。一方の足はホーム上、もう一方の足はレールの上の宙にある。もうちょっとだ。投げキスの息だけで、彼は向こうに落ちるだろう。

どういうこと？　トビーがヒュッとうしろ向きにもどってきた。いったいぜんたいどういうことよ？

ホームの彼方では、列車がトンネルの口を満たしている。

そして、数歩先では、マロリーがぐったりしたヤク中の腕をつかみ、ホームの縁から引きずりもどしていた。刑事はその重たい荷を放り出した——優しくない放りかただ。ウィリーは彼女の照準のなかにいた。マロリーが襲いかかってくる。そしてさらに、階段からも警官がなだれこんでくる。逃げ道はない。隠れる場所もない。ホームの反対側に、別の列車が入ってきた。うまくすれば、あれに乗って——

そのとき、ひとりの母親が赤ん坊を乗せたベビーカーを押して、ホームの端に近づいてきた。ウィリーは身をかがめ、眠っている子供をさっと抱きあげた。

ライカーは下の階に着くやいなや、マロリーがホームから飛びおりるのを目にした。ああ、そんな！　列車はもうすぐそこまで来ている。

ブレーキが悲鳴をあげているが、何トンもある金属塊は止まりきれずゆっくり前進しつづけた。火花が散り、人々がどなっている。そしていま、赤ん坊が宙を舞い、危険を脱し、一般市民らの大きく伸ばした手にキャッチされるのが見えた。もうひとりを救助する時間はない。それに、列車と壁のあいだには、彼女が生き延びるための空間はない。

「マロリー！」ライカーの脚は体を支えようとしなかった。彼はホームにへたりこんだ。列車が止まったのは、彼女が消えた場所を二車両が通過してからだった。ホームの少し先で、生来柔和なあのジェイノス刑事が先頭車両の窓に向かって絶叫しているのが聞こえる。その声はものすごく大きく、苦痛に満ちていた。「電車をバックさせろ！　さっさとしないと、頭を吹っ飛ばすぞ！」車掌が車両から出てきて、それはそう簡単なことじゃない、でも救助作業が行われているから、と彼に告げた。

ゴンザレスがライカーの隣にしゃがみこんだ。「おれは階段から見たんだがね、ウィリーはマロリーから逃れるために子供を線路に放ったんだよ。でも、おれたちは誰もあの女を通しちゃいない」刑事はホームの反対側の空っぽの線路を見やった。「たぶんウィリーは出ていく電車に乗ったんだな」ゴンザレスの視線が、すわりこんだままの仲間へともどる。ライカーの顔はたるみ、目は虚ろになっていた。それに彼は、ゴンザレスに揺さぶられても、なんの反応も見せなかった。「おい！　聞こえるか、兄弟？　大丈夫かよ？」

いや、大丈夫にはほど遠い。彼の相棒は死んだ。そして、彼はショック状態に陥《おちい》りつつあった。これが現実だなんてことがあるだろうか？　こんなふうにいきなり彼女が人生を奪われてしまうなんて？　**ありえない**。そして、この状況があまりにも非現実的なので、その一瞬、彼はマロリーが叫んでいるのが聞こえたような気がした。「早くここから出してよ！」

歓声があがった。まわりじゅうで警官と一般市民が抱き合っている。そしてこれも実人生では決して起こらないことだ。ライカーは頭を垂れた。不条理へのお辞儀だ。彼は泣き、そして笑った。それから、両の拳《こぶし》を高々と突きあげた。勝利のしるしに、そして、切に酒を求めて。ああ、どうしても一杯やりたい。

技師たちが第三軌条への送電を止めると、線路内は制服警官や私服刑事でいっぱいになった。ライカーもそのなかにいた。彼の相棒は、迫りくる列車の通り道に身を横たえ、生き延びたのだった。さまざまな疑問にチーム全体がざわついている。ヒトとしての本能が**逃げろ**と絶叫しているさなか、どうして彼女にはそんなことができたのか？　そして、列車が体の上を走っているあいだ、どうしてそこにじっと横たわっていられたのか？　大方の意見は、彼女は人間ではないのだろう、というものだった。しかし彼女は生きている。だったら、それがなんだというのだ。

マロリーがレールのあいだの溝から引き出された。その衣類はブレーキシューと車輪の火花で煤《すす》け、焼け焦げていた。髪と顔は埃だらけで、車台のオイルで汚れており、背中は地面の泥や砂利に覆われていた。ああ、あの潔癖魔はどれほどいやがっていることか。口笛を吹き鳴らし、歓声をあげる、大喜びの人々により、彼女は宙高く持ちあげられ、警官の兄弟姉妹らの待ち受けていた腕へと渡された。

ようやく彼女がホームの上に下ろされると、ライカーはその体を乱暴に引き寄せ、ぎゅっと抱き締めた。そうすることでマロリーから命を絞り出しているとしても、自分を抑えることができなかった。彼は彼女を抱擁し、嗚咽《おえつ》し、叫んだ。「なんとまあ、おまえさん、えらく汚れてるな！」

するとマロリーが言った。「で……あなたたち、ウィリーを取り逃がしたわけね」

「おい、道を空けてくれ！　過量摂取の急患がいるんだ！」救急隊員二名が生還祝賀会の参加者たちをかき分けて現れ、トビー・ワイルダーは彼らが運んできたストレッチャーに乗せられた。マロリーは結束の強い自分の家族、警官たちから離れた。トビーの付添人として、彼女はストレッチャーと並んで進み、階段の上の世界へ、日の光へと向かった。

第四十章

ふつう、ぼくは数学で悪い点はとらない。きょう、父さんはぼくのテストに落第点がついているのを見た。こっちは家族のために必死で働いているのに、と父さんは言う。おまえには、学校っていうこの簡単な仕事ひとつしかないだろう。どうして、こんなに賢い子がここまでひどい成績をとるのかな？　ぼくは言いたかった。「このところ、勉強にあまり集中できないんだよ、父さん。だって、あの連中に殺されるのを待ってるわけだからね」でも、そう言ったところで、なんになる？　父さんは、ぼくのアル中殺しの話は嘘だと思っているんだから。

「大人におなり」父さんは言う。ぼくは無理だって言った。そこまで長くは生きられないからって。すると父さんはぼくをびんたした。父さんがそんなことをするのは初めてだ。でも、ぼくは泣かなかったし、ぴくりともしなかった。いつももっとひどい目に遭っているから。そしてぼくは、父さんにそう言った。父さんはただ棒立ちになっていた。すごく驚いて。まるで、父さんのほうが殴られたみたいに。

そして、泣いたのも、父さんのほうだった。

アーネスト・ナドラー

トビー・ワイルダーは病院で過量摂取の治療を受けた。予後は良好だった。白バッジのアーサー・チュウは、列車で逃走したウィリー・ファロンを尾行し逮捕することにより、その日の給料分の仕事をした。そのあと、この若手刑事は、自分の捕虜を重大犯罪課の刑事部屋に引きずっていき、そこでウィリーは弁護士を雇った。

マロリーは任務続行可能と判断された――ただ、ちょっと石鹼を使い、着替えをすれば、それで大丈夫だと。これは緊急治療室の医師の意見ではないが、コフィー警部補はこの嘘を受け入れた。ご婦人をうちに送っていく特権は、ライカーが獲得した。悔しい思いで、彼は悟った。結局、自分の助けなど彼女には必要なかったのだ。刑事局長とのあの脅迫のチェスゲームは要らぬお世話だった。ヒーローとなった彼女は、あと十回、精神鑑定で不合格となっても、バッジをキープできるだろう。

ライカーは思う。市警の頭の医者はマロリーの自宅をどう見るだろうか？　ここではあらゆるものが白か黒で、すべてが鋭い角と硬い縁でできている。私的な要素は一切ない。ここに人間が住んでいることを示すものは何ひとつ。例外はバスルームのシャワーの音だけだ。ガラスのコーヒーテーブルの上で、マロリーの携帯電話が、子守り歌を奏でた。発信者はその音楽で特定できる。ライカーはココと話をするため、電話を取った。

「いや、彼女は無事だ」心配している子供に彼は言った。「ニュースの言ってることは、あてにならないんだよ。銀の弾丸でなきゃ、マロリーは殺せないからね」

ポリス・プラザ一番地で進行中の大規模イベントに、メディアが興味を寄せる気配はない。建物内の記者室には、リポーターの一群が常駐しているというのに。

ウィリー・ファロンが迫りくる列車の前に赤ん坊を放る姿は観光客のカメラにとらえられており、テレビ放映されたその動画が〝天上の迷宮〟におけるクーデターを霞ませたのだ。報道担当官はきょうのデモを、さきほどバスに殺されたローランド・マンのための黙禱《もくとう》の集いに仕立てようと躍起になっている。そうすることで、この一件を明日の死亡欄に埋もれさせようというわけだ。リポーターたちは――警察発行の記者証を持つ連中だが――誰ひとり、なぜデモの参加者が女性ばかりなのか訊こうとは思わなかった。

外の広場では、午後の太陽が口紅を溶かすほど熱くなっていた。

ジャック・コフィーは道路際の赤いオブジェのそばに立っていた。遊歩道は通行不能だ。彼は刑事局長にここに呼び出されたのだった。男ふたりは、制服警官の大群を眺めた。彼女らは、広場全体と守衛所の奥の中庭の大部分を埋め尽くしていた。そこには、背の高いのや低いの、美人や不美人が何百人もいる。そして、その全員が拳銃を携帯しており――全員が女性警官だ。それは衝撃的で、威圧的で、べらぼうに違法な集まりだった。でも、彼女らを追い散らすには誰を呼べばいいのだろう？　警察？　建物内で働く男の警官たちは、無頓着な虜囚となり、ただ出入口に立っている。

「これが、パトロール中の女警官を見かけない理由だよ」ジョー・ゴダードが言った。「女どもはみんなここにいるんだ――上の階でドクター・ケインの審査会に出ている七人以外はな」

コフィー警部補は、その適性審査会に招かれていない。局長も然りだ。このイベントは刑事局を通さずに企画されたのだ。不合格判定の精神鑑定書は、その被害者であるパトロール警官にだけ流された。ドクター・ケインが過去に鑑定した女性の制服警官全員に。その七人すべてが、任務不適格な精神病質者とされている。

「わけがわからんな」ジョー・ゴダードが言った。「銃を持った女を怖がる、市警の心理学者か」

さほど昔のことではないが、ジャック・コフィーはライカーからこれと同じ言葉を聞いている。あのときちゃんと耳を傾けるべきだった。で、おつぎはどうなる？　彼はあの刑事が自分を笑っているのが聞こえるような気がした。警部補の目が、姉妹警官の復職を待つ警官たちの大軍団を眺め渡す。建物のなかでは、すべての上級官僚が囚われの観衆となり、高い階からこの光景を見ている。「きっとその審査会は過去最短のものとなるんでしょうね」

「そうとも」ゴダードが言った。「だが審査会は単なる形式だからな。ドクター・ケインはこの女たちが現れる前に終わっていたんだ。あの阿呆の鑑定書は何時間も前にシュレッダーされた。その全部が……マロリーのやつもだよ」局長は高い窓の列を見あげた。「最上階にいるコンピューターの天才どもと話したんだがね、鑑定書を流出させ、このデモを組織したのが誰なのか、連中は割り出せなかった。この警官たちはみんな、組合から指令が来たと思っているんだ。実際はそうじゃない。しかし指示は組合のコンピューターを経由している」

そしていま、ジャック・コフィーは、どこかのハッカーがそのコンピューターを使って、全部署に自動的に郵便が届くよう手配したことを知った。これらの女性たちは全員、このパーティーへの招待状を受け取ったのだ。そして、その封書は今朝——各自の巡査部長によって配付されている。

ジョー・ゴダードは前後にぐらぐらと体を揺らした。「わかっているのは、これがすご腕のハッカーによって計画されたということだけだ……そして彼女は痕跡を残していない」局長は修辞的な質問で言葉を無駄にするタイプではない。それでも彼はこう訊ねた。「何か仮説はあるかね、ジャック?」

「いえ」ああ、あるとも。銃を突きつけられ、推理しろ、と言われれば、彼はこう考えるだろう。マロリーはデータバンクを漁って、チャールズ・バトラーの反論書をさがしたのだ。しかし、コフィーはそれを提出していない。なのになぜ、局長は、不合格判定の彼女の精神鑑定書を表に出さないのか。マロリーはほんの三分でその謎を解いただろう。彼女には、潜在するゆすりを見抜く才能がある。コフィー警部補は自分の靴を見つめた。彼はマロリーをひどく見くびっていたのだ。そしていま、彼女はジョー・ゴダードを敵視している。

局長はなおも、ちがう答えを待っていた。おそらくその答えは、夜中の三時に突然、下りてくるだろう。つまり、マロリーはこれが自分の仕業であることをゴダードに知ってほしいのだ。コンピューターの専門家たちには見えていないが、足跡はいたるところにある。この大がかりな力の誇示、この過剰さ。これはマロリーそのものだ。たった一発の威嚇射撃のために、何百人もの銃撃手を集結させるこのやりかたは。ジョー・ゴダードはもう二度と彼女に手を出してはならない――事を構えれば、〝警官の国《コップランド》〟で戦争が起こる。だが、ゴダードがそれを理解するのは、しばらくしてからだろう。目下、彼はトントンと足を鳴らし――待っている。

「何も浮かびません」ジャック・コフィーは腕組みした。「お手あげです」そう言ってから、これが嘘であることは両者とも知っているので、彼は真実をひとつ告げた。「この件では、誰もわたしの部下には目をつけませんよ。特にマロリーには絶対にね。彼女は女の集まりは大嫌いですから。彼女の体にフェミニストの骨は一本もないんです」そういう骨はマロリーには必要ない。彼女に向かって、女は家に入って子供を産んだほうがいいなどと言うのは、自殺願望を持つ希少な男だけだろうから。

言いたいことは伝わった。ボスはうなずいている。マロリーはこの件をお咎めなしでクリアするだろう。

ここでふたたび警部補は、自分のあのお粗末な紙ナプキンの地図を、彼女の放心の証として思い浮かべた。ライカーは、例の車の旅、承認なしの彼女の休暇に関する彼の考えはまちがいだと言おうとしていた。第一、証拠は？　結局、マロリーはあの件もクリアするわけだ。

そう、彼女の相棒は、いまごろ腹をかかえて笑っているにちがいない。

ポリス・プラザ一番地の向かい側のビルのなかで、ふたりの刑事はデモ集会を見渡せる四階の窓辺に立っていた。ライカーはダウンタウンまでの道中の難儀に備え、身構えていた。とそのとき、相棒が長く冷たい沈黙を破った。

「このわたしが精神鑑定にパスしないなんて」マロリーは言った。「そんな日が来るわけないわよね」

ライカーは頭を垂れ、後悔の念を表した。自分の考えが足りなかった。ドクター・ケインによる社会病質という所見がインチキであることくらい、すぐにわかったはずなのに。たとえ、ゆがんだ恐怖を抱くあの頭の医者が、この一事のみまぐれで当てていたとしても。

「ほら、来た」マロリーが双眼鏡を手渡した。

ライカーは市警本部の入口に焦点を合わせた。スーツ姿の小集団、組合代表と弁護士が、青い制服の女性警官七名とともに建物から現れた。その全員が勝利のしるしに拳《こぶし》を突きあげている。ライカーは歓声を予想していた。しかし、デモの参加者たちは無言のまま、直立不動のまだ。つぎにドアから出てきたのは、無職となったドクター・ケインだった。彼は、制服警官の壁を目にした。夥《おびただ》しい数の彼女らを。男は胸を押さえて立ち尽くし、正気を失うまでそうしていたすえ、建物のなかに駆けもどった。ここでようやくライカーはそのジョークに気づいた。女性警官たちは列をくずして、楽な姿勢になり、やがて笑いながら、ドクター・ケインが覚醒下で見た悪夢、銃を持った強い女の群衆シーンから離れていった。

これなのに、マロリーはユーモアのセンスがないと言われているのだ。ハハッ。

心配して損をした。ライカーは腕時計に目をやった。勾留中の容疑者が彼らを待っている。

「そろそろ移動しないとな」

マロリーは車のキーをジャラジャラと鳴らした。「あなたが何をしたか、わたしにはわかってる」彼女は彼を振り返った。いや、頭を回転させたのだ。まるで大砲のように。そして彼女は言った。「でも、どんな手でやったのかが、わからないの」

ライカーは、これがなごやかなひとときの前触れではないことを察知した。彼は、〝撃つな〟の姿勢で、両手を上げた。「わかってるよ。おまえさんにゃ助けは必要なかった」これで気がすんだだろうか? いや、まさか。そんなわけはない。なぜ彼女が自分をここに引きずってきたか、彼にはわかっていた。なぜ自分が彼女の作品を、この究極のコントロール魔に仕える軍隊を、間近から見せられたか。

「ゴダードがわたしたちの――わたしのどんな弱みを握っていたのか、わたしにはわかってる」彼女は言った。「教えて。あなたは彼のどんな弱みを握っていたの?」

厄介な質問。

脅迫であろうがなかろうが、約束は約束だ。彼は名誉にかけてそれを守らねばならない。局長の秘密を洩らせば、彼はマロリーの敬意を失うだろう。でも、もし秘密を守ったら? このご婦人は銃を持っているのだ。だから彼は言った。「おれを撃ってくれ」

ウィリー・ファロンは、彼女の雇った二流の弁護士、安物のスーツを着た童顔の男とともに取調室にすわっていた。マロリーの経歴調査によれば、彼はロースクールを最下位に近い成績で卒業している。

刑事たちがぶらぶらと入っていったのは、弁護士とその依頼人を一時間も待たせてからだった。ライカーは紙を一枚掲げ、州の申し立てのリストを読みあげはじめた。

第一の罪状、ローランド・マン殺害に反応し、ウィリーは叫んだ。「向こうが先にあたしを殺そうとしたんだよ！」

これは想定内だ。だからライカーは、台本どおりのせりふで応じた。そして、その言いかたはぞんざいだった。「陪審にそれを信じさせるのはむずかしいだろうな。連中はこいつを見るわけだから」彼は観光客の携帯電話の小さな画面の写真を見せた。「ほら、あんただ。この気の毒な男のタマを握りつぶしてるとこだよ」つぎに彼は、お気に入りの一枚を呼び出した。「それに、ほら、これもあんただ。やつを蹴飛ばして、バスの真ん前に送り出してる。バスが来るのが見えなかったなんて言わんでくれよ。ありゃあ二階建てだからな」

弁護士が口をはさんだ。「あれは殺人ではありません。せいぜい情状酌量の余地のある暴行にしかなりませんよ」

相手が地球外の言語を話しているかのように、刑事はこの男をまじまじと見つめた。

「わたしは落としどころを見つけようとしているんです」弁護士は言った。「いいですか、今回のは初犯ですからね」

「いや」ライカーは言った。「ちがうね。罪状は他にもあるんだ。彼女の被害者のひとりはまだ十カ月だった。ウィリーはその子を地下鉄の線路上に放り投げたんだ。で、弁護士さん——現代では、どういう行為が殺人未遂とみなされてる？　この件でも情状酌量の余地はあるのかね？　その赤ん坊はウィリーに何か無礼なことでも言ったのかな？」

依頼人とひそひそささやきあってから、弁護士は笑みを浮かべた。「わたしはいまも落としどころを見つけたいと思っています」

ライカーは財布から十ドル札を取り出して、相棒に示した。「賭けよう。おれの考えじゃ、いまからこの弁護士さんは、彼女を刑務所じゃなくヤク中の治療施設に入れろっていうジョークを言うはずだ」

マロリーは首を振った。賭けはなしだ。彼女はカプセルや錠剤の入った証拠袋をテーブルに置いた。それから、きわめて丁重に、ほとんど詫びるように、言った。「あなたの依頼人の所持していた薬物は、別の犯罪の証拠となっています」

「ウィリーはある男に薬を盛ったんだ」ライカーは言った。「バスの前に蹴り出したやつじゃないぞ。こっちはまったく別の男——彼女が列車の前に突き落とそうとしたやつだ」

「その件が麻薬使用罪に関連しているわけです」マロリーのコメントは控えめだった。まるで彼女自身はこのゲームに無関係であるかのように。彼女は正気かつ冷静——そして、怒りすら抱いていないのだった。「トビー・ワイルダーは致死量の麻薬を投与されたんです」

ライカーは証拠袋をつかみとって、弁護士の前に掲げ、中身の錠剤をぎゅっと握り締めた。

「トビーはワインに薬を入れられたと言っている」

「しかたなかったの！」ウィリーが叫んだ。これは自供のようなものだ。弁護士が急いで身を寄せて言った。「黙っていろ」

「黙らない！」彼女は言った。「《ランブル》であたしを吊るしたのは、トビーなんだから。あいつはあたしを殺そうとしたんだから」

「嘘をつくな」ライカーは言った。「あんたには誘拐犯が誰なのかわからなかったはずだ。あんたを診た緊急治療室の医者もそう証言している」

マロリーが気を利かせて、医師の供述書をテーブルの向こうへ押しやった。「その医師によると、後頭部への殴打により、あなたの記憶は十分ないし十五分、失われている。だからあなたには――」

「トビーに決まってる！」ウィリーの声が上ずっていき、甲高い泣き声になった。「確かだよ。あれは、あの気色悪いローランド・マンじゃない。あいつは殺しにかけちゃ、ド素人なんだから。あいつは死んだ。そうでしょ？　だったら、トビーに決まってる」

ウィリーのロジックを同じふうに理解して、刑事たちは顔を見合わせた。彼らの容疑者は死を呼ぶ消去法によりこの推理をしたわけだ。

「要約しよう」ライカーは、テーブルの向こう側にいる唯一の大人に語りかけた。「あんたの依頼人は被害者のひとりをバスの前に蹴り出した。それから、別の被害者に薬を盛り、こっちの男は動いている列車の前に突き落とそうとした。そして、逮捕への抵抗の罪には、線路に赤ん坊を放り投げた件もからんでくる。たぶんあんたも、あの赤ん坊投げの動画は見たよな？　どのチャンネルでもやってたから」

「ニュースは見ましたよ」弁護士は言った。「ですから、ここにいるマロリー刑事が列車の下にいながら助かったことも知っています。線路と車台のあいだには、二フィートの空間が——」

「やめろ」ライカーはこのひとことだけで、それ以上つづければ命がなくなることを弁護士に伝えた。「赤ん坊を線路に投げ落とせば、まずまちがいなく怪我をする。それに充分、予想できるよな——即死を！」彼はテーブルに拳をたたきつけて最後の一語を強調し、それから、怒りに満ちた顔をウィリーに向けた。「子供はよくなるだろう。だが、母親はあんたを訴え、身ぐるみ剝ぐ気でいるからな」そしてふたたび、弁護士に顔を向ける。「あんたの弁護料が前払いならいいんだがね。おれたちはウィリーの両親と話をした。ふたりは裁判には一セントも出さないと言っている。ウィリーのクレジットカードは限度額に達してるしな。でも、彼女は紙袋に五千ドルほど持ってたよ。それで足りるかい？」

　どうやらこれは弁護士にとって寝耳に水のようだった。自信に満ちたその笑みが揺らぎ、消え失せた。それから彼は少し気を取り直した。その表情を読みとるのは簡単だった。おい——五千ドルだぞ。彼はこっそり腕時計に目をやった。たぶん一分ごとに飛んでくる金をカウントしているのだろう。「こちらは穏当な答弁の取引を提案します」

「なんだと？」ライカーは立ちあがり、弁護士を絞め殺しそうな勢いでテーブルに身を乗り出した。相棒がその腕にそっと手をかけると、彼は椅子に体をもどした。

　マロリーは、弁護士が真っ当なことを言ったかのように、感じよくほほえんだ。「なんとか話をまとめられると思いますよ」

鏡の窓の反対側で、ジャック・コフィーは驚きをこめて首を振った。それまで彼は、ライカーの悪い刑事に対し、マロリーがよい刑事を演《や》るということは、金輪際ありえないと思っていたのだ。

VIPのお客、地方検事ウォルター・ハムリンもまた、傍聴室の最前列にすわっていた。この名高い男は――目玉が飛び出すほどショックを受け――マジックミラーの窓に向かって身を乗り出した。彼はすっかり気をのまれ、インターコムに耳を傾けていた。窓の向こうでは、マロリーが寛大にも、市警長官代行殺害を交通事故として扱うことを提案している。刑事局長に一点。彼はコフィーの右側に笑顔ですわっていた。ローランド・マンの問題はこれできれいにかたづいた。市警はここ二十年で最悪の警察腐敗のスキャンダルから救われたのだ。

隣室では、ライカーが嫌悪を装い、両手を振りあげている。取調室を立ち去るとき、彼はドアをバタンとたたきつけていった。

そしてコフィーは、残ったほうの刑事がトビー・ワイルダーに対する殺人未遂の放棄にも同意するのを耳にした。「誤解だったということにしましょう」マロリーは言った。「大丈夫。あの男は酔ってたんです。何も覚えていませんよ」

ウィリーの弁護士はうなずいて、ほほえんだ。

傍聴室の地方検事は、ジャック・コフィーに顔を向けた。「マロリー刑事は、わたしがここにいるのを――これを聴いていい、いるのを知っているのかな?」

「もちろんだ」ゴダード局長が警部補の代わりに答えた。「わかってるだろう、ウォルト、どの検事補にも、この取引に署名するだけの度胸はない。だからわたしはきみを招《よ》んだんだ」

隣室では、マロリーがある一点をはっきりさせている。ウィリーはあの不幸な赤ん坊投げ事件で罪を認めなければならない。「でも、それは軽罪にできますからね」

弁護士は身を乗り出して、代償に何がほしいのか、よい刑事に訊ねた。

マロリーは新しい殺人と古い殺人の交換を提案した。「《ランブル》でアル中が死んだとき、ウィリーはまだ子供でした。わたしは、彼女と同じ学校の少年に対する暴行にも興味があります。もし彼女が知っていることをすべて話すなら、それらの昔の事件は家庭裁判所の扱いとなります。彼女は未成年犯罪者と同じ判決を受けるでしょう」

ライカーが傍聴室に入ってきて、ガラス窓に歩み寄った。「あの弁護士には驚くよな？　ウィリーはあいつをイエローページで見つけたんだ。あいつが扱ったいちばんでかい訴訟は、交通裁判所のやつなんじゃないか。刑事裁判の経験はゼロだろうよ」

これは、あらゆる警官が求めてやまない弁護士だ。

「きみ」ハムリン検事がそう言って、ライカーの注意をとらえた。「もしもわたしがマロリーの取引を文書にしても、裁判では通るまいよ。八百万人のニューヨーカーがあの赤ん坊投げのシーンを——まさにいま——テレビで見ているんだ。取引を無効にしてミス・ファロンに最高刑を言い渡さない判事など、町にはひとりもいないだろう」

ライカーは笑みを浮かべた。「そう、こっちはそれをあてにしてるんです」

ハムリン検事はまだ話を終えていなかった。「そのアル中のことだが。ミス・ファロンが未成年のころ犯した殺人を自供しても、彼女は成人刑務所で刑期を務めることになる――おそらくは、法の許す最長の刑期をだ。彼女はそれを完全に理解しているんだろうか？」

「いや」ライカーは言った。「でもわたしに求められてるのは、ウィリーに権利を読んでやることだけですから。あの女は低能だし、弁護士のほうも同レベルですね。見てくださいよ。あの笑い顔。あいつはこれをいい取引だと思ってるんです」


一時間後、署名の入った司法取引の同意書が取調室のテーブルに置かれた。マロリーは、《ランブル》で三人の子供になぶられたアル中の死体保管所《モルグ》の写真もそこに並べた。「詳細の大部分は、もうわかっている。アガサ・サットンが被害者に何回嚙みついたか、こっちが教えられるくらい。〝嚙みつき魔のアギー〟――あなたは彼女をそう呼んでいたのよね？」

ウィリー・ファロンはそれらの写真を凝視した。彼女は凍りつき、息を止めていた――目を皿のようにして――これは罪を認めたも同然だ。

「もしわたしに嘘をついたら、ウィリー、その嘘がたったひとつでも、取引は無効よ。わたしはもうあなたを助けられない。残る一生、あなたは刑務所で朽ちていくことになる」

弁護士が依頼人を肘でつつき、うなずかせた。

そうしてそれは始まった。最初はとつとつと――やがて勢いを増して。

隣室の傍聴者たちは暗闇にすわっていた。怖い話はこうして聴くに限る。石で砕かれ、小さな歯で引き裂かれ、草の上で血を流し、死んでいくホームレスの男。彼らはその悲鳴を間接的に聞いた。つづいて、アーネスト・ナドラーの長い苦難の話になった。手首を縛って吊るしあげるという残虐行為のあと、三人の虐待者はもどってきては〝吊るしの木〟に登り、棒で――または、他のいろいろなもので――少年を小突いた。そして、苦しみはいつまでもいつまでもつづいた。ウィリーはその虐待をすべて再体験し、最大限に楽しんでいた。彼女はそれが好きで好きでたまらないのだ。

第四十一章

ぼくは庭にすわって、用務員のミスター・ポランスキに自分の話をする。「あの死んだアル中はきっと消されちゃうんだろうね」ぼくは言う。「屋上から飛び降りた〝かわいそうなアリスン〟みたいに」

立春の日にチョークの女の子が現れる敷石のあの箇所を、ぼくは見おろす。それからポランスキさんにこう訊ねる。「もしぼくが死んだら、あなたはいつかぼくのこともホースで流して消すのかな?」

用務員さんは首を振って両手を上げる。もうそれ以上、聞きたくないって。でも、ぼくは誰かに話さなきゃいられない。だから言う。「ぼくは母さんと父さんを愛してる。こっちがよそに行っちゃうのを信じてくれない人たちに、さよならを言うにはどうすればいいの?」

ぼくを置いていくとき、ミスター・ポランスキは歩み去ったんじゃない。あの人は走って逃げていった。

アーネスト・ナドラー

刑事局長ゴダードは、テレビ放映のその記者会見中、市長の横に立っていた。分割された画面の一部には、目下どこの観客にもいちばん受ける映像、あの赤ん坊投げの動画も流れている。この町のトップがたったいま、赤ん坊投げ女が逮捕され、自供したと発表したにもかかわらず、リポーターのひとりは未解決の〝断食芸人〟殺人事件を持ち出す蛮勇をそなえていた。市長が舌をもつれさせると、ジョー・ゴダードがマイクに顔を寄せて言った。「手順は知ってるだろう。あれは捜査中の事件だ」

局長の口のききかたに身をすくめながらも、市長は果敢に先をつづけ、不慮の事故によるローランド・マンの死を発表した。

リモコンをポンと押し、ジャック・コフィーは執務室のテレビを消して、生身の刑事局長と向き合った。ゴダードはコフィーのデスクを占拠している。警部補は空いた椅子にはすわらなかった。自分の部下、マロリーやライカーと並んで立っているほうがいい。

「さてと」ジョー・ゴダードは言った。「ローランド・マンの葬儀の件だが。二十一発の礼砲とバグパイプで見送るのか――それとも、市警の恥として松の棺桶に突っこむのか。夫人はわれわれに扱いを一任した。アニー・マンは大して気にしちゃいない。とにかく、二度と自宅から出なくてすめばそれでいいらしい。わたしの気がかりは、逆流だよ。あおりを食らう見込みはどれくらいかな？」

「やつはアーニー・ナドラーを殺したんですよ」ライカーが言った。

「そして、あの野郎はその報いを受けたわけだ」局長は言った。「一件落着だよ」

「いや、そうはいかない」ライカーが言った。「もしもわれわれに、マンが人に雇われてあの子供を殺したことを証明できるとしたら？　逆流として、そういうのはどうです？」

局長はデスクの椅子を左右に回転させながら、石頭のこの刑事をどうしたものか考えていた。彼はその男の上司に顔を向けた。「ジャック、〝断食芸人〟に集中しろ。あの事件を早急に終結させてほしい。たぶん罰を受ける者もいれば、免《まぬが》れる者もいるだろう。細かいことにこだわるんじゃない。いいな？　それと、後生だから、あの事件に関してはロケットマンは最有力容疑者じゃないと言ってくれ」

「ええ」マロリーが言った。「あれはあの男のスタイルじゃない。彼は機に乗じてやるんです。ウィリーをバスの前に突き飛ばそうとしたり……小さな男の子を病院のベッドで窒息させたりね」

彼女はゴダードを釣ろうとしているのだろうか？

「マロリー」コフィーは彼女の肩をたたいた。「黙ってろ！」それから、局長に向かって言った。「われわれは、ロケットマンが何年もかけて殺人の道具を集めていたとは思っていません。それに、彼がウィンチとドリルを持って森に出かけたとも思っていませんし。彼は殺人にそこまでの労力を注がないでしょう……しかし、殺人犯であることは確かです。冷酷非情な――」

「どうやら松の棺桶に三票入ったようだな」局長は言った。「だが、ここは民主国家じゃない。したがって、ロケットマンは殉職した英雄の葬儀により見送ることとする。市警にはどんな悪影響もあってはならない」これは、汚物は埋もれたままにしておけという命令だった。「〝断食芸人〟の件にもどろう。あのヤク中、トビー・ワイルダーはどこに隠したんだ?」

「彼は病院にいます」マロリーが言った。「胃洗浄を受けているんです」

「わたしからつぎの指示があるまで、護衛をつけて、そこに留めておいてくれ」つぎの項目に移り、局長は刑事たちの捜索令状の申請書を掲げた。「地方検事はこれを却下した。ヘラーとスロープはクロロホルム説を認めなかった。鑑識課のテスト結果は確定的なものではない。それに、検視局の組織サンプルもラボによる裏付けを得られなかった。きみたちのリストのその他の項目は、すべて不明確すぎる。単に古いウィンチとドリルというのではだめだ。検事は、家宅捜索するなら、さがすものをもっと具体的に示さねばならないと言っている」

「きっとみんな、まずい人たちを怒らせたくないんでしょうね」マロリーが言った。

きょうの彼女は町のヒーロー警官、ニューヨーク市警のゴールデン・ガールだ。だから(不遜なる者、汝の名はマロリー)、ポリス・プラザ一番地でのクーデターにつづき、人前で刑事局長に口答えしても自分は許されると思っている。だがそうはいかない。空気の変化から、コフィーにはそれがわかった。銃の数が多すぎるその部屋の静寂から。

「さがすものを明確にする手ならありますよ」局長の注意がライカーに注がれた。そしてふたたび、コフィー警部補は不審に思った。この刑事はゴダードに対し、どういう力を持っているのだろう?

「実は、エキスパートの目撃者がいるんですよ」ライカーは言った。「小さな〝音のカタログ〟みたいなのがね。ココはモーター音を聞いただけで、掃除機のモデルがわかるんです。わたしも一度、彼女のその芸を見ましたよ。それに彼女は、ハンフリー・ブレッドソーが吊るされた夜、《ランブル》にいたわけだし。彼女に、鑑識の集めたウィンチとドリルのサンプルの音を聴かせたら、どうでしょうね？」

ジャック・コフィーはすばやくマロリーに目をやった。彼自身と同じく、彼女も驚いているようだった。これは、ライカーが局長の注意を相棒からそらすために嘘をついているか――または、彼女に隠し事をしていたか、だ。

ジョー・ゴダードは別に感心もしなかった。「エキスパートの目撃者というのは、八歳の子供なのか？」

「天才児です」ライカーは言った。「音に関しちゃ、特別な能力があるんですよ。それだけじゃない。そのことを証明する文書も出せます。こっちには、天才人間に関する権威、チャールズ・バトラーがいますからね。彼がこれを承認しますよ」

あとでチャールズ・バトラーのうちで合流することにし、ふたりの刑事は警察署の出口で別れた。ライカーはウィンチとドリルのサンプルを取りに行かねばならない。ところがそのとき、小柄な老婦人が彼の行く手をふさいだ。

「やっぱり殺人だったのね」ローランド・マンの隣人のお年寄りは言った。「テレビで見ましたよ」ミセス・ビュフォードは、通り過ぎていく警官たちを警戒し、用心深く左右を見回した。それから、声を落とし、かすれたささやき声で言った。「きっとあの男が自ら招いたことなのよね？」

　ああ、勘弁してくれ！　思わぬ障害、灰色の髪の小さな未処理事項か。

　もし、脳みそのある記者がひとりでもいて、ロケットマンのアパートメントで聞き込みをしようと思い立ったら――もし、この隣人があれこれ訊かれたら――すべてが崩壊しかねない。

ライカーは、とっておきの大きな笑みを彼女に向けた。「いえ、あれは交通事故だったんです」

「マロリー刑事は、殺人って言っていたわよ。最初に会ったとき、そう言ったんです。しかもそれは、ローランド・マンがバスに撥ねられる前だった。すばらしい読みじゃない？」

　くそ。

「わたしのパートナーが言っていたのは、別の殺人事件のことです」ライカーは言った。「昔のね。どうかこの件については――」

「テレビのリポーターが、一部始終を見たデンマーク人観光客にインタビューしていたわ。彼によると、バスが来たとき、ローランド・マンは女性ともみあっていたんですって。その女性って、マロリー刑事なのかしら？　あの人が困ったことになっていなけりゃいいんだけど」

　ミセス・ビュフォードの頭のなかでは、彼の相棒は千里眼か殺人警官かなのだ。幸い、この老婦人は本当にマロリーが好きらしい。二十分後、署のランチルームで、コーヒーのカップを前に、ライカーはどうにか、隣人の急死は警官たちの陰謀などではないと彼女を納得させた――というより、相手がさかんにうなずき、ほほえんでいることから、納得させた気になったのだ。

ところがそのとき、彼女がウィンクした。そして、そのゆっくりしたいたずらっぽい瞬《まばた》きは、全部、嘘でしょ、と言っているのだった。「わかりました」彼女は言った。「わたしはスフィンクスみたいに沈黙します。マロリー刑事のご迷惑になるようなことは一切言いませんから。ほんとに優しい娘さん。とっても親切な人よねえ」

「そう、それがわたしのパートナーです」ライカーは腕時計に目をやった。いまごろ、彼の小さな天使は盲目の男の拷問に勤しんでいるだろう。


アンソニー・クイーンは、いかにもそれらしい態度で、警察による病院急襲作戦を激しく非難していた。

デスクの向かい側には、マロリーが――警察の者が――静かにすわり、冷静に計画を立てている。彼女の目的は、この盲目の男を膝で切断し、記者に近づけないようにすることだ。

「トビーの病室の前には見張りが立っています。警察はわたしを依頼人に会わせようとしないのです。わたしには彼に会う権利が――」

「トビーには権利がある」マロリーは言った。「あなたにはありません。それに、これ以上あなたの助けなどないほうが、彼のためなんです。彼が子供のとき、あなたはドリスコル校の値の張る弁護士が司法取引で彼をスポッフォードに送りこむのを黙って見ていた。あなたはずっと、彼は有罪だと信じていたんですよね」

「そんなことはない」

「いまだにそう思ってるんでしょう。あなたがトビーの母親と法廷に行ったあの日――地方検事補は、トビーが花束をどこに置いたか、あなたに教えた。それは、あのアル中の死んだまさにその場所だった。彼こそ犯人だとあなたが知ったのは、そのときですよね」

「いや、わたしは決して――」

「嘘をつかないで。だからこそあなたは、カーライルが彼をあの地獄に閉じこめるのを許したのよ。あなたには取引を阻止することもできた。でもあなたは、トビーが有罪なのを知っていた。だから、こう思ったんでしょう。四年の刑はいい取引だ……殺人犯にとっては」

「わたしは常に彼を信じていました」

「へええ、そう。傑作なのはここからよ、お爺さん。実はトビーはやってないの。もし裁判になっていれば、弁護側は無罪の証拠を提出できた――彼の潔白を証明する目撃者の供述書を。でも答弁の取引のせいで、それは表に出なかった。つまり、カーライルは無実の子供を刑務所に放りこみ、あなたはその片棒を担いだというわけ――トビーの母親への好意としてね」

トビー・ワイルダーの破滅に自分がどんな役割を果たしたのか。それが完全にのみこめると、弁護士の顔は苦悩の習作と化した。しかし彼は弁護士だ。だからマロリーは、彼の見えない目の奥で光が灯るのを待った。胸の内を明かすあのきらめき――策謀、策略、計略の証を。

そしていま、彼は――いかにも狡猾《こうかつ》そうに――ほほえんで言った。「するとカーライルは、あの若者が無実なのを知っていたわけですね」

「それは忘れて、お爺さん。不当な投獄に対する訴訟は起こせない。もしやろうとすれば、トビーは一生、監獄で過ごすことになる。十五年前、〝断食芸人〟の被害者の三人は全員、アル中を殺したのはトビーだと言っている……だとすると、わたしたちの知ってる誰かに復讐という動機があるように聞こえない？」

クイーンの口が大きく開き――やがて閉じた。彼の言葉のストックでは、この場には対応しきれなかったのだ。

ショックもよい。だが、マロリーはこんな考えをもてあそんだ。弁護士をひとり、泣かしてやれないだろうか？「あなたがトビーの母親に――大の親友に何をしたか、わたしにはわかってる。わたしはスーザン・ワイルダーの同僚たちから話を聞いたの。彼女はひとりの男しか愛さない女性だったそうよ。そして死ぬその日まで、彼女はジェス・ワイルダーを愛していた。でも、息子のことはそれ以上に愛していたの。だからわたしは不思議に思った。彼女はなぜ答弁の取引に同意したのか？　その疑問はわたしを悩ませたものよ。あれは、あなたのしたことなんでしょう？　彼女はあなたを信頼していたのよね。トビーは未成年だった。判事が彼に殺人の罪を認めさせる前に――まず、あなたは母親を納得させなきゃならなかった。息子は有罪なんだ――自分の父親を殺したんだと」

「しかしスーザンはそのアル中が誰なのか、最期まで知らなかったのです」

「彼女は知っていたの」マロリーは言った。「トビーの逮捕の前から。わたしはそれを証明できる」

アンソニー・クイーンの表情は、まぎれもなくこう言っていた。やめてくれ。

いや、もう少しだけ。目下、彼女は復讐の波に乗っている。「スーザン・ワイルダーは死体保管所《モルグ》に行って、アル中の遺体を見た……指でさぐって見たのよ。まったく目が見えなくても、彼女には夫がわかったの。わたしには目撃者がいる。その人によると、彼女は泣いていたそうよ……その男を愛していたのね。そしてあなたのおかげで、スーザンは息子が夫を殴り殺したんだと思ったまま死んだの……あなたは彼女に残されていた時間すべてに毒を注いだようなものね」

涙。完璧だ。

「すまなかったと思う? 二度とわたしをここに来させないでよ、お爺さん」彼女は立ちあがって、ドアに向かった。「トビー・ワイルダーには絶対に近づかないで」

第四十二章

このごろ母さんは始終ぼくにほほえみかけている。悲しそうな笑顔だ。きっとぼくのことが心配で、どうかなりそうなんだろう。ごめんね、母さん。

アーネスト・ナドラー

「やっぱりまずい考えかもな。でかい音を聞かせりゃ、あの子はパニクっちまうんじゃないか」ライカーは、重たい段ボール箱を載せた小さな台車を押して、チャールズ・バトラーのアパートメント・ビルの廊下を進んでいた。箱のなかには、〝断食芸人〟の殺人キットに合致しそうなウィンチとドリルが全種類、入っている。「チャールズは絶対、同意しないだろうよ」

「彼はいまシカゴよ」マロリーは言った。「子守りはロビン・ダフィーがしている」

そうか、問題解決。あの弁護士は、彼の相棒の笑顔を見るためなら、彼女が孤児で満員のバスに火を放つことさえ認めるだろう。

ドアが開くと、マロリーはまたもや、親愛を表す力強い抱擁に耐えねばならなかった。唇に指を当て、ダフィーはささやいた。「ココがお昼寝中なんだ」彼はふたりをキッチンに招き入れた。そのテーブルには、書類が並べてあった。「チャールズがシカゴですばらしい人たちを見つけたんだよ。ハーヴェイ夫妻。彼らは一年前に養子をもらう資格を得ている。しかも、ふたりともチャータースクールの先生なんだ。理想的じゃないか。ココは一日じゅう、親の監督下にいられる。チャールズによると、何よりいい点は、ココが他の子みたいに学校に行けることなんだそうだ。あの子はふつうの生活を送れるわけだよ」ダフィーはテーブルに着いて、つぎつぎ書類を見ていった。「ああ、これこれ」彼はマロリーに紙を一枚、渡した。

ライカーは彼女の肩の上から、彼らの重要証人がニューヨーク州を離れることを承認する保護解除の書類に目を通した。

「そこに署名しておくれ、キャシー」ダフィーは用紙のいちばん下の署名欄を指さした。「ハーヴェイ夫妻はきょう、チャールズといっしょに飛行機でこっちに来る。何もかもうまくいったら、ココを試験的にイリノイ州に連れていくことになっているんだ」

「絶対にだめ」マロリーは書類をたたんだ。「事件が終結するまで、あの子はどこにも行かせない」

そして彼女がテーブルに書類を置くと、老弁護士は言った。「チャールズがきみに知らせたがっていたがね、ハーヴェイ夫妻のうちには虫がたくさんいる大きな裏庭があるんだよ。それはきみにとって意味のあることだと彼は思っているんだ」

「あの子はどこにも――」

「わかった」ダフィーは降参して両手を上げた。「きみがその気になったときでいいさ、キャシー。ハーヴェイ夫妻は当分こっちに滞在するから」

「あなたはもう帰っていいわよ」マロリーは言った。「ココにはわたしがついてるから」

「そうだな」ライカーは言った。「おれがお見送りするよ」

ロビン・ダフィーはためらい、時間を稼いでいた。その目が壁の時計を見あげる。「チャールズにここにいるよう言われているんだよ――ミセス・オルテガがもどるまでのことだしな。彼女はちょっと用事で出ているんだ」老弁護士はいかにも不安そうだった。

ライカーはわけがわからなかった。

マロリーのほうはちがった。「チャールズは他にあなたになんて言ったの？　わたしをココとふたりきりにするなって言ってた？　もうわたしのことは信用するなって？」


ライカーは、後悔しきったロビン・ダフィーとともにアパートメントをあとにした。そして、ドアがそっと閉じられたにもかかわらず、ココはその音で昼寝から目覚めた。彼女は客用寝室を飛び出し、廊下を駆けてきて、マロリーに抱きついた。うれしくてたまらず、満面に笑みをたたえて。それに、うん、殺人事件の解決をぜひ手伝いたい、と彼女は答えた。すごくおもしろそう。

刑事は、段ボール箱の載った台車をチャールズ・バトラーのキッチンに押していった。子供は、彼女が箱の蓋を開け、最初のウィンチを取り出すのを見守っていた。マロリーは、家庭用の電流で作動するよう、そのウィンチにアダプターを取り付けた。「ライカーが、あなたはモーターのことをよく覚えてるって言うの」

ココはモーターで動く物をべらべらと列挙した。古い製品から、長年のあいだにそれらに取って代わったものまで。彼女の祖母のミキサー、洗濯機、掃除機、電気箒《ほうき》、電動キッチンナイフ。そしておつぎは、隣人たちのモーター製品。ブランド名とモデルがさらに出てくる。そのあいだも子供はずっと、マロリーが殺人キットの各品で調理台を埋めていくのを見守っていた。その外の廊下でしてるの、あの人の靴の音だもん。聞こえない？」ココの言葉が途切れ、その目がキッチンのドアに向けられた。「ミセス・オルテガが来るよ。

いや、マロリーには何も聞こえなかった。しばらくの後、玄関の鍵がカチリと回る音がした。キッチンに子供を残し、居間に行ってみると、あの掃除婦が肘掛け椅子にドスンとすわるところだった。足もとの床には、買い物の袋がいくつか置いてある。

「どうも、マロリー」ミセス・オルテガは袋のひとつに向かって身をかがめた。「まあ、見とくれ。あの子にいいものを買ってきたんだ」彼女は靴の箱を取り出して蓋を開け、小さなピンクのスニーカーを披露した。「餞別《せんべつ》だよ。マジックテープなんかじゃない、本物の靴ひものついたやつ」

「でも、あの子はひもを結べないのよ」マロリーは言った。

「ボタンをはめられるようになったなら、ひもだって結べるようになるさ」ミセス・オルテガは言った。「マジックテープとはもうおさらばだ。あれは、ちょっと片足が不自由な子に車椅子を買ってやるようなもんだからね。それじゃあの子がだめになっちまうよ」

「でもあの子は――」

「やらなきゃいけないんだよ！」掃除婦はいらだって、両手を振りあげた。「靴ひもも結べないんじゃ、この先あの子はどうやって生きていくんだい？」

まったくだ。野生児時代、マロリーは、子供サイズのジーンズのポケットに剃刀の刃を忍ばせておくことで生き延びてきた。そしてまた、最高にいいランニングシューズだけを盗み、子供を狙う強姦魔どもから必死に走って逃れることで。彼女は、生きて夜明けを迎えられそうな場所だけを寝床にすることを学んだ。財布を盗み、娼婦たちから金をねだりとり、その他にも数々の技を習得した。狡猾《こうかつ》さに欠けたココには決して学べない技を。

見ると、ココが部屋の入口に立っていた。その顔は不安げだった。もちろん彼女は何もかも聞いてしまったのだ。マロリーの隣にそうっとやって来たとき、彼女の歩みはためらいがちだった。ココはおずおずと刑事の手を握った。その青い目は希望に満ちており――それゆえ、希望はすべて無意味とみなすマロリーにとっては異質だった。

掃除婦は、チャールズ・バトラーのお客、イリノイ州のハーヴェイ夫妻が泊まる部屋を準備するために下の階に行った。そしてマロリーは床にすわり、ココに靴ひもの結びかたを教えた。この小さな子供が広い世界で生きていけるように。いっしょにひもに取り組み、ふたりの指は何時間もからみあっていた。ココはマロリーが大好きだから、たとえ疲れてしまっても、これだけはちゃんとやり遂げるまでやめようとしなかった。だから、最後の勝利の結び目は、ふたりがお互いに与えた贈り物なのだった。

帰宅したチャールズ・バトラーは、回転するモーターの音を耳にした。ココが叫んでいる。

「止めて！　それだよ！」

彼はキッチンへと急ぎ、そこで、テーブルの上にすわったあの子供を見つけた。その両手は耳をふさいでおり、口は音のない叫びの形になっていた。マロリーが機械仕掛けの工具の電源を落とす。調理台には、モーターで動く物がずらりと並んでいた。これは聴覚過敏の子供にとっては拷問だ。

「おかえり」マロリーが笑顔で振り返った。まるでこれが小さな女の子とのごくふつうの過ごしかたであるかのように。「ココが《ランブル》で聞いたモーター音を特定したのよ。この子がいかに音に強いか、あなたに証明書を書いてもらわないとね」

ココは自らを抱き締め、ぐらぐらと体を揺らし——心を鎮めている。

チャールズの顔は厳しかった。「ちょっといいかな、マロリー。廊下で話そう」これは誘いではなかった。彼はマロリーの腕をつかんでキッチンから連れ出し、うちのなかを通り抜けて外の廊下に出た。それから、子供に声を聞かれないようドアを閉めてこう訊ねた。「気は確かかい？　ココをあんな目に遭わせるなんて信じられないよ。もう金輪際、あの子には近づかないでくれ」

マロリーは闘いに備えて、身構えた。「わたしは捜査に必要なことを——」

「それはどうでもいい。いま、養父母候補のご夫婦が下の階にいるんだ。あの子にきみか彼らか選ばせたりしないでくれ。きみだってそこまで冷酷じゃないだろう」

彼女はびくりとしたのでは？　そう、まちがいない。

彼はさらに攻めこんだ。「そのご夫婦は、あの子をすぐにも愛するつもりでいる。きみはココに対して上っ面の興味しか抱いていないじゃないか。出てってくれ、マロリー！　いますぐに！」

マロリーは彼に背を向けた。そして、彼女が大股でエレベーターに向かっているときだ。ココが叫びながら駆け出てきた。「行かないで！」チャールズの腕から身をよじって逃れ出ると、子供はよろめき、泣きながら、廊下をすっ飛んでいった。「マロリー！　マロリー！」

刑事は女の子を振り返ろうともしなかった。彼女はただ片手を上げて、命じた。「止まって」犬のように従順に、子供は止まった。「そこにいなさい」マロリーはそう言って、エレベーターに乗りこみ、姿を消した。

「いやだ！　いやだよー！」ココは廊下の先まで走っていき、金属の扉をガンガンたたいた。やがて彼女は床にへたりこみ、子供の水溜まりと化した。チャールズはそのかたわらに行き、手を差し伸べた。ココは腕を振って彼を退けた。それから、その心がさまよいだし、ほどけた靴ひもへと向かった。

靴ひも？

ココの顔は苦悶に満ちていた。また迷子になって放浪しなきゃならないなんて。その両腕がさっと広がり、小さな手が固い拳《こぶし》になった。これこそ、チャールズが求めていた突破口だ。ひとつの絆に別の絆が代わる瞬間はいましかない。彼はココのかたわらに膝をついた。「下の階にとってもいい人がふたりいるんだよ。その人たちはきみに会うためにはるばるイリノイ州から来たんだ」

「あたし、マロリーがいい」

「彼女はもうもどらないよ」

ココは首を振った。「マロリーはあたしを愛してる。愛してるの」

そしていま、彼の見つめる前で、ココはうつむいて――靴の――ひもを――結んだ。結び終えると、彼女は思い切り挑戦的にチャールズの顔を見あげた。そして足を突き出し、この努力の成果、不器用な子供の手による結び目を彼に見せた。「これが上っ面なの?」

ああ、あの驚異の聴覚。廊下でのやりとりはひとこと残らず聞かれていたのだ。

ココは泣き濡れた目をきらめかせ、彼のほうに身を乗り出した。厳かにこう言ったとき、そこには怒りがこめられていた。「マロリーはあたしを愛してた」

過去形か。

すべての希望を剝ぎとられ、子供は悶え苦しみつつ彼の首に抱きついた。小さな体は嗚咽《おえつ》に震えており、深い痛みを綿々と訴えるうちに、その声はかすれていった。ふたりはとても長いこと、廊下にすわっていた。瀕死のチャールズと、不当な剝奪、家庭の喪失、愛の喪失を嘆き、泣きじゃくるココとで。

イリノイ州のハーヴェイ夫妻は荷解きを終えて、上の階に向かった。そしてエレベーターの扉が開いたとき、夫妻の驚いたことに、そこには目を泣き腫らした小さな子供の姿があった。ミセス・ハーヴェイはその女の子を抱きあげると、まっすぐ廊下を進んでいき、開いたままのドアからチャールズのうちに入った。そのあいだもずっと、母の愛をこめ、こう言いながら――「もう何も心配いらないからね」早くも世話係となって、ミセス・ハーヴェイは、バッグからティッシュを取り出し、ココの涙を拭いてやった。

この小さな親切に対するココの反応は、チャールズにとって予想外のものだった。その光景に、彼は胸をえぐられた。

ココはすぐさま――仮に心からのものでないとしても――大きなまばゆいほほえみを浮かべ、ネズミが腺ペストのキャリアーであることをハーヴェイ夫妻に教えた。つぎに彼女は、音楽室のピアノのところに駆けていき、弾き語りで一曲披露した。それから、踊るように居間にもどってきて、今度は、害獣雑学のひとり語りを始めた。ああ、そのがんばりようといったら。彼女は新たな家庭を得るため審査に挑み、ついさっき剝奪された愛に代わる愛を得るために交渉しているのだ。そしてハーヴェイ夫妻は、生き残りを賭けたこの子供の強引な売り込みにすっかり魅了されていた。

チャールズはみなにことわって、ココの寝室に引っこんだ。胸の痛みとともに、彼はひとりそこにすわった。カーテンは引いてあり、室内の明かりはホタルの光だけだ。なんて明るいんだろう。なんて奇妙なんだ。ホタルたちはとうの昔に死にはじめているはずなのに。でも、瓶のなかに虫の死骸はひとつもない。

ああ、この馬鹿。穴があったら入りたい。

わかりきっているじゃないか。ココが暗い部屋で目覚めることのないように、マロリーが夜に——夜ごとに——こっそり忍びこみ、ホタルを補充していたのだ。

後悔した男は、枕の下に手を入れて、ココのワンボタンの携帯電話を見つけた。ボタンを押すと、電話はつながった。「マロリー？」

すると彼女が言った。「ココの保護解除の書類に署名したわよ。キッチンのテーブルに置いてあるから。これでご満足？」

「いや」彼は言った。

この夏の午後は、彼の記憶に永遠に残ることになる。それは、彼が何度も何度も立ちもどるにちがいない、悲しくも興味深い一ページだ。キャシー・マロリーが死んで何年も経ち、彼自身が九十をとうに過ぎたころ、彼はよく晴れた暖かな日には必ず庭にすわるようになる。彼がそこに植えるのを許すのは、デイジーだけだ。ときおり彼のひ孫たちは、彼がそこで花びらをむしっているのを見つける。老人が子供の遊び、〝愛してる、愛してない〞をしているのを見て、ひ孫たちはほほえむ。曾祖父が瓶のホタルという昔の問題と格闘しているとは、思いもよらずに。

健全で正気でとても人間的な彼——その彼は、夜をくぐり抜けていく子供の道をホタルで照らそうとは絶対に思いつかなかったろう。だから彼はデイジーをむしって丸坊主にする。マロリーの可能性を占い、花びらを一枚ずつちぎっては「心がない」「心がある」と言いながら。

ライカーは、列を成す木材と金網の檻の前を奥に向かって歩いていった。お粗末な保管所。そこには、遺言を残さずに死に、全財産が検認の中空を漂うこととなった人々の持ち物が収められている。彼は、なかで明かりが輝いているただひとつの倉庫の前で足を止めた。彼の相棒は配線のやり直しに忙しかったようだ。天井の取り付け具からは延長コードが垂れさがり、複数の卓上ランプにつながれている。それらランプは、この特大クロゼットにごちゃごちゃと押しこまれた数部屋分の家具を照らしていた。

いちばん大きな物は、ナドラー夫妻のウォークイン式金庫だ。その扉は大きく開かれていた。ボスからは錠前をくり抜くための正規の手続きを待つよう指示されたのだが、マロリーは我慢できなかったようだ。馬鹿でかいドリルが床の上に置いてある。そして、金庫の扉にはいま、大きな穴があいており――金庫内には刑事がひとりいた。

「何か役に立ちそうなものが見つかったか?」ライカーは金庫のなかに半身を入れ、堆く積まれた漫画本の壁を見て、ヒューッと口笛を吹いた。低めの山のひとつのてっぺんには、彼の生まれた年より前のバットマンの初版本があった。

マロリーは金属の床にすわって、小さな本の手書きの文章を読んでいた。「十五年前にこの錠前をくり抜いていれば、市はナドラー夫妻の遺言状を見つけられたのよ」

「市がそうしなくて、よかったよ」ライカーは透明な保護カバーのついた漫画本をぱらぱらとめくった。「穴なんぞあけてりゃ、ネズミどもがこれを全部、嚙みちぎってずたずたにしてたたとこだ。こりゃあ、子供のコレクションなんかじゃない。相当な値打ちものだよ」

「これはあの少年の父親のものなの。遺言でも触れている。でもわたしはアーニーの漫画本も見つけた――その残骸を」彼女は金庫の外を指さした。床に置かれたその段ボール箱には、ネズミが齧《かじ》ってあけた穴がいくつもあった。

ライカーはしゃがみこんで、箱の蓋を開けた。いちばん上の層は細かく裂かれて、害獣の巣になっており、そこに、目の見えない生まれたての赤ん坊たちが寝かされていた。彼らは身をよじらせ、キーキー鳴いた。しかし、善きニューヨーカー、ライカーは彼らを可愛いとは思わなかった。彼はラテックスの手袋をピシャリとはめ、赤ん坊たちの下をさぐって、まだ無傷の漫画本を二冊、引っ張り出した。「これもバットマンだ――この父にして、この子あり。それにほら、スーパーマンもあるぞ」

ここで彼は、マロリーが家具を移動させていたことに気づいた。アーニーの遺品はみな、この一隅に集められている。少年サイズのベッドと、それとセットのナイトテーブルと、スーパーヒーローを象った、砕けたセラミックのランプのまわりに。

「ナドラー夫妻の遺書を見つけたわよ」マロリーが、読んでいた小さな革表紙の本を手に、金庫から出てきた。「これはアーニーの日記なんだけど」彼女は本のあいだから折りたたまれた一枚の紙を抜き取って、彼に差し出した。

ライカーはそのメモを広げ、両親のどちらかが書いた簡単な一文、単語五つのさよならを読んだ。なぜ、と思うかたがたに。

マロリーは、少年の寝室セットの木の椅子にすわった。「アーニーの日記のなかには、電球のガラスの細かな破片が散らばっていた」彼女はナイトテーブルのいちばん上の引き出しを開けた。「ほら、このなかにも破片があるでしょ。たぶん、アーニーが日記をしまっていたのはここなのよ。だからこの引き出しは開いていたのね。つまり、こういうことよ。あの夜、アーニーが死んだあと、ナドラー夫妻は病院からうちにもどった。ふたりはアーニーの部屋に行き、あのベッドにすわって——彼の日記を読んだ。読み終えると、どちらかが日記を壁に投げつけ、それでランプが壊れたの」

「そして、電球が割れたわけだ」ライカーには、暗闇のなかで抱き合うアーニーの両親の姿が見えた。

第四十三章

連中は〝くずどもの席〟のぼくのそばに立ち——ぼくがひと口、ランチを齧《かじ》るのを見ていた。食べたものは胃袋に収まってくれなかった。ぼくがナプキンのなかにもどしてしまうと、ハンフリーはくすくす笑った。

ぼくはトレイを持って食堂の反対側に移動し、トビー・ワイルダーの隣にすわった。彼がひとりで食べるのが好きなのはわかっていたけれど。それに、学校の他の子はみんな、テーブルの半分を彼のために空けている。でも、彼はぼくに気づきもしなかった。その目は閉じられ、手にしたフォークは頭のなかのオーケストラを指揮していた。

顔を上げると、またあの三人がいた。ぼくをつつき殺しに来た、そこそこ動く三羽のカラス。テーブルの向かい側に腰を据えている。知ったことか。ぼくは平然とランチを食べた。ハンフリーは何もできやしない。ここじゃ無理だ。それに、ウィリーはただ、あの蜘蛛《くも》の目でぼくをじっと見てるだけだった。でも、アギーは自分を抑えられなかった。あいつは、また噛みつくぞ、と言わんばかりに、ノンストップでカチカチ歯を鳴らしていた。ぼくはあいつに噛まれたなんて人に言いつけたことはない。浮浪者を殺したことはもちろん言ったけど——個人的なことじゃ告げ口なんかしないんだ。あのカチカチいう音は、トビーの注意をとらえた。彼が目を開けると、連中は三人そろってぴんと姿勢を正した。それから彼が言った。「あっちへ行け、この化け物ども！」連中はあわてるあまり椅子をひっくり返して、テーブルから逃げていった。ぼくは死ぬその日までトビー・ワイルダーを崇拝するだろう。

アーネスト・ナドラー

ふたりの刑事は車を降りて、セントラル・パーク西通りを北に向かった。角を曲がって静かな脇道に入ると、マロリーは携帯電話で鑑識課に連絡を入れ、彼らにできなかったことを小さな女の子が成し遂げたという知らせでヘラーをいたぶった。ココは〝断食芸人〟の使ったウィンチとドリルの製造元および型式を特定した。そう告げたうえで、彼女は、不毛だった彼のクロロホルムの検査をどこかもっとよい設備のある研究所に請け負わせてはどうかとすすめ、自分はさらなる証拠を掘り起こすための子供を切らしているのだ、と付け加えた。

ライカーにとって、この会話の空白部を悪態で埋めるのは簡単なことだった。彼女が電話を終えると、彼は訊ねた。「殺すぞって言われなかったかい？」

「ええ、きょうの彼は機嫌がいいみたい。これでおあいこだって言うの」

なんだって？　ヘラーのやつ、マロリーが新人鑑識員を縛りあげ、袋詰めにしたことを許したのか？　いいや――ありえない。とはいえ彼女が、細部に注意を払うようポラード鑑識員を仕込んだことは確かだ。ヘラーはそれを儲けとみなしたのだろう。だが、何もマロリーにそう話すことはない。彼女の勝利を台なしにしてなんになる？

つぎの電話の相手は、ハムリン検事だった。この男はチャールズ・バトラーが大急ぎでしたためた宣誓供述書をすでに受け取っており、モーター音を特定する子供の天分を認める判事も見つけていた。電話をしまうと、マロリーは言った。「令状はもうすぐ届く」

殺人キットの品目のどれかが見つかる可能性は千にひとつだ。しかし、彼らがきょうさがすのは、そのどれでもない。

ふたりの散歩はブロックの半ばで終わった。彼らは足を止め、ある私邸の下見を行った。石のライオンたちがその短い階段のてっぺんで邸の警護に当たっている。建物の幅は周囲の褐色砂岩の家々の二倍あるが、高さのほうは変わらない。上に目をやると、屋上に生い茂る緑の先端だけがそこに見えた。刑事たちは道を渡って、邸の隣のアパートメント・ビルに行き、全部のブザーを鳴らした。最初にインターコムに出た住人が徴用され、マロリーが先頭に立って上に向かった。そしてさらに上へ――エレベーターなどというしゃれたものはない一世紀前の建物の五階まで。しかしライカーは、息を切らしながらも、禁煙の誓いなど立てなかった。

最後の階段をのぼりきったところで、ふたりの刑事は案内人を解放して屋上に出た。煙突が並び、ケーブルが這い、タール紙に点々と鳩の糞の落ちた場所。隣の屋上の緑豊かな庭とは雲泥の差だ。彼らは低い手すり壁を乗り越えて、やわらかな草の絨毯《じゅうたん》の上に降り立った。周囲は、樹木やシダや花でいっぱいだった。空に浮かぶ小ぶりの公園。このおとぎの国の中央で、刑事たちは蔦《つた》に覆われた小さな構造物を見つけた。それが屋内への入口なのだ。屋上の道路側には、パティオが作られており、板石が敷かれ、テーブルとクッション付きの錬鉄《れんてつ》の椅子が置かれていた。
それに、ああ、灰皿じゃないか！

ライカーは幸せな気分で椅子にすわり、タバコに火を点けた。「これ以上いいことなんてありっこないね」

「きっとある」彼の相棒は重たいナップザックをテーブルに置き、携帯を取り出して電話をかけた。応答したホフマンをどうにか突破し、この家の女主人を電話口に呼び出すと、マロリーは言った。「屋上に警察が来ています」

三人は屋上のパティオに集まっており、グレイス・ドリスコル－ブレッドソーはちょろい相手としてライカーを選んでいた。彼女はライカーと雑談し、差し出されたタバコに火を点けることで彼の心を射止めた。

マロリーはこの愛煙家の親睦の儀式に黙って耐えた。年上の女がついにこちらを見ると、彼女は、〝ざまあみろ〟の笑みを見せ、あの古いV・iCAPの質問表をテーブルに載せた。「あなたは以前にもこれを見たことがありますよね」

この予想外の不快なサプライズに、セレブ婦人の唇がめくれあがった。しかし、彼女は立ち直りの早い女だ。喫煙仲間、朋友のライカーに顔を向け、彼女は、ぜひ自分をグレイスと呼んでほしい、と言った。「それで、あなたのことはなんとお呼びすればいいかしら？」

「刑事と。わたしも相棒もね。われわれはファーストネームが同じなんです」ライカーはタバコをもみ消した。「ひとつ、ご説明いただきたいことがあるんですが——グレイス」彼はＶｉＣＡＰの質問表を手に取った。「ローランド・マンはこれであなたを脅迫していた。となると、どうやら、ナドラー少年を殺すというのはあの男自身の考えじゃなかったようですね」

ミセス・ドリスコル－ブレッドソーは彼が持つ紙には目もくれなかった。こう言ったとき、その笑みはまだそこにあった。「あなたたちはローランドに脅迫と殺人の疑いをかけているの？　かわいそうないまは亡きローランド。まあ、そうすると、あなたたちのお仕事はもう終わりってことでしょうね。ご苦労様」

ライカーは信じられないという顔をし、マロリーは、これは芝居にちがいないと見抜いた。彼はもう何事にも驚かない擦れ枯らしなのだから。「あなたの防衛戦略をわれわれに試そうっていうんですか？　ローランドが〝断食芸人〟だとはとても思えませんね。それに、ウィリー・ファロンもちがう。彼女が《ランブル》で自分を吊るすわけはありませんからね」

「だから、わたしたちにはもうひとり冷酷な殺人者が必要なんです」マロリーが言った。「長期計画を立てるだけの忍耐力のある誰かが」彼女は感嘆の眼であたりを見回した。「これは利口なやりかたでしたね——グレイス——樹木は道から引っこんだところに植える——無申告の収入のことは通行人に宣伝しない」

「七年前」ライカーは言った。「ドリスコル協会はこの屋上の床の強化に金を出してますね」

「わたしの家の保守管理は協会の責任なので」

「それはちょっとちがうな」彼は言った。「この公園を造るには、余分な支えが必要だったでしょう。いったい何トンの土が――」

「合法的な事業費だわ」グレイスは言った。「ドリスコル協会はわたしの住まいの所有者であり、わたしはここで慈善事業の資金集めのパーティーを主催しているんですもの」

「でも、屋上でやってるわけじゃない」マロリーが言った。「ケータリング屋から話を聞いたんです。あなたが毎週の資金集めのパーティーで使っている業者に。彼はこの屋上を見たことすらありませんでした」彼女はナップザックを開けて、紙表紙の分厚い本を取り出し、テーブルにバシンと置いた。テーブルの縁の近くで、ガラスの灰皿が踊った。「これは協会の憲章です。これによってカバーされるのは、この邸宅の最低限の保守管理だけ……屋上の造園は含まれていません」マロリーの手のひと振りが、木々や茂みすべてを示す。「ドリスコル協会は工事業者を雇い、屋上の床を強化した。わたしは支払いずみの小切手と正規の作業指図書を確認しました。でも、造園の費用を出したのはあなたですよね――現金で――どさっと。その大金の出所はどこなんです？」

ライカーは椅子のうしろに手をやって、華やかなピンクの花を一本引き抜いた。グレイスはハッと息をのんだ。彼は指のあいだでその茎をくるくると回した。「こんな花、見たことがありませんよ。すごく高価なんでしょ？　ねえ？」彼は花をうしろに放り捨てた。「あなたの雇った造園業者は、台車が盗まれたとき、カンカンになってませんでした？」グレイスの沈黙がひどく長引くと、彼は言った。「台車――手押し車とも言いますね。ほら、車輪がふたつある、柄の長いやつですよ。いま言ってるのには、カー・バッテリーがくっついてます。あなたの雇った造園業者は、そのバッテリーを巻き上げ機《ホイスト》の動力にした。そうやって庭木をここまで引っ張りあげてたわけですね――何トン分もの土のほうも」

「クレーンより安あがりだし」マロリーが言った。「そのほうが秘密を保ちやすく――無申告、非課税の収入で何をしてるか隠しやすい。クレーンを使うとなると市の許可が必要だけど――書類なんか残すわけにはいかないものね」

「でもホイストは大仰だな」ライカーは言った。「人間を何人か吊るしたいなら、手軽なウィンチで事足りる――三度連続でやりゃあいい」彼は手帳をテーブルに置いた。開かれたページには、殺人キットの各品目のブランド名が書き連ねてあった。「問題の台車には、ふつうより幅の広い荷台がついてました。意識のない被害者を《ランブル》に運ぶにはそういうのが要りますよね」

女はなかなか反応しなかった。ついに口を開いたとき、その口調はいやに優しげだった。

「それがわたしの手口なの?」

「そう」ライカーは言った。「台車の窃盗は、造園業者に現ナマとおいしいチップをやって隠《いん》蔽《ぺい》した。警察への届け出はなし。七年後に警官どもがここにたどり着くなんてことは、まず考えられませんしね」

「ほんとにね」セレブ婦人は彼に賛成らしく――笑みをたたえ、うなずいている。穏やかすぎるほど穏やかに、汚い金で買える最高の弁護士をかかえているかのように。

マロリーがグレイスのタバコをじっと見つめた。先端の灰は黒ずみ、煙は出ていない。「煙を肺には入れないんですね。たぶんそのほうがいいんでしょう」彼女は身を乗り出して、相手の首にかかる銀のペンダントに触れた。「その装置はここでも機能するんですか?」

グレイスは反射的に胸に手をやり、そこにぶら下がっている緊急通報用のメダリオンを隠した。「ええ、あの小さな建物のなかに応答機があるのよ」彼女は、屋上への入口の小さな構造物のほうにうなずいてみせた。「実験してみる、マロリー刑事?」

「非常ボタンの仕組みなら知っていますから。それはお年寄りのためのサービスですよね。あなたよりずっと年のいった人たち、疾患を持つ人たち、ひとり暮らしの人たちのための。でも、あなたにはホフマンがいる」

「住みこみの看護師がいるわけだ」ライカーは言った。「それでもあなたはまだひどく怖がって、そのメダリオンを身に着けている。ホフマンは信用できないんですか? 彼女が救急車を呼ぶとはかぎらないと思ってるのかな? 自分はそうしてもらえるほど好かれてないかもしれないと?」

「この人の場合、いくら心配しても心配しすぎってことはないのよ」マロリーが言った。「前に一度、卒中をやっているんだから」

ライカーはこれ見よがしに手帳を眺め、マロリーによる保険会社のファイルからの分捕り品を確認した。「この人は二度、卒中をやってるよ」

グレイス・ドリスコル-ブレッドソーは、人なかで裸にされた女の顔になっていた。屋上のドアの開く音に、彼女は振り返った。叫び立て、両手を振りながら、ホフマンがこちらに走ってくる。警察が家に来ています。どこもかしこも警官だらけです。どこもかしこも！

どの階でも、ドアは開け放たれており、室内で進行中の捜索の様子――引き出しをひっくり返し、クロゼットをかきまわす制服姿の男や女が見えた。一階のふたつ上の踊り場で、ひとりの警官がグレイス・ドリスコル－ブレッドソーに捜索令状を手渡した。彼女はその文面に目を通しながら、自分と並んで階段に立つ刑事たちに話しかけた。「これは〝断食芸人〟に関連する物に限定されるわけよね？」

「いいえ」マロリーは言った。家に入れることが確実となった時点で、彼女はその他いくつかの罪状とさらなる物品、樹木や植物といったものを付加したのだ。「わたしたちは、あなたがあちこちに置いているばらの現金もさがしています」

「おやおや」ライカーが言った。「見つかったみたいだぞ」彼が壁に貼りつくと、他のふたりもそれに倣《なら》って道を空け、階段を下りていく制服警官たちを通した。彼らの持つ透明のビニール袋には現金が詰まっていた。

マロリーは金が通り過ぎていくのを見つめた。「グレイス、あなたの収入ではあれだけの現金の説明はつきませんよね。高額紙幣ばかり、たぶんひと袋に三十万くらい？　だいたいそんなところでしょうか？」また別の警官たちが彼らの前を袋を持って行進していく。「つまりいま、わたしたちが見ているのは、数百万ドルです」

グレイス・ドリスコル－ブレッドソーはふたたび令状を読みはじめた。「この家を所有しているのは、ドリスコル協会なの――家具も絵画も。銀器類もよ。わたしの弁護士たちなら難なく、その所有権は現金にも及ぶということにしてしまえるでしょうよ」

つぎの階の最初のドアに差しかかったとき、マロリーはドアの奥をのぞきこんだ。その室内は小さなクリニックのように設えられていた。「ほんとに用意周到なのね」戸棚のひとつは開いており、備蓄された大量の医療用品がむきだしになっている。ジェイノス刑事が薬瓶の並ぶ棚を指さしながら、ホフマンに何か質問していた。

「こりゃどういうことだ？」ライカーは相棒に目を向けた。「この人は、病院恐怖症なのかね？」

「いいえ、そういうんじゃない」マロリーは言った。「また卒中を起こしても、グレイスは長期入院するわけにいかないの。協会の憲章に居住に関する条項があるから。グレイスのひいお祖父さんのアイデアよ。相続人たちが一族の名を名乗らざるをえないようにしたわけね。一年を通じて、ドリスコル姓の居住者がひとりもいなかった場合、理事会はこの邸宅を売らなければならないの」

「でも、この人には子供がいるよな」ライカーは言った。

「フィービはただのブレッドソーでしょ。血のつながりは関係ない。グレイスのどっちの子供にも、一族の財産や収入に対する権利はないの。彼らの母親が出生証明書にドリスコル姓を付け加えるのを怠ったから。必要なことは、それだけだったのにね。そのことは憲章の五ページに明記されている。一族の弁護士たちは、第一子が生まれる前にグレイスに注意したにちがいない。きっと彼女は忘れたんでしょうね」

「二度もな」ライカーは最後のドリスコルに向き直った。「すごい人ですねえ、あなたは」

「グレイスはただ用意周到だっただけ。この一族は卒中の家系なの。彼女は子供たちに、ママを生かしておく理由を与えたかった。でも、介護施設というんじゃ困る」マロリーはセレブ婦人と向き合った。「しかも、あなたがそれについて考えたのは、子供たちがまだ赤ん坊のときだった――これこそ長期計画ですよね」

「まさかあなたは、このわたしを――」

「初めて会ったとき」マロリーは言った。「あなたは自分が何者かを教えてくれた。あなたは、怪物は怪物から生まれると言いましたよね」

　虚勢が勢力を揮っている。セレブ婦人はほほえんだ。「陪審は、わたしが息子の殺人を隠蔽するために三人の人間を吊るしたものとみなすかしら？　それとも、嘆き悲しむ母親に同情を覚えるかしらね？　まじめな話、マロリー、怪物から怪物にお訊きするわ、わたしの勝ち目はどれくらいだと思う？」

　マロリーは聞いていなかった。ジェイノス刑事がクロロホルムの瓶を持って、こちらに向かってくる。それがここにあるわけはない――いまもあるわけはないのに――しかし、それは確かにそこにあった。

「警察の留置場よりこっちのほうが快適ですからね」ライカーはドアを開けて、一歩さがった。「レディー・ファースト」

彼の捕虜は、同種の囲いの長い列のいちばん奥に当たる、その金網の檻に入った。家具や家財、高く積まれた段ボール箱の山々を、彼女はじっと見つめた。「わたしを倉庫に閉じこめるつもり？」

「いやあ、これはそんじょそこらの倉庫じゃないんですよ、グレイス。遺言を残さずに死ぬと、その人の持ち物は全部ここに来るんです——市が遺された金を残らず、合法的に盗めるようになるまでね。ここにあるのは、アーネスト・ナドラーの両親のものなんですよ」しかし、もう遺言状が発見されたのだから、この小家族の遺品はあと十五年もすれば解き放たれるだろう。ライカーは、グレイスが家を出るときホフマンから引き取った小さな往診鞄を開けた。そしていま、彼は液体の入った薬瓶と専用の注射器をじっと見ていた。「するとあなたは、注射を打ってるわけだ」

「返して！　卒中を起こしたら、ごく短い時間内に注射を打たなきゃならない。それは後遺症を予防する薬なの」一方の手が緊急通報用のメダリオンを握り締める。信号の届く範囲をはるかに越えたこの場所では、なんの役にも立たないというのに。

「大丈夫。わたしが帰るときには、見張りの警官が来てるでしょう。注射器は彼にあずけていきます。それでいいですよね？」いや、よくはないようだ。ライカーにはそれがわかったが、グレイスは懇願して彼を喜ばせたりしなかった。ライカーは、ぱんぱんにふくれた肘掛け椅子の背もたれに一方の手をかけた。「マロリーは、これがいちばんいい椅子だって言っています」彼はフロアランプをカチリと点けた。「読書灯——あなたには必要でしょう。わたしの相棒はここでずいぶん長いこと、アーニー・ナドラーの日記を読んでいました。彼女はあなたのためにコピーを取ったんですよ」彼は床に置かれたコピーの山を指さした。「逮捕される前に、証拠を見て対策を立てておきたいでしょう?」

「逮捕される前? でもわたしはもう——」

「いや、あなたは重要参考人として留置されているだけです。こっちが正式に告発するまで、弁護士に電話はかけられませんよ。これは想定外でしょう? あなたのプランを当ててみましょうか? 裁判の途中で、あなたの弁護士が情報を流すんじゃないかな? フィービはイカレてる、彼女は声が聞こえるらしい、たぶん人殺しだってやるだろう、なんてね」ここで彼は、アギー・サットンの弟の言葉をまねた。「狂気はいいもんです。陪審にとって合理的疑いになりますから」彼はしゃがみこんで、アーニー・ナドラーの好きなもの、彼の漫画本の箱を開けた。ネズミの赤ん坊たちの巣を。

グレイス・ドリスコル-ブレッドソーは、ミャアミャア鳴くピンクの害獣たちを顔をしかめて見つめた。「あなたのパートナーはどこなの? なぜいっしょに来なかったの?」

「マロリーは、わたしの考えはまちがってると思ってます」ライカーは少しだけ齧られた漫画本を引っ張り出して、そのページをぱらぱらとめくった。「彼女、二十ドル賭けましたよ。あなたがこの泥沼に娘を引きずりこむわけはないってね。あなたはフィービ用に別のプランを用意してるはずだ、また卒中を起こした場合、この先三十年、州の介護施設で過ごすのはいやだろうからって言うんですよ」

「お忘れのようね。わたしは息子から一億ドル相続したのよ。それだけあれば——」

「いや、あれはずっと凍結されたままでしょうよ」彼は漫画本を下に置いて、別の一冊を取り出した。「それに、お宅で見つかった現ナマは、押収されちまったしね。あなたが卒中で倒れたとき、もしもフィービが監獄にいたら、理事たちはあなたを無能力者として認定させるんじゃないかな。連中は安い介護施設にあなたを放りこみ、家のほうは売っ払っちまうでしょうね。あの家はどれくらいの価値があるんです？　十万ドルくらいかな？　きっと理事たちは二十万で売りますよ。強欲で、実にあこぎなやつらですからね。マロリーでさえ感心してたほどです」

彼は漫画本を下に置き、携帯にかかってきた電話に出た。「はい？……もう決まりですか？……よかった」彼は電話を切って、捕虜にほほえみかけた。「地方検事のウォルト・ハムリンからでした。あなたはたったいま失業したそうです」

そして彼は、この倉庫までの長い車の移動のあいだに、よそで何が起きていたかを説明した。地方検事がドリスコル協会の理事会を召集したことや、邸宅から持ち出された現金の袋がすべて、会議室のテーブルに並べられたことを。

「あのお金は慈善事業への現金の寄付なのよ」

「でしょうねえ。あなたのとどめを刺したのは、例の庭造りなんですよ。地方検事は、あの屋上のプライベート・パークの写真を理事たちに見せたんです」犯罪行為をにおわすその視覚的暗示だけで、理事たちはグレイスとともに牢に行かないことを満場一致で採択した。「連中が倫理規定の施行に至るまでには、五分しかかからなかったそうです。投票により、あなたは理事職を追われたんです」

「みなさんによろしく」グレイスは言った。「でも、言っておきますけど、わたしは一日たりとも刑務所では過ごしませんから」

「そうかもしれませんね」ライカーは往診鞄を掲げた。「でも、この先ホフマンの給料を払うのはむずかしいんじゃないかな」彼は鞄を開けて、注射器を取り出した。「どうしてもこいつを打たなきゃならないとき、彼女が近くにいなかったら？」

「あなたのパートナーはどこなの？」

「きっとマロリーの言うとおりなんでしょうね。あなたは自分の身代わりにフィービを破滅させたりしない。あなたには、介護施設の地獄から護ってくれる親族が必要ですから。あなたの成人用おむつが交換されてるかどうか、気にしてくれる誰かがね。フィービはあなたから離れられないだろうし。彼女はもうひとりじゃやってけないでしょう……これも優しいママさんのおかげですよ。何年も、一切手を打たず、ただ我が子が狂っていくのを傍観していた成果ですね」

「うちの娘は正常よ。学校の保健師をしているし、なんでも自力で――」

「クレイジー・フィービは、じきにその仕事もできなくなる。日ごとにおかしくなってますからね。それでも、いつか、娘の名前すらわからなくなったあなたに、スプーンで食事をさせるくらいはできるでしょう……しかし、あなたがウィリー・ファロンにあんな大金を払っていたのはなぜなのか、その理由を彼女が知ったらどうなりますかね？」

グレイスはいま、怯えていた。つまり、仕事の半分は終わったわけだ。刑事は檻の外に出て、扉に鍵をかけた。彼が廊下を歩いているとき、女は声を取りもどした。ライカーは彼女が自分に呼びかけるのを聞いた。

「ライカー、マロリーはどこ？　彼女はいま、何をしてるの？」

第四十四章

今夜、フィービから電話があった。彼女の声を聞いただけで、ぼくは幸せな気分になった。もうひとりじゃないんだ。でもフィービは、あのアル中殺害の話は撤回しなきゃいけないと言う。ぼくの供述を支持するのは、〝どんでもない愚行〟なんだそうだ。そう言いながら、フィービは泣いていた。でも、なぜ泣いているのかは言おうとしない。それとも、言えなかったかだ。〝どんでもない愚行〟だなんて、フィービらしくない表現だ。ぼくはこれを暗号と取った。きっと〝お母さんが聴いている〟という意味だろう。この非フィービ的な言葉を、ぼくは拡大解釈している。あれはきっと、自分がついてる、ずっと味方だから、という意味なんだ。

アーネスト・ナドラー

栞《しおり》のはさまったこの箇所を読み終えると、フィービ・ブレッドソーは日記を閉じて、テーブルのこちらへ押しもどした。「ありがとう。ええ、母が聴いていたんです。わたしがアーニーと話したのは、あのときが最後でした」

取調室の蛍光灯の明かりの下で、マロリーはその小さな日記のアル中襲撃につづくある箇所を開いた。「その男が殺されたあと、あなたの親たちはあなたを学校に行かせなかったんですね？」

「母の考えなんです。父さんは一切かかわっていません。ハンフリーの尻ぬぐいは、母のほうが得意でしたから。父が母にそう言っていました——母をどなりつけて」

「その喧嘩のとき、あなたもそこにいたわけですか？」

「いいえ、わたしは部屋に閉じこめられていました。でも、ふたりの声は聞こえたんです——玄関のドアをたたきつける音も。父が出ていったあと、母はハンフリーに向かって金切り声で叫んでいました。父さんに気に入られるようになさい、さもないと痛い目を見るわよって。その日は、アギー・サットンも来ていました。ウィリー・ファロンも。その全員がいっせいにどなっているときは、誰が何を言っているのかほとんど聞き取れませんでした。でも、アーニーの名前は聞こえました。何度も何度も。それは、彼が行方不明になる前のことです」

「それで、アーニーが消えたあとは？」

「彼のご両親が警察といっしょにうちに来たんです。ミセス・ナドラーが泣いているのが聞こえましたよ。ミスター・ナドラーがどなっているのも。ふたりはわたしと話したがっていたんです。わたしは自分の部屋のドアをバンバンたたきました。金切り声で叫んで、大声でわめいて、それでやっと母が外に出してくれたんです。わたしは、アーニーが怖がっていたことをナドラー夫妻に話しました。彼は《ランブル》に隠れているかもしれない、とも言いましたし。でも、マン刑事は信じてくれなかったんです。ミスター・ナドラーは、自分ひとりで公園じゅうをさがすと言いました。それでようやく、あの刑事も捜索に同意したわけです。警察が木に吊るされたアーニーを発見したのは、その夜でしたよ。それから……アーニーが死んで……わたしはぼろぼろになりました。父さんが初めてわたしを精神科医に診せたのは、そのときです。母はどの医者も気に入りませんでした。いつもわたしをセラピーから引きずり出していたものです」

　当然だ。小さな女の子を沈黙させ、苦しめておくほうが、家族の秘密をセラピストに漏らされるよりはいい。マロリーは何も書かれていない手帳を見おろした。「お父様はあなたに、ハンフリーが何をしたか話さなかったんでしょうか？」

「ええ、当時は。後に話してくれましたが。兄が十六になった年に。進学予備校《プレップスクール》時代、ハンフリーは六歳の女の子をレイプして訴えられたんです。その女の子は最初の被害者じゃありませんでした。でも父さんはわたしに、その子が最後だと言いました。父が会社をたたんで、ハンフリーの信託を設定したのは、そのときです。母は逆上しました。父にすごく腹を立てて。それ以来、父さんはずっとホテルを転々として暮らしていました」

「あなたのお母さんは、ハンフリーはお父様のお気に入りだったと言っていましたが」マロリーは、父と息子の肖像画から切り取られたキャンバスの布切れ二枚をテーブルに並べた。

　フィービはほほえんだ。「あの絵は母の思いつきなんです。当時ハンフリーは十歳でした。いっしょに時間を過ごせば、ふたりももっと仲よくなれるんじゃないか。母はそう思ったわけです。でも、父さんは兄を愛したことなどありませんよ。愛せる人なんていませんよ」

でも、グレイスは愛していたにちがいない――彼が十歳のときは。

「兄は怪物でした」フィービが言った。

あの母にして、あの息子。

「わたしは兄の死を残念だとは思っていません」

そうだろう。

そして、マロリーが唯一残念に思うのは、フィービに母親を弔るすための証言能力がないことだった。

監視役の警官を立ち去らせ、マロリーは、ナドラー一家の家財と囚人一名を収める金網の檻に入った。グレイス・ドリスコル－ブレッドソーは、日記のコピーを読み終えていた。綴じられていないその紙は、彼女の膝にきれいに積みあげられている。

「いろいろ訊きたいことがあるでしょう」マロリーは言った。「あなたがウィリー・ファロンに何袋分もの現金を渡した理由を、わたしがフィービに話したかどうか。きっとそれが気になっているでしょうね」

「あなたが娘に何を話したか、わたしは想像するしかないわ。ただ、娘があなたを信じるとはかぎらないけれどね」

「わたしには、彼女にウィリーの供述書を見せることもできるのよ」刑事は女の椅子のうしろに回った。「ウィリーは、あなたが自分の娘を脅させるために金を払ったと言っている」マロリーは身をかがめて、グレイスの耳もとに顔を寄せた。「あなたはフィービを死ぬほど怖がらせたかった。そうすれば彼女が家に……自分のもとにもどると思ったのよね」

「つまり、あなたはまだ何も娘に話してないわけね。取引のにおいがするわ。あなたはわたしの罪を問えるほどの証拠をつかんでないんでしょう」グレイスは真の肉食獣の笑いを持っていた。「弱さ。そのにおいもする。わたしにはわかるわ」

マロリーには、ネズミとゴキブリによる汚染のにおいしかわからなかった。彼女はナドラー少年のベッドのむきだしのマットに腰を下ろした。「アーニーのご両親がどうなったか、知っている?」

「心中したと聞いたわ」

「いいえ、わたしの考えだと、彼らはあなたに殺されたのよ。彼らの息子を殺すためにローランド・マンを送りこんだとき、あなたはあの夫婦を窓の張り出しから突き落としたも同然なの」

「もう昔のことよ」グレイスは片手を振って、取るに足りないそれらの死を退けた。

マロリーはぼんやりとマットレスをなでた。「フィービはあなたの上を行ったのよね」視野の端で、もう一方の女がゆっくりとこちらに頭をめぐらせた。「あなたの娘は自ら出かけて人を殺した。自分の手で――殺し屋の警官も、心のゆがんだ子供の一団も使わずに」

「いったい何を――」日記のコピーが雪崩となって、グレイスの手からゆっくりとすべり落ち、ふわふわと床に舞い落ちた。

「彼女が〝断食芸人〟だってことをあなたは知っている。わたしたちが造園業者の台車の話をした瞬間に知ったのよ。かわいそうなフィービ」マロリーは首を振った。「連行したとき、彼女はぼろぼろだった。神経がすっかり参ってしまってね。でも、自供内容を書面にすると……爪を噛むのをやめたの」

「そんな自供はなんの価値もないわ！」グレイスの声はただひとつ、ヒステリーの音色のみを宿していたが、それは即座に消え失せた。「娘はすぐに威圧されてしまうのよ。あの子は正常な精神状態では――」

「まあ、ニューヨーク・シティでは、狂気は相対的なものでしかないしね」マロリーは、床に落ちた日記のコピーを拾うため、身をかがめた。「あなたがアーニーに何をしたかフィービは知っているの？　つまり――殺害する前に、という意味だけど？　あなたの小さな刺客たちがいじめのスタイルを変えたとき、彼女は学校を休んでいたのよね？　彼らがアーニーを殴るのをあなたが止めてからは、ずっと？　犯罪の証拠となる痣《あざ》や噛み痕はもう残しちゃいけない。純然たる恐怖のほうがいい。あなたは彼らにアーニーを脅して証言を撤回させるよう指示したんでしょう？」マロリーはゆっくり時間をかけて、コピー紙の最後の一枚をかき寄せた。「全部ここに書いてある」彼女はコピーの束を波打たせた。「つきまとい、心理的虐待――馬鹿な子供三人が？　まさかね、グレイス、あれは全部、あなたの仕業よ。ウィリー・ファロンによると、あなたは三人に、何をすべきか具体的に――」

「ウィリー？」セレブ婦人の目が楽しげになった。「赤ん坊投げのウィリーでしょ？　すばらしい証人とは言えないわね。それに、その男の子の日記は何ひとつ証明していないわ」

「あの低能なチビどもはやりすぎた。単純な指示にも従うことができなかったのよね。彼らには自分を抑えることができなかった。どうしてもあの男の子を痛めつけずにはいられなかった。もしアーニー・ナドラーが昏睡《こんすい》から目覚めていたら、ハンフリーは彼のお仲間もろとも逮捕されていたでしょうね。それに、あなたも。子供は簡単に自白してしまう。我が子が即座に自分を売ることが、あなたにはわかっていた。だからあなたは警官を雇ってアーニーを殺させたのよ。彼が目を覚まして、しゃべりだす前に」

「あら、またあの話？　もう飽き飽きよ」

「ローランド・マンは、その仕事でどんなひどいヘマをしたか、あなたに話したことはある？

少年が死んだとき病室に彼がいたのを、ある看護師が見ているの。そのことを彼は話した？」

いや、初耳のようだ。女は緊張を高め、身構えている。

「そうだと思った」マロリーは言った。「なぜって、その看護師がまだ生きていて――しゃべっているから。ローランド・マンは当時、凡庸な刑事で、大きな事件を担当したことはなかった。冷酷な殺人犯には会ったこともなかったし。あなたみたいな……リッチで、絶大な力を持つ……血も涙もないのとはね、グレイス。そこで彼は、その看護師と結婚し、彼女を隠したの。あなたが誰かに彼女を殺させるんじゃないか。彼はそれを恐れたのよ。そして、その証人、つまり、自分の妻の存在を知られてしまった場合に備え、あなたにViCAPの質問表を見せたわけ。政府のコンピューターに埋められた彼の記録、《ランブル》での少年襲撃の詳細を。さすがのあなたもそればっかりは、買い取ることも隠滅することもできない。あの記録が怖かった？　あれは脅迫じゃなかったのよ。あなたがアニーに——彼の妻に手を出さないようにするための保険だったの。でもローランド・マンには、はっきりそう伝えることができなかった。だって、あなたに妻の存在を知られたくはないわけだから。そこであなたは、政治家たちを買収したり脅したりして、彼をどんどん出世させた——全部、無駄だったわけだけど。彼はアニーさえ無事なら、それでよかったのよ」

「とってもロマンチックね、マロリー。あなたにそんな一面があるとは思わなかったわ」ここでこのプリマドンナは、落ち着き払って身をかがめ、靴のつま先からゴキブリをはじき落として、マロリーを感心させた。「でも、その仮説に基づいて有罪判決を勝ち取るのは無理よ」彼女はドレスのポケットから小さなハンカチをぐいと引き出した。刺繡《ししゅう》入りのそのリネンは、とても繊細《せんさい》で、透き通るようだった。彼女は虫に接触した指の爪をそれでぬぐった。

するとこの鋼《はがね》の女は……潔癖症なのだ。

「あなたはリアリストよね、マロリー。わたしが法廷に入ることは絶対にない。それはわかっているはずよ」

確かにそうだ。この女には高官の人質が大勢いるし、汚職の証拠の蓄《たくわ》えが山ほどある。一日たりとも刑務所で過ごすことはないだろう。

「でも、あなたに何が残されているの、グレイス？　わたしはあなたからドリスコル協会の支配権を奪った。もう権力はない。わたしはあなたの現金もすべて奪った。それに、ハンフリーの一億ドルも。あのお金は、あなたが死ぬまで凍結しておけるのよ……そして、とどめの一撃として、わたしにはあなたからフィービを奪うこともできる」

グレイスは手のなかでぎゅっとハンカチを握りつぶした。彼女の不安の唯一の表れだ。「お互い知っているとおり、わたしの娘が殺人罪で法廷に立たされることは絶対にないのよ。あの子は——」

「イカレてるから？　でもね、グレイス、その理屈には無理があるかも。フィービには計画的に物事を行うすごい能力がある。なぜ彼女が校舎の裏手のあのコテージに移ったか、知ってる？　彼女には殺人の道具をそろえるためのプライバシーが必要だったのよ。手始めは、あなたの造園業者から彼女が盗んだ例の台車。そして、それは七年も前だった。彼女は長期計画の女王よ。誰もがつくづく感心している。わたしたちも、あそこまで先を考えた計画は見たことがないの」

グレイスは視線の先の段ボール箱の上で蠢《うごめ》くゴキブリが気になっているふりをした。そして彼らは——セレブ婦人と昆虫は、互いに見つめ合った。このデュオはどちらも、刑事が銃を抜いたのに気づかなかった。そして——バン！——虫は台尻でたたきつぶされた。グレイスはびくんと飛びあがり、ハンカチがひらひらと床に舞い落ちた。

いい気分だ。

「なんの話だったかしら？」マロリーは身をかがめて上質の華奢《きゃしゃ》なリネンのハンカチを拾いあげると、それを使ってリボルバーから虫の内臓を拭きとった。「ああ、そうそう——先を考えた計画ね。あなたの娘は、弁護士を見つけてハンフリーをあの精神病院から退院させたの。三人の被害者は全員、同時期に町にいなくてはならなかったから。フィービは実に辛抱強かった——何年も待ち、彼らを殺す道具を集めた。彼女の殺人キットの道具はほとんどが盗んだものよ。でも、クロロホルムだけはちがう。彼女はあなたのを使いたくなかったの。フィービによると、あの瓶はあなたが生まれたころのもので——あなたの父親の時代の記念品だそうね。だから彼女はネットでレシピを見て、自分が使う分を調合したのよ」

銃を拭き終えたマロリーは、話しながら虫のしみのついたハンカチを振って、小さな体のパーツをまき散らした。「それに、あなたの娘は善悪の区別もついている。これらすべてにより、彼女は法律上、正常とされるわけ。でも、だからと言って、彼女がイカレてないことにはならない。すべてわたしの判断次第。わたしはフィービを好きなようにできる。あなたが買収したあの政治家たち？……彼らはいまじゃわたしのものよ」

ふたりの女は見つめ合った。どちらも身じろぎひとつせずに。彼女らを家具とまちがえ、ネズミが一匹、両者のあいだにちょろちょろ出てきて、すわって前足をなめはじめた。

マロリーがほほえんだ。

ネズミは飛んで逃げ、身を隠した。

「何が望みなの、刑事さん？」

嘘はすらすら出てきた。そしてマロリーがこう言ったとき、相手は彼女を信じた。「賠償よ」

こうして交渉が始まった。グレイスの娘は精神疾患を理由に裁判を受ける能力はないものと判断される。一年ほど後に、誰か無能な精神科医が見つかり、フィービの治癒が宣言されたとき、トビー・ワイルダーはニューヨーク・シティ一リッチな薬物中毒者となる——もしも彼がそれまで生きながらえ、支払いを受けられるなら——金《かね》とはなんの関係もない、究極の大詰めを見ることができるなら。美しくも恐ろしい報いがグレイスの思いもよらないときにもたらされるだろう。

フィービの教え——マロリーは待つことを学んだのだ。

第四十五章

父さんは銃を持っていない。ぼくは家じゅう隈《くま》なくさがした。引き出しもクロゼットも全部、夜じゅうかけて。

アーネスト・ナドラー

今週、ルイ・マーコヴィッツのポーカーの集いは、郊外の地区、ブルックリンのラビ・カプランの家で開催されていた。ここでは、人間は塔のなかに積みあげられているのではなく、前とうしろに芝生のあるちゃんとした家に住んでいる。夜のそよ風に向かって、ラビは窓を開けた。刈りたての芝草の香りが室内に流れこみ、ビールや葉巻の煙のにおいと混じり合う。デイヴィッド・カプランは、カードと同朋への愛に耽るべく、彼のお気に入りの調度、緑のフエルトが張られたオークのテーブルを囲む小グループに加わった。

エドワード・スロープはナイフを揮って、三段重ねのサンドウィッチの全材料が盛られた大皿を統轄しており、ロビン・ダフィーはチャールズ・バトラーの金をポーカー・チップと交換していた。白のチップは五セント、赤のチップは十セントに相当。しかし、青のチップは二十五セント——高い賭け金となる。

この集いの創始者の養女は、いまはもうめったに顔を出さない。キャシー・マロリーは自分たちのルールに辟易したのだとラビは見ている。彼らのポーカーでは、満月の夜は2の札がワイルドカードになる。そしてもちろん、雨降りのときは常にジャックが、雪が降れば3の札が、ワイルドカードだ。ラビ自身も、そういったルールが百もあるというのは、確かにいささか多すぎると思う。あるいは、キャシーはただ、あまりにも簡単に勝てることに嫌気が差したのかもしれない。それでも彼は、慣例どおりキャシー用の椅子を出した。今夜、彼女が来ないことはわかっていながら。

来週に期待しよう。

デイヴィッド・カプランはねばり強い男だ。なおかつ彼は、とわに変わらぬ愛の力を固く信じている。その愛は、キャシーをひどく逆上させ、やがては屈服させるだろう。いつかそのうち。だが、それは今夜ではない。

だから、呼び鈴の鳴る音がしたのは、大きな驚きだった。

ライカー刑事はラビの案内でその小部屋に入っていき、おなじみの顔ぶれを見て笑顔になった。マロリーの処刑対象者リストの男たち全員がクラブチェアにすわって、ポーカーテーブルを囲んでいる。「ルイがいつも、好きなときに来いって言ってくれてたもんで。お邪魔してもかまいませんかね?」

「もちろんだとも」ドクター・スロープが空いた椅子を葉巻で指し示した。「きみならいつでも歓迎だよ。しかしルイはわたしたちに、きみはポーカー嫌いだと言っていたがな」

「それは、このポーカーは嫌いだろうってことですよ」この訪問の基調が定まったところで、ライカーは椅子を引き寄せ、タバコに火を点け、家の主《あるじ》から冷えたビールを受け取った。「あんたがたはお婆ちゃんみたいなやりかたをしてるんでしょう?」彼はボトルの蓋をポンと開けた。「マロリーから聞いたんですよ。当時あいつは十二歳だったかな」刑事は検視局長の前に紙を二枚置いた。「これに署名してくれませんか?」

一枚目の紙は、薬物中毒者をドクターの私立リハビリ・クリニックに治療入院させるための定型の書式だった。エドワード・スロープは二枚目の紙、市が費用を持つことを約束する保証書に目を通した。「これが合法であるわけはないな」ウィリー・ファロンは答弁の取引をしたんだ。なぜトビー・ワイルダーが市の費用で——」

「まあ、厳密に言えば、合法じゃないんでしょうが」ライカーは言った。「でも正当ではありますよ。あの若者は人生の貴重な四年間を失ったんです——それ以上のものも」

スロープは、署名をしないまま紙を脇へ押しやった。「では、ミスター・ワイルダーは市を訴えればよろしい。うまくいくよう祈るよ」

刑事は肩をすくめて、十ドル紙幣をテーブルに放った。ロビン・ダフィーがそれをチップに交換する。その枚数の総額は大人のゲームなら千ドルにもなるところだ。しかし遠い昔、賭けの額は子供のお小遣いの範囲内と定められている。ルイ・マーコヴィッツは、このポーカーのゆうべの儀式を彼のキャシーを中心に構築したのだ。このプレイヤーたち、この立派な男たちがいなければ、ひとりの友も持てなかったはずの冷たい小さな異星の子供のために。

ライカーは彼らをたたきのめしにここに来たのだった。

もとより彼は、スロープが市の保証書に署名するとは思っていなかった。この検視局長の徹底した正直さは伝説となっている。「オーケー。保証書のことは忘れよう。チャリティー用の無料ベッドを提供してもらえないかな?」

「どのベッドにも順番待ちの長い列ができている」エドワード・スロープは言った。

だめか。

主賓として、ライカーはデックを渡された。彼は生まれながらの勝負師の技とスピードでカードを配り、これは男たちの注意をとらえた。だから、彼がこう宣言したとき、それは他のプレイヤーたちにとって少しも意外ではなかった。「今夜は非情なプレイをしよう。ゲームの名前はファイブ・カード・スタッドだ」マロリーの好きなゲーム。子供時代のある日、彼女はたまたま、署のランチルームに入ってきて、進行中のゲームに遭遇した。もっと温和なルイ流ポーカーとはまるでちがうやつに。その日、未開発の才能を見抜く目があるライカーは、本物の現金と拳銃を持つ男たちのテーブルにあの子供を着かせたものだ。そしていま、彼は小さなキャシーのルールを伝えた。「興ざましなワイルドカードはなしですよ」

情け無用。

最初のベットは、各自に二枚のカード、上向きの一枚と伏せて置かれた切り札《ホールカード》が配られたところで行われた。五セントのチップがテーブルの中央にカチャカチャと積まれた。自分の番になると、ドクターは十セント、レイズした。なんて強欲なやつ。刑事は全員にさらに三枚ずつ配ってディールを完了した。誰もゲームを降りようとしなかった。たぶん、もう天候や月のサイクルによる巻き返しのチャンスがないのを忘れているのだろう。

ライカーは自分の手を気に入っており、そのまま持ちつづけていた。「カード、いるかな？誰か？」彼は手札を捨てるプレイヤーにカードを配って、時計回りに一周した。カードを受け取った最後のひとりはドクターだった。ライカーはそちらに身を寄せ、声を低くして言った。「ご承知のとおり――トビー・ワイルダーを生かしときたがってるのは、マロリーなんですよ。でもあいつは、ドクターに助けを求めようとしなくてね。たぶん、ドクターは自分になんの借りもないからって思ってるんじゃないかな」

一瞬、ドクター・スロープの葉巻の煙までもが凍りついたかに思えた。

マロリー以上にヤク中を蔑《さげす》む者はいない。ドクターは、なぜ彼女がそのひとりに優しくしたがるのか、興味を覚えるだろう。その点については、ライカーも不思議に思ったものだ。彼は相棒とスロープの昔ながらのゲームにいつもついていけずにいる。マロリーの子供時代に始まった戦い――焦土戦に。

つぎのレイズで、ロビン・ダフィーがカードを置いてゲームを降りた。そして彼はその際も笑顔だった。「キャシーは今夜、来るのかい？」

「いや」ライカーは言った。「あいつは、あんたがたに腹を立ててますからね。おれはあいつの怒りが収まるまで、席を温めてるわけです」

ロビン・ダフィーはショックを受けた。「なぜキャシーがわたしたちに腹を立てるんだ?」

「まあ、あなたは別でしょうね」ダフィーに腹を立てられる人間などいるだろうか? ライカーはチャールズ・バトラーに顔を向けた。「でも、きみはあいつの捜査を妨害するのに全力を尽くしたよな」チャールズが理解できずにいると、刑事はヒントを与えた。「ココだよ。マロリーの重要な証人の」それから、ラビにうなずいて、彼は言った。「あなたもひと役買ったと聞いてますよ。あいつに黙って、どこかの判事と話をしたとか――」

「自分の耳が信じられないよ」デイヴィッド・カプランは傷ついた顔をして、胸に、心臓に手を当てた。「キャシーがわたしのしたことをきみに言いつけたのか」そして、ラビがほほえんでレイズしたとき、ライカーは気づいた。ラビはこのゲーム最高のブラフをしかけようとしているのだ。しかし、最高と言ってもたかが知れている――この顔ぶれの場合は。

「デイヴィッドにはなんの非もありませんよ」チャールズ・バトラーが言った。「全部、ぼくのしたことですから。ココには特別なケアが必要なんです――」

「あの子には庇護が必要だった。そしてそれを得ていたんだ――マロリーからな」投下されたこの爆弾は、ローランド・マンからココを護るために、彼の相棒がバッジを賭けた事実を思い出させるものだった。そしてここで、とどめを刺すべく、ライカーは手を伸ばして、チャールズのカードを一本指ではじいた。「きみにはなんにもないんだよな」

真っ赤になった頬がこれを裏付け、チャールズはカードを伏せて置いた。「降ります」

ふたり降りて、あとふたり。

ライカーは自分の手札を見て、勝者のごとく笑みを浮かべた。銃の狙いをつけたとき彼がいつも浮かべる笑み。凍りついた悪党どもへのフェアな警告だ。観念しな、さもないと……。そして、ラビがゲームを降りた。

ドクターだけは引きさがろうとしなかった。これは想定内だ。エドワード・スロープはむこうみずで、五セントと十セントを大胆に賭けることで知られている。

ライカーはふたたびレイズし、テーブルの中央にすべてのチップを押し出した。「なぜマロリーがあなたに腹を立ててるのかは、だいたい見当がつきますよ、ドク。あなたはあの検視のことで、あいつをいらつかせたんです」刑事は首を振りながら手札をじっと見つめた。「いいや、それじゃないな。死体をはさんで撃ち合うってのは——あんたがたふたりがいつもやってることだ。おれは何か見落としてるんですかね」彼はドクターにほほえみかけた。「いったいあいつに何をしたんです?」

手札の公開に至ったときには、エドワード・スロープは五セントの最後のチップまで投入していた。彼は10のワンペアを見せ——すべてを失うことになった。ライカーは伏せてあったカードを表に返し、スリーカードを相手に見せた。ルイがかつて、イカサマでもしなけりゃこの男たちには負けられないと言っていたが、このときようやくライカーにもその意味がわかった。

ドクターにはもう蓄えがない。それに、もうこれ以上チップを買うことはできないのだ。これは、ルイ・マーコヴィッツのポーカーの集いのもっとも神聖なルールであり、誰もそれを破ろうとはしない。だからドクター・スロープは、まだ始まったばかりの夜の残りをただすわって過ごさねばならないのだった。

「ドク？」ライカーはカードをかき集め、シャッフルした。「ふたりだけでひと勝負どうです？　ハイカードでパッと勝負をつけましょう」彼はトビー・ワイルダーの入院許可書を軽くたたいた。「こいつ対おれの持ち金全部で」

自らを川船《リバーボート》のギャンブラーの生まれ変わりとみなす（ああ、ごもっとも！）スロープとしては、こういう誘いには抗えないだろう。彼は友人たちを見やった。テーブルを囲む全員がうなずいている。他のプレイヤーたちは、古いルールのこの抜け道に特に文句はないらしい。

ライカーはデックをカットして一枚引き、そのクイーンを隠した。仕込んでおいたハートの3で勝負できるように。もっとも彼は、それより悪いカードを引いても、必ず勝てると言われていた。スロープがカードを引いたとき、その目はキラリと光り、それによって刑事はドクターのカードがはるかに上であることを知った。

「きみの勝ちだ」エドワード・スロープは、確実に負けた刑事にそう言った。そして、見せていない自分のカードをデックの残りで覆い、二度シャッフルした。あのヤク中の入院許可書に署名すると、彼は市の支払い保証書をくしゃくしゃに丸めた。「市に請求はせんよ。わたしにはわたしのルールがある。あの若者は奨学生にしよう」

チャールズ・バトラーが友人のほうに身を乗り出した。「エドワード、ぼくがその費用を賄える額の小切手を切ってもいいですよ——」

「いいや、よくない」ドクターは——実際に借りがあろうとなかろうと——自分の借金は自分で返す紳士なのだ。彼は入院許可書をライカーに手渡した。

刑事は目的のものを手に入れた。そして彼は帰っていった。

ナイスプレイ。

チャールズ・バトラーもその理由については推測するしかないが、エドワードがハイカードのゲームでわざと負けたのは確かだ。あの善良なドクターは、何ひとつ明かさないポーカーフエイスに生まれついた気でいるが、チャールズは見抜いていた。あれは償《つぐな》いの贈り物にちがいない。いったいドクターはマロリーに何をしたのだろう？　賭けてもいいが、ライカーでさえそれは知らないのではないか。

ああ、でも目下、チャールズはホタルと靴ひものことで自らも自責の念を抱いている。明日の夜、彼は後悔のしるしの花束を手にマロリーのうちを訪ねるつもりだ。もちろん彼女は会ってくれないだろう。でもいつかそのうち、十日目か十二日目の夜に、ドアは開かれるはずだ。そしてふたりは、赤の他人同士として、また一から始めるわけだ。彼にはもう、彼女を知っているなどと驕《おご》る気はないから。

窓辺に立った彼は、地下鉄の駅をめざし、背中を丸めてブルックリンの道を行くライカーを見おろした。この現代において、刑事が今夜したことは、古風で優雅と言えるかもしれない。あの男は美女のために復讐を遂げ、宝物を勝ち取った。しかも、マロリーには絶対にできないやりかたでそれをやってのけたのだ。第一に、そこに血は流れていない。そして第二に、〝羞恥心〟という語は彼女の語彙《ごい》にはなく、それを突く武器も彼女の兵器庫にはないのだから。

ライカーは、ラビの住むブロックの並木道の端に至り、そこで角を曲がった。相棒の私有車の開いた窓に向かって、彼は身をかがめた。「うまくいったよ。芝居には芝居を、で」助手席に乗りこむと、彼は勝ち取った賞品、トビー・ワイルダーの薬物依存治療のための入院許可書を引き渡した。「そろそろ教えてくれないかな？　なんでドクター・スロープはまず勝っておいて――そのあと負けなきゃならなかったんだよ？」

マロリーはシルバーのコンバーティブルの幌をたたんで、ラジオをつけ、これ以上の会話の望みを断った。そして車は、明かりの点いた窓と青い芝生の連なるその街をゆっくりと走っていった。

ライカーはマロリーの台本に全幅の信頼を置いて、ドクターに勝負をしかけた。しかし、さっぱりわからないのは、なぜそれがエドワード・スロープ自身の美しい行い《ボウ・ジエスト》で終わらねばならなかったのか、だ。感謝を受けつけない立派な行為を表すこの外国語を、刑事は自分の記憶に貯めこまれた古いゲイリー・クーパーの映画のタイトルをかきまわして見つけ出した。もっとも、脅迫という仮説のほうが、ずっとしっくりくる。マロリーは何かドクターの弱みを握っているんだろうか？　いや、あの検視局長の場合、たとえひとつでもミスを犯すとは考えにくい。たぶんあの男は本当にマロリーに借りがあったのだろう。

本人に訊いても無駄だ。マロリーは口を割るまい。ライカーは無言で彼女に目を向けた。するとラジオのボリュームがぐんと上がった。

ロックンロールをガンガン鳴らし、彼らはブルックリン橋を疾走していった。橋は光の綱に飾られ、それはマンハッタンまでずっとつづいている。美しい夜だ。それもライカーが相手ではまるで無駄だったが。彼はまださきほどのゲームのことを考えていた。脅迫にしろ貸しの回収にしろ――なぜマロリーは自らチップを取り立てないのか? 彼女はドクターの顔をつぶさぬよう、代理人を送りこんだのだろうか? いや。彼らのゲーム、スロープとマロリーのゲームは、相手のナイフや弾丸をかわす長ったらしいひと勝負なのだ。騎士道精神など見せれば、彼女は得点を失う。となると、今夜のあれはなんだったのか? ひとつだけ確かなことがある。あのヤク中の福利は事のついでにすぎない。事件が終結したいま、マロリーはトビー・ワイルダーにはなんの関心もないはずだ。彼女はああいう輩をすべて、虫けらの膝より低いレベルに位置づけているのだから。

この謎は永遠に解けないだろう。それは、ライカーから夜の眠りを奪い、いつまでも彼を悩ませ、いらだたせるだろう。もちろんそんなのは、マロリーの知ったことじゃない。彼女は相変わらず、彼が刑事局長のどんな弱みを握っているのか打ち明けないことに腹を立てているのだ。彼女に隠し事をしたというその罪は、決して許されないだろう。

しかし、仕返しのほうはないわけがない。

ライカーはにやりとし、それから声をあげて笑った。運転席の女はポーカーがうまい――彼以上にだ。だが、彼を謎で悩ませ、いらだたせること、今夜はそれがマロリーの復讐のゲームなのだった。

マロリーは門でバッジを見せたあと、エドワード・スロープがリハビリ・クリニックに改造した、大きなヴィクトリア朝風別荘の駐車場に車を入れた。この場所があればこそ、ドクターは依存症の青少年を、過量摂取へ、解剖台へとつづく道からそらしてやれる。どんな患者であれ、治療プログラムの完了前にここを去ることはめったにない。敷地にめぐらされた松の木々は、侮りがたい防護柵を隠しているのだ。

マロリーの乗客、トビー・ワイルダーはぴりぴりと肌を粟立たせ、本人が望む以上に覚醒していた。これも病院で受けた胃洗浄のおかげ。もしできるなら、彼は死んだ両親を掘り出して、錠剤二錠のためにその遺体を売り、この離脱症状の地獄を終わらせるだろう。

つらいわよね。

マロリーは車を降りて、トランクを開け、彼の荷物を詰めたスーツケースを引っ張り出した。「持ち物の残りは倉庫に入れたから。あのアパートメントはもうないのよ」彼はそのことを忘れていただろう。彼女が賃借権譲渡の書類に署名をさせたとき、このヤク中はほとんど意識がなかったのだ。「あなたにはもう帰る家はないの」

トビーはうなずきながら助手席から降りてきた。彼女に両脚を断ち切られたことを理解して。マロリーの手からスーツケースを引き取ると、彼は彼女のあとから階段をのぼってきた――従順すぎるほど従順に。自分の車が門を出ていくなり、彼が逃げ出す気でいることが、彼女にはわかった。だがその脱走の夢は、彼が初めて電気柵から引きずりもどされるときに潰えるだろう。乱暴なショック療法だ。

ふたりはベランダを渡ってクリニックに入った。受付の大きな部屋は、フロントデスクの看護師さえいなければ、高級ホテルのロビーで通りそうだった。マロリーはこの男に入院許可書を手渡して、書類に記入した。薬物中毒患者を市の病院から移す手続きがこれを以て完了した。用務員がトビー・ワイルダーの左右にひとりずつ現れた。この新規の患者が連れ去られる前、マロリーは小さな包みを彼の手に押しこんだ。「あなたにはこれが必要でしょう」

ふたたび外の駐車場に出ると、彼女は車の運転席にすわり、どこに行くでもなく、星空には目もくれず、ただじっとフロントガラスを見つめた。あのアル中のサバイバルに、彼女は多くを賭けている。ドクター・スロープのプログラムは高い成功率を誇っているが、それも確実とは言えない。トビーのチャンスはどれくらいだろう？　彼は心身ともに疲弊しきっている。彼女には、彼の前途に荒廃しか見えなかった。

でも今夜は、音楽がある。

トビーはマロリー刑事の贈り物を持ってリハビリ・クリニックの私室に入り、ベッドの上に横たわった。CDプレイヤーのイヤホンを調節したあと、彼はその内部の音楽に到達すべく音量を上げた。自宅の壁にあった音符の組織が、序奏に向かう冒頭の小節のなかで命を持ち、大きな音の波となってうねり立ち、やがて鎮まって、彼のジャズ・シンフォニーへとなめらかに移行していく。背景では、ピアノが物語を奏で、前面ではドラムスがドーンドーンと鼓動する心臓のリズムを刻んでいる。

この楽譜の初め――彼の父の青春期――人生がまだジェス・ワイルダーにとってよいものであり、彼がまだ健康で若く美しかったころ、そのサキソフォンは、さざめくメロディーとリフのカリスマ的光輝であり、コルネットや弦楽器、トロンボーンやたくさんのその他のパートを惹きつけていた。

ベッドの上の若者は、リズムに合わせ、父さんのサックスに合わせて、頭を揺らした。

第四十六章

これがぼくの超能力だ。ぼくはウサギみたいに走れる。ウィペットみたいに震えられるし、女の子みたいに悲鳴をあげられる。そしてぼくは、死んだアル中の目撃者でありつづける。

アーネスト・ナドラー

一年が過ぎた。ふたたび夏が終わりに近づき、遠く離れたイリノイ州でココはホタルを追いかけていた。

匿名の通報が発端となり、黄色い蝶ネクタイの某地方検事補は、おのれの無益な選挙戦の資金作りのために、気前よく司法取引を売るのを習いとしている事実を暴かれた。セドリック・カーライルは最近、手錠姿で事務所を去り、これを以て、だらしない未処理がひとつきれいに処理された。

マロリーは几帳面な刑事なのだ。

ウィリー・ファロンは刑務所の洗濯室での喧嘩によって片目を失った。これは聖書風の結末という意味で、詩的と言ってもいい。その目玉の喪失は、小さな少年の手の切断とバランスがとれている。

マロリー自身の聖書の歪《いびつ》な解釈では、復讐は彼女のすることだ。そして、その仕事はまだすっかりすんではいない。いま、若い刑事は、アッパー・ウェストサイドのあの邸宅の客間にすわり、紙の上でペンをかまえている。そして彼女は、グレイス・ドリスコル－ブレッドソーとトビー・ワイルダーの弁護士による事務手続きの証人としてそこに署名した。あの盲目の男は光を見、言いつけに従うことを学んだのだ。

ある検認合意書の条件に基づき、この午後行われた精神状態の審理が終わると同時に、賠償金の支払い期日が来たのだった。約束どおり、マロリーはその審理に出席しなかった。彼女はフィービの早期退院を妨げるようなことは何ひとつせず、少し道を誤っただけの殺人者はいま、治癒したものと判定された。

へええ、そう。

「お金がもったいないこと」ニューヨークの慈善事業の元大御所は言った。「あの坊やは三十になる前に薬物の過量摂取で死んでしまうでしょうにね」

「たぶんね」ハッピーエンドなどまるで信じていないマロリーは言った。しかし彼女は、復讐の価値を信じている。ハンフリーの一億ドルはこれで、トビー・ワイルダーのものだ。取引は完了した。

そのほとんどは。

弁護士は立ち去った。刑事は留まった。

これで娘は買いもどされたわけなので、グレイス・ドリスコル－ブレッドソーはマロリーが立ち去るのを待ち――さらにしばらく待った。それから彼女は、〝出ていけ〟という露骨な催《さい》促《そく》として、こう言った。「もう話は終わりよね」

「あと少しよ」刑事はその手に、ビニール袋に収められた小さな本と煉瓦《れんが》ほどのサイズのブリキの缶を持っていた。彼女はそのふたつの重みを測り、比べているようだった。

「怒っているのね？」ああ、殺人犯のこんな近くにいるのは、さぞいらだたしいことだろう。その相手に法の手が及ばないとなると。でも、この刑事はここまで近くに立つ必要があるのだろうか？　グレイスは缶と本を見つめた。若い女はそのふたつを慎重に扱っている。まるで宝物のように――または、爆弾のように。「娘が帰ってくる前に、あなたには消えてもらわないと――」

「解放されたら、フィービはまっすぐあなたのところに来る」

グレイスは首をかしげた。今度はなんなの？　雑談など、この招かれざる客には似合わない。「あなたも知ってるわよね。わたしの監督下に置くことが、あの子の退院の条件なのよ」それにフィービには他に行くところもない。例の小さなコテージは、彼女が金のあるイカレた犯罪者のための精神病院に一年行っているあいだに、その足もとからかっさらわれ、賃貸に出されたのだ。マロリーが財産を踏み荒らして通過したあと、コテージの家賃収入は必要不可欠となっていた。

刑事は客間を見回した。「ホフマンはどこ？　ああ、そうか、あなたにはもうフルタイムの看護師を雇っておく余裕はないのね」

「そうよ……そんな余裕はない」収税吏どもが訪ねてきて、彼女の財力を超える現金支出の例を挙げ、未申告の収入の連中の取り分を調べ、かつて彼女の娘の住まいだったコテージの月々の賃貸料を取りあげるようになってから、生活は若干苦しくなっている。

「でもあなたには、金で雇った介護人は必要ない……これからはフィービがここに住むんだから」

「それに関しては、あなたに感謝しないとね」この言葉にはとげがあった。マロリーに対しては感謝すべきことがたっぷりある。でもいまでは、その感謝の念をきちんと伝えるために、人を雇ってひどいことをするだけの資金はない。それにグレイスには、この刑事をクビにさせる力もない。残っている強力な切り札の働きはただひとつ。大規模なスキャンダルという脅威を与えることだ。どんな罪にせよ、もし彼女が法廷に立たされれば、大勢の政治家が彼女とともに刑務所に入ることになる。

グレイスの目がふたたび刑事の所持品に吸い寄せられた。本には小さな留め金が見えた。これもアーネスト・ナドラーの日記なのだろうか？　ブリキの缶のほうは、何が入っているのだろう？

「なんて安心なの」マロリーが言った。「愛情深い子供が老後の面倒を見てくれるなんてね」若い女の口調は、心をざわつかせた。ごくふつうのその音声を脅しのように響かせることは、他の誰にもできないだろう。「ええ、きっとわたしたちは楽しくやっていけるわ。フィービとわたしとで」セレブ婦人は悠然と客間から出ていき、玄関ホールに移動した。これもまた、面会終了の合図だ。背後から、ついてくる足音、大理石の床の上を歩く音はしなかった。くるりと振り返り、彼女はハッと息をのんだ。マロリーがそこにいたのだ。すぐそばに――いつでも襲いかかれるところに。グレイスの手が胸のメダリオン、彼女の非常ボタンをつかんだ。そして、こんなふうに弱さを見せたことを、彼女はたちまち後悔した。「他に何かあったかしら、刑事さん？」

「ウィリーやアギーの親たちよりも、あなたはずっと勇敢よね。あの人たちは、人殺しの我が子とかかわりたがらなかった。でも、しかたないの。彼らはあなたの同類じゃないんだから、グレイス」

「つまり、怪物じゃないってこと？……わたしとはちがって」おっと――声に誇らしさが出すぎていただろうか？「ねえ、もしそれがあなたのいちばん強力な一発なら――」

「そうじゃない」刑事はラテックスの手袋をピシャリとはめた。つづいて、ビニール袋から革表紙の本を取り出した。「フィービは日記をつけていたの。去年、見つけたのよ――彼女を連行した日に」ブリキの缶をしっかりと脇にはさんで、マロリーはその小さな本を開いた。一本の指が手書きの文章をなぞっていく。「ああ、あった……〝かわいそうなアリスン〟」刑事は本から顔を上げた。「彼女を覚えているでしょう？――小さな赤毛の女の子よ。ナドラー少年が死ぬ何年か前、彼女は校舎の屋上から突き落とされている」

「アリスン・ポーターは飛び降りたのよ！　あれは――」口がからからになった。言葉の途中で声が上ずる。「自殺だったの」

「殺人よ」マロリーは言った。「わたしは学校の夜警とじっくり話をした。たぶんあなたも、ミスター・ポランスキを知っているわね。当時、用務員だった人。彼はアリスンが落ちるのを目撃したの。そしてすぐさま、他に子供がいないかどうか屋上に確かめに行ったのよ。彼はそこで小さな女の子のパンティーを見つけ、校長のところへ持っていった。その校長はもう退職してるけど。わたしは彼の居所も突き止めた。元校長によると、そのパンティーは地方検事局の誰かが引き取ったそうよ。黄色い蝶ネクタイの男が……それでわたしはわかったの。あなたの息子がアリスンを殺したのよね。その女の子は赤毛だったというし。アリスンは悲鳴をあげたわけ？　ハンフリーが彼女を突き落としたのは、そのせい？　彼女を黙らせるためだったの？」

「実際に何があったか、あなたには――」

「フィービは知っている……ずっと知っていたのよ」

ありえない。

「かわいそうなアリスン」マロリーは言った。「彼女の事件ファイルはどこにもない――警察の報告書さえも。あれは予行演習だったわけ？　アーニー・ナドラーのごたごたを処理する稽古？　ひとつ気持ち悪いことが頭に浮かんだんだけど。あなたは、女の子の遺体にもとどおりパンツをはかせるために、セドリック・カーライルに追加料金を払ったのかしら？」

「昔のことよ、刑事さん。蒸し返そうだなんて考えないほうが――」

「学校の庭のチョークの女の子」マロリーは日記のページをひとつめくった。「それは恒例になっていたんでしょう？　毎年、立春の日に現れる女の子のチョークの輪郭《りんかく》――アリスンが落ちて死んだ場所を示す目印」刑事は本を閉じた。「あなたはさぞ頭に来たでしょうね。〝かわいそうなアリスン〟がいつまでもつきまとうから」

「出てって！」

「あれはフィービの仕業よ。彼女が庭の敷石にチョークの女の子を描いていたの――みんながあの出来事を忘れないように。彼女はほとんどアリスンを知らなかったのにね。でもその後、あなたは三人の悪たれどもをアーニー・ナドラーにけしかけた――フィービの友達、大親友に。彼女はアーニーが大好きだった――あの子を復元しようとさえした――死んだ男の子を、歩いたり話したりできるように」

グレイスは向きを変え、大ホールの中央に退却した。「もうこれ以上、聴く気はないわ――」

今回、彼女には背後にゆっくり近づいてくる足音が聞こえた。それが襲いかかってくるのが。そしていま、背中にはマロリーの体温が感じられ、首筋には彼女がひとこと発するたびに息がかかっている。

「ハンフリーと彼の仲間たちを吊るしあげたとき、フィービは、彼らが死ぬか助かるかなんて気にしていなかったでしょうね。彼女は《ランブル》に――連中がアーニーを虐待した場所に印をつけていたのよ……庭に描いたチョークの女の子と同じようなものね。自分の親友を消し去ったあなたがのうのうと生きてることがフィービには許せなかった……そのせいで彼女はおかしくなりそうだった」

「ホフマン！」

「ホフマンはもういない」マロリーは言った。「忘れたの？　また卒中を起こしたのかしらね。もしかすると、いま起こしている最中なのかも」

「もうたくさん！」グレイスはくるりと振り向いて、笑みを浮かべる刑事と向き合った。「あなたはもう何もかも奪い取ったのよ」

「そうでもない」

「このうえ、いったい何を――」

「これをあなたに読んでほしいの」マロリーは日記を差し出した。「ほんの数ページでいい。最後の文章は、フィービが逮捕された日に書かれている」グレイスがなかなか本を受け取らずにいると、マロリーはそれを彼女の両手に押しこんだ。「読むのよ……フィービが帰ってくる前に」

　グレイスは日記を開いた。その目が娘の几帳面な手書きの文字に注がれる。そして彼女は、いたるところに自分のことが書かれているのを知った。毎ページ毎ページ、フィービの過去が吐きもどされている。怪物どもとママとに互換性があり、そのどちらもが悪である、子供にとってのこの世の地獄が、何ページ分もの痛み、何ページ分もの憎しみとなって。最後の数行には、長期計画者による、新しい、残忍な、確実に死をもたらす、ある企みが書き綴られていた。

もう一件の殺人に照準を合わせた狂った女の企み、母親殺しのことが。

マロリーが手を伸ばして日記をひったくった。本とブリキの缶を手に、彼女はドアに向かって大股でホールを横切っていった。こう訊ねたときも、彼女は振り返らなかった。「ところで、グレイス……あなたはどれくらい速く走れるの？」

修辞疑問。

ドアがバタンと閉まった。

そしてショックが襲ってきた。

グレイスの脚は、彼女を椅子まで運ぼうとしなかった。彼女はゆっくりと冷たい大理石の床の上にすわりこんだ。首にかけたメダリオンを使えば、数分で助けが来る。警官たちはグレイスを彼女自身の子供から護ってくれるはずだ。でも、彼らがフィービを連れ去ったら？　そのあとは、どうなるのだろう？　卒中で廃人となることなどなく、何年もの月日、不安が増すばかりの孤独な年月が過ぎていくかもしれない。あるいは、受け継いだものは、明日、届くかもしれない。ドリスコル家の者全員を待ち受ける重度脳卒中。それは彼女を、病み衰えて涎《よだれ》を垂らす長い日々へと送り出す。赤の他人になされるがままの貧困者として、三十年つづくかもしれない地獄に。

利口なマロリーは、おぞましい選択肢をふたつ残した。しかし、あの刑事には結果はわかっていただろう。いちばんましな悪夢が選ばれることが。

グレイスは非常ボタンを押さなかった。しかし彼女の手は、それが祈りの伝わる道、十字架であるかのように、メダリオンを握り締めた。「どうか速く終わらせて」

長い時間が過ぎた。のろのろとではなく、むしろ飛んで過ぎていく数分のように。夜が訪れた。暗闇にすわっていた彼女は、玄関のドアノブを回そうとする音を聞いた。つづいて、鍵が鍵穴に挿しこまれる金属音——フィービの鍵の音がした。

背後から街灯に照らされ、開いたドアの枠のなかで彼女の娘は黒い影となった。その姿がだんだんと大きくなり、だんだんと近づいてくる。しかしグレイスが最後に考えたのは、差し迫った死のことではなかった。そう、彼女が目に浮かべていたのは、マロリーが持っていたあのブリキの缶なのだ。そんなもののことが頭に浮かぶなんて、実に奇妙だ。いまとなってはもう、あれがなんなのか、自分が知ることは——


マロリーはほのかな照明のもと、木枠と金網の壁ぞいに延びる通路を歩いていき、ナドラー一家の倉庫の前で足を止めた。扉の鍵を開けると、檻のなかでたくさんのものが動きはじめた。虫と害獣たちの遁走。一匹のネズミが少年のベッドのむきだしのマットレスの上を駆けていく。そいつは、マットの縁を越えたときもまだ、前足であわただしく虚空を掻いていた。

刑事はフロアランプを点けた。

一方の手に、彼女はアーニー・ナドラーの遺灰を持っていた。彼が見つかるまでには長い時間がかかった。いくつもの偽造文書のなかを、そしてまた、三つの州の火葬場を、彼女はさがしまわったのだ。病院事務長のドクター・ケンパーは、自身のポケットマネーで少年の遺体を

――証拠を――灰にしていたが、骨壺には金を出しておらず、そこにあったのは、子供を収めた粗末なブリキの缶だけだった。

マロリーはお返しにドクター・ケンパーを破滅させた。

彼女の手中のこの缶と、少年殺害の共謀者として法廷に立たされるという恐れだけで、彼は軽いほうの罪を認め、おとなしく刑務所に行くことを選んだ。彼の証拠改竄《かいざん》の協力者、病理学者のドクター・ウッズは、飲んだくれの肝不全で死亡した。

大きな魚、小さな魚――みんな、収まるところに収まり――仕事はほぼ終わった。

これはただのあとかたづけだ。

そしてその一環として、フィービの日記――きちんと警告が与えられた証拠として、彼女の母親の指紋が表紙に残る本――が、ナイトテーブルの引き出しのなかに置かれた。それは、殺害された少年の日記とその両親が残した短い遺書とともにそこで過ごすのだ。ナドラー夫妻の遺言書に存命の相続人に関する記述はなく、市のお役所仕事ののろさを考えると、つぎに誰かがここを訪れるのは何年も後になりそうだ。そして、どんな検認係官にも、刑事のしたことの意味はわからないだろう。

刑事部屋に伝わる〝〈機械人間〉マロリー伝説〟では、彼女には感傷的なところなどかけらもない。共感の心も、同情心もだ。そして、ある小家族の人生の堆積物に囲まれてすわったとき、この若い女はなんの感情も見せず、その冷たい目は一家の家財を通り越して、打ち捨てられたソックスの片割れに注がれていた。

マロリーは遺灰の缶をマットレスの上に置いた。これで彼はベッドに入ったわけなので、彼女は明かりを消した。「おやすみ、アーニー」

ひとりの子供がおのれを曲げずに闘った。彼は苦しみ、そして、死んだ。その後、世を去ってずいぶん経ってからだが、この少年は、感傷とは無縁の彼の戦士《パラディン》を同類の嘆きによってつかまえた。彼の日記には、こんな殴り書きがあったのだ――ぼくは迷子だ。

解説

大矢博子

キャシー・マロリーの登場から、まもなく四半世紀が経とうとしている。

シリーズは本書でついに十作目、そうなると途中から手を出すのは躊躇《ちゅうちょ》するかもしれないが、本シリーズに限ってはどこからお読みいただいてもかまわない。ミステリとして一巻ごとに完結しているというだけではなく、一冊読めば一巻目に戻って順に読破したくなるにきまっているからだ。

私自身、いつも新刊を読み終わるや否や既刊を再読してしまう。その都度、先を読んだからこそわかる新しい発見があり、オコンネルの企みの深さにため息を吐《つ》く。その繰り返しだ。

本書で初めてマロリーと出会ったという方のために、ざっと彼女を紹介しておこう。

ニューヨーク市警重大犯罪課の巡査部長、キャシー・マロリー。流れるような金髪にまぶしいほどの緑の目。目立ちすぎて尾行ができないほどの超絶美貌と、コンピュータに関する並外れた才能を持つ。ひと睨みで人を怯えさせる冷たい視線、相手を完膚なきまでに叩き潰す（そしてそのことに喜びを感じる）鋭い舌鋒《ぜっぽう》。他者の介入や助けを拒み、違法遵法を区別しない強引な捜査で彼女が通ったあとは草も生えない、ソシオパスにして天才クールビューティである。

実は元ストリートチルドレンで、十歳のときにNY市警のルイ・マーコヴィッツ警視に補導されたという過去を持つ。以降、マーコヴィッツ夫妻が里親となり彼女を育んできたが、〈泥棒の心〉を矯正することはできず、警官になった今も彼女には〈善悪の観念〉も〈道徳心〉もない。必要な情報は得意のハッキングでどこからでも自在に取り出す。マロリーにとって犯罪捜査は狩りでありゲームだ。

一九九四年に翻訳刊行された『マロリーの神託』（竹書房文庫）、あるいは二〇〇一年にあらためて同書の新訳として刊行された『氷の天使』（創元推理文庫）で初めて我々の前に登場した当時のマロリーは、前述した以外は出自も生い立ちもすべてが不明だった。なぜストリートチルドレンになったのか、なぜ他人を信じないのか、彼女の実の両親はどこの誰で、今どうしているのか。謎に包まれたダークヒロインは、養父ルイを殺した犯人を追うという衝撃的な第一作で鮮烈なデビューを果たし、一気に読者を虜《とりこ》にしたのである。

それからシリーズが進むにつれ、彼女の謎が少しずつ明らかにされてきた。第四作『天使の帰郷』（創元推理文庫・以下同）で彼女の故郷と実母のことが判明し、第六作『吊るされた女』でストリートチルドレンだった時代のエピソードが披露され、前作である第九作『ルート66』でついに実父について語られた。その都度、読者の中で少しずつマロリーという人物が肉付けされていった。読者の目に映るマロリーの姿が一作ごとにクリアになり、陰影を増してきた。合わせてマロリーの相棒であるライカーや、マロリーの友人で彼女に恋をしている心理学者のチャールズなど、近しい人々の傷や過去に触れる事件もあり、マロリーの属する世界がどんどん厚くなってきた。

つまり本シリーズは、事件が起きて個性的な刑事がそれを追うというクールな警察小説であると同時に、シリーズを通してキャシー・マロリーとその周囲の人々を掘り下げていく〈マロリー・サーガ〉でもあるのだ。

これまでの作品を通し、読者は彼女の過去と、その過去のひとつひとつに彼女自ら決着をつけたことを知った。結果、この第十作『生贄《いけにえ》の木』はそれら過去の軛《くびき》から放たれたマロリーにとって初めての事件ということになる。そこに変化はあるのだろうか。ある、というのが私の答えだ。

本書はセントラル・パークでのふたつの事件から始まる。ひとつはネズミの大量発生。もうひとつはマロリーも旧知の掃除婦オルテガが、無防備な少女を助けるため変質者をバットで撃退した一件だ。姿を消したその少女、ココを探すためマロリーとライカーは公園に向かうが、そこで彼女たちが見つけたのは、袋詰めにされ木に吊るされて死にかけていた男だった。

その袋は最終的に三つ見つかり、ふたつ目からは死体が、三つ目からはまだ生きている女が発見された。最初の男は札付きの小児性愛者、ふたつめの死体は脳に病巣を持つ狂った聖女、そして最後の女はあばずれのパーティー・ガール。なぜこの三人なのか、マロリーたちはミッシング・リンクを追う過程で、十五年前によく似た事件が起きたこと、けれどその事実がなぜか揉み消されていたことを知る。

ここで鍵になるのがココの存在だ。小さな鼻と大きな口という妖精のような特徴的な顔立ちで、他者との接触を求め、年齢に似合わぬ高度な語彙《ごい》と音楽的才能を持つ。その一方、日常の些細《ささい》なことに困難が伴う様子から、ウィリアムズ症候群と診断された。八歳のココは小児性愛者に誘拐されていたことが判明、彼が殺人者に連れ去られる場面を目撃していた可能性がある。ココの障碍を慮《おもんぱか》って彼女を守ろうとするチャールズと、ココから証言を引き出したいマロリーは対立する……。

本書の特徴は、これまでの九作を踏襲したふたつの要素と、これまでにはなかったひとつの要素にある。

まず既刊を踏襲している点について。ひとつは、故人の存在感だ。たとえば第二作『アマンダの影』では殺人事件の被害者であるアマンダをチャールズが脳内で再生し、彼女と会話を交わすようになる。第四作『天使の帰郷』では十七年前に死んだ女医にいまだに町じゅうの人が囚われている。第五作『魔術師の夜』では天才マジシャンの死んだ妻が常に彼の傍にいる。そして本書でもやはり、すでに亡くなった人物の声を聞く女性が登場する。

これらは決してオカルトではない。たとえば、初期のマロリーが捜査のたびに「ルイならどうしたか」を考えていたことを思い出せばいい。養母のヘレンに躾けられた様々なことがマロリーの中に残っていたり、ルイの人脈がマロリーを助けたりということもあった。ルイやヘレンに限らず、本シリーズには亡くなったあとでその存在を実感する描写はとても多い。

いや、むしろ〈いない〉という事実こそが、その人物を浮かび上がらせるのだ。彼（彼女）

はどうしてこんなことをしたのか、何を考えていたのか、何を望んでいたのか――答えは永遠に返ってこない。だからこそ、囚われる。その結果、想像の中の故人には自分自身が投影される。脳内アマンダやマジシャンの妻、そして本書のそれは、その象徴に他ならない。

本シリーズに過去の出来事に起因する事件が多いのも同じ理由だ。私たちは近しい人の〈不在〉を乗り越えなくてはならない。マロリーが実の両親の不在という過去を自力で決着させ、養父母の不在になんとか折り合いをつけようとしてきたように。だが乗り越えられなかったとき、人は過去に囚われ、蝕まれ、前に進めなくなる。傷つきながらも乗り越えた者たちと、乗り越えられず〈不在〉に蝕まれ、壊れてしまった者たちの対比。誰しもが〈不在〉による欠落に向き合っている。その様々な形をオコンネルは描き続けているのだ。

シリーズに通底するもうひとつの要素は、〈家族の物語〉だ。これまでの作品すべて、〈家族〉というテーマに収斂されることに気づかれたい。このシリーズでは事件関係者の家族のありようと、マロリーの家族――得られなかった本来の家族と、手に入れたのに失ってしまった養父母の二種類だ――のありようが並行して描かれてきた。

本書でも家族関係が重要な鍵になっている。エゴにまみれた親子あり、奇妙な夫婦あり、悲しみを抱えた親子あり。だが中でも注目したいのは、ココとマロリーの関係である。

全身でマロリーを求めるココを、マロリーは服が汚れるのも厭《いと》わず、抱きつかせる。いつでもマロリーに連絡がとれるよう、専用の携帯電話を与える。根気強く何時間もココに靴ひもの結び方を教える。氷の天使と呼ばれたマロリーが本書で見せた、思いがけない温もりに驚かされた。特に第四十二章は本書の白眉《はくび》だ。ココの姿に、マロリーの真実に、目頭が熱くなった。思わずこの章の前半だけ、二度読みしてしまったほどだ。

もちろん、これだけで彼女に人間らしい情が生まれたなどと言うつもりはない。ましてやマロリーに母性本能があるとは、ちょっと想像できない。なんせ他の人に対してはこれまで通りの残酷な氷の天使っぷりが全開だし、証言欲しさにココに無理を強いる場面もあるのだから。だが、ここで思い出されたい。同居の祖母を亡くし、身寄りもなく公園で浮浪児のようにさまよっていたココは、かつてのマロリーなのだ。しかもココはその障碍ゆえに、当時のマロリーよりもずっと無垢で、ずっと危うい。

ココにかつての自分を見たマロリーは、どうしたか。マロリーにはヘレンという素晴らしい手本があった。過去の自分に対して自らがヘレンになってみせた、と考えることはできないだろうか。これまで養父母から与えられるだけだったマロリーが、実母の不在を乗り越え、実父の不在を乗り越えた後、与える側に立ったのだ。まるでかつての自分に与えるかのように。

これが、既刊にはなかった要素であり、実の両親の件に決着をつけた今だからこそ起きた変化だと、私は考えた。

人は、人の〈不在〉を乗り越えなくてはならない。ヘレンから受け取ったものをココに返したことで、マロリーは養母の〈不在〉を乗り越える方法を見つけたのだ。そしてマロリーのこの行為は、着実にココへと引き継がれていく。靴ひもという明確な象徴とともに。

氷は、もしかしたら片隅が少しだけ、ほんの少しだけ、溶け始めているのかもしれない。

検印
廃止

訳者紹介　英米文学翻訳家。訳書にオコンネル「クリスマスに少女は還る」「愛おしい骨」「氷の天使」「アマンダの影」「死のオブジェ」「天使の帰郷」「ウィンター家の少女」、デュ・モーリア「鳥」「レイチェル」、キングズバリー「ペニーフット・ホテル受難の日」などがある。

生贄《いけにえ》の木

2018年3月16日　初版

著　者　キャロル・オコンネル

訳　者　務《む》　台《たい》　夏《なつ》　子《こ》

発行所　（株）東京創元社
代表者　長谷川晋一

162-0814/東京都新宿区新小川町1-5
電　話　03・3268・8231-営業部
03・3268・8204-編集部
URL http://www.tsogen.co.jp
工友会印刷・本間製本

ISBN978-4-488-19518-2　C0197